The Heaven Sword And The Dragon Sabre by Jin Yong
Copyright©2005 Original Chinese Edition Written by
Dr. LOUIS CHA 查良鏞博士 known as Jin Yong 金庸.

All rights of Dr. Louis Cha vested in the Chinese language novel are reserved and
any infringement there of is strictly prohibited. Original Chinese Edition Published
by MING HO PUBLICATIONS CORPORATION LIMITED, HONG KONG.
Korean translation copyright 2007 by GIMM-YOUNG PUBLISHERS.
This Korean edition is published by arrangement of JIN YONG and GIMM-YOUNG PUBLISHERS.

All rights reserved.

이 책의 한국어판 저작권은 저자와의 독점 계약으로 김영사에 있습니다.
저작권법에 의해 한국 내에서 보호를 받는 저작물이므로 무단전재와 무단복제를 금합니다.

의천도룡기 3 – 접곡의선

1판 1쇄 발행 2007. 10. 8.
1판 19쇄 발행 2022. 5. 10.
2판 1쇄 인쇄 2023. 10. 16.
2판 1쇄 발행 2023. 10. 30.

지은이 김용
옮긴이 임홍빈
발행인 고세규
편집 임지숙 디자인 정윤수 마케팅 박인지 홍보 반재서
발행처 김영사
등록 1979년 5월 17일 (제406-2003-036호)
주소 경기도 파주시 문발로 197(문발동) 우편번호 10881
전화 마케팅부 031)955-3100, 편집부 031)955-3200 | 팩스 031)955-3111

값은 뒤표지에 있습니다.
ISBN 978-89-349-2073-1 04820
        978-89-349-2079-3 (세트)

홈페이지 www.gimmyoung.com   블로그 blog.naver.com/gybook
인스타그램 instagram.com/gimmyoung   이메일 bestbook@gimmyoung.com

좋은 독자가 좋은 책을 만듭니다.
김영사는 독자 여러분의 의견에 항상 귀 기울이고 있습니다.

倚天屠龍記

김용 대하역사무협

임홍빈 옮김

접곡의선

의천도룡기

3

중국 문학의 원류 〈사조삼부곡〉의 완결판
오천 년 동양의 지혜와 문화를 꿰뚫는 역작

김영사

삶과 죽음의 길고 짧음을 어찌 사람이 억지로 추구할 수 있으랴
生死修短豈能强求

삶에 대한 애착이 그래도 미망迷妄이 아님을 내 어찌 알 것이며
予惡乎知悅生之非惑邪

죽기를 겁내는 마음이 어릴 적 고향 떠나
타향살이하며 장성해서도
고향에 돌아갈 줄 모르는 것과 같음을 내 어찌 알랴
予惡乎知惡死之非弱喪而不知歸者邪

죽고 나서도 자신이 살아생전 삶에 연연했음을
후회하지 않게 될지 내 어찌 알랴
予惡乎知夫死者不悔其始之蘄生乎

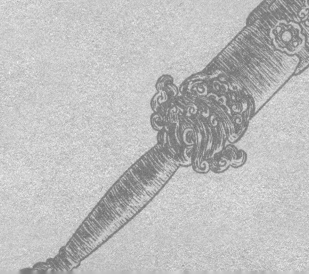

3권

접곡의선

倚天屠龍記

◀ 왕몽 〈춘산독서도春山讀書圖〉 일부분

왕몽王蒙(1301 또는 1308~1385)은 자字가 숙명叔明으로 절강성 오흥 출신이다. 예찬倪瓚이 그의
그림을 두고 "왕몽은 필력이 구정九鼎을 떠멜 정도로 힘차다. 오백 년 이래 이런 친구가 없었다"
라고 찬탄하였다. 구정은 옛날 중국 전역 곧 '구주九州'를 상징하는 9개의 세발솥으로, '천자의
통일된 권력'이란 의미를 지닌다. 명나라 재상 호유용胡惟庸은 왕몽의 이 그림을 집 안에 걸어놓
았다가 태조 주원장에게 들켜 노염을 사서 감옥에 갇혀 죽임을 당했다. 그래서 이 그림을 본 사
람이 "고요하고 그윽한 가운데 봄빛의 담박함, 호탕한 기상을 품었다"고 비평한 것이다. 현재
상하이 박물관에 소장되었다. 그림에 화제畵題로 쓴 시는 이런 내용이다.

일찍이 복령 캐러 산숭에 들어갔다 나무 꾼 보고 놀라니,	曾采茯苓驚木客
지초를 찾는 신선과 만난 줄로 잘못 알았기 때문이라네.	爲尋芝草識仙人
팔꿈치 드러내고 바위 앞에 산강山薑 뿌리 다듬으니,	露肘巖前搗蒼朮
백수白首의 은둔자는 솔숲 아래 갓 따온 차를 달이네.	科頭林下煮新茶

그림 속 인물은 은거한 의원 같은데, 본문의 '악질 의선' 호청우를 연상시킨다.

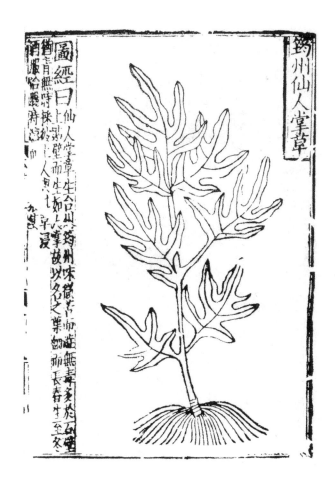

▲ 원나라 때 간행된 《대관본초大觀本草》의 〈균주선인장초筠州仙人掌草〉 그림

《침구도경》과 《대관본초》 두 의학서적은 '나비의 골짜기' 안에서 호청우와 장무기 모두 읽었을 가능성이 많다.

◀ 한나라 때 무덤에서 출토된 비단 책 《음양십일맥구경陰陽十一脈灸經》

1972년에 창사 마왕퇴馬王堆 한묘漢墓에서 출토된 것으로, 서한 초기 의서醫書다. 이 한 쪽에 수록된 내용은 〈족소양足少陽〉, 〈족양명足陽明〉과 같은 경맥의 해설이다. 2,000여 년 전에 매장된 여인의 미라도 같은 유적에서 출토되었다.

▲ 한나라 때 무덤에서 출토된 《도행도導行圖》의 모사본

1972년 창사 마왕퇴에서 발견된 비단 폭 그림으로, 남자와 여자가 모두 그려져 있다. '도행술導行術'은 중국 고대 사람들의 질병을 고치고 몸을 튼튼히 하는 체력단련 기술 즉 기공氣功인데, 후세에 나온 역근경易筋經이나 태극권太極拳 모두가 이 기공을 변화 발전시킨 것들인 만큼, 중국 내

가권술內家拳術의 효시라고 말할 수 있다. 학자들의 고증에 따르면 이 그림에는 '웅경熊經' '조신 鳥伸' '낭거狼踞' '후훤猴喧' '용등龍登' '요배鴟背' '원호猿呼' '학전鶴展' 등, 네발짐승과 날짐승을 본 뜬 여러 가지 동작과 자세가 포함되어 있다고 했다.

▲ 송나라 사람 〈구애도灸艾圖〉

옛 화제畫題에는 이당李唐 작품으로 표기되었다. 이당(1049~1130)은 송나라 휘종徽宗-고종高宗 재위 시기의 유명한 화가. 그림은 시골뜨기 의원이 병자의 등판 혈도에 쑥뜸을 뜨는 장면이다. 병자는 고통스러워 고래고래 악을 쓰고, 시골뜨기 의원과 약을 달이는 동자는 긴장된 표정으로 정신을 집중시키며, 병자의 집안 식구는 초조감에 겨워 걱정하는 표정들을 자못 생동감 있게 묘사했다.

▲ 중산왕中山王 서달徐達 (오른쪽 위)

중산왕은 명나라 개국공신 대장군 서달에게 책봉된 왕호王號. 다음 그림들도 마찬가지다.

▲ 관평왕關平王 상우춘常遇春 (왼쪽 위)

▲ 영하왕寧河王 등유鄧愈 (오른쪽 아래)

▲ 강국공江國公 오량吳良 (왼쪽 아래)

그는 개국공신으로 공작公爵에 봉해졌다.

앞장선 배는 장삼봉이 탄 나룻배만큼이나 작은데, 고물 쪽
에 텁석부리 사내 하나가 앉은 채 두 손으로 급박하게 노를
젓느라 정신이 없다. 갑판에는 그 말고도 어린 사내아이와
계집아이가 웅크리고 앉아 있었다. 그 뒤에 선체가 훨씬 큰
배 한 척이 뒤따르는데, 뱃머리에는 네 명의 라마승과 일고
여덟 쯤 되는 몽골족 무관武官이 타고 있었다.
얼마 안 있어 몽골족 무관들과 라마승 넷이 일제히 활을 당
겨 앞쪽 배의 텁석부리를 겨누고 쏘아대기 시작했다. 허공
을 깨뜨리며 날아드는 화살 깃 소리가 "퓽! 퓽!" 잇따라 울
렸다.

11.

모진 여인의 독설은 창끝보다 더 날카로운데

장삼봉은 무기를 데리고 소실산에서 내려왔다. 이제 무기의 목숨이 얼마 남지 않았다고 생각하니, 치료해주겠다는 생각마저 아예 끊어버린 채 울적한 마음이나 달래려고 재미있는 얘기만 골라서 들려주었다.

　두 사람은 그날 중으로 한수강 변에 이르러 강을 건너려고 나룻배에 몸을 실었다. 강물 한복판에 이르자 도도하게 흐르는 한수강의 물결에 휩쓸려 나룻배는 잠시도 쉬지 않고 걷잡을 수 없이 흔들렸다. 망연자실한 기색으로 강물 위에 눈길을 던진 장삼봉의 심란한 가슴속에서도 물결처럼 파동이 일었다.

　무기가 느닷없이 입을 열었다.

　"태사부님, 너무 걱정 마세요. 제가 죽으면 아버지와 어머니를 만날 수 있으니까 그것도 좋잖아요."

　"얘야, 그런 소리 말아라. 이 태사부가 무슨 방법을 찾아내서라도 널 꼭 치료해주마."

　"제가 소림파의 구양신공을 배울 수 있었더라면 좋았을 텐데. 당장 셋째 유 사백님한테 가서 들려드리고 싶었거든요."

　"그건 왜?"

　"셋째 사백님이 무당과 소림 양파의 신공을 다 수련하시면, 불구가 되신 팔다리를 고칠 수 있을 테니까요."

이 말에 장삼봉은 한숨이 절로 나왔다.

"네 셋째 백부의 병은 근육과 뼈를 다친 외상이라서 내공이 아무리 강해져도 고칠 수 없단다."

말끝을 맺고 나서 그는 속으로 감탄을 금치 못했다. '정말 갸륵한 녀석이다. 제 목숨을 보전하지 못한다는 것을 뻔히 알면서도 두려워하기는커녕 오히려 불구가 된 유대암의 고질병을 고쳐줄 생각을 하다니. 이런 마음가짐이야말로 우리 같은 협사들이 지녀야 할 본분이 아니고 무엇이란 말인가?' 기특하게 여긴 장삼봉이 무기에게 몇 마디 칭찬을 해주려 할 때였다. 갑자기 상류 쪽 멀리서 우렁찬 고함 소리가 강물 위에 쩌렁쩌렁 울려왔다.

"어서 배를 멈추지 못하겠느냐! 순순히 그 아이를 넘겨라. 그럼 이 부처님께서 네놈의 목숨을 살려주겠지만, 그러지 않았다가는 내 솜씨가 무정하다고 탓하지는 말아라!"

일렁거리는 파도를 뚫고 전해오는 목소리가 귀에 또렷이 들리는데, 아무래도 고함치는 자의 공력이 보통내기가 아니었다.

장삼봉은 속으로 차갑게 웃었다. '나더러 아이를 내놓으라니, 어떤 놈이 그토록 대담한지 모르겠군.' 고개를 돌리고 흘끗 바라보니 두 척의 강선江船이 노를 저으면서 날 듯이 미끄러져 오고 있었다. 그는 두 눈에 신경을 모으고 다시 자세히 바라보았다.

앞장선 배는 장삼봉이 탄 나룻배만큼이나 작은데, 고물 쪽에 텁석부리 사내 하나가 앉은 채 두 손으로 급박하게 노를 젓느라 정신이 없다. 삽반에는 그 밀고도 어린 사내아이와 계집아이가 웅크리고 앉아 있었다. 그 뒤에 선체가 훨씬 큰 배 한 척이 뒤따르는데, 뱃머리에는 네 명의 라마승과 일고여덟 명쯤 되는 몽골족 무관武官이 타고 있었다. 사공이 열심히 노를 젓는데도 무관들은 성에 차지 않는지 저마다 널판 조각을 하나씩 들고 물살을 헤쳐 속력을 높이고 있었다.

텁석부리 사내는 뚝심이 유별나게 컸다. 노를 한 번 저을 때마다 배가 물결을 박차면서 단번에 10여 척 남짓이나 미끄러져 왔다. 그러나 역시 뒤쫓는 배에 사공 수가 많아 두 배의 간격은 갈수록 좁혀들었다. 얼마 안 있어 몽골족 무관들과 라마승 넷이 일제히 활을 당겨 앞쪽 배의 텁석부리를 겨누고 쏘아대기 시작했다. 허공을 깨뜨리며 날아드는 화살 깃 소리가 "픙! 픙!" 잇따라 울렸다.

그제야 장삼봉은 사태가 어떻게 돌아가는지 알아차렸다. 방금 호통친 소리는 자기더러 무기를 내놓으라는 게 아니라, 텁석부리 사내에게서 아이를 빼앗으려고 엄포를 놓는 소리였다. 텁석부리 사내와 두 아이가 몽골군에게 쫓기고 있다는 데 생각이 미치자, 그는 저도 모르게 적개심이 일었다. 그가 평생을 두고 가장 증오한 것은 한족 백성들을 잔인하게 살육해온 몽골족 관군이었다. 그는 당장 손을 써서 텁석부리 사내 일행을 구해주기로 결심했다.

화살이 빗발처럼 날아들자, 텁석부리 사내는 왼손으로 여전히 노를 저으면서 오른손에 쥐고 있던 노를 번쩍 쳐들더니 좌우상하로 휘둘러 화살을 낱낱이 쳐서 떨어뜨리기 시작했다. 솜씨도 깔끔하거니와 여간 민첩한 게 아니었다.

텁석부리 사내의 무공이 보통이 아닌 것을 보고 장삼봉은 자리에서 일어나 뱃사공에게 호통쳐 분부했다.

"사공, 저쪽으로 마주 올라갑시다!"

그러나 사공은 빗발처럼 어지러이 날아가는 화살을 보고 진작부터 놀란 나머지 손발에 맥이 풀려 있던 터라 손님의 요구를 귓등으로도 듣지 않았다. 기를 쓰고 노를 저어 피해도 빠져나갈 수 있을까 말까 할 지경인데, 오히려 화살이 핑핑 날아오는 쪽으로 배를 몰아가라니 이게 제정신으로 하는 소리인가.

"도…… 도사 어르신…… 노…… 농담으로라도 그런 말씀 마십시오!"

장삼봉은 사세가 급박해진 것을 보고 두말없이 사공의 손에서 노를 빼앗았다. 그러고는 물속에 담근 채 두어 번 힘차게 저었다. 나룻배는 빙그르르 뱃머리가 돌아가더니 곧바로 작은 배를 향해 마주쳐 나아갔다.

"으악!"

작은 배 쪽에서 애절한 외마디 소리가 터져 나왔다. 뱃바닥에 앉아 있던 사내아이가 지른 비명이었다. 앞으로 털썩 고꾸라지는 소년의 등에 화살 한 대가 박혔다.

턱석부리 사내가 대경실색, 황급히 몸을 숙이고 굽어보는 순간 또 다시 날아온 화살 두 대가 그의 어깻죽지와 등에 잇따라 꽂혔다. 손아귀에 들려 있던 노가 힘을 받지 못하고 강물 속으로 떨어지더니 배는 그 자리에 멈춰 서서 빙글빙글 맴돌기 시작했다. 뒤쫓아오던 함선이 순식간에 따라붙더니 몽골 군관 일고여덟 명과 라마승들이 한꺼번에 작은 배 갑판으로 뛰어올랐다. 그래도 턱석부리 사내는 굴하지 않고 완강하게 주먹질과 발길질을 날려 저항했다.

"멈춰라, 오랑캐 놈들아! 홍익히게 사람을 다치게 하지 마라!"

작은 배 쪽으로 급히 노를 저어가던 장삼봉이 버럭 고함치면서 몸을 솟구쳤다. 강바람에 펄럭이는 도포 자락이 허공에서 곧장 작은 배 갑판 위로 곤두박질쳐 내렸다.

그것을 본 몽골 군관 두 명이 저마다 화살 한 대씩을 쐈았다. 그러나 장삼봉은 도포 자락을 가볍게 휘저어 화살 두 대를 멀찌감치 날려 보내는 것과 동시에 오른발 끝이 갑판 위를 닫기가 무섭게 왼 손바닥으로 라마승 두 명을 후려쳐 10여 척 바깥으로 날려 보냈다. 비좁은 갑판 위에서 10여 척 바깥으로 날아갔다면 강물 속으로 떨어질밖에 다른 도리가 있으랴.

"풍덩! 풍덩!"

물보라 치는 소리가 연거푸 두 차례 울리는 가운데, 라마승의 육중한 몸뚱이는 강물 속으로 가라앉기 시작했다.

무공이 뛰어나기로 소문난 라마승을, 그것도 두 사람씩이나 단 한 번의 손바닥 후리기로 거뜬히 날려 보내다니! 몽골족 군관들은 그만 아연실색, 두 눈을 휘둥그레 뜨고 이제 막 하늘에서 강림하는 비장군飛將軍•이라도 본 듯 입만 딱 벌린 채 아무 소리도 하지 못했다.

우두머리쯤 되는 무관이 정신을 가다듬고 한족 말로 호통쳐 물었다.

"이봐, 도사 영감! 무슨 짓을 하는 거냐?"

장삼봉이 마주 호통쳐 꾸짖었다.

"개 같은 놈의 오랑캐들! 어딜 와서 또 행패를 부리고 잔인하게 양

• 날쌔고도 용맹한 장수를 일컫는 말. 한나라 때 북방의 흉노족이 가장 두려워하던 명사수 이광李廣에게 처음 붙여준 별명인데, 그 이후 중국인들은 후한 말엽의 여포呂布, 북위北魏 때의 한과韓果, 당나라의 단웅신單雄信, 송나라의 향보向寶 등 역대로 궁술과 용맹이 뛰어난 명장을 가리켜 '비장군' 또는 '비장'이라 일컬었다.

민을 해치는 거냐? 어서 썩 꺼지지 못할까!"

그러자 몽골 무관이 텁석부리 사내를 가리키면서 악을 썼다.

"당신, 저놈이 누군지 모르는가? 저놈은 원주袁州 반적 마교魔敎 집단의 잔당이야! 온 천하에 체포령이 떨어진 국사범이란 말이다!"

이 말에 장삼봉은 깜짝 놀랐다. 그렇다면 이 사내가 원주 일대에서 반란을 일으키고 황제를 사칭한 주자왕周子旺의 부하였단 말인가? 그는 의혹에 찬 눈초리로 텁석부리를 돌아보고 준엄하게 따져 물었다.

"그게 정말인가?"

전신에 피를 뒤집어쓴 텁석부리 사내가 왼손으로 사내아이를 부여안은 채 호랑이처럼 부리부리한 눈망울에 눈물을 가득 머금고 혼잣말 하듯 중얼거렸다.

"어린 주군主君이…… 어린 주군이 저놈들의 화살에 맞아 죽다니……."

그는 이 말로 결국 자기 신분을 인정한 셈이었다.

장삼봉의 놀라움은 더욱 커졌다.

"그 아이가 주자왕의 자식이란 말인가?"

"그렇습니다. 신신당부하신 주군의 기대를 저버렸으니, 제 목숨도 이제 아무 소용이 없습니다."

그는 사내아이의 시체를 조심스럽게 내려놓더니, 대뜸 몽골 무관들을 향해 무서운 기세로 덮쳐갔다. 하나 그는 중상을 입은 몸이었다. 어깻죽지와 등에 박힌 화살 두 대를 미처 뽑아내지 못한 데다 살촉에 독을 발라놓은 터라 몸뚱이를 솟구치자마자 이내 "어흑!" 소리를 지르면서 갑판 바닥에 쓰러지고 말았다.

어린 계집아이는 선창 한구석에 누운 또 한 구의 남자 시체를 부여 잡고 하염없이 목 놓아 울었다.

"아빠! 아빠!"

흘끗 시체를 보니, 옷차림새가 이 배를 몰던 사공이 분명했다.

장삼봉은 난감한 생각이 들었다. '마교의 인물인 줄 진작 알았더라면 참견하지 않았을 텐데.' 그러나 이미 끼어든 일이니 중도에 그만둘 수도 없는 노릇이다. 그는 몽골족 무관에게 한마디 건넸다.

"저 사내아이는 벌써 죽었다. 남은 저 사내도 독화살을 맞았으니 곧 죽을 거다. 이만하면 공을 세운 셈이니 물러들 가지!"

"그건 안 된다! 저 두 놈의 모가지를 베어가야 한다!"

"군이 목을 베어가야 할 것까지야 있나? 너무 몰인정하군!"

"도사는 도대체 누군가? 뭘 믿고 함부로 끼어드는 거야?"

무관이 서투른 한족 말로 다그쳐 묻자, 장삼봉은 빙그레 웃으면서 맞받았다.

"내가 누군지 알아서 뭘 하겠나? 이 하늘 아래 벌어지는 일이라면 천하 사람들 누구나 참견할 수 있는 것이지!"

그제야 무관의 입에서 예의 바른 말이 흘러나왔다.

"도장 어른의 도호는 어찌 되시는지? 또 어느 도관에 출가하셨소?"

말투는 바뀌었으나 좌우 동료에게 보내는 눈짓이 심상치 않았다.

아니나 다를까, 장삼봉이 미처 대꾸하기도 전에 두 명의 몽골 군관이 별안간 자루가 긴 장도를 번쩍 치켜들더니 그의 어깨머리부터 냅다 찍어 내렸다. 칼부림의 기세가 빠르기도 하려니와 널따란 칼날은 어린 무기까지 한꺼번에 휩쓸어가고 있었다.

칼바람이 느껴지자 장삼봉은 재빨리 몸을 뒤틀어 모로 섰다. 서슬 푸른 두 자루 칼날이 앞가슴과 등을 아슬아슬하게 스치면서 허공을 가르는 순간, 번쩍 들린 장삼봉의 쌍장이 군관 두 사람의 등줄기를 떠받들 듯이 밀어치고 있었다.

"가거라!"

양 손바닥에서 토해내는 장력이 군관 두 사람의 몸뚱이를 한꺼번에 허공으로 날려 보냈다.

"쫘당! 쫘당!"

허수아비처럼 가볍게 공중으로 솟구친 두 몸뚱이가 포물선을 그리면서 날아가더니, 기가 막히게도 자기네들이 타고 온 배 갑판 바닥에 곤두박질쳤다. 장삼봉은 지난 수십 년 동안 남과 싸워본 적이 없었다. 그런데 이제 와서 소 잡는 칼을 닭 잡는 데 썼으니 그야말로 자유자재, 마음 내키는 대로 거리낄 바가 없었다. 그 광경을 보고 아연실색한 우두머리 무관이 딱 벌어진 입을 다물지 못한 채 떠듬떠듬 물었다.

"당신…… 당신이 혹시…… 혹시……?"

장삼봉은 소맷자락을 휘두르면서 호통쳐 응수했다.

"이 늙은 도사는 평생을 두고 오랑캐만 골라서 죽여온 사람이다!"

도포 자락이 바람을 안고 들이닥치는 순간, 몽골 무관과 라마승들은 그저 질풍이 얼굴에 덮치는 느낌만 들었을 뿐, 너 나 할 것 없이 숨통이 꽉 막혀 한참 동안이나 숨을 내쉬지 못했다. 장삼봉의 도포 자락이 멈춰졌을 때에야 그들은 얼굴빛이 종잇장처럼 하얗게 질린 채 막혔던 숨통이 겨우 트였다.

"우와아!"

이구동성으로 경악성을 지른 몽골 무관과 라마승들은 다리야 날 살려라 하며 앞다투어 자기네 배로 뛰어 돌아갔다. 그러고는 물에 빠진 라마승을 건져서 뱃머리를 돌리기가 무섭게 허겁지겁 노를 저어 도망쳤다.

장삼봉은 단약丹藥을 꺼내 텁석부리 사내의 입에 물려주었다. 그러고는 작은 배를 노 저어 나룻배 곁에 갖다 붙이고 그를 부축해 옮겨 태우려 했다. 한데 뜻밖에도 이 텁석부리 사내는 성격이 어지간히 군세어 장삼봉의 부축을 거절하더니 한 손으로 사내아이의 시신을 껴안고, 다른 한 손으로 계집아이를 안은 채 날렵하게 몸을 솟구치더니 나룻배로 건너 뛰어갔다.

그 모습을 지켜보면서 장삼봉은 보일 듯 말 듯 고개를 끄덕거렸다. 중상을 입은 몸이면서도 어린 주인에게 저렇듯 충성을 다하다니, 과연 걸출한 사내대장부가 아닐 수 없었다. 이번 일에 끼어든 것은 경솔한 짓인지 모르겠으나 이런 훌륭한 남자를 구해준 것만큼은 잘한 일이다. 뒤따라 나룻배로 돌아온 그는 말없이 텁석부리 사내의 어깨와 등에서 독화살을 뽑아내고 제독除毒 효과와 함께 살이 돋아나게 하는 약을 발라주었다.

계집아이는 아직도 아버지의 시체가 실린 채 둥실둥실 떠내려가는 배를 바라보면서 울음을 그치지 않았다.

"아빠! 아빠!"

"개 같은 몽골 관군 놈들, 정말 악독하기 짝이 없습니다. 저희 배를 보기가 무섭게 다짜고짜 활을 쏘아 뱃사공부터 죽였지 뭡니까. 만약 도사 어르신께서 구해주지 않았던들 이 뱃사공의 어린 딸도 목숨을 건지지 못했을 겁니다."

턱석부리 사내가 안타까운 표정으로 계집아이를 바라보며 말했다.

하나 장삼봉은 듣는 둥 마는 둥 딴생각에 잠겼다.

'무기 녀석은 지금 건지도 못하는 몸이다. 노하구老河口까지 올라가 그곳에서 하룻밤 투숙해야 하는데, 이 젊은 친구는 나라에서 지명수배를 받고 쫓겨 다니는 국사범이 아닌가? 내가 이들 두 사람을 다 돌봐주어야 한다면 이도 저도 되는 일이 없겠다. 그럼 어쩐다……?'

생각다 못한 그는 석 냥짜리 은 덩어리를 꺼내 뱃사공에게 건네주고 부탁했다.

"여보, 사공. 수고스럽지만 물길 흐름 따라 동쪽으로 갑시다. 선인도仙人渡를 지나 우리를 태평점太平店에 올려다주시구려."

"예에, 예! 그러고말굽쇼!"

뱃사공은 연신 응답하면서 노를 저어 강변 기슭 따라 배를 동쪽으로 몰고 가기 시작했다. 저 사나운 몽골 무관들을 뼈도 못 추리게 단번에 휩쓸어 쫓아버리는 것을 보고 진작부터 경외심을 품은 데다 1년 열두 달을 먹고살 만큼 두둑한 은 덩어리까지 받았으니 두말할 나위가 없었던 것이다.

턱석부리 사내가 갑판 바닥에 무릎 꿇고 엎드려 이마를 조아렸다.

"도사 어르신께서 보잘것없는 이 목숨을 구해주셨으니, 소인 상우춘常遇春˙이 어르신께 큰절을 올리나이다."

˙　상우춘(1330~1369): 명나라 건국 초기의 명장. 안휘성 회원懷遠 출신으로 원나라 말엽 군사를 일으킨 주원장朱元璋의 선봉을 도맡아 대장군 서달徐達과 함께 원元 제국을 무너뜨리고 100여 년 만에 몽골족을 북방으로 몰아내 한족의 숙원을 이룩했다. 항상 10만 대군을 거느

"상 영웅, 이렇듯 대례까지 올릴 것은 없소."

장삼봉이 손을 내밀어 부축해 일으켰다. 한데 그의 손바닥에 닿는 촉감이 얼음보다 더 차가워 흠칫 놀랐다.

"상 영웅, 혹시 내상까지 입은 것 아니오?"

텁석부리 상우춘이 고개를 끄덕였다.

"소인이 신양信陽에서 여기까지 어린 주군을 호송하고 내려오는 도중에 오랑캐가 저희를 잡기 위해 파견한 앞잡이들과 네 차례나 접전했습니다. 그동안 이름 모를 어떤 라마승에게 장력으로 가슴과 등줄기 두 군데를 얻어맞았습니다."

장삼봉이 손목의 맥을 짚어보았다. 맥박이 미약하게 뛰고 있었다. 웃옷을 풀어 헤치고 상처 난 데를 살펴보다가 그는 더욱 깜짝 놀랐다. 장력에 얻어맞은 상처 부위가 1치 남짓이나 부풀어 오른 게 실로 보통 중상이 아니었던 것이다. 다른 사람 같았으면 벌써 견디지 못하고 쓰러졌을 터인데, 이 텁석부리 친구는 그런 몸으로 강적들과 맞서 싸우면서 1,000리 길이나 치달려왔으니, 그야말로 장쾌한 영웅의 끈덕진 기백이 아니었으면 도저히 불가능한 일이었다.

장삼봉은 더는 말을 하지 못하게 하고, 선실 안에 뉘여 조용히 안정을 취하도록 지시했다.

계집아이의 나이는 어림잡아 열 살 남짓, 낡아빠진 옷가지에 신발

리고 천하를 종횡무진으로 누비는 상승장군이라 하여 '상십만常十萬'이란 별명으로 불렸으나, 몽골족에게 빼앗긴 내몽골 섬전하閃電河 지역을 탈환하고 개선하던 도중 원인 불명의 질병으로 39세 나이로 급사했다. 명 태조 주원장은 그가 마지막으로 수복한 지역의 이름을 따서 개평왕開平王에 추증했다.

도 신지 않은 맨발이었다. 가난뱅이 뱃사공의 딸인데도 얼굴 생김새가 뛰어나게 곱상하고 몸가짐도 반듯한 것이 다 자라면 절세미인이 될 구색을 갖추고 있었다. 망연자실한 기색으로 앉아서 눈물을 흘리는 모습을 보고 있으려니 장삼봉은 애처로운 마음이 들어 한마디 물었다.

"애야, 네 이름이 뭐냐?"

"제 성은 주씨周氏예요. 아버지께서 제가 호남성 지강芷江에서 태어났다고 해서 이름을 지약芷若이라고 붙여주셨어요."

장삼봉은 속으로 뱃사공이 여식의 이름 하나는 잘 지었구나 생각하면서 다시 한번 물었다.

"네 집은 어디냐? 집에 또 누가 있기는 한 거냐? 우리가 이 나룻배 사공더러 널 집에 데려다주게 해주마."

그러자 주지약이란 계집아이는 고개를 잘래잘래 내둘렀다.

"전 아빠하고 둘이 배에서만 살아왔어요. 딴 식구는…… 없어요."

"흐음."

장삼봉은 가볍게 탄식했다. '집도 없고 돌봐줄 어른도 없으니 천애 고아가 되었구나. 이 어린것을 어디다 몸 붙여 살게 해주어야 좋을꼬?'

그때 텁석부리 상우춘이 물었다.

"도사 어르신의 뛰어나신 무공을 소인은 평생 본 적이 없습니다. 감히 어르신의 법호를 여쭤보아도 괜찮겠습니까?"

장삼봉은 그쪽을 돌아보고 빙그레 미소를 지었다.

"이 늙은이는 장삼봉이라 하오."

"아하!"

상우춘이 외마디 탄성을 지르더니 그 자리에서 벌떡 일어났다.

"그렇다면 도사 어르신은 무당산의 장 진인이셨군요! 어쩐지 세상을 뒤덮을 만한 신공을 지니셨다 했더니……. 불초 상우춘이 오늘 천행으로 신선 어른을 만나 뵙게 되었습니다."

중상을 입은 몸이면서도 목소리 하나만큼은 쩌렁쩌렁 울렸다.

장삼봉은 겸연쩍게 웃으면서 대꾸했다.

"이 늙은 도사가 그저 헛된 나이 몇 살 더 먹었을 뿐인데, 신선이고 자시고 할 게 뭐 있겠소? 상 영웅, 어서 그 자리에 누워 요양하시오. 화살 맞은 상처가 터지면 안 되니까."

그는 상우춘의 호방하고도 시원시원한 기백, 영걸스러운 풍채가 적잖이 마음에 들었다. 하나 그가 마교에 몸담은 인물이라는 점이 껄끄러워 더는 깊은 얘기를 나누고 싶지 않았다. 그래서 담담한 어조로 대화를 끊었다.

"상처가 가볍지 않으니 더 얘기하지 마시오."

천성이 활달한 장삼봉은 청년 시절부터 강호 무림계의 정正과 사邪 어느 편에 대해서도 별다른 선입관을 지니거나 편견에 사로잡히지 않았다. 그래서 장취산이 천응교주의 딸과 연분을 맺었다고 자책했을 때 이렇게 말했다.

"무림의 정과 사는 원래 분간하기가 어려운 것이다. 정파의 제자라 하더라도 마음 씀씀이가 올바르지 못하면 곧 사도요, 사파의 무리에 속한다 하더라도 심성만 올바르다면 정인군자가 아니겠느냐?"

그러면서 천응교주 은천정을 이렇게 평가했다.

"……은 교주는 성격이 극단적으로 과격해서 남들 보기에 하는 일이 좀 괴벽스럽기는 하나, 언행이 떳떳하고 정당한 사람이라 그런 친구와는 교분을 맺을 만하다."

그러나 장취산이 스스로 목숨을 끊어버리자, 그는 애제자의 죽음에 상심한 나머지 자기도 모르는 사이에 천응교를 깊이 증오하게 되었다. 셋째 제자 유대암이 평생 불구자가 된 까닭이나 다섯째 제자 장취산이 목숨을 버리고 명예까지 실추된 모든 원인이 천응교 때문에 비롯된 것이라고 생각했다. 비록 은천정에게 죄를 따져 묻고 복수하겠다는 생각만큼은 억누르고 있었지만, 제아무리 도량이 크고 너그러운 장삼봉이라 해도 '사마외도'에 대한 원한과 증오심은 뼛속 깊이 사무칠 수밖에 없었던 것이다.

상우춘이 주군으로 섬기던 주자왕이란 인물은 바로 뭇사람들에게 '마교'라고 지탄받는 명교明敎*의 한 지파인 미륵종彌勒宗의 대제자였다. 그는 몇 년 전 강서성江西省 원주 일대에서 반란을 일으켜 세력을 키운 다음 스스로 황제 자리에 오르고 나라 이름을 자기 성씨를 따서 '주周'라고 일컬었다. 그러나 얼마 안 가서 그 반란 세력은 원나라 토벌군에게 섬멸당하고 주자왕 자신도 사로잡혀 참수형을 받아 죽었다. 미륵

---

* 마니교에서 발전된 비밀 종교 조직. 도교와 불교 교리를 혼합해 이루어진 종교로, 오대五代-송宋-원元대에 이르기까지 약 400년간 농민반란의 진원지였다. 멀리 한나라 말엽(161년) 황건적黃巾賊의 우두머리 장각張角을 교조敎祖로 삼으며 광명의 신 마니摩尼를 신봉하는데, 구체적으로는 해와 달을 숭배한다. 신도들은 백색 옷을 입고 채식과 금주의 계율을 지키며 한 가족처럼 서로 돕고 의지하는 전통을 이었다. 이 세상에 광명한 세력이 끝내 암흑 세력과 싸워 이긴다는 교리를 내세우고 당나라 말엽부터 진주陳州(하남성) 일대에서 유행, 후량後梁 때(922년) 모을母乙이 최초 농민반란 조직으로 이용한 후, 회하淮河 장강長江 지역에 급속도로 번져 송나라 때(960~1279)에는 중국 중남부 전역을 중심으로 폭정과 압제에 시달리던 농민들이 이 종교 조직을 이용해 끊임없이 반란을 일으켰다. 그 대표적 사례가 1120년 북송 때 방랍方臘과 1130년 남송 때 왕념경王念經의 반란이며, 1368년 명교明敎 세력을 이용해 원 제국을 타도하고 전국을 통일한 태조 주원장은 나라 이름을 '명明'이라 붙였다.

종과 천응교는 비록 한 종파는 아니지만 똑같은 명교의 지파로서 피차 교류의 연원이 무척 깊었다. 따라서 주자왕이 반란을 일으킬 당시 은천정은 자신의 본거지인 절강 지방에서 보이지 않게 성원을 해주었다. 장삼봉이 오늘 상우춘을 구해준 것은 일시적인 의협심에서 우러나온 행동이었고 아울러 그의 신분 내력을 미리 알지 못했기 때문이지, 사실 그의 본심과는 크게 어긋나는 행동을 한 셈이었다.

그날 밤 이경二更(21~23시) 무렵에야 나룻배가 태평점에 다다랐다. 장삼봉은 뱃사공더러 배를 마을에서 멀찌감치 떨어진 곳에 정박시키도록 분부했다. 사공은 마을에 들어가 음식거리를 사다가 밥을 짓고 반찬을 만들어 선실 안의 작은 탁자에 닭고기와 생선, 고기와 채소 요리를 큼지막한 그릇 네 개에 담아서 차려놓았다. 장삼봉은 상우춘과 주지약더러 먼저 먹으라고 권한 다음, 자신은 무기에게 음식을 떠먹여주기 시작했다. 다 큰 아이에게 노인이 밥 시중을 드는 것이 이상해서 상우춘이 조심스럽게 물었다.

"그 애 혼자 떠먹어도 되지 않습니까?"

"아니오, 이 아이는 한독에 중독되어 팔다리를 제대로 쓰기가 불편하다오."

이 말을 듣고 무기는 서글픈 마음에 음식이 목에 넘어가지 않았다. 장삼봉이 다시 떠먹이려 했을 때, 그는 먹고 싶지 않다며 고개를 내저었다. 이것을 본 주지약이 장삼봉의 손에서 밥그릇과 젓가락을 받아 들었다.

"도사님, 먼저 진지를 드세요. 제가 이 도련님에게 떠먹일게요."

무기는 딱 부러지게 고개를 흔들었다.

"난 배불러. 안 먹을 테야!"

"도련님이 안 먹으면 저 할아버지 마음이 언짢으셔서 진지를 못 드시죠. 할아버지를 배고프게 하고 싶은 거예요?"

무기가 가만 생각해보니 그 말이 옳았다. 공연히 태사부님의 마음을 아프게 해서 진지도 못 드시게 해서야 되겠는가? 그는 주지약이 다시 밥숟가락을 입술 언저리에 가져다 대자 입을 딱 벌리고 넙죽 받아먹었다. 주지약은 밥 한 술 뜨고 생선 가시와 닭 뼈를 말끔히 발라낸 다음 고기를 얹어 또 건넸다. 밥 한 입마다 고기 국물을 떠서 먹여주니, 무기는 얼마나 맛있는지 잠깐 사이에 밥 한 그릇을 깨끗이 비웠다.

장삼봉은 두 아이를 물끄러미 바라보았다. 무기가 밥그릇을 다 비운 걸 보니 그제야 마음이 한결 놓였다. '박복한 녀석, 어린 나이에 부모를 모두 잃고 저렇게 깊은 병까지 들다니. 산에 돌아가거든 자상하고 마음씨 착한 여자아이를 하나 구해 시중을 들게 해야겠구나.'

상우춘은 생선이든 고기든 일체 건드리지 않고 그저 채소 반찬 한 대접만 깡그리 먹어치웠다. 중상을 입은 몸이면서도 먹성이 어지간히 좋아 쌀밥을 네 사발이나 거뜬히 비웠다. 장삼봉은 생선이나 고기 등 비린 것을 가리지 않는 터라, 그의 식성이 좋은 것을 보고 닭고기를 많이 먹으라고 권했다. 그러자 상우춘은 겸연쩍은 기색으로 이렇게 말했다.

"장 진인 어른, 소인은 보살님을 섬기는 몸이라 비린 음식을 먹지 않습니다."

"호오, 이 늙은이가 깜빡 잊었군!"

그제야 장삼봉도 생각이 났다. 마교에 속한 사람들은 규칙이 극도로 엄격해 고기나 생선 같은 비린 음식을 계율로 금했다. 당나라 때부터 지금까지 줄곧 그래왔다. 북송北宋 말년에 명교의 대수령大首領 방랍方臘이 절동浙東 지방에서 반란을 일으켰을 때, 관가 사람이나 백성들은 명교 교도를 가리켜 "채식만 하고 마왕을 섬기는 마교도"라고 지탄했다. 그때부터 '채식과 마왕 신봉'은 마교의 신도가 지켜야 할 양대 규율로 자리 잡은 채 이미 수백 년 동안 전해 내려왔다. 남송이 멸망한 이후 원나라를 세워 중원을 통치하게 된 몽골족은 한족 백성들 사이에 은밀히 퍼진 마교를 무자비하게 탄압하기 시작했고, 그 신도에게는 가차 없이 죽음을 내렸다. 무림계에서도 마교를 독사 전갈과 같은 집단으로 멸시하고 차별 대우를 해왔다. 그렇기 때문에 마교 신도의 행사는 갈수록 은밀해졌으며 계율에 따라 채식을 하면서도 외부 사람들에게는 "부처님, 보살님을 섬긴다"는 구실을 붙여 자기네 신분을 노출시키지 않았던 것이다.

장삼봉이 한마디만 던진 채 입을 다물자 상우춘은 수저를 내려놓고 조용히 말했다.

"장 진인 어른께선 제 생명을 구해준 큰 은인이시고 또 저의 신분 내력까지 알고 계시니 숨김없이 다 말씀드리겠습니다. 소인은 명존明尊을 섬기는 명교 신도입니다. 조정이나 지방 관원들은 저희를 십악대죄十惡大罪*를 저지른 자보다도 더 용서 못 할 무리로 지목하고, 의협을

---

* 국가적으로 사면받지 못할 중대 범죄 열 가지. 국가의 기반을 위태롭게 하는 모반謀反, 국가의 주요 시설을 훼손하는 대역大逆, 본국을 배반하고 타국과 결탁하는 모반謀叛, 존속을 살상하는 악역惡逆, 인간을 잔혹하게 살해하거나 저주하는 부도不道, 국가와 어용 물품을 절취 위조하는 대불경大不敬, 그리고 불효不孝, 불화不和, 상관을 살해하는 불의不義, 집안의 존비속 간에 윤리를 어지럽히는 내란內亂 등 열 가지 죄목을 말한다.

행한다는 명문 정파의 무림인들 역시 저희를 멸시하고 있습니다. 하다못해 양민의 재산을 약탈하고 살인 방화를 일삼는 흑도의 무리조차 저희를 요사스러운 마귀의 집단이라며 침을 뱉고 욕설을 퍼붓는 실정입니다. 어르신께서는 제 신분 내력을 훤히 알고 계시면서도 구원의 손길을 뻗쳐주셨으니 정말 어떻게 보답해야 좋을지 모르겠습니다."

장삼봉도 마교의 내력에 대해서 어렴풋이나마 들은 바가 있었다. 마교에서 신봉하는 대마왕의 이름은 '마니摩尼'라고 했다. 그것을 신도들은 '명존'이라고 불렀다. 이 종교는 당나라 헌종憲宗 원화元和 연간(806~820)에 중원 땅에 전래되어 당시에는 '마니교摩尼敎' 또는 '대운광명교大雲光明敎'라고 불렀다. 교도들은 대운광명교를 줄여 '명교'라 자칭했으나, 일반 사람들이 마니교의 '마摩'를 '마魔' 자로 바꾸어 부른 탓에 그 이후로는 아예 '마교魔敎'로 와전되고 말았다.

그의 얘기를 묵묵히 다 듣고 나서, 장삼봉은 잠시 생각에 잠겼다가 한숨을 내쉬면서 좋은 말로 타이르려 입을 열었다.

"상 영웅께선……."

그러자 상우춘은 황급히 그 말을 막았다.

"어르신, 제발 소인더러 영웅이니 호걸이니 존댓말로 부르지 마시고, 그냥 우춘이라고 불러주십시오."

"그럼 우춘이라고 부르겠네. 자네 올해 몇 살인가?"

"올해로 만 스무 살이 됐습니다."

장삼봉은 고개를 끄덕였다. 얼굴 전체를 뒤덮은 텁석부리 수염 때문에 나이가 들어 보여도 말투나 행동거지가 생김새에 비해 어린 듯싶었기 때문에 물어본 것이었다.

"자네가 이제 갓 성년이 되었으니 비록 마교에 투신했더라도 깊이 빠지지는 않았겠군. 지금이라도 일찌감치 마음을 돌린다면 늦지 않을 듯싶어 내 한마디 권하겠는데, 귀에 거슬리더라도 언짢게 여기지는 말게."

"도장 어르신께서 가르침을 내리시는 말씀을 소인이 어찌 감히 언짢게 여기겠습니까."

"그럼 됐네! 나는 자네가 오늘 이 자리에서 마음을 썻고 개과천선해 사교에서 벗어나기를 권유하겠네. 우리 무당파의 무공 실력이 낮고 보잘것없기는 하나 자네가 그런 점을 꺼리지 않는다면, 이 늙은이가 만제자 송원교더러 자네를 도제徒弟로 받아들이도록 명하겠네. 그럼 훗날 자네가 떳떳하게 가슴을 펴고 강호를 누비더라도 어느 한 사람 자네를 업신여기거나 핍박하지는 못할 것일세."

송원교는 무당칠협 가운데 으뜸가는 인물로서 천하에 명성을 떨치고 있었다. 보통 무림계 사람이 그와 얼굴을 한 번 마주 대하기도 어려운 형편이었다. 무당의 제자들은 근년에 들어서야 제자를 받아들이기 시작했는데 그 선발 조건이 여간 엄격한 것이 아니어서 근골과 자질, 품행이나 성격 면에서 어느 한 가지라도 결함을 보이면 절대로 무당 문하에 들어갈 수 없었다. 상우춘은 남들이 손가락질하고 이름만 들어도 이맛살을 찌푸리는 마교 출신이었다. 그런 그가 장삼봉의 가호를 받아 송원교의 문하 제자로 들어갈 수 있다니, 이야말로 무학에 뜻을 둔 사람에게는 더할 나위 없는 영광이요, 행운이 아닐 수 없었다.

그런데 뜻밖에도 상우춘은 이 행운을 한마디로 거절했다.

"장 진인께서 저를 그토록 생각해주시니 감격스럽기 이를 데 없습니다. 하오나 저는 이미 명교에 속한 몸이니 끝까지 충성을 다 바쳐야 합니다. 따라서 평생토록 배교할 수는 없습니다."

장삼봉은 몇 마디 좋은 말로 더 권유해보았으나, 상우춘은 단호하게 고개를 흔들며 따르지 않았다.

상대방이 고집을 부리고 깨우치지 않는 것을 보자, 장삼봉도 더는 어떻게 할 수 없어 고개를 내두르며 한숨을 내쉬었다.

"그럼 이 여자아이는……?"

"심려 마십시오, 도장 어르신. 이 어린 아가씨의 아버지는 저 때문에 죽었으니 제가 방도를 강구해서 돌봐주도록 하겠습니다."

"그렇다면 좋네! 하지만 이 아이를 자네 교에 입교시키지는 말게."

상우춘을 개심시키는 데 실패한 장삼봉이 어린 계집아이라도 마교의 손아귀에서 구해보겠다는 생각으로 말을 건넸으나, 상우춘은 안타까운 기색으로 항변을 했다.

"저는 정말 모르겠습니다. 우리 명교 제자들이 무슨 극악무도한 죄를 저질렀기에 남들한테 이토록 업신여김을 당하고, 독사나 맹수 같은 대우를 받아야 한단 말입니까. 하오나 어르신께서 모처럼 분부하셨으니 그 말씀대로 따르겠습니다."

"그럼 우리 여기서 작별하세."

장삼봉은 무기를 안고 일어섰다. 더는 마교의 인물과 대면하고 싶지 않아서 여느 사람들이 헤어질 때 인사치레로 건네는 "다음에 만나자"는 말도 생략했다. 상우춘이 무릎 꿇고 두 번 절을 올렸다.

이때 어린 계집이이 주지야이 무기를 보고 한마디 건네다,

"도련님, 끼니때마다 밥 많이 먹어야 해요. 그래야 할아버지가 걱정

을 안 하시죠."

이 말을 듣고 무기는 눈물을 왈칵 쏟았다. 목이 메어 대꾸하는 소리도 잘 나오지 않았다.

"고마워, 착한 아가씨. 하지만…… 하지만 난…… 난 밥도 며칠 못 먹을 거야……."

눈물이 두 뺨을 타고 주르르 흘러내렸다. 심사가 울적해진 장삼봉은 아무 말 없이 소맷자락으로 눈물을 닦아주었다.

깜짝 놀란 주지약이 두 눈을 휘둥그레 뜨고 다시 물었다.

"아니, 뭐라고요? 도련님, 지금 뭐라고 했죠?"

장삼봉이 얼른 그 말을 가로막았다. 어린것들 사이에 더는 괴로운 얘기가 오가지 못하도록 말머리를 돌린 것이다.

"꼬마 아가씨, 마음씨가 참말 곱구나. 이 할아버지가 너한테 당부할게 하나 있다. 너는 앞으로 올바른 길로 나아가야 한다. 절대로 사악한 마교에 빠져들면 안 된다. 알겠느냐?"

"예, 할아버지. 그런데 이 도련님은 왜 며칠밖에 밥을 못 먹는다는 거죠?"

무기가 무슨 소리를 한 것인지 궁금한 그녀는 장삼봉의 당부 말에 건성으로 대답하고 다시 물었다.

장삼봉은 처량한 기색만 보일 뿐 얼른 입을 열지 못했다.

"장 진인께서는 공력이 깊고 두터우신 데다 신통력이 너르시니 이 어린 도련님의 중독 상태가 아무리 깊다 해도 풀어주실 수 있지 않겠습니까?"

"아무렴!"

상우춘의 물음에 장삼봉은 서슴지 않고 한마디로 대꾸했다. 그러나 무기의 눈에 뜨이지 않게 아래쪽으로 왼손을 두어 번 살래살래 흔들어 보였다. 중독 상태가 너무 깊어 치료할 수 없긴 해도 당사자에게 알려주고 싶지 않다는 시늉이었다.

장삼봉의 손짓 시늉을 보고 상우춘은 깜짝 놀랐다.

"소인 역시 내상이 아주 무겁습니다. 그래서 치료받기 위해 지금 신의神醫 한 분을 찾아가는 길이었습니다. 그 도련님도 함께 가서 병을 고치면 좋을 것 같은데, 어르신의 생각은 어떠하신지요?"

그러나 장삼봉은 절레절레 고개를 흔들었다.

"뜻은 고맙네만, 이 아이의 한독이 오장육부에 깊숙이 퍼져 있어서 보통 약물로는 치료하지 못한다네. 그저 시일을 두고 천천히 풀어줄 수밖에."

"하지만 그 신의는 정말 다 죽어가는 병자를 기사회생시킬 만큼 신통력이 대단하신 분입니다."

이 말에 장삼봉이 흠칫했다. 갑자기 머릿속에 퍼뜩 떠오르는 인물이 하나 있었던 것이다.

"자네가 말하는 사람이 혹시 접곡의선蝶谷醫仙 아닌가?"

"바로 그분입니다. 그러고 보니 도장 어르신께서도 저희 호 사백胡師伯의 명성을 알고 계셨군요."

상우춘이 반가운 기색으로 얼른 대답했다.

하나 장삼봉은 주저했다. 접곡의선 호청우胡青牛의 의술이 아주 고명하다는 소문은 들어 알고 있었지만, 그 사람은 무림계 인사들이 이름을 입에 담지도 않을 만큼 멸시하는 마교의 인물이었다. 더구나 성격이 괴팍스러워 마교 신도가 병들거나 상처를 입으면 온갖 정성을 다 기울여 치료해주고 동전 한 닢 받는 법이 없지만, 마교에 속하지 않은 다른 사람이 치료를 부탁하면 황금 1만 냥을 눈앞에 쌓아놓는다 하더라도 구해주기는커녕 거들떠보지도 않는 괴짜 의원이라고 했다. 그래서 강호 사람들이 붙여준 별명이 '견사불구見死不救'였다. 즉 '눈앞에서 사람이 죽어가는 걸 보면서도 구해주지 않는다'는 것이다. 그 사람됨이 이러한데 무기를 치료해달라고 부탁해보았자 마교 신도가 아닌 바에야 들어줄 리도 만무하거니와, 설령 무기의 몸에 독이 발작해서 죽는 한이 있더라도 사악한 마교도의 손에 몸을 내맡기게 할 수야 없는 노릇 아닌가?

그가 이맛살을 찌푸린 채 깊은 생각에 잠긴 것을 보고, 상우춘은 이내 그 속마음을 헤아렸다.

"장 진인 어른, 저희 호 사백은 이제껏 외부 사람의 병을 치료해준 적이 없습니다만, 장 진인께서 제 목숨을 구해주셨다는 사실을 알면 분명 전례를 깨뜨리지 않을 수 없을 것입니다. 만약 그분이 장 진인의 크신 은덕을 알고 나서도 손을 쓰지 않을 때에는 제가 절대로 가만있지 않을 겁니다."

"호 선생의 의술이 귀신같다는 소문은 나도 들어 아네만, 이 아이의 한독이 워낙 심상치 않은 것이라서……."

장삼봉은 말끝을 흐렸다. 마음 한 귀퉁이에 여전히 꺼림칙한 앙금이 깔려 있어 선뜻 승낙하지 못하고 망설이는 것이다. 그러자 상우춘이 답답하다는 듯이 목청을 높여 소리쳤다.

"어차피 그 도련님의 목숨은 그른 것 아닙니까? 최선을 다해 치료해보고 그래도 안 되면 죽기밖에 더하겠습니까? 이래도 죽고 저래도 죽을 바에야 망설일 게 뭐 있단 말씀입니까?"

상우춘은 성격이 솔직한 데다 또 여간 급한 게 아니었다. 무슨 말이든 생각나는 대로 모조리 쏟아놓아야 직성이 풀리는 인물이었다.

장삼봉은 가슴이 철렁 내려앉았다. "이래도 죽고 저래도 죽을 바에야." 이 한마디가 쇠방망이처럼 그의 심금을 두드렸다. '이 왹살스러운 젊은 친구의 말이 어쩌면 옳은지도 모른다. 이대로 놓아두었다가는 무기의 목숨은 기껏해야 한 달을 넘기지 못한다. 그렇다면 이 친구 말대로 모험을 해보는 수밖에 없지 않을까? 속담에 "죽은 말을 놓고 산 말처럼 치료한다死馬當作活馬醫"•고 했으니, 결과는 뻔하겠지만 끝까지 최선을 다해 맡겨보는 것도 괜찮으리라.'

장삼봉은 평생토록 사람을 사귀면서 상대방을 의심해본 적이 없었다. 이 상우춘이란 젊은이 역시 의리를 소중히 여기는 대장부임이 틀림없어 보였다. 그러나 호청우가 어떤 인물인지 모르지 않는가? 성질이 괴팍스럽기로 소문난 사악한 마교 제자의 손에 무기를 넘겨준다는 것이 아무래도 마음이 내키지 않아, 그는 결단을 내리지 못한 채 망설이고 또 망설였다.

"장 진인께서 우리 호 사백을 만나지 않으시려는 뜻은 저도 잘 알고 있습니다. 자고로 정파와 사파는 양립할 수 없는 법인데, 당세 명문 정파의 대종사이신 장 진인께서 어떻게 사마외도의 인물에게 도움을 청하실 수 있겠습니까. 더구나 우리 호 사백은 성미가 괴상야릇해서 장

• 절망적인 상태에서 만에 하나라도 있을 희망에 기대를 걸고 최선을 다한다는 비유. 청나라 때 양소임梁紹壬이 쓴《양반추우암수필兩般秋雨庵隨筆》제3권에서 따온 것이다.

II. 모진 여인의 독설은 창끝보다 더 날카로운데

진인을 보면 예의를 갖추지도 않고 무엄한 언사로 언짢게 해드릴지도 모릅니다. 그랬다가는 도리어 일을 그르치게 될 것입니다. 그러니 이 장씨 아우는 아무래도 제가 맡아서 데려가는 것이 좋겠습니다."

그래도 장삼봉의 입에서는 좀처럼 가타부타 대꾸가 나오지 않았다. 상우춘이 다시 한번 간곡히 권유했다.

"장 진인께서 정 마음이 놓이지 않으시다면 이렇게 하지요. 제가 이 장씨 아우를 호 사백이 계신 곳까지 데리고 가서 치료를 받도록 한 다음, 곧바로 무당산에 올라가 볼모로 잡혀 있겠습니다. 만약 장씨 아우의 신상에 무슨 일이 벌어지거든 그때는 장 진인께서 일장에 저를 때려죽이셔도 좋습니다."

상우춘은 각오를 단단히 한 듯 가슴을 펴고 결연하게 말했다. 그것을 보고 장삼봉은 벙어리처럼 소리 없이 실소를 터뜨렸다. '무기의 신상에 잘못이 생긴다 한들 내가 이 친구를 때려죽여서 무슨 소용이 있단 말인가?' 하나 그의 말에 진정이 서린 것은 확실했다. 이제 무기의 한독은 고황膏肓*에까지 스며들어 그의 말마따나 이래도 죽고 저래도 죽을 수밖에 없는 생사의 갈림길에 서 있었다. 그러니 이 자리에서 결단을 내려야 했다.

"그렇다면 자네한테 부탁을 해야겠네. 하지만 우리 사이에 먼저 분명히 말해두어야 할 게 있네. 호 선생은 억지로 무기를 마교에 입교시

---

* 인체에서 심장 아랫부분을 '고膏' 횡격막을 '황肓'이라 부르는데, 이 중간 부위는 너무나 은밀하게 들어앉고 건드리기 어려울 만큼 민감해 침술과 뜸질, 약물의 효력이 닿지 못하므로 옛날부터 한의학에서는 치료 불가능한 부위로 여겼으며, 이후 병세가 위독한 환자를 일컬을 때 "병이 고황에 들었다"고 표현하게 되었다.

켜서는 결코 안 되며, 우리 무당파 역시 이 아이를 치료한 대가로 자네 교의 어떤 요구 조건도 받아들이지 않는다는 것을 약속해주게."

그는 마교 사람들이 하는 짓이 종잡을 수 없을 만큼 은밀하다는 사실을 익히 알고 있었다. 만약 이들 마교의 무리가 무당파와 이리저리 뒤얽혀 물귀신처럼 달라붙은 채 떨어지지 않을 경우, 그 후환이 얼마나 클 것인지는 아무도 몰랐다. 다섯째 제자 장취산이 어떻게 해서 죽었으며 또 어떻게 명예가 실추되었는지, 그 생생한 사례가 증명하고 있지 않은가!

상우춘이 안타까운 표정을 지었다. 하나 대답하는 목소리만큼은 떳떳했다.

"허어…… 장 진인께서 저희 명교 사람들을 너무 업신여기시는군요. 아무튼 좋습니다. 모든 것을 분부대로 따르겠습니다."

"이 늙은이 대신 무기를 잘 돌봐주게. 만약 이 아이의 몸에 한독이 다 풀어지거든 자네가 데리고 무당산으로 올라오게. 구태여 자신을 인질로 잡힐 것은 없네."

"소인이 기필코 있는 힘을 다하겠습니다."

"이 어린 아가씨는 내가 일단 무당산으로 데리고 감세. 어디 적당한 곳을 찾아서 편히 살 수 있는 방도를 강구해보겠네. 그렇다고 인질로 잡아두겠다는 얘기는 아닐세."

이렇게 해서 얘기는 끝났다. 상우춘은 강변에 올라 커다란 버드나무 아래 구덩이를 하나 깊숙이 팠다. 그러고는 어린 주군의 시체에서 옷을 벗겨 실 한 올 감기지 않은 벌거숭이로 만들어 매장한 다음, 무덤 앞에 무릎을 꿇고 몇 차례 큰절을 했다. 시신을 벌거숭이로 파묻는 '나

장裸葬'풍습은 명교의 계율이었다. 사람이 태어날 때 벌거숭이로 나왔으니 세상을 떠날 때에도 벌거숭이로 가야 한다는 뜻이었다. 그 풍습의 도리를 모르는 장삼봉으로선 마교 사람들이 하는 짓이 그저 해괴하고 요사스럽게만 비쳐 마음이 새삼 불안해졌다.

다음 날 날이 밝자, 장삼봉은 주지약을 데리고 상우춘·장무기와 작별했다. 무기는 부모가 세상을 떠난 이후 장삼봉을 친할아버지처럼 여겨온 터라, 이제 막상 그 곁을 떠나게 되자 아무리 참으려 해도 눈물이 샘솟듯 철철 흘러내렸다.

"무기야, 너는 착한 아이지? 병이 다 낫거든 상우춘 형님이 널 데리고 무당산으로 돌아오게 될 거다. 몇 달만 떨어져 있으면 되니까 그렇게 슬퍼하지 말려무나."

그래도 무기의 눈에서 눈물이 끊이지 않고 흘러내렸다. 주지약이 품속에서 자그만 손수건을 꺼내더니 눈물을 닦아주면서 방그레 웃었다. 그러고는 손수건을 무기의 옷섶에 꾹 찔러 넣어주고 나서 장삼봉을 따라 뭍에 올랐다.

태사부가 주지약을 데리고 떠나는 뒷모습을 장무기는 말없이 눈길로 배웅했다. 연신 뒤돌아보며 손을 흔들던 주지약이 수양버들 뒤편으로 사라져 보이지 않게 되고 나서야 그는 갑작스레 홀로 남았다는 느낌에 다시 울음보를 터뜨렸다. 어린 마음에 참을 수 없는 외로움이 한꺼번에 엄습했던 것이다.

상우춘이 이맛살을 찌푸렸다.

"장씨네 아우, 올해 몇 살이지?"

"열두 살."

"열두 살씩이나 먹었으면 어린애도 아닌데 훌쩍거리다니 창피스럽지도 않은가? 난 열두 살 때 매를 몇백 대나 얻어맞았는지 몰라. 그래도 눈물 한 방울 흘리지 않았어. 사내대장부는 피를 흘릴지언정 눈물은 보이지 않는 법이야. 또 계집애처럼 훌쩍거렸단 봐라, 내 주먹에 혼날 줄 알라고!"

"난 태사부님과 헤어지는 게 싫어서 우는 거라고요! 누가 날 때린다고 울 줄 알아요? 때릴 테면 때려봐! 오늘 한 대 맞으면 내 언젠가는 열 대로 갚아줄 테니까!"

무기가 소리를 바락바락 질렀다. 당돌한 대꾸에 상우춘은 찔끔 놀라더니 이내 껄껄대고 웃어댔다.

"암, 그래야지! 그런 기백이 있어야 어딜 가서라도 대장부 노릇을 할 수가 있지. 그렇게 무섭게 나오니까 내 주먹이 움츠러들어서 때리지도 못하겠는걸."

"난 꼼짝도 못 하는데 왜 못 때려요?"

"공연히 한 대 쥐어박았다가 요다음에 아우가 태사부님께 무공을 잔뜩 배우면 어쩌려고? 무당파 신권神拳으로 때리면 내가 열 대나 견딜 수 있을 것 같아?"

무기의 입에서 드디어 피식하고 웃음보가 터져 나왔다. '이 상우춘이란 형님은 생김새가 사납지만 얘기는 정말 재미있구나' 싶었다.

상우춘은 강선 한 척을 세내어 곧바로 한구漢口까지 나아갔다. 한구에 다다르자 다시 장강 본류에서 항행하는 커다란 강선으로 갈아타고 강물의 흐름을 따라 동쪽으로 내려갔다. 접곡의선 호청우가 은거하는

'나비의 골짜기', 곧 호접곡蝴蝶谷은 장강 하류 안휘성安徽省 북쪽 여산호반女山湖畔에 자리 잡고 있었다. 상우춘은 애당초 회하淮河 연안 출신이라 그 길을 익히 알고 있었다.

장강은 한구에서 구강九江에 이르러 동남쪽으로 꺾여 흐르고 거기서 다시 동북쪽으로 방향을 틀어 안휘성 지경으로 흘러들었다. 장무기는 2년 전 강선을 타고 이 물길을 거슬러 북쪽으로 올라온 적이 있었다. 그때는 아버지 어머니, 그리고 둘째 사백 유연주와 함께 있었으므로 뱃길 여행이 정말 재미있었다. 그러나 지금은 부모 없는 고아 신세에 죽을병까지 든 몸으로 낯선 상우춘을 따라서 의원에게 치료받으러 거꾸로 내려가는 처량한 신세가 되고 말았다. 그때의 즐거움과 지금의 고달픔이야말로 하늘과 땅 차이였다. 생각하면 할수록 가슴은 찢어질 듯이 아팠다. 하지만 사납게 생긴 상우춘 형님이 역정 내고 꾸짖을까 봐 소리내어 울지도 눈물 흘리지도 못한 채 꾹 참고만 있었다. 태사부가 아픔을 덜어주기 위해 찍어놓았던 혈도가 시간이 흐르면서 풀리기 시작했다. 한독이 또다시 발작하면서 장무기는 견디지 못할 고통에 시달렸다. 그는 아픔을 참으려고 입술을 악물었다. 어느덧 입술에 찍힌 이빨 자국이 점점 늘어났다. 엄습해오는 한독의 고통은 날이 갈수록 극심해졌다.

집경현集慶縣 하류 과부瓜埠에 도착하자 상우춘은 배에서 내려 육로를 선택했다. 그는 마차 한 대를 세내어 장무기와 함께 타고 북쪽으로 치달렸다. 그리고 며칠 후 봉양성鳳陽城 동쪽 명광진明光鎭에 이르렀다. 호청우란 사람은 자신의 은거지가 남에게 알려지는 것을 극도로 싫어했다. 상우춘도 그 성미를 잘 아는 만큼 여산호반 호접곡에서 20여 리 떨어진 곳에 다다르자 마차를 돌려보낸 다음, 장무기를 둘러업고 큰 걸음걸이로 휘적휘적 걷기 시작했다.

예전의 그였다면 20여 리 길쯤은 삽시간에 다다를 수 있었지만, 뜻 밖에도 라마승에게 음독한 장력을 두 대씩이나 얻어맞은 뒤끝이라 내상이 무거워서였는지 1리 남짓도 못 걸어서 온몸의 뼈마디가 쑤셔 대고 숨이 가빠져서 걸음을 떼기조차 힘들었다. 그는 심하게 헐떡거 렸다.

등에 업힌 장무기는 미안스러웠다.

"형님, 저 혼자 걸어볼 테니까 내려주세요. 형님이 너무 지쳐서 이러 다간 형님 몸까지 상하겠어요."

이 말을 듣고 상우춘이 버럭 신경질을 내면서 으르렁댔다.

"듣기 싫어! 보통 때 같았으면 단숨에 100리를 걷고도 숨이 차지 않 던 상우춘이야! 그까짓 중놈들한테 한두 대 얻어맞았다고 해서 내가 반걸음도 옮겨놓지 못할 약골인 줄 알아?"

울컥하는 기분에 일부러 걸음걸이 속도를 내어 힘껏 달려보았으나, 내상이 워낙 무거운 데다 조급하게 성질을 부려 들뜬 마음에 안간힘 을 쓰다 보니 200~300척 거리도 채 못 가서 팔다리 뼈 마디마디가 산산이 부서지는 듯 아팠다. 그래도 상우춘은 등에 업힌 장무기를 내 려놓지 않고 고집스레 한 걸음 한 걸음씩 나아갔다.

이렇게 억지로 걷다 보니 속도는 더욱 느려질 수밖에 없었고, 해가 저물어 사방이 캄캄해졌는데도 20리 길의 절반을 채 나아가지 못했 다. 더구나 산길이 워낙 울퉁불퉁 험한 데다 경사마저 갈수록 가파르 게 바뀌어 걷기는커녕 똑바로 서 있기조차 힘들 지경이었다. 이윽고

II. 모진 여인의 독설은 창끝보다 더 날카로운데

울창한 나무숲에 다다르자, 상우춘도 더는 버티지 못하고 장무기를 내려놓기가 무섭게 하늘을 우러른 채 땅바닥에 큰대자로 벌렁 누웠다. 그러고는 누운 자세 그대로 품속을 뒤져 태사부가 장무기에게 먹이라고 넣어준 사탕 과자와 구운 떡을 꺼내 둘이서 나눠 먹었다.

반 시진 남짓 쉬고 나서 상우춘은 다시 길에 오르려고 서둘렀다. 그러나 장무기가 숲속에서 밤을 지새우고 날이 밝거든 다시 떠나자고 극구 만류했다. 상우춘이 가만 생각해보니 그도 그럴 만했다. 야반삼경에 호접곡까지 간다 하더라도 성질 사나운 호 사백을 놀라 깨우게 했다가는 무슨 날벼락이 떨어질지 모르는 터라, 차라리 무기의 말대로 여기서 쉬고 내일 아침 일찍 떠나는 것이 좋을 듯싶었다. 그래서 두 사람은 굵다란 나무 그루터기에 기대앉은 채 잠을 청했다.

한밤중이 되었을 때, 장무기는 또다시 한독이 발작하는 바람에 잠이 깨어 온몸을 와들와들 떨기 시작했다. 그는 혹시라도 곤히 잠든 상우춘이 깰까 봐 이를 악물고 신음 소리도 내지 않고 아픔을 참았다. 바로 그때였다. 갑자기 멀리서 병기들끼리 맞부딪는 날카로운 쇳소리가 들려왔다. 이어서 누군가 호통치는 소리가 어지러이 뒤섞였다.

"게 섰거라! 어딜 도망치려고!"

"동쪽을 막고 숲속으로 몰아넣어라!"

"이번에야말로 저 대머리 중놈을 놓쳐선 안 된다!"

뒤미처 다급하게 내뛰는 발걸음 소리가 들렸다. 캄캄한 어둠 속에서 몇 사람이 나무숲으로 뛰어들었다. 정적을 깨뜨리고 주변이 소란스러워지자 상우춘도 놀라 깨어났다. 벌떡 일어선 그는 오른손으로 어느새 단도를 뽑아 들고 나머지 한 손으로 장무기를 안아 일으켰다. 언제

든지 싸우면서 달아날 준비 태세를 갖춘 것이다. 장무기가 나지막하게 속삭였다.

"저 사람들, 우리를 잡으러 온 게 아니라 웬 스님을 쫓아온 모양이 에요."

상우춘은 말없이 고개를 주억거렸다. 그러고는 슬며시 커다란 나무 뒤로 돌아가 몸을 숨긴 채 바깥쪽을 내다보기 시작했다.

어느새 몰려들었는지 관목이 드문드문 자란 공터에 시커먼 그림자들이 번뜻번뜻 비치더니 일고여덟 명의 괴한이 한 사람을 에워싸고 무섭게 공격을 퍼붓기 시작했다. 포위당한 사람은 맨손으로 쌍장을 어지러이 춤추면서 적들이 다가들지 못하도록 막아섰다. 그러나 포위망은 점점 더 좁혀들었다. 얼마 안 있어 하늘을 뒤덮었던 구름이 걷히면서 여인의 눈썹 같은 초승달이 구름 사이로 희미하게나마 대지 위에 맑은 빛을 뿌렸다. 포위당한 채 집중 공격을 받는 사람은 검은빛 승복 차림에 나이가 40세쯤 들어 보이는 꺽다리 스님이었다.

그를 에워싸고 공격을 퍼붓는 괴한들의 차림새는 구구각색이었다. 승려와 도사가 있는가 하면 속가 차림의 사내도 있고 게다가 두 명의 여인까지 있었다. 인원수는 도합 여덟 명, 잿빛 승복 차림의 승려 두 사람 가운데 하나는 선장禪杖을, 또 하나는 계도戒刀를 잡고 있었다. 선장이 가로후리기로 휩쓸어 치고 계도가 수직으로 내리찍을 때마다 무시무시한 돌개바람이 숲속 나뭇잎을 사면팔방으로 흩날렸다. 장검을 든 도사들의 몸놀림도 재빠르고 민첩했다. 희부연 달빛 아래 장검이 번쩍번쩍 빛날 때마다 서슬 푸른 검화劍花가 꾸역꾸역 쏟아져 나오는데, 몸집이 작달막한 사내는 양손에 쌍도를 갈라 잡은 채 땅바닥에 누

II. 모진 여인의 독설은 창끝보다 더 날카로운데

운 자세로 이리 뒹굴 저리 뒹굴 위치를 바꿔가면서 지당도법地堂刀法으로 검은빛 승복을 입은 스님의 하반신을 집중 공격했다. 두 여인은 장검을 한 자루씩 들고 있었는데, 섬세하고도 매끄러운 몸매처럼 검법 또한 예리하고도 날렵했다. 한참 어우러져 싸우던 여인 가운데 하나가 달빛 아래 얼굴 한쪽을 드러냈다. 그 얼굴 모습을 보는 순간, 장무기는 하마터면 소리를 지를 뻔했다.

'앗, 기 아주머니다!'

그녀는 은리정의 약혼녀 기효부였다.

처음에 장무기는 여덟 명이 한 사람을 에워싸고 한꺼번에 공격하는 것을 보았을 때 무척 공평치 못한 짓이라고 생각했다. 그래서 검은빛 승복의 스님이 아무쪼록 포위망을 돌파하고 무사히 빠져나가기를 바랐다. 한데 지금 와서 기효부의 존재를 알아보자, 그는 검은빛 승복의 스님이 나쁜 사람일 것이라는 생각이 들어, 어떻게 해서든지 기효부 아줌마의 편을 들어주고 싶은 마음이 생겼다. 그도 그럴 것이 2년 전 그의 부모가 잇따라 목숨을 끊고 죽었을 때 유일하게 기효부만이 부드러운 말씨로 그를 위안해주지 않았던가? 비록 그녀가 건넨 황금 목걸이를 받지는 않았지만 따뜻한 그 마음씨만큼은 아직까지 기억하고 있었다.

포위당한 채 집중 공격을 받고 있는 스님의 무공은 실로 대단했다. 장법을 구사하는 솜씨가 쾌속한 듯싶다가 급작스레 완만해지고, 변화가 무쌍해 도무지 헤아릴 길이 없었다. 반격으로 후려쳐 나올 때 그의 손바닥이 어디로 왔다 어디로 가는지조차 똑똑히 보이지 않았다. 따라서 기효부 일행은 비록 인원수가 많으면서도 지루하게 싸움만 길게 끌 뿐 좀처럼 그를 제압하지 못했다.

"암기를 씁시다!"

갑자기 사내 하나가 외쳤다. 그러자 속가 차림의 사내와 도사가 좌우 양편으로 펄쩍 뛰어 갈라섰다. 잠시 뒤 "획획!" 하고 날카롭게 바람을 가르는 소리가 잇따라 울렸다. 손가락으로 튕겨 날리는 강철 탄환彈丸과 비도飛刀가 끊임없이 스님을 향해 날아갔다. 형세가 이쯤 되자 스님도 버티기 어려운지 좌우로 회피 동작을 취하면서 허둥대기 시작했다.

장검을 휘두르고 있던 긴 수염의 도사가 호통쳤다.

"팽 화상影和尙! 우리가 그대의 목숨을 빼앗으려는 것도 아닌데 어째서 악착같이 이러는 거요? 백귀수만 우리한테 넘겨주시오. 그러면 모두 다 같이 웃고 헤어질 수 있지 않겠소?"

나무 뒤에 숨어서 듣고 있던 상우춘이 흠칫 놀라더니 혼잣말로 중얼거렸다.

"저분이 바로 팽 화상이란 말인가?"

장무기 역시 '백귀수'란 이름을 듣고 깜짝 놀랐다. 그는 북극 빙화도에서 중원으로 돌아올 당시 장강을 거슬러 오르는 배 안에서 부모님과 둘째 사백 유연주가 주고받던 대화를 아직도 기억하고 있었다. 유연주는 왕반산도에서 일어난 양도입위 대회 사건 직후부터 천응교와 여러 방회 문파들이 어떻게 원수를 맺게 되었는지 이야기해주었다. 그리고 백귀수가 왕반산도 살육전에서 유일하게 온전한 몸으로 살아 나온 현무단 단주라는 사실도 그때 알았다. 그리고 10년 동안 각대 문파 방회들이 천응교와 끊임없이 피투성이 싸움을 벌인 까닭은 백귀수에

51

게 사손의 행방을 추궁하기 위해서라는 사실도 알게 되었다. 그렇다면 저 팽 화상이란 승려가 백귀수를 비호하는 까닭은 자신이 천응교 인물이기 때문은 아닐까?

이때 팽 화상이 목청을 돋우어 대꾸하는 소리가 들려왔다.

"백 단주는 이미 당신들에게 중상을 입은 몸이오! 나 팽 화상은 그 사람과 연분이 깊기도 하려니와, 설령 아무런 관계가 없다 할지라도 멀쩡한 사람이 맞아 죽는 것을 가만히 보고 있을 수는 없소."

"우리는 그자의 목숨을 해치려는 게 아니라 단지 한 사람의 행방을 알아보고 싶을 따름이오!"

수염이 긴 도사가 외쳐 말하자, 그는 다시 한번 코웃음을 치며 반문했다.

"그대들이 정녕코 사손의 행방을 알고 싶다면 왜 소림사 방장을 찾아가서 묻지 않는 거요?"

"닥쳐라! 그것은 천응교의 요사스러운 계집 은소소가 거짓말로 꾸며 우리 소림사에 화를 떠넘긴 악랄한 계책이었다. 그런 거짓말을 누구더러 믿으란 거냐?"

호통쳐 팽 화상을 꾸짖은 사람은 잿빛 승복을 걸친 승려로 보나마나 소림파 출신이 분명했다.

장무기는 그가 죽은 어머니의 이름자를 함부로 들먹이는 것을 보자 속이 상하기도 하려니와 저들을 끝까지 골탕 먹이고 돌아가신 어머니가 자랑스럽기도 했다. 어머니가 세상을 떠난 지 벌써 2년이 넘었는데, 아직도 이 멍청한 사람들이 정신을 못 차리니 그야말로 귀신이 곡할 계략이 아닌가?

돌연 포위망 외곽에 서 있던 도사가 고함을 질렀다.

"모두 엎드리시오!"

팽 화상을 에워싸고 있던 여섯 동료가 그 외침을 듣기 무섭게 그 자리에 넙죽 엎드렸다. 그와 동시에 흰빛이 번뜩하면서 다섯 자루의 비도가 팽 화상의 가슴을 노리고 벼락같이 들이닥쳤다. 비도가 한두 자루 같았으면 팽 화상도 머리를 움츠리거나 허리를 굽히거나, 그게 아니면 앞으로 엎어지거나 뒤로 벌렁 나자빠져 비도를 스쳐 보낼 수 있었을 것이다. 하지만 한꺼번에 다섯 자루씩이나 날아오는 것도 모자라 여섯 사람의 여섯 가지 병기들마저 회피 동작을 취할 세 방향을 모조리 봉쇄해버리니 무슨 수로 몸을 움츠려 피해낼 수 있단 말인가?

조마조마하게 지켜보던 장무기는 깜짝 놀랐다. 그때 팽 화상은 돌연 그 자리에서 높이 도약하더니 다섯 자루 비도를 모조리 발바닥 아래로 흘려보냈다. 그러나 그다음이 문제였다. 소림파 스님들의 선장과 계도, 수염이 긴 도사의 장검이 제각기 방위를 나누어 그의 하반신 넓적다리를 공격해온 것이다. 허공에 뜬 팽 화상은 할 수 없이 위험을 무릅쓰고 왼 손바닥을 벼락같이 후려쳐 소림파 승려의 머리통을 내리찍었다.

"퍽!"

그와 동시에 갈고리처럼 구부러진 오른손은 이미 승려의 손아귀에서 계도를 낚아챘다. 그 기세를 그대로 휘몰아 그는 선장을 퉁겨 보내고 그 탄력에 힘입어 10여 척 바깥으로 몸을 날렸다. 단 한 번의 절묘한 솜씨로 보란 듯이 포위망을 벗어난 것이다. 계도를 잡고 달려들던 소림파 승려는 그의 무거운 일장에 천령개가 으스러져 즉사하고 말았

II. 모진 여인의 독설은 창끝보다 더 날카로운데

다. 나머지 동료가 노성을 지르며 그를 뒤쫓았다.

"놓치지 말라!"

"아얏!"

다음 순간, 팽 화상의 다리가 휘청하더니 거꾸러지려는 몸뚱이를 가까스로 버티고 섰다. 뒤미처 들이닥친 일곱 명이 또다시 그를 에워쌌다. 선장을 쓰는 소림파 승려가 선불 맞은 호랑이처럼 으르렁대며 선장 끝을 번쩍 치켜들기 무섭게 사나운 기세로 내리쪘었다.

"팽 화상! 네놈이 우리 사제를 죽이다니, 내 네놈과 사생결단을 내고야 말겠다!"

이때 수염이 긴 도사가 그를 붙잡으면서 느긋하게 귀띔했다.

"서두를 것 없소. 저자는 넓적다리에 내가 쏜 갈미구蝎尾鉤를 맞았으니 조금만 있으면 독이 퍼져 죽을 거요."

아니나 다를까, 팽 화상은 발밑이 허방을 디딘 것처럼 들뜬 느낌이 드는지 몸뚱이를 제대로 가누지 못하고 술 취한 사람처럼 이리저리 비틀거렸다.

나무 뒤에 숨은 채 지켜보고 있던 상우춘은 그 광경을 보고 마음이 다급해졌다. '팽 화상은 명교의 중요한 대인물이니 이대로 죽게 내버려둘 수는 없다. 무슨 수를 쓰든지 구해주어야 한다!' 비록 중상을 입은 몸이었으나 그는 사람을 구해야겠다는 일념이 앞선 나머지 충동적으로 숨 한 모금을 거세게 들이켜면서 왼발부터 성큼 내디뎠다. 그러나 숨을 너무 다급하게 들이켠 데다 내디딘 보폭이 너무 커서 상처에 영향을 입혔는지, 갑작스레 가슴이 꽉 막히고 숨을 내쉬지 못해 까무러칠 지경이 되고 말았다. 그래서 더 발걸음을 옮겨 떼지 못한 채 그 자리에 털썩 주저앉았다.

그동안 팽 화상은 도약 자세로 10여 척 남짓 뛰어오르다가 맥없이 도로 지상으로 추락했다. 땅바닥에 쓰러진 채 꼼짝달싹도 못 하는 것을 보건대 이미 독이 발작해 죽은 모양이었다.

상우춘이 고통을 억누르면서 고리눈을 부릅뜨고 싸움판의 동정을 지켜보았다. 일곱 명의 추격자들 역시 팽 화상에게 가까이 다가설 엄두를 내지 못하고 멀찌감치 에워싼 채 동태를 살피고 있었다.

수염 긴 도사가 동료 한 사람을 돌아보고 분부했다.

"허 사제許師弟, 자네 비도 두 자루만 쏘아보게."

"예!"

앞서 비도를 발사했던 도사가 오른손을 번쩍 휘둘렀다.

"획! 획!"

도사의 손아귀에서 날아간 비도 두 자루가 팽 화상의 오른쪽 어깻죽지와 왼쪽 넓적다리에 들이박혔다. 그러나 팽 화상은 여전히 움쭉달싹도 하지 않았다. 숨이 끊어진 게 분명했다.

도사가 긴 수염을 쓸어내리면서 한숨을 내쉬었다.

"아쉽구먼, 아쉬워. 벌써 죽어버리다니. 그럼 백귀수란 놈은 어디에 숨어 있단 말인가?"

일곱 명이 한꺼번에 팽 화상의 시체를 에워싸고 살펴보았다. 한두 손길이 무슨 실마리라도 잡을까 싶어 몸뚱이를 뒤지기 시작했다.

바로 그 순간이었다.

"펑! 철썩, 철썩!"

느닷없이 부서운 장력이 연거푸 다섯 차례나 쏟아져 나오더니 일곱 가운데 다섯 사람이 동시에 바깥쪽으로 나가떨어졌다.

어느새 팽 화상은 그 자리에 우뚝 서 있었다. 어깻죽지와 넓적다리
에는 여전히 비도가 깊숙이 박힌 채 근육이 꿈틀거리는 대로 부르르
떨리고 있었다. 독을 먹인 암기에 맞았다고 느낀 찰나, 그는 더 이상
버티고 싸울 수 없음을 알아차리고 일부러 죽은 척 누워 적들이 가까
이 오기만을 기다렸다. 그러고는 뇌정일격雷霆一擊의 수법으로 번개 벼
락 치듯 장력을 잇따라 쏟아내어 일곱 명의 적수 가운데 남자 다섯 명
의 앞가슴에 일장씩 후려 찍었던 것이다. 땅바닥에 쓰러져 있을 때부
터 줄곧 암암리에 필생의 공력을 끌어모았으니 그 다섯 장력의 기세
야말로 강맹하기 이를 데 없었다.

"앗!"

동료와 함께 팽 화상을 에워싸고 있던 기효부와 그녀의 동문 사저
정민군丁敏君이 기절초풍하며 황급히 뒷걸음질 쳐 물러났다. 정신을 가
다듬고 다섯 동료를 바라보니 하나같이 입으로 선지피를 토해내고 공
력에 손색이 있는 두 사람은 잠시도 그칠 새 없이 처절하게 비명을 지
르고 있었다. 하나 팽 화상 자신도 급격하게 공력을 끌어올린 탓인지
제자리에 서 있지 못하고 당장에라도 쓰러질 듯 휘청거렸다. 혼신의
기력을 다 쏟아내어 기진맥진해진 것이다.

수염이 긴 도사가 쓰러진 채 몸을 절반쯤 일으키면서 필사적으로
고함쳤다.

"정 소저! 기 소저! 어서…… 어서 칼로 그놈을 찔러 죽이시오!"

쌍방 아홉 가운데 소림파 승려 한 사람은 이미 죽었고, 팽 화상과 다
섯 적수는 똑같이 중상을 입었다. 이제 몸이 성한 사람이라고는 기효

부와 정민군 두 사람만 남았을 뿐이었다.

정민군이 기분 나쁘다는 표정으로 도사를 흘겨보았다. 나도 칼부림은 할 줄 아는데 당신이 이래라저래라 명령할 게 뭐 있느냐, 그런 기색이었다. 그녀는 입을 꾹 다물고 장검으로 허식분금虛式分金의 일초를 써서 팽 화상의 발목부터 베어갔다. 반격을 가하기는커녕 손가락 하나 까딱할 기력조차 없는 팽 화상이 길게 한숨을 내리쉬며 두 눈을 감았다. 이젠 죽음을 기다리는 수밖에 없었다.

"쨍그랑!"

갑자기 병기끼리 맞부딪는 쇳소리가 울렸다. 눈을 번쩍 뜨고 보니 이게 웬일인가? 기효부가 장검을 내뻗어 사저의 칼을 가로막고 있는 게 아닌가!

"왜 이래?"

영문을 모르는 정민군이 어리둥절한 기색으로 사매에게 물었다.

"언니, 팽 화상도 방금 우리 동반자들에게 사정을 봐주었으니, 무자비하게 죽일 것까지는 없잖아요."

"사정은 무슨 사정? 저놈은 장력에 힘이 떨어져서 죽이지 못한 거야!"

정민군은 사매에게 한마디 쏘아붙이더니 팽 화상을 향해 매섭게 다그쳤다.

"팽 화상! 우리 사매는 자비심이 많아 네놈의 목숨을 살려주겠다는데, 그럼 백귀수가 어디 있는지 그 정도는 일러줄 수 있겠지?"

그러자 팽 화상이 하늘을 우러러 껄껄대고 웃었다.

"성 소서, 그대가 이 팽 화상을 너무 얕잡아보는구려. 무당과 오협 장취산은 차라리 칼을 물고 죽을지언정 끝까지 자기 의형의 소재를 입 밖에 내지 않았소. 나 팽형옥彭瑩玉은 장 오협의 충정과 의로운 기백을 마음속으로 흠모해온 만큼 비록 재주는 없는 몸이지만 흉내는 한 번 내볼 수 있소."

여기까지 말하고 나서 시뻘건 선혈을 한 모금 토해내더니 그 자리에 털썩 주저앉았다. 정민군이 앞으로 한 발짝 성큼 내디뎠다. 그러고는 발끝으로 그의 옆구리 세 군데 혈도를 잇따라 걷어찼다. 다시는 기습하지 못하도록 예방 조치를 취해놓은 것이다.

한편 나무 그루터기 뒤에서 장무기는 팽 화상이 하는 말을 듣고 가슴속의 뜨거운 피가 용솟음쳤다. 뭐라고 형언하기 어려운 친근감, 고마움이 격렬하게 우러나왔다. 그의 아버지 장취산이 스스로 목숨을 끊고 죽었을 때 명문 정파 인사들 사이의 여론은 거의 한결같았다.

"멀쩡한 청년 영웅 협사가 사교의 요사스러운 계집에게 홀려 단 한 번의 실수로 천고에 한을 남기고 끝내 패가망신했을 뿐만 아니라 무당파에게도 치욕을 안겨주었다."

이런 말을 직접 들은 것은 아니었어도, 태사부와 여러 사백 사숙들은 서로 대화를 나누는 자리에서 너무나 상심한 나머지 자기 어머니 은소소에 대한 노여움, 원망, 질책을 은연중에 드러내곤 했다. 말하자면 아버지 장취산은 평생토록 훌륭한 사람이었으나 어머니에게 잘못 장가든 탓으로 명예가 실추되고 그런 치욕스러운 죽음을 맞았다는 것이었다. 그런 일이 있은 후로, 장무기는 팽 화상처럼 자신의 아버지에 대해 충심으로 감복하고 존경하는 말을 하는 사람을 본 적이 없었다.

정민군이 싸늘하게 비웃음을 지었다.

"장취산을 본받겠다? 흥! 그 작자도 눈이 멀었지. 사교의 요사스러운 계집을 아내로 맞아들였으니 제 발로 비천한 자리에 떨어진 게 아닌가? 그게 뭐 훌륭한 일이라고 본받겠다는 거야? 그놈의 무당파도……."

"언니!"

기효부가 듣다 못해 끼어들었다.

"걱정 마라. 네 남편감, 은 육협은 들먹이지 않을 테니까."

정민군은 다시 팽 화상을 돌아보더니, 칼끝으로 그의 오른쪽 눈을 겨누고 호통쳤다.

"자, 백귀수의 행방을 대라! 말하지 않으면 우선 네 오른쪽 눈을 찌르고 그다음에는 왼쪽 눈, 오른쪽 귀, 왼쪽 귀를 차례차례 찔러 장님에 귀머거리로 만들어버릴 테다. 그래도 버티면 코를 썽둥 잘라내지. 요컨대 사매의 간청도 있고 하니 죽이지는 않겠다 이거야."

칼끝이 눈앞에 닥쳤는데도 팽 화상은 고리눈을 딱 부릅뜬 채 단 한 순간도 깜빡거리지 않았다.

"내 평소 아미파 멸절사태의 모진 심보와 악랄한 솜씨를 존경해왔는데, 그 스승에 그 제자답게 과연 그 손으로 길러낸 제자도 뒤떨어지지 않는군. 나 팽형옥이 오늘 그대의 손아귀에 떨어졌으니 어디 아미파의 기막힌 솜씨대로 요리해보시지!"

그가 담담하게 내뱉자 정민군의 두 눈에 쌍심지가 돋았다.

"죽일 놈의 땡추 녀석! 감히 우리 사문을 모욕하다니!"

매섭게 호통치는 가운데 장검의 예리한 칼끝이 앞으로 쑥 내지르면서 팽형옥의 오른쪽 눈을 찔러 늘어갔다. 그리고 칼끝은 이내 왼쪽 눈으로 옮아갔다.

"으하하하!"

팽형옥의 입에서 껄껄대는 웃음소리가 터져 나왔다. 멀어버린 오른쪽 눈에서는 핏물이 줄줄 흘러내렸다.

하나 남은 왼쪽 눈을 딱 부릅뜬 채 사납게 노려보는 그 눈초리에 정민군은 그만 소름이 오싹 끼쳤다.

"천응교 사람도 아니면서 왜 백귀수 때문에 귀중한 목숨을 던지려는 거냐?"

그녀는 두근거리는 가슴을 억누르려고 일부러 목청 높여 고함을 질렀다.

"하하! 대장부가 사람 노릇 하는 도리를 일러줘봤자, 너 따위는 알아듣지도 못할 거다."

팽형옥 화상은 늠름한 자태를 한 채 대꾸했다. 저항할 힘도 없으면서 자기를 멸시하는 기색을 보자, 분통이 터진 정민군은 칼자루에 힘을 주어 다시 그의 왼쪽 눈마저 찔러 들어갔다.

"쨍그랑!"

기효부가 또 한 차례 장검을 휘둘러 정민군의 칼을 슬쩍 뿌리쳤다.

"언니, 참아요. 이 화상은 고집이 너무 세서 무슨 짓을 당해도 입을 열지 않을 거예요. 죽여봤자 부질없는 일밖에 더 되겠어요?"

그러나 멸시당하고 악에 받친 정민군은 막무가내로 달려들었다.

"안 돼! 이놈이 우리 사부님더러 심보가 고약하고 솜씨가 악랄하다고 모욕하는 소릴 못 들었어? 그러니 나도 그 스승에 그 제자답게 이놈한테 모진 심보와 악랄한 솜씨가 뭔지 보여주고야 말겠다. 이런 마교의 요물을 세상에 남겨두었다가는 착한 사람들만 해칠 테니까 한 놈을 죽여 없애면 그만큼 공덕을 쌓는 셈 아니냐?"

"하지만 이 사람도 뼈대가 있는 남자예요. 언니, 그만하고 살려 보내세요."

그러자 정민군이 목소리를 높였다.

"여길 봐라! 이놈의 손에 소림사 두 분 사형이 죽고 다친 데다, 곤륜파 도장 두 분마저 중상을 입지 않았느냐? 해사파에서 온 두 형씨는 더욱 크게 다쳐서 언제 숨이 끊어질지 모른단 말이다! 이래도 이놈의 솜씨가 악랄하지 않다고 할 테냐? 넌 저리 비켜서 있어! 내 이놈의 왼쪽 눈마저 멀게 해놓고 다시 따져 물을 테니까!"

말끝이 입에서 떨어지자마자, 칼끝이 번갯불처럼 팽형옥의 왼쪽 눈으로 찔러 들어갔다.

"쨍그랑!"

기효부가 장검을 가로 내지르더니 정민군의 일검을 교묘하게 얽어 뿌리쳤다.

"언니, 이 사람은 반격할 힘도 없어요. 공연히 이런 사람을 해쳤다는 소문이 강호에 퍼지면 우리 아미파의 명성만 나빠지지 않겠어요?"

기효부가 벌써 세 번이나 가로막고 나서자, 마침내 정민군의 고운 눈썹이 곤두섰다. 그녀는 곧 당돌한 사매에게 바락 소리를 질렀다.

"비켜서! 참견하지 말라니까!"

"언니, 제발!"

"날 언니라고 불렀으면 더 잔소리 말고 내 말대로 해!"

"알았어요……."

사매가 수그러들자, 정민군은 장검을 떨치더니 팽형옥의 왼쪽 눈을 겨냥해서 이번에는 3할 정도 힘을 더 주어 찔렀다.

기효부는 차마 보고만 있을 수 없어 또다시 장검을 내밀어 가로막았다. 사저의 검세가 매서워진 것을 본 그녀 역시 내력을 쏟아부어 힘차게 맞부딪쳤다.

"쩡!"

쌍검이 엇갈리면서 쇳소리와 함께 사방으로 불티를 튕겨냈다. 충격을 받은 두 여인의 팔뚝이 마비되면서 저마다 두 걸음씩 뒷걸음질 쳤다. 이윽고 정민군이 노발대발하며 호통을 쳤다.

"벌써 세 번씩이나 이 요사스러운 땡추중을 감싸고도는데, 도대체 무슨 심보로 이러는 거냐?"

"전 별뜻은 없어요. 언니가 이 사람을 잔인한 방법으로 괴롭히는 게 싫어서 그럴 뿐이에요. 백귀수의 행방을 알려면 차분하게 물어도 되지 않겠어요?"

"흥!"

정민군이 코웃음을 쳤다.

"내가 네 속뜻을 모를 줄 알고? 가슴에 손을 얹고 자신한테 물어보려무나. 무당파 은 육협이 벌써 몇 차례나 혼례식을 올리자고 독촉했는데, 왜 자꾸 요리조리 핑계만 대고 거절했지? 네 아버지가 찾아와서 재촉하니까 넌 어떻게 했지? 아예 집을 뛰쳐나오고 말았어! 왜 그랬지?"

"본문은 곽양 조사께서 아미파를 창건하신 이래 역대 동문은 속세를 떠나 비구니가 되지는 않았어도 스스로 미혼의 몸을 지켜 시집가지 않은 여자가 많았어요. 내게 시집갈 마음이 없는 것도 그분들과 마찬가지인데, 왜 자꾸 몰아세우는 거예요?"

"흥! 그렇게 둘러댄다고 내가 믿어줄 듯싶으냐? 저놈의 눈을 네 손으로 찔러라! 그러지 않으면 네 부끄러운 일을 모조리 까발리고 말테다."

정민군이 싸느랗게 소리쳤다. 얘기가 이쯤 되자 기효부도 딱 부러지게 항변하고 나섰다.

"내 개인적인 일과 이 사건이 무슨 상관이 있다고 그러는 거죠? 언니, 왜 자꾸 결부시키려는 거예요?"

"생각해보렴. 우리 모두 다 아는 일 아니냐? 여기 남들이 보는 앞에서 어떤 사람의 흠집을 들춰낼 것까지는 없겠지. 네 몸은 아미파에 있지만 마음은 마교에 가 있어!"

이 말을 듣는 순간, 기효부의 얼굴빛이 창백해졌다. 그녀는 덜덜 떨리는 목소리로 따져 물었다.

"난 줄곧 언니를 사저로 존경해왔어요. 언니한테 털끝만치도 잘못한 일이 없는데 어째서 오늘따라 이렇듯 모욕을 주는 거죠?"

"그럼 좋다! 만약 네 마음이 마교에 쏠려 있지 않다면 그 칼로 저 땅추중의 왼쪽 눈을 찔러서 증명해 보여라!"

기효부의 목소리가 다시 부드럽게 바뀌었다.

"언니, 동문의 정리를 생각해서라도 제발 저를 몰아세우지 말아줘요."

"내가 너한테 어려운 일을 시키는 것도 아닌데 왜 자꾸 발뺌을 하는 거냐? 사부님은 우리한테 금모사왕의 행방을 알아오라고 분부하셨어. 이제 저 화상이 바로 유일한 실마리다. 그런데 서놈은 진상을 털어놓지도 않았고, 또 우리의 숱한 동반자를 살상했다. 내가 저놈의 오른쪽 눈을 찔렀으니, 너도 저 왼쪽 눈을 찌르는 것이 공평한 도리인데, 어째서 손을 대지 않고 망설이는 거냐?"

"저 사람은 앞서 우리 두 사람에게 인정을 베풀었어요. 그러니 우리 역시 매정하게 저 사람을 죽여 없애서는 안 돼요. 난 마음이 여려서…… 도저히 손을 쓰지 못하겠어요."

기효부는 나지막한 목소리로 이렇게 말하더니, 아예 장검을 칼집에 꽂아 넣었다.

"네 마음이 여리다고? 흐흠, 사부님께선 늘 네 검법이 모질고 신랄한 데다 성격도 굳세고 결단력이 있어서 사부님을 제일 많이 닮았다고 칭찬하시지 않았더냐? 그래서 너를 장문인의 후계자로 세울 뜻까지 품어오셨는데, 그런 네가 어떻게 마음이 여릴 수 있지?"

동문끼리 말다툼을 벌이기 시작했을 때, 주변 사람들은 그저 영문을 모른 채 어리둥절했으나 얘기가 이쯤 되고 나니 비로소 그 사연을 짐작으로나마 알아차릴 수 있었다. 아미파 장문인 멸절사태는 제자들 가운데 누구보다 기효부를 아끼고 사랑했다. 그래서 의발을 전수할 뜻이 있었던 모양인데, 사저 되는 정민군이 마음속으로 질투심을 품은 듯했다. 그녀가 기효부에게서 무슨 꼬투리를 잡았는지는 모르겠으나 아무튼 마음먹고 뭇사람들 앞에 추태를 보이게 만들어 얼굴도 들지 못하게 하려는 수작이 분명해 보였다.

정민군이 다시 다그쳐 물었다.

"기 사매, 내 한 가지 묻겠어. 그해 사부님께서 아미산 금정봉金頂峰에 본문 제자들을 불러 모으시고 그 어르신께서 손수 창안하신 '멸검滅劍'과 '절검絕劍' 두 벌의 검법을 가르쳐주셨을 때, 너는 왜 달려오지 않았지? 무엇 때문에 사부님을 그렇듯 노발대발 역정 내시게 만들었던 거야?"

기효부가 얼른 해명을 했다.

"그때 저는 감주甘州에서 갑자기 병이 나 움직일 수 없었어요. 그 일은 진작 사부님께 말씀드려 알고 계시는데, 왜 느닷없이 그걸 묻는 거죠?"

"흐흥, 네가 사부님을 속일 수는 있어도 내 눈만큼은 속이지 못해. 한두 마디 더 물어볼 것이 있는데, 네가 저 화상의 눈을 찔러 장님으로 만들어놓겠다면 묻지 않을 수도 있지!"

기효부는 고개를 숙인 채 아무 말이 없었다. 뭔가 무척 난감한 기색이었다. 잠시 후 그녀는 다 기어들어가는 목소리로 간청했다.

"언니, 동문수학하던 정리를 생각해서라도 그만하실 수 없나요?"

"닥쳐! 찌를 거냐 말 거냐?"

"언니, 걱정 마세요. 사부님이 저한테 의발을 전수하셔서 후계자로 삼으시려 해도 난 절대로 받아들이지 않을 테니까요."

이 말에 정민군이 노성을 질렀다.

"뭐라고? 그런 말을 하는 걸 보니 내가 너한테 샘이 나서 강짜를 부리는 줄 알겠구나! 그래 얘기가 나온 김에 따져보자! 내 어디가 너보다 못해서 너 따위한테 동정까지 받아야 한단 말이냐? 후계자 자리를 양보하겠다고? 원 별소리를 다 듣겠군! 도대체 어떻게 할 테냐, 찌를 거냐 말 거냐?"

"내가 무슨 잘못을 저질렀다면 얘기하세요. 잘못힌 길 꾸짖고 벌하

11. 모진 여인의 독설은 창끝보다 더 날카로운데

시겠다면 승복하겠어요. 하지만 여기 다른 문파의 친구분들이 보는 앞에서 이렇듯 몰아세운다면 저는…… 저는……."

기효부는 말끝을 맺지 못하고 주르르 눈물만 흘렸다.

"헤헤, 그렇게 가련한 꼬락서니를 꾸민다고 내가 속아 넘어갈 듯싶으냐? 속으로는 나한테 악담 저주를 퍼붓고 있겠지! 아마 7년 전인가 아니면 8년 전인가, 내 잘 기억나지 않는군. 아무튼 네가 감주에 나가 있던 해의 일을 너는 잘 알고 있겠지? 감주 땅에서 정말 병이 난 거냐? 그렇군, 나기는 났는데, 흐흠…… 병이 아니라 귀여운 아기를 낳았지?"

정민군의 비아냥거리는 말이 여기까지 나왔을 때, 기효부는 더는 듣지 못하고 급작스레 몸을 돌리더니 미친 듯이 뛰어 달아나기 시작했다. 그러나 정민군도 벌써부터 그럴 줄 알았다는 듯이 잽싸게 앞을 가로막고 장검으로 그녀의 얼굴을 겨누었다.

"좋게 얘기할 때 들어! 팽 화상의 눈을 안 찌르면 내 입이 또 열리게 될 테니까. 그 계집아이의 아비가 누구지? 그리고 또 명문 정파의 제자가 왜 자꾸 마교의 요승을 감싸고도는 거야? 어디 내가 대신 말해볼까?"

"어서…… 어서 비켜줘요!"

기효부가 다급한 나머지 허둥거리며 악을 썼다. 정민군은 장검 끝으로 앞가슴을 겨냥하면서 일부러 큰 소리로 물었다.

"다시 묻겠다. 네가 낳은 아이를 어디다 숨겨놓고 길렀지? 너는 무당파 은 육협의 약혼녀이면서 왜 다른 사내와 정을 통해 아이까지 낳았지?"

청천벽력과 같은 말이 뭇사람들의 귀청을 때렸다. 땅바닥에 쓰러진 사람이거나 고목 뒤에 몸을 숨긴 사람이거나 모두 그 말을 듣는 순간 저마다 가슴이 철렁했다. 무기의 머릿속은 온통 미망으로 가득 찼다. 저 마음씨 고운 기 아줌마가 어째서 은 숙부님께 미안스러운 일을 저질렀단 말인가? 어린 소년은 남녀 관계에 대해서는 별로 아는 바가 없었다. 하지만 상우춘과 팽 화상, 곤륜파의 수염 긴 도사 일행은 정민군의 입에서 나온 이 엄청난 비밀을 장무기처럼 그렇게 단순하게 생각할 순 없었다.

얼굴빛이 종잇장보다 더 하얗게 질린 기효부가 정신없이 그녀 앞으로 달려들었다. 그다음 순간, 정민군은 돌발적으로 살수를 펼쳤다. 번쩍 휘두른 장검의 겨냥이 슬쩍 빗나가는 듯싶더니 기효부의 오른쪽 팔을 뼛속까지 닿도록 깊숙이 찔러 들었다. 급작스레 중상을 입은 기효부도 더는 참을 수가 없어 왼손으로 패검을 뽑아 들었다.

"언니! 자꾸 이렇게 몰아붙이면 나도 가만있지 않겠어요!"

이 말을 들으면서, 정민군은 순간적으로 머리를 굴렸다. '이제는 어차피 자매지간의 정분은 다 깨진 셈이다. 내 입으로 이년의 비밀을 발설했으니 이년도 나를 죽여서 입을 봉해버릴 것이 분명하다. 물론 내 무공 실력은 이년보다 훨씬 못하다. 목숨 걸고 싸워봤자 내가 패할 것은 불 보듯 뻔한 사실 아닌가? 방금 내가 엉겁결에나마 선수를 쳐서 오른팔을 못 쓰게 만들었으니 정말 잘된 일이다. 오냐, 우리 한번 죽기 살기로 싸워보자꾸나!'

기효부가 장검을 뽑아 들자, 정민군은 즉시 칼끝을 상대방의 하반신 쪽으로 돌려 기효부의 아랫배를 찔러 들어갔다. 중천에 걸려 있던 달이 서녘으로 떨어지듯 상단을 겨누었던 칼끝이 비스듬히 처지면서 곧바로 하반신의 치명 부위를 노리는 아미검법의 살초 '월락서산月落西山'이었다.

상처에서 오는 극심한 통증으로 기효부의 얼굴빛은 창백하다 못해 새파랗게 질렸다. 그러나 상처를 돌아볼 겨를조차 없었다. 정민군의 무서운 살초가 찔러 들자, 그녀는 즉각 좌수검左手劍으로 반격해나갔다.

동문수학한 자매지간이라 두 사람 모두 상대방의 검법을 너무나 잘 알고 있었다. 하지만 목숨을 걸고 싸우는 마당이니 여느 때처럼 일일이 검초를 헤아려가며 느긋하게 대응할 처지가 아니었다. 두 여인은 분노와 질투를 칼끝에 모은 채, 보는 사람들의 가슴이 떨릴 정도로 긴박하고도 격렬한 싸움을 이어가기 시작했다.

관전자들은 하나같이 중상을 입은 몸이라 두 사람의 싸움을 말릴 수도 없거니와 어느 한편을 도와줄 처지도 못 되었다. 그저 두 눈만 휘둥그레 뜨고 바라보면서 혀를 내두를 따름이었다. 고명하기 비할 데 없는 검술에 그들은 비록 말은 하지 않았어도 저마다 속으로 탄복을 금치 못했다. 과연 명불허전이라더니, 아미파가 당세 무학 사대 종파의 하나로 손꼽히게 된 것도 무리는 아니라고 생각했다.

기효부의 오른팔에서 계속 피가 흘러내렸다. 싸움이 격렬해질수록 피는 더욱 심하게 흘러나왔다. 그녀 역시 잇따라 실수를 펼쳤다. 어떻게 해서든지 한순간이라도 빨리 찰거머리 같은 정민군을 떨쳐버리고 길을 찾아서 이 수치스러운 곳에서 도망치고 싶은 생각밖에 없었다. 그러나 늘 써오던 오른손 대신 왼손으로 쓰는 칼솜씨가 그리 신통치 않아 제 실력의 3할 정도밖에 효과를 내지 못했다. 게다가 부상을 입은 몸뚱이가 마음대로 움직여주지도 않았다.

정민군은 오늘날까지 이 어린 사매의 무공 실력에 눌려 기를 펴지 못하고 살아왔다. 그렇기 때문에 생사를 걸고 싸우는 마당에서도 가까이 붙어 지근 공격至近攻擊을 펴지 못하고 멀찌감치 떨어진 채 그저 달아나지 못하게 발목을 붙잡아놓고 더 많은 피를 쏟아 기력이 쇠진해질 때까지 기다렸다. 이윽고 기효부의 다리가 휘청거리더니 마침내 검법이 흐트러지기 시작했다. 더는 버티기 힘든 기색이 역력했다. 그 기회를 고대하던 정민군은 수비 자세를 풀고 장검으로 잇따라 두 차례 공격을 퍼부었다. "휙, 휙!" 바람을 가르면서 찔러든 칼끝이 기효부의 오른쪽 팔뚝을 연거푸 찔러 들었다. 상반신 옷자락의 절반이 온통 선혈로 물들었다.

그것을 본 팽 화상이 벼락같이 소리를 질렀다.

"기 낭자! 어서 와 내 왼쪽 눈을 찌르시오. 이 팽 화상은 이미 당신의 호의를 고맙게 받아들였으니 더는 망설이지 말고 어서 내 눈을 찌르시오!"

그는 기효부가 자신의 목숨이 위험에 처했는데도 적을 감싸주자, 그 용기에 탄복을 금치 못했다. 그것은 사내대장부도 좀처럼 하기 어려운 일이었다. 더구나 정민군이 그녀를 협박하는 구실은 여자가 목숨보다 더 소중히 여기는 정조가 아닌가?

하지만 이제 와서 기효부가 팽 화상의 눈을 찔러 장님으로 만든다 해도 정민군이 그녀를 놓아줄 리 만무했다. 질투와 시기심의 화신이 된 그녀는 오늘 이 기회에 자기보다 무공 실력이나 심지가 뛰어난 기 사매를 죽여 없애지 않았다가는 후환이 끊임없으리라는 사실을 빤히 알고 있기 때문이었다.

정민군의 공격 검초는 갈수록 살벌하고 매서워졌다. 이제 결정적인 일격으로 치명상을 입히면 기효부의 목숨은 끝장날 판이었다. 그것을 보고 다급해진 팽 화상이 정민군의 심기를 흩어놓을 작정으로 이번에는 그쪽을 향해 큰 소리로 욕설을 퍼붓기 시작했다.

"정민군! 정말 낯가죽도 두껍게 염치없는 계집이로구나! 그러니까 강호에 붙은 네 별명이 '독수무염毒手無鹽'이 아닌가! 심보가 모질기는 독사에다 전갈을 합친 것 같고 생김새는 추녀 무염無鹽보다 더하군그래! 세상 여자들이 모두 너같이 추접스레 생겼다면 보는 사람마다 먹은 걸 다 토해내고 세상 천하 남자들 모두 절간으로 도망쳐서 중이 되고 말 거야! 하하, 독수무염 정민군을 바라보고 있으려니 내 차라리 나머지 한 눈마저 멀어서 장님이 되는 게 낫겠군!"

팽 화상이 정민군을 빗댄 무염이란 여인은 저 옛날 춘추시대 때부터 추녀의 대명사로 불려온 사람이었다. 본 이름은 종리춘鍾離春이었으나 무염 지방에서 태어났다고 해서 '무염녀無鹽女'라고 불렸다. 역사 기록에 보면 무염녀는 툭 불거져 나온 이마에 움푹 꺼진 두 눈매, 들창코에다 목덜미는 옴두꺼비처럼 어깨에 달라붙고 허리는 가슴까지 올라왔는데, 염병을 앓고 난 병자처럼 머리칼이 듬성듬성 났고 온몸의 살갗은 옻칠한 것처럼 시커멓게 생겼다고 했다.

정민군은 썩 미녀 축에 들지는 않았으나 그래도 얼굴 생김새 하나만큼은 준수하고 몸매 또한 청초해 제법 가냘픈 맛도 있었다. 한데 팽 화상은 세상 물정에 닳고 닳은 인물이었다. 그래서 온 세상 천하 여인들의 마음이란 곱게 생겼든 밉게 생겼든 누가 자신더러 못생겼다고 손가락질하면 평생을 두고 뼈에 사무치도록 앙심을 품는다는 사실을 익히 알고 있었다. 그가 정민군을 그 추한 무염녀에 빗대어 얼렁뚱땅 없는 별명까지 붙여가며 마구 욕설을 퍼부은 의도는 딱 하나, 사세가 위급해지자 그녀의 관심을 자기 쪽으로 돌려서 기효부에게 도망칠 틈을 주기 위해서였다. 또 그것도 안 되면 하다못해 상처라도 싸맬 시간을 벌어주겠다는 생각에서였다.

하나 정민군의 생각은 달랐다. '팽 화상, 손가락 하나 까딱할 힘도 없는 네놈이 달아나야 어디까지 가겠느냐? 우선 기효부란 년부터 처치하고 나서 네놈을 손봐줄 테니 꼼짝 말고 자빠져 있거라! 어디 보자, 나더러 독수무염이라고? 이 괘씸한 땡추중 녀석!'

그녀는 팽 화상의 욕설을 못 들은 척 무시한 채 여전히 사납게 칼부림을 했다. 하지만 이대로 포기할 팽 화상이 아니었다. 그는 더욱 끈덕지게 정민군의 심사를 박박 긁어놓았다.

"하하! 강호 인물치고 기 여협의 그 빙옥氷玉같이 순결한 정절을 모르는 이가 어디 있겠는가? 그런데 독수무염 정민군 소저는 제멋에 겨워 짝사랑을 한다니까! 얼토당토않게 무당파 은리정을 유혹해서 제 한 몸 맡기려고 꼬리 치다가 퇴짜를 맞았지 뭔가! 그러니 분풀이로 기 여협을 죽이려 들밖에! 하하, 저 여자 광대뼈 좀 보라니까! 왼쪽 오른쪽이 저렇게 툭 불거져 나왔지 않나! 아가리는 핏물 담긴 세숫대야만한 데다 황달에 걸렸는지 살갗은 어찌 저리도 누리끼리한지 몰라. 꺽다리 키는 대꼬챙이처럼 비쩍 마르고 젖가슴은 납작 붙었으니 은리정이 아니더라도 어느 눈알 삔 녀석이 거들떠보기나 하려고? 이봐, 정 낭자! 거울이나 한번 들여다보게! 그래도 자신 있거든 사내들한테 꼬리를 치든지 아양을 떨든지 해보라니까!"

Ⅱ. 모진 여인의 독설은 창끝보다 더 날카로운데

듣다 못한 정민군이 드디어 분통을 터뜨렸다. 분노에 미쳐버린 그녀는 기효부를 내버려둔 채 단걸음에 쏜살같이 팽 화상 앞으로 달려가더니 칼끝으로 그의 주둥이를 겨누기가 무섭게 냅다 찔러 넣었다.

사실 얘기가 나왔으니 말이지, 그녀의 얼굴에는 광대뼈도 약간 나왔고 입매도 앵두처럼 자그맣게 도드라진 입술이 아니었다. 살갗도 나름대로 보드랍고 윤기가 돌기는 했지만 썩 해말간 빛깔은 못 되는 데다 후리후리한 몸매에 키도 훤칠하게 컸다. 늘 들여다보는 자기 얼굴 모습에서 그녀 역시 이런 점을 옥에 티처럼 언짢게 여기고 있었으나, 어지간히 주의를 기울이지 않고선 그렇게 드러나 보이는 결점은 아니었다. 그런데 눈썰미 예리한 팽 화상이 그 약점을 간파하고 끄집어냈을 뿐 아니라 기름 치고 양념 치고 마구잡이로 부풀려서 남들 앞에 드러내놓았으니 분통이 터질 노릇이 아니고 뭐란 말인가? 더구나 기가 막힌 것은 생전 보지도 못한 무당파 은리정에게 자기가 꼬리를 치고 아양을 떨면서 몸까지 내맡기려 했다니, 그 한마디가 그녀의 자존심에 치명타를 가했던 것이다.

장검이 곧바로 팽 화상의 입을 노리고 찔러 드는 찰나였다. 갑자기 나무숲 속에서 누군가 대갈일성을 터뜨리며 뛰쳐나와 팽 화상의 앞을 가로막았다.

"아얏!"

돌발적으로 나타난 사람의 몸놀림이 너무나 빨라 정민군은 미처 칼끝을 거두어들이지 못한 채 그대로 사내의 이마를 꿰뚫고 말았다. 사내의 키가 팽 화상보다 한 뼘 남짓 작았기 때문에 장검의 칼끝이 이마를 정통으로 찌른 것이다. 그러나 사내의 두 손바닥은 칼에 찔리는 것과 동시에 정민군의 앞가슴을 겨냥해 쌍장을 후려치고 있었다.

"픽!"

실로 전광석화보다 더 빠른 둔탁한 소리가 울리면서 정민군은 맥없이 뒤로 서너 걸음 날아가더니 엉덩방아를 찧고 그 자리에 털썩 주저앉았다. 그러고는 입으로 선지피를 확 뿜어냈다. 그녀의 손아귀에서 벗어난 장검은 사내의 이마에 그대로 꽂힌 채 싸늘한 빛을 쏟아내고 있었다. 보나마나 그 역시 살아나기는 이미 글러 보였다.

"앗, 백귀수, 백귀수다!"

곤륜파의 수염 긴 도사 한 명이 안간힘을 써가며 두세 걸음 다가오면서 새된 경악성을 터뜨렸다. 그러나 곧 두 다리에 맥이 풀려 그 자리에 털썩 주저앉았다.

위기일발의 순간 팽 화상의 앞을 가로막고 대신 칼끝을 받은 자는 바로 천응교 현무단주 백귀수였다. 그는 은신처에서 사손의 행방을 추적하던 무림인들에게 발각되자, 혈혈단신으로 싸우다가 중상을 입었다. 그리고 때마침 팽 화상의 도움을 받아 일단 피신하는 데 성공했으나 자기 대신 팽 화상이 표적이 되어 소림과 곤륜, 아미, 해사파 고수들에게 포위 공격을 받고 있음을 알아차리고 혼신의 기력을 다 쏟아 뒤따라왔던 것이다. 결국 그는 팽 화상을 대신해서 정민군의 칼을 받고 죽었다. 그의 공력은 비록 크게 감퇴되었지만 숨이 끊어지면서 마지막으로 내지른 필사의 장력에 정민군 역시 갈비뼈가 몇 대나 부러지는 중상을 입었다.

실로 눈 깜짝할 사이에 벌어진 일이었다. 잠시 후 놀란 넋이 다소 가라앉자 기효부는 옷자락을 찢어 팔뚝의 상처를 조심스레 싸맨 다음,

II. 모진 여인의 독설은 창끝보다 더 날카로운데

팽 화상의 옆구리 혈도를 풀어주었다. 그러고는 말 한마디 없이 돌아서서 그 자리를 떠나려 했다.

"잠깐만! 기 낭자, 이 팽 화상의 절 한 번 받으시오!"

막혔던 혈도가 풀려 자유를 얻은 팽 화상이 그녀를 불러 세우더니 무릎 꿇고 큰절을 했다. 기효부는 옆으로 피해 서서 그 절을 받지 않았다. 팽 화상은 수염 긴 도사가 놓쳐버린 장검을 주워 들고 정민군에게 호통쳤다.

"정민군, 이 못된 계집! 네가 허튼소리를 지껄여 기 낭자의 청백한 명예를 더럽혔으니 그 주둥아리를 이 세상에 남겨둘 수 없다!"

그러고는 칼끝을 겨누어 정민군의 목을 찔러 들었다.

"쩡!"

기효부의 왼손에 들린 장검이 그 칼날을 튕겨 날렸다.

"이 사람은 내 사저입니다. 비록 나를 무정하게 대했어도 나까지 의리를 저버릴 수는 없습니다."

"일이 이렇게 된 바에야 죽여 없애는 것이 나을 거요. 저대로 살려두었다가는 훗날 기 낭자에게 아주 크게 이롭지 못할 거외다."

"나는 이 세상에서 가장 박복하고 불행한 여자예요. 모든 것을 하늘의 운명에 맡기는 수밖에 없습니다. 팽 대사님, 제 언니를 해치지 마세요."

말을 마치자 두 줄기 눈물이 주르르 흘러내렸다. 피땀에 젖은 기효부의 얼굴이 또다시 눈물로 얼룩졌다.

"내 어찌 기 여협의 분부를 거역하겠소? 죽이지 않으리다."

팽 화상에게서 다짐을 받고 나자 그녀는 마음이 놓인다는 기색으로 정민군을 돌아보았다.

"언니, 부디 몸조심하세요."

한마디를 던진 기효부가 장검을 칼집에 꽂아 넣고는 조용히 숲속을 벗어나 사라졌다. 말없이 그녀의 뒷모습을 전송하던 팽 화상은 잠시 고개를 숙인 채 생각에 잠겼다. 그러고는 이내 땅바닥에 중상을 입고 널브러진 다섯 명의 부상자에게 눈길을 돌렸다.

"나 팽 화상은 그대들과 불구대천지 원수를 맺은 것도 아닌 터라 본래 꼭 죽이겠단 생각은 없었소. 하지만 오늘 정민군이 기 여협을 중상 모략하는 소리를 그대들도 두 귀로 똑똑히 들었으니, 만약 강호에 소문이라도 퍼지는 날이면 기 여협이 어떻게 얼굴을 들고 다닐 수 있겠소? 내가 그대들을 죽여 입을 봉하는 것은 부득이해서 그러는 것이니 너무 원망들 마시오."

말을 끝낸 팽 화상은 한 칼에 한 사람씩 곤륜파 도사 둘과 소림파 스님 하나, 그리고 해사파 출신의 고수 둘을 차례차례 찔러 죽였다. 그는 마지막에 가서 정민군 앞으로 다가서더니 어깨머리에서부터 손목까지 깊숙이 베어 기다란 상처를 냈다.

"아앗!"

정민군은 자기 눈앞에서 다섯 동료가 죽어 넘어가는 끔찍한 광경을 보고 자신의 팔뚝까지 베이자 간담이 뚝 떨어지도록 놀랐으나, 중상을 입은 몸이라 항거하지도 못한 채 그저 살아 있는 입으로 고래고래 악을 쓸 따름이었다.

"이 대머리 도적놈! 날 괴롭히지 말고 단칼에 푹 찔러 죽여라!"

팽 화상이 싱긋 웃었다.

"너같이 살갗 누렇고 아가리 큰 추녀를 내 어떻게 죽일 수 있겠는가? 만약 널 지옥으로 보냈다가는 수천수만 마리나 되는 저승 귀신들이 네 낯짝을 보고 놀라서 인간 세상으로 도망쳐 나올까 봐 겁이 다 난다. 어쩌면 염라대왕님조차 기절초풍해서 구역질하고 설사를 하느라 지옥이 온통 아수라장이 될 텐데, 나더러 그 죄를 어찌 다 받으란 말이냐? 하하하!"

말끝에 큰 소리로 웃음보를 터뜨린 팽 화상은 손에 들고 있던 장검을 툭 던져버리더니 백귀수의 시체를 안아들고 대성통곡하며 휘적휘적 숲속으로 사라졌다.

홀로 남겨진 정민군은 한참 동안 헐떡헐떡 거친 숨을 몰아쉬었다. 부러진 갈비뼈 때문에 숨을 들이쉬기 어려웠다. 이윽고 그녀는 빈 칼집을 지팡이 삼아 짚고 절뚝거리면서 숲속 공터를 떠나갔다. 다섯 동료의 시체는 돌아보지도 않은 채.

가슴이 두근거리도록 무시무시한 악전고투도 이제 막을 내리고 숲속에는 또다시 한밤의 정적이 감돌았다.

상우춘과 장무기는 이 광경을 처음부터 끝까지 두 눈으로 똑똑히 보고 귀로 들었다. 그들은 정민군마저 모습을 감추고 사라지자 그제야 안도의 한숨을 길게 내쉬었다.

"상 형님, 기씨 아줌마는 제 여섯째 사숙님과 정혼한 사인데…… 저 정가란 여자가 얘기한 대로 남의 아기를 낳았다는 게 정말일까요?"

"그 계집이 허튼소리를 지껄인 거야. 그런 말은 믿지 마라."

"그렇군요. 다음에 여섯째 사숙님을 만나거든 저 정민군이란 나쁜 여자를 따끔하게 혼내주라고 해야지. 그래야 기씨 아줌마 대신에 분풀이가 될 게 아니겠어요?"

이 말을 듣자 상우춘은 기겁을 해서 말렸다.

"안 돼, 안 돼! 너희 여섯째 아저씨한테 절대로 얘기하면 안 된다. 알겠니? 그 일을 입에 올렸다가는 진짜 기씨 아줌마가 큰일 난다."

"왜요?"

"그런 거북한 얘기는 아무한테도 말하면 안 되는 거야."

"으응, 그렇군요. 고자질하면 안 되는 거죠?"

장무기는 한참 있다가 또 물었다.

"형님, 그 얘기가 정말일까 봐 겁나서 그러는 거 아니에요?"

"정말일까 봐 겁나서 그러는 게 아니라, 남들이 듣고 정말로 믿을까봐 그러는 거야."

두 사람은 이런저런 얘기를 주고받으면서 밤을 지새웠다.

날이 밝아오자, 상우춘은 벌떡 일어나 기지개를 켜더니 장무기를 다시 둘러업고 큰대자 걸음으로 휘적휘적 걷기 시작했다. 밤새 휴식을 취한 끝이라 정신도 맑아지고 기력이 회복되었는지 걸음걸이가 한결 가벼웠다.

2~3리쯤 걷고 보니 큰길로 접어들었다. 그는 고개를 갸우뚱거렸다. '호 사백이 은거한 호접곡은 아주 외딴곳인데, 어째서 큰길이 들어섰을꼬? 혹시 내가 길을 잘못 찾아든 건 아닐까?' 이런 생각을 하며 시골 사람을 하나 찾아서 물어보려는데, 갑자기 말발굽 소리가 요란하게 울리더니 몽골군 병사 네 명이 자루 긴 칼을 휘둘러가며 말고삐를 다 풀어놓고 치달려왔다. 그러더니 서투른 한족 말로 고래고래 악을

써댔다.

"빨리 가! 빨리 걷지 못해?"

삽시간에 상우춘의 등 뒤까지 들이닥친 몽골 기병들은 금방이라도 내리찍을 듯이 칼자루를 번쩍 치켜 들고 휘두르면서 마치 짐승을 몰듯 앞으로 가라고 윽박질렀다. 상우춘은 가슴이 덜컥 내려앉았다. 천신만고 끝에 간신히 살았구나 싶었는데 제 발로 호랑이 아가리에 뛰어든 격이 되었으니, 이러다가는 자기 목숨은 둘째치고 어린 무기의 목숨까지 위험할 것 아닌가?

지금 그는 무공을 완전히 잃어버린 상태라 평범한 몽골군 졸병 하나와 싸워서도 이기지 못할 터였다. 그러니 원나라 병사들이 몰아붙이는 대로 큰길을 따라 걸을 수밖에 없었다. 이윽고 대로상에는 원나라 군사들이 짐승처럼 몰아오는 백성이 꼬리를 물고 줄지어 나타났다. 지레짐작으로 겁을 먹고 있던 상우춘은 그 광경을 보고 다소 마음이 놓였다. 오랑캐 병사들이 지명수배를 당한 자기를 붙잡으러 온 게 아니라, 그저 아무 죄 없는 백성들을 괴롭히려고 몰아붙이고 있는 게 분명했다.

그는 백성들 틈에 뒤섞여 무작정 걸었다. 이윽고 삼거리가 나타났다. 삼거리 길목에는 몽골 군관 하나가 말을 탄 채 병사 60~70명을 거느리고 서 있었다. 몽골군 병사들은 하나같이 자루 긴 칼을 쥐고 있었다. 백성들은 한 줄로 길게 늘어선 채 군관의 말 머리 앞에 무릎 꿇고 엎드려 이마를 조아린 후, 다시 일어나 한 사람씩 그 앞을 지나쳐갔다. 한족 통역관 하나가 앞으로 지나쳐가는 백성들을 하나씩 손가락질하며 호통쳐 물었다.

"네 성이 뭐야?"

질문을 받은 사람이 뭐라고 대답하자, 곁에 서 있던 원나라 병사가 발길질로 궁둥이를 걷어차거나 따귀를 한 대씩 올려붙이고는 통과시켰다. 성씨를 묻는 질문이 계속되었다. 어느 백성 한 사람이 '장씨張氏'라고 대답하자, 원나라 병사는 대뜸 멱살을 움켜 끌어다가 한 곁에 세워놓았다. 또 한 사람은 바구니에 새로 산 식칼을 넣어두었다가 발각되어 역시 한 곁으로 끌려나갔다.

행렬 뒤쪽에 서서 이 광경을 바라보던 장무기는 뭔가 심상치 않은 사태를 깨닫고 얼른 상우춘의 귀에 속삭였다.

"형님, 얼른 넘어지는 척하면서 풀밭에 칼을 버리세요!"

"칼을?"

"그래요, 허리에 차고 있는 패도佩刀 말이에요!"

상우춘도 그제야 퍼뜩 깨닫고 얼른 두 무릎을 구부리더니 앞으로 넘어지는 척하면서 풀밭에 엎드린 채 칼을 끌러 감추었다. 그러고는 끙끙 앓는 시늉을 하면서 꿈지럭꿈지럭 일어나 군관의 말 머리 앞으로 걸어갔다.

한족 통역관이 냅다 호통을 쳤다.

"이 굼벵이 같은 놈! 예절도 모르는구나. 어서 군관 어르신께 무릎 꿇고 이마를 조아리지 못할까!"

상우춘은 옛 주인 주자왕의 일가족이 몽골 오랑캐군의 칼날 아래 무참하게 죽은 사실을 떠올리고 차라리 죽을지언정 오랑캐의 발밑에 엎드려 머리를 조아리고 싶진 않았다. 그가 뻗대고 서서 무릎을 꿇으려 하지 않자, 원나라 병사 한 명이 발길질을 가로 휩쓸어 그의 오금을

11. 모진 여인의 독설은 창끝보다 더 날카로운데

걷어찼다. 호된 발길질에 상우춘은 바로 서 있지 못하고 그 자리에 털썩 무릎을 꿇고 말았다.

통역관이 호통을 치며 물었다.

"네 성이 뭐냐?"

상우춘이 미처 대답하기도 전에 그의 등에 업힌 장무기가 냉큼 대꾸했다.

"사씨謝氏예요. 이분은 우리 형님이고요."

곁에 있던 원나라 병사가 상우춘의 궁둥이를 걷어차면서 고함쳤다.

"어서 꺼져라!"

발길질에 걷어차이는 순간, 상우춘의 가슴에 분노의 불길이 확 솟구쳤다. 그는 속으로 굳게 다짐했다. '내 목숨이 붙어 있는 한 이 오랑캐들을 반드시 북쪽 사막으로 쫓아버릴 것이다. 그렇게 하지 못한다면 나 상우춘은 맹세코 사람 노릇을 하지 않으리라!'

그는 무기 소년을 등에 업은 채 황급히 그 자리를 떠나 북쪽으로 치닫기 시작했다. 20~30여 보쯤 나갔을까, 등 뒤에서 갑자기 처참한 비명과 통곡 소리, 아우성치는 소리가 크게 들려왔다. 둘이서 흘끗 뒤돌아보니 원나라 병사들이 한쪽 곁에 몰아세워둔 10여 명의 백성이 하나같이 목이 끊긴 시체가 되어 땅바닥에 널브러져 있었다.

그들이 한족 백성을 무참하게 학살하게 된 까닭은 딴 데 있는 것이 아니었다. 그 당시 중원 천하를 정복한 몽골족은 쿠빌라이 칸忽必烈汗이 즉위한 이래 대도에 원나라 황실을 세우고 지난 100년 가까운 세월 동안 포학하기 짝이 없는 정치로 한족 백성을 탄압해왔다. 한족 백성들은 전국 방방곡곡에서 반란을 일으켜 몽골족의 폭정에 저항했다.

이들 반란자들의 수가 점점 늘어나자, 몽골족 대신들은 한족을 모조리 죽여 없애고 싶었지만 그것은 애당초 불가능한 일이었다. 결국 조정의 태사太師직에 있던 승상 바얀巴延은 전국에 도살령屠殺令을 내려 중원 천하에 장씨張氏, 왕씨王氏, 유씨劉氏, 이씨李氏, 조씨趙氏 성을 가진 한족 백성이라면 누구를 막론하고 모조리 죽여 없애도록 했다. 중국인들 가운데 이들 다섯 성을 가진 사람이 가장 많은 데다, 특히 조씨 성은 멸망한 송宋나라의 황족이기 때문에, 이들 다섯 성씨를 지닌 백성만 제거하면 한족의 원기가 크게 손상될 것이라고 예측한 것이다. 그 뒤로 이 다섯 성씨를 지닌 사람들 가운데 원나라 조정에 굴복해 벼슬에 오르는 자가 적지 않게 늘어나자, 몽골족 대신이 황제에게 권고해 이 포악하기 짝이 없는 도살령을 철회했으나, 그때는 이미 다섯 성씨를 가진 백성이 부지기수로 학살된 다음이었다.

상우춘은 걸음을 재촉해 허둥지둥 그 자리를 떠나갔다. 접곡의선 호청우의 은거지가 이 근처인 줄 아는 터라, 참을성 있게 천천히 외진 골짜기만을 뒤지고 찾아다녔다. 시절은 벌써 늦가을도 깊은 때였으나, 호접곡 일대는 유별나게 기온이 따뜻해 산과 들판에 온통 싱그러운 야생화가 활짝 피어 있었다. 하지만 두 사람은 얼마 전 그 참혹한 광경을 목격한 뒤끝이라 이 아름다운 경치를 감상할 마음의 여유마저 없었다. 골짜기를 몇 바퀴 돌아나가자 맞은편에 절벽이 가로막히고 산길은 거기서 끝이 났다.

길이 끊겼으니 앞으로 더 나아갈 곳이 없었다. 두 사람이 한참 망설이고 있는데, 나비 몇 마리가 꽃나무 숲속을 뚫고 이리저리 날아다녔다. 그것을 본 장무기가 한 가지 궁리를 짜냈다.

"우리가 찾는 곳이 호접곡이라고 했죠? 그럼 저 나비 떼를 따라가보면 어떨까요?"

"좋지!"

상우춘이 한마디로 대답하더니 꽃나무 숲을 뚫고 들어갔다.

꽃나무 숲을 지나자 눈앞에 아담한 샛길이 나타났다. 한 마장쯤 더 들어가니 나비 떼는 갈수록 늘어났다. 호랑나비, 흰나비, 노랑나비, 검정나비, 이루 헤아릴 수 없을 만치 많은 나비가 여기저기 날아다니며 춤을 추고 있었다. 사람이 다가가도 달아나지 않고 오히려 두 사람의 머리와 어깨 손등에 살포시 내려앉았다. 호접곡 진입로에 들어섰다고 생각하니 두 사람 모두 마음이 들떴다.

"날 내려줘요. 혼자서 천천히 걸어갈래요."

상우춘은 소년을 땅에 내려놓았다.

정오 무렵, 두 사람은 맑은 시냇가에 있는 초가집에 다다랐다. 일고여덟 칸이나 되는 초가집 앞뒤 좌우에는 온통 꽃밭 천지, 온갖 종류의 약초와 화초가 가득 심겨 있었다.

"자, 이제 다 왔구나. 여기가 바로 호 사백이 약초를 심어놓은 약포藥圃란다."

그는 초가집 문 앞으로 걸어가 공손한 자세로 섰다.

"제자 상우춘이 호 사백님을 뵈러 왔습니다."

낭랑한 목소리로 부른 지 한참 만에 어린 동자가 나왔다.

"들어오시랍니다."

상우춘은 무기의 손을 잡고 사립문 안으로 들어섰다. 대청 한 곁에 기골이 준수하게 생긴 중년 사내가 우두커니 서서 약탕관을 올려놓은 화로에 부채질하는 동자를 지켜보고 있었다. 대청 안은 온통 약초 냄새로 가득했다.

이윽고 상우춘이 중년 사내 앞에 무릎 꿇고 이마를 조아렸다.

"호 사백님, 그간 평안하셨습니까?"

장무기도 그 옆에 무릎 꿇고 엎드렸다. 이 남자가 바로 접곡의선 호청우란 명의가 틀림없구나 싶어 덩달아 머리를 조아렸다.

"호 선생님……."

호청우가 상우춘을 향해 고개를 끄덕끄덕해 보였다.

"주자왕이 당한 일은 나도 들어 알고 있네. 그야 운명이 그것밖에 안 되니 어쩔 수 없는 노릇이지. 몽골 오랑캐의 운수가 아직도 끝나지 않고 우리 명교 또한 빛을 발할 시기가 오지 않은 모양일세."

그는 슬며시 손을 내밀어 상우춘의 맥박을 짚었다. 그러고는 다시 위 저고리를 헤치고 가슴의 상처를 살폈다.

"라마승에게 절심장截心掌을 얻어맞았군. 별로 대단한 장력은 아니지만 자네가 부상을 당하고 기력을 너무 많이 소모해서 한독이 심장부까지 치밀었네. 이걸 완치시키려면 힘깨나 들겠구먼."

그러고는 장무기를 손가락질하면서 물었다.

"한데 이 아이는 누군가?"

"사백 어른, 이 아이는 장무기라고 무당파 장 오협의 아들입니다."

상우춘이 대답하자, 호청우는 흠칫 놀라더니 당장 얼굴에 노기가 서렸다.

"무당파의 자식이라고? 자네, 이 아이를 무엇 하러 여기까지 데려왔는가?"

역정 섞인 물음에 상우춘은 자기가 주자왕의 아들을 데리고 도망치던 도중 어떻게 몽골 관군 추격대에 쫓기게 되었는지, 또 어떻게 장삼봉의 손에 구원을 받게 되었는지 그 경위를 낱낱이 말하고 나서, 마지막으로 장무기 소년을 치료해달라고 간청했다.

"제 목숨은 이 아이의 태사부께서 구해주셨습니다. 그러니 사백님께서 한 번만 관례를 깨뜨리고 이 아이의 목숨을 살려주십시오."

"흠흠, 자네도 사람의 도리는 제법 아는구먼. 그러나 장삼봉이 구해준 것은 자네 목숨이지 내 목숨은 아니야. 게다가 내가 언제 한 번이라도 전례를 깨뜨린 걸 본 적이 있는가?"

호청우의 기색이나 말투는 매몰차고 쌀쌀맞았다. 상우춘은 그 자리에 털썩 엎드려 연신 머리를 조아려가며 간청했다.

"사백님, 이 어린 형제의 아버지는 친구를 배반하지 않으려고 스스로 목숨까지 끊은 열혈 대장부였습니다. 부디 다시 한번 생각해주십시오."

"흠, 열혈 대장부라? 천하에 얼마나 많은 대장부가 있으며, 또 내 손에 목숨을 건진 대장부가 얼마나 되는지 자넨 모르나? 그게 다 부질없는 노릇일세. 이 아이가 무당파 소생이 아니라면 혹 몰라도. 명문 정파의 혈육이라면서 하필 우리 같은 사마외도의 무리에게 목숨을 구해달라고 매달릴 필요가 뭐 있겠나?"

"이 아이의 모친은 백미응왕 은 교주의 따님이십니다. 그러니까 이 아이도 절반쯤은 우리 명교 인물인 셈입니다."

상우춘은 온갖 구실을 다 짜내어 호 사백의 마음을 돌려보려고 애썼다. 아니나 다를까, 무기의 어머니가 천응교 인물이란 말을 듣자 호청우도 다소 마음이 움직였는지 고개를 주억거렸다.

"호오, 그래? 자넨 그만 일어서게. 이 아이가 천응교 은천정의 외손
자라면 얘기가 또 다르지."

그러고는 장무기 앞으로 걸어오더니 부드러운 말씨로 이렇게 얘기
했다.

"애야, 네 이름이 장무기라고 했느냐? 나는 이제까지 명문 정파와
협의도俠義道 인물이라고 자처하는 자는 아무리 죽을병에 걸렸어도 치
료해주지 않겠다고 맹세했다. 또 그 전례를 깨뜨려본 적이 없지. 너는
네 모친이 우리 교와 관련 있는 분이니까 내가 네 병을 고쳐주더라도
관례에 어긋나는 일은 아니겠구나. 네 외조부이신 백미응왕은 본래 우
리 명교 사대 호법 가운데 한 분이셨다. 그런데 우리 명교 형제들 간에
불화가 일어나서 그분은 명교를 떠나 천응교를 새로 창설하신 거야.
그렇다고 명교를 배반한 것은 아니다. 명교의 지파를 하나 더 늘리셨
을 따름이지. 그러니 너도 내 앞에서 맹세해라. 네 병이 다 낫거든 곧
바로 외할아버지이신 백미응왕 은 교주께 가서 천응교에 투신하겠노
라고. 그리고 다시는 무당파의 제자가 되지 않겠다고 다짐해라."

장무기가 미처 대답을 하기 전에 상우춘이 먼저 가로막고 나섰다.

"그건 안 됩니다. 장 진인도 이럴 줄 알고 미리 저한테 당부 말씀을
하셨습니다. 호 사백님께서 무기를 억지로 입교시켜서는 안 된다, 설
사 이 아이의 병을 완치시켜준다 하더라도 무당파는 명교의 어떤 요
구 조건도 들어줄 수 없다고 했습니다."

이 말을 듣자 호청우의 이마에 쌍심지가 돋아나오더니 노기등등한
기색으로 날카롭게 고함쳤다.

"아니, 뭐라고! 장삼봉이 도대체 뭐 말라비틀어진 뼈다귀야? 그자가 우리를 그토록 업신여기는데, 그런 수모를 당해가면서 내가 왜 그자를 위해 힘써야 한단 말인가? 아니, 그럴 것 없다. 이 아이가 결심만 하면 되겠지! 애야, 어떻게 할 테냐? 내 말대로 맹세를 하겠느냐?"

장무기는 한동안 아무 말도 하지 않았다. '지금 나는 음독이 오장육 부에 두루 퍼져서 태사부님의 깊고 두터운 공력으로도 속수무책이었 다. 이제 내가 죽느냐 사느냐 하는 것은 온전히 이 신의가 치료해주느 냐 마느냐에 달렸다. 그러나 태사부님이 헤어질 때 뭐라고 하셨던가? 마교에 투신해서 천만년을 두고 씻지 못할 오명을 남겨선 안 된다고 신신당부하셨다. 마교가 도대체 얼마나 사악한 지경에 빠져 있기에 태 사부님이나 사백 사숙님들이 그처럼 통렬하게 미워하시는지 나는 잘 모른다. 아버지 어머니, 큰아버지조차 나한테 말씀 한 번 해주신 적은 없지만, 하늘같이 숭배하고 존경하는 태사부님의 말씀이니 결코 틀림 없을 것이다. 그렇다! 내가 차라리 치료를 받지 못해 죽을지언정 태사 부님의 가르침을 어겨서는 안 된다. 내 이분 앞에 솔직하게 다 털어놓 고 말겠다!'

마음을 굳힌 장무기는 호청우 앞에 떳떳이 말했다.

"호 선생님, 제 어머니는 천응교 당주셨습니다. 그러니까 천응교도 좋은 교파라고 생각합니다. 그러나 저의 태사부님께서 저더러 마교에 투신해서는 안 된다고 분부하셨고, 저 또한 분명히 그렇게 하겠노라고 대답해 올렸습니다. 이제 와서 제가 천응교에 투신하겠노라고 맹세한 다면 말만 앞세우고 신의를 지키지 않는 놈이 되지 않겠습니까. 제 병 을 고쳐주지 않겠다면 그야 할 수 없는 노릇이지요. 구차스레 살고 싫어서, 죽기가 두려워서 억지로 호 선생님의 말씀을 따른다면 제 한 목숨 치료해서 구해주시겠지만, 그래보았자 이 세상에 신의 없는 녀석이 하나 더 늘어날 뿐이니, 그렇게 해서 이 세상에 이로울 게 뭐 있겠습니까?"

호청우가 이 당돌한 소년을 지그시 노려보며 속으로 코웃음을 쳤다. '발칙한 녀석, 제법 영웅호걸 흉내는 내고 싶은 모양이구나. 그렇다고 내가 감동할 줄 알았더냐? 내 손으로 치료해주지 않으면 곧 죽을 녀석이. 어디 네놈이 무릎 꿇고 애걸복걸하는지 안 하는지 두고 보자꾸나. 건방진 녀석!'

그는 상우춘을 돌아보고 딱 부러지게 선언했다.

"자네 들었지? 이놈은 우리 명교에 들어오지 않겠다고 다짐했네. 그러니 어서 이놈을 쫓아내도록 하게. 나 호청우 집 안에서 병들어 죽는 자가 있대서야 될 말인가?"

상우춘도 이 사백 어른의 고집스럽고 별난 성미를 잘 알고 있었다. 한번 아니라고 하면 두말이 필요 없었다. 이런 그가 치료해주지 않겠다고 말한 이상 더 간청해보았자 입만 아플 따름이었다. 그래서 장무기를 향해 이렇게 말했다.

"이봐, 어린 친구. 우리 명교가 비록 명문 정파의 협의도 인물들과 길을 달리하고는 있지만, 당나라 때 창설한 이래 대대로 배출된 사람들은 모두가 영웅호걸이었네. 더구나 자네 외조부님은 천응교 교주이시고 어머니 역시 천응교 당주 자리에 계시지 않았던가? 어서 호 사백 어른께 입교하겠노라고 응낙하게. 훗날 장 진인이 뭐라시면 내가 모두 책임질 테니까."

무기 소년이 벌떡 일어섰다.

"상우춘 형님, 그 정도면 저를 위해 하실 만큼 다 하셨습니다. 일이 안 되었다고 해서 저의 태사부님도 절대로 형님을 탓하지 않으실 겁니다."

그러고는 떳떳한 자세로 걸어 나갔다.

"아니, 어딜 가는 거야?"

깜짝 놀란 상우춘이 황급히 물었으나 장무기는 걸음을 멈추지 않았다.

"제가 이 호접곡 골짜기 안에서 죽어버리면 접곡의선 어른의 명성에 흠이 갈 게 아닙니까?"

말을 마치고 그대로 돌아서서 초가집 바깥으로 나섰다.

호청우가 등 뒤에서 코웃음을 쳤다.

"내 별명이 뭔지 아느냐? '눈앞에서 사람이 죽어가더라도 구해주지 않는다'는 견사불구가 바로 나란 말이다! 이 호접곡 외양간 바깥에 약한 첩 못 얻어먹고 죽어 널브러진 녀석이 어디 너 하나뿐인 줄 아느냐? 하하, 괘씸한 녀석!"

상우춘은 그가 뭐라고 하든 아랑곳하지 않고 다급하게 무기 소년을 뒤쫓아가더니 단숨에 번쩍 들어안고 돌아왔다. 그러고는 가쁜 숨을 헐떡헐떡 몰아쉬면서 호청우를 향해 버럭 소리를 질렀다.

"호 사백님! 정말 이 아이를 구해주시지 않을 겁니까?"

호청우가 껄껄대고 웃었다.

"내 별명이 견사불구라는 걸 자네가 설마 모르지는 않겠지? 그런데 뭘 자꾸 묻는 건가?"

"제 상처도 안 고쳐주실 겁니까?"

"자네야 고쳐주지!"

"좋습니다! 저는 장 진인께 이 아우의 병을 고쳐주겠노라고 다짐했습니다. 이런 일로 우리 명교 제자들이 말만 앞세우고 신의를 안 지키는 무리라고 정파 인물에게 손가락질받을 수는 없습니다. 저는 치료해주지 않으셔도 좋으니까, 저 대신에 이 아이를 치료해주십시오. 병자만 바뀌는 것이니까 사백님이 손해 보실 일은 없겠지요!"

이 말에 호청우가 정색을 했다.

"자넨 절심장에 맞았어! 증세가 보통 무거운 게 아니란 말일세. 내가 곧바로 손을 쓰면 완치시킬 수 있지. 하나 그 상태로 이레가 지나면 목숨은 건지겠지만 무공은 전폐될 것이고, 다시 열나흘이 지나면 제아무리 용한 의원이라도 자네 목숨을 건져내지 못할 걸세."

"그건 사백 어른의 견사불구 공덕 탓이니 저야 죽어도 유감은 없습니다."

상우춘은 덤덤한 말투로 대꾸했다. 그의 품에 안긴 무기 소년이 발버둥 치면서 고래고래 악을 써댔다.

"안 돼, 난 싫어! 저 사람 치료는 받지 않을 테야! 상우춘 형님, 이 장무기가 그렇게 비겁한 놈인 줄 아세요? 형님이 나 대신 죽는다면 나혼자 무슨 재미로 살란 말이에요!"

상우춘은 더 이상 무기와 입씨름을 벌이지 않고 허리띠를 끄르더니, 무기를 의자에 단단히 비끄러맸다. 다급해진 무기 소년은 몸부림을 쳐가며 악을 썼다.

"이거 풀어줘요! 안 풀어주면 욕할 테야!"

그래도 상우춘은 거들떠보지 않았다. 그러자 무기는 아예 마음을 독하게 먹고 호청우를 향해 욕설을 퍼붓기 시작했다.

"이 견사불구 호청우! 사람이 죽어도 외눈 하나 깜짝 않고 구해주지 않는 사람! 이름은 푸른 황소 청우靑牛라지만 흐리멍덩 아둔하기가 송아지만도 못하다네! 아니, 못된 황소, 악다구니 황소, 멍텅구리 황소! 개만도 못한 황소!"

아무리 목이 쉬도록 마구잡이로 욕설을 퍼부어도 호청우는 노여워하지 않고 말없이 차가운 눈초리로 노려볼 따름이었다.

상우춘이 두 사람을 향해 작별 인사를 던졌다.

"호 사백님, 전 이만 떠나겠습니다. 가서 다른 의원을 찾아봐야죠! 그리고 장씨 아우도 잘 있게!"

호청우가 냉랭하게 쏘아붙였다.

"흐음, 다른 의원을 찾아가겠다고? 이 안휘성 경내에 나 말고 제대로 된 의원은 한 놈도 없을 걸세. 그러니 다른 지방으로 찾아가야 할 텐데, 자네가 이레 안에 안휘성 경내를 벗어날 수 있을는지 모르겠군."

"핫핫핫! 사람이 눈앞에서 죽어도 손대지 않는 사백님에게 죽어 마땅한 조카 녀석이 있어야 짝이 어울리지 않겠습니까?"

상우춘은 이 한마디를 던져놓고 껄껄 웃더니 성큼성큼 사립문 바깥으로 걸어 나갔다. 등 뒤에서 호청우가 또 차갑게 웃었다.

"자네, 조금 전에 환자만 바꿔치기하자고 말했던가? 나한테 손해 볼 것 없다고 말일세. 하지만 그건 자네 생각일 뿐이지 내가 언제 그렇게 하겠노라고 승낙이라도 했나? 자네가 내 치료를 받지 않겠다면 좋네. 나도 두 사람 모두 치료해주지 않겠어!"

싸느랗게 쏘아붙인 호청우가 손길 가는 대로 탁자 위에 놓인 녹용 반 토막을 집어 들더니 사립문 바깥으로 "휙!" 소리가 나도록 힘차게 던졌다. 반 토막짜리 녹용은 곧바로 날아가 상우춘의 무릎 안쪽 혈도를 정통으로 때려 맞혔다.

"어이쿠!"

느닷없이 오금의 혈도를 찍힌 상우춘은 그 자리에서 털썩 고꾸라지 더니 두 번 다시 일어나지 못했다.

호청우는 장무기의 결박을 풀었다. 그러고는 양 손목을 덥석 움켜 잡아 사립문 바깥으로 내던지려고 번쩍 치켜들었다. 상우춘 곁에 팽개 쳐 함께 살든지 죽든지 내버려둘 작정이었다.

"왜 이래요! 이거 놔요!"

무기는 호청우의 손아귀에 잡힌 채 몸부림을 치면서 마구 악을 썼 다. 바로 그때 체내에 퍼져 있던 한독이 급작스레 두뇌로 치밀어 올라 그만 까무러치고 말았다.

이렇듯 경험이라곤 하나도 없는 돌팔이 침술장이가 이곳저곳 닥치는 대로 찔러대니 상우춘의 관원혈에서 당장 시뻘건 피가 솟구쳤다.

다급해진 장무기는 손발을 어디다 두어야 좋을지 모른 채 허둥대기 시작했다.

"하하하! 하하하하!"

갑자기 등 뒤에서 껄껄대는 웃음소리가 들려왔다. 흘끗 돌아보니 호청우가 뒷짐을 지고 서성거리면서 선지피로 시뻘겋게 물든 장무기의 손을 재미있다는 듯이 느긋이 바라보고 있었다.

금침과 약초로 고황에 든 불치병을 고쳐준다네

12.

호청우는 무기의 손목을 부여잡고 맥을 짚어보았다. 어린 소년의 맥박이 이상하게 뛰고 있음을 발견하고 깜짝 놀랐다. 다시 한번 맥박을 조심스럽게 짚어보았으나 증세는 역시 희한했다.

정신을 집중해 진맥하면서 그는 생각했다. '요 녀석, 한독이 정말 이상야릇하구나. 혹시 현명신장에 얻어맞은 것은 아닐까? 그 장법은 실전된 지 오랜데 아직도 이 세상에 그걸 쓰는 자가 있을라고.' 생각은 또 바뀌었다. '현명신장이 아니라면 또 무엇일까? 이렇듯 음독하고 악랄한 장력은 현명신장을 빼놓고는 다시없을 터인데, 누가 이런 장법을 쓴단 말인가? 요 녀석이 중독된 지 벌써 오랜 모양인데 아직도 죽지 않았다니, 그것참 묘한 노릇이로구나. 옳거니! 이제 알았다! 장삼봉 늙은이가 그 심후한 공력으로 생명을 연장해놓은 게 분명하다. 음독이 벌써 오장육부에 골고루 퍼져 들어가 아교처럼 굳어졌으니, 하늘에서 신선이 내려와 구해주지 않고는 살려낼 도리가 없겠구나.'

그는 무기를 도로 의자에 데려다 앉혔다.

반나절이 지나서 장무기는 부스스 정신을 차리고 깨어났다. 제일 먼저 눈에 뜨인 것은 맞은편 의자에 앉아 물끄러미 약탕관 놓인 화롯불을 바라보고 있는 호청우의 모습이었다. 그는 불길의 온도에 신경을 쓰고 있는지 마치 정신 나간 사람처럼 넋을 잃고 앉아 있었다. 상우춘은 여전히 사립문 바깥 잡초 쌓인 길바닥에 누워 있었다. 셋이 저마다 딴생각을 하느라 어느 누구도 입을 열지 않았다.

호청우는 평생토록 의술에 전념해온 사람이었다. 제아무리 어려운 난치병이라 하더라도 그의 손길만 닿았다 하면 나았기 때문에 그의 이름 앞에는 으레 '의선醫仙'이란 별칭이 따라붙었다. 의술로 신선의 경지에 이르렀다면 그의 신기神技가 얼마나 고명한지 알 수 있으리라.

그러나 현명신장으로 발생한 음독은 그가 한 번도 접해본 적이 없는 증세였다. 더구나 장무기는 극독에 중독된 이후 지난 몇 년 동안 목숨을 부지했다. 그리고 오장육부 구석구석까지 음독이 스며들고도 죽지 않았다. 이 사실이 그에겐 불가사의한 일이었다. 그는 애당초 장무기의 한독을 치료해주지 않기로 단단히 마음먹었으나, 평생에 한 번 만나기 힘든 괴상야릇한 증세를 보자 마치 술꾼이 희귀한 명주名酒를 대하고, 게걸들린 미식가가 고기 냄새를 맡은 것처럼 도저히 미련을 떨쳐버릴 수가 없었다. 반나절가량이나 심사숙고한 끝에 그는 마침내 묘안을 짜냈다. 먼저 녀석을 치료해서 살려낸 뒤에 다시 죽여버리면 되지 않겠느냐는 것이었다.

하지만 오장육부에 고루 퍼진 음독을 뽑아낸다는 것은 정말 쉽지 않은 일이었다. 호청우는 서너 시간을 꼬박 궁리한 끝에 아주 작은 동편銅片 열두 조각을 꺼낸 다음, 내력을 끌어올려 장무기의 단전 아래 중극혈中極穴과 목 밑 천돌혈天突穴, 어깨머리의 견정혈肩井穴 등 열두 군데 혈도에 구리 조각을 하나씩 정성 들여 꽂았다. 중극혈이라면 족삼음경足三陰經과 임맥任脈이 만나는 부위요, 천돌혈은 음유陰維와 임맥이 만나는 곳, 견정혈은 수족 소양手足少陽 두 경맥과 족양명경足陽明經, 양

12. 금침과 약초로 고황에 든 불치병을 고쳐준다네

유陽維가 만나는 곳으로, 이 열두 개의 구리 조각을 꽂아 넣음으로써 장무기의 몸에 있는 열두 군데 경상맥經常脈과 기경팔맥奇經八脈이 곧바로 차단되는 것이다.

사람의 몸에는 심장과 허파, 간장과 비장, 신장 등 오장五臟이 있고 여기에 심포心包(심낭)를 더한 여섯 장기臟器가 음陰에 속한다. 위장과 대장, 소장, 쓸개, 방광, 삼초三焦가 육부六腑인데, 이 여섯 장기는 양陽에 속한다. 이 오장육부에 심포를 더한 것이 바로 열두 경상맥이다. 그리고 임맥, 독맥督脈, 충맥衝脈, 대맥帶脈, 음유, 양유, 음교陰蹻, 양교陽蹻, 이 여덟 맥은 정상적인 음양에 속하지 않고 신체 안팎의 배합 없이 따로 움직이는데, 이것들이 곧 기경팔맥이다.

장무기의 몸은 경상맥과 기경팔맥의 통로가 끊긴 상태라 오장육부에 침투한 음독은 이제 상호작용할 수 없게 되고 말았다.

호청우는 다시 그의 어깨머리 운문혈雲門穴과 중부혈中府穴 두 군데에 해묵은 쑥뜸을 뜨고 이어서 팔뚝에서부터 엄지손가락에 이르기까지 천부天府, 협백俠白, 척택尺澤, 공최孔最, 열결列缺, 경거經渠, 대연大淵, 어제魚際, 소상少商 등 수태음 폐경手太陰肺經에 속하는 열한 군데 혈도에 뜸질을 했다.

이것은 허파 속에 깊숙이 도사려 앉은 음독을 다소나마 덜어주기 위한 치료법이었다. 또 이 치료법은 이른바 '이열공한以熱攻寒', 즉 뜨거운 열로 차가운 한독을 공격하는 것이었기 때문에 무기 소년에게 엄청난 고통을 안겨주었으나, 음독이 발작했을 때의 고통보다는 한결 나았다. 수태음 폐경에 뜸질이 끝나자, 그는 다시 족양명 위경足陽明胃經, 수궐음 심포경手闕陰心包經에도 차례차례 뜸질을 해나갔다.

쑥뜸질의 고통은 이만저만 큰 것이 아니었다. 그러나 호청우는 무기 소년이 받고 있을 고통 따위에는 털끝만치도 신경 쓰지 않았다. 해묵은 쑥을 써서 뜸질하는 바람에 온 몸뚱이 구석구석까지 데이다 못해 시커멓게 타들어갈 지경이었으나, 무기 소년 역시 약한 면모를 보이지 않으려고 전혀 내색하지 않았다.

장무기는 속으로 단단히 다짐했다. '호청우, 이 고집불통 황소야! 내 입에서 끙끙 앓는 소리가 나오게 하고 싶겠지만, 난 신음 소리 한마디 내지 않겠다!'

가혹할 정도로 무서운 뜸질이 계속되는 동안 장무기는 천연덕스럽게 혈도, 경맥의 부위를 놓고 호청우와 담론을 주고받았다. 그는 비록 의학 원리에 대해서는 별로 아는 바가 없었지만, 북극 빙화도에서 양부 사손에게 혈도 찍기와 혈도 푸는 방법, 혈도 옮기기 따위를 배웠기 때문에 신체 각 부위의 혈도에 대해서는 나름대로 상세히 알고 있었다. 하지만 이 당세에 보기 드문 신의와 견준다면 혈도 경맥에 대한 장무기의 지식은 한마디로 보름달빛 아래 반딧불이보다 못할 정도로 천박한 것이었다.

그러나 장무기와 혈도 의술에 대해 얘기를 나누는 동안 호청우는 저도 모르게 이 어린 소년에게 마음이 끌렸다. 주고받는 대화 내용이 비록 수박 겉 핥기 식인 데다 얼토당토않은 점이 있기는 해도 하나같이 호청우가 평생을 두고 추구해온 의학 원리를 건드리는 것이었기 때문에 저절로 의기투합할 수 있었던 것이다. 기분이 좋아진 호청우는 뜸을 떠서 체내의 음독을 몰아내며 어느덧 장무기에게 의술에 대한 설명을 강물 흐르듯이 구구질질 늘어놓았다.

97

장무기는 고통을 잊기 위해 대화를 이어나갔다. 호청우가 늘어놓는 의술 얘기 가운데 십중팔구는 알아듣지 못했으나, '우리 무당파 사람도 그 정도쯤은 안다'는 식으로 이따금 엉터리 이론을 내세워 반박하기도 했다. 그런데 이 괴팍스러운 '악질 의선' 호청우는 그가 아무것도 모르면서 억지소리로 우겨댈 때마다 자세히 풀어가며 설명까지 해주었다. 그야말로 쥐뿔도 모르는 녀석이 터무니없는 소리를 지껄인다 싶으면서도 입술에 침을 바르고 혀가 닳도록 알아듣게 설명해주는 자신이 오히려 이상할 지경이었다.

호청우는 이 깊은 산중에서 쓸쓸하게 혼자 살아왔다. 밥 짓고 약 달이는 동자 녀석 몇몇을 빼놓고 나면 그에게는 말벗이 될 만한 사람이 하나도 없었다. 그러던 차에 오늘 이 당돌한 소년이 제 발로 찾아와서 자기와 혈도 경맥을 놓고 이 말 저 말로 토론을 하게 되었으니, 어떻게 보면 그에게 이보다 더 속이 후련한 일은 없었던 것이다.

십이경상맥 혈도 수백 군데를 찾아 뜸질을 모두 끝마치자 벌써 날이 저물었다. 동자 녀석이 밥과 반찬을 차려 식탁에 늘어놓더니, 다시 큼지막한 쟁반에 쌀밥과 채소 반찬을 담아서 초가집 사립문 바깥 풀밭에 누워 있는 상우춘에게도 가져다주었다.

그날 밤, 상우춘은 사립문 밖 풀밭에서 잠을 자야 했다. 장무기도 고집스러운 호청우에게 잠자리를 구걸하고 싶지 않아 상우춘 곁에 누워 하룻밤을 지새웠다. 어려움을 함께 겪겠다는 의지를 보여준 것이다. 호청우는 일부러 못 본 척하고 그들의 잠자리에 신경을 쓰지 않았다. 하지만 속으로는 이 당돌한 소년의 행동을 기특하게 여겼다. 어린 녀석이 과연 보통 철부지들과는 달랐다.

다음 날 이른 아침부터 반나절 동안 호청우는 다시 무기를 치료하기 시작했다. 어제는 십이경상맥을 치료했으나, 오늘은 기경팔맥의 혈도를 찾아 뜸질했다. 십이경상맥이 강물 하천처럼 쉴 새 없이 흐르는 것이라면, 기경팔맥은 호수나 바다처럼 고요히 쌓여 있는 곳이어서 이 부위의 음독을 제거하기가 훨씬 더 어려웠다. 그는 정신을 집중시켜 연구한 끝에 약방문을 한 장 지어냈다. 방법은 사기邪氣를 억눌러 올바른 기운을 부축하고, 허한 기운으로 실한 기운을 채워주는 이른바 '이한치한以寒治寒'의 반치료법反治療法이었다. 처방해준 약을 먹은 직후, 장무기는 극심한 오한에 시달리면서 한바탕 크게 설사를 했다. 그러나 반나절이 지나서는 정신력이 전보다 한결 왕성해지고 몸이 가벼워지는 느낌이 들었다.

오후가 되자 호청우는 또다시 환자에게 침술과 뜸질을 병행했다. 장무기는 일부러 이런저런 얘기로 이 신통한 의원의 비위를 건드려서 상우춘마저 치료해주도록 유도했으나, 호청우는 귓등으로도 듣지 않고 냉랭한 어조로 이렇게 대꾸할 따름이었다.

"흥, 어림 반 푼어치도 없는 수작은 하지도 마라! 이 호청우에게 접곡의선이란 별명을 붙여주었지만, 그건 유명무실한 이름이야. 난 도무지 '신선'이란 말 자체가 마음에 들지 않아. 차라리 견사불구라고, 내 눈앞에서 사람이 죽어가도 치료해주지 않는 악질 의원이란 별명으로 불러주는 것이 더 좋지!"

이 무렵 그는 장무기의 허리와 넓적다리 사이의 오추혈五樞穴에 침을 놓고 있었다. 그 혈도는 족소양과 대맥이 만나는 부위, 즉 동수도同水道 곁 한 치 다섯 푼 간격을 뗀 자리였다.

침을 맞으면서 장무기가 물었다.

"사람의 몸에서 이 대맥이란 게 가장 이상하죠. 호 선생님은 대맥이 없는 사람을 본 적이 있으세요?"

생각나는 대로 아무렇게나 던진 말에 호청우가 흠칫 놀라더니 이내 투덜댔다.

"당치도 않은 소리! 대맥 없는 사람이 어디 있느냐."

"세상이 넓으니까 별의별 해괴한 일이 많죠. 더구나 그 대맥이란 것은 제가 보기에 별로 쓸모가 없는 것 같은데요."

"대맥이 다른 경맥보다 좀 기묘한 점이 있는 건 사실이다. 하지만 쓸모없다고 말할 수야 없지. 세상에는 돌팔이 같은 엉터리 의원이 많아서 대맥의 오묘한 작용이나 정밀함을 모르고 침술이나 약물을 잘못 쓰는 경우가 곧잘 있단다. 내가《대맥론帶脈論》을 한 권 썼는데 읽어보면 곧 알 수 있을 거다."

그러고는 안채에 들어가 얇은 황지黃紙에 붓으로 쓴 초본 한 권을 꺼내다 장무기에게 넘겨주었다.

첫 장을 들춰보니 이런 글이 적혀 있었다.

십이경맥과 기경팔맥은 모두 위아래로 돌아가며 흐른다. 그러나 대맥만큼은 아랫배에서 시작해 옆구리 밑으로 온몸을 한 바퀴 돌아 허리를 연결하면서 지나쳐간다. 그 모양이 허리띠처럼 생겼으므로 대맥이라 부른다. 충맥과 임맥, 독맥은 같은 부위에서 시작해 각기 다른 곳으로 운행하기 때문에 근원은 하나이되 세 갈래로 나뉘어 모두 대맥과 연결된다.

이 책에는 대맥의 생김새와 작용에 이어서 옛날 의학 서적에 잘못 쓰인 오류를 논평하고 있었다. 예를 들어 《십사경발휘+四經發揮》란 의서에는 대맥의 혈이 고작 네 군데뿐이라고 주장하는가 하면 《침구대성鍼灸大成》에는 여섯 군데라고 적혀 있는데, 사실 대맥의 혈은 도합 열 군데라고 지적하고 그중 두 혈은 홀연히 사라졌다가 다시 슬그머니 나타나곤 해서 있는지 없는지 분별하기가 보통 어려운 게 아니라고 했다.

책장을 들춰보면서 장무기는 그 내용의 오묘한 뜻을 헤아릴 수는 없어도 저술한 이의 식견이 비범하다는 사실만큼은 알아볼 수 있었다. 그래서 옛사람들의 착각이나 오류가 어떻게 해서 생겨났는지 일일이 따져가며 물었다.

질문을 받은 호청우는 무척 기뻐 침을 놓으면서 열심히 설명해주었다. 그는 대맥에 있는 혈도 열 군데를 일일이 침으로 찌른 뒤 잠시 손을 쉬었다.

"내가 쓴 책 가운데 《자오침구경子午鍼灸經》이란 것도 있지. 아주 심혈을 기울여 쓴 책이야."

호청우는 또 안채에서 열두 권이나 되는 두꺼운 책을 가져다 어린 환자 앞에 자랑스레 늘어놓았다. 역시 손수 붓으로 쓴 초본들이었다.

호청우는 소년이 의학의 도리에 대해 잘 모른다는 사실을 뻔히 알고 있었으나 또 책을 가져다주었다. 그는 오랜 세월 이 궁벽하고 황량한 골짜기에 숨은 채 쓸쓸하게 살아온 터라, 마음을 열고 대화를 나눌만한 사람이 이제껏 하나도 없었다. 비록 병이나 상처를 치료받기 위해 찾아든 사람들이 끊이지 않았지만 그들은 하나같이 입에 침이 마르도록 "의술이 귀신같이 용하다"는 찬사만 늘어놓고 휑하니 떠나갔

12. 금침과 약초로 고황에 든 불치병을 고쳐준다네

을 뿐이었다. 한결같은 칭찬을 20년 동안이나 귀에 못이 박이도록 듣다 보니 호청우는 이제 그런 말에는 진절머리가 났다. 그의 진정한 자부심은 기존 의술에 정통하다는 것뿐만 아니라 선현들이 해내지 못한 의학의 새로운 경지를 개척했다는 사실에 있었다. 그는 이 성취가 이만저만한 것이 아닌데도 그 기쁨을 혼자서 느껴왔을 뿐 다른 사람과 함께 나눌 기회가 없어 늘 외로웠다. 그런데 이 소년이 자신의 책에 관심을 가지고 기꺼이 읽어주는 것을 보니, 마치 평생 지기지우知己之友라도 만난 것처럼 반갑고 뿌듯한 생각이 들어 그동안 심혈을 기울여 이룩해놓은 방대한 의학 저술까지 모조리 꺼내다 자랑하기에 이르렀던 것이다.

장무기가 책장을 펼쳐 들었다. 첫 장부터 깨알같이 작은 해서체 글씨가 빽빽하게 적혀 있었는데, 모두가 혈도의 부위, 약재 분량, 침을 놓아야 할 시각과 침을 꽂는 깊이에 대한 해석이었다.

책장을 넘기면서 그는 불현듯 한 가지 생각이 떠올랐다. 이렇듯 자세한 치료법이 적힌 것을 보면 상우춘 형님의 상처를 치료할 방법도 있을지 모르겠구나 싶었던 것이다.

아니나 다를까, 아홉째 권 〈무학武學〉 편에 이르고 보니 과연 '장상치법掌傷治法'이 나왔다. 장력에 의한 상처 치료법에는 홍사장紅沙掌, 면장綿掌, 독사장毒沙掌, 철사장鐵沙掌, 개산장開山掌, 파비장破碑掌 등 여러 가지 장력으로 다쳤을 때의 증세와 구급법, 치료법이 상세히 골고루 갖추어 적혀 있었다. 180여 종류나 되는 장력을 다 보고 났을 때 마침내 상우춘에게 중상을 입힌 라마승의 무서운 절심장에 관한 대목이 나왔다.

바라던 대목이 나오자, 무기는 속으로 무척 기뻐하며 자세히 읽기 시작했다. 내용 가운데 절심장의 장력에 대한 서술은 매우 상세하게 적혀 있으나, 그 치료법은 의외로 간단했다. 자궁혈紫宮穴, 중정혈中庭穴, 관원혈關元穴, 천지혈天池穴의 네 혈도에서 시작하되 음양오행의 변화를 다스려 추위寒, 더위暑, 마름燥, 젖음濕, 바람기風의 다섯 가지 상태를 보아가며 부상자의 기쁨喜, 노여움怒, 근심憂, 생각思, 두려움恐의 다섯 가지 감정 변화에 따라 약을 쓴다는 것이었다.

중국 의술은 변화가 많지만 정해진 규범은 별로 없었다. 같은 병세라도 춥고 따뜻함, 낮과 밤, 남녀노소, 안팎 등 여러 가지 요소에 따라 의원의 치료법이 결정되고 의원의 주관에 따라 치료가 달라졌다. 그렇기 때문에 훌륭한 의원과 돌팔이 의원은 구름과 진흙처럼 큰 차이가 날 수밖에 없었다.

이렇듯 섬세하고 오묘한 이치를 장무기로선 모르는 게 당연했다. 그러니 이 절심장 대목을 몇 번이고 되풀이해서 읽어가며 치료법만 죽어라고 암기하는 수밖에 없었다.

장상치법의 마지막 항목은 바로 현명신장에 관한 것이었다. 장무기는 눈을 크게 뜨고 읽어보았으나 안타깝게도 그저 부상자의 증상만 기술했을 뿐, 치료법 아래에는 간단히 '없을 무無' 한 글자만 덩그러니 적혀 있었다. 결국 호접의선 호청우도 현명신장의 치료법은 개발하지 못했다는 얘기였다.

장무기는 두꺼운 책을 조심스럽게 탁자 위에 내려놓고 물었다.

"호 선생님, 이《자오침구경》은 뜻이 너무나 깊고 오묘해서 저로서는 십중팔구 이해할 수가 없습니다. 한 가지 궁금한 게 있는데, '음양오행의 변화를 다스린다'는 말이 무슨 뜻입니까?"

12. 금침과 약초로 고황에 든 불치병을 고쳐준다네

"으음, 그건 이렇게 말할 수 있지."

무심코 몇 마디 설명을 해주다가 호청우는 퍼뜩 짚이는 게 있어 이 앙큼한 소년을 흘겨보았다.

"흐흠! 네가 상우춘을 치료해주고 싶은 거로구나. 다른 건 몰라도 그건 한 구절도 일러줄 수 없다."

할 수 없이 장무기는 혼자 책을 뒤적거리며 연구했다. 호청우는 이런 그를 보기만 할 뿐 굳이 막으려 하지 않았다.

이날부터 장무기는 밤낮을 가리지 않고 침식마저 잊은 채 골똘히 의서를 파고들었다. 호청우가 지은 10여 종의 의학 서적만 열람하는 게 아니라, 《황제내경黃帝內經》*《화타 내소도華佗內昭圖》《왕숙화** 맥경王叔和脈經》《손사막*** 천금방孫思邈千金方》《천금익千金翼》《왕도**** 외태비

---

* 《황제소문黃帝素問》의 별칭. 중국 상고시대 황제와 명의 기백岐伯의 문답을 기록한 책. 주周와 진秦 사이(기원전 250년)에 전해 내리던 의술을 기록한 희귀한 고서로, 한漢대 이후의 것은 아니라고 한다. 당나라 왕빙王氷의 주해본이 가장 오래되었는데, 《사고제요四庫提要》〈의가류醫家類〉에 수록되어 있다. 본문에 나오는 《황제하마경黃帝蝦蟆經》도 그 유사본이다.

** 왕숙화: 위魏~진晉 때(220~310)의 명의로 이름은 희熙, 고평高平 출신. 의학 연구에 정통하고 특히 진맥을 중요시했다. 전대에 진맥 문헌을 수집·정리하고 자신의 경험에 융화시켜 《맥경》열 권을 집대성했는데, 현존하는 맥학 전문 서적으로 가장 오래되었다. 또 당시 흩어져 있던 한나라 때 장중경張仲景이 지은 《상한잡병론傷寒雜病論》을 수집·정리해 오늘날 중의학 문헌으로 소중하게 보존되어오고 있다.

*** 손사막(581~682): 당나라 때의 의학자. 지금의 섬서성 요현耀縣 출신. 자신의 병 때문에 의학 연구를 시작해 좀 더 깊이 있는 학문으로 발전시켰으며, 제자백가의 학술과 불교 경전에도 정통했다. 당나라 이전의 임상 경험과 의학 이론을 종합하고 약재 처방과 침구 자료를 수집·정리해 《천금방》《천금익》을 저술했는데, 그 첫머리에 부인병과 소아의 질병에 관한 내용을 처음으로 분류해 서술하고 오장과 육부의 질병을 나누어 치료해야 한다는 동양의학에 새로운 계통을 수립했다.

**** 왕도: 당태종을 보필한 명신 왕규王珪의 손자. 서주사마徐州司馬의 벼슬에 있으면서 병든 어

요王燾外台秘要》등 일반 의학 경전을 꺼내다 한 쪽 한 쪽씩 들춰가며 절심장의 치료법과 관련 있을 만한 대목이라면 세심하게 읽고 깊이 생각해 외워두었다.

날마다 아침 진시辰時와 오후 신시申時에는 호청우가 침을 놓고 뜸을 떠서 음독을 제거해주었다. 그 나머지 시간에 장무기는 오롯이 의학 공부에만 전념했다.

이렇듯 며칠이 지났다. 장무기는 의학 서적을 손에 닥치는 대로 읽고 의학의 도리와 약 처방을 포식하다시피 머릿속에 담아두었다. 하지만 정교하고도 오묘하기 이를 데 없는 의술을 배운 날이 짧고 나이도 어린 그가 어떻게 단 며칠 안에 확연히 깨칠 수 있으랴? 손가락을 꼽아보니 호접곡에 들어온 지도 벌써 엿새째가 되었다. 앞서 호청우는 상우춘의 상처가 7일 안에 자기 손으로 치료하면 완전히 치유될 수 있지만, 그 날짜를 넘겼다가는 나중에 치료해도 회복이 불가능하고 무공을 모조리 잃어버릴 것이라고 했다. 그런데 상우춘은 사립문 바깥 풀밭에 누워 벌써 엿새째 저녁을 맞이하고 있었다.

그날이 되자 비가 또 내렸다. 호청우는 상우춘이 빗물 고인 진흙 바닥에 누워 있는 것을 뻔히 보면서도 외눈 하나 깜짝하지 않았다. 장무기는 속으로 울화가 치밀었다. '내가 읽은 의서 가운데 이 호청우란 고집불통이 쓴 저술 말고는 어느 책에나 의원 된 사람은 모름지기 세상을 구제하고 백성에게 해택을 베푸는 인자한 마음이 있어야 한다고

머니에 대한 효성이 지극해 당시 명의를 두루 찾아다니면서 의학을 배운 끝에 의술에 정통하게 되었다고 한다. 급사중給事中·업군태수鄴郡太守를 두루 거치면서 백성들을 잘 다스려 명성을 떨쳤으며, 저술로《외태비요》를 남겼다.

적혀 있는데, 이 사람은 한낱 좋은 기술만 지니고 어진 마음은 없어 자기 눈앞에서 사람이 죽어가는데도 구해주지 않는다니, 이래서 무슨 양의良醫 노릇을 한단 말인가?'

저녁이 되자 번갯불이 번쩍번쩍하면서 천둥 벼락이 치고 굵다란 장대비가 억수같이 쏟아졌다. 안절부절못하던 장무기는 마침내 이를 악물고 결단을 내렸다. '설령 내 손으로 상우춘 형님의 병을 고쳐주지 못한다 하더라도 이것저것 생각만 하고 있을 수는 없다.' 마음을 굳게 다져먹은 그는 호청우의 약상자 속에서 금침 여덟 개를 꺼내 들고 상우춘 곁으로 걸어갔다.

"형님, 요 며칠 동안 제가 심혈을 다 기울여 호 선생의 의서를 읽고 연구했습니다. 비록 전체를 꿰뚫어 통달하지는 못했으나 시일이 너무 촉박해서 더는 미룰 수가 없으므로 제가 위험을 무릅쓰고라도 형님께 침을 놓겠습니다. 형님과 저는 함께 살고 함께 죽기로 작정한 몸이니 만약 불행한 결과가 생긴다면 저도 혼자서는 절대로 살아 있지 않겠습니다."

이 말을 듣자 상우춘은 껄껄대며 호탕하게 웃었다.

"그게 무슨 소린가? 잔소리 말고 어서 침이나 놓게. 하늘이 도와서 내 병이 낫게 되거든 우리 호 사백 어른이 부끄러워하는 꼴을 내 꼭 보고야 말겠네. 설령 침을 한두 대 잘못 놓아 날 죽인다 해도, 이 더러운 진흙 구덩이에 자빠져서 생고생을 하기보다는 훨씬 나을 걸세."

허락을 받은 장무기가 두 손을 벌벌 떨면서 상우춘의 혈도를 조심스럽게 더듬어 찾았다. 그러고는 조마조마한 심정으로 그의 관원혈에 금침 한 대를 꽂아 넣었다. 정식으로 침술을 배우지 못하고 그저 호청우가 날마다 자기 몸에 침을 놓는 겉모습만 보아온 터라 금침을 꽂는 솜씨가 엉성하기 짝이 없었다. 더구나 호청우의 금침은 무른 순금으로 만든 것이어서 내력이 깊지 못하면 쓸 수가 없었다. 아니나 다를까, 손에 힘을 조금 주기가 무섭게 금침은 이내 휘어져 살 속으로 들어가지 않았다. 그는 침을 뽑아 다시 한번 찔러 넣었다. 원래 혈도를 침으로 찌르면 피가 나오지 않는 법인데, 이렇듯 경험이라곤 하나도 없는 돌팔이 침술장이가 이곳저곳 닥치는 대로 찔러대니 상우춘의 관원혈에서 당장 시뻘건 피가 솟구쳤다. 관원혈이라면 아랫배에 있는 급소 중의 하나인데 이처럼 출혈이 그치지 않으니 다급해진 장무기는 손발을 어디다 두어야 좋을지 모른 채 허둥대기 시작했다.

"하하하! 하하하하!"

갑자기 등 뒤에서 껄껄대는 웃음소리가 들려왔다. 흘끗 돌아보니 호청우가 뒷짐을 지고 서성거리면서 선지피로 시뻘겋게 물든 장무기의 손을 재미있다는 듯이 느긋이 바라보고 있었다.

장무기는 급히 소리쳐 물었다.

"호 선생님! 형님의 관원혈에서 피가 그치지 않는데 어쩌면 좋습니까?"

호청우가 빙글빙글 웃으면서 대꾸했다.

"나야 물론 어떻게 하면 되는지 알고 있다만, 그걸 너한테 꼭 일러줄 필요가 있겠느냐?"

"그럼 제 목숨하고 상우춘 형님의 목숨을 맞바꾸기로 하죠! 어서 형님의 목숨을 구해주십시오. 내 당장 호 선생님 보는 앞에서 죽겠습니다!"

빗속에 고개를 반짝 쳐들고 결연히 내던지는 장무기의 말에 호청우는 비웃음을 섞어 냉랭하게 대꾸했다.

"내 입으로 한번 치료해주지 않는다고 했으면 절대로 고쳐주지 않는다. 이 호청우란 사람은 눈앞에서 사람이 죽어가더라도 구해주지 않아. 그렇다고 남의 목숨을 억지로 빼앗아가는 저승 귀신도 아닌데, 네가 죽는다고 해서 나한테 좋을 게 뭐 있겠느냐? 장무기가 열 놈이든 스무 놈이든 죽어봐라! 내가 상우춘의 한목숨을 구해줄 듯싶은가?"

장무기는 그와 더 얘기해봤자 시간만 허비한다는 사실을 알았다. 그래서 안채로 들어가 벌꿀을 가져다 상우춘의 피가 나는 부위에 발라주어 지혈시켰다. 금침은 너무 물러서 자기 능력으로는 쓸 도리가 없고 이제 와서 다른 형태의 금침을 찾아낼 수도 없었다. 구리로 만든 동침銅針이나 강철 침이 있으면 오죽 좋으련만 어디다 두었는지 찾을 도리가 없었다. 한동안 곰곰이 생각하던 끝에 그는 대나무 가지를 하나 꺾어다 주머니칼로 매끄럽게 다듬어 몇 개를 깎아 만들었다. 그러고는 댓가지를 상우춘의 자궁혈, 중정혈, 관원혈, 천지혈 네 군데 부위에 하나씩 꽂았다. 댓가지는 결이 억센 데다 탄력도 있어 혈도에 꽂히고 나서도 피가 나오지 않았다. 한참 있다가 상우춘은 입을 딱 벌리더니 시커먼 피를 울컥울컥 몇 모금 토해냈다.

환자가 피를 토하는 것을 보면서 장무기는 가슴이 조마조마했다. 마구잡이로 찌른 죽침竹針이 상처를 덧나게 했는지 아니면 효과를 보아서 체내의 어혈瘀血을 몰아내게 했는지 알 도리가 없었다. 그는 고개를 돌려 불안한 눈길로 호청우를 바라보았다. 호청우는 여전히 조롱기 어린 표정이었다. 하지만 두 눈망울에는 보일 듯 말 듯 찬탄하는 기색이 엿보였다. 그제야 장무기는 다소 안도의 한숨을 내쉬었다. 대나무 침으로 혈도를 찌른 솜씨가 전혀 잘못된 것이 아니라는 확신이 들었다.

자신감을 얻은 그는 집 안으로 들어가 의학 서적을 이것저것 마구 뒤적이면서 곰곰이 궁리한 끝에 약방문을 하나 지었다. 비록 의서에서 어떤 약물이 어떤 병을 치료하는 데 쓰는 것인지 알아내기는 했으나, 도대체 생지生地라든가 시호柴胡란 것이 어떤 모양으로 생겼는지 또 우슬牛膝은 뭐며 웅담은 무엇인지 아는 바가 없었다. 그래서 두 눈 딱 감고 약을 달이는 동자 녀석에게 약방문을 넘겨주면서 부탁했다.

"이 처방대로 내복약을 달여주게."

동자 녀석은 아무 말 없이 약방문을 가져다 호청우에게 보였다. 이대로 약을 지어주어도 되겠느냐고 묻는 기색이었다.

호청우는 한마디로 코웃음을 쳤다.

"가소롭구나, 가소로워! 어디 소원대로 지어주려무나. 상우춘이란 놈이 그 약을 마시고 죽지 않는다면 이 세상에 죽을 사람은 하나도 없을 거다!"

이 말을 듣고 장무기는 약방문을 도로 빼앗아 약의 분량을 모조리 절반으로 줄였다. 얼마 후 동자가 처방한 대로 약을 걸쭉하게 달여왔다.

약사발을 넘겨받은 장무기는 그것을 상우춘의 입술에 가져갔다.

"형님, 이 약을 드세요. 이걸 드시고 호전될 것인지 악화될 것인지, 저로서는 길흉을 알 수 없지만……."

장무기는 눈물이 글썽글썽 맺힌 채 목이 메어 말끝을 잇지 못했다. 그러나 처성이 호탕한 상우춘은 껄껄대고 웃으면서 약사발을 기침없

12. 금침과 약초로 고황에 든 불치병을 고쳐준다네

이 받아 들었다.

"좋다, 좋아! 이거야말로 눈먼 의원이 앞 못 보는 말을 고쳐주는 격이로구나!"

그러고는 두 눈 질끈 감은 채 목젖이 드러나도록 고개를 뒤로 젖히더니 한 방울도 남기지 않고 단숨에 모조리 마셨다.

그날 밤, 상우춘은 칼로 배 속을 도려내는 듯 격심한 복통에 시달리면서 그칠 새 없이 피를 토해냈다. 장무기는 천둥 번개가 잇따라 엇갈리는 폭우 속에서 장대비를 맞아가며 환자 곁에서 시중드느라 밤을 꼬박 새웠다. 그 지극정성이 통했는지, 다음 날 이른 아침이 되자 억수같이 퍼붓던 비가 그치고 상우춘의 각혈도 점차 줄어들었다. 상우춘의 시커멓던 혈색이 점차 검붉어지더니 그 빛깔마저 차츰 선홍색으로 바뀌어갔다.

상우춘은 무척 기뻐했다.

"이것 봐라? 자네 그 약이 사람 죽이는 게 아니었군. 내 상처가 한결 가벼워지는 느낌이 드네그려."

장무기의 기쁨도 그에 못지않았다.

"제가 처방한 약이 쓸 만합니까?"

"하하! 내 선친이 오늘 같은 날이 있을 줄 알고 내게 상우춘이란 이름자를 지어주셨지! '언제나 봄을 맞이한다.' 자네처럼 회춘回春의 절묘한 솜씨를 지닌 국수國手와 만날 수 있었으니 이 얼마나 기막힌 이름자인가? 그런데 아우의 약이 지독하긴 지독하더군. 너무 패도적覇道的이야. 마치 열대여섯 자루의 칼로 배 속을 온통 도려내는 것 같았어!"

"그게…… 그랬군요. 가만 보니 확실히 분량이 다소 많기는 많았나

봅니다."

사실 그가 처방한 약 분량은 '다소 많은' 정도가 아니라 적정량을 넘겨서 엄청나게 많은 분량이었다. 게다가 조제 원리에 따라 중화시키는 부약附藥 없이 상처 부위를 직접 급히 공격하는 주약主藥만 썼으니 보통 문제가 아니었다. 비록 호청우의 의학 서적에서 대증 약물對症藥物을 찾아내기는 했어도 약을 쓰는 군신좌사君臣佐使*의 이치에 대해서는 전혀 먹통이라, 만약 상우춘처럼 강인한 체질을 타고나서 남보다 뛰어나게 튼튼한 몸을 지니지 않은 사람이 복용했더라면 진작 견뎌내지 못하고 그 자리에서 목숨이 끊겼을 것이다.

아침 세수를 끝낸 호청우가 어슬렁어슬렁 걸어 나오다 상우춘이 맑은 정신으로 멀쩡하게 살아서 앉아 있을 뿐 아니라 얼굴에 불그스레하니 화색이 도는 것을 보고 저도 모르게 깜짝 놀랐다. '그 지독한 약으로 절심장의 상처를 낫게 하다니! 요 녀석 정말 총명하고 대담하기 짝이 없구나. 게다가 환자는 체질이 튼튼하고 기백이 왕성한 녀석이니 정말 기연奇緣도 이런 기연은 없을 거다.'

속으로 감탄하고 있는데 장무기는 또 부지런히 약방문을 하나 지어서 안채로 들어갔다. 인삼이니 녹용이니, 하수오니 복령이니 하는 약재들을 다 집어넣은 보약 처방이었다. 호청우의 집 안에 소장한 약재는 어느 것 하나 진품이 아닌 것이 없어 약효가 유별나게 뛰어났다. 이렇듯 진귀한 보약으로 열흘 동안 몸을 다스리고 났더니 상우춘은 상처도 다 나았을 뿐만 아니라, 원기가 왕성해져서 잃어버렸던 무공까지

---

* 한의학에서는 약방문을 내는 데 제일 주된 약인 '군제君劑'와 그에 배합해 쓰는 다른 약을 그 작용의 강약과 경중에 따라 '신약臣藥' '좌약佐藥' '사약使藥'으로 구별한다.

완전히 되찾았다.

그는 장무기를 불러놓고 이렇게 말했다.

"어린 친구, 내 몸의 상처는 이제 다 나았네. 자네가 나 때문에 더 이상 노숙하는 것은 도리가 아닐세. 우리 이쯤에서 헤어져야겠네."

지난 한 달 남짓한 동안 장무기는 그와 생사를 같이하고 환난을 함께 겪으면서 두 사람이 서로 목숨처럼 의지해온 터라 이미 좋은 친구가 되었다. 따라서 이렇듯 갑작스레 헤어지자니 그 섭섭하기란 이루 말할 수가 없었다. 하지만 지금처럼 상우춘과 계속해서 같이 지낼 수는 없으니 그저 눈물만 머금고 고개를 끄덕거릴 따름이었다.

"자네도 너무 서운해하지 말게. 석 달 후에 내 다시 찾아올 테야. 그때 가서 자네 몸의 한독이 제거되거든 무당산으로 가서 자네 태사부님과 만나게 해줌세."

그러고는 초가집 안으로 들어가 호청우에게 작별 인사를 드렸다.

"제 상처가 완치된 것은 비록 장씨 아우가 손을 써서 치료해준 때문이기는 합니다만, 사백 어른의 의서에 지도를 받고 또 진귀한 약재를 적지 않게 복용한 덕분이었습니다. 고맙습니다, 사백님!"

호청우가 고개를 두어 번 끄덕였다.

"그게 뭐 대단한 것이라고? 아무튼 자네 상세는 완치되었으니 다행이네만, 앞으로 수명이 마흔을 넘기지 못할 것일세."

상우춘은 이게 무슨 소린지 몰라 어리둥절한 기색으로 내처 물었다.

"뭐라고 말씀하셨습니까?"

"자네 기백과 체력이라면 적어도 여든 살까지는 살 수 있었을 걸세. 한데 저 꼬마 녀석이 약을 잘못 쓰고 침을 놓을 때 힘줄기가 맞지 않았으니 어쩌겠는가. 앞으로 비가 오거나 천둥 번개가 치는 궂은 날씨에는 자네 온 몸뚱이가 쑤시고 아파서 견디기 어려울 거야. 그리고 마흔 살쯤 되면 저승으로 염라대왕을 만나 뵈러 가야 할 것이네."

이 말을 듣고 상우춘이 껄껄대며 웃었다.

"사내대장부로 태어나 세상을 구제하고 나라의 은혜에 보답해 큰 공을 세우려면 서른 살만 가지고도 넉넉할 터인데, 구태여 마흔 살까지 살 필요가 어디 있겠습니까? 구차스레 한평생 일백 살을 넘겨가며 살아봤자 공연히 아까운 식량만 축낼 뿐이지요."*

장무기는 그를 나비의 골짜기 어귀까지 배웅하고도 좀처럼 발길을 돌리려 하지 않았다. 상우춘이 두 번 세 번 거듭 돌아가라고 재촉한 뒤에야 두 사람은 눈물을 흩뿌리며 작별했다.

골짜기 뒤편으로 사라져가는 상우춘의 뒷모습을 바라보면서 장무기는 마음속으로 단단히 뜻을 세웠다.

'내가 어설픈 솜씨로 잘못 치료하는 바람에 저분의 수명을 마흔 살이나 단축시켜놓고 말았다. 저분이 나 때문에 손상을 입었으니 훗날 내 손으로 다시 회복해주지 못한대서야 말이 되는가? 무슨 수를 써서라도 열심히 의술을 배워 옛날과 다름없이 해놓고야 말 테다!'

상우춘이 떠난 후부터 호청우는 날마다 장무기에게 침을 놓고 약을 써서 체내의 한독을 풀어주었다. 또 장무기는 쉬지 않고 부지런히 의

---

* 앞의 주 '상우춘' 항목에서 언급한 대로《명사明史》〈상우춘전〉에 의하면, "상우춘은 갑작스러운 질병으로 세상을 떠났으니, 그의 나이 겨우 마흔이었다常遇春 暴疾卒 年僅四十"라고 기록되어 있다. 원지지 주

12. 금침과 약초로 고황에 든 불치병을 고쳐준다네

서를 탐독하고 약전藥典을 머릿속에 암기했다. 이따금 의심스럽고 판단하기 어려운 것이 있으면 곧바로 호청우에게 물었다. 이렇듯 때 없이 질문을 던져오는 장무기의 태도가 호청우는 무척 마음에 들었다. 그뿐만 아니라 때때로 기상천외한 발상을 내어 호청우가 예전에 미처 생각지도 못한 영감을 촉발시켜주기까지 했다. 앞서 다짐한 대로 호청우는 장무기를 완전히 치료해놓고 나서 그 즉시 죽일 작정이었다. 하지만 이제는 이 소년이 죽어버리면 나비의 골짜기 안에 자신과 대화를 나눌 좋은 말벗이 없어지는 셈이 되는 터라 그를 하루라도 빨리 죽인다는 것은 상상도 못 할 일이 되고 말았다.

이렇게 몇 달이 지났다.

어느 날 호청우는 환자의 약손가락 바깥쪽 관충혈關衝穴과 팔꿈치 위쪽 두 치쯤 되는 청냉연淸冷淵, 그리고 눈썹 뒤쪽 사죽공絲竹空의 세 혈도에 침을 놓았다. 그런데 그에게서 아무런 반응이 없는 것을 깨달았다. 이 혈도들은 하나같이 '수소양 삼초경手少陽三焦經'에 속한다. 삼초三焦•는 '상초上焦' '중초中焦' '하초下焦'로 나뉘는데, 오장육부 가운데 육부의 하나로서 중의학에서는 그 운행이 미묘하기 짝이 없어 의원이 손으로 대충 더듬어서는 알아내기 어려운 것으로 알려져 있다.

호청우는 고심참담 연구해가며 그 정교하고도 오묘한 '신의'의 수법을 다 써보았으나 삼초에 퍼져 들어간 음독만큼은 시종 몰아낼 수

• 중의학에서 삼초란 의학 전문가의 말에 따르면 인체의 여러 가지 내분비선을 일컫는다. 현대 의학이 발전해 인체의 신비가 많이 밝혀지기는 했으나 서양의학은 아직도 호르몬의 효능과 조절 치료에 대해서 아는 바가 그리 많지 않아 의학상 가장 풀기 어려운 분야로 알려져 있다.─원저자 주

가 없었다. 열흘 남짓한 시일 동안 얼마나 지쳤는지 머리카락 10여 가 닥이 하얗게 세고 말았다.

장무기는 그가 노심초사하는 것을 보고 속으로 깊이 감동하면서도 은근히 불안한 마음이 들었다.

"호 선생님, 제 한독을 몰아내시느라 그만큼 전심전력을 다 기울이 셨으면 됐습니다. 세상 사람치고 어느 누군들 죽지 않는 이가 있겠습니 까. 삼초에 퍼진 음독을 몰아내지 못하는 것도 제 운명이니 너무 마음 쓰지 마십시오. 제 목숨을 구하려다 오히려 선생님이 병나시겠어요."

"흥!"

호청우가 코웃음을 쳤다. 그러고는 담담한 말투로 이렇게 대꾸했다.

"네가 우리 명교와 천응교를 얕잡아보는 모양인데, 내가 네 목숨을 구해주려고 이러는 줄 아느냐? 네 병을 못 고치면 이 접곡의선이 무능 하다는 말을 들을까 봐 이러는 거야. 너를 완치시켜놓고 나서 다시 죽 여버릴 테니 그리 알아라!"

장무기는 이 말을 듣고 몸서리를 쳤다. 별것 아닌 것처럼 대수롭지 않게 말했으나 그가 이미 입 밖에 낸 이상 그 계획은 절대 바뀌지 않 을 것이 분명했다. 장무기의 입에선 한숨이 절로 나왔다.

"제 몸속의 음독을 끝내 몰아내지 못하시겠다면 더 손을 쓰실 것도 없이 그냥 죽게 내버려두세요. 세상 사람들은 그저 남이 다 죽고 자기 혼자만 살아야 속이 후련해지는 모양이에요. 하지만 사람들이 무예를 배우고 공력을 단련한다고 해서 모두 남을 죽일 생각만 하는 것은 아 니지 않나요?"

호청우가 망연자실한 기색으로 늘 너머의 먼 하늘을 쓸쓸히 바라보

12. 금침과 약초로 고황에 든 불치병을 고쳐준다네

며 말했다.

"나도 젊은 시절부터 의학을 연구해 세상을 구제하고 사람을 구하겠다는 뜻을 세웠지만, 결국 그게 좋지 않은 일이었어. 내 손으로 구해준 사람이 오히려 모질게도 은혜를 원수로 갚았으니까……."

"아니, 어떻게 그럴 수가 있습니까?"

장무기가 놀라 반문했으나 그는 못 들은 척 할 말을 계속했다.

"어떤 젊은이가 귀주성貴州省 묘강苗疆 지역에서 금잠고독金蠶蠱毒에 걸렸지. 그것은 아주 치명적인 극독이다. 중독된 사람이 죽는 것은 물론이고 숨이 끊어질 때까지 세상 천하에 무엇과도 비교할 수 없는 온갖 고초를 다 겪어야 하니까. 나는 사흘 밤낮을 잠도 안 자고 심혈을 다 기울여 그 사람의 목숨을 구해주었지. 그리고 둘이서 뜻이 맞아 의형제를 맺고 골육을 나눈 형제보다 더 친근한 우애를 나누었다. 그뿐만 아니라 내 친여동생을 그 사람에게 아내로 주기까지 했어. 그런데 뜻밖에도 그 사람은 나중에 내 여동생을 모해해 죽이고 말았다. 무기야, 그 사람이 누군지 아느냐? 흐흐흐. 오늘날 명문 정파 중에서도 크나크신 이름을 날리고 있는 수뇌 인물이란다."

장무기는 그의 얼굴 근육이 고통에 못 이겨 참담하게 일그러진 채 경련을 일으키는 것을 보자 자기도 모르게 마음속에서 연민의 정이 우러났다. 평생을 살아오는 동안 그토록 처참한 일을 겪었으니, '눈앞에서 사람이 죽어가도 구해주지 않는' 괴팍한 성격이 될 수밖에 없었던 것이다.

"그런 배은망덕하고 잔인무도한 사람이 도대체 누구죠?"

장무기가 의분에 들떠 묻는 말에 호청우는 어금니를 악물고 뿌드득 소리가 나도록 갈아붙였다.

"그자는…… 그자는 바로 화산파華山派 장문인…… 선우통鮮于通이야!"

"그럼 왜 찾아가 복수하지 않았나요?"

"나도 왜 그런 생각이 없었겠느냐? 복수하려고 세 번이나 찾아가서 도전했지. 하나 번번이 참패를 당했고 마지막 세 번째에는 하마터면 그놈의 손에 목숨까지 잃을 뻔했다. 무공이 워낙 뛰어난 데다 기지와 모략이 귀신같이 절륜한 놈이라 내 실력으로는 애당초 상대가 안 됐지. 그놈에겐 '신기자神機子'란 별호가 붙어 있다. 더구나 화산파의 장문인 직책에 있으니 그 문하 제자가 엄청나게 많은 데다 세력이 만만치 않지. 우리 명교는 지난 몇 년 동안 내분이 일어나 나를 도와줄 형편이 아니었다. 나 또한 그런 일을 남한테 부탁하기가 부끄러웠고. 결국 이 원수는 갚지 못하게 될 모양이야. 아아, 팔자 사나운 내 여동생만 불쌍하게 죽었지! 어려서 양친을 다 잃은 두 남매가 서로 목숨처럼 의지하고 살아왔는데……."

이 기막힌 사연을 듣고 장무기는 일말의 동정심이 우러났다. 견사불구 호청우도 원래는 냉혹하고 비정한 사람이 아니었던 것이다.

갑자기 호청우가 버럭 고함을 질렀다.

"방금 얘기한 말을 두 번 다시 내 앞에서 들추지 마라! 만약 딴사람에게 새어나가 알려지는 날이면 네놈을 죽지도 살지도 못하게 해놓을 테야!"

장무기는 반박하고 싶었으나 마음이 아파 입을 다물었다. 이 사람이 당한 일 역시 자신 못지않게 처참하다는 생각이 들었다. 그는 고개를 끄넉이며 나심했다.

117

"마음 놓으십시오. 절대로 입 밖에 내지 않겠습니다."

호청우는 소년의 머리칼을 두어 번 쓰다듬으면서 한숨을 내쉬었다.

"불쌍한 녀석……! 불쌍한 녀석……!"

그러고는 돌아서서 휑하니 안채로 들어갔다.

장무기와 깊은 얘기를 나누던 그날, 호청우는 자기가 아무리 정교하고 오묘한 의술을 써도 기껏해야 환자의 수명을 몇 년 더 연장시킬 뿐, 삼초에 퍼진 한독을 제거하지는 못한다는 사실을 깨달았다. 생각이 여기에 미치자, 그는 조금씩 측은한 마음이 들기 시작했다. 장무기 소년을 대하는 태도가 점차 바뀌어간 것이다.

그 일이 있은 후로 호청우는 장무기 앞에 두 번 다시 과거의 쓰라린 사연을 토로하지 않았다. 그러나 이 소년이 남의 심중을 잘 헤아리는 것을 보고 더욱 친근감을 느끼게 되었다. 호청우는 적막강산에 훌륭한 동반자가 생겼으니 자신도 모르게 활기가 넘쳤다. 호청우는 날마다 그에게 의학 원리 가운데 음양오행의 변화, 진맥과 침술을 하나씩 가르쳐주었다. 더구나 장무기의 오성이 매우 뛰어나 《황제하마경》《서방자 명당구경西方子明堂灸經》《태평성혜방太平聖惠方》《침구갑을경 鍼灸甲乙經》《손사막 천금방》 등 난해한 고전 의서를 쉽게 깨우치는 것을 보고 찬탄을 금치 못했다.

"네 총명한 지혜와 재능에 나처럼 100년에 보기 드문 훌륭한 스승을 만났으니, 스무 살도 안 되어 화타나 편작扁鵲**에 비견할 수 있는 명

---

* 송나라 때 서방자가 편찬한 의서. 도합 여덟 권으로 《사고제요》〈의가류〉에 수록되어 있다.

** 전국시대 의학자. 성은 진秦씨, 이름은 월인越人. 지금의 하북성 임구현任丘縣 출신으로 장상군長桑君에게서 의술을 배웠다. 풍부한 의료 경험으로 당시에 성행하던 무술巫術 치료법을

의가 될 수 있으련만……. 아, 정말 아깝구나, 아까워!"

　말뜻은 아무리 열심히 의술을 배운다 한들 수명이 얼마 남지 않았으니 그토록 고되게 배워서 무슨 소용이 있겠느냐는 것이었다. 하지만 장무기의 생각은 달랐다. 그는 어떻게 해서든지 고명한 의술을 배워 상우춘과 만났을 때 절반이나 크게 줄어든 수명을 원상대로 회복해주고, 또 무당산에 누워 있는 셋째 사백 유대암이 다른 사람의 부축을 받지 않고 스스로 걸을 수 있게 해주고 싶었다. 이 두 가지 큰 소원을 이룰 수만 있다면 앞으로 자기 수명이 더 짧아진다 하더라도 여한이 없을 것만 같았다.

　호접곡에서 보내는 나날은 평온무사했다.

　세월은 유수처럼 흘러 장무기가 호접곡에 들어온 지도 벌써 2년이 지나 열네 살이 되었다. 그 두 해 동안 상우춘은 여러 차례 장무기를 찾아와 무당산의 소식을 전해주곤 했다. 태사부 장삼봉은 무기의 병세에 크게 차도가 있다는 얘기를 전해 듣고 무척 기뻐하면서 그러러 시일이 오래 걸리더라도 완치될 때까지 호접곡에 머물러 있으라고 분부했다. 장삼봉과 여섯 제자는 저마다 옷가지와 일용품을 고루 갖춰 상우춘 편에 보내왔다. 모두 무기 소년을 보고 싶은 마음은 간절했으나, 피차 문파가 다른 점을 꺼려 직접 찾아오지는 않았다. 이들 일곱 사람

배격했다. 전국 각처를 떠돌아다니며 부인과, 소아과, 이비인후과의 인술로 명성을 떨쳤는데, 진秦나라 무왕武王의 병을 치료하던 중 그의 솜씨를 질투한 태의령太醫令에게 살해되었다. 역사 기록에는 《편작 내경內經》과 《편작 외경外經》을 지었다고 하는데 모두 실전되고, 그 후예가 진월인의 이름으로 편찬한 《잡경雜經》 한 권이 현재까지 전해오고 있다.

12. 금침과 약초로 고황에 든 불치병을 고쳐준다네

은 호청우에게도 예물을 보내왔다. 무기를 치료해준 은혜에 고마움을 표시한 것이다.

장무기도 태사부와 여섯 분의 사백 사숙을 보고 싶은 마음이 간절했다. 당장 무당산으로 달려가 만나지 못하는 것이 한스러울 뿐이었다.

상우춘은 바깥세상의 소식도 전해주었다. 근년 들어 한족을 탄압하는 몽골족의 횡포가 날로 극심해져 의식衣食을 잇지 못한 백성들이 전국 방방곡곡에서 도적 떼로 변해 벌 떼처럼 들고일어나 온 천하가 큰 혼란에 휩쓸려 있다고 했다. 그와 때를 같이해서 강호의 명문 정파로 자처하는 세력과 마교로 지목되는 사파 세력 간의 싸움도 날이 갈수록 치열해져 서로 사상자가 엄청나게 늘어나고, 원한 역시 갈수록 깊게 쌓이고 있다고 했다.

상우춘은 호접곡에 올 때마다 사나흘도 머물지 않고 훌쩍 떠나곤 했다. 명교 내부의 일이 무척 바쁜 모양이었다.

어느 날 저녁, 장무기는 왕호고王好古*가 지은 의학 서적《차사난지此事難知》를 읽다가 저도 모르게 정신이 혼미해지면서 피로감을 느꼈다. 졸음을 참지 못한 그는 대수롭지 않게 여기고 즉시 침상에 올라 기분 좋게 잠을 잤다.

이튿날 아침 깨어보니 머리가 개운하기는커녕 웬일인지 두통이 심해서 감기약을 찾아 먹으려고 대청으로 나갔다. 그런데 앞마당을 내다보니 벌써 해그림자가 서녘으로 기울어 있었다. 어느새 오후가 된 것

---

* 원나라 때 의학자. 지금의 하북성 조현趙縣 출신으로 장결고張潔古, 이동원李東垣에게 의술을 배웠다. 고향인 조주趙州의 의학교수醫學教授를 지내고 저서로《의루원융醫壘元戎》《차사난지》《음증약례陰症略例》등을 지어 비장脾臟과 위장胃腸에 대한 학설을 규명했다.

이다. 그는 깜짝 놀랐다. '무슨 잠을 이리도 길게 잤을까?' 아무래도 병이 난 모양이라고 생각하고 제 손으로 맥박을 짚어보았으나 아무런 이상이 없었다. 순간 가슴이 덜컥 내려앉았다. '혹시 음독이 재발해서 이만 죽는 것은 아닐까?'

장무기는 부리나케 호청우의 방으로 갔다. 그런데 이상하게도 오늘 따라 방문이 꼭 닫혀 있었다. 인기척을 보이려고 가볍게 헛기침을 하자 안에서 호청우의 목소리가 들려왔다.

"무기야, 오늘은 내 몸이 좀 불편하구나. 목구멍도 아프고……. 너 혼자 공부나 하려무나."

"예!"

장무기는 호청우의 병세가 걱정스러워 다시 여쭈었다.

"선생님, 제가 목을 좀 보아드릴까요?"

그러자 호청우가 낮은 목소리로 대답했다.

"아니다, 그럴 것 없다. 거울에 비춰보니 큰 탈은 아니기에 우황서각산牛黃犀角散을 지어 먹었다."

이날 저녁, 동자가 스승의 침실로 밥상을 들여갈 때 장무기도 따라 들어갔다. 호청우는 초췌해진 얼굴빛으로 힘없이 침상에 누워 있다가 그를 보고 황급히 손을 내저었다.

"빨리 나가거라! 내가 무슨 병에 걸렸는지 아느냐? 마마에 걸렸어!"

장무기가 얼굴과 손등을 살펴보았더니 과연 붉은 반점이 두드러져 있었다. 마마라면 악성 전염병 천연두天然痘의 속칭이다. 천연두는 발작할 때가 가장 위험해서 조리를 잘못하면 심할 경우 목숨을 잃고 가벼운 증세라도 얼굴이 얽어 곰보가 되는 무서운 병이있다. 호청우는 워낙 의술에 정통하니 이런 악성 질병에 걸려도 뒤탈은 없겠지만, 장무기는 끝내 마음이 놓이지 않았다.

호청우가 거듭 당부했다.

"다시는 이 방에 들어오지 마라. 내가 썼던 그릇과 젓가락, 물 잔과 접시는 반드시 끓는 물에 소독하고, 너와 동자들은 절대 그것을 쓰면 안 된다."

그는 무엇인가 잠시 생각하더니 또 한 번 당부의 말을 건넸다.

"무기야, 넌 아무래도 골짜기 바깥으로 나가 있는 게 좋겠다. 내 병이 너한테 옮지 않도록 바깥에서 한 보름쯤 있다 오려무나."

다급해진 장무기가 얼른 대꾸했다.

"아닙니다. 선생님께서 병이 나셨는데 제가 피한다면 누가 시중을 들겠습니까? 솜씨야 좋으나 그르나 제가 두 동자보다는 의술을 좀 더 많이 알고 있지 않습니까?"

"그래도 피해 나가 있는 게 좋겠다."

'떠나거라, 못 나간다'는 실랑이가 한동안 벌어졌다. 호청우가 아무리 권유해도 장무기는 막무가내로 듣지 않았다. 호청우의 성격이 비록 괴팍스럽다고는 하나, 지난 몇 년을 아침저녁으로 자리를 함께해오는 동안 두 사람은 스승과 제자로서 은연중에 정이 들 대로 깊이 들었다. 게다가 어려운 일에 직면했는데 제 한 몸만 피한다는 것은 아무리 어린 소견이지만 장무기의 본성에 크게 어긋나는 일이었다.

어른과 소년의 실랑이 끝에 결국 호청우가 지고 말았다. 그는 할 수 없이 조건을 붙였다.

"좋다, 그럼 내 방에 들어오지는 말거라."

이렇듯 사흘이 지났다. 장무기는 아침저녁으로 침실 밖에서 문안 인사를 드렸다. 호청우는 목소리가 쉬어 갈라졌으나 정신력만큼은 원기 왕성해 보였다. 어찌 된 노릇인지 환자의 식사 분량이 여느 때보다 훨씬 늘기는 했으나 별탈은 없어 보였다. 호청우는 날마다 자신이 복용할 약재 이름과 분량을 지시했다. 동자는 그 분부대로 약을 달여 침실로 들어갔다.

나흘째 되는 날 오후, 장무기는 초당에 홀로 앉아 《황제내경》 가운데 〈사기조신대론四氣調神大論〉을 읽다가 저도 모르게 속으로 고개를 끄덕였다.

그러므로 현명한 자는 병이 도진 뒤에 치료하는 것이 아니라 발병 전에 치료하고, 사물도 혼란해진 뒤에 다스리는 것이 아니라 혼란을 일으키기 전에 다스린다고 말했다. 질병이 크게 악화하고 나서 약을 쓰거나, 혼란이 걷잡을 수 없게 되고 나서 다스릴 생각을 한다는 것은 마치 목마를 때 우물 파고 전쟁이 임박해서야 쇠를 녹여 창칼을 만드는 격이나 다름없으니, 이 어찌 때늦은 일이 아니겠는가?

'참으로 옳은 말이다. 목마를 때가 되어서야 우물을 파고 남과 싸움이 벌어지게 되었을 때에야 병기를 두드려 만드는 짓은 확실히 때늦은 일이다. 나라에 변란이 일어났을 때 진압한다면 물론 안정 상태로 돌아가겠지만, 그 나라의 원기는 이미 크게 손상되어 있을 것이다. 병을 치료하는 자도 그 질병이 도지기 전에 미리 손을 써야 옳다. 하지만 호 선생님의 천언두는 외부에서 김엄된 것이리 발병하기 전에 미리

치료할 수 없는 일 아닌가?'

생각은 다시 《황제내경》〈음양응상대론陰陽應象大論〉 가운데 몇 구절로 옮겨갔다.

질병을 잘 다스리는 자는 우선 겉에 보이는 상처부터 치료하고 그다음에는 살갗을, 그다음에는 근맥을, 그다음에는 육부를, 그리고 마지막에 가서 오장을 치료한다. 오장을 치료할 정도가 되면 그 환자의 생사 가능성은 절반 절반이다.

'그렇다. 솜씨 뛰어난 양의는 질병 초기에 즉각 치료를 한다. 병의 뿌리가 오장에 침투하고 나서 치료한다면 회복할 승산이 절반밖에 안 된다. 나처럼 음독이 오장육부에 깊숙이 스며든 사람은 승산이 절반은 커녕 아예 열에 아홉은 꼼짝없이 죽은 목숨이요, 살아날 가망은 고작 10분의 1밖에 안 될 것이다.'

장무기는 혼자서 선현들의 탁월한 식견에 탄복하며 자신의 내상을 어떻게 고칠까 궁리했다. 그때 갑자기 멀리서 말발굽 소리가 어렴풋이 들리더니 곧바로 호접곡 골짜기를 향해 들어서는 게 아닌가. 그것도 잠시뿐 말발굽 소리는 이내 호청우의 초가집 바깥에 와서 멎고 뒤미처 낯선 사내의 목소리가 우렁차게 들려왔다.

"무림의 동도同道가 의선 호 선생을 찾아뵙고, 어르신께서 치료해주시기를 간청드립니다!"

장무기는 사립문 앞으로 걸어갔다. 문밖에는 얼굴빛이 시꺼먼 사내가 손에 말고삐 셋을 거머쥔 채 서 있었는데, 뒤쪽 두 필의 말안장 위에는 각각 한 사람씩 몸을 숙인 채 엎드려 있었다. 옷가지가 온통 핏물로 범벅이 된 것으로 보건대 중상을 입은 것이 분명했다. 고삐를 쥐고서 있는 사내도 머리통을 하얀 무명 수건으로 동여맸는데 머릿수건 역시 시뻘건 피투성이에 오른팔을 구부려 붕대로 감아 어깨걸이를 한 품이 그 또한 가볍지 않은 상처가 틀림없었다.

장무기가 문 바깥쪽을 향해 입을 열었다.

"공교롭게도 여러분이 때를 잘못 맞춰 오셨군요. 호 선생님은 지금 병환이 들어 침상에서 일어나지 못하고 계시니 여러분을 도와드릴 수 없습니다. 아무래도 다른 데로 고명한 의원을 찾아가셔야겠습니다."

"우리는 지금 수백 리 길을 허위단심으로 치달려왔소. 목숨이 경각에 달렸으니 오로지 의선께 구명救命을 의존할 수밖에 없소이다."

"호 선생님은 지금 천연두를 앓고 계십니다. 병세가 몹시 악화해 사람을 만나실 수 없는 실정입니다. 이건 제가 여러분을 속이려고 하는 말이 아닙니다."

"우리 세 사람은 모두 중상을 입었소. 만약 접곡의선께서 구해주시지 않는다면 꼼짝없이 죽게 될 거요. 귀찮겠지만 어린 친구분이 들어가서 한마디 말씀을 전해주시오. 그래서 호 선생이 어떻게 분부하는지 들어봅시다."

"그러시다면 존함을 일러주시지요."

"우리 세 사람의 보잘것없는 이름을 대서 뭐 하겠소? 그저 화산파 선우 장문인의 제자들이라고만 말씀드려주시오."

여기까지 말하고 났을 때 갑자기 사내의 몸뚱이가 금방이라도 쓰러질 듯이 휘청거렸다. 그러곤 너는 익세하지 못하고 입을 딱 벌리기가 무섭게 선지피를 한 모금 울컥 토해냈다.

장무기는 속으로 찔끔 놀랐다. 화산파 장문인 선우통이라면 호 선생의 크나큰 원수가 아닌가? 하지만 그가 처분을 어떻게 내릴지 모르겠기에 호청우의 침실 문밖으로 가서 일러준 대로 말할 수밖에 없었다.

"선생님, 문밖에 중상을 입은 세 사람이 찾아와 치료를 부탁하는데, 화산파 선우 장문의 제자들이라고 합니다."

"뭣이?"

침실 안에서 흠칫 놀라는 기척이 들리더니 곧이어 노기에 찬 목소리가 터져 나왔다.

"안 고쳐준다, 안 고쳐줘! 냉큼 쫓아버려라!"

"예."

장무기는 한마디로 응답하고 나서 다시 초당으로 나왔다.

"호 선생님의 병세가 워낙 침중해 손님들을 만날 수 없다고 하시니 양해해주시기 바랍니다."

그 말을 들은 사내의 이마에 굵다란 주름살이 잡혔다. 그리고 계속 간청을 하려는데, 말안장 위에 엎드려 있던 두 사람 가운데 말라깽이 사내가 흘낏 고개를 쳐들더니 손으로 뭔가를 튕겨 날려 보냈다. 다음 순간 금빛 광채가 번쩍하면서 아주 자그만 암기 한 개가 초당 한복판 탁자 위에 "꽉!" 소리와 함께 날아와 꽂혔다.

암기를 쏘아 날린 말라깽이 사내가 반말 짓거리로 말을 건넸다.

"그 황금꽃을 가져다가 견사불구한테 보여줘라. 그리고 우리 세 사람 모두 그 황금꽃의 주인에게 얻어맞아 상처를 입었노라고 전해라. 이제 곧 그 사람이 견사불구를 찾아와 앙갚음을 하겠다고 했다. 만약 우리 상처를 치료해서 잘 낫게 해준다면 우리가 여기 남아서 적을 막도록 도와주겠다. 무공 실력은 비록 변변치 못하지만 그래도 셋이서 한 팔 힘을 거들어줄 수는 있을 거다."

앞서 예의 바르게 간청하던 사내와는 달리 거칠고 사나운 말투가 귀에 몹시 거슬렸다. 그러나 장무기는 조용히 탁자 앞으로 다가가서 암기를 살펴보았다. 황금을 녹여 만든 매화꽃 형태의 암기에 순은으로 실을 꼬아서 달아놓은 꽃술하며 크기가 진짜 꽃과 똑같았다. 그는 무심코 손을 내밀어 집어 들려 했으나, 그것을 쏘아 날린 말라깽이 사내의 뚝심이 얼마나 강한지 탁자에 박힌 황금꽃 암기는 꼼짝달싹도 하지 않았다. 하는 수 없이 약재를 집을 때 쓰는 족집게를 가져다가 몇 군데 후벼 파고 나서야 겨우 뽑아낼 수 있었다.

그는 속으로 혀를 내두르면서 호청우의 침실 쪽으로 건너갔다. 부상자는 몸뚱이가 비쩍 말랐으면서도 무공 실력은 보통 강한 게 아니었다. 그런 고수에게 중상을 입힐 정도라면 이 황금꽃 암기의 주인은 도대체 얼마나 대단한 무공의 소유자일까? 그토록 무서운 인물이 복수를 하겠다고 찾아온다니 보통 일이 아니었다.

그는 황금꽃을 손바닥에 떠받든 채 호청우의 침실 바깥에 서서 말라깽이 사내가 한 말을 그대로 전했다.

얘기를 다 들은 호청우가 분부를 내렸다.

"이리 들어와서 내게 보여다오."

장무기는 조심스럽게 방문을 밀어 열고 문 앞에 걸쳐놓은 휘장을 들췄다. 방 안은 온통 한밤중처럼 캄캄절벽, 눈앞에 아무것도 보이지 않았다. 천연두를 앓는 사람은 바람과 햇빛을 모두 꺼리기 때문에 창문까지 두꺼운 양탄자로 가려야 했다. 장무기는 시력이 어둠에 익숙해져서야 호청우를 발견했다.

호청우는 얼굴을 온통 푸른 무명천으로 감싼 채 두 눈만 내놓고 있었다. 그것을 본 장무기는 속으로 깜짝 놀랐다. '저 무명천 속에 감춰진 얼굴은 어떤 모습일까? 두창痘瘡 부스럼이 얼마나 심하게 났을까? 마맛자국이 심하면 나중에 완치되더라도 얽은 곰보가 될지 모르는데.'

호청우의 목소리가 귀를 때렸다.

"그걸 탁자에 놓아두고 빨리 나가거라."

장무기는 그 말대로 황금꽃 암기를 탁자 위에 내려놓고 휘장을 들쳐 바깥으로 나섰다. 그런데 방문을 미처 닫기도 전에 호청우의 목소리가 다시 들렸다.

"가서 전해라. 저들 셋이서 죽든 말든 나하고는 아무 관계가 없다고. 또 이 호청우가 죽거나 살거나 저들보고 걱정할 필요 없다고 해라!"

뒤미처 "팍!" 하는 소리가 들렸다. 문제의 황금꽃 암기가 휘장을 꿰뚫고 바깥으로 날아오더니 초당 돌바닥에 "땡그랑!" 하고 상큼한 쇳소리를 내면서 떨어졌다.

장무기는 다시 한번 깜짝 놀랐다. 지난 2년 동안 함께 살아오면서 그가 무공을 단련하는 모습을 본 적이 없는데, 그토록 점잖고 유식해 보이기만 하던 신의가 무학의 고수일 줄이야 꿈에도 생각지 못했던 것이다. 그랬다. 호청우는 비록 병중의 몸이면서도 무공을 전혀 잃지 않았다.

장무기는 황금꽃 암기를 주워 들었다. 그러고는 사립문을 가운데 두고 말라깽이 사내에게 돌려주면서 절레절레 고개를 흔들었다.

"안 되겠습니다. 호 선생님은 정말 병환이 깊으셔서…….”

그때 갑자기 말발굽 소리, 수레바퀴 구르는 소리가 요란하게 들리면서 마차 한 대가 골짜기 안으로 질풍같이 달려왔다. 장무기가 문밖으로 나갔을 때 무서운 속도로 치닫던 마차는 순식간에 초가집 앞에 들이닥치더니 거짓말처럼 우뚝 멈춰 섰다. 이윽고 마부석에 앉아 있던 얼굴빛이 누리끼리한 젊은 사내가 길바닥으로 내려서더니 마차 안에서 대머리 늙은이를 안아서 끌어냈다.

"접곡의선 호 선생님 계십니까? 공동파 문하의 성수가람聖手伽藍 간첩簡捷이 불원천리하고 치료를 부탁드리러 찾아…….”

세 번째 말마디가 미처 입에서 다 나오기도 전에 그 청년의 몸뚱이가 두어 번 휘청거리더니 양팔로 껴안고 있던 대머리 늙은이와 함께 맥없이 털썩 고꾸라졌다. 그와 때를 같이해서 마차를 끌고 달려온 두 필의 준마 역시 탈진했는지 흰 거품을 토해내면서 앞발굽을 꿇었다.

이렇듯 낭패스러운 기색을 보아하니, 이들 두 사람이 얼마나 먼 길을 도중에 쉬지도 않고 급하게 달려왔는지 묻지 않아도 알 만했다.

'공동파 문하'라는 말을 듣는 순간, 장무기의 머릿속에는 2년 전 무당산에서 부모를 윽박질러 죽게 했던 사람들 가운데 공동파의 원로가 섞여 있었다는 사실이 퍼뜩 떠올랐다. 물론 이 대머리 늙은이가 그날 무당산에 올라오지는 않았어도 한에 사무친 그의 마음속에 공동파 인물이라면 누구를 막론하고 부모를 죽게 만든 자들과 다를 바 없는 몹쓸 사람들이라는 선입관이 앞섰다. 그래서 한마디로 거절하고 돌려보내기로 작정했다.

그런데 미처 입을 열기도 전에, 또다시 산길 위에 사람의 그림자가

12. 금침과 약초로 고황에 든 불치병을 고쳐준다네

얼씬거리더니 네댓 명이 줄지어 터덜터덜 걸어 내려왔다. 절뚝절뚝 다리를 저는 사람이 있는가 하면 혼자 힘으로 걷기조차 힘겨워 동료끼리 서로 부축한 것으로 보건대, 하나같이 큰 상처를 입은 게 분명했다.

장무기는 이맛살이 저절로 찌푸려졌다. 그는 이들이 초가집에 다가오기도 전에 먼저 고함쳐 알렸다.

"호 선생님은 지금 마마를 앓고 계십니다! 당신의 한 몸도 보전하시기 어려운 처지라, 여러분의 상처를 치료해주실 수 없습니다. 그러니 상세가 덧나기 전에 일찌감치 다른 곳으로 고명하신 의원을 찾아가 보십시오!"

이쪽 사정을 외쳐 알렸으나, 그들은 못 들은 척 아랑곳하지 않고 다가왔다. 이윽고 다섯 사람의 모습이 또렷이 보였다. 하나같이 얼굴빛은 종잇장처럼 하얗게 질리고 핏기라곤 한 점 내비치지 않았다. 몸뚱이에 상처의 흔적도 핏자국도 없는 것으로 보아 모두 내상을 입은 게 분명했다. 다섯 일행 가운데 선두에 서서 오는 인물은 키가 훤칠하게 큰 뚱뚱보였다. 그는 대머리 늙은이 간첩과 황금꽃 암기를 던졌던 말라깽이 사내를 향해 고개를 끄덕끄덕해 보였다. 셋이서 마주 보고 씁쓰레하니 웃는 품이 세 패거리가 진작부터 서로 아는 사이였던 모양이다.

장무기는 호기심이 일었다.

"당신들도 모두 황금꽃 암기 주인한테 다친 겁니까?"

뚱뚱보 사내가 대답했다.

"그렇다네."

제일 먼저 도달한 패거리 중 선지피를 토했던 사내가 물었다.

"어린 친구, 자네 이름은 뭔가? 호 선생과는 어떤 사이지?"

장무기는 꾸밈없이 대답했다.

"저 역시 호 선생님께 치료를 받으러 온 환자입니다. 하지만 그분이 치료를 해주지 않으셨습니다. 호 선생님은 한번 치료하지 않겠다고 말씀하시면 절대로 해주지 않으십니다. 그러니 여기 있어봤자 아무 소용 없습니다."

이 몇 마디 얘기를 나누는 동안 또 네 사람이 앞서거니 뒤서거니 잇따라 도착했다. 마차를 타고 온 사람이 있는가 하면 말을 타고 온 사람도 있었다. 역시 접곡의선 호청우에게 치료받길 원하는 환자들이었다.

장무기는 문득 이상한 생각이 들었다. '호접곡은 외딴곳에 있어서 마교 신도가 아니면 강호에 아는 사람이 극히 드물 터인데 어찌 된 일일까? 이들은 공동파 아니면 화산파에 속한 사람들로서 마교 인물이 아닌데 어떻게 약속이나 한 것처럼 한꺼번에 부상을 당하고 또 때맞춰 이곳에 찾아와 치료해달라는 것일까? 황금꽃 암기의 주인이 그토록 대단한 무공의 소유자라면 이 사람들의 목숨을 빼앗는 것쯤이야 절대로 어려운 일이 아니었을 터인데, 어째서 중상만 입히고 살려 보냈을까?'

아무튼 접곡의선에게 치료를 받으러 몰려온 사람은 모두 열네 명이었다. 이들 열넷 가운데는 좋은 말씨로 끈덕지게 간청하는 사람도 있고, 말 한마디 없이 입을 꾹 다문 사람도 있었다. 하지만 모두 다람쥐 쳇바퀴 돌듯 그 자리에 서성거리기만 할 뿐 발길을 돌리는 사람은 하나도 없었다.

이윽고 날이 저물고 하늘빛이 어둑어둑해지자, 열네 사람은 초딩

안이 꽉 차게 들어앉았다. 밥 짓는 동자가 저녁상을 내왔다. 장무기는 그들더러 함께 먹자는 말 한마디 건네지 않고 매정하게 혼자 식사를 했다. 저녁을 마치자, 등잔불을 밝혀놓고 의학 서적을 들춰보기 시작 했다. 손님이 열넷씩이나 눈앞에 얼씬거리는데 그들을 못 본 척 무시 하는 자신이 한심했다. 호 선생에게 의술을 배우다 보니 '사람이 눈앞 에서 죽어가는데도 못 본 척 구해주지 않는' 수법마저 따라 배운 게 아 닌가 하는 생각이 들었던 것이다.

밤은 깊어가고 인적은 고요했다. 산골 초가집 안에는 이따금 장무 기가 책장을 넘기는 소리, 부상자들이 토해내는 거칠고 무거운 숨소리 만 들릴 뿐 별다른 기척이 없었다.

얼마쯤 지났을까, 한밤중 정적을 깨뜨리고 초가집 바깥의 산길 쪽 에서 두 사람의 발걸음 소리가 들려왔다. 조심스럽고도 가볍게 내딛는 발걸음은 분명 이 초가집을 향하고 있었다.

잠시 후, 맑고 가녀린 소녀의 목소리가 들렸다.

"엄마, 저 집 안에 등불이 비쳐요. 다 왔나 봐."

아주 앳된 목소리였다. 이어서 나이 든 여인의 음성이 뒤따랐다.

"애야, 힘들지 않니?"

"힘들지 않아요, 엄마. 의원님이 치료해주시면 엄마도 아프지 않 겠죠?"

"응, 하지만 의원이 치료를 해주실지 모르겠구나."

모녀의 대화를 듣던 장무기는 가슴이 덜컥 내려앉았다. '귀에 익은 저 목소리…… 혹시 기효부 아줌마가 아닐까?'

뒤미처 어린 소녀의 대꾸가 들렸다.

"아냐, 의원님은 꼭 엄마를 치료해주실 거야. 너무 걱정 말아요. 엄마, 아픈 것 좀 나았어?"

"그래, 많이 좋아졌다. 에이, 이 불쌍한 것……."

여기까지 듣고 났을 때 장무기는 더 의심할 여지가 없어 사립문 쪽으로 달려 나가면서 외쳐 물었다.

"기씨 아주머님이세요? 아줌마도 다치셨어요?"

달빛 아래 한 여인이 열 살쯤 들어 보이는 계집아이를 데리고 서 있었다. 바로 아미파의 여협 기효부였다.

그녀가 무당산에서 장무기를 보았을 때 무기는 겨우 열 살도 못 된 어린애였다. 그런데 5년 가까운 세월이 흐르는 동안 장무기는 이미 어린애에서 키가 꺼부정한 소년으로 자란 데다 캄캄한 밤중에 느닷없이 맞닥뜨렸으니 알아볼 턱이 없었다.

기효부는 뜨악한 기색으로 말을 더듬었다.

"너…… 너는……."

"기씨 아주머니, 절 못 알아보시겠어요? 장무기입니다. 무당산에서 제 아빠 엄마가 세상을 떠나시던 그날 아줌마하고 만난 적이 있었지요."

"아!"

기효부가 놀라움에 겨워 실성을 터뜨렸다. 이런 곳에서 무기 소년을 만나게 될 줄이야 꿈에도 생각지 못했던 것이다. 다음 순간, 그녀는 자신이 미혼의 몸으로 딸을 데리고 있다는 데 생각이 미쳤다. 장무기는 약혼자 은리정의 조카뻘 되는 아이였다. 비록 나이 어린 소년 앞인데도 이 난처한 입장을 어떻게 해명할 도리가 없었다. 혼자 생각으로도 부끄럽고 군색해 화끈 달아오른 얼굴이 새빨개졌다. 그녀는 중상을 입은 몸에 충격을 받아 금방 쓰러질 듯이 비틀거렸다.

"엄마!"

앳된 소녀가 황급히 부축하려 손을 뻗었다. 그러나 어른의 몸무게를 지탱하지 못하고 모녀 두 사람이 한꺼번에 넘어졌다.

장무기는 얼른 다가서서 두 사람을 부축했다.

"아주머니, 들어가 좀 쉬세요."

그는 두 모녀를 부축해 데리고 초당 안으로 들어갔다. 등잔 불빛 아래 비춰보았더니 그녀는 왼쪽 어깨와 팔뚝에 모두 지독한 상처를 입었다. 칼에 베이고 찔린 상처였다. 헝겊으로 싸맸는데도 피가 끊임없이 배어나왔다. 더구나 무슨 내상을 입었는지 아무리 억눌러도 잔기침이 그치지 않았다.

이 무렵, 장무기의 의술은 이미 항간에서 일컫는 '명의'의 수준을 뛰어넘고 있었다. 그는 기효부가 토해내는 남다른 기침 소리만 듣고도 허파에 큰 타격을 받았음을 알아보았다.

"아주머니, 오른손으로 남과 장력을 겨루셨군요. 그래서 태음 폐맥太陰肺脈을 다치신 겁니다."

그는 즉석에서 금침 일곱 대를 꺼내 옷 위로 그녀의 어깨머리 운문혈과 가슴 부위 화개혈華蓋穴, 팔꿈치의 척택혈尺澤穴 등 일곱 군데 혈도에 차례차례 침을 놓았다. 이제 그의 침술은 2년 전 상우춘을 치료할 때에 비하면 하늘과 땅 차이로 달라져 있었다. 병세를 진단하거나 약을 쓰는 변화 등 여러 면에서는 아직 호청우의 실력에 훨씬 미치지 못했으나, 침술 하나만큼은 이미 의선 호청우 선생 수준에 7~8할까지

도달해 있었다.

기효부는 그가 금침을 꺼내 들었을 때만 해도 무슨 의도인지 영문을 모른 채 어리둥절했다. 그러나 재빠른 솜씨로 순식간에 금침 일곱 대를 자신의 혈도에 꽂는 것을 보고 깜짝 놀라고 말았다. 일곱 군데 요혈은 모두 수태음 폐경에 속하는데, 금침이 그 부위를 찌르고 자극하는 순간 가슴이 꽉 막히도록 압박해오던 고통이 크게 줄어들었다. 그녀는 놀라움과 기쁨에 못 이겨 찬사가 절로 나왔다.

"신통하구나, 얘야. 여기 살고 있을 줄은 생각도 못 했는데, 또 이런 좋은 침술까지 배웠다니……."

문득 기효부의 머릿속에는 무당산에서 장무기를 처음 만났던 그날이 떠올랐다. 장취산 은소소 부부가 스스로 목숨을 끊고 죽었을 때, 그녀는 졸지에 고아가 된 무기 소년을 보고 연민의 정이 우러나와 몇 마디 위안의 말을 건네고 황금 목걸이까지 선사하려 했다. 그러나 당시 무기 소년의 심사는 비통과 격분에 차 있던 터라 산 위에 올라온 모든 사람을 어머니 은소소의 유언대로 부모를 죽게 만든 철천지원수로 여기고 있었다. 그래서 모처럼 기효부가 베푼 호의마저 매정한 말투로 거절했다. 그러나 장무기도 나이 먹고 철이 들면서 그 일이 있던 날 아버지와 사백 사숙들이 아미파 사람들과 손을 맞잡고 공동으로 강적에 대응하려 했다는 얘기를 전해 듣고 비로소 아미파 사람들이 친구였지 적이 아니라는 사실을 알게 되었다.

2년 전, 그는 상우춘과 함께 깊은 밤 어두운 나무숲 속에서 기효부가 팽 화상을 구하는 장면을 목격했다. 그때 기씨 아줌마의 인품이 아

12. 금침과 약초로 고황에 든 불치병을 고쳐준다네

주 훌륭하다는 것을 느꼈다. 그러나 그녀가 미혼의 몸으로 자식을 낳았다는 사실이 여섯째 사숙에게 어째서 미안스러운 짓인지는 선뜻 이해가 되지 않았다. 그는 아직 나이가 어려서 남녀 간의 미묘한 애정문제에 대해서는 별로 아는 바가 없었다. 그래서 그런 말을 듣고도 그저 귓등으로 흘려보내고 마음에 담아두지 않았다.

그러나 기효부의 입장은 달랐다. 도둑이 제 발 저리는 격으로 장무기가 아무리 나이 어린 소년이라 할지라도 갑작스레 약혼자 은리정과 아는 사람을 맞닥뜨리고 보니 어떻게 말로 표현할 수 없을 만큼 군색해졌다. 아닌 말로 쥐구멍이라도 있으면 파고 들어가고 싶은 심정이었다. 물론 그녀는 이런 사실을 장무기가 벌써 2년 전에 알고 있는 줄은 까맣게 모르고 있었다. 다만 장무기는 정민군을 몹쓸 여인으로 여겼기 때문에 그녀 입에서 나온 악담도 꼭 진실은 아니라고 생각했다.

기효부의 딸은 제 엄마 곁에 서 있었다. 가는 붓으로 그린 것처럼 고운 이마와 눈썹을 지닌 소녀는 흑진주보다 더 검고 커다란 눈망울을 떼굴떼굴 굴리면서 호기심 어린 표정으로 낯선 소년을 바라보고 있었다. 장무기가 마주 바라보자 어머니의 귓전에 입술을 대고 소곤소곤 물었다.

"엄마, 저 오빠가 의원이야? 엄마 아픈 건 좀 나았어?"

기효부는 무기 소년이 듣는 앞에서 소녀가 자기를 '엄마'라고 부르자 다시 한번 얼굴이 붉어졌다. 일이 이 지경에 이르렀으니 숨길 수도 없었다. 그녀는 사뭇 난처한 기색으로 입을 열었다.

"이분은 장씨 댁 오라버니야. 그 아빠 되시는 분이 엄마의 친구였단다."

그러고는 다시 장무기를 향해 다 기어가는 목소리로 딸아이를 소개
했다.

"이 아이는…… 불회不悔란다……. 성은 양씨楊氏. 양불회라고 부르
지……."

장무기의 얼굴에 웃음꽃이 활짝 피었다.

"좋은 이름이네요, 아줌마. 이봐! 꼬마 아가씨. 네 이름이 나하고 아
주 비슷한걸. 내 성은 장씨야. 그리고 이름은 '거리낄 게 없다'고 해서
무기無忌. 너는 '후회하지 않는다'고 해서 '불회'로구나?"

장무기가 여느 때나 다름없는 기색으로 책망하는 빛을 전혀 보이지
않자, 기효부는 다소 마음이 놓였다. 그녀는 자기 딸이 앞서 물었던 말
에 비로소 대답했다.

"얘야, 무기 오빠의 솜씨가 참 좋아서 엄마는 이제 덜 아프단다."

양불회는 커다란 눈을 깜빡깜빡하더니 갑작스레 다가와서 장무기
를 껴안고 그 뺨에 입을 맞추었다. 엄마 이외에는 다른 사람과 가까이
해본 적이 없는 터라, 세상에 하나밖에 없는 엄마가 중상을 입고 위급
할 때 무기 덕택으로 아픔이 줄어들었다고 하니 마음속 깊숙이 큰 고
마움을 느꼈다. 양불회는 어려서부터 좋아한다는 표시나 고마운 감정
을 나타낼 때마다 엄마 품에 뛰어들어 그 뺨에 입을 맞추곤 했다. 그래
서 지금도 장무기에게 감사의 표현을 그렇게 한 것이었다.

기효부가 미소를 머금고 꾸짖었다.

"불회야, 그럼 못써요. 무기 오빠가 싫어하잖아."

양불회는 두 눈을 휘둥그레 뜨고 이해할 수 없다는 듯이 장무기를
향해 물었다.

12. 금침과 약초로 고황에 든 불치병을 고쳐준다네

"내가 이렇게 하는 게 싫어? 난 무기 오빠가 좋아서 그러는데 왜 싫어?"

장무기의 얼굴에 또 웃음꽃이 피어났다.

"아니야, 나도 네가 좋아."

그러고는 몸을 굽혀 소녀의 보드라운 뺨에 가볍게 입맞춤을 해주었다. 양불회는 좋아라고 손뼉을 쳤다.

"꼬마 의원님, 빨리 엄마를 낫게 해줘요. 그럼 내가 또 뽀뽀해줄게!"

장무기는 이 천진난만한 소녀가 정말 귀여웠다. 지난 10여 년 동안 그가 알고 지낸 사람들은 하나같이 나이 지긋한 아저씨들뿐이었다. '형님, 아우' 하고 불러온 상우춘도 그보다 여덟 살이나 위였다. 2년 전 한수강 배 위에서 같은 또래쯤 되는 주지약이란 소녀를 만났지만 총망중에 단 하루도 같이 있어보지 못했다. 그리고 이제껏 비슷한 또래의 친구를 사귀어본 적이 없었다. 양불회는 그에게 여동생 같은 친근감을 안겨주었다. 정말 이렇듯 재미있는 동생과 함께 하루 온종일 놀러 다닐 수 있다면 얼마나 좋을까. 그는 아직 동심이 왕성한 열네 살밖에 되지 않은 소년이었다. 그러나 어릴 적부터 우여곡절 풍파를 겪어와서 이날 이때껏 같은 또래의 아이들과 즐겁게 놀 기회가 단 한 번도 없었다. 그래서 늘 마음속에 외롭고 쓸쓸함이 배어 있었다.

이래저래 겨우 한숨을 돌린 기효부가 주변을 둘러보았다. 성수가람 간첩을 비롯한 세 패거리 부상자 열넷이 아직껏 치료를 받지 못하고 있었다. 그녀는 자기 혼자만 치료를 받은 것 같아 미안한 생각이 들었다.

"무기야, 나보다 먼저 오신 분들부터 치료해주렴. 난 이제 많이 좋아졌어."

그녀의 부탁에 장무기는 고개를 내저었다.

"저분들은 호 선생님께 치료를 받으러 오셨어요. 호 선생님 자신도 중한 병에 걸려 다른 사람을 치료하지 못한답니다. 그런데 저분들은 떠날 생각을 않으니 어쩝니까. 기씨 아주머닌 호 선생님께 치료받으러 오신 게 아니잖아요. 저는 여기 오래 머무르면서 서투르게나마 의술을 조금 배웠는데, 절 믿고 맡겨주신다면 아주머니 상처를 잘 봐드리겠어요."

사실 기효부 역시 간첩을 비롯한 여러 사람과 마찬가지로 어떤 이의 지시를 받고 호청우에게 상처를 치료받기 위해 이 호접곡으로 온 것이었다. 그런데 장무기의 말을 듣고 또 간첩 등 여러 패거리의 정황을 살펴보니 견사불구 호청우에게는 치료받을 수 없다는 걸 깨달았다. 방금 장무기가 자신의 요혈에 침술을 베푼 것이 즉시 효과를 보자, 그녀는 생각을 바꾸었다. 어린 나이에도 이렇듯 고명한 의술을 지녔다면 자신의 상처를 믿고 맡겨볼 만하다고 생각했다.

"그렇게만 해준다면 정말 고맙겠네. 어른 국수國手께서 고쳐주지 않으신다면 꼬마 국수에게 부탁해서 치료받아도 마찬가지 아니겠어?"

장무기는 그녀를 곁방으로 데리고 갔다. 가위로 상처 부위의 옷을 잘라내고 살펴보니, 어깨와 팔뚝에 칼 맞은 상처가 세 군데나 나 있었다. 팔뼈 역시 부러졌고 상박골 한군데는 아예 조각조각 으스러졌다. 부서진 뼛조각을 이어 붙이는 접골 기술은 외과 중에서도 가장 어려우나 접곡의선의 문하 제자가 보기에는 아주 손쉬운 일이었다. 그는 익숙한 솜씨로 부서진 뼈를 이어놓은 다음 근육이 돋아나고 피기 돌게 하는 약물을 발랐다. 그러고는 약방문을 지어 동자에게 건네주고 그대로 약을 달이게 했다. 환자에게 처음 접골 시술을 해보는 터라 솜씨는 무척 서툴렀으나, 한참 끙끙대던 끝에 붕대까지 곱게 감아줄 수 있었다.

"아주머니, 한잠 푹 주무세요. 마취약 기운이 떨어지면 몹시 아플 거예요."

"고맙구나."

기효부의 인사를 듣고 장무기는 양불회에게 먹이려고 약재실로 건너가 대추와 말린 살구를 한 움큼 꺼내왔다. 그런데 어린 소녀는 벌써 엄마 품에 기댄 채 곤히 잠들어 있었다. 하룻밤 내내 눈 한 번 붙이지 못하고 먼 길을 오느라 지칠 대로 지쳤던 것이다. 장무기는 대추와 말린 살구를 소녀의 주머니에 슬쩍 넣어주고 초당으로 돌아왔다.

피를 토했던 화산파 제자가 그를 보고 벌떡 일어나더니 허리를 깊숙이 굽혀 예를 갖췄다.

"호 선생이 병드셨다니 하는 수 없군요. 번거로우시더라도 어린 의원께서 치료해주신다면 우리 모두 그 크신 은덕에 감사드리리다."

장무기는 난감했다. 의술을 배운 이후 상우춘과 기효부 외에는 다른 사람을 치료해본 적이 없었다. 이들 열네 사람은 오장육부에 충격을 받아 내상을 입었거나 아니면 팔다리가 절단되는 외상을 입은 환자들이었다. 상처 부위가 제각각 달라 한두 가지 방법으로는 치료할 수도 없었다.

하지만 '배운 것은 끝까지 써먹고 싶다學而致用'는 것이 사람의 욕심이라, 장무기 역시 그동안 익힌 솜씨를 발휘하고 싶은 마음이 굴뚝같

왔다. 그러나 호청우가 단호하게 거절한 말이 떠올라 선뜻 손을 써볼 엄두가 나지 않았다.

"여기는 호 선생님 댁입니다. 더구나 저 역시 그분의 환자인데 어떻게 주인의 허락 없이 제 마음대로 할 수 있겠습니까?"

화산파 제자는 눈치가 빨랐다. 그는 장무기가 딱 잘라 거절하는 게 아니라 스승의 핑계를 대는 것을 보고 다시 한번 기분을 맞춰주면 효과가 있으리라 확신했다. 그래서 염치 불고하고 어린 소년의 솜씨를 한껏 치켜세우며 아첨을 떨었다.

"허어! 자고로 명의는 하나같이 50~60세를 넘긴 노인들인데, 그대는 어린 나이에도 그처럼 고명한 솜씨를 지닌 명의가 되셨다니, 정말 세상에 보기 드문 일이로구려. 부디 그 훌륭한 솜씨를 보여주시기 바라오."

이어서 부유한 장사꾼 차림새의 양씨粱氏라는 뚱뚱보가 맞장구를 치고 나왔다.

"우리 열넷은 모두 강호 무림계에서 보잘것없지만, 나름대로 이름깨나 있는 사람들이오. 어린 선생께서 치료만 해주신다면 우리가 한바탕 소문을 퍼뜨려드리겠소. 강호의 모든 무림인이 선생의 귀신같은 의술을 알게 되면 조만간에 그 명성이 온 천하에 떨칠 것이외다."

아직 어린 장무기는 세상 물정에 어두웠다. 그런 만큼 두 사람이 번갈아 자기를 치켜세워주니 어깨가 으쓱해졌다.

"천하에 명성을 떨쳐봤자 좋을 게 뭐 있겠습니까. 호 선생님께서 손을 쓰지 않으시니 저로서도 어쩔 수가 없습니다. 하지만 여러분의 상처가 무거우니 이렇게 하지요. 제가 우선 여러분의 고통을 다소나마 덜어드리겠습니다."

그러고는 도검에 다친 상처를 치료하는 금창약金創藥을 꺼내다 한 사람 한 사람에게 골고루 발라 지혈시키고 아픔을 덜어주었다.

약을 바르면서 부상자들의 상처를 세밀히 살펴보던 그는 깜짝 놀라고 말았다. 환자들의 상처가 저마다 다를 뿐 아니라 상처를 입힌 수법도 유별나기 짝이 없었다. 말하자면 호청우에게서 배운 외상 증세와 전혀 딴판인 것들뿐이었다.

어떤 이는 독을 먹인 강철 바늘 수십 대를 강제로 삼켰는가 하면, 어떤 이는 간장肝臟이 내력에 타격을 받아 다쳤으면서도 간장 부위의 상처를 치료하는 데 필수적인 행간혈行間穴, 중봉혈中封穴, 음포혈陰包穴, 오리혈五里穴 등의 중요한 급소가 날카로운 칼끝에 모조리 찔려 형체를 알아볼 수 없게 뭉개졌다. 그것은 가해자의 솜씨가 의술에 정통하다는 사실을 말해주고 있었다. 곧 다른 의원이 치료하지 못하게 망쳐놓았던 것이다.

또 가슴속 허파 양쪽에 각각 기다란 쇠못 두 개를 박아서 끊임없이 기침을 하고 피를 토하게 만든 환자도 있는가 하면, 가슴 양쪽 갈빗대를 모조리 부러뜨리면서 부러진 뼈끝이 심장이나 허파를 다치지 못하게 한 환자도 있었다. 더욱 기가 막힌 것은 사람의 양손을 끊어놓은 다음, 왼손은 오른쪽 팔목에 오른손은 왼쪽 팔목에 이어 붙여 피와 살은 서로 통하면서도 아주 기형적인 꼬락서니로 만들어놓은 환자도 있었다.

한 사람은 온 몸뚱이가 시퍼렇게 부어 있었다. 하소연하는 얘기를 들어보았더니 지네와 전갈, 왕벌 같은 독충 20여 종류가 한꺼번에 물어 그런 끔찍한 상처가 생겼다고 했다.

열넷 가운데 고작 예닐곱 명을 보고 났을 뿐인데 장무기의 이마에는 벌써 굵다란 주름살이 잡혔다. 환자들의 상태가 이토록 괴상야릇하니 자신이 아는 방법만으로는 치료하기 어렵다는 생각이 들었다. 더구나 의문스러운 것은 도대체 누가 무엇 때문에 이처럼 갖은 애를 다 써가며 사람들에게 상처를 입혔는지 그 의도를 알 수가 없었다.

이때 퍼뜩 머릿속에 기효부의 상세가 떠올랐다. 어깨와 팔뚝에 난 상처는 겉으로 봐서 별것 아니었다. 그래서 더욱 의심이 갔다. '혹시 아주머니에게도 괴상야릇한 내상을 입혔는지도 모르는 일 아닌가? 가해자가 아주머니에게만 단순한 상처를 입혔을 리는 없을 테니까.'

생각이 여기에 미치자 그는 부리나케 곁방으로 달려가 기효부의 맥박을 짚어보았다. 아니나 다를까, 그녀의 맥박은 강하게 뛰다 급작스레 약해지고 끊기는가 싶더니 이내 매끄러워졌다. 장무기는 깜짝 놀랐다. 내장에 이상이 생긴 게 분명했다. 하지만 어째서 이런 증세로 바뀌었는지 그 까닭을 알 수가 없었다.

그는 저들 열네 사람의 기이한 상처는 마음에 두지 않았다. 공동파를 비롯한 모든 문파 사람은 자기 부모를 괴롭혀 죽게 한 장본인들이었다. 그러니 저토록 고통받는 것도 당연한 업보라는 생각이 들었다. 그러자 오히려 통쾌감마저 들었다. 하지만 기효부의 상처만큼은 어떻게 해서든지 고쳐주고 싶었다. 그래서 호청우의 침실로 건너가 방문 바깥에 선 채 나지막한 목소리로 여쭈었다.

"선생님, 주무십니까?"

"무슨 일이냐? 저들이 누구든지 난 절대로 치료하지 않는다!"

"예, 그런데 저 사람들의 상처가 정말 괴상야릇합니다."

장무기는 환자들의 증세를 한 사람씩 차근차근 설명했다. 휘장을 사이에 두고 호청우는 장무기의 설명을 자세히 듣는 것 같았다. 그뿐만 아니라 명확치 못한 부분은 다시 살펴보고 와서 더 정확히 설명하도록 일렀다.

장무기가 이들 열다섯 환자의 증세를 상세히 설명하고 나자 벌써 반 시진 남짓이 흘러갔다. 설명을 듣는 동안 침실 안에서는 "흐음, 흠!" 하는 응답 소리가 그치지 않았다. 그것으로 보건대 호청우도 마음이 동해서 치료 방법을 궁리하고 있음이 분명했다. 아주 한참 만에 호청우의 코웃음 소리가 들려 나왔다.

"흥! 그 정도 증세 가지고 나를 골탕 먹이기는 어렵지!"

이때 장무기의 등 뒤에서 누군가가 그 말을 받았다.

"호 선생, 우리에게 상처를 입힌 황금꽃 주인이 나더러 이런 말을 전하라 했소. '세상에서 당신을 의선이라고 부르지만 다 헛된 소리다. 이 열다섯 가지 기막힌 상처와 독상은 당신의 보잘것없는 솜씨로는 단 한 가지도 고치지 못할 거다.' 하하! 그러고 보니 당신은 과연 치료할 자신이 없으니까 그저 침실 안에 틀어박혀 꾀병이나 앓고 있구려!"

깜짝 놀란 장무기가 흘끗 뒤돌아보니 공동파의 대머리 늙은이 성수가람 간첩이 그곳에 서 있었다. 그의 머리통에는 머리카락이 단 한 올도 없었다. 처음 보았을 때 장무기는 그가 태어나면서부터 대머리인 줄 착각했으나, 지금 보니 누군가가 그의 머리통에 지독하기 짝이 없는 독약을 발라 머리카락부터 모근까지 짓물러 빠져나오게 했음을 깨달았다. 아마 그 독약은 지금도 계속 살갗 안으로 스며들고 있을 것이다. 더군다나 며칠 안에 독성이 뇌로 침투하면 광성狂性이 크게 발작해 미치지 않고는 배겨낼 길이 없으리라. 그의 두 손목에는 동료가 채워 놓은 쇠사슬이 단단히 얽매여 있었다. 손으로 가려운 머리통을 긁지 못하게 하기 위해서였다. 쇠사슬로 묶어두지 않았다면 가려움을 견디지 못하고 제 손으로 마구 쥐어뜯어 두개골마저 드러났을 것이다.

호청우의 목소리가 담담하게 흘러나왔다.

"내가 치료할 수 있어도 좋고, 치료하지 못해도 좋소. 아무튼 나는 당신을 치료하지 않을 테요. 보아하니 당신은 이레나 여드레 뒤엔 죽은 목숨일 테니 어서 고향 집으로 돌아가 처자식 얼굴이나 한 번 더 보아두시구려. 여기서 주절주절 잔소리나 늘어놔봤자 신상에 이로울 것이 하나도 없을 거요."

간첩은 이 순간 머리통이 가려워 미칠 지경이었다. 견디다 못한 그는 담벼락에 머리통을 마구 비벼대고 들이받기 시작했다. 몸부림을 칠 때마다 손목을 채운 쇠사슬이 촉박하게 쇳소리를 내고, 숨소리가 마치 황소가 씨근벌떡대는 것처럼 거칠게 울렸다.

"호 선생, 잘 들어두시오! 황금꽃의 주인이 조만간 이곳을 찾아오면 당신 목숨도 부지하기 어려울 거요. 차라리 모두 손을 맞잡고 그 무서운 강적에 대항하는 게 옳지, 그렇게 방구석에 틀어박혀 속수무책 앉아서 죽기만 기다린대서야 될 일이겠소?"

"당신네가 그자를 이길 수 있었으면 진작 죽여 없앴을 게 아닌가? 나한테는 당신네 열다섯 명 같은 멍텅구리가 더 있어봤자 아무 소용이 없소!"

주인에게 매정하게 거절당했으나, 대머리 긴첩은 계속 애설복걸 빌

145

12. 금침과 약초로 고황에 든 불치병을 고쳐준다네

기만 했다. 하지만 호청우는 두 번 다시 들은 척도 하지 않았다. 마침내 간첩은 그 자리에서 노발대발 펄펄 뛰며 발악하기 시작했다.

"좋다! 호청우, 이 개 같은 의원 놈! 이래도 죽고 저래도 죽을 바에야 내 이놈의 집구석에 불을 놓아 깡그리 태워버리고 말 테다! 우리는 한번 칼을 뽑았다 하면 피를 보고야 마는 놈이니까, 우리 모두 이판사판으로 함께 죽자꾸나!"

이때 초당 바깥에서 한 사람이 후닥닥 뛰어들었다. 바로 앞서 피를 토했던 사내였다. 그는 품속에서 강철로 두드려 만든 아미자娥眉子를 꺼내 대머리 간첩의 앞가슴을 쿡 찌르면서 차갑게 말했다.

"호 선배한테 실례되는 말을 함부로 지껄이다니! 그랬다가는 먼저 이 설씨 성을 가진 나한테 언짢은 꼴을 당할 줄 알게. 한번 칼을 뽑으면 피를 보고야 만다고 그랬겠다? 좋아, 그럼 내가 소원대로 해주지!"

성수가람 간첩의 무공 실력은 애당초 이 설씨 성을 가진 사내보다 한창 윗길이었다. 그러나 두 손이 쇠사슬에 묶인 데다 날벌레 더듬이처럼 길게 내뻗은 작실의 양날 끝이 가슴에 와닿아 있으니 맞싸우고 싶어도 방법이 없었다. 대머리 늙은이는 고리눈을 부릅뜨고 거친 숨만 쉼 없이 토해낼 뿐이었다.

설씨 성을 가진 사내가 침실 쪽을 향해 낭랑한 목소리로 인사말을 건넸다.

"호 선배님, 후배 설공원薛公遠은 화산파 선우 선생의 문하 제자입니다. 여기서 어르신께 머리 조아려 문안 인사 올립니다!"

말을 끝내더니 그는 방문 앞에 무릎 꿇고 소리나게 이마를 쿵쿵 짓찧었다. 천둥벌거숭이로 설쳐대던 대머리 늙은이 간첩도 그것을 보고 한 가닥 희망이 생겼다. 호청우란 의원은 거만하고 자존심이 센 위인이라 강제로 굴복하진 않아도 이 설가란 친구처럼 굽실거리며 온순하게 간청하면 혹시 들어줄지도 모른다는 생각이 들었다.

큰절을 마친 설공원이 여전히 무릎을 꿇은 채로 한 가지 절충안을 내놓았다.

"호 선배님께서 몸이 편찮으시다니 저희가 선배님의 혜택을 누릴 복이 없나 봅니다. 그런데 여기 있는 어린 형제도 의술이 고명하니, 부디 선배님께서 그더러 저희들을 치료하도록 허락해주시기 바랍니다. 저희의 상처가 모두 괴상야릇한 증세를 보이고 있는 만큼 접곡의선의 문하생이 아니고서야 천하에 누가 고칠 수 있겠습니까?"

그러나 침실 안에서는 냉랭한 대꾸가 흘러나왔다.

"밖에 있는 저 아이는 이름이 장무기로, 무당파 제자인 은구철획 장취산 오협의 아들이요, 장삼봉 진인의 손주뻘이네. 나 호청우는 명교 신도로서 자네들 같은 명문 정파 사람들에게 멸시나 받는 인간쓰레기 아닌가? 그런 내가 그처럼 높으신 명문자제와 무슨 관계를 맺었겠는가? 저 녀석은 음독에 맞은 몸으로 나더러 치료해달라고 찾아왔지만 나는 명교 신도가 아니면 절대로 손대지 않겠다고 굳게 맹세한 몸일세. 저 녀석이 우리 명교에 입교하지 않겠다고 뻗대는데, 내가 어떻게 그놈의 목숨을 구해줄 수 있겠는가?"

설공원은 가슴이 써늘해졌다. 앞서 장무기가 자신도 치료받으러 왔다가 거절당한 환자라고 말했을 때는 믿지 않았는데, 이제 호청우가 그렇게 말하니 믿지 않을 수 없었던 것이다.

호청우의 목소리가 또다시 들려왔다.

"자네들은 내 집에서 왜 눌어붙은 채 떠나지 않는 건가? 흠흠, 내가 선심이라도 쓸 듯싶어 요행을 바라고 그러는가? 저 녀석에게 물어보면 알 걸세. 내 집에서 얼마나 오래 버티고 있었는지. 그게 다 소용없는 짓이야!"

설공원과 간첩이 약속이나 한 것처럼 장무기 쪽을 바라보았다. 장무기는 손가락 두 개를 두 번 구부렸다 펼쳐 보였다.

"스무날? 스무이틀?"

설공원이 묻자 소년은 도리질을 했다.

"꼬박 두 해하고도 두 달이 됐습니다."

간첩과 설공원이 서로 마주 보면서 어이없다는 표정으로 긴 한숨을 내쉬었다.

호청우가 말했다.

"고 녀석이 10년을 더 있겠다고 해도 내 마음은 변하지 않아. 또 그놈은 1년 안에 오장육부에 퍼진 음독이 발작해서 내년 이맘때는 살아 있지도 못할 거야. 이 호청우는 오래전에 명존明尊 앞에서 굳게 맹세했어. 설사 내 부모가 아니라 내가 친히 낳은 자식들이라도 명교 제자가 아니면 내 의술로 그 목숨을 구해주지 않겠노라고 말이야."

부모 처자식이라도 마교 신도가 아니면 손을 대지 않겠다니, 이 황소고집 의원에게 치료받기는 다 그른 노릇이다. 의기소침해진 설공원과 간첩이 고개를 툭 떨어뜨린 채 발길을 돌리려는데, 갑자기 등 뒤에서 호청우의 목소리가 다시 들려왔다.

"그 무당파에서 보낸 꼬마 녀석도 제법 의술을 베풀 줄 알 거야. 물론 무당파 의술이 비록 우리 명교 수준에는 훨씬 못 미치지만 그래도 생사람을 죽게 할 정도로 엉터리는 아니지. 무당파 녀석이 당신들을 구해준다고 해도 좋고, 나처럼 눈앞에서 사람이 죽어가는데도 외눈 하나 깜짝하지 않아도 좋아. 어차피 우리 명교나 이 호청우란 사람과는 아무런 관계가 없으니까."

설공원은 이게 무슨 소린가 싶어 일순 멍해졌다. 하나 다음 순간, 그 말뜻이 장무기더러 환자들을 치료해도 좋다고 허락한 것임을 이내 깨달았다. 그는 황급히 방문 쪽을 향해 물었다.

"호 선배님, 이분 장 소협張少俠이 손을 써서 치료해준다면 저희들은 살아날 가망이 있겠습니까?"

"방귀 같은 소리! 그가 구해주든 못 구해주든 나하고 무슨 상관이야? 무기야, 잘 들어둬라. 이 호청우의 집 안에서는 함부로 의술을 베풀어선 안 된다. 하지만 내 집 문턱을 벗어난다면 나도 상관하지 않겠다."

설공원과 간첩이 듣고 보니 확실히 가망이 있는 것도 같은데 무슨 뜻으로 하는 말인지는 구체적으로 이해하지 못했다. 그래서 슬금슬금 장무기의 눈치를 살폈다.

장무기는 호청우가 한 말뜻을 이내 알아차렸다.

"호 선생님은 병환 중이니 시끄럽게 해드려서는 안 됩니다. 절 따라나오십시오."

이윽고 세 사람은 초당으로 다시 나왔다.

"여러분, 저는 나이 어리고 아는 것도 별로 많지 않습니다. 더구나 여러분의 상처가 아주 괴상야릇해서 제 손으로 고칠 수 있을지 정말 자신이 없습니다. 하지만 여러분이 믿어주신다면 제 힘닿는 대로 최선을 다해보지요. 그런 만치 여러분의 생사는 하늘에 맡겨두는 수밖에 없습니다."

이 무렵 사람들은 저마다 상처가 가렵거나 아프거나 저리거나 마비되어 죽을 등 살 등 도무지 견디지 못할 지경에 이르렀다. 조금이나마 이 고통에서 벗어날 수만 있다면 하다못해 비상批霜을 마시라고 해도 기꺼이 그렇게 할 판이었다. 그들은 장무기의 말을 듣고 감지덕지했다.

"호 선생님은 당신 집 안에서 남이 의술을 베풀도록 허락하지 않으셨습니다. 제가 잘못 치료해서 사람을 죽게 하면 의선의 명예가 실추될까 봐 걱정하시는 모양입니다. 그러니 모두 이 댁 바깥으로 나가도록 하시지요."

이 말을 듣고 사람들은 또다시 주저하기 시작했다. 이제 겨우 열네댓 살짜리 소년이 솜씨를 지녔다 하더라도 한계가 있을 터인데, 의선의 집 안에서 치료를 받아야만 그나마 의지가 될 게 아닌가? 그런데 문밖으로 나가서 이 어린것에게 치료를 받는답시고 이곳저곳 제멋대로 들쑤시게 했다가 상처만 덧나면 이루 말할 수 없는 고통을 무슨 수로 견뎌낸단 말인가?

사람들이 웅성대며 머뭇거리자 제일 먼저 성수가람 간첩이 큰 소리로 외쳤다.

"나는 머리 가죽이 가려워서 죽을 지경이야! 그러니 어린 친구, 나부터 치료해주게."

그러고는 철꺼덕철꺼덕 쇠사슬을 끌면서 사립문 바깥으로 걸어 나갔다.

장무기는 한참 동안 생각에 잠겨 있더니, 약제실로 가서 남성南星, 방풍防風, 백지白芷, 천마天麻, 강활羌活, 백부자白附子, 화예석花蕊石 등 10여 가지 약재를 골라 동자더러 약절구에 섞어 넣고 빻게 하더니 독한 술에 개어 고약을 만들었다. 그런 뒤 환자를 뒤따라 나가서 짓물러 터진 대머리에 고약을 발라주었다. 고약이 머리 가죽에 닿자마자 환자의 입에서 비명이 터졌다.

"어이쿠!"

환자는 두 손으로 머리통을 감싸 쥔 채 그 자리에서 펄쩍펄쩍 뛰기 시작했다.

"아이고, 아파라! 아파 죽겠다. 아이고, 나 죽네! 세상에 이렇게 아플 수가 있다니…… 어이! 그래도 가려운 것보단 훨씬 낫군그래!"

그는 얼마나 아프던지 뿌드득 소리가 나도록 어금니를 갈아붙이면서 미친 사람처럼 풀밭을 마구 뛰어다녔다.

"아이고! 세상에 이렇게 아플 수가 다 있나! 젠장, 빌어먹을! 그래도 저 꼬마 녀석의 솜씨가 대단해! 아니, 꼬마 녀석이 아니지. 장 소협, 이 간씨 성을 가진 내가 자네한테 할 말은 그저 고맙다는 말뿐일세. 하하! 아이고, 아파라. 정말 시원하게 아프네!"

사람들은 간첩의 가려움증이 금세 낫는 것을 보자 앞다투어 장무기에게 몰려왔다. 그중 한 사람이 별안간 배를 감싸 안고 땅바닥을 뒹굴며 비명을 질렀다. 억지로 거머리 30여 마리를 삼킨 사람이었다. 배 속에 들어간 거머리들이 죽지 않고 위벽과 창자벽에 달라붙어 피를 빨아 먹고 있었다. 장무기는 의학 서적에서 "거머리가 꿀에 닿으면 녹아서 물이 된다水蛭遇蜜 化而爲水"는 대목을 본 것이 기억났다. 그는 즉시

12. 금침과 약초로 고황에 든 불치병을 고쳐준다네

동자더러 큼지막한 대접에 꿀을 담아오게 해서 환자에게 먹였다.

이렇듯 바쁘게 환자들을 돌보는 동안 어느덧 날이 밝아왔다. 기효부와 양불회 모녀가 잠에서 깨어 바깥으로 나와보니 장무기가 얼굴이 온통 땀으로 뒤범벅이 된 채 환자들을 치료하느라 바쁘게 움직이고 있었다. 그것을 본 기효부도 곧장 달려들어 환자의 상처에 붕대를 감아주고 장무기가 조제하는 대로 약을 받아 넘겨주었다. 어린 소녀 양불회는 걱정 근심 하나 없이 말린 살구와 대추를 오물오물 씹어 먹으면서 놀이 삼아 나비 떼를 쫓아다닐 뿐이었다.

정신없이 바쁜 일은 그날 오후에야 대충 마무리되었다. 장무기는 우선 초보 단계로 환자들의 외상부터 치료했다. 피를 흘리는 사람은 지혈시켜주고, 아픔이 심한 사람은 진통제를 만들어 먹였다. 그러나 이들의 상처가 가지각색으로 다른 데다 괴상야릇한 증세 또한 복잡해서 단순한 외상 치료 방법만 가지고는 겨우 응급조치만 할 수 있을 뿐 근본적인 치료는 불가능했다.

하룻밤 하루 낮을 꼬박 뛴 장무기는 자기 방으로 돌아가 몇 시진가량 눈을 붙였으나, 잠결에 사립문 바깥에서 신음 소리가 크게 나는 것을 듣고 벌떡 일어났다. 급히 달려 나와서 환자들을 살펴보니 몇몇 사람은 다소 차도가 있으나 절반 이상은 증세가 오히려 악화해 있었다. 그는 속수무책이라 어쩔 수 없이 호청우의 침실로 가서 환자들의 증세를 일러주었다.

그러나 침실 안에서는 여전히 차가운 반응만 나올 따름이었다.

"그 작자들은 우리 명교 신도가 아니니까 죽든 살든 내 알 바 아니다!"

낙담한 장무기가 시무룩하게 발길을 돌리려는데 문득 한 가지 영감이 떠올랐다. 그는 다시 침실 밖에 다가가서 이렇게 여쭈었다.

"호 선생님, 만약에 말입니다. 명교 제자 가운데 한 사람이 겉보기에 몸은 멀쩡한데 배 속에 응혈이 져서 부풀어 오르고 안색이 벌겋게 상기된 채 금방 죽을 듯이 혼수상태에 빠져들었으면 선생님은 어떻게 치료하시겠습니까?"

그러자 신통하게도 침실 안에서 당장 대답이 나왔다.

"만약 그가 명교 제자라면 나는 천산갑穿山甲, 귀미歸尾, 홍화紅花, 생지生地, 영선靈仙, 혈갈血竭, 도선桃仙, 대황大黃, 유향乳香, 몰약沒藥을 도수가 약한 술에 넣고 잘 달여서 여기에 동변童便(어린애의 똥)을 보태 환자에게 먹일 거야. 그럼 응혈된 핏덩어리가 설사에 섞여 나오지."

장무기는 옳다구나 싶어 또 한 가지 물었다.

"가령 어느 명교 제자한테 누가 그 사람의 왼쪽 귓구멍에 납을 녹여 붓고 오른쪽 귓구멍에는 수은을 흘려 넣은 데다 두 눈에 옻칠을 해서 통증이 극심해지고 앞을 못 보게 했다면 어떻게 하실 겁니까?"

침실 안의 호청우가 버럭 성을 내면서 고함쳤다.

"어떤 놈이 감히 우리 명교 제자를 그렇게 지독하게 해쳤단 말이냐?"

"그렇죠. 말씀하신 대로 과연 지독한 심보를 가진 나쁜 자입니다. 하지만 저 같으면 우선 명교 제자의 귀와 눈 상처부터 잘 치료해서 낫게 해놓고 천천히 그 원수의 이름 석 자와 행방을 따져 묻겠습니다."

침실 안에서 한동안 궁리하는 기미가 보이더니, 이내 명쾌한 답이 들려 나왔다.

"만약 그 사람이 명교 제자라면, 나는 수은을 그 왼쪽 귓구멍에 흘려 넣을 것이다. 납덩어리는 수은에 녹아서 흘러나오니까. 그리고 쇠바늘을 오른쪽 귓구멍에 깊숙이 넣고 후빌 테다. 수은은 쇠바늘에 붙으니까 천천히 조심스레 꺼내면 딸려나올 거야. 두 눈에 옻칠을 한 게 문젠데, 방게를 찧어서 그 즙을 내어 바르면 혹시 옻이 녹을 수 있을까 모르겠구나.”

이런 식으로 해서 장무기는 명교 제자가 상처를 입었다는 핑계를 대고 호청우의 가르침을 받아 그동안 의심되거나 치료하기 어려운 문제를 하나씩 풀어갈 수 있었다. 호청우 역시 그 속셈을 뻔히 알면서도 모른 체하고 치료법을 낱낱이 일러주었다. 그러나 부상자들의 증세는 사실 너무나 괴상야릇해 호청우의 치료법도 효과를 보지 못하는 경우가 많았다. 그럴 때마다 장무기는 다시 호청우에게 가서 명교 제자를 핑계 삼아 물었고, 호청우는 마음을 집중시켜 골똘히 궁리한 끝에 다른 처방을 짜내어 가르쳐주곤 했다.

이렇듯 대엿새가 훌쩍 지나갔다. 환자들의 상처는 하루가 다르게 차도를 보이고 점점 아물어들었다. 기효부가 입은 내상은 애당초 중독된 것이었다. 장무기는 진단 결과가 분명히 나오자 생용골生龍骨, 소목蘇木, 토구土狗, 오령지五靈脂, 천금자千金子, 합분蛤粉 등 여러 약재를 조제해서 그녀에게 먹였다. 해독제로 어혈을 풀어놓고 다시 맥박을 짚어보니 가늘면서도 느리게 뛰기는 하지만 증세는 한결 가벼워지고 있었다.

이 무렵, 사람들은 초가집 울타리 바깥에 얼기설기 차일遮日을 쳐놓고 땅바닥에 볏짚을 얻어다 깔아놓은 다음 맨땅을 침대 삼아 기거했다.

기효부는 그들 패거리와 20~30여 척쯤 떨어진 곳에 따로 자그만 초막을 마련해 어린 딸과 함께 거처했다. 볏짚으로 엮은 그 초막은 장무기가 여러 사람에게 부탁해 힘을 모아 지은 것이었다.

이들 열네 사람은 하나같이 강호 바닥을 종횡무진으로 넘나들던 호걸들이었으나 지금은 목숨이 장무기의 손에 달려 있으니 그 거칠고 사나운 성미를 억누르고 어린 의원의 분부라면 무엇이든 따를 수밖에 없었다. 장무기 역시 이들을 치료하느라 바쁘고 고된 나날을 보내기는 했으나, 이를 계기로 환자들의 이상야릇한 증세를 많이 접했을 뿐 아니라 옛날의 고식적인 의술에 얽매이지 않고 호청우에게 새로우면서도 기기묘묘한 치료법을 숱하게 배웠으니, 말하자면 그 소득도 적지 않은 셈이었다.

이날 아침 일찍 일어나 기효부의 얼굴빛을 살펴보니, 양미간에 어렴풋이 검은 기운이 서려 있었다. 증세가 도로 악화해 풀렸던 독기가 재발한 모양이었다. 황급히 맥박을 짚고 그녀더러 침을 뱉게 해서 백합산百合散에 섞어보았더니, 아니나 다를까 체내의 독성이 다시 왕성해졌다. 아무리 곰곰이 생각해도 풀 도리가 없어 그는 안채로 들어가 호청우에게 가르침을 청했다. 호청우는 한숨을 푹 내리쉬면서 치료법을 일러주었다. 그 처방대로 치료하자 신통하게도 효험이 있었다.

그런데 이번에는 간첩의 대머리가 또 짓물러 터지면서 썩은 냄새가 진동했다. 이어서 며칠 사이에 열다섯 환자의 증세가 급작스레 악화하더니 도대체 그 실마리를 잡지 못할 만큼 변덕을 부리기 시작했다. 분명히 8~9할 정도까지 치유되었던 것이 하룻밤 새 도로 악화한 것이다.

장무기는 그 까닭을 알 도리가 없어 호청우에게 다시 물었다. 호청

12. 금침과 약초로 고황에 든 불치병을 고쳐준다네

우는 간단하게 대꾸했다.

"그 작자들이 입은 상처가 정말 보통이 아니다. 그렇게 한두 번 치료해서 나을 것이라면 호접곡까지 찾아와서 부탁했겠느냐?"

그날 밤, 장무기는 침상에 누운 채 깊은 사색에 잠겼다. '증세가 호전과 악화를 반복하는 것은 늘 있을 수 있는 일이긴 하다만, 열다섯 사람의 증세가 하룻밤 새 똑같이 바뀌다니 그야말로 해괴하기 짝이 없는 노릇 아닌가?'

삼경이 다 될 때까지 머릿속이 복잡해서 도무지 잠들 수가 없었다. 그런데 홀연히 창밖에서 바스락바스락 나뭇잎을 밟는 발소리가 들려왔다. 누군가 도둑고양이처럼 살금살금 내딛는 소리였다.

장무기는 호기심이 일어 혀끝으로 창호지를 적셔 뚫고 그 구멍으로 바깥을 내다보았다. 웬 사람의 뒷모습이 느티나무 뒤로 홀쩍 사라졌다. 옷차림새를 보건대 틀림없는 호청우였다.

그는 이상한 생각이 들었다. '이것 봐라, 한밤중에 호 선생이 뭘 하느라 일어난 거지? 천연두가 다 나으셨나?'

호청우의 거동은 아무래도 남의 이목에 뜨이는 걸 바라지 않는 것 같았다. 잠시 후, 그는 기효부 모녀가 거처하는 초막으로 들어갔다.

그 모습을 보고 장무기는 더욱 놀랐다. 가슴이 마구 두근거렸다. '혹시 기효부 아주머니를 욕보이려는 것은 아닐까? 그렇다면 내 비록 호 선생의 적수는 못 되겠지만 그냥 두고 볼 수야 없지!'

창밖으로 뛰어나간 그는 발소리를 죽이고 살금살금 뒤를 밟았다. 호청우의 뒷모습이 연기처럼 슬그머니 초막 안으로 사라졌다. 초막은 창졸간에 엉성하게 엮은 것이라 담도 없고 출입문도 없이 그저 비바람만 겨우 피할 수 있었다. 그래서 아무나 쉽게 드나들 수 있었다.

다급해진 장무기는 빠른 걸음으로 초막 뒤로 돌아가 땅바닥에 납죽 엎드린 채 안을 들여다보았다. 기효부 모녀는 볏짚 깔개에 몸을 붙인 채 혼곤히 잠들어 있었다. 호청우가 품속에서 환약 한 알을 꺼내더니 기효부의 약사발에 던져넣기가 무섭게 바깥으로 돌아나왔다. 흘끗 바라보니 호청우의 얼굴은 여전히 푸른 천으로 덮여 있어 천연두가 치유되었는지는 도통 알 길이 없었다.

다음 순간, 장무기는 퍼뜩 짚이는 게 있었다. 등줄기에 부쩍 돋아나온 식은땀이 등골을 타고 주르르 흘러내렸다. '그렇구나! 여태까지 호선생이 한밤중에 몰래 나와 독약을 탄 거야! 그래서 환자들의 병세가 처음부터 끝까지 나을 수 없었던 게 아닌가?'

장무기가 지켜보고 있는 가운데 호청우는 다시 성수가람 간첩과 설공원 패거리가 거처하는 움막으로 들어갔다. 보나마나 또 남몰래 환자들의 약사발에 독약을 타고 있는 게 분명했다. 그런데 이번에는 한참이 지나도록 바깥으로 나오지 않았다. 아무래도 열넷씩이나 되는 환자들에게 서로 다른 증세에 따라 독물을 쓰려면 시간이 꽤 걸리리라.

그사이에 장무기는 살그머니 기효부의 초막으로 들어갔다. 약사발을 들고 냄새를 맡아보니 역겨운 냄새가 코를 찔렀다. 애당초 그 약사발에 담긴 것은 허약한 몸을 보신하기 위해 조제해준 팔선탕八仙湯이었다. 아침 일찍 깨어나는 대로 마실 보약인데 지금은 독약으로 바뀌고만 것이다.

바로 그때 초막 바깥에서 아주 가벼운 발소리가 들려왔다. 일을 다마친 호청우가 침실로 돌아가는 듯했다.

12. 금침과 약초로 고황에 든 불치병을 고쳐준다네

장무기는 약사발을 내려놓고 조용히 기효부를 깨웠다.

"아주머니, 아주머니!"

원래 기효부는 무공이 약하지 않은 만큼 청각과 시력이 무척 예민했다. 아무리 깊은 잠에 빠졌다 해도 미세한 소리에 금방 놀라 깨어나곤 했다. 그런데 장무기가 두세 차례 연거푸 불렀는데도 시종 깨어날 줄 몰랐다. 장무기가 어쩔 수 없이 손으로 어깨를 일고여덟 번이나 흔들고 나서야 겨우 잠에서 깨어났다.

"누구야?"

기효부의 놀란 목소리에, 장무기는 목소리를 한껏 낮추어 속삭였다.

"쉿! 저 무기입니다. 아주머니 약사발에 누군가 독을 탔으니 절대로 마시면 안 됩니다. 약사발을 가져다 냇물에 쏟아버리시고 아무 내색도 하지 마세요. 내일 자세한 말씀을 드리지요."

눈치 빠른 기효부가 심상치 않은 기미를 알아차리고 얼른 고개를 끄덕였다. 장무기는 호청우에게 들킬까 봐 조바심을 내며 살그머니 초막을 나와 앞서처럼 창문을 넘어 침실로 들어갔다.

다음 날 아침 조반이 끝난 후, 장무기는 하릴없는 사람처럼 양불회와 함께 골짜기 안에서 한가롭게 나비 떼를 쫓으면서 놀았다. 둘은 나비 떼를 따라서 될 수 있는 대로 멀리멀리 나아갔다. 기효부도 그 속뜻을 알아차리고 슬금슬금 뒤따라붙었다. 요 며칠 동안 장무기는 틈만 나면 양불회를 데리고 이곳저곳 놀러 다녔기 때문에 이들 세 사람이 멀리 나가는 것을 보고도 누구 하나 마음에 둔 이가 없었다.

1리 남짓 걸어가고 보니 비탈진 산등성이 아래에 이르렀다. 장무기가 풀밭에 자리 잡고 앉자, 기효부는 어린 딸에게 일렀다.

"불회야, 나비는 그만 쫓아다니고 저기 가서 들꽃을 찾아 예쁜 화관花冠을 세 개만 엮어오지 않을래? 우리 셋이서 하나씩 나눠 쓰면 멋있겠다."

양불회는 좋아서 팔짝팔짝 뛰며 꽃을 따러 휭하니 달려갔다.

이윽고 장무기가 입을 열었다.

"아주머니, 혹시 호청우와 무슨 원한 관계라도 있습니까? 왜 그 사람이 아주머니의 약사발에 독을 탔을까요?"

기효부가 흠칫 놀라면서 되물었다.

"나는 호 선생과 이날 이때껏 서로 알지도 못하고 만나본 적도 없는 사이인데 무슨 원한이 있겠어?"

그러고는 잠시 생각에 잠기더니 말을 이었다.

"우리 아버님과 사부님이 호 선생을 두고 하신 말씀이 있었어. 그분은 의술이 귀신같아서 당세 의학계에 으뜸가는 고수인데, 어쩌다가 명교에 투신한 아까운 인물이라고 하셨지. 두 분 역시 호 선생과 서로 알지 못하는 사이였어. 그런데 그 사람이…… 그 사람이 왜 독을 타서 날 해치려고 했을까?"

장무기는 간밤에 호청우가 몰래 그녀의 초막에 들어가 독약을 타던 일을 얘기해주었다. 그리고 자신이 보고 느낀 점도 함께 밝혔다.

"제가 팔선탕 약사발의 냄새를 맡아보았더니 철선초鐵線草와 투골균投骨菌 냄새가 코를 찌르더군요. 이 두 가지 약초는 상처를 치료하는 데 특효가 있지만 독성이 너무 강해서 조금이라도 분량을 넘치게 쓰지 못한답니다. 너구나 팔선탕을 소제한 여덟 가지 약재 성문과는 글고루 상충되는 것들이라 환자의 몸에 아주 큰 손상을 입히지요. 비록 치명적인 독성은 아닙니다만 몸속에서 이리저리 뒤얽혀 치유되기가 보통 어렵지 않습니다."

"나 말고 다른 열네 사람에게도 똑같이 독약을 넣었다고 했지? 그것 참 더욱 이상한 노릇이군. 우리 아버님이나 아미파 사람들이 무심결에 호 선생에게 죄를 지었는지는 모르겠으나, 저들 열네 사람까지 모두 그럴 수는 없지 않겠어?"

기효부의 말을 듣고 나서 장무기는 그동안 궁금하게 여기던 것을 물었다.

"아주머니, 이 호접곡은 아주 외지고 궁벽한 곳인데 어떻게 여길 찾아오셨습니까? 또 아주머니에게 상처를 입힌 황금 매화꽃의 주인은 누굽니까? 이것은 저하고 아무 상관 없는 일인지라 여쭤서는 안 되지만, 눈앞에 닥친 일이 하도 괴상야릇해서 그러니 나무라지는 마십시오."

그 말을 듣는 순간 기효부의 얼굴이 화끈 달아올랐다. 장무기가 방금 던진 말 속에 자신이 미혼의 몸으로 딸을 낳았다는 사실과 이번 일이 연관되어 있는 게 아니냐는 언질을 은연중 받았기 때문이었다. 그녀는 사뭇 곤혹스러운 기색으로 망설인 끝에 이 어린 소년 앞에 사실대로 다 털어놓기로 마음먹었다.

"네가 내 목숨을 구해주었는데 숨길 것이 뭐 있겠니? 하물며 나하고 불회한테 이토록 잘 대해주는데. 네 나이가 비록 어리기는 하다만 내 가슴속에 가득 찬 이 괴로움을 너 말고 그 누구에게 털어놓을 수 있겠어?"

여기까지 말했을 때 그녀의 두 눈에서 하염없는 눈물이 흘러내렸다.

"아주머니!"

깜짝 놀란 장무기가 소리를 지르려 했다.

"아냐, 괜찮아."

기효부는 손수건을 꺼내 눈물을 닦으면서 할 말을 이었다.

"2년 전, 나는 우리 문파의 언니 한 분과 무슨 일 때문에 사이가 틀어진 뒤부터 사부님을 뵈러 가지도 못하고 집으로 돌아가지도 못했어……."

"흐흠, 독수무염 정민군! 그 못돼먹은 여자 때문이죠? 아주머니, 그 따위 여자는 두려워하실 것 없어요."

장무기가 느닷없이 이 말을 내뱉자 기효부는 깜짝 놀라 두 눈이 휘둥그레졌다.

"이런! 그걸 네가 어떻게 아니?"

장무기는 그날 밤 상우춘과 함께 호접곡으로 오는 도중 숲속에서 그녀가 팽 화상을 구해주는 광경을 목격하게 된 사연을 낱낱이 일러주었다. 이 말을 듣고 기효부는 희미하게 한숨을 내리쉬었다.

"남에게 알리고 싶지 않은 일은 애당초 하지도 말라더니, 과연 그 말이 옳구나! 세상 사람들의 이목을 어떻게 속일 수 있겠어?"

"아주머니, 저희 여섯째 은 사숙님은 아주 좋은 분이긴 합니다만, 아주머님이 싫다면 그분께 시집을 가지 않아도 되는 것 아닌가요? 다음 번에 제가 은 사숙님을 만나 뵙게 되거든 그분더러 아주머니에게 다그치지 말라고 말씀드리겠어요. 아주머니는 어느 분이든지 좋아하는 사람한테 시집가셔야죠!"

천진난만한 그의 말을 듣고서, 기효부는 씁쓸하게 웃고 말았다. 세상만사가 어디 그 말처럼 쉽사리 될 턱이 있겠는가?

"애야, 나도 네 여섯째 사숙님한테 일부러 미안한 일을 저지른 것은 아니란다. 그때는 정말 어쩔 수가 없어서…… . 하지만…… 하지만 나는 후회하지 않아."

말끝을 흐리면서 그녀는 지그시 장무기의 순결무구한 얼굴을 바라보았다. '이 아이의 심경은 아무것도 그려지지 않은 백지장이나 마찬가지야. 이런 아이한테 남녀지간의 복잡한 애정 문제는 들려주지 않는 게 좋겠구나. 게다가 이번 사건이 꼭 그 일과 관련되어 있는 것도 아니니까.'

"네가 보았다시피 나는 정 사저와 사이가 틀어진 이후 아미산에 돌아가지 않고 불회와 함께 여기서 서쪽으로 300여 리 떨어진 순경산_舜耕山에 들어가 숨어 살았단다. 지난 2년 동안 날마다 그저 나무꾼이나 농사꾼과 어울려 소일하며 참 편안히 아주 즐겁게 살았지. 그런데 보름 전에 불회한테 새 옷 몇 벌 지어주려고 작은 도시에 옷감을 사러 나갔다가 시장 담 모퉁이에 분필로 그려놓은 암호를 하나 발견했지. 부처님의 광배光背와 그 밑에 조그맣게 칼을 그린 것은 우리 동문들이 위급할 때 도와달라고 요청하는 긴급 신호란다. 분필 자국이 또렷한 걸 보면 그려놓은 지 얼마 안 된 것이었어. 암호를 본 나는 몹시 놀라고 당황했어. 그리고 한참 곰곰이 생각했지. 내가 비록 정 사저와 다투기는 했지만 잘못이 내게 있는 것도 아니고, 나 역시 스승을 기만하거나 아미파에 죄를 지은 적도 없으니 떳떳한 몸이라고 할 수 있지. 그런 만큼 동문이 어려움에 부닥쳤는데 도와주지 않는다면 말이 안 된다고 생각했어. 그래서 암호에 있는 대로 곧장 봉양성鳳陽城을 향해 달려갔단다."

얘기는 계속되었다.

　한달음에 봉양성까지 달려간 기효부는 거기서 또 아미파의 신호를 발견했다. 그녀는 암호가 지시하는 대로 임회각臨淮閣이란 술집 2층으로 올라갔다.

　2층 객석에는 언제부터 와 있었는지 무림계 인사 일고여덟 명이 앉아 있었다. 공동파의 성수가람 간첩, 화산파 설공원과 그 사문의 세 형제도 그 자리에 있었는데 이상하게 아미파 동문들은 보이지 않았다. 기효부는 간첩이나 설공원 무리와 예전부터 만난 적이 있는 터라 인사를 나누면서 왜 여기 왔냐고 물어보았다. 그들 역시 동문이 부르는 암호를 보고 이곳으로 달려왔다고 했다. 만나기로 약속은 했지만 무슨 일 때문인지는 아무도 모른다는 것이었다.

　그날 해가 저물고 밤이 될 때까지 기다렸으나, 좀처럼 아미파 동문들은 나타나지 않았다. 다른 문파 사람도 마찬가지로 하나도 모습을 보이지 않았다. 밤이 깊어가면서 또 다른 문파 사람들이 잇따라 모습을 드러냈다. 신권문 사람이 있는가 하면 개방 사람도 있었다. 그들 역시 임회각에서 만나자는 동문의 연락을 받고 왔다고 했다. 하지만 정작 부른 사람은 얼굴을 내밀지 않았다.

　기다리다 지친 사람들은 아무래도 이상한 느낌이 들어 함께 모여 상의를 했다. 그러고는 어떤 알지 못할 적에게 농락당하고 있다는 결론을 내렸다.

　임회각 주루에 모인 사람들은 아홉 개 문파에 도합 열다섯 명이었다. 각 문파마다 연락 신호가 서로 다르고 그것을 하나같이 엄격히 비밀로 하고 있으므로 만약 그 문파 사람이 아니고는 설령 그 표지를 보았다 하더라도 그 속에 담긴 뜻을 알아낼 수가 없었다. 그런데 만약 적이 음모를 꾸미고 있다면 아홉 개나 되는 문파의 비밀 암호를 도대체 어떻게 알아냈단 말인가?

기효부는 곰곰이 생각해보았다. 어린 딸 불회를 데리고 있는 몸이라 구태여 위험한 일을 겪고 싶지 않았고, 동문들과 얼굴을 마주 대하고 싶은 생각도 없었다. 더구나 동문들이 구원을 요청한 게 아니라는 확신이 들자, 집으로 돌아갈 생각을 굳히고 아래층으로 내려가기 시작했다.

그런데 갑자기 아래층 계단에서 "똑, 똑, 똑!" 하는 소리가 들려왔다. 누군가 굵은 지팡이로 층계를 두드리는 소리였다. 이어서 기침 소리가 한바탕 요란하게 들리더니 허리 구부정한 백발 노파가 2층으로 올라왔다. 은빛으로 하얗게 센 머리카락을 흩날리면서 두세 걸음을 내디딜 때마다 기침을 토해내는 걸 보니 무척이나 힘든 모양이었다. 열한두 살쯤 된 어린 소녀가 노파의 왼팔을 부축하고 함께 올라오고 있었다.

층계를 내려가던 기효부는 노파가 연로한 데다 중병까지 든 것을 보고 먼저 올라갈 수 있게끔 얼른 한 곁으로 비켜섰다. 어린 아가씨는 기품이 빼어나게 고왔고 생김새도 무척 아리따웠다. 노파는 오른손에 백목白木으로 다듬은 자루에 머리가 둥그렇게 구부러진 괴장拐杖을 짚고 있었다. 몸에 허름한 무명옷을 걸친 걸 보니 어느 가난한 집의 늙은이 같았다. 하지만 왼손에는 금빛 찬란한 염주 한 꾸러미를 쥐고 있었다. 가난뱅이 노파가 금빛 염주를 들고 있다니, 기효부는 이상한 생각이 들어 유심히 염주 꾸러미를 살펴보았다. 주인이 걸음을 옮겨 뗄 때마다 염주는 황금빛을 번쩍거리며 흔들렸다. 그 108개의 염주알은 순금을 녹여 만든 매화 꽃송이 모양을 하고 있었다.

"이크, 저런!"

여기까지 듣던 장무기의 입에서 외마디 탄성이 흘러나왔다.

"그렇다면 그 노파가 바로 황금 매화꽃의 주인이었단 말입니까?"

기효부가 고개를 끄덕였다.

"맞아! 하지만 그때는 누가 상상이나 했겠어?"

그녀는 품속에서 황금으로 주조한 매화꽃 한 송이를 꺼냈다. 자그만 황금 매화 꽃송이. 그것은 바로 장무기가 호청우에게 보여주었던 것과 똑같았다.

장무기는 갑자기 이상한 생각이 들었다. 지난 며칠 동안 줄곧 상상해온 '황금꽃의 주인'은 분명 흉악하고 사납게 생긴 인물이었다. 그것도 뭇사람들에게 기상천외한 방법으로 지독스럽기 짝이 없는 고문을 가한 괴물일 것이라고 생각했는데, 뜻밖에 한낱 중병 들린 가난뱅이 노파라니 놀랍지 않을 수가 없었다.

기효부의 얘기가 계속되었다.

이윽고 2층으로 올라온 노파가 한바탕 큰 기침을 했다. 부축하던 어린 아가씨는 걱정스러운 기색으로 물었다.

"할머니, 약을 드시겠어요?"

노파는 말없이 고개를 끄덕였다. 소녀가 도자기 병을 꺼내더니 환약 한 알을 쏟아 건네주었다. 노파는 알약을 입에 넣고 천천히 씹어 삼키더니 한두 마디 중얼거렸다.

12. 금침과 약초로 고황에 든 불치병을 고쳐준다네

"나무아미타불, 나무아미타불!"

감긴 듯 마는 듯 한 주름살투성이의 두 눈이 객석의 손님들을 둘러보았다.

"흐음, 겨우 열다섯 명이라! 애야, 네가 물어보려무나. 무당파와 곤륜파 제자들은 오지 않았느냐고."

노파 일행이 계단을 올라왔을 때만 해도 이들에게 신경을 쓴 사람은 아무도 없었다. 그런데 그녀의 입에서 이 말이 튀어나오자, 귀가 예민한 몇몇 강호 친구들이 일제히 고개를 돌리고 소리가 나는 쪽을 바라보았다. 하지만 눈앞에 보이는 사람이라곤 늙고 굼뜬 가난뱅이 노파하나뿐이라 모두 잘못 들었는가 싶어 이내 관심을 두지 않았다.

바로 그때 어린 소녀가 카랑카랑한 목소리로 외쳐 물었다.

"여봐요! 우리 할머니가 당신들한테 물어보라고 하셨어요. 무당파와 곤륜파 제자들은 오지 않았나요?"

느닷없는 소녀의 당돌한 질문에 사람들은 어리둥절해하며 아무도 대꾸하지 않았다.

그러자 소녀가 언짢은 기색으로 다시 한번 따져 물었다.

"우리 할머니가 물으시는 말씀 안 들려요? 무당파와 곤륜파 제자들은 어째서 안 보이는 거죠?"

그제야 자기네들에게 묻는 소린 줄 알아차린 성수가람 간첩이 냅다 소리쳐 되물었다.

"당신은 누구야?"

바로 그 순간, 노파가 또 허리를 구부리면서 심하게 기침을 하기 시작했다.

"콜록, 콜록! 콜록!"

기효부는 무슨 일이 벌어지는지 미처 알아볼 겨를조차 없었다. 돌연 거센 바람이 그녀의 가슴을 덮쳐왔기 때문이다. 세찬 강풍이 엄습하는 찰나, 그녀는 엉겁결에 일장을 내뻗어 가슴 앞을 가로막았다. 그것이 자신이 할 수 있는 최선의 본능적인 방어 자세였다. 하지만 바람의 기습은 너무나도 빨라 그녀가 일장을 내뻗기도 전에 벌써 앞가슴으로 들이닥쳤다. 그녀는 가슴속이 꽉 막히고 기혈氣血이 훌떡 뒤집혀 그 자리에 서 있지 못하고 층계 널판 위에 털썩 주저앉았다. 한순간 눈앞이 캄캄해지면서 저도 모르게 선지피를 울컥 토해냈다. 한 모금, 또 한 모금…….

토혈吐血을 억누르고 눈앞이 다시 밝아졌을 때, 노파의 그림자가 이리 번뜩 저리 번뜩 유령처럼 옮겨 다녔다. 기효부는 망연자실한 기색으로 그 자리에 주저앉은 채 돌개바람같이 움직이는 노파의 동작을 바라만 보고 있었다. 동쪽에서 번뜩 일장을 후려치는가 하면 어느새 서쪽에서 일권을 내지르고, 남쪽에서 일권이 날아가는가 하면 어느새 반대쪽으로 표연히 옮겨가고……. 동서남북 사면팔방을 종횡무진 누빌 때마다 들리는 소리라곤 그저 콜록대는 기침 소리뿐이었다. 노파는 그야말로 눈 깜짝할 사이에 나머지 열네 사람을 모조리 쓰러뜨렸다. 공격하는 솜씨도 돌발적이거니와 신법 또한 쾌속했다. 힘줄기 역시 엄청나게 센 터라 기효부를 비롯한 열다섯 명은 일초 반식의 반격이나 역습조차 시도해보지 못했다. 사람들은 혈도를 찍힌 게 아니라 모진 내력이 실린 장법이나 권법으로 오장육부에 타격을 받아 내상을 입은 것이었다.

12. 금침과 약초로 고황에 든 불치병을 고쳐준다네

순식간에 열다섯 명을 쓰러뜨린 노파의 왼손이 다시 한 차례 번뜩였다. 목에 치렁치렁 늘어뜨린 염주 꾸러미에서 황금빛 매화꽃이 한 송이 한 송이씩 날아들더니 곧바로 열다섯 사람의 몸뚱이에 하나씩 들어박혔다. 이윽고 일을 다 마친 노파가 돌아섰다. 그러고는 어린 소녀의 부축을 받으면서 기우뚱기우뚱 위태롭게 층계를 내려가기 시작했다. 입에선 기침 소리 대신 염불이 흘러나왔다.

"나무아미타불! 나무아미타불!"

지팡이가 돌바닥을 내디딜 때마다 "똑, 똑, 똑!" 소리가 느릿느릿 들려왔다. 타박타박 걷는 발걸음 소리가 점점 멀어지고 어쩌다가 "콜록, 콜록!"하는 기침 소리만이 아래층에서 계단을 타고 올라올 따름이었다.

"엄마! 이 화관 어때? 엄마한테 씌워줄 거야!"

기효부의 얘기가 여기까지 나왔을 때, 어린 딸 양불회가 들꽃으로 엮은 화관을 하나 들고 생글생글 웃으며 신바람 나게 달려오더니 엄마의 머리 위에 덥석 씌워주었다.

기효부는 미소를 지으며 하던 얘기를 계속했다.

"그 당시 주루 2층 마룻바닥에는 나를 포함해서 열다섯 사람이 물 먹은 소금 자루처럼 늘어진 채 누워 있었지. 그나마 신음 소리를 내는 사람도 있었고, 숨결이 이어지지 못해 안간힘을 쓰면서 헐떡이는 사람도 있었지."

그 말을 듣고 양불회가 깜짝 놀라 물었다.

"엄마, 지금 그 못된 할망구 얘기하는 거야? 하지 마! 난 무서워!"

기효부는 어린 딸을 달랬다.

"얘야, 착하지? 얼른 가서 화관을 또 한 개 만들어오렴. 무기 오빠한테도 씌워줘야지."

양불회는 장무기를 바라보고 물었다.

"오빠는 무슨 빛깔을 좋아해?"

심각한 사연을 듣느라 굳어져 있던 장무기의 얼굴빛이 비로소 풀렸다. 그는 일부러 환하게 웃으며 대답했다.

"빨간색! 아니, 아니지. 으음, 흰 빛깔이 좀 섞인 꽃도 좋아하는데. 아주 큼지막한 걸로 엮어주면 더 좋지!"

"이만큼 크게?"

양불회가 양손을 활짝 벌리며 말했다.

"좋아, 바로 그만큼이면 되겠어!"

장무기의 대답을 듣자 양불회는 손뼉을 치면서 저쪽으로 뛰어갔다.

주루 2층에서 기효부는 답답하게 막힌 숨통이 트이지 못하고 의식이 몽롱한 상태로 누워 있었다. 이때 귓결에 어렴풋이 또 다른 발걸음 소리가 층계를 타고 올라왔다. 한 사람, 두 사람, 세 사람……. 흐리멍덩한 눈길에 10여 명이 비쳤다. 모두가 임회각 술집에서 일하는 술 심부름꾼, 지배인, 요리사, 주방장 같은 사람들이었다. 그들은 아무 말 없이 마룻바닥에 쓰러진 열다섯 사람을 하나씩 떠메다가 주방으로 옮겼다. 기효부의 어린 딸 양불회는 깜짝 놀라 목을 놓고 울음보를 터뜨렸으나, 그들은 들은 척도 않고 그저 엄마 곁에 따라오는 계집아이를 못 본 척 무시했다.

술집 지배인의 손에는 명단 한 장이 들려 있었다. 그는 명단을 보면서 손짓으로 한 사람씩 가리켰다.

제일 먼저 지목당한 것은 성수가람 간첩이었다.

"이 친구 머리통에 고약을 발라라!"

분부가 떨어지자 술 심부름꾼 녀석이 미리 준비해온 고약을 간첩의 머리통에 큼지막한 붓으로 치덕치덕 이겨 발랐다.

명단을 들여다보던 지배인이 또 한 사람을 지목했다.

"저 친구 오른손을 찍어서 왼 팔뚝에 갖다 붙여라!"

요리사 두 명이 날카로운 식칼을 가져오더니 분부대로 시행했다.

이윽고 지배인의 손가락이 기효부를 가리켰다.

"왼쪽 어깨머리와 왼쪽 팔뚝을 칼로 세 군데 찍고 팔뚝 뼈를 쳐서 으스러뜨려라! 그리고 준비한 약물을 먹이도록!"

기효부는 뼈마디가 부서지는 고통 속에 들쩍지근한 약물을 강제로 들이켤 수밖에 없었다. 그것이 극독인 줄 빤히 알면서도 남의 손에 꼼짝도 못 하게 제압당한 몸이니 무슨 수로 반항을 하겠는가?

이리하여 기효부를 비롯한 열다섯 사람은 세상에서 보기 드문 기괴망측한 혹형酷刑을 고스란히 당해야 했다.

작업이 끝나자 술집 지배인은 그들을 향해 이렇게 말했다.

"너희는 한 사람도 빠짐없이 아무도 치료하지 못할 상처를 입었다. 그래서 앞으로 열흘이나 보름밖에 살지 못할 것이다. 황금꽃의 주인마님께서 너희에게 이런 말씀을 남기셨다. 그 어르신은 애당초 너희와는 아무런 원한도 없는 만큼 너희의 처지를 가련히 여기셔서 대자대비하신 마음으로 한 가닥 살길을 일러주셨다. 이제부터 너희는 한시바삐 여산 호접곡으로 가야 한다. 그곳에 자칭 접곡의선 호청우란 자가 있으니 그자에게 상처를 고쳐달라고 간청해보아라. 만약 그자가 손을 써준다면 살아날 가망이 있겠지만 그렇지 못할 때에는 이 세상천지 어느 구석에도 너희의 목숨을 구해줄 사람이 없을 것이다. 그 호청우란 자는 별명이 견사불구다. 그만큼 모질고 매정한 의원이다. 너희의 손발이 닳아빠지고 짓물러 터지도록 빌고 또 빌어도 그자는 절대로 치료해주려 하지 않을 것이다. 하지만 세상일이 어떻게 될지 누가 알겠느냐? 요행으로 상처를 치료받게 될지도 모르니까, 아무튼 호청우에게 이 말 한마디만큼은 꼭 전해야 한다. 머지않아 황금꽃의 주인마님께서 만나러 가실 터이니, 그자더러 일찌감치 뒷일이나 잘 준비해두고 기다리라고 해라! 모두 내 말 잘 알아들었겠지? 그럼 어서 떠나거라!"

기나긴 설명을 끝낸 후, 지배인은 친절하게도 호접곡으로 가는 길까지 상세히 일러주었다. 이리하여 기효부를 비롯한 열다섯 명의 부상자가 줄지어서 호접곡으로 오게 되었던 것이다.

장무기는 들을수록 기가 막혔다. 얘기가 끝나자 그는 기효부에게 다시 물었다.

"아주머니, 그렇다면 임회각 술집에서 일하는 지배인, 주방장, 요리사, 술 심부름꾼들이 결국은 그 몹쓸 노파와 한패였단 말이군요?"

"나중에 생각해보니, 그 사람들 모두 노파의 부하들인 게 분명했어. 지배인이 그 못된 노파에게서 넘겨받은 명단에 쓰인 대로 우리한테 혹독한 형벌을 가했으니까. 지금까지도 난 정말 모르겠어. 그 노파가 무엇 때문에 이런 괴상한 짓을 저질렀는지. 우리하고 원수를 맺었

12. 금침과 약초로 고황에 든 불치병을 고쳐준다네

다면 열다섯 목숨을 빼앗기는 손바닥 뒤집기보다 더 쉬웠을 거야. 또 우리한테 고통을 주기로 마음먹고 그런 악독한 방법을 괴롭혔다면 왜 호 선생을 찾아가서 치료받으라고 가는 길까지 친절하게 가르쳐주었을까? 게다가 머지않아 호 선생을 찾아와 분풀이하겠다는 말을 전하라고 했는데, 그렇다면 우리를 그런 기괴망측한 방법으로 혼내준 것도 모두 호 선생의 의술을 시험해보려는 의도가 아닐까 몰라."

장무기도 한참 동안 깊이 생각에 잠겼다. 하나 그 역시 황금꽃 주인이 무슨 의도로 그런 끔찍한 짓을 저지르고 이 많은 환자를 왜 호접곡으로 보냈는지 그 이유를 알 수가 없었다.

"황금꽃의 주인인 그 노파가 호 선생님에게 악감을 품고 혼내주러 오는 게 확실하다면, 이치로 따져서 호 선생님은 여러분을 잘 치료해서 힘을 합쳐 그 무서운 대적을 막아야 옳은 일입니다. 그렇지 않고서야 그분이 어째서 입으로는 여러분을 치료해주지 않겠다고 말하면서 저한테 온갖 치료 방법을 가르쳐주었겠습니까. 처방대로 써보았더니 하나같이 신통한 효과가 있었습니다. 그렇다면 그분이 공개적으로는 구해주지 않겠다고 말했으나, 남모르게 제 손을 빌려 환자들을 구해주셨다고 볼 수 있습니다. 한 가지 모를 것은, 저를 시켜 치료해주신 그분이 어째서 한밤중에 몰래 나와 독을 타서 여러분을 또다시 죽지도 살지도 못하는 상태로 만들었을까요? 정말 이상하기 짝이 없는 노릇입니다."

두 사람은 오랫동안 제각기 나름대로 생각하고 의논했으나 끝내 그 이유를 알지 못했다.

이윽고 양불회가 큼지막한 화관을 엮어서 돌아와 장무기의 머리에 씌워주었다. 이제 대화를 마무리할 때가 된 것이다.

"기씨 아주머니, 앞으로 제가 손수 조제해드리는 탕약 외에는 절대 아무것도 드시지 마세요. 밤에는 머리맡에 병기를 가까이 놓아두셔서 외부 사람이 해치지 못하도록 방비하셔야 합니다. 지금은 그 몸으로 이곳을 빠져나가지 못하십니다. 제가 지어드리는 약을 드시고 내상이 완쾌되거든 그때 가서 불회 동생을 데리고 떠나도록 하세요."

기효부가 고개를 끄덕이며 당부 말을 건넸다.

"애야, 네가 보았다시피 저 호 선생은 심보가 음흉해서 그 속셈을 헤아리기 어렵다. 네가 그런 사람과 함께 지내는 것도 상책은 아닐 듯싶구나. 차라리 우리 모녀하고 함께 떠나는 것이 어떻겠니?"

"으음…… 호 선생님은 줄곧 저한테 잘해주셨어요. 본래 그분은 제 몸의 음독을 다 치료해주고 나서 절 죽이기로 작정하셨죠. 하지만 완전히 고쳐놓지 못하신 이상 저를 해칠 수도 없어요. 아주머니 말씀대로 지금 이대로 떠나는 것이 제일 타당하겠지만, 아주머니의 내상을 고치는 데 아직 명확치 못한 점이 몇 군데 있으니 호 선생님한테 가르침을 받아야 해요."

"남몰래 독을 타서 날 해치려는 그가 너한테 처방을 일부러 잘못 가르쳐주지나 않을까 모르겠다."

"그건 아닐 겁니다. 호 선생님이 저한테 가르쳐주신 처방은 어느 것 하나 신통한 효험을 보이지 않은 것이 없습니다. 가르쳐준 처방이 제대로 된 것인지 잘못된 것인지 정도는 저도 가려낼 수 있어요. 지금 황금꽃 주인이 호 선생님에게 원수를 갚으러 온다 하는데 호 선생님은 아픈 몸입니다. 그분이 어려움에 처했는데 모른 척하고 떠날 수는 없지요. 그런데 아무래도 호 선생님은 꾀병을 앓고 계신 듯하군요. 그것 참 이상한 노릇 아닌가요?"

그날 밤 장무기는 잠들지 않고 뜬눈으로 지새웠다. 삼경 무렵이 되자, 과연 호청우가 또다시 방문을 열고 나오는 기척이 들렸다. 그러고는 곧 기효부의 초막으로 들어가 약사발에 독을 타놓았다.

이렇듯 사흘이 지났는데도 기효부는 독약을 마시지 않은 덕분에 치유되는 속도가 무척 빨라졌다. 이와는 반대로 간첩과 설공원 패거리는 밤낮으로 증세가 호전되었다가 도로 악화했다. 그러자 성미 급한 몇몇 환자는 아예 맞대놓고 불평불만을 터뜨렸다. 장무기의 의술이 너무 형편없다는 얘기였다.

그러나 장무기는 귀머거리가 된 것처럼 들은 척도 하지 않았다. 그에게는 오늘 밤 해야 할 중요한 일이 있었다. 기효부 모녀와 함께 이곳을 빠져나가 멀리멀리 도망치기 위해서는 준비할 것이 많았다. 그는 자신의 음독이 풀리지 않을 때까지는 무당산에 돌아가지 않겠다고 결심했다. 태사부님과 여러 사백 사숙들의 가슴을 아프게 해드리고 싶지 않았다. 그래서 그는 궁벽한 곳을 찾아 홀로 지내다가 목숨이 다하거든 아무도 모르게 조용히 죽기로 결심했다.

마지막 잠자리에 들기 전, 장무기는 내일 새벽이면 이곳을 떠난다고 생각하니 웬일인지 처량한 생각이 들었다. 호청우가 비록 괴팍스럽기는 하나 이제까지 잘 대해주지 않았던가. 또 그가 음독을 치료해주지 않았던들 어떻게 오늘날까지 목숨을 부지하고 살 수 있었겠는가? 지난 2년 동안 같이 지내며 그에게서 배운 의술도 적지 않았다. 그런 호청우와 헤어진다고 생각하니 마음이 한없이 무거웠다.

장무기는 몇 마디 문안 인사도 드리고 싶었다. 퉁명스럽기는 해도 그 목소리라도 듣고 싶은 생각에 벌떡 일어나 호청우의 침실로 건너갔다.

방문 앞에 다다르자 또 한 가지 걱정에 사로잡혔다. 조만간 황금꽃의 주인이 찾아올 터인데, 혼자 몸으로 어떻게 대적할 것인지 은근히 마음이 쓰였던 것이다.

그는 침실 문밖에서 문안 인사를 드린 다음, 이렇게 여쭈었다.

"호 선생님, 이 골짜기에서 이만큼이나 오래 사셨는데 싫증도 안 나십니까? 여기보다 경치 좋은 곳도 많을 터인데 왜 다른 곳으로 옮겨가서 즐기며 살지 않으십니까?"

느닷없는 말에 호청우는 흠칫 놀라며 되물었다.

"내가 이렇게 병들었는데 이런 몸으로 어딜 간단 말이냐?"

"마차를 타시면 되지요. 나귀가 끄는 대로 천천히 구경 삼아 가셔도 좋지 않겠습니까. 두꺼운 천으로 마차 문과 창을 덮어씌워 바람 한 점 통하지 않게 하면 되죠. 선생님께서 떠날 마음이 있으시다면 제가 모시고 가겠습니다."

그러자 침실 안에서 깊은 한숨이 흘러나왔다.

"얘야, 네 마음이 참 고맙구나. 그러나 세상천지가 아무리 너르다 해도 어딜 가나 내게는 마찬가지일 거다. 요즘 네 가슴은 어떠냐? 단전에서 한기가 치밀어 오르지는 않더냐?"

"한기는 날로 심해지고 있습니다. 어차피 고칠 약이 없으니 되는대로 맡겨두는 수밖에 없지요."

12. 금침과 약초로 고황에 든 불치병을 고쳐준다네

호청우가 입을 다물었다. 그러고는 무슨 생각을 하는지 한참이 지나서야 조심스러운 목소리가 들려 나왔다.

"내가 구명의 약방문을 하나 지어주마."

"구명의 약방문이라뇨? 그게 무엇입니까?"

갑작스레 목숨을 구할 약방문을 지어주겠다니, 장무기는 어리둥절할 뿐이었다. 그러나 호청우는 설명 대신에 약재 이름을 늘어놓기 시작했다.

"당귀當歸, 원지遠志, 생지生地, 독활獨活, 방풍防風. 이 다섯 가지 약재를 쓰되, 오늘 밤 이경 때 천산갑穿山甲을 보약으로 써서 급히 복용하거라."

이 말을 듣고 장무기는 깜짝 놀랐다. 방금 호청우가 늘어놓은 다섯 가지 약재는 자신의 질병과 전혀 상관없는 것들이었다. 더구나 이들 약재는 성질이 상충되는 것들인 데다 천산갑을 보약으로 쓰라니 더욱 말도 안 되는 소리였다. 하지만 스승의 처방이니 반박할 수도 없었다.

"선생님, 약재 분량은 얼마나 쓸까요?"

장무기가 조심스럽게 다시 묻자 호청우는 버럭 성을 내며 꾸짖었다.

"분량은 많을수록 좋다. 내 말은 끝났다. 냉큼 물러나지 않고 뭘 꾸물대는 거냐!"

갑작스러운 불호령에 장무기는 찔끔 놀라 뒷걸음질 쳤다. 그는 발길을 돌리면서도 고개를 갸우뚱했다. 이런 일은 처음이었다. 지난 몇 년 이래 호청우가 장무기와 의학 원리나 약물 성분을 놓고 담론할 때에는 비록 나이 차이가 많기는 해도 그를 제자 겸 친구 대하듯 예절을 갖추고 대화를 나누어왔다. 그런데 이제 별안간 아무런 까닭도 없이 체면도 보아주지 않고 인정사정없이 호통쳐 꾸짖으니, 장무기로서는 보통 놀랍고 기분 나쁜 일이 아니었다. 그는 저도 모르게 씨근벌떡대며 자기 방으로 돌아와 침대 위에 벌러덩 누웠다. 생각하면 할수록 분하고 억울했다. 도대체 뭘 잘못했기에 야단을 치는 것일까?

그는 격앙된 심사를 가라앉히느라 무척 애를 썼다. '나는 무서운 강적이 들이닥칠지 모르니 재앙을 피해 멀리 달아나라고 에둘러 말했을 뿐인데, 아무 까닭 없이 이렇듯 욕을 보일 수가 있단 말인가? 더구나 그 엉터리 약방문은 또 뭐냔 말이다. 그따위 터무니없는 처방에 내가 속아 넘어갈 줄 알았나? 흐흥, 어림 반 푼어치도 없는 노릇이지!'

침상에 누워 눈을 감은 채 방금 호청우가 내뱉은 그 무례한 언사를 새김질하고 있으려니 그저 너무 인정머리 없고 야속한 생각만 들 뿐이었다.

이것저것 잡념을 덮어버리고 잠들려던 때였다. 장무기는 감았던 눈을 번쩍 뜨면서 잠자리를 박차고 일어나 앉았다. 미처 깨닫지 못한 영감이 번개 벼락 치듯 뇌리를 스치고 지나갔다.

당귀, 원지, 생지…… 약재 분량은 많을수록 좋다……? 혹시 그 당귀當歸가 약재를 가리키는 게 아니고 바로 '마땅히當 돌아간다歸'는 뜻은 아닐까? 그것이 어떤 암시라고 생각했을 때 나머지 약재 이름의 뜻도 점차 분명해졌다. 그렇다면 원지遠志는 '뜻을 멀리 두고 일찌감치 먼 곳으로 도망쳐라'는 말이 될 수도 있다. 그다음은? 옳거니! 생지生地는 '살 수 있는 땅'이요, 독활獨活은 '혼자서 살라'는 뜻이 된다. 그럼 방풍防風은? 바람을 막으라니, 이건 또 무슨 말일까? 그렇지! 바람 풍風 자는 풍문風聞, 즉 소문이란 뜻도 된다. 그러니까 '소문나지 않게, 아무도 모르게'란 임시다. 그리고 또 뭐랬더라? "오늘 밤 이경 때 전산집을

12. 금침과 약초로 고황에 든 불치병을 고쳐준다네

보약으로 써서 급히 복용하라"고 했다. 천산갑穿山甲은 약재로 쓰는 네 발 달린 짐승이 아니라 '산을 뚫고 빠져나간다'는 뜻이 된다. 그러니까 사람 다니는 골짜기 큰길을 거치지 말고 '산길로 빠져나가라'는 뜻이다. 그리고 한밤중인 이경에 급히 도망치라는 얘기다.

그러고 보니 증세에 맞지 않는 호청우의 얼토당토않은 약방문의 뜻이 확연히 풀렸다. '호 선생님은 분명 목전에 큰 화가 닥칠 것을 미리 알고 나더러 시각을 다투어 급히 도망치라는 암시를 주었다. 그런데 지금 적이 아직 나타나지도 않은 이때 어째서 명확하게 말해주지 않고 이런 수수께끼로 암시를 주었을까? 만약 내가 그 수수께끼를 풀지 못했다면 일을 그르쳤을 게 아닌가? 아무튼 이경은 벌써 지났으니 한시바삐 떠나야겠다. 어쩌면 호 선생님에게 말 못 할 고충이 있어서 떠날 생각을 못 하고 암암리에 그 무서운 강적에 맞서 싸울 기묘한 대응책을 마련해놓았는지도 모른다. 그렇다. 이 길로 떠나자. 그리고 호 선생님은 나더러 소문나지 않게 아무도 모르게 혼자서만 도망쳐 살라고 처방을 내렸지만, 기씨 아주머니 모녀를 내버려두고 혼자 도망칠 수는 없다.'

그는 살그머니 방문을 열고 빠져나와 기효부의 초막으로 건너갔다. 기효부는 또 잠이 들었는지 언제나처럼 볏짚 자리에 혼곤히 누워 있었다. 그런데 또 한 사람이 그녀 앞에 구부정한 자세로 내려다보고 있는 모습이 보였다. 이날 밤은 반달이 떠서 볏짚 울타리 틈새로 비쳐든 달빛만으로도 어렴풋이나마 사람의 윤곽을 알아볼 수 있었다. 선비들이나 쓰는 방건에 쪽빛 적삼, 푸른 천으로 얼굴을 덮어씌우기는 했어도 그것은 분명히 장무기가 늘 보아온 호청우의 옷차림새요 몸집이었다.

호청우는 지금 왼손으로 기효부의 뺨을 비틀어 강제로 입을 열게 하고 오른손에 들려 있는 알약을 먹으려 하고 있었다. 장무기는 사태가 위급한 것을 보고 더 생각할 겨를도 없이 안으로 뛰어들면서 소리쳤다.

"호 선생님! 안 됩니다. 해치지 마세요!"

흠칫 놀란 괴한이 뒤돌아보았다. 엉겁결에 손이 풀리는 찰나, "픽!" 하는 소리가 울렸다. 괴한의 손아귀에서 벗어난 기효부가 괴한의 등줄기에 호되게 일장을 후려친 것이다.

"어흑!"

숨 막히는 답답한 소리와 함께 괴한의 몸뚱이가 맥없이 쓰러졌다. 그 바람에 얼굴을 감쌌던 복면이 절반쯤 들쳐지면서 희부연 달빛 아래 얼굴 모습이 드러났다.

"이크, 이런!"

다음 순간, 얼굴을 들여다보던 장무기의 입에서 외마디 경악성이 터져 나왔다. 고운 눈썹과 이마, 뽀얀 얼굴, 그것은 호청우가 아니라 낯선 중년 부인이었다.

말끝이 미처 다 떨어지기도 전에 금화파파가 눈 깜짝할 사
이에 다가들더니 장무기의 손목을 덥석 움켰다. 그러고는
잠시 맥을 짚어보고선 사뭇 의아스러운 표정을 지었다.
"현명신장이라? 세상에 아직도 그런 무공이 남아 있다니. 그
래, 어떤 자가 널 때렸느냐?"
"모르겠습니다. 어떤 몽골군 병사 차림을 한 남자였는데, 누
군지는 알아내지 못했습니다. 그래서 호 선생님께 치료해달
라고 찾아왔지만 제가 명교 신도가 아니라고 해서 끝끝내
고쳐주지 않았습니다."

13.

그대가 내 담장을 넘었어도 후회하지 않으리니

생각지도 않은 곳에서 생판 모를 여인을 보았으니 장무기의 놀라움은 이만저만 큰 게 아니었다.

"당신…… 당신은 누구요?"

그러나 등줄기에 아미파 고수의 호된 장력을 정통으로 얻어맞은 뒤라, 이 정체 모를 중년 여인은 고통에 못 이겨 창백해진 얼굴만 처참하게 일그러뜨린 채 대꾸 한마디 내뱉지 못했다.

기효부도 덩달아 물었다.

"당신은 누구죠? 정체를 밝혀요! 내게 무슨 원한이 있기에 두 번 세 번 거듭해서 날 해치려 들죠?"

그러나 여인은 대답이 없었다. 참다못한 기효부가 장검을 뽑아 가슴팍을 겨누었다.

"아, 참! 저는 호 선생님을 보러 가야겠습니다."

문득 생각이 난 장무기가 여인을 기효부에게 맡겨놓고 황급히 자리를 떠났다. 어쩌면 호청우 역시 이 여인의 독수에 걸려들었을지도 몰랐다. 그리고 이 정체불명의 여인이 황금꽃 주인과 한 패거리일지 모른다고 생각하니 발걸음이 더욱 다급해졌다. 이윽고 장무기는 호청우의 침실 문을 거칠게 밀어젖히고 방 안으로 뛰어들며 버럭 외쳐 불렀다.

"선생님! 선생님! 무사하십니까?"

캄캄한 어둠 속, 침실 안은 쥐 죽은 듯이 조용할 뿐 아무 소리도 들리지 않았다. 장무기는 불길한 예감에 잔뜩 긴장한 채 어둠 속을 더듬어 탁자 위에 놓인 부싯돌을 찾아 촛불부터 밝혔다. 침상에는 이부자리가 걷혀 있을 뿐 호청우의 모습은 보이지 않았다.

본래 장무기는 호청우마저 그 여인의 독수에 걸려 죽임을 당했으리라고 지레짐작했다. 그래서 피투성이 시체가 방바닥에 널브러진 끔찍한 광경을 보게 될까 봐 두려웠다. 그런데 침실 안에 주인이 없는 것을 보자 다소 마음이 놓였다. 호청우가 당하지 않고 적에게 끌려가기만 했다면 당장 생명의 위협은 없으리라. 그는 다시 보이지 않는 적을 뒤쫓으려고 발길을 돌렸다.

바로 이때 침대 밑에서 씨근벌떡 거칠게 내쉬는 숨소리가 들렸다. 허리를 굽힌 장무기가 촛불로 비춰보았더니, 호청우가 팔다리를 결박당한 채 엎어져 있는 게 아닌가? 장무기는 반가운 마음에 황급히 촛불을 내려놓고 두 손으로 그를 끌어냈다. 꽁꽁 묶인 그의 입에는 큼지막한 호두 한 알이 틀어박혀 있었다.

장무기는 우선 입에 틀어박힌 호두알부터 끄집어낸 다음 서둘러 팔다리의 결박을 풀어주려 했다. 그러자 말문이 트인 호청우가 대뜸 물었다.

"너, 어떻게 알고 왔느냐?"

"어떤 낯모를 여자가 독을 타다가 발각되어 기효부 아주머니한테 붙잡혔습니다. 선생님은 어디 다치신 데 없습니까?"

"잠깐만!"

13. 그대가 내 담장을 넘었어도 후회하지 않으리니

결박을 풀려던 장무기의 손길을 호청우가 몸부림을 치며 피했다.

"이 밧줄은 풀지 말고 어서 빨리 그 여자를 이리 데려와다오. 어서 어서! 늦으면 큰일이야!"

"왜 그러세요?"

"잔소리 말고 어서 그 여자를 데려오라니까! 아니, 아니지. 우선 우황혈갈단牛黃血竭丹 세 알만 꺼내다 그 여자한테 먹이거라. 세 번째 서랍에 있으니, 어서 빨리!"

무기가 정신을 차릴 겨를도 없이 호청우는 불같이 재촉했다.

장무기는 우황혈갈단이란 게 어떤 약인지 잘 알고 있었다. 호청우가 이것을 조제할 때 얼마나 심혈을 기울이고 또 얼마나 많은 진귀한 약재를 배합했던가. 이것 한 알만 써도 어지간한 극독은 쉽게 풀릴 터였다. 그런데 지금 호청우는 그처럼 애지중지하던 영약을 한꺼번에 세 알씩이나 급히 먹이라고 했다. 그렇다면 그 정체불명의 여인이 삼킨 극독의 분량이 도대체 얼마나 된다는 얘기인가?

호청우의 기색을 보아하니 여간 다급하고 초조한 게 아니었다. 장무기는 그 기세에 눌려 감히 더 묻지 못하고 시키는 대로 우황혈갈단을 꺼내 부리나케 기효부의 초막으로 달려갔다.

"이거, 빨리 드시오! 어서!"

환약의 밀랍 껍질을 부스러뜨리고 내밀자, 여인은 냅다 욕설부터 퍼부었다.

"꺼져라, 이놈아! 누가 너더러 선심을 쓰라 했더냐?"

그러고 보니 중년 여인도 약물에 일가견이 있는지 우황혈갈단의 냄새를 맡고서 단번에 그것이 해독약인 줄 알아차린 모양이었다.

"호 선생님이 당신더러 먹으라고 주신 거예요!"

"저리 꺼져라, 이놈아! 썩 꺼지라니까!"

목소리는 날카로웠지만 앞서 기효부의 장력에 얻어맞아 다친 뒤끝이라 미약하기 짝이 없었다.

장무기는 호청우가 왜 이 귀한 영약을 여도적에게 먹이려 하는지 그 까닭을 알 턱이 없었다. 그저 여도적이 호청우를 결박했을 때 순간적으로 방심해서 거꾸로 호청우에게 극독이 발린 암기를 얻어맞고 중독되었으려니 짐작할 따름이었다. 아무튼 호청우가 이 여도적을 성한 몸으로 끌고 오라는 분부를 내렸으니 우선 목숨은 살려놓고 볼 일이었다. 그러고 나서 호청우가 문초해 적정敵情을 알아내든 말든 그건 나중 일이었다. 그는 여인의 입을 억지로 비틀어 열고 환약 세 알을 한꺼번에 털어 넣은 다음 도로 뱉어내지 못하게 했다.

알약이 목구멍 아래로 다 녹아내린 것을 확인하자, 그는 기효부를 돌아보며 말했다.

"아주머니, 우리 이 여자를 데려다 호 선생님에게 넘기죠. 그분이 어떻게 처분하실 모양입니다."

"음, 그렇게 하자!"

기효부는 여도적의 몸에 혈도를 몇 군데 찍어놓은 다음, 장무기와 둘이서 한 팔씩 나눠서 껴잡고 어깨걸이식으로 호청우의 침실까지 떠메고 갔다.

호청우는 여전히 결박당한 자세 그대로 방바닥에 누워 있다가 여도적이 들어오기 무섭게 장무기한테 물었다.

"약을 먹였느냐?"

13. 그대가 내 담장을 넘었어도 후회하지 않으리니

"예, 먹였습니다."

"그래, 잘했다, 잘했어!"

호청우는 안심이 되는지 흐뭇한 표정을 지었다. 그제야 장무기는 호청우의 결박을 풀어주었다. 손발이 자유로워지자 호청우는 즉시 여도적의 눈꺼풀을 뒤집어 그 안쪽의 혈색부터 살피더니 다시 팔목의 맥박을 짚어보고는 깜짝 놀랐다.

"당신…… 당신이 어쩌다가 외상을 입었소? 누가 때린 거요?"

말투 속에 놀라움과 당혹스러움, 안타까운 연민의 정이 가득 배어났다. 여도적이 입술을 비죽거리며 콧방귀를 뀌었다.

"흥! 당신의 그 잘난 제자 녀석한테 물어보시구려."

이 말을 듣고 호청우가 돌아서서 장무기에게 물었다.

"네가 때렸느냐?"

"저 여자가 기씨 아주머니를……."

장무기의 입에서 나머지 변명이 미처 다 나오기도 전에 호청우가 느닷없이 손바닥을 번쩍 들더니 장무기의 양쪽 뺨을 호되게 후려갈겼다.

"철썩, 철썩!"

손바닥 안팎으로 연거푸 후려친 따귀에는 엄청난 힘이 실려 있었다. 그는 방비할 엄두도 내지 않았거니와 미처 피할 겨를조차 없었다. 갑작스레 얻어맞은 장무기는 눈에서 별똥별이 번쩍번쩍 튀도록 큰 충격을 받아 하마터면 까무러칠 뻔했다.

"이게 무슨 짓이에요!"

기효부가 장검을 뽑아 들면서 호통을 쳤다.

그러나 호청우는 눈앞에 서슬 퍼런 칼끝이 번쩍거리는 것도 아랑곳

하지 않은 채 여도적을 향해 걱정스럽게 물었다.

"여보, 가슴에 느낌이 어떻소? 배가 아프지는 않소?"

자상하고도 은근하기 짝이 없는 태도, 평소 눈앞에서 사람이 죽어가도 외눈 하나 깜짝하지 않던 그의 매정한 모습과는 전혀 딴판이었다. 그러나 중년 여인은 본 척 만 척 얼음같이 싸늘하게 대할 따름이었다. 호청우의 손길이 갑작스레 바빠지기 시작했다. 막힌 혈도를 풀어주고 손발을 주무르더니 몇 가지 약물을 가져다 온 정성을 다 쏟아가며 조심스럽게 입에 넣어주었다. 응급치료가 끝나자, 그는 다시 여인을 안아서 자기 침상에 누이고 두툼한 솜이불을 끌어다 목덜미가 눌리지 않게 세심하게 덮어주기까지 했다. 이렇듯 따뜻하고 상냥스러운 손길, 알뜰살뜰 곰살궂은 태도를 보고 있으려니 무서운 강적을 대하는 태도 같은 것은 어느 구석에서도 찾아볼 수가 없었다.

장무기는 벌겋게 부풀어 오른 두 뺨을 어루만지면서 호청우가 하는 양을 멍하니 바라보았다. 아무리 생각해도 무슨 영문인지 알 수 없었다.

호청우의 얼굴에는 그저 애틋하고 사랑스러운 기색만 피어올랐다. 애정이 철철 흘러넘치는 눈길로 한참 동안 여인을 응시하더니 마침내 부드러운 투로 말을 건넸다.

"중독된 몸에 상처까지 입었구려. 내가 다 말끔히 치료해줄 테니 앞으로는 더 이상 내기 같은 건 하지 맙시다. 영원히……."

여인이 피식 웃으며 대꾸했다.

"이까짓 경상이 뭐 대단하다고! 내가 무슨 독약을 먹었는지 알기나 해요? 당신이 정말 내 독상을 완치시켜놓는다면 나도 깨끗이 승복하죠. 하지만 '의선'의 솜씨로 이 '녹선毒仙'의 수완을 따라삽을 수 있을까

13. 그대가 내 담장을 넘었어도 후회하지 않으리니

몰라."

말투에는 비웃음이 서렸으나, 얼굴 표정에는 애교가 넘쳤다.

장무기는 비록 남녀 간의 애정 문제를 잘 알지 못하지만 이들 두 사람이 사랑싸움으로 뒤얽혀 있다는 사실만큼은 눈치챌 수 있었다.

호청우의 목소리가 들려왔다.

"10년 전에 내가 말하지 않았소? 독선에 비하면 의선의 재간 따위는 아무것도 아니라고. 그런데 당신은 한사코 내 말을 믿지 않는구려. 아니, 아무리 내기가 좋기로서니 어쩌자고 자기 몸까지 망쳐가면서 승부를 겨룬단 말이오? 이번만큼은 내 진정으로 의선이 독선을 이겼으면 좋으련만. 그렇지 못할 때는 당신뿐만 아니라 나마저 죽어버릴 거요. 당신 없이 나 혼자 어떻게 살아가겠소?"

여인이 또 피식 웃었다.

"내가 만일 다른 사람을 중독시켜 보냈다면, 당신은 자기 능력이 나만 못한 것처럼 꾸미고 여전히 내게 양보했겠죠. 하하하! 그렇지만 이제는 내가 내 몸에 직접 독을 썼으니 당신도 있는 재주 없는 재주 다 털어 보이지 않을 수 없겠네요. 안 그래요? 자, 그럼 어서 재주껏 날 치료해보시구려."

호청우는 그녀의 머리칼을 빗질하듯 쓸어내리면서 한숨을 쉬었다.

"정말 걱정스러워 죽겠소. 제발 얘기 좀 그만하고 어서 눈이나 꼭 감고 운기 조식하구려. 당신이 만일 공력을 흩어놓고 몸속에 있는 독성을 퍼뜨리게 한다면 그건 공평한 내기가 아니오."

"승부야 벌써 가려진 셈 아닌가요? 진작 떳떳하게 패배를 인정했더라면 나도 이렇게까지는 안 했을 거예요."

말을 마치자 그녀는 입을 다물고 두 눈을 감았다. 입술 언저리에는 여전히 달콤한 미소가 흐르고 있었다.

두 사람이 대화를 나누는 동안 기효부와 장무기는 이게 도대체 무슨 영문인지 몰라 그저 멍청하니 서서 듣기만 했다. 이윽고 호청우가 돌아서더니 장무기 앞에 허리를 깊숙이 구부렸다.

"여보게, 내가 성급한 나머지 자네한테 손찌검을 했네. 여러모로 기분 상하게 한 점, 부디 용서해주기 바라네."

"전 도무지 영문을 모르겠습니다. 도대체 무슨 짓을 하고 계시는 겁니까?"

아직도 분이 풀리지 않은 장무기가 씨근대며 투덜거리자, 호청우가 느닷없이 손바닥을 번쩍 들더니 자기 뺨을 두 차례나 힘껏 후려갈겼다.

"자, 이러면 됐나? 여보게, 자네는 내 목숨을 구해준 대은인일세. 그걸 뻔히 알면서도 당장 내 아내가 상처 입은 걸 보고 걱정하던 끝에 그만 자네한테 손찌검을 했지 뭔가? 정말 미안하기 짝이 없네. 너무 섭섭하게 여기지 말게."

뜻하지 않은 고백에 장무기는 두 눈이 휘둥그레졌다.

"아니, 그럼…… 저분이 호 선생님의 부인이었단 말입니까?"

"그렇다네, 바로 내 아내일세. 아직도 분이 풀리지 않았거든 자네 손으로 내 따귀를 때려주게. 아니지, 그게 아니라 내가 자네 앞에 무릎 꿇고 엎드려 이마를 조아리지! 자네가 내 목숨을 구해준 것은 아무것도 아닐세. 하지만 아내의 목숨까지 구해주었으니 큰절을 받아 마땅하네!"

장무기의 놀라움은 갈수록 커졌다. 호청우가 어떤 사람인가? 평소 태도가 근엄하고 단정한 데다 성미까지 괴팍스러워 장무기는 이 매정한 스승을 대할 때마다 그저 경외심을 품고 얼마나 전전긍긍했는지 모른다. 그런 호청우가 이제 와서 제 손으로 자기 뺨을 때리고 어린 제자 앞에 큰절까지 올리겠다니 이게 보통 일이 아닌 것이다. 확실히 그 태도는 진정에서 우러나온 사과의 뜻이 분명했다. 더구나 여도적으로 몰아세운 여자가 스승의 부인이란 말을 들었으니 속에서 들끓어오르던 분노의 불길이 삽시간에 봄눈 녹듯 스러졌다.

"제자가 스승님께 따귀 한두 대쯤 맞은 거야 뭐 대단한 일이겠습니까. 전 아무렇지도 않습니다. 그런데 큰절까지 하신다니 당치도 않은 말씀이지요. 하지만 두 내외분이 어쩌다 이 지경이 되셨는지 영문을 모르겠습니다."

호청우는 한숨을 푹푹 내쉬며 두 사람에게 걸상을 가리켰다.

"자, 이리들 앉게. 오늘 어차피 이 지경으로 일이 벌어졌으니 구태여 숨길 것도 없겠네. 내 아내는 성이 왕씨王氏일세. 처녀 적 이름이 난고難姑였는데, 원래 나하고는 동문수학한 사형제 간일세."

호청우와 왕난고는 같은 사문師門에서 무예를 익힌 동기 동문이었다. 이들 두 사람은 무공 이외에도 각자 다른 학문을 연구했는데, 호청우는 의술을, 왕난고는 독술毒術을 전공했다.

왕난고가 무서운 독술을 선택한 이유는 이러했다.

사람이 무공을 익히는 목적은 살인을 하기 위해서다. 독술 또한 사람을 죽이는 데 쓰는 기술이다. 따라서 같은 살인 수단인 무술과 독술의 장단점을 서로 보완하면 살상 효과를 증대시킬 수 있다. 예컨대 독술에 정통한 사람의 무술 강도強度는 한두 갑절에 그치지 않고 수련 정도에 따라 몇 갑절씩 계속 극대화할 수 있게 된다. 하지만 의술로 말하자면 한낱 질병이나 고치고 사람의 목숨을 구하는 데 쓸 따름이다. 그러므로 무공을 배우는 목적과 전혀 상반되는 학술이니 배울 값어치가 없다는 것이다.

호청우는 사매 왕난고의 이런 주장에 탄복하고 충심으로 받아들였다. 그녀의 식견이 자기보다 훨씬 고명하다는 사실도 인정했다. 왕난고는 그를 사랑하는 만큼 자신의 독술 연구에 같이 끌어들이려고 별의별 수단 방법을 다 썼다. 그러나 호청우는 심성이 소박한 사람이라 자기가 하고 싶은 인술 분야를 포기하려 하지 않았다. 웬만한 일이면 그녀의 청을 다 들어주는 호청우였으나, 인명을 해치는 독술 연구만큼은 완강히 거절했다. 그렇다고 왕난고가 억지떼를 써서 끌어들일 처지도 못 되었다. 의술 연구를 계속하면서도 호청우의 마음속에는 항상 꺼림칙한 느낌을 지울 수가 없었다. 자신은 천성이 우둔하고 완고한 탓으로 사매의 권유를 받아들이지 못해 결국 그녀의 애틋한 사랑과 기대를 저버렸다는 자괴감에 시달렸던 것이다.

두 사람이 전공하는 연구 분야는 길이 완전히 달랐으나 주고받는 애정만큼은 남다르게 두터워, 마침내 스승이 중매를 들어 부부의 인연을 맺기에 이르렀다. 그리고 얼마 안 있어 강호에 이름을 떨치기 시작했다. 이들의 고명한 의술과 독술은 강호에 널리 알려져 무림계 사람들은 호청우를 '의선'으로, 왕난고를 '독선'으로 부르게 되었다. 그녀가 구사하는 독술은 날이 갈수록 신묘하고 복잡해져서 당세에 필적할 상대가 없었다. 속담에 '청출어람'이라더니, 마침내 스승의 실력까지 능

13. 그대가 내 담장을 넘었어도 후회하지 않으리니

가하기에 이르렀다. 사람을 죽이는 독을 연구하고 그 기술을 구사하는 자에게 '신선 선仙' 자를 붙인 것을 보면 그녀의 솜씨가 범속을 초월했다는 사실을 알 수 있으리라.

아무튼 호청우는 왕난고와 부부가 된 이후에도 꾸준히 의술에 몰두하면서 아내가 하는 일에는 참견하지 않았다. 세월이 지나면서 호청우의 의술도 아내의 독술만큼이나 신묘해져서 차츰 신의神醫의 경지에 접어들었다. 그런데 왕난고는 승부욕이 강한 여인이었다. 남편에 대한 깊은 애정은 변함없지만, 남편의 명성이 자기보다 높아지는 것은 도저히 견딜 수가 없었다. 그녀는 마침내 남편의 의술이 어느 정도인지 시험해볼 요량으로 이따금 만성 독약으로 다른 사람을 중독시켜 남편에게 보내곤 했다. 중독된 사람은 호청우를 찾아가서 치료를 간청했다. 마음 착한 호청우는 물론 중독 환자가 찾아올 때마다 어수룩하게도 일일이 완치시켜 보냈다. 아내의 심사를 몰라주고 온갖 실력을 다 발휘해 환자의 독을 풀어준 다음 의기양양하게 아내 앞에 자랑하기까지 했다. 그것이 사랑하는 아내에게 불충불의한 짓인 줄은 까맣게 모른 채.

왕난고는 남편의 이런 처사가 야속하고 슬그머니 약이 올랐다. 아무리 고명한 신술神術을 지녔기로서니 아내의 자존심을 이렇듯 무참하게 짓밟아놓을 수 있단 말인가! 그게 서운하고 분했다. 그녀는 드디어 남편이 완치시켜 보낸 환자들에게 독을 쓴 장본인이 바로 자기였다는 사실을 고백했다. 그리고 남편의 의술에 정식으로 도전했다.

호청우는 기절초풍했다. 가해자가 아내였다는 사실도 놀랍거니와 사람의 목숨을 걸고 부부가 실력을 겨루자는 말에 더욱 놀라지 않을 수 없었다. 그는 아내의 마음을 돌리려고 애를 썼다. 처음에는 온갖 말로 달래고 말렸으나 아내의 고집은 꺾을 수가 없었다. 자기 의술이 당신의 독술만 못하다며 일찌감치 항복했지만 그녀는 요지부동이었다. 입으로만 그럴 게 아니라 진짜 실력으로 겨루어 승부를 내야만 직성이 풀리겠다는 것이었다.

"자네도 생각해보게. 세상천지에 나처럼 인정머리 없는 배신자가 또 어디 있겠나? 그야말로 늑대, 이리보다 더 모질고 개만도 못한 남편이 아니겠는가? 아니 늑대나 개는 피와 살도 있고 성질도 있고 감정도 있는 동물이지만, 사랑하는 아내의 은덕을 원수로 갚은 나는 아예 짐승보다 못한 남편이었네. 배은망덕이야말로 이 세상에서 가장 몹쓸 행위가 아니고 뭔가? 독선의 손에 다친 사람을 의선이란 자가 여봐란 듯이 완치시켜 보냈으니, 사랑하는 아내의 본심에도 어긋날 뿐만 아니라 의선의 실력이 독선보다 월등하게 높다고 자랑한 꼴이 된 셈 아닌가?"

말끝마다 호청우는 후회막심한 기색으로 땅바닥이 꺼져라 탄식했다. 어처구니없는 사연을 들으면서 기효부와 장무기는 속으로 절레절레 고개를 내둘렀다. 세상천지에 이런 해괴망측한 부부가 어디 또 있단 말인가.

듣는 이의 생각이야 좋든 나쁘든 호청우의 푸념은 계속되었다.

속담에 "지렁이도 밟으면 꿈틀댄다"고 했던가. 아내의 고집과 등쌀에 견디다 못한 남편은 결국 그 도전을 받아들이고 말았다.

사실 왕난고는 이날 이때껏 남편에겐 온순하고 부드러운 여인이었다. 호청우의 인품을 누구보다 깊이 존경하고 사랑하는 착한 아내였다. 남편이 보기에도 그녀는 이 세상에 둘도 없이 아름답고 사랑스러운 아내였다. 그럼에도 두 사람의 어처구니없는 승부욕으로 말미암아 기상천외한 사태가 벌어진 것이다. 결국 아내는 사람에게 독을 먹여 환자로 만들어 보내고, 그 남편은 환자의 중독을 풀어주었다.

이래서 나비의 골짜기를 찾아드는 환자가 꼬리에 꼬리를 물고 줄을 이었다. 환자들의 중독 상태도 날이 갈수록 복잡 미묘하고 악랄해졌다. 심혈을 다 기울여 환자를 정성껏 치료해주던 호청우는 슬그머니 걱정되기 시작했다. 아내가 독을 쓰는 수법이 점점 교묘해지는 데다 그녀가 해쳐서 보내오는 사람들의 수가 엄청나게 늘어난 것이다. 당초에는 자기 실력도 시험해보고 천하제일의 명의라는 명성도 얻는 동시에 아내의 고집을 꺾어볼 심산으로 도전에 응했던 것인데, 상황은 나날이 악화하기만 했다. 물론 그 신묘한 의술로 아내의 독술을 풀어내기도 했고 당세 으뜸가는 신의의 명예도 얻었다. 그러나 아무 죄 없는 사람들이 극독에 당하고 찾아와 살려달라고 애걸하는 모습을 볼 때마다 자신이 무엇 때문에 의술을 배웠는지, 그리고 왜 이런 몹쓸 짓으로 아내와 팽팽히 대결해야 하는지 알 수가 없었다. 인술에 평생을 바치기로 맹세한 그의 양심이 발동하면서도 아내를 향한 애정을 저버릴 수 없어 심한 자책감과 갈등을 느끼기 시작했다.

속담에 "진흙으로 빚어 세운 꼭두각시라 해도 나름대로 흙의 본성은 남아 있는 법便是泥人 也該有點土性兒"이라더니, 마침내 호청우도 자신이 너무 잘못했다는 것을 깨닫고 스스로 독하게 다짐을 두기에 이르렀다. 아내가 독을 먹여 보내는 환자에게 절대로 의술을 베풀지 않겠노라고. 그렇게 해서 이 끝없는 악순환에 종지부를 찍고 아내의 자존심도 더는 건드리지 않을 작정이었다.

이때부터 호청우는 이를 악물고 중독 환자들을 치료해주지 않았다. 나비의 골짜기를 찾아온 환자들은 그에게 치료받지 못하고 골짜기에 쓰러져 앓다가 죽어가거나 폐인이 되었다. 세월이 쌓이고 해가 거듭되면서 호청우에게는 차츰 견사불구라는 별명이 따라붙고 강호에 널리 퍼지게 되었다.

그는 아내와의 약속을 굳게 지켰다. 왕난고 역시 남편이 굴복했다고 생각했는지 남편을 용서하고 더는 애꿎은 중독 환자를 보내지 않았다. 이렇듯 몇 년이 지났다. 호청우는 온갖 악명을 다 뒤집어쓰면서도 명교 신도 이외에는 병을 고쳐주지 않고 오로지 의술 연구에만 몰두했다.

그러던 어느 날, 호접곡에 환자 한 사람이 찾아왔다. 그는 견사불구 명의가 치료해주지 않는다는 소문을 아는지 모르는지, 무작정 호청우에게 살려달라고 애걸했다. 처음에는 거들떠보지도 않던 호청우는 곁눈으로 그 환자의 얼굴에 나타난 증세를 보고 깜짝 놀랐다. 난생처음 보는 이상야릇한 중독 증상, 실로 불가사의하고도 신비롭기 이를 데 없는 증상이었다. 그는 첫눈에 알아차렸다. 아내의 소행이 아니고는 이 세상에 아무리 재능과 지혜가 뛰어난 사람이라도 이렇듯 복잡 미묘한 독술을 구사하지는 못할 것이라고. 그는 속으로 찬탄을 금치 못한 나머지 아내와의 약속대로 수수방관하고 환자가 죽거나 말거나 문밖에 그냥 내버려두었다.

처음에 그는 이 환자가 문밖에 쓰러져 나뒹굴든 말든 상관하지 않

13. 그대가 내 담장을 넘었어도 후회하지 않으리니

았다. 그러나 그 병세가 너무나 기묘했다. 며칠이 지나자 호청우는 좀이 쑤시고 손이 근질거려 도저히 참을 수가 없었다. 그는 자신의 결심을 깨뜨리고 끝내 일을 저지르고야 말았다. 신묘한 솜씨를 다 동원해서 그 환자의 중독을 완치시킨 것이다.

호청우가 짐작하고 우려한 대로 그 환자 역시 왕난고가 독을 먹인 사람이었다. 새로운 독술을 개발한 그녀는 이 독술 효과를 시험해볼 생각으로 괜한 사람에게 문제의 극독을 먹였던 것이다. 새로 개발한 독술은 이론상으로는 전혀 치료 불가능한 수법이었다. 그녀가 환자를 남편에게 보낸 목적은 두 가지로, 하나는 남편이 지금까지 지켜온 맹세를 끝까지 지키는지를 마지막으로 한 번 더 시험해보고 싶었고, 또 한편으로는 자신이 심혈을 기울여 완성해낸 독술이 이 세상 어느 누구도 치료할 수 없는 완벽한 것인지 남편의 손에 맡겨 그 결과를 보고 싶었다. 그런데 호청우는 또다시 환자를 완치시켜놓았다. 전심전력을 다 기울인 노력이 남편의 신묘한 의술 앞에 물거품이 되어버린 것이다.

그녀는 일을 저지르고 당황해하는 남편과 말다툼을 벌이지도 않았고 포달을 부리지도 않았다. 그저 담담하게 이런 말을 던졌다.

"좋아요. 과연 접곡의선 어른의 의술은 신통력이 대단하시군요. 그렇다고 이 독선 왕난고가 무릎을 꿇었다고 생각하진 마세요. 오늘부터 우리 내기는 또 시작되었어요. 맹세고 뭐고 다 걷어치우고 이젠 결판을 내기로 합시다. 의선의 의술이 고명한가, 아니면 독선의 독술이 뛰어난가 어디 한번 두고 볼까요?"

호청우가 아무리 잘못했다고 싹싹 빌어도 그녀는 막무가내였다. 자기 몸에 혹독한 형벌을 가하고 때리고 벽을 들이받고 자책했으나 모두 소용없었다. 하다못해 송곳이나 칼로 제 몸을 찌르고 베어가며 참회의 뜻을 보였지만 그 역시 허사였다. 남편이 자기에게 눈곱만치도 애정이 없다는 생각으로 비참해진 그녀에게 독술과 의술의 대결은 결국 생사를 판가름 짓는 중대사가 되어버린 것이다.

그때부터 왕난고는 독술 연마에 박차를 가했다. 그리고 끊임없이 극렬한 독으로 환자를 만들어 남편에게 보냈다. 호청우 역시 온갖 지식과 경험을 다 동원해 아내와 겨루었다. 그러나 제아무리 신묘한 의술의 소유자라 하더라도 이따금 처방이나 진맥에 혼란을 일으키고 궁지에 빠질 때도 있었다. 또 한 가지, 그는 두 번 다시 아내의 성미를 돋우는 걸 바라지 않았다. 그래서 몇 번 치료해보다가 듣지 않으면 그냥 손을 떼고 성의를 보이지 않았다.

그런데 이렇듯 무성의한 남편의 태도가 오히려 왕난고의 성미에 부채질을 했다. 즉 호청우가 이제는 아예 독선의 솜씨를 얕잡아보고 무시해서 자기와 전심전력으로 겨루지 않고 고의적으로 양보한다고 오해하기에 이른 것이다. 성이 난 그녀는 홧김에 보따리를 싸더니 호접곡을 훌쩍 떠나버리고 말았다. 그리고 남편이 무슨 말을 해도 돌아오지 않았다.

그런 일이 있은 뒤로 호청우는 두 번 다시 경거망동을 하지 않았으나 환자의 질병을 고쳐주는 것이 그의 타고난 천성이라, 마치 고주망태 주정꾼이 술을 끊으면 금단증세를 일으키듯 중독이 되어버린 그 치료벽은 누가 뭐래도 끊을 길이 없었다. 어쩌다가 해괴한 질병에 걸린 사람이나 중독 환자와 맞닥뜨리게 되면 참지 못하고 손을 써서 치료해주는 것이 그의 천성이었다. 그러나 치료를 받은 환자들 가운데 그의 아내에게 다친 사람이 섞여 있을 줄이야 누가 생각이나 해보았 겠는가. 아내의 수완이 너무나 교묘해서 흔적을 드러내지 않았다는 사실을 호청우는 끝내 알아내지 못한 채 어수룩하게 환자를 보는 대로 치료해주곤 했다.

이렇게 되고 보니 부부간의 정리는 더욱더 큰 상처를 입게 되었던 것이다.

"허어, 참! 세상에 나 같은 바보 멍텅구리가 어디 또 있겠는가. 이 호청우는 이름을 '검정 소青牛'가 아니라 '멍텅구리 황소蠢牛'로 고쳐야 옳을 것일세. 난고 같은 여자가 나한테 시집와서 한평생 의탁하고 살게 된 것은 내가 전생을 몇 차례 윤회하며 도를 닦아 얻은 복덩어리인지 모를 판인데, 내 어쩌자고 이런 아내를 곰살궂게 돌보지도 아껴주지도 못하고 늘 성미를 북돋아 끝내 아득히 머나먼 하늘가를 정처 없이 떠돌아다니게 만들었으니, 그 풍상고초風霜苦楚가 얼마나 컸겠는가? 더구나 강호의 인심은 험악하고 간사한 데다 음험하고 악독한 무리들이 가는 곳마다 득시글거렸을 터인데, 외롭고 연약한 여자의 몸으로 그 모진 풍파를 겪게 하다니, 내 어찌 단 하루 한시인들 마음이 놓였겠는가 말일세!"

여기까지 푸념을 늘어놓았을 때 그의 얼굴에는 자신의 허물을 뉘우치고 후회하는 기색이 역력하게 드러나 있었다.

어처구니없는 사연을 들으면서 기효부는 침상에 누운 왕난고를 홀 끗 바라보았다. '외롭고 연약한 여자의 몸이라니……. 이 여인은 자타가 인정하는 독선이다. 그런데 누가 이 여자보다 더 지독할 수 있단 말인가? 이 여인이 사람을 몇 명이나마 덜 해친다면 그것만으로도 감지덕지할 터인데 어느 누가 간덩어리도 크게 이처럼 무시무시한 여인을 해치려 든단 말인가? 호청우, 이 사람은 자기 말대로 멍텅구리 황소가 틀림없다. 아내를 사랑하는 게 아니라 호랑이보다 더 무서워하다니 정말 사람 웃기는 노릇이로구나.'

호청우의 얘기가 계속되었다.

"그래서 나는 다시 굳게 맹세했다네. 명교 신도가 아니면 일체 치료해주지 않기로 말일세. 그래야만 무심결에라도 난고가 심혈을 기울여 만들어낸 걸작을 깨뜨리지 않을 테니까. 우리 부부는 모두 명교 신도일세. 그런 만큼 아내 역시 어떤 일이 있더라도 우리 명교의 형제자매들한테까지 독을 쓸 턱이 없거든."

기효부와 장무기가 서로 마주 보고 눈짓을 교환했다. 이 고집불통 의원이 명교 신도가 아니면 질병을 고쳐주지 않는 까닭이 바로 그 때문이었다는 사실을 깨달은 것이다.

"7년 전, 어느 노부부 한 쌍이 극심한 독물에 중독된 몸으로 이 호접곡에 찾아와 치료해달라고 간청했네. 그들 부부는 동해 바다 영사도靈蛇島라는 섬의 주인 금화파파金花婆婆와 은엽선생銀葉先生이었네."

금화파파라! 장무기와 기효부는 다시 한번 눈짓을 주고받았다. '황금 매화꽃의 주인' 노파가 바로 금화파파였음을 비로소 알아차린 것이다. 호청우는 이들의 얼굴빛이 달라지는 것도 모른 채 할 말을 이어나갔다.

13. 그대가 내 담장을 넘었어도 후회하지 않으리니

그들 부부는 호접곡에 당도했을 때만 하더라도 접곡의선 호청우를 무척 예의 바르게 대했다. 그러나 금화파파가 의도적이었는지 아니면 무심결이었는지 슬쩍 드러내 보인 무공 솜씨가 그만 호청우의 간담을 써늘하게 만들었다.

호청우는 속으로 두려움에 벌벌 떨면서도 예의 고집불통 기질을 꺾지 않았다. 이날 이때껏 아내를 떠나보낸 죄책감에 두 번 다시 같은 잘못을 저지르지 않겠노라고 맹세했는데, 아무리 겁이 난다고 또 환자를 치료해주어야 하다니 될 법이나 한 노릇인가? 그래서 호청우는 이들의 부탁을 거절하기로 마음먹었다. 하지만 맞대놓고 솔직하게 거절할 용기는 없어 우선 진맥부터 해주었다.

그는 두 사람의 맥박을 차례차례 짚어본 다음 이렇게 말했다.

"두 분의 맥리脈理로 보건대, 도주님과 노부인께선 연세가 높기는 하지만 맥상脈象은 장년이나 다를 바 없습니다. 정말 탁월한 내공을 지니셨군요. 노인장들께서 이렇듯 장년의 강한 맥상을 지니신 경우는 실로 후배가 평생 처음 보았습니다."

금화파파가 이 말을 듣고 고개를 끄덕이며 탄복했다.

"선생의 안목이 참으로 고명하시외다."

"두 내외분께선 중독 상태가 서로 다르십니다. 도주님의 중독에는 치료할 약이 없습니다만, 아직 몇 년 더 누리실 수명은 있습니다. 노부인의 중독 상태는 그리 깊은 것이 아니어서 그만한 내력을 지니셨다면 언젠가는 저절로 치유되실 겁니다."

이렇게 진단을 내려놓고 호청우는 궁금하던 것을 물었다.

"그런데 누가 두 내외분께 독을 썼습니까?"

금화파파는 무심코 바른대로 일러주었다.

"서역 출신의 어떤 라마승에게 당했다오. 몽골족 고관의 부하로 있는 놈이지요."

이 대답을 듣고 호청우는 속으로 안도의 한숨을 쉬었다. 이들 노부부의 독상이 아내 왕난고와 아무 상관이 없다는 것을 알아차렸기 때문이다.

사실 은엽선생의 중독을 호청우가 못 고칠 리는 없었다. 하지만 아내와의 약속을 지키겠다는 일념에서 '불치의 병'이라고 둘러댔던 것이다.

금화파파는 남편의 병을 고쳐달라고 통사정했다. 어디서 들었는지 호청우의 의술 솜씨를 익히 알고 있었다. 그녀는 꾀를 써서 남편의 중독 증세에 대응하는 치료법을 호청우로부터 유도해냈다. 자신도 모르게 은엽선생의 치료법을 입 밖에 내고 만 호청우는 더 이상 우길 수 없게 되자, 마침내 자기는 명교 신도가 아닌 외부 사람은 어느 누구도 치료하지 않겠다고 맹세한 몸이니 "두 내외분을 위해서 전례를 깨뜨릴 수 없노라"고 말해버렸다. 금화파파는 엄청난 보수를 약속하면서 그저 도주의 한 목숨만 살려달라고 간청했으나, 그는 부부지간의 정리를 고려해서 끝내 수수방관하고 돌보지 않았다.

호청우가 그토록 완강히 거부하자, 은엽선생은 더 이상 아무 말도 하지 않고 순순히 호접곡을 떠났다. 남편을 뒤따라 나가던 금화파파는 문턱을 넘어서면서 뒤돌아보고 차갑게 말을 던졌다.

"헤헤헤! 명교, 명교라. 그러고 보니 명교 신도만 치료해주는 의원이셨군! 두고 보시오, 호 선생! 내 남편이 죽는 날 다시 만나게 될 테니.

13. 그대가 내 담장을 넘었어도 후회하지 않으리니

그때까지 맹세한 걸 깨뜨리지 마시구려. 만약 그 맹세를 깨뜨리면 내 손에 죽을 줄 아시오!"

금화파파의 무서운 언질을 다시 입에 담으면서, 호청우는 얼굴빛이 암울해졌다.

"나도 물론 잘 알고 있네. 외부 사람의 중독이나 상처를 치료해주지 않은 탓으로 얼마나 숱하게 많은 원수를 맺었으며 또 얼마나 많은 적을 만들었는지. 그러나 우리 부부의 깊은 정리를 아무 상관도 없는 외부 사람들 때문에 다치게 할 수는 없었네. 어떤가, 내 말이 잘못되었는가?"

기효부와 장무기는 시무룩한 기색으로 대꾸가 없었다. 눈앞에서 사람이 죽어가도 외눈 하나 깜짝 않는 이 악질 명의의 주장을 그대로 받아들일 수가 없었던 것이다.

"그런데 얼마 전 집을 나갔던 아내가 부랴부랴 호접곡으로 돌아왔네. 은엽선생이 결국 독이 발작해 죽었다는 소식을 전해 듣고 알려주러 온 걸세. 예전에 그들 내외가 여기 왔을 때 아내도 금화파파가 내게 던져놓고 간 말을 들었던 터라 그 노파가 남편의 죽음을 앙갚음하러 호접곡으로 오는 중이라는 사실을 알아내 왔다네. 정말 큰일이 벌어진 거지. 아내는 나와 함께 그 무서운 강적을 막아낼 작정으로 집에 돌아왔는데, 막상 집 안에 외부 사람이 있는 걸 보고 우선 미약迷藥으로 잠재워놓고 상의하기 시작했네. 그 외부 사람이 누군지 알겠나?"

장무기는 그제야 정신이 번쩍 들었다. 어느 날 저녁인가 왕호고의 《차사난지》를 읽고 있다가 갑작스레 잠이 쏟아져 다음 날 오후가 되도록 하루 온종일 꼬박 잠이 들었던 일이 기억에 떠올랐다. 어쩐지 잠을 폭 자고 나서도 머리가 무겁고 개운치 않다 했더니, 병이 난 게 아니라 호 부인의 미약에 중독되었기 때문이었다. 그는 놀라움 속에서도 탄복을 금치 못했다. 과연 독선이란 별호에 어울리는 무서운 솜씨였다. 상대방도 모르게 감쪽같이 해치우는 솜씨야말로 경탄하지 않을 수 없었다.

"나는 아내가 갑작스레 돌아온 것을 보고 뛸 듯이 기뻤다네. 아내는 나더러 마마에 옮은 것처럼 꾸미고 외부 사람과 접촉을 끊으라고 권했네. 그리고 우리 둘이서 침실 안에 틀어박힌 채 금화파파를 상대할 방법을 곰곰이 궁리했다네. 어떻게 하면 이 골치 아픈 선배 기인을 따돌려 보낼 수 있을까 생각한 것일세. 하나 아무리 머리를 짜내도 신통한 방법이 떠오르지 않았네. 날짜는 하루하루 자꾸만 지나가고 침실 안은 꽉 막혀 숨도 못 쉴 지경이라 정말 죽을 노릇이었네. 삼십육계 줄행랑을 놓아봤자 금화파파처럼 뛰어난 무공을 지닌 고수의 손아귀에서 빠져나간다는 것은 꿈에도 생각지 못할 일이었네. 그런데 며칠 안되어 설공원, 간첩, 기 낭자 일행 열다섯 사람이 줄줄이 들이닥친 것일세."

호청우는 여기서 말을 끊고 숨 한 모금 돌리며 생각을 가다듬었다.

두 사람은 여전히 아무 말 없이 듣고만 있었다.

"나는 무기의 눈을 통해서 부상자들의 증세를 파악했네. 그리고 금화파파가 마음먹고 날 시험해보기 위해 보낸 희생자들이라는 사실을 알아챘네. 내가 7년 전에 다짐한 대로 명교 신도 이외에 다른 외부 사람의 상처나 질병을 고쳐줄 것인지 말 것인지 지켜보겠다는 속셈이었

13. 그대가 내 담장을 넘었어도 후회하지 않으리니

지. 과연 이들 열다섯 사람은 기괴하기 짝이 없는 병을 제각각 하나씩 지니고 있었네. 자네도 알다시피 나 호청우는 유별난 질병을 보면 고쳐주지 않고는 못 견디는 기벽奇癖이 있는 위인일세. 그런 괴질이나 상처를 보는 순간 내 솜씨를 시험해보지 않고는 배겨날 수가 없었네. 아마 그 고질병은 목숨과 바꾸라 해도 못 고칠 걸세. 더구나 그것도 한 가지 병이 아니라 열다섯 가지나 됐으니 내 마음이 어쨌겠나? 하지만 나 역시 금화파파의 속셈을 모를 리가 없었지. 만약 내가 어느 한 사람에게라도 손길을 뻗쳤다가는 당장 그 노파의 잔혹한 보복이 떨어질 것은 불 보듯 뻔한 일이었으니까. 아마도 그 보복은 열다섯 희생자가 겪는 고통보다 백배는 더 지독한 것일 걸세. 그래서 손이 근질거렸지만 끝내 모른 척했네. 무기가 내게 치료법을 물어왔을 때에야 비로소 처방을 일러주었지. 그러니 답답한 속이 좀 풀리더군. 하지만 그때 내 분명히 말해뒀네. 내가 치료법을 일러준 사람은 무당파 제자 장무기였다는 사실, 따라서 열다섯 환자를 치료해준 것은 무당파 제자 장무기이지 나 호청우가 아니라는 말일세. 결국 환자들의 상처가 낫게 된 것은 이 호청우와는 아무 상관도 없는 셈이지! 안 그런가?"

그런데 문제는 뜻밖에 다른 데서 또 일어났다. 호청우의 침실에 함께 은신해 있던 독선 왕난고가 다시 비뚤어진 생각을 하기 시작한 것이다.

장무기의 손을 빌려 열다섯 환자를 치료하는 호청우의 의술이 자못 신통한 효험을 보이자, 기분이 언짢아진 그녀는 다시 승부욕이 싹텄다. 그래서 날마다 밤만 되면 살그머니 침실에서 빠져나와 열다섯 사람의 음식과 약사발에 독을 타 넣기 시작했다. 그렇게 함으로써 그녀는 비록 집에 돌아오기는 했어도 남편 호청우와 내기를 계속하고 있다고 생각한 것이다. 더구나 그녀는 장무기가 열다섯 환자의 괴질을 완치시켜주기를 바라지 않았다. 이들이 완전히 나았다는 사실을 금화파파가 알게 되는 날이면 그 보복의 화살은 반드시 호청우에게 날아들 것이 분명했기 때문이다. 그녀는 남편에 대한 애정을 이런 식으로 나타낸 것이다.

그곳에 모여든 열다섯 환자는 하나같이 강호 무림계에서 이름깨나 떨치던 고수들이었다. 그런데 어떻게 왕난고가 밤마다 가까이 다가가서 독을 탔는데도 낌새조차 눈치채지 못했을까? 그것은 독선이 사전에 미약으로 환자들을 마취시켜놓았기 때문이었다. 그러고 나서 여유만만하게 한 사람 한 사람씩 증세를 짚어가며 기기묘묘한 독술을 썼던 것이다.

호청우의 설명이 여기까지 왔을 때, 기효부와 장무기는 서로 마주 보고 눈짓을 교환했다. 이제야 장무기가 초막에 들어갔을 때 기효부가 혼곤히 잠든 채 어깨머리를 힘껏 흔들어 붙이고 나서야 겨우 깨어났는지 그 이유를 알 수 있었던 것이다.

"요 며칠 동안 기 낭자의 병세가 급속도로 호전되는 것을 보고서 아내는 자신의 독술이 왜 효력을 나타내지 않는지 이상하게 여겼네. 그래서 유심히 살펴본 끝에 무기에게 자신의 비밀이 발각됐음을 알게 되었지. 그래서 무기마저 독살하기로 결심했네. 아, 참말 나는 어떻게 된 사람인지 모르겠네. 속담에 '강산은 쉽사리 바뀔지언정 인간의 본

성은 고치기 어렵다江山易改 本性難移,•고 했듯이, 나 호청우도 사랑하는
아내에게 끝내 충실치 못하고 아내의 뜻을 배신하고 말았네. 사실 내
본심도 처음에는 아예 모른 척 못 본 척하려고 했지만, 오늘 밤 무기가
건너와서 나더러 엄청난 화가 닥치기 전에 멀리 달아나라고 권유했을
때, 그 성실하고도 진지한 태도야말로 확실히 나를 자신의 피붙이처럼
여기고 있다는 것을 깨달았네. 나는 그만 마음이 약해지고 말았지. 그
래서 당귀니 생지니 원지니 방풍이니 독활이니 하는 아리송한 약방문
을 핑계 삼아 무기더러 이곳을 빨리 떠나라고 암시를 주고 말았네. 그
때 무기 자네는 못 보았겠지만, 아내도 그 침실에 있었기 때문에 사실
대로 터놓고 얘기해줄 수가 없었지."

그러나 총명한 왕난고 역시 눈치가 여간 빠르지 않은 데다 약재의
성분에 대해서도 정통한 여인이라 호청우가 약재 이름으로 암시를 주
었을 때 순간적으로 그 처방이 약리에 부합되지 않는다는 것을 눈치
챘다. 그리고 약재 이름을 머릿속에 늘어놓고 잠시 따져본 끝에 그 속
에 감춰진 암시의 뜻을 단번에 꿰뚫어보았다.

그녀는 당장 남편의 팔다리를 결박해놓고 그가 보는 앞에서 몇 가
지 독약을 꺼내 자기 입안에 쏟아 넣었다. 그것은 독선 왕난고가 심혈
을 기울여 정제한 극독 중 극독이었다.

그녀는 남편을 보고 이렇게 말했다.

• 이 말은 명나라 풍몽룡馮夢龍의 《삼언소설三言小說》 가운데 〈성세항언醒世恒言〉 제35권에 나오
  는 것으로, '강산이개 품성난이江山易改 稟性難移'에서 '품성'을 '본성'으로 고쳐 쓴 것이다. 〈원
  곡선元曲選〉 무명씨 작 《사금오謝金吾》 세 번째 마당에도 같은 대목이 나온다.

"여보, 내가 당신과 부부의 인연을 맺은 지 20여 년 동안 바다가 마르고 태산이 무너져 평지로 바뀐다 해도 당신에 대한 사랑은 변치 않았어요. 하지만 당신은 처음부터 끝까지 내 독술을 모욕하고 멸시해왔어요. 내가 무슨 독을 쓰든지 간에 당신은 기어코 내 중독 환자를 치료해서 살려내곤 했죠. 방금 보다시피 이번에는 나 자신이 극독을 먹었어요. 당신이 나를 구해낼 수만 있다면 내 진정으로 당신께 굴복하겠어요."

이 말을 듣고 혼비백산하도록 놀란 호청우는 고래고래 악을 써가며 애걸복걸 빌었다.

"아니야, 아냐! 내가 졌소! 졌으니까, 제발 그러지 말아요! 내가 이렇게 빌 테니까, 어서 빨리 해독약을 마셔요! 어서, 어서!"

남편이 몸부림치며 고래고래 악을 쓰자, 왕난고는 큼지막한 호두알을 하나 가져다 그 입을 꽉 틀어막았던 것이다.

"그다음 벌어진 일은 자네들도 다 알 것일세."

얘기를 다 끝낸 호청우가 절레절레 고개를 내저었다.

기막힌 사연을 들은 두 사람은 너무나 어처구니가 없어 그저 얼빠진 기색으로 멀뚱멀뚱 바라보기만 할 따름이었다. 그동안 골탕을 먹었다고 생각하니 부아가 치밀기도 하려니와 또 한편으로는 웃음이 나오기도 했다. 세상에! 이렇듯 기괴망측한 성미를 지닌 부부가 다 있다니, 이걸 누가 믿어준단 말인가? 아내에 대한 호청우의 지극한 사랑이 그 자신을 공처가로 만들었다는 것은 그런대로 이해할 수 있었다. 하지만 독선 왕난고란 여인은 어쩌자고 사사건건 자기 남편을 씩어 눌러 끝

13. 그대가 내 담장을 넘었어도 후회하지 않으리니

까지 굴복시키려 드는지 도대체 알다가도 모를 일이었다. 마지막에 가서는 자신의 몸에 무시무시한 극독까지 쏟아 넣으면서 말이다.

"생각 좀 해보게. 이제 나한테 무슨 방법이 있겠나? 내가 곧바로 손을 써서 아내의 중독을 완치시켜준다면 내 재주가 아내보다 월등하다는 게 증명될 테고, 그랬다간 아내는 한평생 패배감에 젖어 살아갈 것이 아닌가? 그렇다고 내가 치료해주지 않는 날이면 아내는 서천 극락세계로 떠나버릴 테고. 아아! 차라리 금화파파나 빨리 와서 단매에 날 때려죽였으면 좋으련만. 그럼 아내의 번민도 사라질 게 아닌가? 더구나 근년에 들어 아내가 독을 쓰는 수법이 크게 진전을 보았기 때문에 나로선 아예 무슨 독을 먹었는지조차 알아볼 길이 없네. 무슨 방법으로 아내의 목숨을 구해낼 것인지, 어디서부터 어떻게 얘기해야 좋을지 더더구나 모르겠네."

목소리가 이상하게 쩌렁쩌렁 울렸다. 일부러 침상에 누워 있는 아내더러 똑똑히 들으라는 것처럼 말이다.

장무기가 비로소 입을 열어 물었다.

"선생님의 신통한 의술로 설마하니 사모님께서 무슨 독을 드셨는지 알아내지 못할 리가 있겠습니까?"

"자네 사모님은 근년에 들어 독을 구사하는 수법이 출신입화의 경지에 들어섰네. 이번만큼은 나 역시 아무리 애를 써도 치료할 방법이 없겠네. 짐작건대 아내가 삼킨 것은 독충 세 종류, 독초 세 가지의 극독을 뽑아 배합한 것인 모양인데, 그 여섯 가지 독물을 어떤 비율로 섞었는지 아무리 생각해도 모르겠네."

입으로는 주절주절 푸념을 늘어놓으면서도 왼손 둘째 손가락으로 찻잔의 물을 찍어 탁자 위에 약방문 한 장을 써 내려갔다. 이때 왕난고는 몸뚱이를 모로 누인 채 얼굴이 벽을 향해 있는 터라 탁자 위의 손가락 글씨를 보지 못했다.

호청우는 이내 탁자에 쓰인 찻물 자국을 쓱싹 지워버리고 나서 손을 내저었다.

"자, 이제 바깥으로 나가보게. 아내가 죽으면 나도 혼자 살지는 않을 테니까."

"그래도 보중하셔야죠. 사모님을 한 번 더 달래보십시오."

"뭘 달랜단 말인가? 이게 모두 내 탓인데. 내가 죽일 놈이야. 죽어 마땅한 놈은 빨리 죽어야 해!"

호청우의 목소리에 어느덧 울음이 섞여 나왔다.

기효부와 장무기 두 사람은 더 이상 권하지 못하고 침실 밖으로 물러나왔다.

호청우는 홀로 남게 되자 무엇보다 먼저 손가락으로 아내의 등과 옆구리의 혈도를 찍은 다음 사뭇 애처로운 눈빛으로 굽어보았다.

"여보, 그대 남편이 지지리도 못나서 당신의 삼충 삼초三蟲三草의 극독을 풀어주지 못하는구려. 자, 이제 우리 사이좋게 황천길로 떠나 저승에서 부부가 되어 행복하게 삽시다."

이런 얘기를 건네면서 그의 손길은 아내의 품속을 더듬었다. 그러고는 이내 약봉지 몇 개를 꺼내 펼쳤다. 과연 짐작한 대로 세 종류 독충과 세 가지 독초를 구워 말려 가루로 만든 독약이었다.

왕난고가 무슨 낌새를 챘는지 버럭 고함을 질렀다.

"여보, 그거 먹으면 안 돼요!"

몸뚱이는 혈도를 찍혀 꼼짝달싹 못 하지만 말은 할 수 있었다.

그러나 호청우는 못 들은 척하고 오색찬란한 독가루를 한 봉지 한 봉지씩 입안에 툭툭 털어넣더니 침으로 녹여서 꿀꺽 삼켜버렸다.

왕난고는 대경실색 비명을 질러댔다.

"아이고, 맙소사! 어쩌자고 그걸 한꺼번에 다 먹는단 말이에요? 저걸 어쩌면 좋아? 그 독가루 분량이면 황소 세 마리도 죽어 자빠질 텐데."

"하하! 하하하!"

호청우가 아무것도 아니라는 듯이 껄껄대며 침대 머리맡 의자에 털썩 주저앉았다. 그러나 잠깐 사이에 배 속의 오장육부가 난도질을 당하듯 마구 쑤셔대기 시작했다. 그는 잘 알고 있었다. 제일 먼저 발작한 독이 오장육부를 끊는 단장초斷腸草, 그다음에는 나머지 다섯 종류의 극독이 차례차례 녹는 순서대로 발작할 터였다.

"여보! 여보! 그 여섯 가지 독을 해독할 수 있어요! 해독할 방법이 있으니까 어서 빨리 손을 쓰세요! 여보, 죽으면 안 돼! 나 혼자 못 살아! 아이고, 맙소사!"

다급해진 왕난고가 고래고래 악을 썼으나 몸을 움직일 수가 없었다. 그런데 눈앞에서 남편이 고통에 못 이겨 온몸을 와들와들 떨면서 죽어가고 있었다. 남편은 오장육부가 마디마디 끊겨나가는 아픔을 참느라 어금니를 뿌드득뿌드득 갈아붙이고 있었다.

"난 이제 글렀네. 해독약이…… 있다는 걸…… 난 못 믿겠어. 이제 난 끝장이야…… 으으으……."

"어서 빨리 우황혈갈단과 옥룡소합산玉龍蘇合散을 가져다 입에 털어넣으세요! 그다음에 다시 금침과 뜸질로……."

"그게 다 무슨 소용이 있겠소? 당신도 곧 죽을 텐데……."

"아냐, 아니에요! 내가 먹은 독약 분량은 얼마 안 돼요. 당신이 너무 많이 드셨어요! 어서 빨리 해약으로 독을 풀어요! 때가 늦으면 큰일 나요!"

아내는 펄펄 뛰다시피 악을 쓰는데, 남편은 좀처럼 손쓸 기미를 보이지 않았다.

"나는 전심전력으로 당신을…… 사랑하고…… 아껴왔소. 그런데도 당신은…… 승부욕이 강해…… 나를 이기려고 내기를 걸어왔소. 이제 난 살맛을 다 잃어버린 몸이오. 차라리 죽는 게 백번 낫지……. 어이구, 아야! 아얏, 아얏!"

호청우의 신음과 비명은 거짓으로 꾸며낸 것이 아니었다. 벌써 지네와 독거미, 살모사의 극독이 심장과 허파로 나뉘어 스며들기 시작했다. 호청우는 점차 정신이 흐려지더니 마침내 인사불성이 되어 방바닥에 쓰러지고 말았다. 눈앞에서 남편이 죽어가는 모습을 보자 왕난고는 목을 놓아 대성통곡했다.

"여보, 여보! 날 좀 봐요! 모두 내 잘못이에요! 죽으면 안 돼! 여보, 두 번 다시 당신과 내기하지 않겠어요! 아이고, 여보……! 아이고, 사람 살려요!"

이들 부부는 수십 년 동안 그 빌어먹을 자존심과 승부욕 때문에 그칠 새 없이 기 싸움을 벌여왔지만, 그래도 부부간의 애정만큼은 남 못지않게 깊고 두터웠다. 왕난고는 자신이 죽는 것쯤은 두려울 게 없지만 눈앞에서 사랑하는 남편이 독을 먹고 자결하는 꼴은 차마 볼 수가 없었다. 그녀는 마냥 목 놓아 울었다. 혈도를 찍혀 손가락 하나 까딱하지 못하니 제아무리 신통한 해독 방법을 안다 할지라도 소용없는 일이었다.

문밖에 멀찌감치 서성거리고 있던 장무기가 왕난고의 울부짖는 소리를 듣고 깜짝 놀라 뛰어 들어왔다.

"사모님, 어찌 된 일입니까?"

장무기를 보자 그녀는 지옥에서 부처님이라도 만난 듯 반색을 하며 외쳤다.

"저 사람이 극독을 먹었어!"

"그럼 어떻게 해야 구할 수 있습니까?"

"어서, 어서…… 이분께 우황혈갈단하고 옥룡소합산을 한꺼번에 먹여! 그리고 금침으로 용천혈湧泉穴, 구미혈鳩尾穴을……."

바로 그때였다.

초가집 문밖에서 돌연 "콜록, 콜록!" 하는 기침 소리가 들려왔다. 고요한 밤중에 울려온 기침 소리가 유별나게 또렷또렷했다.

뒤미처 기효부가 침실 안으로 뛰어들었다. 얼굴빛이 종잇장보다 더 창백했다.

"금화파파야! 금화파파……."

입에서 두 마디가 미처 다 떨어지기도 전에 침실 안쪽에 걸쳐놓은 휘장이 바람도 없는데 저절로 펄럭였다. 그러더니 등이 활처럼 구부정하게 휜 노파 하나가 열두어 살쯤 들어 보이는 소녀를 데리고 벌써 침실 한복판에 서 있었다. 물어보나마나 황금 매화꽃의 주인 금화파파였다.

"이 사람이 어찌 된 일인가?"

방바닥에 쓰러져 있는 호청우를 보고 금화파파가 흠칫 놀라 물었다.

호청우는 두 손으로 아랫배를 감싸 안은 채 버둥거리고 있었다. 얼굴빛은 시커멓게 질리고 당장에라도 숨이 넘어갈 듯 헐떡거리는 몰골이 되살아나기는 아예 글러 보였다.

곁의 사람이 미처 대꾸하기도 전에 호청우가 부들부들 떨던 두 다리를 쭉 뻗더니 이내 조용해지면서 숨결이 멎어버렸다.

"아이고, 여보! 어쩌자고 제 손으로 독을 먹고 이렇게 가버린단 말이오? 여보, 여보! 내 목숨줄인 당신이 왜 먼저 가는 거요?"

왕난고가 목을 놓아 대성통곡을 했다. 결국 그 울부짖음이 금화파파의 질문에 대답을 해준 셈이었다.

금화파파가 이번에 영사도를 떠나 중원 땅을 밟은 것은 두 가지 일을 처리하기 위해서였다. 하나는 자기 남편을 죽게 한 라마승을 찾아 복수하는 일이요, 다른 하나는 중독된 남편의 치료를 거절한 호청우에게 앙갚음을 하기 위해서였다. 첫 번째 목표인 라마승은 아무리 수소문해도 찾을 길이 없어 일단 접어두고 호청우를 찾아온 것인데, 하필이면 이 원수마저 음독하고 죽어가는 꼴을 보았으니 그만 맥이 탁 풀렸다.

금화파파 역시 독술에 일가견을 지닌 전문가라, 이들 부부의 얼굴빛만 슬쩍 보아도 절망적이라는 것을 한눈에 알아보았다. 이 정도로 중독 상태가 깊으면 구해낼 약이 없었다. 그녀는 호청우 부부가 자신의 보복이 두려워 자결하기에 이르렀다고 판단했다. 그녀는 보일 듯 말 듯 고개를 주억거렸다. '됐다, 됐어! 이쯤 되면 경위야 어쨌거나 원수 하나는 갚은 셈 아닌가?'

"업보로구나, 업보야!"

금화파파는 장탄식을 하더니 어린 소녀의 손을 잡고서 침실 바깥으로 나갔다.

"콜록, 콜록! 콜록!"

초가집 문을 나서는가 싶더니, 어느새 기침 소리가 수십 장 바깥에서 아련히 들려왔다. 실로 불가사의할 정도로 빠른 신법이었다.

노파가 방문을 나서는 순간, 장무기는 황급히 달려들어 호청우의 가슴부터 더듬었다. 천만다행이랄까 심장박동은 미약하게나마 뛰고 있었다. 그는 부리나케 우황혈갈단과 옥룡소합산의 밀랍 껍질을 부스러뜨린 다음 두 가지 알약을 섞어 호청우의 입을 열고 조심스럽게 흘려 넣었다. 그러고는 다시 금침을 꺼내 용천혈과 구미혈에 한 대씩 꽂았다.

심장부와 허파로 스며들던 독기가 흩어지면서 맥박이 강해졌다. 끊겼던 숨결도 다시 이어졌는지, 코앞에 갖다 댄 거울 면에 김이 서리기 시작했다. 장무기는 다시 똑같은 방법으로 왕난고의 독상에 손을 댔다. 반 시진이 넘도록 바쁘게 손을 쓰고 나서야 호청우는 천천히 깨어나기 시작했다. 이것을 본 왕난고는 기뻐서 미친 듯이 환호성을 질렀다.

"살았다, 살았어! 이봐, 어린 친구! 자네가 우리 두 목숨을 구해주었구나! 자네 덕분에 우리가 살았어. 하하! 하하하!"

이어서 그녀는 약방문을 한 장 써서 동자에게 내주었다. 두 사람의 극독을 몰아내려고 약을 달여 오라는 것이었다.

사실 왕난고는 독선이란 명성은 얻고 있었지만 해독 방법에 대해서는 그리 정통하지 못했다. 장무기는 그녀가 써준 처방대로 해보았자 독성을 말끔히 몰아낼 수 없다는 것을 즉시 알아차렸다. 그는 앞서 호청우가 손가락으로 찻물을 찍어 탁자에 써 보인 약방문대로 약재를 바꿔서 동자 녀석더러 약을 달여 오게 했다. 물론 왕난고가 눈치채지 못하게 했다.

"그 노파가 호 선생님이 돌아가신 줄 알고 가버렸으니, 이제 말썽거리는 없겠군요. 걱정 하나 크게 덜었습니다."

장무기가 안도의 한숨을 내리쉬면서 혼잣말처럼 중얼거렸다. 귀신같이 훌쩍 나타났다가 연기처럼 훌쩍 사라져간 모습을 생각하니 지금도 등골이 오싹하고 식은땀이 났다.

"아니야. 사람들이 그러는데 그 노파는 행동거지가 여간 신중하지 않다고 했어. 오늘은 그냥 돌아갔지만 틀림없이 훗날 우리 부부의 죽음을 확인하려고 돌아올 거야. 우린 이제 곧 여길 떠나야 하네. 어린 친구, 부탁 하나 들어주겠나? 우리가 이 골짜기를 떠나거든 여기다 가짜 무덤을 두 개만 만들어 비석에 우리 부부의 이름을 새겨주게."

"예, 알겠습니다."

장무기는 왕난고의 부탁에 선선히 응낙했다.

이윽고 동자 녀석이 탕약을 달여 왔다. 호청우와 왕난고 부부는 해독약을 마시고 체내의 독성을 풀어냈다. 그리고 집안일을 대충 수습한 다음 몇 가지 필요한 물품만 추려서 짐 보따리를 꾸렸다. 그동안 약시중을 들던 두 동자 녀석에게는 은화 열 냥씩 주어 고향 집으로 돌려보냈다.

의선과 독선 부부는 나귀가 끄는 마차 한 대를 타고 그날 밤중으로

13. 그대가 내 담장을 넘었어도 후회하지 않으리니

어둠을 틈타 떠나갔다. 장무기는 나비의 골짜기 어귀까지 그들을 배웅했다.

장무기와 호청우는 이상한 인연으로 맺어져 한 지붕 아래 2년 동안 함께 기거하면서 사제지간도 아니요, 의원과 환자 사이도 아닌 어정쩡한 관계를 유지해왔다. 그러나 어떻게 보면 이 중년의 호청우와 열네 살짜리 소년 장무기의 관계는 스승과 제자 사이라기보다는 차라리 나이를 초월한 망년지교忘年之交를 맺은 친구 사이라 해도 좋았다. 그만큼 의기 상통하고 정이 들 대로 들어 서로 아끼고 존경하며 가르쳐주고 배우는 기쁨을 나눠온 것이다.

이제 그들은 기약 없이 헤어져야 했다. 골짜기 어귀에서 두 사람은 손을 맞잡은 채 놓을 줄 몰랐다. 왕난고의 성화 같은 독촉을 거듭 받고서야 그들은 마지못해 손을 풀었다.

호청우는 보따리에서 필사본으로 된 책 한 권을 꺼내 무기 소년의 손에 쥐여주었다.

"무기야, 내 평생 심혈을 기울여 연구한 의술의 요체가 모두 이 한 권에 수록되어 있다. 오늘날까지 혼자 비밀로 하고 네게 보여주지 않았지만, 이제 헤어지는 마당이니 너한테 선물로 주겠다. 네 몸속의 현명신장 음독을 끝내 풀어주지 못하고 떠나다니 참말 미안하기 짝이 없다만, 이것을 열심히 정독하고 연구한다면 한독을 몰아낼 방법을 찾을 수 있을 거다. 그럼 우리가 다시 만날 날이 있겠지."

"고맙습니다, 선생님!"

장무기는 깊이 사례하고 의서를 받았다. 왕난고도 작별 인사를 건넸다.

"너는 우리 부부의 목숨을 구해주었고 또 우리 둘 사이를 화해시켜주었다. 고맙구나. 나 역시 평생을 바쳐 수련한 '독선'의 비결을 전해주고 싶다만, 내가 익힌 것이라곤 하나같이 독을 써서 남을 해치는 수법뿐이라, 네가 배워봐야 아무짝에도 쓸모가 없겠다. 어서어서 몸이나 회복해 내가 훗날 좋은 것으로 보답할 수 있게 되기를 바랄 따름이다."

두 사람을 태운 마차가 보이지 않을 때까지 그 자리에 서 있던 장무기는 쓸쓸하고 울적한 심사로 무거운 발길을 돌렸다.

이튿날 아침, 의선 호청우가 살던 초가집 뒤뜰에는 조촐한 무덤 두 개가 세워졌다. 장무기는 나비의 골짜기 아랫마을로 내려가 비석 두 개를 새겨가지고 돌아왔다.

접곡의선 호 선생 청우의 묘
호씨 부인 왕난고의 묘

초가집 문밖 여기저기 움막을 짓고 들어앉아 치료를 받던 설공원과 간첩 등 무림인 환자들도 호청우 내외가 간밤에 비명횡사를 당한 줄 알고 애석해마지않았다. 그의 병이 그토록 중했다는 얘기가 거짓말이 아니었다는 것을 비로소 인정한 것이다.

독선 왕난고가 떠나버린 이상 이들 열다섯 환자의 음식이나 약사발에 독을 타 넣을 사람은 없었다. 그들은 계속 장무기에게서 치료를 받고 나날이 병세가 호전되었다.

그로부터 열흘이 못 되어 치유가 된 사람들은 하나둘씩 이 어린 의원에게 고맙다는 인사를 남기고 나비의 골짜기를 떠나갔다.

13. 그대가 내 담장을 넘었어도 후회하지 않으리니

마지막으로 남은 이는 기효부 모녀뿐이었다. 이들은 오갈 데 없는 처지라 계속해서 나비의 골짜기에 눌러앉은 채 장무기와 벗 삼아 며칠 동안 더 기거했다.

그 며칠 동안 장무기는 온 정신을 집중해 호청우가 넘겨준 의서를 탐독했다. 책 내용은 과연 심오하고도 해박해서 의선의 걸작으로서 부끄러움이 없었다. 불과 여드레 아흐레 만에 이 방대한 의서를 독파하고 났을 때 그의 의술은 아주 커다란 진전을 보았다. 하지만 제 몸속에 골고루 퍼진 음독 하나만큼은 어떻게 풀어내야 할지 도무지 그 실마리를 잡을 수가 없었다. 그 후에도 몇 차례나 통독을 거듭하면서 주의 깊게 살폈으나 마침내 희망을 버리고 말았다. 사실 그랬다. 호 선생이 현명신장의 치료법을 알고 있었다면 진작 한독을 풀어주었을 것이다. 그분 자신도 모르는 것을 어떻게 책에 기록해둘 리 있겠는가?

생각이 여기에 미치자, 그의 머릿속은 순식간에 온통 절망과 낙담으로 가득 찼다. 그는 책장을 덮어두고 초당 바깥으로 걸어 나왔다. 빈 무덤 두 개를 하염없이 바라보고 있으려니 공연히 착잡한 생각이 들었다. '이제 1년이 못 돼서 나도 저런 무덤 속에 누워 잠자는 신세가 되겠구나. 그럼 내 비석에는 뭐라고 새겨달라고 하지?'

"콜록…… 콜록! 콜록……!"

넋을 놓고 무덤을 바라보고 있는데 등 뒤에서 귀에 익은 기침 소리가 들려왔다. 깜짝 놀라 뒤돌아보니, 어느새 다가왔는지 금화파파가 예쁘장하게 생긴 소녀를 데리고 20~30척 바깥에 구부정하니 서 있었다.

"얘야, 넌 호청우와 어떤 사이냐? 어째서 땅이 꺼져라 한숨을 내리쉬고 서 있는 거냐?"

장무기는 이제 이 노파를 두려워할 까닭이 없었다. 호청우 부부도 없거니와 자기 목숨도 얼마 남지 않았다고 생각하니 도리어 마음이 평온했다.

"저는 현명신장의 음독에 맞아서……."

말끝이 미처 다 떨어지기도 전에 금화파파가 눈 깜짝할 사이에 다가들더니 장무기의 손목을 덥석 움켰다. 그러고는 잠시 맥을 짚어보고선 사뭇 의아한 표정을 지었다.

"현명신장이라? 세상에 아직도 그런 무공이 남아 있다니……. 그래, 어떤 자가 널 때렸느냐?"

"모르겠습니다. 어떤 몽골군 병사 차림을 한 남자였는데, 누군지는 알아내지 못했습니다. 그래서 호 선생님께 치료해달라고 찾아왔지만 제가 명교 신도가 아니라고 해서 끝끝내 고쳐주지 않았습니다. 이제 그분도 독을 마시고 돌아가셨으니 제 병을 고쳐볼 마지막 희망도 사라진 셈이지요. 그래서 저도 모르게 슬퍼 한숨을 쉬고 있던 참이었어요."

금화파파는 그의 생김새를 요모조모 유심히 뜯어보았다. 보면 볼수록 귀엽고 준수하게 생긴 아이가 불치병에 걸리다니. 그녀는 절레절레 고개를 내저었다.

"쯧쯧, 애석한 일이로군! 정말 아깝구나……."

금화파파의 탄식을 듣고 있던 장무기는 불현듯 가슴속에 몇 마디 구절이 용솟음치듯 떠올랐다.

13. 그대가 내 담장을 넘었어도 후회하지 않으리니

삶과 죽음의 길고 짧음을 어찌 사람이 억지로 추구할 수 있으랴?

삶에 대한 애착이 그래도 미망迷妄이 아님을 내 어찌 알 것이며,

죽기를 겁내는 마음이 어릴 적 고향 떠나 타향살이하며 장성해서도 고향에 돌아갈 줄 모르는 것과 같음을 내 어찌 알랴?

죽고 나서도 자신이 살아생전 삶에 연연했음을 후회하지 않게 될지 내어찌 알랴?•

生死修短豈能强求

予惡乎知悅生之非惑邪

予惡乎知惡死之非弱喪而不知歸者邪

予惡乎知夫死者不悔其始之蘄生乎

　장삼봉은 도교를 신봉했다. 그 일곱 제자도 비록 도사는 아니지만, 도가에서 떠받드는 경전으로 장자의 《남화경南華經》 하나만큼은 모두 곤죽이 되도록 읽고 또 읽어 달달 외우고 있었다. 장무기가 빙화도에서 다섯 살이 되었을 때부터 아버지 장취산은 어린 아들에게 글자를 가르치고 공부를 시켰는데, 책이 없는 터라 그저 땅바닥에 글씨를 써가며 《장자》 한 권을 모조리 외우게 했다.

　금화파파가 자기더러 불쌍하다고 탄식하자 장무기는 저도 모르게 그때 배운 대목이 입에서 흘러나왔다.

　"삶과 죽음의 길고 짧음을 어찌 사람이 억지로 추구할 수 있으랴? 삶에 대한 애착이 그래도 미망이 아님을 내 어찌 알 것이며, 죽기를 겁

• 《장자莊子》 내편 제2권 〈제물론齊物論〉, 구작瞿鵲 선생과 장격長梧 선생의 대화에서 인용한 것이다.

내는 마음이 어릴 적 고향 떠나 타향살이하며 장성해서도 고향에 돌아갈 줄 모르는 것과 같음을 내 어찌 알랴? 죽고 나서도 자신이 살아생전 삶에 연연했음을 후회하지 않게 될지 내 어찌 알랴?"

장자가 말한 본뜻은 분명했다. 인간이 살아 있다고 해서 꼭 즐거운 것은 아니며 죽는다고 해서 반드시 고통스러운 것만은 아니다. 삶과 죽음에는 사실 아무런 구별이 없다. 삶이란 어쩌면 한바탕 기나긴 봄 꿈에 지나지 않을 수도 있고 죽음은 그 꿈에서 깨어나는 것인지도 모른다. 어쩌면 죽고 나서야 삶에 대한 애착이 얼마나 어리석은 것이었으며, 왜 좀 더 일찍 죽지 못했는지 깨닫게 될지도 모른다. 그것은 마치 아주 슬프고도 무서운 악몽을 꾸다 깨어난 뒤 그 악몽이 너무 길었다고 후회하는 것이나 다름없다.

장무기는 나이 어린 소년이라 이런 삶과 죽음의 참된 이치에 대해서는 알지 못했다. 그러나 지난 4년여 세월 동안 생사의 변두리를 수도 없이 넘나들며 목숨을 부지해온 덕분에 장자의 말 속에 내포된 의미를 어느 정도 체험으로 터득할 수 있게 되었다. 사실 그는 애당초 장자의 이런 말을 믿지 않았다. 하지만 자신이 이 세상에 살아 있을 날이 손가락 꼽을 정도밖에 남지 않았다고 생각하니 살아생전에 목숨을 부지하려고 몸부림친 것이 후회되고, 죽은 뒤에 또 다른 아름다운 세계를 동경하게 된 것은 자연스러운 일이었다.

"그게 무슨 뜻으로 하는 말이냐?"

금화파파가 물었다.

"《장자》란 책에 나오는 말입니다. 제 아버님이 가르쳐주셨습니다."

"흐음, 장자 얘기라⋯⋯?"

13. 그대가 내 담장을 넘었어도 후회하지 않으리니

장무기가 설명하는 동안 그녀는 멍한 표정으로 그저 듣고만 있었다. 그리고 이 몇 마디 속에서 문득 세상을 떠난 남편을 떠올렸다. 몇십 년간 부부로 지내오면서 얼마나 서로 존경과 사랑을 나눠왔던가! 이제 유명幽冥을 달리하고 보니 다시 만날 기약도 없다. 정말 이승에서의 삶이 타향에서 떠돌아다니는 것이라면 죽은 뒤 저승에 돌아갈 고향이 따로 있단 말인가? 그렇다면 원수의 손에 독상을 입고 끝내 죽은 것도, 호청우가 치료를 거부한 것도 모두 그리 나쁜 일이 아닐 수도 있단 말인가? 고향이라…… 고향……! 정말 저승인 고향에 돌아가서도 속세인 이곳 타향에서만큼 즐겁게 보낼 수 있을까?

금화파파 곁에 있는 어린 아가씨는 장무기의 말뜻을 전혀 알아듣지 못했다. 또 할머니가 왜 이런 얘기를 듣고 넋을 잃은 사람처럼 먼 하늘만 쳐다보고 있는지 알 수가 없었다. 그저 또랑또랑한 눈망울로 할머니와 장무기의 얼굴만 번갈아 살펴볼 따름이었다.

끝내 금화파파의 입에서 탄식이 흘러나왔다.

"이승과 저승, 타향과 고향, 모든 것이 아득하기만 한 거야. 아무도 알 수 없지. 죽음이란 두려워할 것은 아니라지만 이 세상 어느 누구에게도 죽음은 찾아오는 법. 그걸 피해서 달아날 수야 없는 노릇이지. 하루살이 인생, 하루가 주어지면 그만큼 더 살아가면 되는 것 아니겠나?"

장무기는 일전에 기효부를 비롯한 열다섯 사람이 금화파파에게 당한 끔찍한 상처를 보았다. 또 호청우 내외가 도망칠 엄두를 낼 만큼 이 노파는 한마디로 공포의 대상이었다. 그래서 지금까지도 장무기의 머릿속에 금화파파란 인물은 잔혹하고 포악하기 짝이 없는 악인의 모습으로 새겨져 있었다. 그러나 이제 다시 보니 그동안 자신의 생각이 크게 잘못되었다고 느꼈다.

호청우 부부가 도망치던 그날 밤, 희부연 등잔 불빛 아래 아주 잠시 대면했기 때문에 똑똑히 보진 못했으나 이제 아침 햇볕 아래 다시 보는 금화파파의 인상은 한마디로 아주 온화하고 자상한 할머니 모습이었다. 비록 얼굴의 근육은 딱딱하게 굳어져 닭살처럼 쭈글쭈글한 주름살투성이라 도대체 기뻐하는지 노여워하는지 감정의 표현을 전혀 알수 없었으나, 속이 들여다보일 정도로 해맑고도 또렷한 눈빛 하나만큼은 다정다감한 젊은 처녀의 그것처럼 서글서글하면서도 부드러웠고 친근하게 느껴졌다.

"얘야, 네 부친의 존함은 어찌 되시느냐?"

금화파파가 다시 물었다.

"제 아버님의 성은 장씨, 함자는 취산입니다. 무당파 문하 제자셨지요."

솔직히 대답하면서도 장무기는 아버지가 칼을 물고 자결한 사실만큼은 일부러 드러내지 않았다.

이 말에 금화파파는 깜짝 놀라면서 의아한 기색을 지었다.

"호오! 그러고 보니 네가 무당파 장 오협의 아들이었구나. 그렇다면 그 악당이 현명신장으로 네게 상처를 입힌 것도 금모사왕 사손과 도룡도의 행방을 추궁하기 위해서였는가?"

"그렇습니다. 그자는 저한테 온갖 혹독한 고문을 가했지만, 저는 한사코 입을 열지 않았습니다."

"그럼 확실히 알고 있다는 얘기로군. 안 그러냐?"

"예, 금모사왕은 제 양부이십니다. 그렇기 때문에 저는 그분의 행방

13. 그대가 내 담장을 넘었어도 후회하지 않으리니

에 대해서는 절대로 입을 열지 않을 겁니다."

말끝이 미처 다 떨어지기도 전에 금화파파의 왼손이 번뜩 움직이는가 싶더니 어느새 장무기의 양손을 손바닥 안에 거머쥐었다. 얼마나 세게 움켰는지 관절의 뼈마디가 "우두둑!" 소리를 내고 정신이 아찔해질 정도로 통증이 치밀어 올랐다. 이어서 뼛속이 시릴 만큼 차디찬 한기가 양손에서 팔목을 거쳐 가슴까지 꿰뚫듯 찔러들었다. 현명신장의 음산하고도 차가운 독기와는 분명 다른 기운이었으나 참을 수 없는 고통이기는 마찬가지였다.

어금니를 악물고 비지땀을 흘려가며 아픔을 참는 소년을 금화파파가 무표정한 기색으로 물끄러미 굽어보았다.

"얘야, 착하지? 사손이 어디 있는지 얘기해주렴. 그럼 이 할멈이 네 한독을 말끔히 고쳐주고, 이 세상에서 아무도 상대하지 못할 천하무적의 무공까지 가르쳐주마. 어떠냐?"

장무기는 고통에 겨워 눈물을 철철 흘렸다. 그러면서도 이 몹쓸 노파에게 지지 않으려고 머리를 바짝 치켜든 채 버럭 악을 썼다.

"내 부모님은 목숨까지 버려가면서도 양부의 행방을 누설하지 않으셨어! 금화파파, 할멈이 보기에 내가 부모님의 뜻을 배반할 사람처럼 보여? 어림 반 푼어치도 없는 수작이지!"

"좋아, 아주 똑똑한 아이로군! 그래, 네 아버지는 어디 있지? 여기에는 안 계시지 않느냐?"

금화파파는 미소를 지으면서도 슬그머니 내공을 일으켜 손바닥에 쏟아부었다. 손아귀가 마치 강철 테두리처럼 오그라들면서 소년의 두 손을 바싹 죄었다. 장무기의 입에서 고함 소리가 바락바락 터져 나왔다. 비명이 아니라 욕설이었다.

"이 귀신같은 할망구야! 내 귓속에다 수은을 부어보렴. 아니, 내 입에다 강철 바늘도 쑤셔넣어보고 거머리도 먹여보지 그래? 4년 전에도 그 악당의 모진 고문을 견뎌낸 몸이야! 지금 이만치 더 자랐는데 그때보다 못할 줄 알아?"

"하하! 하하하!"

금화파파가 껄껄대며 웃음보를 터뜨렸다.

"그래도 요 녀석이 제법 어른 흉내를 내는구먼! 어린애가 아니라고? 하하하! 으하하하!"

그녀가 웃으면서 손아귀를 풀어놓았다. 얼른 굽어보았더니 붙잡혔던 두 손목이 열 손가락 끄트머리까지 시커멓게 멍들어 있었다. 노파 곁에 서 있던 어린 아가씨가 그에게 눈짓을 보냈다.

"어서 빨리 할머니한테 '살려주셔서 고맙습니다!' 하고 인사를 해야지!"

장무기는 콧방귀로 그 말을 무시했다.

"흥! 고맙다고 인사하라니, 뭐가 고맙다는 거야? 차라리 날 죽여보라지. 그럼 이렇게 고통받으면서 살기보다 더 편안할 거다!"

"너, 정말 남의 말을 안 듣는 애로구나. 그럼 나도 몰라!"

어린 아가씨는 이맛살을 찌푸리면서 뾰로통하니 돌아섰다. 그러면서도 곁눈질로 핼금핼금 장무기의 동정을 살폈다.

금화파파는 두 아이의 대화를 들으면서 빙그레하니 웃음 지었다.

"아리야, 네가 섬에서 동무 하나 없이 혼자 지내느라 무척 심심했겠구나. 우리 요 녀석을 잡아다가 네 시중이나 들게 하자꾸나. 어떠

냐? 당나귀 고집이라서 너무 뻗대고 말을 잘 듣지 않을까 모르겠다
만⋯⋯."

할머니의 제안에 아리 阿離라고 불린 소녀는 손뼉 쳐가며 기뻐했다.

"아이고 좋아라! 우리 이 아일 잡아가요. 말을 듣지 않고 고집부리
거든 할머니가 따끔하게 혼내주시면 되잖아요?"

장무기가 두 사람의 얘기를 가만 듣고 보니 보통 큰일이 아니구나
싶었다. 금화파파가 이 자리에서 죽여준다면 어차피 얼마 못 가서 죽
을 목숨이니 그뿐이겠지만, 이대로 영사도인지 뭔지 하는 섬으로 끌려
가는 날이면 죽고 싶어도 죽지 못하고 살고 싶어도 살지 못한 채 이들
두 여자의 손에 시달려가며 온갖 곤욕을 다 치러야 할 게 아닌가? 그
거야말로 죽기보다 더 못 견딜 노릇이었다.

당황해서 어쩔 줄 모르는 장무기에게 금화파파가 고개를 끄덕이며
손짓을 보냈다.

"이리 오너라. 나하고 같이 가자꾸나. 우선 어떤 사람을 하나 찾아서
일을 마무리 짓는 대로 우리와 함께 영사도로 돌아가자꾸나."

"싫어요, 이 나쁜 사람들! 내가 왜 당신을 따라가요?"

앙탈을 부리는 소년에게 금화파파가 자애로운 미소를 지어 보였다.

"애야, 우리 영사도엔 없는 것이 없단다. 먹을 것, 입을 것, 가지고 놀
장난감. 아마 넌 그런 것들은 한 번도 본 적이 없을 거야. 그러니 얌전
히 이 할멈을 따라가자꾸나."

말끝이 다 떨어지기도 전에 장무기는 후딱 돌아서기가 무섭게 냅다
뛰어 달아나려 했다. 그러나 한두 걸음을 내딛기도 전에 금화파파가
그 앞을 떡 가로막았다.

"애야, 넌 도망칠 수 없단다. 얌전히 날 따라오려무나."

장무기는 이를 악물고 노파를 향해 있는 힘껏 일장을 내질렀다. 그러자 금화파파는 슬쩍 몸을 뒤틀어 피하더니 일장을 내지른 무기의 손바닥에 숨 한 모금을 훅 불었다.

"어이쿠, 아얏!"

장무기가 비명을 지르며 펄쩍 뛰었다. 앞서 금화파파의 손아귀에 붙잡혀 시커멓게 멍든 손바닥이 그 숨결에 닿는 순간, 마치 상처 난 곳을 예리한 칼끝으로 다시 베인 것처럼 저릿저릿하게 쑤셔와 견딜 수가 없었던 것이다.

이때였다.

"무기 오빠, 무슨 놀이를 하는 거야? 나도 같이 해!"

어린 계집아이의 목소리가 들리더니 언제 나타났는지 양불회가 앞마당을 가로질러 깡충깡충 뛰어오고 있었다. 뒤따라 숲속에서 기효부도 걸어 나왔다. 이들 모녀는 조반을 마치고 장무기가 의서를 읽는 동안 방해하지 않으려고 들판과 골짜기를 산책하다 이제 막 돌아오는 길이었다. 기효부는 장무기와 승강이를 벌이고 있는 금화파파를 발견하고 안색이 새하얗게 질렸다. 그래도 억지로 용기를 내어 큰 소리로 물었다.

"금화파파! 그 어린것을 왜 못살게 구는 겁니까?"

아무리 태연한 척하려 해도 목소리는 저절로 떨려 나왔다.

금화파파는 그녀를 뚫어질 듯 노려보더니 싸느랗게 웃으면서 손짓해 불렀다.

"네가 아직도 죽지 않았구나. 이 늙은 것이 하는 일에 너 따위가 웬

227

참견이냐? 잔소리 말고 이리 가까이 오려무나. 어떻게 해서 오늘날까지 죽지 않고 살아 있는지 좀 봐야겠다."

기효부는 무학세가武學世家 출신이요, 명문 아미파의 제자였다. 그런 만치 담력도 세고 배짱도 있었지만 목숨보다 더 소중한 딸 양불회가 함께 있으니 섣불리 위험을 무릅쓸 수 없었다. 그녀는 딸아이의 손을 부여잡고 한 걸음 뒤로 물러서면서 나지막하게 장무기를 불렀다.

"무기야, 이쪽으로 와. 어서!"

장무기가 막 그쪽으로 달려가려는 순간, 아리라고 불린 소녀가 잽싸게 손바닥을 뒤집더니 그의 아래 팔뚝 삼양락三陽絡 혈도를 덥석 움켜잡았다.

"거기 서! 너 무기라고 했지? 성은 장씨고. 그러니까 장무기로구나! 안 그래?"

느닷없이 팔뚝 삼양락을 잡히는 바람에 장무기는 그 즉시 상반신이 찌르르하고 마비되더니 맥이 쭉 빠져 꼼짝달싹도 못 했다. 그는 놀라움보다 어린것에게 혈도를 제압당한 것이 화가 나서 견딜 수가 없었다.

"이 손 놓지 못해? 어서 날 놓아달란 말이야! 에잇, 참!"

이때 어디선가 느닷없이 여인의 음성이 들려왔다.

"효부야, 못난 것! 저쪽에서 오라는데 왜 안 가는 거냐?"

맑고도 카랑카랑한 목소리. 기효부는 그 음성을 듣는 순간 당장 놀라움과 반가움이 한꺼번에 치밀어 올랐다.

"사부님!"

후딱 뒤돌아섰으나 아무도 보이지 않았다. 정신을 가다듬고 다시 한번 시력을 모아 두리번거렸을 때에야 멀리서 천천히 걸어오는 세 사람의 모습을 발견했다. 선두에 선 이는 잿빛 승복을 걸친 비구니, 바로 아미파의 장문인이며 기효부의 스승인 멸절사태였다. 그 뒤에 바짝 따라붙은 것은 두 제자, 하나는 기효부의 사저 정민군이요, 다른 하나는 사매 패금의貝錦儀였다.

금화파파가 말없이 고개를 주억거렸다. 얼굴 모습도 보이지 않을 만큼 멀리 떨어진 곳에서 한마디 던진 목소리가 지척지간에 있는 사람이 나지막하게 속삭이듯 또렷이 들리다니, 그야말로 내공의 깊이가 대단했다.

아미파 장문인 멸절사태의 명성을 강호 무림계 인물치고 모르는 자가 없었다. 하지만 여간해서 아미산 금정봉에서 내려오는 일이 없었기 때문에 그녀의 얼굴을 마주 대한 사람 역시 그리 많지 않았다.

금화파파는 경계 어린 눈길로 이제 막 초가집 안마당으로 들어서는 멸절사태의 모습을 계속 주시했다. 마흔네댓쯤 들어 보이면서도 중년의 나이답지 않게 용모는 사뭇 아름다운 축에 들었으나, 양 눈썹꼬리가 좌우 아래로 축 늘어진 것이 흠이었다. 그 눈썹꼬리 때문에 금방이라도 울음을 터뜨릴 듯한 표정이 어딘가 모르게 연극 무대에서 목매달아 죽은 귀신 역할의 조역 배우 같은 분위기를 자아냈다.

기효부가 휑하니 그 앞으로 달려가 무릎을 꿇고 이마를 조아렸다.

"사부님, 그간 평안하셨는지요?"

"네가 속을 썩였지만 아직껏 죽지는 않았다."

대꾸하는 스승의 말투에 가시가 돋쳤다.

기효부는 송구스러움을 이기지 못해 감히 일어설 엄두가 나지 않았

13. 그대가 내 담장을 넘었어도 후회하지 않으리니

다. 스승의 등 뒤에서 정민군이 들릴락 말락 코웃음을 쳤다. 보나마나 이 몹쓸 사저가 스승의 귀에 갖은 소리를 다 지껄였을 터였다. 그것을 생각하니 기효부는 등골에 식은땀이 흘렀다.

꿇어 엎드린 머리 위에 스승의 목소리가 차갑게 울렸다.

"저 노파께서 너더러 뭐랬느냐? 네가 오늘날까지 어떻게 죽지 않고 살아 있는지 보자고 하지 않더냐? 어서 가서 보여주려무나."

"예……."

스승의 추상같은 분부를 무슨 수로 거역하랴. 다소곳이 몸을 일으킨 기효부는 돌아서서 휘적휘적 금화파파의 면전으로 다가섰다. 그러고는 목청을 돋우어 낭랑하게 대답했다.

"금화파파, 사부님도 오셨으니 행패는 그만 부리시죠!"

"콜록, 콜록!"

금화파파가 그 말에는 대꾸도 하지 않고 두어 번 기침을 하더니 멸절사태를 노려보면서 고개를 끄덕였다.

"흐음, 그대가 아미파의 장문이시군! 내 당신 제자에게 손찌검을 좀 했는데, 어쩌시겠소?"

"잘하셨소이다. 손찌검을 하고 싶거든 어디 마음대로 해보시지요. 그 아이를 때려죽인다 해도 난 상관하지 않을 테니 어서 손찌검을 하시죠."

멸절사태의 대꾸에 서리가 맺혔다.

"사부님……!"

기효부는 칼로 가슴을 저며내듯 마음이 아팠다. 이내 뜨거운 눈물이 마구 흘러내렸다. 스승은 늘 자기 잘못을 감싸주었다. 제자들의 잘못은 시비를 분명히 가려 엄하게 벌주던 그녀였지만 유독 기효부에게 는 억지를 부려서라도 끝까지 역성들고 감싸주던 스승이었다. 그런데 이제 스승의 차가운 말투 속에 자기를 제자로 인정하지 않겠다는 의 사가 분명하게 담겨 있지 않은가? 기효부는 설움이 복받쳐 그 자리에 털썩 엎어지고 말았다.

"헤헤헤……!"

금화파파의 코웃음 치는 소리가 들렸다.

"내가 아미파와 원수진 일도 없는데, 무엇 하러 또 손찌검을 하겠 소? 한 차례 혼내주었으니 그걸로 족하오. 아리야, 우리 이만 떠나자 꾸나!"

금화파파는 말을 끝내고 슬금슬금 돌아섰다. 이때 앙칼진 목소리가 그녀의 발걸음을 붙잡았다.

"잠깐! 당신이 우리 사부님께 무례를 저질렀는데 사죄 한마디 없이 그냥 가려고?"

정민군이 불쑥 금화파파의 앞길을 가로막고 나서더니 위협적으로 칼집에서 장검을 절반쯤 뽑아 보였다. 그녀는 금화파파의 내력이 어떤 지 알 턱도 없거니와 그 명성을 들어본 적도 없었다. 그저 병색이 완연 한 늙다리 할망구가 자기 스승을 함부로 불손하게 대하고 그냥 훌쩍 떠나려 하니 괘씸해서 한번 혼뜨검을 내줄 생각이었다.

"흐흠, 그따위 녹슨 고철 가지고 날 위협하려고?"

금화파파가 빙긋 웃더니 손가락 두 개를 불쑥 내밀어 정민군의 칼 집을 슬쩍 집었다 놓았다. 약이 바짝 오른 정민군이 나머지 칼날을 마 저 뽑으려 했다. 그런데 어찌 된 노릇인지 이미 설반쯤이나 뽑혀 있던 장검이 마치 칼집에 달라붙은 것처럼 더는 빠져나오지 않았다. 깜짝 놀란 그녀가 더 힘을 주어 당겼으나 여전히 칼날은 움직이지 않았다.

"그것 봐, 녹슨 고철이라고 했잖아!"

노파 곁에서 아리가 깔깔대며 비웃었다.

정민군은 칼날을 이리 비틀고 저리 당기면서 잡아 빼려 했으나 역시 허사였다. 일단 상대방 앞에서 병기를 뽑아 드는 자세만 취해도 그것은 공격하겠다는 의사표시로 간주된다. 따라서 상대방에게도 공격을 허용하는 셈이 되고 만 것이다. 그 점을 빤히 아는 터라 정민군은 마음이 말도 못 하게 다급했다. '이거, 사부님 보는 앞에서 무슨 추태란 말이냐? 이놈의 칼이 어째서 갑자기 말을 듣지 않는 거야?' 그녀는 얼굴이 시뻘겋다 못해 하얗게 질리고 말았다. 손바닥과 겨드랑이, 이마에서 땀방울이 배어나왔다.

금화파파는 잠자코 그녀가 허둥대는 꼴을 보고만 있었다. 방금 두 손가락으로 쥐는 듯 마는 듯 슬쩍 잡았다 놓는 순간, 이미 금화파파의 내공이 손가락을 통해 그녀의 칼집을 움푹 찌그러지게 만들었다. 그 찌그러진 칼집이 칼날을 물고 놓지 않은 것인데, 정민군은 그걸 까맣게 모른 채 결국 금화파파의 내공과 씨름하는 격이 되고 말았다.

그 꼴을 보다 못한 멸절사태가 앞으로 성큼 나섰다. 그러고는 세 손가락 사이에 정민군의 칼집을 끼고 가볍게 흔들자, 칼집이 당장 두 토막으로 찢겨나갔다. 비로소 칼집을 벗어난 장검의 날이 햇볕 아래 싸늘한 빛을 쏟아냈다.

"이 칼이 무슨 이름난 보검은 아니지만 그렇다고 녹슨 고철도 아니지! 금화파파, 당신은 영사도에 가만히 들어앉아 청복淸福이나 누릴 것이지, 무슨 일을 저지르려고 중원 땅을 밟으셨소?"

금화파파는 속으로 찔끔 놀랐다. '손가락 셋만 가지고 칼집을 간단히 찢어 발기는 솜씨야말로 어지간한 공력 가지곤 어림도 없는 일 아닌가? 강호에 이 비구니의 명성이 높다 했더니 과연 무공 실력 하나만큼은 제대로 갖추었구나!' 하지만 겉으로는 내색을 않고 실눈을 가느다랗게 뜬 채 미소를 지었다.

"내 영감이 죽고 나니 섬에서 혼자 살기가 적적합니다. 그래서 어디 마음에 드는 떠돌이 중 녀석이나 도사가 있으면 하나 데려다 마음 붙이고 함께 살까 해서 이렇게 나왔지!"

그녀가 일부러 '떠돌이 중 녀석, 도사'를 들먹인 것은 멸절사태의 신분이 비구니인 만큼 그녀가 사방 천지를 싸돌아다니며 재미나 보고 다니는 게 아니냐는 비아냥거림이 다분히 섞인 것이었다.

아니나 다를까, 멸절사태의 축 처진 눈썹꼬리가 한결 더 늘어지더니 손아귀에 들린 장검을 하늘로 치켜세웠다.

"내게 도전하시겠다, 그 말씀이군! 좋소, 어서 병기를 뽑으시오!"

목이 쉰 듯 나지막하게 호통치는 소리가 입에서 흘러나왔다.

일순, 정민군이나 기효부 같은 제자들은 긴장했다. 아미파에 입문해 스승을 따른 이래 여태껏 멸절사태가 남과 무공을 겨룬 것을 한 번도 본 적이 없었기 때문이다. 더구나 기효부는 금화파파의 괴이한 무공을 익히 아는 터라 은근히 스승의 안위가 걱정스럽기까지 했다.

한쪽에선 장무기와 아리가 여전히 승강이를 벌이고 있었다. 팔목 급소를 붙잡힌 장무기는 갈수록 상반신이 마비되자 악을 고래고래 쓰며 몸부림쳤다.

13. 그대가 내 담장을 넘었어도 후회하지 않으리니

"빨리 놓지 못해? 정말 안 놓을 거야? 이 계집애가 왜 자꾸 날 못살게 구는 거야?"

아리는 곁에서 기효부가 눈을 흘기며 참견할 낌새를 보이자 슬그머니 겁이 났다. 이대로 풀어주지 않았다가는 손찌검을 당할 게 분명했다. 그녀는 손아귀를 바깥쪽으로 힘껏 뿌리치면서 결국은 장무기의 팔뚝을 풀어주었다.

"자, 놓아줬다! 어쩔 테야? 네가 도망칠 수 있나 어디 볼까?"

금화파파는 멸절사태가 장검에 공력을 집중시키는 것을 눈치채고 담담하게 웃었다.

"옛날 아미파를 세우신 곽 여협께선 검법으로 명성이 천하에 자자했다던데, 그 뒤로 2대 3대 제자들에게까지 전해지면서 고명하기 짝이 없는 검법의 정수가 몇 할이나 남아 있는지 모르겠구려."

"단지 1할 정도만 남았더라도 사마외도의 무리를 휩쓸어버리기에는 넉넉할 거외다."

멸절사태의 입에서 기분 나쁠 만큼 음산한 대꾸가 흘러나왔다.

금화파파는 두 눈으로 상대방의 수중에 들린 장검 끝을 응시한 채 단 한순간도 깜빡거리지 않았다. 그러더니 급작스레 지팡이 삼아 짚고 다니던 괴장拐杖을 번쩍 치켜들기가 무섭게 질풍같이 상대방의 칼날을 찍어갔다. 그러자 멸절사태의 장검이 기다렸다는 듯이 부르르 떨면서 노파의 어깻죽지를 찔러 들어갔다.

"콜록, 콜록!"

금화파파는 기침을 하며 지팡이를 휩쓸어 쳤다. 멸절사태의 몸이 움직이는 대로 일검이 뒤따르면서 번개 벼락 치듯 상대방의 뒤로 우회하더니 보법이 미처 안정되기도 전에 검초가 먼저 들이닥쳤다. 하지만 금화파파는 돌아설 기미도 보이지 않은 채 괴장을 홀떡 뒤집어 이른바 '변수反手'로 그녀의 칼날을 향해 찍어갔다.

3~4초를 교환하고 났을 때 두 사람은 저마다 상대방의 솜씨에 속으로 혀를 내둘렀다. 하나 그것도 잠시뿐, 뒤미처 "땅!" 하는 소리와 함께 멸절사태의 장검이 두 동강 나고 말았다. 장검과 지팡이가 맞부딪치는 순간, 강철의 칼날이 지팡이의 타격에 견디지 못하고 부러져 나간 것이다.

"아앗!"

아리를 제외한 방관자들이 모두 깜짝 놀라 저도 모르게 외마디 소리를 질렀다. 그들은 금화파파의 손아귀에 잡힌 지팡이를 새삼스레 살펴보았다. 그러나 아무리 보아도 강철이나 무쇠 같지도 않고 잿빛에 누른빛이 뒤섞여 그저 거무튀튀한 것이 눈길을 끌 만한 구석은 하나도 없었다. 물론 그녀의 깊고도 두터운 공력에 바탕을 둔 힘줄기 덕분이긴 하더라도 의외로 날카로운 강철 칼을 짓찧어 부러뜨렸으니 놀랄 수밖에 없었다.

하지만 멸절사태는 자신의 병기가 두 동강 난 원인이 금화파파의 공력에 있는 게 아니라, 순전히 그 지팡이의 예리하고도 강한 재질에 있음을 꿰뚫어보았다. 단지 몇 초 겨루는 사이에 노파의 내공이 자기보다 한 수 아래라는 사실을 느낄 수 있었다.

멸절사태가 짐작한 대로 그 괴상한 지팡이는 영사도 근방 해저에서만 나오는 특산물 산호금珊瑚金이란 물질로 만든 것이었다. 이 물질은 몇 가지 금속이 뒤섞인 해저암 광석에 산호가 뿌리를 내려 뒤섞이고 깊은 바닷속에서 수천수만 년 동안 굳어져 화석이 된 물질이었다. 그렇기 때문에 보통 쇠붙이나 암석 따위가 이 산호금과 맞부딪쳤다가는 두부 썰리듯 쪼개지고 깨질 수밖에 없었다.

상대방의 장검을 보기 좋게 부러뜨린 후, 금화파파는 괴상한 지팡이로 땅바닥을 짚은 채 몇 번 기침하면서 가슴을 쓸어내릴 뿐 더는 압박해 들어가지 않았다. 그 순간 기효부와 정민군, 패금의가 한꺼번에 스승의 곁으로 우르르 몰려가 호위했다. 혹시라도 스승이 부상당했을까 봐 무척 걱정하는 표정이었다.

그 틈에 아리가 손바닥을 홀떡 뒤채더니 또다시 장무기의 맥문을 덥석 움켜잡고 깔깔 웃었다.

"내가 뭐랬어, 도망가지 못한다고 그랬지?"

한창 어른들의 싸움에 정신이 팔려 있던 장무기는 또 손목을 움켜잡히자 홧김에 소녀를 걷어찼다. 그러나 소녀가 손아귀에 힘을 주는 순간 상반신의 맥이 탁 풀리면서 올려 차던 발길질이 중간에 딱 멈춘 채 더는 올라가지 않았다. 두 번씩이나 어린 계집아이에게 골탕을 먹고 움쭉달싹도 못 하게 된 장무기는 부끄러움과 분노가 머리끝까지 치밀었다.

"이 손 놓지 못하겠어?"

"못 놓겠다! 어쩔래?"

"에잇!"

별안간 장무기가 머리를 수그리더니 깔깔대며 웃는 아리의 손등을 덥석 물어뜯었다.

"아얏!"

극심한 아픔에 놀란 아리가 외마디 비명을 지르면서 엉겁결에 손을 풀었다. 그러나 다음 순간, 왼손 다섯 손가락이 벌써 장무기의 얼굴을 할퀴고 있었다. 흠칫 놀란 장무기가 뒷걸음질해 피하려 했지만 이미 때는 늦었다. 가운뎃손가락 손톱이 살갗으로 파고들면서 오른쪽 얼굴에 기다랗게 핏자국을 냈다. 아리의 손잔등 역시 얼마나 세게 물렸는지 잇자국을 따라 피와 살이 뒤엉켰다. 약이 오를 대로 오른 소년의 이빨에 물렸으니 얼마나 고통이 심하랴. 아리는 아픔을 견디지 못하고 금방이라도 울음보를 터뜨릴 듯 울먹거렸다.

두 아이가 한 곁에서 싸우는데도 금화파파는 아는지 모르는지 본 척도 하지 않았다.

멸절사태는 부러진 반 토막짜리 장검을 툭 내던졌다.

"이건 내 제자의 병기였으니, 이따위 칼로 고명하신 분의 일격을 감당할 수는 없겠지!"

그러고는 등에 짊어졌던 보따리를 끄르더니 다른 장검을 한 자루 꺼내 들었다. 칼날의 길이만도 어림잡아 넉 자나 되는 고색창연한 장검이었다.

금화파파의 눈길이 흘끗 그 칼을 바라보았다. 칼날이 뽑혀 나오지도 않았는데 칼집에서 서슬 푸른 기운이 은은히 배어나오는 것이 범상한 칼은 아닌 듯 보였다. 좀 더 자세히 바라보았더니 칼집 윗부분 장식에 금실로 아로새긴 두 글자가 눈길을 잡아끌었다.

의천倚天

13. 그대가 내 담장을 넘었어도 후회하지 않으리니

"아, 의천검……!"

그녀의 입에서 외마디 탄성이 나오다 뚝 그쳤다.

멸절사태는 고개를 끄덕였다.

"그렇소. 이것이 의천검이오!"

상대방이 대꾸하는 소리를 귓결에 들으면서 금화파파의 머릿속에
는 강호 무림계에 전해 내리던 여섯 마디가 번개같이 스쳐 지나갔다.

무림의 지존은 도룡보도라, 천하를 호령하니 감히 따르지 않을 자 없도다.

의천검이 나타나지 않는다면 그 누가 예봉을 다투랴?

"그러고 보니 의천검은 아미파 수중에 들어가 있었구려."

금화파파는 입맛을 쩝쩝 다시며 중얼거렸다. 하나 말끝이 다 떨어
지기가 무섭게 멸절사태의 호통이 터져 나왔다.

"자, 일초를 받으시오!"

멸절사태가 대갈일성을 터뜨리며 칼자루를 번쩍 쳐들었다. 그녀는
칼날도 뽑지 않은 채 칼집째로 상대방의 앞가슴을 겨누고 찔러들었
다. 금화파파는 즉시 괴장을 치켜들어 가로막았다.

멸절사태의 손목이 파르르 떨리는가 싶더니 칼집이 벌써 지팡이에
닿았다.

"치잇!"

가벼운 금속성이 나는 순간, 금화파파가 병기 중에서도 진귀한 보
배라고 자부하던 산호금 지팡이가 마치 두꺼운 종이 뭉치가 찢겨지듯
단번에 두 토막이 나고 말았다.

금화파파는 가슴이 털컥 내려앉았다. '칼날이 칼집에서 뽑혀 나오지도 않았는데 이렇듯 예리한 검기劍氣를 쏟아내다니! 의천검, 의천검이야말로 천하에 둘도 없는 명불허전의 보검이었구나!' 그녀는 상대방의 손에 잡힌 채 아직도 파르르 떨리고 있는 의천검을 넋 빠진 기색으로 하염없이 바라만 보고 있었다.

"멸절사태, 그 칼날을 한번 뽑아 보여주지 않겠소?"

그러나 상대방은 딱 부러지게 고개를 내저으며 차갑게 거절했다.

"이 칼은 일단 칼집을 벗어나면 반드시 사람의 피를 마셔야 도로 들어가오."

두 사람은 우뚝 선 채로 오래오래 말이 없었다. 상대방과 눈씨름을 하면서 금화파파는 이 비구니의 무공 실력이 결코 만만치 않음을 깨달았다. 단 일초를 겨루었을 뿐이지만 그 초식의 오묘함을 아직도 꿰뚫어보지 못했으니 그 공력이야말로 자신보다 아래일 리 없었다. 이 아미파 장문인은 보통 무림계 인물과는 그 격이 확연히 달랐다. 더구나 수중에 '천하제일의 보검'까지 들고 있으니 결코 호락호락 상대할 사람이 아니었다. 이대로 계속 겨루었다가는 손끝 하나 다치지 않고 말짱한 몸으로 빠져나갈 자신이 없었다.

"콜록, 콜록!"

금화파파는 두어 번 가벼운 기침 소리를 내며 슬그머니 돌아서더니, 아리의 손목을 부여잡고 표연히 그 자리를 떠났다.

"장무기! 장무기야!"

할머니 손에 이끌려가며 아리가 고개를 돌리고 몇 번이나 소년의 이름을 외쳐 불렀다. 그러나 외침은 멀어질수록 흐려지고 얼마 안 가

13. 그대가 내 담장을 넘었어도 후회하지 않으리니

서 산모퉁이를 감돌아 사라지더니 다시는 들리지 않았다.

정민군과 기효부, 패금의가 스승 앞으로 달려왔다. 이들 세 제자는 스승이 단 일초 만에 승리를 거두고 강적 금화파파가 싸움을 피해 달아나자 기뻐 어쩔 바를 몰랐다.

"사부님, 그 할망구는 태산을 알아볼 눈알도 없는 모양이죠? 언감생심 어르신과 맞상대를 하려 들다니 말이에요. 그러니 사서 쓴맛을 본 게 아닌가요?"

우쭐해진 정민군이 스승에게 아첨을 떨었으나, 멸절사태는 도리어 정색을 하고 제자들을 타일렀다.

"요다음에 강호를 다니다가 저 노파의 기침 소리가 들리거든 얼른 몸을 피하거라. 알겠느냐?"

멸절사태는 그 적수가 얼마나 무서운지 잘 알고 있었다. 방금 일검을 휘둘렀을 때 비록 상대방의 기괴한 지팡이를 두 동강 내기는 했어도, 그녀는 그 일격 속에 30년을 수련해 쌓은 아미구양공峨嵋九陽功을 실어야 했다. 그런데 이 신공이 금화파파의 몸에 닿는 순간, 어찌 된 노릇인지 그저 상대방의 옷자락만 한 번 펄럭였을 뿐 단 한 발짝도 뒷걸음질 치게 하지 못했다. 마치 망망대해에 돌멩이 하나 던져진 것처럼 흔적도 없이 자신의 힘이 스러져버린 것이다. 지금 와서 다시 생각해보니 금화파파의 심후한 내공이나 왕성한 뚝심은 허리 굽은 할망구의 것이 아니라 40세도 안 된 장년과 다를 바 없었다. 늙어빠진 노파에게 그렇듯 강력한 내공과 외공이 갖추어져 있다니 아무리 생각해도 불가사의한 일이었다.

멸절사태는 한동안 넋이 나간 듯 하늘을 우러르고 있다가 마침내 기효부를 불렀다.

"효부야, 날 따라오너라!"

그러고는 눈길 한 번 던지지 않고 곧장 초가집 안으로 들어갔다. 기효부를 비롯한 제자들이 그 뒤를 따랐다.

"엄마……!"

어린 양불회가 엄마를 부르면서 덩달아 따라 들어가려 했다.

"불회야, 바깥에서 놀고 있거라. 들어오면 안 돼."

기효부는 오늘 스승이 몸소 하산한 이유를 잘 알고 있었다. 바로 아미파 문중의 불미스러운 사건을 처리하기 위해서일 것이다. 강호 무림계 사람들은 그것을 '청리문호淸理門戶'라고 불렀다. 자신이 비록 스승의 총애를 받던 몸이기는 하지만, 엄격하기 이를 데 없는 그 천성으로 보건대 자기에게 어떤 처분을 내릴지 알 길이 없었다. 그녀는 어린 딸을 달래어 초당 바깥에 세워둔 채 안으로 들어섰다.

외따로 떨어진 장무기는 슬그머니 부아가 치밀었다. 한편으로는 기효부가 걱정스럽기도 했다. '정민군은 심보가 못된 불여우다. 분명히 자기 스승 앞에서 기씨 아주머니에 대해 거짓말을 늘어놓았을 것이다. 그날 밤 일은 나도 똑똑히 보아서 다 알고 있지 않은가? 모두 다 저 독수무염이 잘못한 일이다. 또다시 터무니없는 수작으로 시비 흑백을 뒤집기만 해봐라! 내 당장 나서서 기씨 아주머니를 위해 사실대로 일러바치고야 말 테니!'

이렇게 속으로 다짐한 그는 살그머니 초가집 뒤뜰로 돌아가 창문 아래 웅크리고 앉아서 숨을 죽이고 엿듣기 시작했다.

한동안 초당 안에서는 아무 소리도 나지 않았다.

얼마쯤 지났을까, 이윽고 멸절사태의 목소리가 들려왔다.

"효부야, 네 팔뚝에 수궁사守宮砂*가 왜 보이지 않느냐? 네 신상에 관한 일이니 네 입으로 말해보려무나."

"사부님, 저는…… 저는……."

기효부는 울음이 터져 나와 말을 잇지 못했다.

"민군아, 네가 저 아이한테 물어보거라."

"예."

스승의 분부에 정민군이 공손히 응답하더니 목청을 가다듬고 죄인 심문하듯 엄히 따져 묻기 시작했다.

"기 사매, 우리 문중에서 지켜야 할 세 번째 계율이 무엇이지?"

"간음과 방탕을 금하는 것입니다."

"알고는 있군! 그럼 여섯 번째 계율은?"

"외부 사람에게 마음이 쏠려 사문을 배반하지 말라는 것입니다."

"계율을 어긴 자는 어떤 처분을 받아야 하지?"

기효부가 이 물음에는 대답하지 않고 스승 멸절사태를 향해 변명했다.

"사부님, 그동안 저에겐 말씀드리지 못할 고충이 있었습니다. 결코 정 사저가 아뢴 것처럼 제멋대로 저지른 짓이 아닙니다."

"좋다. 여기 다른 외부 사람은 없으니 그 진상을 내게 자세히 들려주려무나."

---

* 고대 중국 민간에서 규수가 정조를 지켰는지 알아보는 방법 중 하나. 팔뚝에 주사朱砂로 붉은 점을 찍어놓고 처녀의 몸임을 증명하는데, 만약 처녀성을 잃으면 이 점이 저절로 없어진다고 했다.

스승의 허락이 떨어졌다. 기효부는 오늘 자신이 죽느냐 사느냐, 명예를 되찾을 것이냐 오명을 뒤집어쓸 것이냐를 판가름하는 중대 기로에 서 있음을 깨달았다. 그러기에 이 자리에서는 티끌만 한 숨김도 있어선 안 되겠다고 마음먹었다.

"사부님, 저는 천웅교 측이 벌인 왕반산도 사건 소식을 들은 후, 사부님의 분부대로 저희 사문 자매 열여섯과 함께 하산했습니다. 그리고 여러 군데로 길을 나누어 금모사왕 사손의 행방을 수소문했습니다. 불초 제자는 서쪽 방면을 맡아 사천四川 지방 서쪽 대수보大樹堡까지 나갔습니다. 그런데 도중에 우연히 이상한 사람을 만났습니다. 흰옷 차림에 나이가 아직 마흔도 안 되어 보이는 낯선 남자였습니다."

"흐음, 낯선 남자라?"

스승의 반문을 귓결에 흘리면서 그녀는 자신이 겪은 기막힌 사연을 차근차근 털어놓았다.

정체 모를 그 남자는 이상하게도 기효부가 가는 곳마다 뒤따라 나타났다. 객점에 투숙하면 그 사내도 같은 객점에 들고, 길 가다 요기를 하면 그 역시 같은 시각 같은 장소에서 요기를 했다. 처음에는 못 본 척 무시했으나 짓궂게 따라붙으며 하는 짓이 밉살스러워 밖으로 불러내 질책을 했다. 그래도 이 남자는 미치광이처럼 허튼소리만 늘어놓았다. 온순한 기효부도 끝내 분통이 터지는 걸 참지 못하고 혼뜨검을 내줄 생각으로 장검을 뽑아 들었다. 그러나 병기 한 자루 없이 맨손뿐인 그 사내는 뜻밖에도 절세무공의 소유자였다. 기효부는 단 2~3초식을 넘기지 못하고 수중의 장검을 빼앗기고 말았다.

대경실색한 기효부는 허둥지둥 그 자리에서 도망쳤다. 웬일인지 그 사내는 기효부를 뒤쫓지 않았다.

다음 날 이른 아침, 객실 침상에서 눈을 뜬 기효부는 주변을 살피다가 소스라치게 놀랐다. 베갯머리에 어제 빼앗겼던 장검이 얌전히 놓여 있었던 것이다. 깜짝 놀란 그녀는 가슴을 진정시키려 했지만 도무지 불안한 마음은 가라앉지 않았다.

허겁지겁 보따리를 챙겨 부리나케 객점 문밖으로 나섰더니, 어느새 그 남자도 떠날 차림을 갖추고 천연덕스레 나와 있었다. 어느 길로 향하든 그 남자는 그림자처럼 기효부를 뒤따랐다. 전날 경험으로 보아 무력을 써봤자 소용없는 짓이라, 기효부는 듣기 좋은 말로 타이르기도 하고 애처롭게 간청하기도 했다. 일가친척도 아니고, 남녀가 유별한데 무슨 용건이 있기에 이토록 끈덕지게 여자 뒤를 쫓아다니느냐고 묻기도 했고, 자신의 무공은 별것 아니지만 아미파를 건드리면 어찌 되는지 알기나 하느냐며 위협해보기도 했다.

여기까지 듣던 멸절사태가 당연한 말이라는 듯 고개를 끄덕였다.

"흐음, 말 한번 잘했구나. 그래서 어떻게 되었느냐?"

"그 남자는 빙그레 웃으면서 이렇게 말했습니다. '한 사람의 무공을 가지고 파별로 쪼갠다면 자기 실력을 하승下乘에 떨어뜨릴 뿐이오. 낭자께서 날 따라가시겠다면 내 장담하거니와 눈과 귀가 탁 트일 만큼 무학의 별천지를 열어드리리다.' 저는 그 말을 믿지 않았거니와 따라나서지도 않았습니다."

멸절사태는 문득 호기심이 일었다. 그녀는 워낙 괴팍한 성품에 고

독을 즐기고 외곬으로만 생각하는 데다 40여 년을 무학 수련에만 전념하느라 세상물정과는 담을 쌓았기에, 세상 속된 무리의 유혹이나 간계에 대해선 전혀 알지 못했다. 그렇기에 그 사내가 '눈과 귀가 탁 트일 만큼 새로운 경지의 무공'을 지녔다고 하니 그것에만 마음이 쏠렸다.

"그렇다면 네가 한번 따라가보지 그랬느냐? 도대체 얼마나 신기한 무공을 지녔기에……."

스승의 말에 기효부는 얼굴이 화끈 달아올랐다.

"사부님도…… 제가 어떻게 낯모르는 사내를 따라갑니까?"

멸절사태도 그제야 퍼뜩 깨달았는지 멋쩍게 웃었다.

"하긴 그렇군. 하면 그 녀석더러 멀찌감치 꺼져버리라고 해야 옳겠지. 그래, 그다음에는 어찌 되었느냐?"

"불초 제자는 천만 가지 방법을 다 써서 그 사람을 떨쳐버리려고 했지만, 도무지 따돌릴 수가 없었습니다. 그리고 끝내 가서는 그 사람에게 사로잡히고 말았습니다. 아아, 사부님……! 불행한 이 제자가 전생에 무슨 업보로 그 사내를 만나게 되었는지 모르겠습니다……."

기효부의 억양에는 벌써 울음이 섞여 있었다. 목소리마저 갈수록 가늘어져 들리지 않을 정도였다.

"그래서 어떻게 됐단 말이냐?"

"저는 불가항력으로 그 사람에게 몸을 잃고 말았습니다. 감시가 얼마나 삼엄한지 죽고 싶어도 틈을 낼 수가 없었습니다. 이렇듯 몇 달이 지나서 갑자기 그 사람의 적수가 찾아온 때를 틈타 겨우 도망쳤습니다만, 오래지 않아 임신한 몸인 것을 깨달았습니다. 그래서 감히 사부

13. 그대가 내 담장을 넘었어도 후회하지 않으리니

님께 알리지도 못하고 그저 숨어서 남모르게 저 아이를 낳았습니다."

"그 말이 모두 진정이렷다?"

"제자가 골백번 죽는 한이 있어도 어찌 감히 사부님을 기만하겠습니까? 믿어주십시오."

멸절사태는 잠시 깊은 생각에 잠기더니, 마침내 탄식을 토해냈다.

"불쌍한 것! 그리고 보면 네 잘못도 아니로구나."

곁에서 정민군이 스승 몰래 앙칼진 눈초리로 사매를 노려보았다. 스승의 말을 듣자 하니 아무래도 기효부를 가련히 여겨 용서해줄 의향인 듯했기 때문이다.

스승의 입에서 또 한 차례 한숨이 흘러나왔다.

"그럼 넌 이제 어떻게 처신할 작정이냐?"

"불초 제자 기효부, 아버님께서 주선하시어 무당파 은 육협의 아내가 되기로 약조한 몸이오나, 이런 변고를 당한 바에야 그 혼약은 이미 엎질러진 물이나 다름없습니다. 사부님께 간청하오니, 부디 이 제자를 삭발해 비구니가 되도록 허락해주십시오."

그러나 멸절사태는 고개를 가로저었다.

"그래서는 안 되지. 으음, 가만있거라……. 네 몸을 망친 그 못된 놈, 무공이 뛰어나다는 그놈의 이름이 무엇이라 하더냐?"

스승의 물음에 기효부는 다시 고개를 떨어뜨렸다.

"그 사람은…… 성이 양楊씨이고, 이름은 외자로 소逍라 했습니다."

기효부는 부끄러움에 겨워 들릴락 말락 작은 소리로 대꾸했다. 그 소리를 듣고 멸절사태가 돌연 펄쩍 뛰어 일어나더니 소맷자락을 한 번 휘둘렀다. 그 기세에 "우지끈!" 하는 소리와 함께 탁자 모서리가 절반이나 부서졌다.

그 소리에 창문 밖에서 숨어 엿듣고 있던 장무기도 기절초풍하도록 놀랐고 기효부와 정민군, 패금의 세 제자 역시 얼굴빛이 해쓱하게 질렸다.

뒤미처 멸절사태의 입에서 불호령이 떨어졌다.

"너 지금 뭐라고 했느냐? 양소라고? 바로 마교의 무리 중에서도 우두머리인 악마, 자칭 '광명좌사자光明左使者'라고 일컫는 양소란 말이냐?"

매섭게 다그쳐 묻는 스승 앞에 기효부의 목소리가 다시 기어들어 갔다.

"그 사람…… 그 사람은…… 명교 안에서도 나름대로 지위가 있는 신분인 것 같았습니다."

멸절사태의 얼굴에 노염이 이글이글 불타올랐다.

"명교라니! 무슨 얼어 죽을 놈의 명교야? 그 무리는 천륜을 어기고 인륜을 해치며 온갖 악행을 마구 저지르는 마교의 짐승들이야! 그놈이 지금 어디 숨어 있지? 곤륜산 광명정에 있다더냐? 내 당장 그놈을 찾아가야겠다!"

"그 사람 말로는 명교의……."

"마교라니까!"

"예, 예…… 그 마교의 총단이 본래 광명정에 있었는데, 근년에 들어 신도들을 이끄는 수뇌부 사이에 내분이 일어났다고 합니다. 그래서 더는 광명정에 있지 못하고 곤륜산 좌망봉坐忘峯으로 옮겨 은거하고 있습니다. 다른 사람이 그를 교주로 추대하려는 움직임을 보여 그걸 피하

13. 그대가 내 담장을 넘었어도 후회하지 않으리니

기 위해서랍니다."

"그놈이 마교의 교주가 되려 한다?"

"예, 그런 말을 했습니다. 좌망봉에 은신 중인 사실은 저한테만 알려 주었을 뿐 강호에서는 아무도 모르는 일인데, 사부님께서 물으시니 사실대로 말씀드린 것입니다. 사부님, 그 사람이…… 그 사람이 우리 아미파의 원수입니까?"

멸절사태가 이를 뿌드득 갈아붙였다.

"원수? 바다보다 더 깊은 원수지! 너희 사백 고홍자孤鴻子께서 바로 그 악마의 손에 걸려 미치광이처럼 농락을 당한 끝에 한을 품고 돌아가셨다!"

기효부는 송구스러워 몸 둘 바를 몰랐다. 그러나 저도 모르게 은근히 자랑스럽고 대견한 느낌이 들었다. 사백 고홍자로 말할 것 같으면 당세 천하에 명성을 드날리던 대고수였다. '그런 인물을 상대하면서 미치광이처럼 농락해 울분을 머금고 죽게 한 장본인이 바로 내 딸 양불회의 아빠였단 말인가?' 기효부는 그 상세한 내막을 듣고 싶은 마음이 간절했으나, 노염에 펄펄 뛰는 스승 앞에서 감히 그런 질문을 입 밖에 낼 수 없었다.

원한에 사무친 멸절사태가 고개를 쳐들고 하늘을 우러른 채 보이지 않는 원수를 향해 혼잣말하듯 중얼거렸다.

"양소라, 양소! 내 여러 해 동안 네놈의 행방을 끝내 몰랐더니 오늘에야 내 손아귀에 떨어졌구나!"

그러고는 갑작스레 기효부 쪽으로 돌아섰다.

"좋다, 네가 그놈에게 몸을 잃고 팽 화상을 감싸고돌았고, 사저 되는 정민군에게 죄를 지었으며, 이 스승을 기만했고, 사생아를 낳아 기른 행위…… 그 모든 것을 내 따지지는 않으마. 그 대신 너는 우리 아미파를 위해 한 가지 일을 해야 한다. 그 일을 완수하고 돌아온다면 내 그 날로 아미파 장문의 의발과 의천검을 네게 전수하고 내 후계자로 삼 겠다."

실로 청천벽력과 같은 선언이었다. 제자들은 자신의 귀를 의심할 정도로 경악을 금치 못했다. 당사자인 기효부는 그렇다 치고 정민군에 게는 스승의 그 말 한마디 한마디가 날카로운 비수가 되어 가슴에 박 혔다. 질투와 시샘으로 뒤범벅이 된 심사에 그녀의 온 몸뚱이가 한겨 울 북풍에 사시나무 흔들리듯 와들와들 떨리고, 분노와 원한으로 가득 찬 눈초리는 불덩어리처럼 이글이글 타오르면서 사매 기효부와 스승 멸절사태를 쏘아보고 있었다.

기효부가 그 자리에 털썩 무릎을 꿇었다.

"사부님의 명이라면 불초 제자 마음과 힘을 다해 받들겠습니다. 하 오나 의발을 내리시어 장문의 후계자로 삼으시겠다는 말씀만은 거두 어주십시오. 덕과 행실에도 어긋남이 있고 무공 또한 변변치 못한 줄 은 제자 스스로 너무나 잘 알고 있사오니 감히 꿈도 꾸지 못할 일이옵 니다."

"잔소리 말고 날 따라오너라!"

멸절사태는 기효부의 손목을 잡아끌고 초당 바깥으로 훌쩍 나서더 니, 곧장 골짜기 왼편 비탈진 산등성이로 달려가기 시작했다. 그러고 는 사방이 탁 트인 공터에 이르러서야 걸음을 멈춰 섰다. 그곳은 어느 방향에서나 멀리 내다볼 수가 있었다.

장무기가 올려다보았을 때 멸절사태는 가장 높은 위치에 우뚝 선 채 기효부를 자신 곁에 바싹 끌어당겨놓고 귓속말로 무엇인가 속삭이고 있었다. 그것이 아무에게도 알리지 못할 극비의 내용이라는 것을 장무기는 비로소 깨달았다. 그렇다. 벽에도 귀가 달린 법이라 남에게 비밀을 누설당하지 않으려면 정민군을 비롯한 두 제자조차 엿듣지 못하게 할 필요가 있는 것이다.

　두 사람을 뒤따라 초당 바깥으로 나온 정민군은 그야말로 닭 쫓던 개 지붕 쳐다보는 격으로 하릴없이 앞마당에 서 있었다. 시비곡직도 분명히 가리지 못하는 스승, 사매의 잘못을 빤히 알면서도 감싸주기만 하는 스승에 대한 원망으로 그녀의 가슴은 터질 것만 같았다. '도대체 무슨 비밀 명령을 내리느라 나까지 따돌렸을까? 저 기효부란 년보다 내가 일을 더 잘하지 못한단 말인가? 정말 분해 죽겠다! 이 앙갚음은 꼭 하고야 말 테다. 어디 두고 보자, 기효부, 이년!'

　장무기는 섣불리 모습을 드러내지 못하고 여전히 초당 뒤편에 숨어 있었다. 멀리 올려다보이는 멸절사태의 모습이 가물가물 움직였다. 그녀는 무슨 말인가 한바탕 늘어놓고 제자의 반응을 기다렸다. 기효부는 고개를 푹 수그린 채 깊은 생각에 잠겨 있다가 끝내 고개를 가로저었다. 멀리서 보아도 고개를 내젓는 기색이 아주 단호했다. 스승의 명을 받들지 않겠다는 태도가 분명했다. 멸절사태의 왼 손바닥이 당장에라도 내려칠 듯이 번쩍 치켜 들렸다. 기효부가 그 자리에 털썩 무릎을 꿇었다. 하지만 그 손바닥은 허공에 머무른 채 떨어질 줄 몰랐다. 제자의 마음이 돌아서기를 마지막으로 바라는 듯싶었다.

　초당 뒤편에서 장무기의 심장이 쿵쾅쿵쾅 마구 뛰었다. 저 일장이 정수리에 떨어지는 날이면 절대로 산목숨이 되지 못하리라. 두 눈을 부릅뜬 채 외눈 하나 깜빡이지 않으며 그는 기효부 쪽을 응시하면서 마른침을 꿀꺽 삼켰다. 귓속에서 "위잉!" 하고 이명이 울렸다. 멸절사태의 손바닥을 뚫어지게 바라보던 눈시울이 시려오면서 가물가물 흐려지기 시작했다.

멸절사태가 다시 한번 묻는 듯했다. 기효부는 다시 단호하게 고개를 흔들었다. 마침내 스승의 일장이 무릎 꿇은 제자의 정수리를 그대로 후려쳤다. 기효부의 몸뚱이가 휘청거리지도 않고 한쪽으로 뒤틀리더니 맥없이 땅바닥에 쓰러졌다. 그러고는 두세 번 뒤척이다가 이내 움직이지 않았다.

그 장면을 목격하는 순간, 장무기 역시 뒤통수에 마치 쇳덩어리가 부딪치는 듯 엄청난 충격을 받았다. 흡사 멸절사태의 일장이 자신의 정수리에 떨어진 것처럼 눈앞이 캄캄해지고 하늘과 땅이 뒤집혀 돌아가듯 어찔어찔 현기증이 일었다. 경악과 비통에 사로잡힌 그는 초가집 뒤편 우거진 수풀 속에 엎드린 채 꼼짝달싹하지 않았다.

"오빠, 잡았다! 여기 숨었구나!"

갑자기 양불회가 깔깔대면서 깡충깡충 뛰어오더니 장무기의 등에 덥석 업혔다.

"하하, 내가 오빠 잡았다! 잡았어!"

양불회는 논밭 들판에서 제멋대로 뛰어놀다가 수풀 속에 엎드린 장무기를 발견하고 그가 숨바꼭질하자는 줄 알았는지 와락 덤벼들었던 것이다.

"쉬잇!"

장무기는 재빨리 뒷손질로 양불회를 끌어안고 얼른 입부터 틀어막았다. 그러고는 귓속말로 소근거렸다.

"소리 내면 안 돼! 나쁜 사람한테 들키면 큰일 나!"

양불회가 종잇장처럼 하얗게 질린 그의 얼굴을 보고 대번에 울상을 지었다. 장무기의 얼굴빛은 온통 놀라움과 두려움으로 가득 차 있었다.

이윽고 멸절사태가 혼자 급한 걸음걸이로 산비탈에서 내려왔다.

"민군아, 저년의 씨알머리를 찾아서 단칼에 죽여 없애라! 화근을 남겨두어서는 절대로 안 돼!"

"예!"

정민군이 한마디로 시원스레 응답했다. 스승이 단 일장으로 기효부를 때려죽이는 것을 보았으니 속이 얼마나 후련해졌는지 모른다. 한편으로는 두렵기도 했으나 스승의 분부를 듣기가 무섭게 허둥지둥 패금의에게 장검을 빌려 들고 신바람 나게 양불회를 찾아나섰다.

장무기는 양불회를 바짝 껴안은 채 우거진 수풀 속에 납죽 엎드렸다. 너무나 긴장되어 숨 한 모금조차 크게 내쉴 엄두가 나지 않았다.

정민군은 초가집 안팎을 한바탕 잽싸게 들락거리면서 계집아이를 찾아다녔으나, 어디 틀어박혔는지 그림자도 보이지 않았다. 모처럼 스승의 분부를 이행하지 못하게 되니 조바심만 들끓었다. 그녀는 투덜대며 다시 한번 집 안을 구석구석 뒤지려는데, 등 뒤에서 심사가 틀어진 스승의 불호령이 떨어졌다.

"쓸모없는 것 같으니! 그래, 어린것 하나도 찾아내지 못한단 말이냐?"

정민군은 찔끔해서 그 자리에 엉거주춤 섰다. 이때 막내 제자 패금의가 스승 앞으로 다가서더니 공손히 머리를 조아렸다.

"아까 제가 보았는데, 그 아이가 사내 녀석하고 저쪽 골짜기 바깥으로 도망치는 것 같았습니다."

거짓말이었다. 패금의는 평소 둘째 사저 기효부와 무척 사이가 좋았다. 그렇게 따르던 언니가 스승의 손에 무참히 죽임을 당하고 홀로 남겨진 어린 딸마저 큰사저의 손에 잡혀 죽을 것이라고 생각하니 차마 두고 볼 수가 없어 엉겁결에 거짓말을 했던 것이다.

"왜 진작 말하지 않았느냐!"

멸절사태가 사납게 눈을 한 차례 흘기더니 정민군을 앞장세워 호접곡 밑으로 달려 나갔다. 뒤처진 패금의는 잠시 그 자리에 선 채 집 주변을 둘러보았다. '성질 급하고 사나운 스승은 골짜기 아래에서 찾지 못하면 귀찮아서라도 두 번 다시 이곳으로 돌아오지 않을 것이다. 그 어린 철부지가 엄마를 잃고 혼자 살아갈 수 있을까? 아마 살기는 힘들 것이다. 하나 이 자리에서 정민군의 모진 칼날에 찔려 끔찍스럽게 죽는 것보다는 훨씬 낫겠지. 아아, 불쌍한 것.' 그녀의 눈길이 산비탈 위를 더듬었다. '둘째 언니! 불쌍하게 죽었구나, 언니……!'

"빨리 안 따라오고 뭣 하고 있는 거냐!"

멀리 골짜기 아래서 정민군의 악쓰는 소리가 들려왔다. 흠칫 놀란 패금의가 허둥지둥 일행을 뒤쫓아 달려갔다.

양불회는 아직도 엄마가 처참하게 죽은 사실을 몰랐다. 입을 꽉 틀어막힌 채 그저 부리부리한 눈망울을 데굴데굴 굴리면서 장무기의 눈치만 살폈다.

세 사람의 발걸음 소리가 사라진 지도 벌써 오래인데, 장무기는 어전히 수풀 속에 엎드린 자세로 일어나지 않았다. 언제 그 악녀들이 되돌아올지 몰랐다.

"무기 오빠, 나쁜 사람들 갔어? 우리 산에 놀러 가자, 응?"

양불회가 자기 입을 가리고 있는 장무기의 손을 벗겨버리고 말문을 열었다. 그제야 장무기도 안심이 되었는지 벌떡 일어섰다. 그러고는 대답 대신 불회의 손목을 이끌고 산비탈 위로 달음박질쳐 올라갔다. 기효부는 거기에 쓰러져 있었다.

"엄마다! 엄마야!"

이윽고 그 곁에 다가선 양불회가 땅바닥에 쓰러진 엄마를 발견하고 깜짝 놀라 울음보를 터뜨렸다.

"엄마! 엄마!"

어린 소녀가 엄마의 몸뚱이 위로 엎어지는 동안 장무기는 코끝에 손가락을 갖다 대고 숨결을 더듬어보았다. 과연 아직도 실낱같은 숨결이 남아 있었다. 두개골은 멸절사태의 매서운 장력에 산산조각 바스러져 의선 호청우가 달려온다 해도 살려낼 가망성은 거의 없어 보였다.

기효부의 눈꺼풀이 파르르 떨리더니 보일 듯 말 듯 가늘게 실눈을 떴다. 그리고 장무기와 딸의 모습을 발견하자 무슨 말인가 하려는 듯 입술을 달싹거렸다. 하지만 목소리는 나오지 않았다. 그저 안타까움에 겨워 두 눈 언저리에 큼지막한 눈물이 방울방울 맺힐 따름이었다.

장무기는 즉시 품속에서 금침을 꺼내 그녀의 신정혈神庭穴과 인당혈印堂穴, 승읍혈承泣穴에 힘주어 몇 차례 꽂아나갔다. 잠시나마 뇌문의 극심한 통증을 느끼지 않도록 해주기 위해서였다.

기효부가 정신이 약간 들었는지 가는 목소리로 입을 열었다.

"부탁이…… 있어. 무기야, 부탁이…… 저 아이를 제 아빠가 있는 곳에…… 데려다줘…… 사부님의 명령을 난…… 받들지 않았어……. 차마 내 손으로 그 사람을…… 해칠 수가 없어……."

임종이 박두하면 일시적으로 제정신이 반짝 든다는 회광반조廻光返照 현상이었다. 장무기는 귀를 그 입술에 바짝 갖다 대고서야 그 몇 마디를 알아들었다.

그녀의 왼쪽 손길이 가슴 쪽으로 향했다. 무엇인가 물건을 꺼내려는가 싶더니 돌연 고개를 툭 떨어뜨리면서 숨결이 끊겼다. 죽어버린 것이다.

"엄마, 엄마! 어디 아파? 많이 아픈 거야……? 엄마……!"

양불회가 엄마의 시신을 부둥켜안고 마구 흔들면서 큰 소리로 울부짖었다.

기효부의 몸뚱이는 점차 식어갔다. 어린 딸이 울부짖으며 불러도 아무 대답이 없었다. 양불회는 엄마가 왜 일어나지도 않고 대답 한마디조차 않는지 아무래도 이해할 수가 없었다.

장무기도 하염없는 비통에 잠겼다. 부모가 눈앞에서 차례로 목숨을 끊었을 때 그 역시 이렇듯 싸늘하게 식어가는 시신을 부둥켜안고 통곡하지 않았던가? 참을 수 없는 눈물이 두 눈에서 샘솟듯 끊임없이 흘러나왔다.

둘이서 얼마나 울었을까, 이윽고 장무기 소년은 정신을 가다듬고 앞으로 할 일을 생각했다. '기씨 아주머니는 숨이 끊어지기 직전에 내게 당부의 말을 남겼다. 불회를 제 아빠가 있는 곳에 데려다주라고. 그렇지! 불회의 아빠 이름은 양소, 바로 명교의 광명좌사자라고 했다. 한

데 곤륜산 좌망봉은 어디 있을까? 좋아! 아무리 힘들어도 내 반드시 불회를 데려다주고 말 거야. 기씨 아주머니, 걱정 마세요. 내가 약속하죠. 불회는 꼭 아빠를 만날 수 있을 거예요. 이 장무기는 한번 한다면 해내는 아이니까, 마음 푹 놓고 고이 잠드세요……!'

그는 곤륜산이 어디 있는지조차 몰랐다. 수만 리 머나먼 서역 지방 끄트머리에 있다는 사실을 전혀 알지 못했다. 그 아득한 곳을 두 어린 것이 과연 어떻게 찾아갈 수 있을까? 하지만 장무기는 기효부의 주검 앞에서 굳게 맹세했다.

장무기는 그녀가 품속에서 꺼내려던 것을 찾았다. 가슴에 늘어진 것은 실끈으로 묶은 검은빛 철패鐵牌 한 조각이었다. 그 쇳조각 겉면에는 금빛 실로 아로새긴 불꽃 형상이 반짝이고 있었다.

그는 조심스럽게 목걸이를 벗겨 양불회의 목에 걸어주었다. 무슨 물건인지는 몰라도 기씨 아주머니가 소중히 간직하던 것이니 딸에게 남겨주려 했으리라.

장무기는 초가집에서 삽을 한 자루 찾았다. 그러고는 구덩이를 깊게 파서 기효부의 시신을 묻어주었다. 울음 끝에 지쳐버린 양불회는 어느새 혼곤히 잠들어 있었다. 어린아이가 깨어났을 때 장무기는 혀가 닳도록 거짓말을 하느라 진땀을 빼야 했다. 그러고 나서야 엄마가 하늘나라에 올라갔으며 아주 오래오래 있다가 하늘에서 불회를 만나기 위해 내려올 것이라는 것을 믿게 만들었다.

그는 양불회를 데리고 비탈진 산등성이에서 내려왔다. 몸뚱이가 물 먹은 솜처럼 늘어졌으나, 되는대로 밥을 짓고 반찬을 만들어 양불회와 함께 나눠 먹었다. 끼니를 때우자 이루 말할 수 없이 지쳐버린 몸뚱이를 침상에 뉘고 잠이 들었다.

　다음 날 깨어나서 조그만 보따리를 두 개 꾸리고 호청우가 남겨준 은화 열 냥을 품속에 간직했다. 그리고 둘이서 산등성이로 다시 올라가 기효부의 무덤 앞에 큰절을 올렸다.

　이윽고 두 어린아이는 나비의 골짜기를 떠났다.

괴이하게 생긴 독사 두 마리가 기다란 혓바닥을 날름거리면서 서로 등줄기와 어깨를 핥아주는 게 정말 친숙해 보였다. 독사 한 쌍은 영지란 구근으로 쩡어 만든 풀떡 원둘레를 한 바퀴 빙 돌아가더니 일부러 터놓은 출입구를 거쳐 슬금슬금 그 안으로 기어 들어갔다.

독사들이 원둘레 안으로 다 들어간 것을 확인하자, 장무기는 재빨리 죽통 한 개를 꺼내더니 아가리를 안쪽으로 향한 채 터놓은 빈틈 바깥쪽에 놓았다. 그리고 기다란 대지팡이 끄트머리를 조심스럽게 내밀어 볏이 은색으로 빛나는 은관혈사銀冠血蛇의 꼬리를 툭 건드렸다. 뱀의 동작은 번갯불보다 더 빨랐다. 그저 눈앞에서 은빛이 번뜩이는가 싶더니 어느새 죽통 안으로 사라진 것이다.

14

길에 오르니 가는 곳마다 배은망덕한 이리 떼뿐일세

두 아이는 꼬박 반나절을 걸어서야 나비의 골짜기에서 벗어날 수 있었다. 어린 양불회는 다리가 짧아 잘 걷지 못했다. 한참을 쉬고 또 느릿느릿 걷다 보니 첫날 밤에는 인가도 객점도 찾지 못한 채 어둠을 맞았다. 해는 벌써 저물었는데 이들은 아직도 인적 끊긴 황량한 들판과 후미진 산골짜기 등성이를 이리저리 헤매고 다녔다. 사방에서 들려오는 이리들의 울부짖음, 부엉이 우는 소리에 놀란 양불회는 그칠 줄 모르고 울음보를 터뜨렸다.

장무기도 겁나기는 마찬가지였다. 하지만 어린 계집아이 앞에서 오빠 행세를 하느라 두려운 내색도 못 하고 경황없는 눈길로 하룻밤 묵을 데를 찾아 헤맸다. 그리고 마침내 동굴을 하나 찾아내 그 안으로 양불회를 데리고 들어갔다. 한밤중에 그는 양불회를 가슴에 꼭 그러안고 굶주린 들짐승의 울부짖는 소리를 듣지 못하게 손으로 두 귀를 막아주었다.

이날, 두 아이는 배고픔과 두려움에 떨며 힘든 하룻밤을 지새웠다. 그리고 이튿날 아침이 되어서야 산속에서 야생 과일을 몇 개 따서 굶주린 배를 채운 다음 산길을 따라가며 쉬며 하염없이 걸었다.

해가 중천 한복판에 떠오를 무렵, 돌연 양불회가 무엇을 보았는지 날카롭게 비명을 지르면서 길옆 커다란 고목을 손가락질했다.

"끼약! 저것 봐!"

장무기도 째질 듯 날카로운 비명에 찔끔해서 그쪽을 돌아보았다.

나무 가장귀에는 끔찍스럽게도 시체 두 구가 매달린 채 바람결 따라 뒤룽뒤룽 흔들리고 있었다. 혼비백산을 하도록 놀란 장무기는 황급히 양불회를 끌어당기면서 방향을 바꾸어 미친 듯이 달아났다.

두 아이는 죽은 귀신이라도 따라붙을까 봐 겁을 집어먹은 나머지 울퉁불퉁 고르지 못한 산길을 허둥지둥 정신없이 내뛰었다. 그러나 마음만 급할 뿐 미처 열 걸음도 못 가서 돌부리에 걸려 한꺼번에 넘어지고 말았다. 어차피 넘어져 도망치지 못할 바에야 귀신이나 보자 싶어, 장무기는 배짱 두둑이 다져먹고 흘끗 뒤돌아보았다. 하나 다음 순간, 귀신을 보았을 때보다 더 큰 놀라움에 입이 저절로 딱 벌어지더니 엉겁결에 실성을 터뜨렸다.

"호 선생님……!"

그렇다. 나무 가장귀에 축 늘어진 채 매달려 있던 죽은 이의 몸통이 바람결에 빙그르르 돌아서면서 장무기 쪽으로 드러내 보인 얼굴 모습은 다름 아닌 접곡의선 호청우였다.

곁에 나란히 목을 맨 다른 한 구의 시체는 기다란 머리카락을 어깨까지 늘어뜨린 여인이었다. 펄럭펄럭 나부끼는 옷자락과 머리카락에 가리어 얼굴은 볼 수 없었으나 눈에 익은 옷차림새로 보건대 호청우의 아내 독선 왕난고가 분명했다.

거센 골짜기 산바람이 한바탕씩 불어닥칠 때마다 치맛자락이 펄럭이고, 기다란 머리카락이 마구 흩날렸다. 대룽대룽 매달린 채 바람 부는 대로 이리저리 흔들리는 여인의 죽은 몸뚱이가 유독 으스스한 분위기를 자아냈다.

가까스로 정신을 가다듬은 장무기가 천천히 일어나면서 자꾸만 움츠러드는 자신을 다독거렸다. '나는 안 무서워. 아는 사람들이었으니까 무섭지 않아!' 슬금슬금 시체들 곁으로 다가가보니, 과연 호청우 부부였다. 두 사람의 이마에는 저마다 금빛 찬란한 매화꽃이 한 송이씩 박혀 있었다. 황금꽃 염주가 눈길에 잡히는 순간, 장무기는 일이 어떻게 돌아갔는지 이내 깨달았다. 결국 호청우 부부는 금화파파의 독수에서 끝내 빠져나가지 못했던 것이다.

골짜기 시냇가에는 마차 한 대가 박살 난 채 처박혀 있었고, 마차를 끌던 나귀란 놈도 흐르는 냇물 속에 빠져 죽어 있었다.

뜨거운 눈물을 하염없이 흘리며 장무기는 밧줄을 끌러 나무 위에서 호청우 부부의 시신을 한 구씩 내려놓기 시작했다. 왕난고의 시신을 안아 내릴 때였다.

"툭!"

그녀의 품속에서 책 한 권이 떨어졌다. 주워보니 그녀가 직접 쓴 수초본手抄本으로 겉장에 〈독경毒經〉이란 제목이 붙어 있었다. 책장을 들출 때마다 파리 대가리만큼씩이나 작은 해서체 글씨로, 여러 가지 독물의 독성과 사용법, 그리고 해독 방법, 독초에 관한 내용이 적혀 있었다. 항목별로는 독사, 지네, 전갈, 독거미를 비롯해 온갖 희귀한 물고기, 벌레, 날짐승, 길짐승, 그리고 꽃과 나무, 흙과 돌에 이르기까지 독성에 관련된 모든 것이 하나도 빠짐없이 수록되어 있었다.

장무기는 책을 소중히 품속에 간직한 다음, 호청우 내외의 시신을 가지런히 뉘어놓고 그 위에 돌멩이와 흙덩어리를 떠안아다 조촐하게나마 봉분을 쌓았다. 그리고 무덤 앞에 무릎 꿇고 엎드려 큰절을 올린

다음, 양불회의 손을 잡고 그곳을 떠났다.

산길을 2~3리쯤 걷고 났을 때 비로소 널찍한 대로에 오를 수 있었다. 그리고 얼마 안 가서 자그만 시진市鎭에 다다랐다.

장무기는 먹을 것을 사려고 집집마다 들러보았으나 뜻밖에도 모두 빈집뿐이요, 사람이라곤 그림자 하나 구경할 수 없었다. 두 아이는 어쩔 수 없이 마을을 떠나 다시 큰길에 올랐다. 하염없이 길 재촉을 하다 보니 논밭은 오랜 가뭄에 말라붙어 모조리 거북등처럼 쩍쩍 갈라지고, 억새풀과 가시덤불 잡초만 무성하게 웃자라 있었다. 어디를 돌아보나 황량하기 그지없는 광경뿐이었다.

장무기는 마음이 당혹스러웠다. 양식거리를 얻을 데가 없으니 장차 무엇으로 배를 채우고 어떻게 먼 길을 가야 할지 생각만 해도 눈앞이 캄캄했다. 그나마 양불회가 배고픔을 꾹 참고 울지 않아 다행이었다. 눈치가 무척이나 빨라 무기 오빠가 무슨 방도를 짜낼 수 있으리라 단단히 믿고 의지하는 기색이었다.

대로변에는 여기저기 시체 몇 구가 널려 있었다. 하나같이 배만 북처럼 부풀어 올랐을 뿐 뼈마디가 앙상한 데다, 양 볼이 움푹 파여 광대뼈가 불쑥 튀어나온 꼴을 보니 모두 굶어죽은 시체들이 분명했다. 이런 아사자餓死者들의 시체는 갈수록 늘어났다. 또 이런 시체들을 목격하면 할수록 장무기의 마음도 당혹스러움에서 두려움으로 바뀌어갔다. '정말 먹을 것이라곤 아무것도 없는 건가? 우리 둘도 저들처럼 이제 굶어죽은 시체가 되어야 한단 말인가?'

저녁 무렵, 이들은 어느 외진 숲속에 이르렀다. 그리고 숲속 어디선가 모락모락 피어오르는 허연 연기를 발견하고 장무기는 이제 살았구

14. 길에 오르니 가는 곳마다 배은망덕한 이리 떼뿐일세

나 싶어 기뻐서 어쩔 줄 몰랐다. 호접곡을 떠나 여기까지 오는 길에 사람이 불 지피는 연기를 처음 보았다. 그는 양불회의 손을 잡고 연기가 피어오르는 곳을 향해 곧바로 달음박질치기 시작했다.

단걸음에 가까이 달려가 보았더니 남루한 옷차림의 두 사내가 뜨거운 김이 부글부글 끓어오르는 무쇠솥을 에워싸고 쭈그려 앉은 채 열심히 솥 밑바닥에 장작불을 때고 있었다. 두 사내도 발걸음 소리를 들었는지 후딱 뒤돌아보더니 장무기와 양불회를 발견하고 반색을 하면서 벌떡 일어섰다.

"요것들 봐라? 아주 잘됐구먼!"

한 사람이 중얼거리면서 두 아이를 손짓해 불렀다.

"얘들아, 이리 오너라! 어서 와! 같이 온 어른들은 어디 있느냐?"

장무기는 무심결에 곧이곧대로 대답했다.

"우리 둘뿐이에요. 같이 온 어른은 없어요."

이 말을 듣자 두 사내는 서로 마주 보면서 큰 소리로 웃었다.

"하아, 운수로구나! 운수 대통했는걸!"

이구동성으로 외쳐대는 소리를 귓결로 들으면서, 배가 고파 죽을 지경이 된 장무기의 눈길은 무얼 끓이나 싶어 솥 안을 들여다보고 있었다. 그런데 솥 안에 부글부글 끓고 있는 것은 온통 시퍼런 풀잎과 멀건 국물뿐이라 실망스러웠다. 바로 그때 한 사내가 느닷없이 양불회를 덥석 끌어 잡더니 흉물스럽게 웃었다.

"요것이 새끼 양보다 더 토실토실하고 연하게 생겼군! 오늘 밤에 한 끼 배불리 먹으면 아주 기분 좋겠어!"

그러자 또 다른 동료가 맞장구를 쳤다.

"아무렴! 사내 녀석은 남겨뒀다가 내일 잡아먹자고!"

장무기는 깜짝 놀라 소리쳤다.

"이게 무슨 짓이에요? 어서 빨리 내 동생을 놓아줘요!"

하지만 사내는 못 들은 척 코웃음만 칠 뿐 양불회의 저고리를 부욱 찢어 발겨놓고 손을 자기 종아리 쪽으로 뻗더니 기다란 신발통에서 칼 한 자루를 꺼내 들었다. 그것은 쇠귀처럼 볼이 둥글넓적하고 *끄트머리*가 날카로운 우이첨도_{牛耳尖刀}였다. 이름 그대로 소 잡는 데 쓰는 칼이었다.

"요렇게 연하고 토실토실한 고기를 먹어본 지가 언젠지 모르겠군!"

그러고는 양불회를 번쩍 들고 한쪽으로 걸어갔다. 기세를 보아하니 자리를 옮겨서 잡아 죽일 모양이었다. 다른 사내가 오지항아리를 들고 추적추적 뒤따르며 또 한마디 던졌다.

"피를 버리면 아깝지. 선짓국을 한 솥 끓이면 그 맛이 일품이라니까!"

그제야 영문을 알아차린 장무기가 혼비백산했다. 이들은 농담으로 하는 소리가 아니라 진짜 산 사람의 각을 떠서 잡아먹으려는 것이었다. 그는 버럭 고함을 지르면서 대들었다.

"당신들 사람을 잡아먹을 작정이오? 천리에 어긋나는 짓을 하고도 하늘이 두렵지 않소?"

그러자 오지항아리를 들고 뒤따르던 사내가 흘끗 돌아보며 씨익 웃었다.

"이 어르신네는 석 달 동안 쌀 한 톨 먹은 게 없어. 잡아먹을 소나 양이 있었다면 우리가 사람까지 잡아먹겠나?"

느물느물 대꾸하면서도 혹시 '내일 먹을거리'가 도망칠까 봐 손을 불쑥 내뻗어 장무기의 목덜미를 움켜잡으려 했다. 상무기는 옆으로 슬

14. 길에 오르니 가는 곳마다 배은망덕한 이리 떼뿐일세

쩍 몸을 뒤틀어 피하더니 왼손으로 그자의 손길을 잡아끌기가 무섭게 오른 손바닥으로 뒷등 쪽 심장 부위에 호된 일격을 가했다.

"픽!"

그렇다. 고추는 작을수록 매운 법, 허우대가 멀쩡하다고 장사는 아니었다. 그는 양아버지 금모사왕 사손에게서 무공 비결을 전수받은 데다 또 친아버지 장취산에게 무당장권武當長拳을 배웠다. 지난 몇 년 동안 의술에 심취하느라 무공을 단련하지는 않았어도 평생 보고 익힌 것은 하나같이 최고 수준의 상승 무공뿐이었다. 더구나 다급한 나머지 혼신의 기력을 다 쏟아내어 일장을 후려쳤으니 여러 해 무예를 닦아온 무술 사범이라 해도 받아내기가 쉽지 않았을 텐데 하찮은 시골뜨기 장정이야 더 말할 나위가 있으랴? 장무기를 움켜잡으려던 사내는 "헉!" 소리 한마디 지른 채 땅바닥에 엎어져 꼼짝달싹도 하지 않았다.

장무기는 그자를 돌아볼 겨를도 없이 즉각 몸을 날려 양불회 곁으로 뛰어갔다. 생사람을 잡으려던 사내가 돌아서더니 대뜸 칼끝으로 장무기의 앞가슴에 쑤셔 박으려 내질렀다.

"요 녀석부터 죽여야겠군!"

그러나 어린것이라고 얕잡아본 게 잘못이었다. 장무기는 무당장권 초식 가운데 안시식雁翅式, 즉 기러기가 양 날개를 벌리는 듯한 자세를 취하기가 무섭게 오른쪽 발길질로 그자의 손목부터 걷어찼다.

"아얏!"

발끝에 걷어차인 그는 손목 뼈마디가 부러지면서 쥐고 있던 칼이 손아귀를 벗어나 허공으로 날았다. 그다음 순간에 잇따른 것은 원앙연환퇴鴛鴦連環腿, 곧 왼쪽 오른쪽 두 발로 연속 걷어차기였다. 좌우로 뻗어나간 양 발길질이 곧바로 사내의 아래턱을 강타했다. 이제 막 장무기를 호통쳐 꾸짖으려고 입을 쩍 벌리던 아래턱이 발길질에 걸어차여 딱 아물리는 바람에 사내는 그만 자기 혓바닥을 깨물어 절반이나 끊어놓고 말았다.

"어윽! 푸웃!"

사내가 외마디 비명과 함께 미친 듯이 선지피를 뿜어내면서 털썩 고꾸라지더니 두 번 다시 일어나지 못했다. 까무러쳤거나 죽었거나 둘 중 하나였다. 장무기는 황급히 양불회를 부축해 일으켰다.

바로 그때, 등 뒤에서 부스럭부스럭 수풀을 헤치는 발걸음 소리가 들리더니 또 몇 사람이 숲속에서 걸어 나왔다. 진작부터 겁에 질려 있던 양불회는 인기척을 듣기가 무섭게 장무기의 품 안으로 뛰어들었다. 장무기 역시 잔뜩 경계심을 품고 흘끗 뒤돌아보았다. 그러나 상대방이 누군지 알아보자 이내 마음이 놓여 저도 모르게 반가운 목소리로 크게 불렀다.

"간씨 어른! 설씨 어른!"

숲속에서 나타난 사람은 모두 합쳐 다섯 명, 하나는 공동파의 성수가람 간첩이고, 다른 이는 화산파 설공원과 그의 동문 형제 두 사람이었다. 이들 넷은 모두 장무기의 치료를 받고 멀쩡하게 나은 사람들이었다. 마지막으로 뒤따른 사람은 스무 살쯤 들어 보이는, 얼굴 생김새가 우락부락하고 유별나게 이마가 너른 청년으로 처음 보는 사람이었다.

"흥!"

성수가람 간첩이 시큰둥하게 콧방귀를 뀌었다.

"이런! 자네도 여기 왔니? 그런데 저 두 사람은 어찌 된 건가?"

14. 길에 오르니 가는 곳마다 배은망덕한 이리 떼뿐일세

간첩이 손가락으로 땅바닥에 널브러진 두 사내를 가리키며 물었다.

"아무리 굶주려도 산 사람까지 잡아먹으려 하다니, 이거야말로 무법천지 아닙니까?"

장무기가 아직도 분이 풀리지 않아 씨근벌떡 대꾸했으나, 간첩은 그저 귓등으로 들어 넘기고 곁눈질로 양불회 쪽을 흘겨보았다. 그러고는 갑자기 무슨 궁리가 들었는지 입가에 군침을 질질 흘리면서 혓바닥으로 위아래 입술을 핥았다.

"제기랄! 닷새 밤낮을 배 속에 쌀 한 톨 넣어보지 못하고 나무껍질 풀뿌리나 씹었으니, 원…… 흠흠, 요것 참, 살결이 뽀얗고 보드라운걸? 토시토실하고 연한 살코기라……."

혼잣말로 중얼거리던 간첩의 두 눈에 어느덧 게걸들린 짐승의 탐욕스러운 불길이 쏟아져 나왔다. 또 굶주린 이리가 먹이를 앞에 놓고 으르렁대듯 쩍 벌린 입안에서 날카로운 이빨이 번들번들 빛을 발했다. 그 무시무시한 기색을 보자 위험을 느낀 장무기는 본능적으로 재빨리 양불회를 가슴에 껴안았다.

뒤이어 설공원이 물었다.

"그 계집아이의 엄마는?"

이 물음에 장무기는 경계심을 한껏 돋우었다. '이제 기씨 아주머니가 죽었다고 했다가는, 저들의 생각이 바뀌어 방금 죽어 넘어진 시골 뜨기들처럼 못된 마음을 품을지도 모른다. 그렇다면……?'

"기 여협은 장터에 쌀을 사러 갔어요. 이제 곧 돌아오실 겁니다."

천연덕스레 거짓말을 하는데, 양불회가 느닷없이 끼어들어 종알거렸다.

"아냐, 엄마는 하늘나라에 올라갔어!"

두 아이의 말을 듣고, 간첩과 설공원은 기효부가 이미 죽었다는 사실을 알아차렸다. 설공원이 코웃음을 치며 빈정댔다.

"쌀을 사러 가셨다? 흐흐흐! 이 땅 주변 500리 일대 안에서 나한테 쌀 한 줌 얻어다 보여주면 내 자네 수완을 인정해주지!"

그다음 순간, 간첩이 설공원에게 눈짓을 보냈다. 그것을 신호로 두 사람이 후닥닥 달려들더니 간첩은 장무기의 양 팔뚝을 움켜잡고, 설공원은 한 손으로 양불회의 입을 틀어막더니 나머지 한 손으로 그 애의 몸을 번쩍 들어 안았다.

"무슨 짓을 하는 거예요?"

깜짝 놀란 장무기가 고함쳐 물었다.

"흐흐흐, 이 봉양부鳳陽府는 1년 내내 가뭄이 들어 적지천리赤地千里야! 너 나 할 것 없이 모두 굶어 죽을 지경인걸. 요 계집아이는 자네하고 아무 상관도 없지 않은가? 그러니 좀 있다가 한몫 나눠줄 테니 맛있게 먹기나 하게."

간첩이 능글맞게 웃으며 대꾸했다.

"뭐라고요? 명문 정파의 영웅호걸로 자처하는 사람들이 어떻게 그 불쌍한 고아를 어리다고 농락할 수 있습니까? 이런 짐승만도 못한 짓이 강호에 소문이라도 나면 당신들이 사람 노릇을 할 수 있을 듯싶소?"

장무기는 존댓말도 쓰지 않고 입에서 나오는 대로 욕설을 퍼부었다.

"요런 쥐새끼 같은 놈, 어딜 감히!"

노발내빌한 간첩이 왼손으로 멱살을 움켜잡기가 무섭게 오른손으로 장무기의 좌우 뺨따귀를 연거푸 후려쳤다.

"안 되겠군, 요놈의 자식까지 한꺼번에 처치해야겠어! 어차피 새끼 양 한 마리 잡아봤자 성에 차지도 않을 테니까."

장무기는 꼼짝달싹도 못 하고 그 주먹질을 고스란히 얻어맞았다. 시골뜨기 사내 둘쯤 쓰러뜨리기는 아주 손쉬운 노릇이었으나, 공동파의 고수 간첩 같은 이를 상대하기는 버거웠다. 20~30년 동안 무공으로 단련된 그 무지막지한 손아귀에 단단히 붙잡혔으니 제아무리 발버둥 치고 몸부림쳐도 빠져나갈 도리가 없었다. 이윽고 설공원의 사제 둘이 밧줄을 꺼내더니 두 아이를 꽁꽁 묶었다.

장무기는 미칠 듯이 화가 났으나 그야말로 속수무책이었다. 애당초 이 몹쓸 인간들의 상처를 치료해주지 말았어야 할 것을 공연히 목숨을 건져주었다는 후회감에 치가 떨렸다. 하기야 세상인심은 반복 무상反覆無常한 것이라 명문 정파로 자처하는 사람들까지 은혜를 원수로 갚을 줄 뉘 알았겠는가?

간첩이 그 속셈을 꿰뚫어보았는지 빈정대며 물었다.

"요 건방진 꼬마 놈아, 너 지금 속으로 이 어르신네를 욕하고 있었지? 기껏 머리의 상처를 치료해주었더니 은혜를 원수로 갚는다고 말이야. 안 그러냐?"

장무기도 지지 않고 대들었다.

"이게 배은망덕이 아니면 뭐요? 난 당신네들하고 가까운 친척도 아니요, 아무런 연고도 없었지만 그래도 목숨을 구해주지 않았소? 내가 아니었다면 당신네 네 사람의 그 괴상야릇한 상처가 다 나았을 성싶소?"

그러자 이번에는 설공원까지 한마디 거들고 나섰다.

"헤헤헤! 요 철딱서니 없는 도련님아, 우리가 상처를 입고 나서 온

갓 추태를 부린 걸 눈으로 다 보았잖은가? 이제 만약 그 소문이 퍼져 나갔다 하는 날이면 우리 모두 사람 노릇 못 하고 강호에 발붙일 데가 없겠지. 더군다나 우린 정말 배가 고파 죽을 지경이야. 배 속에 신선한 고기 몇 점 넣지 못했다가는 자네가 알량한 솜씨로 구해준 목숨마저 살아남기 어렵겠어. 사람을 구해주려거든 끝까지 구해주라는 말씀도 있지 않은가? 부처님도 당신 몸뚱이에서 살을 떼어내 아귀餓鬼한테 공양하셨지. 아무튼 서천 극락세계 부처님께 보내드릴 테니 자네들 육신으로 다시 한번만 우리 목숨을 구해주시게."

간첩의 사납고 흉악한 기세는 그렇다 치더라도, 호접곡에 처음 왔을 때 유식하고 점잖게 간청하던 설공원이 빙글빙글 웃어가며 던지는 말투야말로 음험하고 악랄하기 짝이 없어, 장무기는 듣기만 해도 가슴이 써늘해지고 온몸에 소름이 돋았다. 그는 두려움을 참느라고 저도 모르게 큰 소리로 발악을 했다.

"나는 무당파 제자요, 이 어린 동생은 아미파 제자란 걸 모르시오? 당신네가 우리 두 사람을 해치는 거야 별일 아니겠지만, 훗날 무당오협이나 멸절사태가 알게 되면 그냥 넘길 것 같소?"

"이잉?"

누구보다 먼저 간첩이 흠칫했다. 가만 생각해보니 틀린 말도 아니었다. 무당과 아미 양대 문파야말로 섣불리 건드릴 수 없는 노릇 아닌가? 그러나 교활한 설공원은 껄껄대고 비아냥대며 한마디로 무시해버렸다.

"그거야 하늘과 땅만 알고 자네와 나만 아는 일이니 아무 상관없네. 정 억울하거든 우리 배 속에 들어가서 장삼봉 늙은이한테 하소연이나 해보게."

14. 길에 오르니 가는 곳마다 배은망덕한 이리 떼뿐일세

이 말에 간첩도 너털웃음을 터뜨렸다.

"하하! 그럴 수도 있겠군! 그나저나 배가 고파 속에서 불이 날 지경일세. 네놈이 내 친형제 아니라 내가 낳은 아들 녀석이라 해도 뼈다귀까지 씹어 삼켜야만 내 배 속에 불이 꺼질 것 같네!"

그리고는 돌아서서 설공원의 두 사제를 채근했다.

"뭘 기다리고 있는 거야? 어서 빨리 불 지펴 물 한 솥 끓이지 않고!"

두 사람 중 하나는 땅바닥에 나뒹굴던 무쇠솥을 집어 들고 냇가로 물을 뜨러 가고, 다른 하나는 화톳불을 피우기 시작했다.

다급해진 장무기가 버럭 고함쳐 사람 백정들을 일깨웠다.

"설씨 나리, 잠깐만! 어차피 저 시골뜨기 사내들은 죽었고, 여러분은 사람을 잡아먹을 정도로 배가 고프시다니 저 사람들이나 삶아 잡수면 되잖습니까?"

이 제안에 설공원은 빙글빙글 웃어가며 고개를 가로저었다.

"저놈들은 너무 못 먹고 죽어서 뼈다귀와 가죽밖에 안 남았네. 세상 천하에 토실토실 살지고 보드라운 양고기를 마다한 채, 저 딱딱하고 질기고 노린내 나고 굳어버린 고기를 먹겠다는 녀석이 어디 있겠나?"

사실 장무기는 타고난 기질이 굳세어 남한테 맞아 죽는 한이 있어도 절대로 비굴하게 용서를 빌 성품이 아니었다. 하지만 지금은 양불회와 함께 못된 백정의 손에 떨어져 산 채로 잡아먹힐 신세가 되자, 당황한 나머지 몇 마디 애걸복걸 목숨을 빌었다. 그러나 설공원에게 오히려 비웃음만 샀을 뿐 아무 효과도 보지 못했다.

"하하! 무당파와 아미파 제자들이 강호에서 그토록 행패 막심하게 강짜를 부리더니, 오늘은 이 어르신네들에게 한 입 한 입 뜯어 먹히는 신세가 되셨군그래. 나중에 가서 늙다리 도사 장삼봉이나 멸절 비구니가 이런 줄 알게 되면 펄펄 뛰다 울화통이 터져서 죽고 말 걸세!"

"설씨 나리! 정 사람을 잡아먹으려거든 날 잡아 잡수시고 제발 저 어린 동생만큼은 놓아 보내주시오. 그럼 이 장무기는 죽어도 한이 없겠소."

장무기가 느닷없이 목청을 높여 크게 말하자, 설공원은 이것 봐라 싶어 두 눈을 휘둥그레 떴다.

"그건 왜?"

"저 아이의 어머니가 세상을 떠날 때 내게 부탁한 게 있었소. 나더러 저 어린것을 아버지한테 데려다 넘겨주라고 말이오. 당신들은 오늘 나 한 사람 잡아먹으면 그것만으로도 배가 찰 테니, 내일 다시 소나 양을 사서 잡아 잡숫고 제발 덕분에 저 어린아이는 놓아 보내주시구려."

간첩은 그가 위기에 봉착해서도 두려워하지 않고 어리디어린 나이에 협사다운 풍모를 보이자, 속으로 감탄하면서 은근히 마음이 움직였다.

"어떻게 할까?"

그가 쭈뼛거리며 동료에게 의견을 물었으나, 설공원은 딱 부러지게 거절했다.

"요 계집아이를 놓아 보내는 거야 별문제는 아니지만, 소문이라도 새어나갔다가는 훗날 송원교나 유연주 같은 무당오협 패거리가 찾아와 따질 텐데, 그때 가서 간씨 형님은 그 작자들을 상대할 자신이 있소?"

이 말에 간첩도 퍼뜩 깨달았는지 고개를 끄덕끄덕했다.

"자네 말이 옳으이. 내가 잠깐 멍청했군. 뒷일을 생각 못 했으니 말일세."

14. 길에 오르니 가는 곳마다 배은망덕한 이리 떼뿐일세

이러쿵저러쿵 승강이가 벌어지는 사이에 화산파 제자가 솥에 맑은 냇물을 떠가지고 와서 화톳불 위에 얹어놓았다. 활활 타오르는 불길에 물은 금방 끓어오를 듯했다. 장무기는 사세가 긴박해진 것을 깨닫고 황급히 양불회에게 소리쳤다.

"불회야! 어서 빨리 이분들께 맹세해라. 오늘 일은 절대로 입 밖에 내지 않겠다고 맹세해!"

그러나 양불회는 울고불고 발버둥 치면서 한사코 말을 듣지 않았다.

"안 돼! 안 돼! 오빠가 잡아먹히면 안 돼!"

사실 그녀는 장무기가 무슨 말을 하는지 뜻도 제대로 알지 못했다. 하지만 어렴풋하게나마 그가 제 목숨을 던져가며 자기를 구하려는 것만큼은 눈치로 알 수 있었다.

그들 한 곁에는 아까부터 기골이 장대한 청년이 묵묵히 앉아 있었다. 마치 돌부처라도 된 양 지금까지 말 한마디 없이 꼼짝달싹도 하지 않았다. 그 꼴이 밉살스러웠는지 간첩이 눈을 흘기며 한마디 던졌다.

"이것 봐, 서 소사! 고기 한 점 얻어먹으려거든 좀 거들어야 할 게 아닌가?"

'소사小斯'란 이곳 안휘성 일대에서 젊은 사내를 가리키는 사투리였다. 그러니까 '서씨 청년'이라고 부른 것이다.

"예, 그렇지요!"

서씨란 청년이 그제야 꿈지럭꿈지럭 일어서더니 허리춤에서 단도 한 자루를 쓰윽 뽑아 들었다.

"소 돼지 잡고 양 잡는 게 내 특기니까요."

그러고는 칼등을 입에 덥석 물고 한 손에는 장무기를, 또 한 손에는 양불회를 거뜬하게 둘러메고 휘적휘적 시냇가로 내려갔다.

"이거 놔! 우릴 놓아달란 말이야! 이 짐승만도 못한 것들!"

남의 손에 쳐들린 장무기는 발버둥을 치면서 갖은 욕설을 다 퍼붓기 시작했다. 목을 길게 늘여 팔뚝이라도 물어뜯으려 했으나 입이 닿지 않으니 그것도 허사였다. 서씨 청년이 한 10여 보쯤 걸어 나갔을까, 설공원이 버럭 고함쳐 불러 세웠다.

"여봐! 멀리 갈 것 없이 거기서 각을 뜨게!"

"아니죠. 냇가에 가서 배를 갈라야 말끔히 씻어낼 수가 있습니다."

칼을 입에 물고 내뱉는 소리라 듣기에 흐리멍덩했다. 하지만 발걸음은 멈추지 않았다.

"거기서 하라니까, 거기……!"

눈치 빠른 설공원은 청년의 태도에서 뭔가 일이 잘못 돌아간다는 것을 느끼고 다시 한번 고함쳐 불러 세웠다. 아무래도 혼자 독식할 작정으로 두 아이를 데리고 뺑소니칠까 봐 걱정스러웠던 것이다.

서씨 청년이 두 아이를 내려놓았다. 그러고는 낮은 목소리로 호통쳤다.

"빨리 도망가! 어서!"

말을 하면서도 익숙한 솜씨로 칼을 놀려 잽싸게 두 아이의 결박을 끊어주었다.

"목숨을 구해주신 은혜 고맙습니다."

장무기는 경황없는 와중에도 인사말을 잊지 않았다. 말끝이 다 떨어지기가 무섭게 양불회의 손을 잡아끌면서 다리야 날 살려라 하고 냅다 뛰기 시작했다.

14. 길에 오르니 가는 곳마다 배은망덕한 이리 때문일세

아니나 다를까, 진작부터 경계 어린 눈초리로 지켜보고 있던 설공원과 간첩이 이거 큰일 났다 싶어 고래고래 악을 쓰면서 뒤쫓았다.

"게 섰거라!"

두 사람이 헐레벌떡 달려왔을 때, 서씨 청년은 칼을 든 채 양팔을 쩍 벌려 앞을 가로막았다.

"거기 멈춰 서시오!"

노기등등해서 달려오던 간첩과 설공원은 그가 가슴 앞에 칼을 가로누여 잡고 떡 버텨선 것을 보자 오히려 그 늠름한 위세에 눌려 일순 찔끔했다. 하나 다음 순간, 성수가람의 입에서 호통이 터져 나왔다.

"이게 뭣 하는 짓이야?"

그러자 서씨 청년은 늠름한 자세로 우뚝 선 채 큰 소리로 되물었다.

"우리처럼 강호에서 행세깨나 하는 사람들이 힘없고 어린것을 능멸하다니, 모두 천하의 영웅호걸에게 웃음거리가 되고 싶소?"

"배가 고파 죽겠는데 무슨 헛소리야? 지금 형편 같으면 네 어미라도 잡아먹을 지경이다!"

설공원이 으르렁대더니, 두 사제를 향해 손짓을 보냈다.

"빨리 저놈들을 쫓아가! 어서 빨리! 놓치면 안 된다!"

장무기는 마음이 다급해졌다. 양불회의 걸음걸이가 워낙 느린 터라 아예 번쩍 안아들고 내뛰기 시작했다. 하지만 자신도 어린 데다 보폭도 짧으니 도망치는 속도가 더욱 느려질 수밖에 없었다.

간첩과 설공원은 저마다 병기를 뽑아 들고 서씨란 젊은이를 협공했다. 한바탕 싸우고 났을 때 간첩의 일도—刀가 서씨 청년의 넓적다리를 찍어 삼시간에 피투성이로 만들었다. 상처를 입고 더 이상 막아낼 수 없게 되자 서씨 청년은 거머쥐고 있던 단도를 냅다 설공원에게 내던졌다. 그러고는 상대방이 슬쩍 몸을 피하는 순간, 재빨리 포위망을 빠져나갔다. 그러나 간첩과 설공원은 그의 뒤를 쫓지 않고 방향을 바꾸어 장무기와 양불회를 붙잡으러 달려갔다.

멀찌감치 빠져 달아난 서씨 청년이 목청을 돋우어 고함쳤다.

"장씨 아우! 두려워하지 말게. 내가 도와줄 사람들을 데리고 와서 구해주겠네!"

이윽고 단숨에 도망꾼을 따라잡은 사람 백정이 득달같이 에워싸고, 장무기와 양불회를 하나씩 붙잡아 또다시 밧줄로 친친 동여맸다.

하마터면 엉뚱한 녀석에게 먹잇감을 빼앗길 뻔한 것이 분했는지, 간첩이 눈알을 부라리며 설공원에게 면박을 주었다.

"저 서가란 놈이 중간에서 득을 보려고 우릴 배반하다니! 정말 나쁜 놈일세! 도대체 어떻게 저런 놈을 만나서 데려온 건가?"

"길에서 우연히 만나 동행하게 되었소. 그러니 좋은 놈인지 나쁜 놈인지 누가 알겠소? 이름이 서달徐達•이라고 합디다. 아무튼 그 녀석의

• 서달(1332~1385): 명나라 초기의 명장, 개국공신. 호주濠州 농민 출신으로 주원장을 따라 의병을 일으킨 후 13년에 걸쳐 진우량陳友諒, 장사성張士誠 등 지방 군벌 세력을 타도하고, 100여 년간 원나라 세력하에 들어 있던 중남부 지역을 수복했다. 1360년 정로대장군征虜大將軍에 임명되어 25만 대군을 이끌고 북벌을 개시, 산동 지역과 대도를 차례로 탈환하고 중국대륙에서 몽골족을 북방 사막으로 몰아내는 데 결정적인 공로를 세웠다. 1368년 주원장이 명나라를 건국한 이후에도 약 20년간 북방 정벌에 나서서 원나라 잔여 세력을 소탕하는 데 힘썼으며 뛰어난 전술과 전략으로 승리를 많이 거두었을 뿐 아니라 군대를 엄정하고 투명하게 다스려 태조 주원장으로부터 "군대를 다스리되 해와 달처럼 투명하고 흠집이 없는 사람은 대장군 한 사람밖에 없다"는 찬사를 받았다. 54세의 나이로 병사한 후 중산왕中山王에 추증되었다.

14. 길에 오르니 가는 곳마다 배은망덕한 이리 떼뿐일세

도깨비 같은 말을 귀담아들을 것 없이 어서 돌아가기나 합시다. 날도 이렇게 어두워가는데 제까짓 놈이 어딜 가서 도와줄 패거리를 끌고 오겠소?"

화산파 제자 하나가 한마디 끼어들었다.

"그놈의 말씨를 들어보니 봉양부 토박이더군요. 기껏해야 한 동네 촌뜨기 녀석들이나 몰아가지고 올 텐데 두려워할 게 뭐 있겠습니까."

그제야 간첩도 마음이 풀렸는지 껄껄대고 웃음을 터뜨렸다.

"봉양부 토박이라, 하하! 하나같이 굶어서 뱃가죽이 등뼈에 달라붙은 녀석들이니 네 발로 엉금엉금 기어서라도 일어나지 못할 거야. 자, 우리 어서 요것들이나 잡아서 푹 삶아 먹세. 한 끼니 배불리는 게 상책 아닌가?"

장무기는 두 번째 사로잡히면서 얼마나 얻어맞았는지 코와 입술이 퉁퉁 부르트고 옷이 갈기갈기 찢겨져 몰골이 말이 아니었다. 품속에 지니고 있던 돈과 잡동사니 물건도 모조리 땅바닥에 떨어졌다. 그는 와살스러운 손아귀에 끌려가면서 방금 자기들을 구해주려던 젊은이를 생각했다. '이름이 서달이라고 했던가? 참말 의롭고 훌륭한 사람이다. 진짜 좋은 친구가 될 만했는데 안타깝게도 내 목숨이 경각에 달려 있으니 사귀어볼 기회조차 없구나.'

이윽고 간첩 일행은 물이 끓는 화톳불 곁에 다다랐다. 손길 가는 대로 내팽개쳐진 장무기는 풀밭에 나뒹굴다 무엇인가 품속에 남아 있던 것이 툭 떨어지는 것을 발견했다. 고개를 숙여 굽어보니 책 한 권이 바람결에 얄팍하고도 누런 책장을 날리고 있었다. 바로 독선의 시신에서 얻은 〈독경〉이었다. 눈길 닿는 대로 펼쳐진 책장을 살펴보았더니 공교롭게도 '독균毒菌'이란 큼지막한 글자가 눈길을 사로잡았다. 독균이라면 독버섯이다. 제목 아래에는 작은 글씨로 여러 가지 독버섯의 생김새와 냄새, 빛깔, 독성과 해독법이 종류별로 자세히 적혀 있었다. 그는 목숨이 경각에 달린 처지라 그런 내용이 머릿속에 들어올 턱이 없었으나, 흘끗 지나치는 눈길에 한 줄이 경황없던 정신을 번쩍 들게 만들었다.

　무릇 독버섯은 하나같이 빛깔이 선명하고 아름답다.
　누르스름한 회색을 띤 버섯은 대부분 독이 없다.

　그는 고개를 쳐든 채 한참 동안 멍하니 있었다. 그런데 무심코 두리번거리던 눈길이 한 곳에 가서 딱 멈췄다. 4~5척 바깥 오랜 세월 비바람에 썩어버린 나뭇등걸 밑에 버섯 10여 포기가 오밀조밀 돋아 있는데, 빛깔이 유별나게 산뜻하고 아름다운 것이 눈길을 잡아끌었다. 그것을 본 장무기는 공연히 가슴이 설레고 두근거렸다. '저게 무슨 버섯일까? 빛깔로 보아 혹시 독버섯은 아닐까? 저 버섯들이 진짜 맹독을 품은 것이라면 불회 동생은 아직 살아날 가망이 있을지도 모른다.'
　장무기는 아직도 자기 목숨을 건지겠다는 생각은 없었다. 몸속에 퍼져 있는 음독 때문에 오늘 죽지 않는다 해도 고작 몇 달 더 연명할 수 있을 뿐이기에 그저 가련한 고아 양불회의 목숨을 구해주고 싶다는 일념뿐이었다. 그는 땅바닥에 주저앉은 채 두 다리와 엉덩이를 움직여 슬금슬금 썩은 나뭇등걸 쪽으로 다가간 다음, 몸뚱이를 슬쩍 비틀면서 손길을 뻗쳐 그 버섯 송이들을 뽑아냈다.
　이 무렵 해가 저물어 하늘빛이 어둑어둑해지고 주변에는 땅거미가

14. 길에 오르니 가는 곳마다 배은망덕한 이리 떼뿐일세

내려앉았다. 게다가 사람들은 저마다 배 속에서 불이 날 지경으로 굶주려 있는 터라 어느 누구도 그에게 신경 쓰지 않았다. 버섯을 손아귀에 움켜쥔 그는 서달이 도망친 쪽을 바라보다가 별안간 펄쩍 뛰어 일어나면서 큰 소리로 외쳤다.

"서달 형님! 여기예요, 사람들을 데려왔어요? 어서 우리를 구해줘! 사람 살려, 사람 살려라!"

느닷없이 고함치는 소리에 간첩과 설공원 일행 넷은 그게 정말인 줄 알고 저마다 병기를 잡고 소스라쳐 일어났다. 장무기는 그들이 동쪽 방향을 주시하고 있는 틈을 타서 두어 발짝 뒷걸음질쳐 손아귀에 쥐고 있던 버섯 한 줌을 재빨리 무쇠솥 물속에 몽땅 집어넣었다. 서달이 도망친 쪽에서는 끝내 사람의 그림자가 보이지 않았다. 아무도 없다는 사실을 확인하자, 간첩은 안도의 한숨을 내쉬면서 장무기에게 욕설을 퍼부었다.

"요 잡놈의 새끼! 죽을 때가 되니까 눈에 헛것이 보이는 모양이로구나. 아무리 목이 터지게 소리쳐봐라, 네놈을 구해줄 사람은 하나도 없을 거다!"

설공원이 궁둥이를 털고 일어섰다.

"자, 물도 거의 끓었으니 각을 떠야지. 누가 손을 델 건가?"

"내가 요 계집아이를 잡을 테니, 자넨 그놈의 자식을 맡게."

간첩이 장무기 쪽을 손가락질하더니 제 손으로 양불회를 끌어 잡았다.

이때 장무기가 얼른 설공원에게 애원했다.

"설씨 나리, 목이 말라 죽겠습니다. 죽을 때 죽더라도 더운물 한 그릇만 먹여주십시오. 그럼 내 죽어서 원귀가 되더라도 나리한테는 달라붙지 않겠어요."

"좋아, 더운물 한 사발쯤 먹이는 게 뭐 대수로운 일이라고. 배 속도 씻길 테니 더 좋겠지."

설공원이 인심 좋게 솥에서 더운물 한 그릇을 푹 떠서 건네주었다.

물그릇을 받아 든 장무기가 입술에 대기 전에 갑자기 큰 소리로 탄성을 질렀다.

"히야, 이거 기가 막히게 냄새가 좋군. 정말 기막힌 냄새야!"

싱싱한 버섯이 뜨거운 물에 푹 데쳐졌으니 맛있는 냄새가 코를 찌를밖에. 진작부터 배가 고파 죽을 지경이던 설공원은 버섯 향기를 맡자 그에게 넘겨준 물그릇을 후딱 빼앗아 제 입에 가져다 대고 단숨에 마셔버렸다. 그러고는 입술을 쩝쩝 핥으면서 찬탄을 아끼지 않았다.

"그거 참말 기가 막히게 맛있군! 맛있어!"

그러고는 한 사발 더 떠냈다. 곁에 있던 간첩이 냉큼 물그릇을 낚아채더니 후후 불어 입을 딱 벌리고 단번에 마셔 비웠다. 그리고 또 한 그릇…… 설공원과 화산파 제자 두 사람도 그릇을 챙겨 제각기 두 사발씩 들이켰다. 오래 굶주린 배 속에 뜨끈뜨끈한 국물이 두 사발씩이나 들어갔으니 모두들 이루 말할 수 없이 기분이 좋아졌다. 간첩은 아예 솥에 든 버섯까지 건져서 우물우물 씹어 먹었다. 버섯이 어디서 생겼고 또 어떻게 해서 무쇠솥 물속에 들어갔는지 따져 묻는 사람은 아무도 없었다.

뜨끈한 국물 두 대접에 버섯까지 다 먹어치운 간첩이 두둑해진 배를 툭툭 치며 헤픈 웃음을 터뜨렸다.

"헤헤! 이렇게 배를 느뜻하게 재워놓아야 고기 믹는 밋이 나지!"

14. 길에 오르니 가는 곳마다 배은망덕한 이리 떼뿐일세

그러고는 왼손으로 양불회의 덜미를 잡더니 오른손에 든 칼을 번쩍 들었다. 장무기는 가슴을 조이며 지켜보았다. 사람들이 버섯 국물을 마시고도 아무런 이상을 보이지 않으니 혹시 독버섯이 아니면 어쩌나 싶어 조마조마했다.

이윽고 두어 걸음 내디딘 간첩이 별안간 비명을 질렀다.

"어이쿠!"

몸뚱이가 두세 번 휘청거리더니 들고 있던 양불회와 칼을 내던지면서 두 손으로 배를 껴안은 채 맥없이 땅바닥에 푹 쓰러졌다.

깜짝 놀란 설공원이 외쳐 물었다.

"간형, 왜 그러는 거요?"

단걸음에 뛰어가 들여다본 것까지는 좋았으나 설공원 또한 한 번 굽힌 허리를 다시 펴지 못하고 동료 백정의 몸뚱이 위에 털썩 엎어졌다. 뒤미처 화산파 제자 둘도 잇따라 독이 발작하면서 죽어 넘어졌다.

장무기가 목이 터져라 환호성을 질렀다.

"아이고, 천지 신령님! 고맙습니다!"

그는 결박당한 몸뚱이를 뒤채어 땅바닥에 떨어진 칼이 있는 곳까지 굴러갔다. 그러고는 칼을 잡아 양불회의 손에 묶인 밧줄부터 끊어주었다. 뒤이어 칼을 넘겨받은 양불회는 두 손이 벌벌 떨려 장무기의 손바닥을 두 군데나 베고서야 겨우 밧줄을 끊었다.

그야말로 구사일생으로 죽음의 문턱에서 빠져나온 두 사람은 너무나 벅찬 기쁨에 서로 껴안고 한동안 떨어질 줄 몰랐다.

죽은 이들은 하나같이 얼굴빛이 시커멓고 전신의 근육이 오그라들어 보기만 해도 끔찍한 몰골을 하고 있었다. 이들의 주검을 살펴보면서 장무기는 감회가 새로웠다. 독물이란 게 악한 사람을 죽일 수도 있고 죄 없는 사람을 구해줄 수도 있구나. 그렇다면 '독술'이라고 해서 꼭 나쁜 학문이라고 할 수는 없지 않은가?

그는 땅바닥에 떨어진 채 아직도 바람결에 책장이 나부끼는 왕난고의 걸작품을 집어 들었다. 그리고 품속에 소중히 간직하면서 앞으로 틈내서 이 〈독경〉을 세밀히 연구하기로 단단히 다짐했다.

이윽고 장무기는 양불회의 손을 잡고 우거진 숲을 빠져나왔다. 이들이 큰길을 찾아 서쪽으로 떠나려 할 때 갑자기 동쪽에서 횃불이 훤히 비치더니 일고여덟 명이나 되는 장정이 저마다 손에 병기를 잡고 빠른 걸음으로 달려오고 있었다. "자라 보고 놀란 가슴 솥뚜껑 보고 놀란다"는 격으로, 낯선 사람들의 모습을 본 장무기는 급히 풀숲에 엎드려 숨었다. 그들이 가까이 달려왔을 때 보니, 앞장선 이는 반갑게도 서달이었다. 그는 왼손에 횃불을 높이 쳐들고 또 한 손에 자루 긴 창을 든 채 큰 소리로 쩌렁쩌렁 외쳐대기 시작했다.

"천륜을 어기고 사람을 잡아먹는 악적들아! 이리 썩 나와 목숨을 바쳐라!"

뭇사람들은 한꺼번에 숲속으로 뛰어들었다. 그리고 간첩, 설공원을 비롯한 넷이 땅바닥에 죽어 넘어진 것을 보고 아연실색했다.

서달이 불안한 마음으로 목청을 드높여 장무기를 찾았다.

"장씨 형제, 어디 있나! 자네들 무사한가? 우리가 구하러 왔네!"

장무기도 소리쳐 응답했다.

"서씨 형님, 저 여기 있습니다!"

그리고는 수풀에서 홀쩍 뛰쳐나왔다. 서달이 그를 발견하고 기뻐하더니 한 팔로 번쩍 들어 안으면서 껄껄댔다.

"하하! 장씨 아우! 자네같이 의협심 많은 협객은 어린것은 둘째로 치고 다 큰 어른들 중에서도 보기 드물 걸세. 자네가 이 악당들의 손에 다쳤을까 봐 내 얼마나 걱정했는지 모르네. 정말 하늘이 도왔군. 착한 사람에게는 좋은 업보가, 못된 사람에게는 악한 업보가 내린다더니 진정 인과응보에 어긋나는 법이 없네그려."

이어서 그는 땅바닥에 널브러진 네 사람을 가리키며 물었다. 간첩 일당이 어떻게 모조리 급살을 맞았는지 궁금했던 것이다. 장무기가 엉겹결에 독버섯으로 처치한 사연을 얘기하자, 일행은 모두 그의 총명함을 찬탄했다.

서달은 이제야 달려오게 된 경위를 얘기했다.

"여기 같이 온 사람들은 모두 내 좋은 친구들이라네. 좀 전까지만 해도 소 한 마리 잡아가지고 모두 황각사皇覺寺 절간에서 삶아 먹으려다, 내가 부르는 소리에 휑하니 달려온 거야. 하지만 자네가 기지를 발휘하지 않았더라면 때늦을 뻔했네."

그는 자기 일행을 한 사람씩 소개했다.

네모반듯한 얼굴에 귀가 큼지막한 사람은 이름이 탕화湯和˙였다. 첫눈에도 재기가 넘쳐 보이는 사람은 등유鄧愈˙˙, 얼굴이 시꺼멓고 키가

˙ 탕화(1326~1395): 명나라 초기의 장령, 개국공신. 역시 주원장과 동향으로 의병에 동참, 초기에는 주로 병력을 모집하는 임무를 맡았으며 1366년 정남장군征南將軍에 임명되어 2만 4,000병력과 선박 400척으로 절강浙江 지방의 군벌 방국진方國珍의 세력을 섬멸했다. 명나라 건국 후, 스스로 병권을 내놓고 지방으로 물러나 해안 축성에 주력해 왜구의 침입을 막았으며 70세의 고령으로 세상을 떠난 후 동구왕東甌王에 추증되었다.

˙˙ 등유(1337~1377): 명나라 초기의 장령, 개국공신. 처음 이름은 '우덕友德', 건국 후 태조 주

큰 꺽다리는 화운花雲*, 얼굴이 희고 깔끔한 두 형제 가운데 맏이는 오량吳良, 아우는 오정吳禎**이었다. 끝으로 스님 한 분은 생김새가 유별나게 추루했다. 아래턱이 삽날처럼 앞쪽으로 불쑥 튀어나온 주걱턱에 얼굴은 마마를 앓은 곰보는 아니더라도 온통 검은 반점과 흉터투성이인데, 움푹 파인 두 눈에는 정기가 번뜩번뜩 빛나고 있었다.

서달이 마지막으로 그 스님을 가리켰다.

"이 형님은 주원장朱元璋***일세. 지금 황각사에 출가승으로 계시지."

원장이 '유愈'라는 이름을 하사해 개명했다. 주원장 군이 장강 건너로 북진할 당시 여러 차례 큰 공을 세웠으며, 명나라 건국 후 정로좌부장군征虜左副將軍이 되어 대장군 서달과 함께 원나라 승상 쾨쾨티무르擴廓帖木兒의 잔여 세력을 추격해 지금의 감숙성甘肅省 사막지대를 수천 리나 깊숙이 들어갔다가 개선했다. 1377년에는 정서장군征西將軍으로 서부 투루판吐魯番 지역을 토벌하던 중 41세의 나이로 병사, 영하왕寧河王으로 추증되었다.

* 화운: 회원懷遠 출신. 주원장을 따라 여러 차례 특출한 공을 세워 행추밀원판行樞密院判으로 승진했다. 장강 북쪽 태평부太平府 일대를 수비하던 중 1360년 군벌 진우량 군이 공격해오자, 군민들을 이끌고 항전했으나 식량이 떨어진 끝에 성이 함락되면서 백성과 함께 전사했다.

** 오량·오정 형제: 본명은 국흥國興, 국보國寶였으나 주원장이 이름을 하사해 오량, 오정으로 고쳤다. 오량(1324~1381)은 1352년 주원장을 따라 의병에 투신한 이래 줄곧 측근 선봉장으로 활약해 여러 차례 전공을 세웠으며, 약 10여 년에 걸쳐 장강 하류 일대를 평정해 주원장이 전국을 통일하는 데 동부 지역의 우려를 해소시켰다. 주로 서남부 변방 지역에서 10년 동안 군사훈련을 전담, 주원장 군에게 병력을 조달했으며 1373년에는 지금의 광서성廣西省 일대를 평정했다. 58세에 죽은 후, 강국공江國公에 추증되었다. 아우 오정(?~1379)은 수군 작전에 능통해 형과 함께 장강 하류 지역을 평정하고 1371년 정해후靖海侯의 작위를 받아 은퇴했다. 그러나 4년 후 왜구의 침입이 빈발하자 다시 총병관摠兵官으로 등용되어 왜구 소탕 작전을 지휘했으며, 1378년에는 동북방 요녕遼寧 지역까지 개척했다. 해국공海國公에 추증.

*** 주원장(1328~1398): 명 태조. 호주湖州(안휘성) 종리鍾離의 빈농 출신으로 청년 시절 황각사에 출가해 승려가 되었으나, 1352년 명교 신도들로 구성된 홍건군紅巾軍에 투신, 그 예하 한림아韓林兒의 좌부원수左副元首가 되었다. 4년 후 남경 일대를 장악하자 오국공吳國公을 자칭하고 원나라의 가혹한 정치를 폐지해 민심을 크게 얻는 한편, 병력을 양성하고 식량을 비축해 기반을 닦은 후 당시 경쟁 세력이던 진우량을 일거에 섬멸했다. 1366년, 명교에서 이탈

14. 길에 오르니 가는 곳마다 배은망덕한 이리 떼뿐일세

꺽다리 화운이 여기에 한마디 덧붙였다.

"출가승은 출가승인데 풍류를 즐기는 땡추 스님이라, 염불보다 잿밥에 마음이 끌려 하루 온종일 고기 먹고 술 마시는 게 일이라네!"

양불회는 주원장의 추접스러운 생김새를 보고 두려웠는지 슬그머니 무기 오빠 등 뒤로 돌아가 숨었다.

그걸 본 주원장이 싱글싱글 웃으면서 안심시켰다.

"꼬마 아가씨, 내가 고기 먹는 땡추중이긴 하지만, 사람은 잡아먹지 않으니까 무서워할 것 없어요."

뒤미처 탕화가 제 이마를 탁 쳤다.

"아차! 가마솥에 쇠고기를 삶다 왔는데, 지금쯤 다 익었겠어."

"어서 갑시다! 어린 아가씨는 내가 업어주지."

그러면서 허리를 구부정하게 엎드리고 등을 내밀었다. 양불회가 냉큼 업히자, 그는 한 손으로 궁둥이를 떠받치고 앞장서서 휘적휘적 걸어 나갔다.

이들의 시원시원한 행동거지를 보고 있으려니 장무기도 어딘지 모르게 호감이 가고 친해지고 싶은 생각이 들었다.

일행을 뒤따라 4~5리쯤 걸었을까, 이윽고 절간 한 채가 나타났다. 대웅전에 들어서자 구수하게 익은 쇠고기 냄새가 진동했다.

"익었구나, 익었어! 아주 푹 익었네!"

해 한림아를 죽이고 자립한 그는 또 다른 군벌 장사성의 세력을 섬멸하고, 2년 후 남경에 도읍을 정해 명나라를 세웠다. 그런 다음 북벌에 착수, 원나라의 황성 대도를 공격 점령하고 원 제국을 무너뜨린 후 몽골족을 북방으로 몰아내면서 단계적으로 중국 천하를 통일하고, 마침내 명 왕조의 중앙집권 체제를 확립했다.

오씨 형제 가운데 맏이가 좋아라고 손을 비벼댔다.

서달이 장무기를 돌아보고 불단 앞쪽을 가리켰다.

"자넨 여기서 좀 쉬고 있게. 우리가 고기를 가져다줄 테니까."

장무기와 양불회는 대웅전 불단 앞 방석에 나란히 앉았다. 이윽고 주원장, 서달, 탕화, 등유, 오씨 형제들이 일손을 모아 바쁘게 움직이더니 큼지막한 양푼에 잘 익은 쇠고기를 듬뿍 담아 내왔다. 오씨 형제들은 또 어디서 구해왔는지 독한 배갈 한 동이를 떠안고 나왔다. 이래서 모두 보살님 면전에 허리띠 끌러놓고 환성을 지르며 통쾌하게 먹고 마시기 시작했다. 장무기와 양불회도 며칠이나 굶주린 끝이라 이제 쇠고기로 배를 채우고 났더니 말도 못 하게 기분이 좋았다.

그런데 화운이 고깃점을 손에 든 채 불쑥 한마디 던졌다.

"서형, 우리 교의 계율이 무엇이든 다 좋은데, 고기를 먹지 못하게 하니 그게 좀 목에 걸리는구려."

이 말을 듣고 장무기가 속으로 흠칫 놀랐다. '이제 보니 모두 명교 신도가 아닌가? 명교 계율에는 채소만 먹고 마왕에게 참배하라고 했는데, 이 사람들은 여기서 독한 술에 쇠고기를 진탕 먹고 있으니 어쩌자는 것일까?'

서달이 무겁게 입을 열었다.

"우리 교에서 으뜸으로 치는 계율은 '선을 행하고 악을 제거한다'는 것일세. 육식이 나쁜 일이긴 해도 그건 지엽적인 일일세. 자네들도 생각해보게. 여기 쌀 한 톨 푸성귀 한 이파리 먹을 게 없는 마당에, 삶아놓은 쇠고기를 두 눈 멀뚱멀뚱 뜨고 보기만 하다가 산 사람이 굶어 죽어야 옳겠나?"

이 말에 등유가 손뼉을 치며 찬사를 보냈다.

"역시 우리 서형 얘기가 제일 유식하네. 자, 모두들 먹세, 먹어!"

이래서 모두 한바탕 신나게 먹고 마시는데, 갑자기 문밖에서 발걸음 소리가 나더니 누군가 문짝을 텅텅 두드렸다.

그 소리에 눈치 빠른 탕화가 용수철 튕기듯 벌떡 일어섰다.

"아이고, 맙소사! 장 원외張員外 댁에서 소를 찾으러 왔구먼!"

그 소리가 끝나자마자 대웅전 문짝이 활짝 열리더니 배불뚝이 장정 두 사람이 가슴을 썩 내밀고 들어섰다.

"잘하는 짓들이다! 원외 어른 댁 암소가 어딜 갔나 했더니만 네놈들이 도둑질해다 잡아먹고 있었구나!"

장정 한 사람이 호통을 치면서 대뜸 절간 스님의 먹살부터 움켜잡았다.

"이 도둑 화상 놈아! 여기 장물이 다 있는데 어디로 도망칠 테냐? 내일 아침 관가에 끌고 가서 치도곤을 흠씬 쳐서 때려죽이고야 말겠다!"

주원장이 먹살을 잡힌 채 능글맞게 웃었다.

"그것참 별소리를 다 듣겠군! 뭐 어쩌고 어째? 우리더러 원외 어른 댁 암소를 도둑질했다니, 소식素食하고 염불하는 출가승더러 고기를 먹는다고 몰아붙이면 그게 부처님께 죄가 된다는 것도 모르나?"

상대방이 시침을 뚝 떼고 나오니, 장정은 양푼에 담긴 고깃덩어리를 손가락질하면서 엄하게 호통쳤다.

"이게 고기가 아니고 뭐란 말이냐?"

주원장은 여전히 빙글빙글 웃어가며 능청스레 대꾸했다.

"누가 고기 아니라던가?"

하지만 장정들이 안 보는 사이에 동료에게 눈짓으로 신호를 보냈다. 눈짓을 받은 오씨 형제가 슬그머니 장정들의 뒤로 돌아가 기합을 터뜨리더니 벌써 두 장정의 양 팔뚝을 한 사람씩 붙잡아 뒷짐 지웠다. 장정들이 단번에 제압당하자, 주원장은 허리춤에서 비수 한 자루를 쓱 뽑아 들었다. 그러고는 껄껄대고 웃으며 그 앞으로 다가섰다.

"두 분 형씨들, 미안하네만 솔직히 말씀드려야겠군. 우리가 먹고 있는 것은 쇠고기가 아니라 바로 사람 고길세. 오늘 어차피 자네들한테 들켰으니 할 수 없군. 자네들까지 잡아먹어 소문 안 나게 입막음이나 할밖에!"

말끝이 다 떨어지기도 전에 "찌익!" 하는 소리가 들리면서 장정 한 사람의 옷섶이 부욱 찢겨나가더니 칼끝 따라 가슴 한복판에 한 줄기 핏자국이 길게 났다.

"어이쿠, 사람 살려! 제발 목숨만…… 살려줍쇼!"

주원장은 고기 한 덩어리를 움켜서 두 사람의 입에 번갈아 쑤셔 박았다.

"뜯어 삼켜!"

매섭게 호통치는 소리에 장정 두 사람은 한 입씩 문 고깃점을 씹지도 못 하고 꿀꺽 삼켰다.

그동안 주원장은 다시 부엌으로 가더니 쇠털을 한 두어 주먹 움켜 가지고 나와서 그들의 입에 한 줌씩 틀어넣었다.

"빨리 삼켜! 어서!"

두 장정은 어쩔 수 없이 우거지상을 한 채 또 쇠털마저 삼켰다.

"하하! 이제 돌아가서 원외 영감한테 고자질해보게. 우리도 자네들

배를 갈라 대질할 테니까. 그럼 어떤 놈이 쇠고기를 먹고 어떤 놈이 안 먹었는지 판가름 날 게 아닌가? 쇠털까지 말끔히 뽑아 자셨으니 말씀이야. 하하핫!"

주원장은 빈정대면서 슬그머니 비수의 칼날을 뒤집어 칼등 쪽으로 그 녀석의 아랫배를 쓰윽 그어 내렸다. 얼음같이 차가운 쇠붙이가 뱃가죽에 섬뜩하게 와서 닿자, 그는 정말 배를 가르는 줄 알고 기절초풍해서 새된 비명을 질렀다.

"아이고, 나 죽는다!"

뒤미처 오씨 형제들도 껄껄대며 쇠털을 움켜다 장정들의 입에 쑤셔 넣고 호통쳤다.

"꼭꼭 씹어 자시고 냉큼 꺼지게!"

그러고는 한 사람씩 궁둥이를 걷어차 대웅전 바깥으로 쫓아냈다. 장 원외 댁 머슴들을 쫓아버린 일행은 허리띠 끌러놓고 마음껏 배를 채웠다. 그들은 평소 원외 영감의 위세를 빌려 동네 사람들에게 제멋대로 행패를 부리고 못살게 굴던 불한당들이었다.

"하하, 꼴들 좋다! 제 놈들 배 속에 쇠고기하며 쇠털까지 들어갔으니 상전한테 가서 일러바치지 못할 게 아닌가?"

"아무렴! 배를 갈라서 대질하겠다는데 어떤 놈이 주둥이를 놀리겠나?"

장무기는 그들의 하는 짓거리가 우습기도 하려니와 또 한편으로는 주원장의 대담성에 감탄을 금치 못했다. 이 땡추 스님의 생김새는 보기 역겨울 정도로 추루하지만 결단력이 있어 상대방을 순식간에 꼼짝 못 하게 제압하는 기발한 수단을 가지고 있었다. 이것이야말로 아무나 생각해낼 수 있는 것이 아니었다.

주원장을 비롯한 여섯 사람은 서달의 입을 통해 장무기가 제 목숨까지 던져가며 양불회를 구하려 했다는 사실을 알고 모두 이 의협심 많은 소년을 좋아했다. 그래서 한낱 어린애로 대하지 않고 스스럼없이 술과 고기까지 권해가며 뜻이 맞는 친구처럼 대해주었다.

술잔이 돌고 돌아 모두 얼큰하게 취기가 올랐을 때, 등유가 뜬금없이 땅이 꺼져라 무거운 한숨을 내리쉬었다.

"우리 한족 사람들이 몽골 오랑캐한테 짓밟혀 수모를 당하고 입에 풀칠하기도 힘드니, 도대체 이런 세월을 언제까지 견디며 살아가야 하나?"

그 말에 화운이 제 넓적다리를 철썩 치면서 덩달아 한탄했다.

"지금 이 봉양부 백성 가운데 태반이 굶어 죽었소. 이곳뿐만 아니라 온 천지가 마찬가지일 거요. 이렇게 두 눈 멀쩡히 뜨고 앉아서 굶어 죽기보다 차라리 오랑캐 놈들과 목숨 걸고 속 시원히 싸우다 죽는 게 낫겠소."

이어서 서달도 카랑카랑한 목소리로 외쳤다.

"오늘날 사람의 목숨은 개돼지만도 못하게 천해졌소! 여러 형님들이 아시다시피 여기 있는 두 어린 친구도 하마터면 남의 배 속에 먹잇감으로 들어갈 뻔하지 않았소? 그러니 지금 이 시각에도 세상 천하에 얼마나 많은 사람이 소나 양처럼 죽어가는지 알 수 없을 지경이오. 사내대장부로 태어나 도탄에 빠져 신음하는 사람들을 구해주지 못한다면 살아 있은들 무슨 소용이 있겠소?"

당화 역시 그 말에 친동히고 나섰다.

14. 길에 오르니 가는 곳마다 배은망덕한 이리 떼뿐일세

"옳은 말일세. 우리가 오늘은 운수 대통해서 남의 소 한 마리 훔쳐 먹고 살아났지만, 내일도 오늘처럼 운수가 좋으란 법은 없을 걸세. 더구나 천하에 내로라하는 영웅호걸들이 먹을 것 입을 것 하나 변변히 주선하지 못한다니, 모두 도적질이나 해서 먹고살아야 한단 말인가?"

이런저런 신세 한탄을 늘어놓다 보니 하나같이 비분강개해 백성들을 이 지경으로 못살게 만들어놓은 몽골 오랑캐에 대한 욕설과 악담이 터져나왔다.

가만히 듣고만 있던 주원장이 동료들을 부추겼다.

"우리가 여기 앉아서 '죽일 놈 살릴 놈!' 하고 입이 터지게 욕설이나 해봤자 오랑캐 놈들의 머리카락 한 올이나 뽑을 수 있겠나? 배짱 있는 사내대장부라면 떨치고 일어나서 오랑캐 한 놈이라도 죽이러 가야지!"

"옳소, 옳소! 우리 모두 오랑캐를 쳐 죽이러 갑시다!"

탕화, 등유, 화운, 오씨 형제가 이구동성으로 외쳐가며 팔뚝을 걷어붙이고 일어섰다.

서달이 스님을 돌아보고 빙긋 웃으며 한마디 건넸다.

"주형은 아무래도 이 절간에서 스님 노릇하긴 다 틀렸소. 아무튼 연세가 제일 높으시니 우리 모두 형님이 시키는 대로 따르겠소."

주원장도 사양하지 않고 그 제안을 선뜻 받아들였다.

"오늘 이후로 우리는 함께 살고 함께 죽을 걸세. 복이 있으면 함께 누리고 어려움이 닥치면 함께 나누도록 하세!"

"좋습니다! 건배합시다!"

"건배!"

일곱 사람은 일제히 자리를 박차고 일어나 술잔을 들고 단숨에 마셔 비웠다. 그러고는 칼을 뽑아 탁자를 내리치며 맹세하니, 호기가 하늘을 찌를 듯했다.

양불회는 두려운 눈빛으로 이들을 쳐다보았다. '모두 술에 취했나, 맛있는 고기를 먹다가 도대체 왜 이러는 걸까?'

하지만 장무기의 생각은 달랐다. 태사부는 마교 사람들과 절대 상종하지 말라고 당부했다. 그런데 상우춘이나 서달 같은 사람들은 하나같이 마교 출신이면서도 설공원 따위의 명문 정파 제자들과 비교가 되지 않을 만큼 의리와 기백이 충천하지 않은가?

그는 태사부 장삼봉을 하늘처럼 존경하고 마음으로 감복해온 처지였으나, 지난 몇 해 동안 자신이 겪어온 경험으로 보건대 아무래도 마교에 대한 태사부의 생각은 너무 지나친 편견이 아닌가 싶었다. 마음은 비록 이러했지만 또 그렇다고 태사부의 당부 말씀을 어길 뜻은 없었다.

주원장이 시원시원하게 말했다.

"사나이가 한번 한다고 말했으면 그대로 실천하는 법! 모두 배를 불렸으니 일하러 가기 딱 좋네. 오늘 장 원외 영감이 몽골군 장령들을 집에 청해놓고 잔치를 베푼다고 했으니, 우선 그 자리부터 때려 엎고 오랑캐와 매국노들을 잡아 죽이세!"

"그것참 좋은 생각이오!"

화운이 대뜸 찬동하며 칼자루를 거머쥐고 벌떡 일어섰다.

"잠깐!"

우르르 몰려 나가려던 동료들의 발걸음을 서달이 한마디로 멈춰 세우더니 부엌으로 들어가 푹 익은 쇠고기를 열댓 근쯤 바구니에 담아 가지고 나와서 장무기에게 넘겨주었다.

14. 길에 오르니 가는 곳마다 배은망덕한 이리 떼뿐일세

"장씨 동생, 자네는 나이가 아직 어려서 우리하고 같이 오랑캐를 죽이고 반란을 일으키러 가지 못하네. 더구나 모두 땡전 한 푼 없는 가난뱅이라 자네한테 줄 것이라곤 이 고기 몇 근밖에 없네. 우리가 요행으로 죽지 않으면 훗날 다시 만나서 쇠고기 한번 배가 터지도록 먹어보세."

장무기는 사양치 않고 바구니를 넘겨받으면서 축원을 했다.

"여러분의 거사가 성공해서 이 땅의 오랑캐를 모조리 몰아내시기 바랍니다. 그래서 만천하 백성들이 배불리 먹고 평안히 살게 해주시기를 빌겠습니다."

주원장과 서달, 탕화, 등유, 화운과 오씨네 형제들이 그 말을 듣고 손뼉을 치며 칭찬을 아끼지 않았다.

"장씨 아우님, 정말 지당한 말씀을 했네! 훗날 우리 다시 만나세!"

호기 있게 대웅전을 나서는 그들의 뒷모습을 바라보면서 장무기는 마음이 착잡하고 서운한 느낌이 들었다. '저들은 지금 오랑캐를 몰아내러 떠난다. 이 어린 동생만 없다면 나도 저들을 따라 함께 갔으련만. 겨우 일곱밖에 안 되니 무슨 수로 그 많은 오랑캐 관군들을 다 죽일 수 있을까? 어쩌면 중과부적으로 몰려서 쫓길지도 모른다. 그럼 장 원외 집에 있던 오랑캐와 장정들이 뒤쫓아올 게 아닌가? 그렇다면 이 절간에서 마냥 머무를 수야 없는 노릇이다.'

그는 서둘러 쇠고기가 담긴 바구니를 팔뚝에 걸쳐 들고 양불회와 함께 절간 바깥으로 나섰다. 캄캄한 밤길을 4~5리쯤 갔을 때였다. 갑자기 북쪽 하늘에 불빛이 벌겋게 타오르더니 삽시간에 걷잡을 수 없는 기세로 번져나가기 시작했다. 주원장, 서달 일행의 거사가 성공해 장 원외의 저택을 불바다로 만든 모양이었다. 불빛에 훤해진 북녘 하늘을 바라보면서 장무기는 흐뭇한 표정을 지었다.

그들은 야산과 들판 어귀에서 잠시나마 눈을 붙여 남은 밤을 보내고 다음 날 아침 일찍 서쪽으로 떠났다.

장무기는 좌망봉이 어디 있는지 물론 알지 못했다. 그저 곤륜산이 서쪽에 있다니까 서쪽으로만 갈 뿐이었다. 어린 소년 소녀가 낯설고 험한 길을 가며 겪은 풍상風霜과 춥고 배고픔의 쓰라림이란 이루 말로 표현하기가 어려울 정도였다. 그나마 양불회의 양친이 모두 무학 명가 출신이라 선천적으로 튼튼한 체질을 타고난 덕분에 어린 몸으로 그 머나먼 여행길을 가면서도 병이 나지 않았다. 사소한 감기 정도는 장무기가 약초를 채집해서 조제한 약으로 거뜬히 고쳐줄 수 있었다. 하지만 굶주리고 허약한 몸이라 가다 쉬고 가다 쉬기를 거듭하다 보니 하루에 고작 20~30리 길밖에 가지 못했다.

그들은 보름이 지나서야 겨우 하남성河南省 경내에 들어섰다. 하남성 일대의 형편도 안휘성이나 별 차이가 없었다. 곳곳마다 기근이 들어 굶어 죽은 시체가 온 땅에 널려 있었다. 장무기는 나뭇가지로 활과 화살을 만들어 날짐승과 작은 길짐승을 잡아 하루 배를 채우고 하루 굶어가며 양불회와 함께 하염없이 서쪽 하늘만 바라보고 터벅터벅 걸었다. 다행히도 가는 도중에 몽골군이나 강호 인물과는 마주치지 않았다. 이따금 어수룩한 시골뜨기 건달이나 무뢰배들이 시비를 걸어올 때도 있었지만, 그 정도쯤은 장무기의 상대가 되지 않았다.

어느 날 그는 길에서 우연히 만난 노인과 한담을 나누던 끝에 "곤륜산 좌망봉이 어디 있습니까?" 하고 물었다. 깜짝 놀란 노인은 두 눈을 휘둥그레 뜨고 한참 동안 바라보더니 고개를 절레절레 저었다.

14. 길에 오르니 가는 곳마다 배은망덕한 이리 떼뿐일세

"이 철딱서니 없는 꼬마 녀석아, 곤륜산이 여기서 얼마나 먼지도 모르고 가는 거야? 10만 8,000리가 훨씬 넘는 거리야! 저 옛날 당나라 스님 삼장법사가 불경을 구하러 떠났을 때 지나쳤을 뿐 아무도 가본 적이 없는 산이라는 걸 모르나? 너희 같은 꼬마들이 미치지 않고서야 어딜 간다는 거야? 도대체 너희는 집이 어디냐? 딴생각 말고 냉큼 발길 돌려 집으로나 가거라!"

이 말을 듣고 장무기는 그만 기가 꺾이고 말았다. '곤륜산이란 데가 그렇게 멀단 말인가? 그렇다면 평생을 두고 걸어서는 못 가겠구나. 어쩌면 좋을까? 하는 수 없지! 무당산에 돌아가서 태사부님께 말씀드리고 보자꾸나.' 하지만 생각은 이내 바뀌었다. '이 장무기가 남의 중한 부탁을 받아놓고 길이 멀다 해서 도중에 그만둘 수야 없지! 더구나 내 목숨도 얼마 남지 않았는데, 죽기 전에 불회 동생을 데려다주지 못한다면 저승에 가서라도 기씨 아주머니를 만나 뵐 면목이 없을 게 아닌가?' 그는 노인과 더 얘기를 나누지 않고 양불회의 손을 잡아끌며 다시 서쪽으로 길을 재촉했다.

스무날이 지났을 때 두 아이가 걸친 옷은 이미 해질 대로 해져 누더기가 되었고 얼굴은 말할 수 없이 초췌해졌다. 무엇보다 장무기의 골치를 썩인 것은 굶주림이나 추위보다 양불회가 보채는 일이었다. 이 철부지 소녀는 걸핏하면 울면서 엄마를 찾았다. 왜 엄마가 하늘에서 내려오지 않느냐며 한번 울음보를 터뜨리는 날에는 한나절이 다 가도록 그치지 않았다. 그럴 때마다 장무기는 "지금 엄마를 찾으러 가는 길이다, 곤륜산 좌망봉에 다다르면 곧 엄마를 만날 수 있다"는 둥 거짓말로 달래보기도 하고, 옛날 얘기로 관심을 돌리거나 도깨비 상판을 지어 보여서 눈물 콧물투성이의 얼굴에 웃음보를 터뜨리게 했다.

주마점駐馬店을 지나던 그날은 이미 여름철도 다 지나고 초가을에 접어들 무렵인지라 아침저녁으로 북녘에서 높새바람이 불어와 으스스할 정도로 추위를 느껴야 했다. 얇은 홑옷만 걸친 두 아이는 추위에 쉴 새 없이 몸을 떨었다. 장무기는 누더기가 다 된 겉옷이나마 벗어서 양불회의 어깨에 걸쳐주었다.

"오빠는 춥지 않아?"

"그래, 난 안 추워. 몸이 아주 후끈후끈한걸!"

장무기는 춥지 않은 척 일부러 두세 번 펄쩍펄쩍 뛰어 보이기까지 했다.

"오빠는 참 좋은 사람이야. 자기도 추우면서 이렇게 나한테 옷을 입혀주고."

어린 계집아이가 갑자기 어른이라도 된 것처럼 대견스레 얘기하는 바람에 장무기는 흠칫 놀라면서 한동안 멀거니 바라보았다.

바로 이때, 산등성이 뒤편에서 난데없는 쇳소리가 요란하게 들려왔다.

"쨍그랑, 쨍! 쨍!"

그것은 분명 날카로운 병기들끼리 맞부딪는 소리였다. 이어서 급하게 내닫는 발걸음 소리가 들리고 악을 쓰는 누군가의 목소리가 뒤따랐다.

"이 못된 놈, 어딜 도망치려고! 그래 어서 뛰어봐라! 네놈은 독을 바른 상문정喪門釘에 맞았으니 뛰면 뛸수록 독이 빨리 퍼질 거다!"

장무기는 황급히 양불회를 끌어당겨 길 곁 수풀 속에 납죽 엎드렸

14. 길에 오르니 가는 곳마다 배은망덕한 이리 떼뿐일세

다. 두 사람이 몸을 숨겼을 때와 거의 동시에 서른쯤 들어 보이는 장정 한 사람이 쏜살같이 달려왔다. 이어 그 뒤쪽 20~30척 간격을 두고 양손에 쌍도를 한 자루씩 갈라 잡은 여인이 헐레벌떡 쫓아왔다.

필사적으로 달려오던 사내는 급작스레 두 다리가 휘청거리더니 돌연 무릎이 툭 꺾이면서 맥없이 땅바닥에 곤두박질쳐 나뒹굴었다. 곧이어 뒤따라온 여인이 그 앞에 멈춰 서서 큰 소리로 기염을 토했다.

"네놈이 끝내 이 아가씨의 손에 죽는구나!"

하지만 그것은 오산이었다. 땅바닥에 쓰러진 사내가 벌떡 일어서더니 오른 손바닥으로 냅다 일장을 후려갈겼다.

"퍽!"

둔탁한 충격음과 더불어 장력은 고스란히 여인의 앞가슴에 들어맞았다. 방심한 탓도 있거니와 또 얼마나 세게 후려쳤는지 여인은 뒤로 벌렁 나자빠졌고, 양손에 쥐었던 쌍칼마저 멀찌감치 날려 보내고 말았다. 사내는 뒷손질로 등에 박힌 상문정을 뽑아냈다. 그러고는 한에 사무친 목소리로 거칠게 요구했다.

"해독제를 내놔라!"

그러나 여인은 차갑게 응수했다.

"사부님이 우리더러 네놈을 잡으라고 떠나보내셨을 때 독을 먹인 그 암기만 주셨지 해독제 따위는 주지 않으셨다. 내 어차피 네놈 손에 떨어졌으니 천명으로 알고 죽겠다만, 네놈 역시 살아날 생각은 마라!"

그러자 사내는 대꾸는 하지 않고 칼끝으로 여인의 목젖을 겨눈 채 주머니를 뒤지기 시작했다. 과연 그 말대로 해독약은 보이지 않았다. 성이 머리끝까지 뻗친 사내는 방금 등에서 뽑아낸 상문정을 여인의 어깻죽지에 꽂아버렸다. 목숨을 앗아가는 독을 먹인 쇠못이 여인의 가냘픈 어깨에 절반 남짓이나 박혀 들어간 것이다.

"너도 상문정의 극독이 어떤지 맛 좀 봐라! 너희 곤륜파 놈들은……어흑……!"

호통치던 사내가 말을 미처 끝내지도 못하고 마치 물먹은 소금자루처럼 그 자리에 스르르 주저앉았다. 등에 입은 독상이 발작한 것이다.

여인이 버둥버둥 기어서 일어나려 했으나, 앞서 가슴에 일장을 얻어맞은 충격으로 "왁!" 하고 선지피를 토하더니 도로 주저앉았다. 하지만 더듬거리는 손길로 어깻죽지에 꽂힌 상문정을 뽑아 땅바닥에 내던질 수는 있었다.

두 사람은 길 곁 풀밭에 엎드려 있었다. 거칠고 무거운 숨결이 그칠 새 없이 들려왔다. 장무기는 '기른 개한테 물린다'는 격으로 앞서 간첩과 설공원 일당을 치료해주었다가 도리어 목숨을 빼앗길 뻔했던 경험이 있는 터라 무림인들에 대한 경계심이 극도로 높아진 상태였다. 따라서 지금도 한쪽 곁에 몸을 숨긴 채 동정만 살필 뿐 섣불리 나설 엄두를 내지 못했다.

그렇듯 한참이 지났다. 이윽고 사내가 땅바닥이 꺼져라 장탄식을 토해냈다.

"이 소습지蘇習之가 오늘 이 주마점에서 목숨을 잃게 되다니……. 하지만 당신네 곤륜파에 도대체 내가 무슨 죄를 저질렀소? 그 까닭도 모른 채 죽어야 하다니 정말 눈을 감을 수가 없구먼. 당신네는 1,000리 길을 마다않고 한사코 나를 죽이려고 뒤쫓아왔는데, 도대체 그 이유가 뭐요? 섬蟾 낭자, 내 죽어가는 마당에 그 이유나 좀 가르쳐주시구려."

그 말투 속에는 이제 적의 같은 것도 내비치지 않았다.

'섬 낭자'라고 불린 여인이 깊은 한숨을 내리쉬었다. 그녀의 이름은 섬춘蟾春으로 곤륜파 사문에서 절대 신임을 받고 있는 제자였다. 그런 만치 독을 바른 이 상문정이란 암기가 얼마나 지독스러운 것인지 익히 알고 있었다. 이제 그 무서운 암기를 맞았으니 이 사내와 동귀어진으로 함께 죽어가야 할 판이었다. 적을 잡아 임무를 완수하기는 했지만 자신도 죽어야 한다고 생각하니 세상만사가 모두 부질없게만 느껴졌다. 그녀는 누구에게랄 것도 없이 원망스러운 기색으로 쓸쓸히 대꾸했다.

"누가 당신더러 우리 사부님의 검법 수련 장면을 훔쳐보라고 했나요? 그 곤륜양의검법崑崙兩儀劍法은 사부님께서 친히 가르쳐주시지 않는 한 사문의 제자라 할지라도 훔쳐보았다가 들키면 눈알을 뽑아내는 형벌을 받아야 하는데, 당신 같은 외부 사람이야 더 말할 나위가 있겠어요?"

"아뿔사!"

소습지가 비로소 이유를 알았는지 외마디 소리를 질렀다.

"빌어먹을! 그것 때문이었군. 제기랄, 당신네 사부란 작자는……."

섬춘이 얼른 그 말을 가로막고 앙칼지게 반박했다.

"죽음이 눈앞에 닥쳤는데도 우리 사부님을 욕할 건가요?"

"내가 욕 좀 하기로서니 뭐 어쨌다는 거요? 이건 너무 억울하지 않소? 난 그저 백우산白牛山을 지나가다 무심결에 당신 스승이 검법 수련하는 것을 보고 호기심이 일어 잠깐 구경했을 뿐이었소. 잠깐 보았다고 해서 그 검법을 배울 수가 있단 말이오? 만약 내게 진짜 그런 재주가 있었다면 당신네 곤륜파 제자 몇몇이서 날 당해낼 수 있을 듯싶소?

섬 낭자, 내 한마디만 합시다. 당신네 스승 철금선생은 소갈머리가 너무 없구려. 내가 곤륜양의검법을 일초 반식도 배우지 못했다는 것은 둘째로 치고 설령 몇 초식 배웠다 해도 그게 곧 죽을죄가 될 수 있겠소?"

섬춘은 말없이 묵묵히 듣고만 있었다. 그녀로서도 스승이 이번에 하찮은 일을 가지고 너무 떠들썩하니 큰일이라도 난 것처럼 대소동을 부린 게 못마땅했던 것이다. 스승 철금선생은 소습지가 우연히 검술 연습하는 장면을 목격하고 부랴부랴 그 자리를 떠나자, 마치 곤륜파 비전절기가 누설된 것처럼 펄펄 뛰어가며 그 즉시 제자 여섯을 파견해 천만 리를 쫓아가는 한이 있더라도 반드시 그의 목을 베어오라는 엄명을 내렸다. 그런데 자신은 끝내 이 사람과 양패구상兩敗俱傷해 죽기에 이르렀으니 기가 막힐 노릇이었다.

생각이 여기에 미치자 그녀는 소습지의 말을 인정하지 않을 수 없었다. 사실이 그랬다. 죽음이 눈앞에 닥쳤는데 어느 누가 거짓말을 늘어놓겠는가? 사내가 스승의 무공을 훔쳐 배우지 않았다는 것도 물론 거짓이 아닐 것이다.

소습지의 불평은 계속됐다.

"당신도 생각해보시오. 극독이 발린 암기를 주면서 해독제를 주지 않았다는 것은 또 무슨 처사요? 무림에 그런 빌어먹을 법도가 어디 있단 말이오? 제기랄!"

이제야 섬춘도 대꾸하는 목소리가 부드러워졌다.

"소형, 제가 당신을 해친 것이 정말 후회스럽군요. 나 역시 죗값으로 당신과 함께 죽어주니 잘된 노릇이긴 하지만, 당신 부인과 자식들한테 누를 끼치게 되어 실로 미안하기 짝이 없네요."

14. 길에 오르니 가는 곳마다 배은망덕한 이리 떼뿐일세

소습지가 한숨을 푹푹 내리쉬며 한탄을 했다.

"내 아내는 2년 전에 세상을 떠났소. 사내아이와 계집아이를 하나씩 남겼는데 하나는 여섯 살, 하나는 네 살 먹었소. 내일이면 그 아이들도 모두 아비 어미 없는 고아 신세가 되겠구려."

"집 안에 또 누가 계시나요? 그 아이들을 돌봐줄 사람이 있긴 하나요?"

"지금 형수가 돌봐주고 있소. 하지만 성미가 거칠고 조급한 데다 난 폭하기 짝이 없어 집안에서 나 한 사람만 다소 꺼릴 뿐 형님조차 꼼짝 못 한다오. 아아, 참말로 한심한 노릇이지! 장차 그 아이들이 큰어미한 테 얼마나 구박을 받으며 고생하게 될지 모르겠구려."

그러자 섬춘이 다 기어들어가는 목소리로 사과했다.

"모두가…… 내 잘못이에요……."

하나 소습지는 고개를 가로저었다.

"아니, 당신 탓이라고도 할 수 없소. 당신도 스승의 명을 받아 어쩔 수 없이 그런 것 아니오? 나한테 무슨 원한이 있었던 것도 아니고. 사실 내가 당신의 암기를 맞고 혼자 죽으면 그만인 것을, 내 어쩌자고 당신한테 일장을 후려치고 게다가 또 그 독 묻은 암기로 상처까지 입혔는지 모르 겠구려. 내가 진작 사실대로 얘기했던들, 당신은 마음씨가 착하니 불쌍 한 내 아이들을 위해 무슨 방도를 마련해주었을지도 모르는데……."

섬춘이 이 말을 듣고 쓸쓸하게 웃었다.

"난 당신 목숨을 해친 원수인데 어떻게 마음씨가 착할 리 있겠어요?"

"아니오, 난 당신을 원망하지 않소. 이건 진심이오. 절대로 당신을 탓하지 않고 있소."

방금까지만 해도 목숨 걸고 살기등등하게 싸우던 두 사람이었다. 그런데 이제 목숨이 얼마 남지 않았다는 것을 알게 되자 새삼스레 인간 세상에 대한 아쉬움 때문에 마음씨가 더없이 착해진 모양이었다.

두 남녀의 대화를 여기까지 엿듣고 났을 때 장무기의 마음속에 한 가닥 연민의 정이 우러났다. '이들 남녀는 심지가 악한 사람들 같지는 않구나. 게다가 이 소씨란 사람은 집에 아이가 둘씩이나 있다고 하지 않은가?'

그는 자신과 양불회가 천애 고아의 몸으로 이토록 고초를 겪는 걸 생각하고 두 번 생각해볼 것도 없이 수풀에서 뛰쳐나갔다.

"섬 낭자, 당신이 던진 상문정에 무슨 독을 발라놓았는지 아십니까?"

난데없이 수풀 속에서 두 아이가 뛰쳐나오는 것을 본 소습지와 섬춘이 깜짝 놀랐다. 더구나 장무기가 엉뚱하게 묻는 소리를 듣고 더욱 의아스러웠다. 상대방이 아무런 대꾸도 하지 않고 물끄러미 쳐다보고만 있자, 장무기는 우선 해명부터 늘어놓았다.

"제가 대략이나마 의술을 좀 알고 있습니다. 어쩌면 두 분이 입은 독상을 치료해드릴 수 있을지도 모르겠습니다."

그제야 섬춘이 입을 열었다.

"무슨 독약인지는 나도 몰라. 하지만 상처 난 데가 가려워서 견딜 수 없어. 우리 사부님 말씀이 상문정에 맞은 사람은 겨우 네 시진밖에 목숨을 부지할 수 없다고 했는데…….."

"저한테 상처를 좀 보여주시지요."

그러나 두 남녀는 선뜻 그 말을 믿지 않았다. 옷차림새도 누더기인 데다 풍상에 시달리느라 온몸에 때가 꾀죄죄하게 묻어 있으니 영락없

14. 길에 오르니 가는 곳마다 배은망덕한 이리 떼뿐일세

는 거지로 보였다. 소습지가 귀찮다는 듯이 거칠게 호통쳤다.

"요 꼬마 녀석아! 우리 두 사람의 목숨은 이제 곧 끝장나고 말 거야! 죽은 사람 송장 보기 싫거든 헛소리 그만 지껄이고 멀찌감치 꺼져라!"

목숨이 얼마 남지 않았으니 성질이 사납고 거칠어질 수밖에 없었다. 하나 장무기는 그 말을 들은 척도 않고 땅바닥에 떨어진 상문정을 주워 들었다. 그러고는 코끝에 대고 냄새부터 맡아보았다. 극독이 발린 암기에서는 난초꽃의 맑은 향기가 은은히 풍겨 나왔다. 이제야 말이지만 사실 그는 여기까지 오는 동안 틈틈이 왕난고가 남기고 간 〈독경〉을 들춰보고 연구한 끝에 천하의 온갖 기이하고 괴상한 독물과 독약에 대해 훤히 알게 되었다. 그래서 향내를 맡아보기가 무섭게 이 암기에 바른 독이 바로 청다라화青陀羅花의 독즙이라는 사실을 금방 알아냈다.

왕난고의 〈독경〉에는 이렇게 쓰여 있었다.

청다라화의 꽃즙은 본래 비린내가 나고 꽃 자체에 독성이 없어 한 대접을 마셔도 털끝만치도 해를 입지 않는다. 그러나 일단 혈액과 섞이면 맹렬한 극독이 생겨나고 동시에 역겨운 비린내가 맑디맑은 향내로 바뀐다.

"암기에 바른 것은 청다라화의 독즙이군요."

"어엇……?"

섬춘이 이것 봐라 싶어 두 눈을 휘둥그레 떴다. 상문정에 바른 것이 무슨 독약인지는 모르나, 스승이 가꾸는 꽃밭에 그런 기화이초奇花異草가 자라는 것만큼은 사실이었다.

"네가 그걸 어떻게 아느냐?"

청다라화는 세상에서 극히 보기 드문 독화毒花로 저 머나먼 서역 땅 몇 군데에서만 날 뿐 예로부터 중원에 없는 종류인데, 이 거렁뱅이 같은 소년이 냄새 한 번 맡아보고 척 알아맞혔으니 섬춘으로서는 희한할 수밖에 없었다.

장무기는 그저 고개를 끄덕끄덕해 보였다.

"저도 알 만하지요."

그러고는 양불회의 손을 잡고 돌아섰다.

"우린 이제 그만 떠나자."

"잠깐만!"

섬춘이 다급하게 소리쳐 불러 세웠다.

"어린 친구, 만약 치료법을 알고 있거든 제발 선심 쓰는 셈치고 우리 두 사람의 목숨을 좀 구해줘. 부탁이야……."

사실 장무기도 이들을 구해줄 마음은 있었다. 그런데 갑작스레 간첩과 설공원이 사람을 잡아먹으려고 설쳐대던 그 흉악한 모습이 불쑥 떠오른 데다 소습지가 방금 무례한 말로 호통치는 것을 보고 망설여졌던 것이다.

그것을 눈치챘는지 소습지도 겸연쩍은 기색으로 사과를 했다.

"꼬마 도련님, 내가 눈은 달렸어도 고명하신 분을 알아보지 못했네. 너무 야속하게 여기지 말게."

사과를 받았으니 언짢은 기분이 조금 풀렸다. 그래서 흔쾌히 대답했다.

"좋습니다. 어디 한번 치료해보지요."

그는 금침을 꺼내 섬춘의 앞가슴 진중혈膻中穴과 양쪽 어깻죽지 곁

분혈缺盆穴에 침을 몇 대 놓아 우선 장력에 다친 상처의 통증부터 가라앉혔다.

"이 청다라화는 피를 만나면 독으로 바뀝니다. 하지만 배 속으로 들어가면 아무런 해가 없지요. 우선 두 분이 서로 상처 난 곳을 입으로 빨아서 독을 뽑아내세요. 핏물에 엉긴 미세한 핏덩어리가 없어질 때까지 빨아내셔야 합니다."

다 큰 남녀 어른끼리 살을 맞대고 입으로 피를 빨아내라니, 소습지와 섬춘은 마음이 선뜻 내키지 않았다. 하지만 목숨이 걸린 일인 데다 상처가 자신들의 입에 닿지 않는 어깨와 등 쪽에 있으니 어쩌겠는가. 그들은 할 수 없이 번갈아가며 상처에 입을 대고 서로 독을 빨아주었다. 그동안 장무기는 산자락 변두리에서 약초 세 가지를 캐다가 입으로 씹어서 그들의 상처 부위에 붙여주었다.

"이 세 가지 약초는 독상을 근본적으로 치료하는 데 효과는 별로 없고, 그저 독기가 더는 치밀어 오르지 못하게 막아줄 뿐입니다. 저 앞마을에 내려가서 약방을 찾거든 다시 약을 조제해서 치료해드리지요."

"고맙네, 정말 고마우이!"

"이거 고마워서 어쩌나! 이 은혜를 무엇으로 갚아야 좋을지 모르겠네!"

소습지와 섬춘은 입에 침이 마르도록 고맙다는 인사를 했다. 미칠 지경으로 가려워 견딜 수 없던 상처가 약초를 붙이자 신통하게도 금세 시원해지면서 사지 팔다리의 마비 증세까지 감쪽같이 풀렸던 것이다. 이윽고 두 사람은 나뭇가지를 꺾어 지팡이 삼아 짚고 절뚝절뚝 걸어 내려가기 시작했다. 가는 도중에 섬춘이 이 솜씨 좋은 의원의 사문 내력을 떠보았으나, 장무기는 자세한 얘기를 하고 싶지 않아 그저 어릴 적부터 의술을 조금 배웠노라고 적당히 얼버무렸다.

한 시진쯤 걸었을까, 일행 넷은 사하점沙河店에 이르러 객점을 한 군데 잡아 투숙했다. 장무기가 약방문을 한 장 쓰자, 소습지는 객점의 심부름꾼을 시켜 처방대로 약을 지어오게 했다. 천만다행히도 이해에 하남 서부 지역에는 천재지변이 들지 않아 비록 잔혹한 몽골군의 횡포는 다른 지방과 별다를 바 없었지만, 백성들은 입에 그나마 풀칠이라도 하며 살 수가 있었고, 사하점 마을 장터에도 여느 때처럼 가게 문이 열려 있었다. 객점 심부름꾼이 약을 지어오자, 장무기는 그것을 정성스럽게 달여 소습지와 섬춘에게 먹였다.

네 사람은 객점에서 사흘을 묵었다. 장무기는 날마다 약 처방을 바꿔가며 상처에 붙여주고 약을 달여 먹였다. 이렇듯 나흘째가 되자 소습지와 섬춘의 몸에 퍼져 있던 극독은 말끔히 없어지고 온전하게 걸어 다닐 수 있게 되었다. 두 사람은 고마운 마음을 이루 형언할 길이 없었다. 그들은 장무기에게 어디로 가는 길이냐고 물었다. 장무기는 곤륜산 좌망봉까지 가는 길이라고 일러주었다.

이 말을 들은 섬춘은 소습지를 돌아보고 의논했다.

"소형, 우리 두 목숨은 이 어린 동생이 구해준 것입니다. 그런데 우리 다섯 사형이 아직도 당신을 찾아 헤매고 있으니 이 사건은 마무리된 것도 아닙니다. 어떻습니까. 이렇게 마냥 쫓겨 다니실 게 아니라 차라리 저하고 같이 곤륜산으로 가보시는 게……."

"나더러 곤륜산에 가잔 말이오?"

"그래요. 저하고 같이 가서 우리 사부님을 뵙고 당신이 곤륜양의검

307

법을 일초 반식도 배우지 않았다고 확실하게 말씀드리도록 하세요. 그 어르신께서 직접 용서해주지 않으신다면 앞으로도 후환이 끝이 없을 거예요."

이 말에 소습지가 불끈 성을 냈다.

"당신네 곤륜파가 정말 해도 너무하는구려! 지나가다 우연히 잠깐 본 걸 가지고 내 하마터면 저승 문턱 귀문관鬼門關에 들어갈 뻔했는데, 그렇다고 사람을 꼭 죽여서 입막음을 해야 속이 시원하다니, 어쩌면 이럴 수가 있소?"

섬춘이 부드럽게 달랬다.

"소형, 저하고 입장을 바꿔놓고 생각해보세요. 저도 중간에서 고충이 이만저만이 아니에요. 제가 사부님을 만나 뵙고 당신이 확실히 그 검법을 배우지 않았다고 말씀드리기는 별문제가 아니지만, 지금 우리 다섯 사형이 물정도 모른 채 끝까지 당신을 뒤쫓아 해친다면 제 마음이 얼마나 아프겠어요?"

그들 두 사람은 지난 며칠 동안 삶과 죽음의 문턱을 함께 넘나드는 사이에 자기들도 모르게 서로 정이 들어 있었다. 소습지는 그녀가 따뜻한 말로 부드럽게 설득하자, 가슴에 치밀었던 분노가 슬그머니 풀어졌다. 더구나 곤륜파 문하에는 제자들이 숱하게 많았다. 이들이 물귀신처럼 따라붙는다면 자기 목숨을 끊어버려야 떨어져 나갈 텐데, 평생토록 그 골칫덩어리를 어떻게 감당한단 말인가?

그가 깊은 생각에 잠기는 것을 보고, 섬춘이 또 한 가지 제안을 했다.

"우선 저하고 같이 곤륜산으로 가도록 하세요. 혹시 중요한 일이 있거든 곤륜산에 다녀오고 나서 제가 당신을 따라가 해결하면 어떨까요?"

이 말에 소습지도 힘이 나서 흔쾌히 응낙했다.

"좋소, 그럼 그리합시다! 한데 당신 사부님이 과연 내 변명을 믿어주실까 모르겠소."

"사부님은 절 무척 좋아하시니까 제가 간곡히 부탁드리면 당신을 난처하게 하시지는 않을 거예요. 이 일을 잘 매듭짓고 나면 저도 함께 가서 당신의 자제분들을 돌봐주고 싶어요. 그 형수란 분이 어린것들을 구박하면 안 되잖아요?"

섬춘이 이렇게까지 말을 하자, 소습지는 그녀가 자신에게 평생을 의탁할 뜻이 있음을 알아차리고 입이 당장 함박만 하게 벌어졌다. 그는 두 번 생각해볼 것도 없이 장무기를 돌아보고 물었다.

"어린 친구, 우리 모두 곤륜산에 올라가도록 하세! 함께 가면 길동무도 될 테니까 심심하지는 않겠지?"

섬춘 역시 장무기를 설득했다.

"곤륜산맥은 1,000리에 걸쳐 뻗어 있어서 산봉우리가 얼마나 많은지 헤아릴 수도 없어. 그 좌망봉이 어디 있는지 내 당장은 모르겠으나, 우리 곤륜파 사람들이 나가서 샅샅이 뒤지고 다니면 그까짓 봉우리 하나쯤 못 찾아내겠어?"

이튿날 소습지는 큼지막한 마차 한 대를 세내어 장무기와 양불회를 태운 다음 자기들도 말을 타고 출발했다.

규모가 큰 마을에 다다르자, 섬춘은 두 어린것에게 갈아입힐 새 옷을 몇 벌 샀다. 목욕을 시키고 옷을 갈아입히자, 두 아이의 면모는 딴사람처럼 바뀌었다. 사내 녀석은 영준하기 이를 데 없고 계집아이는 빼어나게 아리따운 자태를 드러냈다. 새로운 모습으로 바뀐 그들을 보면서 소습지와 섬춘은 손뼉 쳐가며 기뻐했다.

이때가 되어서야 두 아이는 비로소 기나긴 여행길의 고초를 면할 수 있었다. 하루 세 끼 거르지 않고 배불리 먹는 덕분에 수척했던 몸도 차츰 살이 올랐다.

서쪽으로 갈수록 날씨는 하루가 다르게 점점 더 추워졌으나, 소습지와 섬춘이 알뜰살뜰 곰살궂게 돌봐주어 두 아이는 가는 길 내내 평안 무사했다. 서역 땅에 도착한 후부터는 더구나 곤륜파 세력권에 속했으므로 장애가 될 것은 털끝만치도 없었다. 힘든 점이 있다면 황사黃沙가 끊임없이 날아들고 밤마다 한겨울의 차가운 모래폭풍이 얼굴을 덮치는 것뿐이었다.

몇 날 며칠을 더 나아갔을까, 일행은 마침내 곤륜파의 근거지인 곤륜산 삼성요三聖坳에 도착했다. 온 들판에는 싱그러운 초록빛 풀밭이 비단처럼 덮이고 가는 곳마다 과수원에 향기로운 꽃나무가 숲을 이루고 있었다. 소습지와 장무기는 황량하고 추운 서역의 사막지대 한복판에 이토록 아름답고 살기 좋은 곳이 있을 줄은 꿈에도 생각지 못한 터라 그 기쁨은 이루 말할 수 없었다.

이 삼성요는 사면 둘레가 하늘을 찌를 듯 높은 산으로 에워싸여 있어 차가운 공기가 들어오지 못하게 막아놓은 분지였다. 곤륜파는 저 옛날 곤륜삼성 하족도의 사형 되는 영보도인靈寶道人이 창설한 이래 역대 장문인들이 수십 년에 걸쳐 대를 이어가며 이 분지를 지상낙원으로 가꾸는 데 온 힘을 다 쏟았다. 동쪽으로는 강남 지방, 서쪽으로는 천축天竺(인도, 중앙아시아)에 이르기까지 대대로 제자들을 파견해서 희귀한 꽃나무들을 옮겨다 재배해 이룩한 낙원이었다.

섬춘은 이들 나그네 세 사람을 데리고 철금선생 하태충이 거처하는 '철금거鐵琴居'로 들어갔다. 그런데 문턱을 넘어서고 보니, 사문의 여러 형제자매들이 그녀와 인사를 나누면서도 무슨 걱정거리가 생겼는지 하나같이 침통한 기색으로 고개만 끄덕일 뿐 입을 꾹 다문 채 반가운 말 한마디 건네지 않았다.

공연히 마음이 불안해진 섬춘은 슬그머니 조바심이 나서 혼잣말로 투덜거렸다.

"도대체 무슨 일이 벌어진 거야?"

그녀는 사매 하나를 한쪽으로 끌고 가서 조용히 물었다.

"사부님은 안에 계시나?"

사매가 대꾸하기도 전에 뒤채에서 격노한 철금선생의 사나운 목소리가 먼저 들려나왔다.

"모두가 천치 밥통들이야, 밥통들! 무슨 일을 시켜도 제대로 해내는 놈 하나 없으니 너희 같은 바보 멍텅구리 제자 녀석들을 도대체 어디다 써먹어야 좋단 말이냐?"

이어서 손바닥으로 탁자를 내리치는 소리가 온 집 안에 천둥 벼락 같이 울렸다.

그 기척에 찔끔한 섬춘이 소습지를 돌아보고 귓속말로 속삭였다.

"사부님이 뭔가 역정이 나신 모양이에요. 기분이 언짢으실 때 말씀 드렸다가는 퇴짜 맞기 십상이니 내일 다시 오기로 하죠."

한데 이 귓속말이 들렸는지, 안에서 하태충의 짜증 난 목소리가 다시 들려나왔다.

14. 길에 오르니 가는 곳마다 배은망덕한 이리 떼뿐일세

"춘아냐? 돌아왔으면 냉큼 들어와 아뢸 것이지 뒷전에서 뭘 구시렁대는 거냐? 그래, 소가란 놈의 모가지는 베어왔느냐?"

스승에게 들킨 섬춘은 얼굴빛이 하얗게 질려 자라목을 움츠리고 냉큼 안채로 들어가기가 무섭게 무릎 꿇고 이마를 조아렸다.

"사부님, 문안 인사 올립니다."

"보낸 일은 어떻게 됐느냐? 소가란 놈은?"

스승의 질문이 염주알처럼 줄줄이 꿰어 나왔다.

"그 소가 성을 가진 자는 사부님께 죄를 청하려고 지금 바깥에 엎드려 있습니다. 그자 말이, 우리 문파의 법규가 뭔지 모르고 확실히 보아서는 안 될 사부님의 검법 수련 장면을 무심결에 목격했다 합니다. 하오나 우리 문파의 검법이 워낙 정교하고 오묘해 그 장면을 보고 나서도 그저 세상 천하에 둘도 없는 고명한 검술이란 생각만 들었을 뿐, 그 오묘한 도리를 깨치기는커녕 도대체 어디서부터 어떻게 전개되는 것인지 일초 반식도 가닥을 잡을 수 없었다 합니다."

그녀는 스승인 철금선생 하태충을 따른 지 오래되었다. 그렇기 때문에 스승이 자신의 무공에 대해 얼마나 대단한 자부심을 품고 있는지 훤히 꿰뚫어 알고 있었다. 따라서 소습지가 본파의 무공에 경탄을 금치 못했노라고 치켜세우면 스승도 기분이 좋아져 노염을 풀고 용서해주리라 믿은 것이다.

만약 여느 때 이 정도 추어올렸으면 하태충도 분명히 용서했을 터였다. 하지만 오늘은 심기가 무척 불편한 날이라 그저 코웃음만 칠 뿐 용서한다는 말은 좀처럼 하지 않았다.

"흥! 네가 그래도 일 한번 잘했구나. 그 소가 녀석일랑 일단 뒷산 석굴에 가둬놓거라. 나중에 천천히 시간 있을 때 처분하마."

눈치 빠른 섬춘은 스승의 기분이 언짢은 낌새를 채고 더는 입을 열어 간청하지 않았다. 자칫 잘못했다가는 자신마저 수상쩍게 몰릴 가능성이 있기 때문이었다.

"예, 분부대로 하겠습니다."

일단 응답을 해놓고, 그녀는 다시 여쭈었다.

"하온데 사모님들께선 모두 안녕하신지요? 제가 뒤채로 들어가 문안 인사를 드리겠습니다."

철금선생 하태충에게는 처첩이 도합 다섯 명 있었다. 그중에서도 제일 총애하는 것은 다섯째 첩이었다. 섬춘은 스승에게 소습지를 용서해달라고 직접 간청하기보다 차라리 다섯째 마님께 부탁해서 간접적으로 성사시켜볼 생각이었다. 예나 지금이나 '베개 밑 송사'는 효과 만점이니까.

그러자 하태충이 갑작스레 침울한 표정을 짓더니 세상이 당장 무너져 내리기라도 할 것처럼 처량하게 장탄식을 토해냈다.

"네가 들어가서 다섯째 마님을 뵙는 거야 좋다만, 그놈의 병세가 워낙 깊어서 걱정이로구나. 아무튼 때맞춰 돌아왔으니 마지막으로 얼굴 한번 볼 수는 있을 거다."

이 말에 섬춘이 깜짝 놀라 내처 물었다.

"아니, 다섯째 사모님께서 편찮으시다니요? 무슨 병환이십니까?"

하태충은 또 한 번 땅바닥이 꺼져라 한숨을 내쉬었다.

"무슨 병인지 알았으면 오죽이나 좋겠느냐. 이름깨나 있다는 의원을 일고여덟 놈씩이나 불러다 보였지만, 노내체 병명이 뭔지조차 알아

14. 길에 오르니 가는 곳마다 배은망덕한 이리 때뿐일세

내지 못했으니 어쩌면 좋으냐? 온몸이 퉁퉁 부어올라서…… 그 꽃처럼 옥돌처럼 예쁘던 것이…… 에이! 더는 말도 말거라!"

그는 고개를 절레절레 내두르더니 제자 앞에 아예 푸념을 늘어놓기 시작했다.

"내 그 숱한 제자들을 받아들였건만 쓸모 있는 놈은 하나도 없구나. 그 녀석들더러 장백산에 가서 천년 묵은 인삼을 캐오라고 보냈더니 두 달이 다 되었는데 한 녀석도 돌아올 줄 모르고, 또 설산에 가서 설련雪蓮, 하수오何首烏 같은 구명의 영약을 구해오라 했더니 모두 빈손으로 돌아왔지 뭐냐."

스승의 하소연을 들으면서 섬춘은 속으로 딱한 생각이 들었다. '여기서 장백산까지 만 리 길이나 되는데 어떻게 동네 마실 다니듯 금방 갔다 되돌아올 수 있단 말인가? 또 설령 장백산에 갔더라도 천년 묵은 인삼을 찾아낼 수 있을지 없을지 누가 장담하겠는가? 설련이나 하수오도 그렇지, 그런 기사회생하는 희귀한 영약이 한평생을 찾아 헤매도 보기 힘들 터인데 어떻게 하루아침에 '나와라' 한다고 생겨날 수 있단 말인가?' 아무튼 이 스승은 다섯째 소첩을 자기 목숨처럼 아끼고 사랑한 나머지 그 병이 낫지 않으니 다른 사람에게 화풀이를 하고 있는 것이었다.

하태충은 여전히 투덜투덜 푸념을 늘어놓았다.

"내 공력으로 다섯째 마님의 경맥을 낱낱이 짚어보았는데, 아무 이상이 없더구나. 그런데 어찌 된 노릇인지 부종浮腫이 가라앉지 않고 날이 갈수록 부어오르니 도대체 이게 무슨 조화인지 모르겠다. 흐흥, 만에 하나라도 다섯째가 목숨을 보전하지 못해봐라! 내 이 세상 천하의 못난 돌팔이 의원 녀석들을 모조리 죽여 씨를 말리고야 말 테다!"

섬춘은 더 들어봤자 속만 끓을 따름이라 다소곳이 고개 숙이고 여쭈었다.

"제가 들어가서 마님께 병문안 인사를 드리겠습니다."

"그래, 나하고 같이 가보자."

이윽고 스승과 제자 두 사람이 다섯째 마님의 침실에 당도했다. 섬춘이 방문을 열고 들어서자 약 냄새가 먼저 코를 찔렀다. 휘장을 들치고 보니 다섯째 마님의 퉁퉁 부어오른 얼굴이 금방 알아보지도 못할 지경이었다. 얼굴의 살갗이 팽팽하게 당겨진 채 살 속까지 들여다보일 정도로 투명한 것이 금방이라도 갈라져서 핏물이 솟구쳐 나올 것만 같았다. 부어오른 살 속으로 움푹 파여 들어간 두 눈은 거의 뜨지도 못하고, 힘겹게 헐떡거리는 숨소리가 풀무질하듯 연신 "푸우, 푸우!" 바람 빠지는 소리만 내며 누워 있었다.

이 다섯째 마님은 본래 서역 지방에서도 대단한 미녀로 소문난 여인이었다. 그렇지 않고서야 하태충같이 콧대 높은 어른이 그토록 흠씬 빠져들 리가 없었다. 그런데 지금 이렇듯 병들고 보니 추악하기가 저 팔계의 상판보다 더 흉물스러웠다. 섬춘도 안쓰러운 마음에 탄식을 금치 못했다.

등 뒤에서 하태충의 목소리가 다시 울렸다.

"가서 그 못난 돌팔이 의원들더러 다시 와서 진찰해보라고 해라!"

"예에!"

병실에서 시중들던 노부인이 조용히 응답하고 나가더니, 잠시 후 "철꺼덕철꺼덕!" 쇠사슬 끌리는 소리가 나면서 일곱 의원이 줄지어 들어왔다. 일곱 명의 열네 발복이 하나같이 쇠사슬에 묶여 길게 연결되

14. 길에 오르니 가는 곳마다 배은망덕한 이리 떼뿐일세

었으니 걷는 대로 소리가 날 수밖에 없었다. 또 철금선생에게 얼마나 부대끼고 닦달을 당했는지 모두 초췌하고 고통스러워하는 기색이 환자보다 더 역력했다. 이 의원들은 사천四川, 운남雲南, 감숙甘肅 일대에서 가장 이름난 의생이요, 또 하나는 서장西藏(티베트) 라마교의 명의로서 모두 하태충이 제자들을 보내 초빙한다는 명목을 내세워 반강제로 납치하다시피 끌고 온 사람들인 것이다.

그런데 환자를 진찰해본 이들 일곱 의원의 견해가 제각기 달랐다. 어떤 의원은 수종水腫이라 하는가 하면 어떤 이는 귀신이 달라붙었다고 하는 등 진단이 구구각색으로 나왔다. 그뿐 아니라 그들이 써낸 약방문대로 온갖 약을 다 써보았으나 한 가지도 효험을 보지 못하고 다섯째 마님의 몸뚱이는 하루가 다르게 더욱 부어오르기만 했다. 화가 머리끝까지 뻗친 하태충은 이들 일곱 의원을 모조리 쇠사슬로 묶어 가두어버리고 다섯째 마님이 죽으면 그 무덤 속에 같이 파묻어 순장해버리겠다고 공공연히 선언하기에 이르렀다. 물론 초빙되어 올 때만 해도 일곱 의원은 '솜씨 좋은 명의'로 불렸으나, 지금 와서는 '용렬한 돌팔이 의원'이란 천덕꾸러기 신세가 되고 말았다.

일곱 의생은 별의별 수단 방법을 다 써보았으나 다섯째 마님의 병이 낫지 않고 날이 갈수록 악화하자, 이제는 자기네 목숨도 보전할 길이 없다고 절망한 상태였다. 그럼에도 진맥을 할 때마다 제각기 나름대로 의학 이론을 내세워 목청을 높여 다퉜다. 게다가 주야장천 서로 다른 의원의 잘못이라 책임을 떠넘기고 발뺌하기만 일삼았으니, 철금선생이 깊은 수양 덕분에 꾹 참고 견뎌왔지 그렇지 않았던들 진작 울화통이 터져 죽었을지도 모르는 일이었다.

아무튼 이날도 진맥을 한 일곱 의원은 이러쿵저러쿵 고집을 부리던 끝에 또다시 말다툼을 벌였다. 화가 머리끝까지 뻗친 하태충은 대갈일성으로 호통을 쳐서 그들의 입을 다물게 했다. 하지만 그뿐 달리 해볼 뾰족한 방법이 없었다.

이때 곁에서 지켜보고 있던 섬춘의 머릿속에 한 가지 생각이 퍼뜩 떠올랐다.

"사부님, 제가 하남 지방에 갔다가 의원 한 사람을 데려왔습니다. 나이는 어리지만 솜씨가 이 의원들보다 높습니다."

"아니, 뭐라고? 의원이라……?"

하태충은 귀가 솔깃해졌다.

"그럼 왜 진작 아뢰지 않았느냐! 어서어서 빨리 모셔오너라!"

철금선생은 입이 함박만 하게 벌어져 싱글벙글 웃으며 제자를 꾸짖었다. 그러고는 당장 그 고명한 의원을 모셔오라고 재촉했다. 사실 이 일곱 의원을 초빙해왔을 때만 하더라도 하나같이 극진히 공경하고 대우해왔지만, '명의'가 돌팔이 '용의庸醫'로 바뀐 그날부터 천덕꾸러기 신세가 된 줄을 섬춘이야 알 턱이 없었다. 아무튼 그녀는 대청으로 나가서 장무기를 데리고 들어왔다.

장무기는 첫눈에 하태충을 알아보았다. 몇 년 전, 무당산에서 부모님을 옥박질러 자결하게 만든 사람들 가운데 그도 끼어 있었음을 지금도 잊지 않고 있었다. 그는 속에서 들끓어오르는 분노를 가눌 길이 없었다. 4~5년의 세월이 흐른 오늘날 장무기의 생김새와 몸집은 크게 바뀌어 있는 터라 철금선생은 그를 알아볼 수 없었다. 그는 그저 나이 열네댓 살 먹은 소년이 이른을 보고도 무례하게 머리 숙여 인사하지

14. 길에 오르니 가는 곳마다 배은망덕한 이리 떼뿐일세

않을 뿐 아니라 곁눈질로 흘겨보는 기색이 무척 차갑다는 인상만 받았다. 하태충은 이를 개의치 않고 섬춘에게 물었다.

"네가 말한 명의가 어디 있느냐?"

섬춘은 장무기를 가리켰다.

"바로 이 어린 형제가 의생입니다. 의술에 아주 정통해서 저기 계신 명의들보다 훨씬 뛰어날 겁니다."

그러나 하태충은 믿을 수가 없었다. 그는 대뜸 소리쳐 제자를 꾸짖었다.

"터무니없는 소리! 당치도 않은 소리 작작 해라!"

그러자 섬춘이 차분하게 한마디로 말씀드렸다.

"제가 청다라화에 중독되었을 때 이 어린 친구가 완치시켜주었습니다."

이 말에 하태충도 깜짝 놀랐다.

"아니, 뭐라고! 청다라화의 독성은 내 독문獨門 해독제가 아니면 절대로 풀 수 없는 맹독이야! 그것에 중독되면 반드시 죽고 못 사는데, 요 어린 꼬마가 치료해서 살려냈다니 그것 참말 해괴한 노릇이군!"

그러고는 장무기의 위아래를 요모조모 뜯어보았다.

"이것 봐, 젊은이! 자네 정말 치료라는 걸 할 줄 아는가?"

하태충을 마주 바라보고 있는 동안 장무기의 머릿속에는 참혹하게 세상을 떠나던 부모님의 모습이 떠올랐다. 그만큼 하태충에 대한 원망도 가슴 한구석에 지워지지 않았다. 하지만 그는 지난날의 원수를 잊지 않고 평생토록 한을 품는 그런 옹졸한 성격의 소유자가 아니었다. 그렇지 않았다면 간첩이나 설공원의 고질병을 치료해주지 않았을 테고, 곤륜파 제자라고 명백히 신분을 밝힌 섬춘의 중독 역시 고쳐주지 않았을 것이다.

이제 하태충이 그렇듯 무례하게 따져 묻는 소리를 듣고 보니 비록 불쾌한 생각이 들긴 했어도 그저 고개만 두어 번 끄덕였을 뿐 내색은 하지 않았다.

"좀 알긴 하지요. 하나 안타깝게도 정통하지는 못합니다."

"흥!"

하태충이 콧방귀를 뀌면서 사납게 흘겨보더니, 그를 데리고 섬춘과 함께 병실로 들어갔다.

병실에 들어서는 순간, 장무기는 이상야릇한 냄새를 맡고 긴장했다. 잠시 후 그 냄새는 짙어졌다 옅어졌다 사뭇 유별나게 농도가 바뀌었다. 그는 아무 말 없이 다섯째 마님의 침상에 다가서서 얼굴빛을 살펴본 다음 양 손목의 맥박을 짚었다. 그러고는 느닷없이 금침 한 대를 뽑자마자 호박처럼 퉁퉁 부어오른 얼굴에 꾹 찔러 넣었다.

하태충이 기급해서 소리를 질렀다.

"무슨 짓을 하는 거냐!"

득달같이 손길을 뻗쳐 움켜잡으려 했을 때 그는 이미 금침을 뽑아내고 있었다. 다섯째 마님의 얼굴에서는 핏물이라곤 한 방울도 나오지 않고 싯누런 진물만 샘솟듯 꾸역꾸역 쏟아졌다.

하태충의 다섯 손가락이 장무기의 등 쪽 심장부에서 불과 반 척도 못 되는 거리를 둔 채 가까스로 멈추었다.

장무기는 금침을 코끝에 바싹 대고 냄새를 맡아보더니 고개를 끄덕였다. 그 모양을 보자, 하태충의 마음에도 실낱같은 희망이 움터 나왔다.

14. 길에 오르니 가는 곳마다 배은망덕한 이리 떼뿐일세

"젊은 친구, 그 병 고칠 수 있겠는가?"

한 문파의 존귀한 어른이 어린 소년을 앞에 두고 '젊은 친구'라고 불러주었다면 그것만으로도 보통 극진한 예우가 아니었다.

장무기는 대답하지 않았다. 그는 잠시 생각해보더니 또 느닷없이 무릎 꿇고 엎드려 이번에는 환자의 침대 밑바닥을 한차례 들여다본 다음, 다시 창문을 활짝 열어젖히고 창밖의 화원을 내다보았다. 그러고는 별안간 창틀을 훌쩍 뛰어넘어 바깥으로 나가더니 화원 가까이 다가가서 천연덕스레 이리저리 꽃구경을 하기 시작했다.

하태충은 다섯째 소첩을 누구보다 사랑하는 터라 숱한 공을 들여 그녀가 아끼는 꽃밭에 온갖 진귀한 화훼를 얻어다 심어놓았다. 그런데 이 꼬마 녀석이 하는 짓이 괘씸하기 그지없었다. 자기는 지금 한시 바삐 약 처방을 내려 다섯째 소첩의 질병을 고쳐주기만 학수고대하며 속을 끓이고 있는 판인데, 주인의 허락도 받지 않고 함부로 나가서 그 희귀한 꽃밭을 저 혼자 좋아라고 여유만만하게 감상이나 하고 있으니 그야말로 복장이 터져 죽을 노릇이었다. 하지만 속수무책이던 터에 한 줄기 광명이 눈앞에 비친 바에야 어쩌겠는가? 끝내 부글부글 끓어오르는 울화통을 억누른 채 얼굴빛이 온통 시퍼래져서 씨근벌떡 거친 숨만 내쉴 도리밖에 없었다.

화초밭을 한 바퀴 둘러본 장무기는 무엇인가 알았다는 듯이 고개를 끄덕이더니 곧장 환자의 방으로 돌아왔다.

"병환은 고칠 수 있겠습니다만, 손을 대고 싶지 않군요. 섬 낭자, 전 이만 떠나겠습니다."

"아니, 그게 무슨 얘긴가?"

기절초풍하도록 놀란 섬춘이 황급히 그를 만류했다.

"여보게, 장씨 동생. 자네가 만약 우리 다섯째 마님의 괴질을 고쳐주기만 한다면 우리 곤륜파 윗분·아랫분들이 모두 감지덕지해서 자네의 그 큰 은덕에 보답할 걸세. 아무쪼록 치료해주길 바라네."

그러자 장무기는 하태충을 손가락질했다.

"내 아버지 어머니를 핍박해 돌아가시게 한 사람들 가운데, 이분 철금선생도 한몫 거드셨습니다. 그런데 내가 무엇 때문에 그런 분의 아내 목숨을 구해드려야 합니까?"

하태충이 깜짝 놀라 물었다.

"이보게 젊은 친구! 자네 성씨가 뭔가? 아버님 어머님은 또 뉘시고?"

"제 성은 장씨입니다. 선친께서는 무당파의 다섯째 제자셨고요."

이 말에 하태충도 속이 찔렸는지 안색이 싹 바뀌었다. '그러고 보니 요 어린 녀석이 장취산의 아들이었구나. 무당파의 무공 실력이 대단하고 가문의 내력이 있는 만치 필경 의술에도 뛰어난 솜씨를 지니고 있을 게 분명하다.'

그는 일부러 참담한 기색을 지으면서 장탄식을 토해냈다.

"장씨 아우, 자넨 어려서 몰랐겠지만 영친께서 살아 계셨을 때 이 못난 사람도 그분과 절친한 교분을 맺었다네. 그분이 칼을 물고 자결하시고 나서 내 얼마나 애통해마지않았는지……."

목이 메어 말끝을 맺지 못하는 그는 애첩의 목숨을 건지기 위해 입에서 나오는 대로 지껄였다.

눈치 빠른 섬춘도 스승의 거짓말에 덩달아 한술 더 뜨고 나왔다.

"두 분 어르신께서 세상을 뜨신 후, 우리 사부님은 이 곤륜산에 돌아오셔서 몇 차례나 대성통곡을 하셨는지 모른다네. 그리고 우리 같은 제자들에게도 늘 말씀하시기를 '장 오협은 내 평생 가장 친하게 사귀어온 지기지우知己之友였노라' 하고 말씀하셨지. 왜 진작 밝히지 않았나? 자네가 돌아가신 장 오협의 아드님이란 걸 알았더라면 내가 더 잘 모셔드렸을 텐데."

장무기는 이들의 하는 수작을 반신반의로 받아들였으나, 천생 마음이 여린 터라 이들의 소원을 매정하게 끊을 수가 없었다.

"부인께선 괴질에 걸린 것이 아니라 금은혈사金銀血蛇란 독사에게 물려 중독되셨습니다."

"금은혈사?"

하태충과 섬춘이 이구동성으로 같은 질문을 했다.

"그렇습니다. 그런 종류의 독사는 저도 본 적이 없습니다만, 부인의 부어오른 뺨을 금침으로 찔러보니 바늘 끝에서 단향목橫香木의 향내가 나더군요. 하 선생이 직접 부인의 발을 좀 보아주시겠습니까? 발가락 열 개 끄트머리마다 무엇엔가 잘게 물린 자국이 있을 겁니다."

"그러지!"

하태충이 황급히 다섯째 마님의 솜이불을 들쳐놓고 세심하게 그녀의 발가락을 살폈다. 과연! 장무기가 말한 대로 발가락 끄트머리마다 무엇엔가 물렸는지 검은빛에 가깝게 짙은 자줏빛 이빨 자국이 나 있었다. 얼마나 작은지 쌀눈처럼 가느다란 게 유심히 살펴보지 않고서는 절대로 눈에 뜨이지 않았을 것이다.

그것을 보자 하태충은 장무기에 대한 믿음이 급작스레 열 배나 늘어났다.

"틀림없네, 틀림없어! 정말 발가락마다 물린 이빨 자국이 있네그려. 여보게, 자네 안목이 참으로 고명하이, 고명해! 병의 근원을 알아냈으니 반드시 고칠 수도 있겠지? 아내의 병이 다 나으면 내 반드시 후하게 사례함세!"

그러고는 고개를 돌려 일곱 의원을 흘겨보면서 냅다 호통쳤다.

"이런 밥통 머저리들 같으니! 무슨 감기 몸살입네, 귀신이 들렸네, 양기가 허하고 음기가 모자랍네, 하나같이 터무니없는 소리만 늘어놓았지 않나! 이 밥버러지들아, 환자 발가락에 깨물린 생채기도 못 알아보면서 무슨 의원 노릇을 하겠다는 거냐?"

욕설을 퍼부어 꾸짖고 있으나 그 말씨에는 기쁨이 철철 넘쳤다.

장무기가 조용히 한마디 건넸다.

"부인의 병이 워낙 희한하고 유별난 것이라 병근病根을 알아보지 못했다고 탓할 것도 아닙니다. 모두 돌려보내시지요."

하태충의 입에서 싱글벙글 웃음이 떠날 줄 몰랐다.

"아무렴, 그래야지! 좋아, 자네 같은 명의가 왕림하셨으니 저따위 돌팔이들은 여기 더 두어봤자 밥이나 축낼 뿐 아무짝에도 쓸모가 없겠지. 춘아야, 저들 한 녀석당 은화 100냥씩 주어서 저 갈 데로 떠나도록 쫓아버리려무나!"

일곱 의원은 뜻하지 않은 기쁨에 어쩔 줄 몰랐다. 그야말로 저승 문턱에서 도망쳐 나온 셈이라 은화를 한 보따리씩 넘겨받기가 무섭게 뒤도 안 돌아보고 허둥지둥 떠나갔다. 꼬마 의원의 솜씨가 신통한 효력을 보이지 못하는 날이면 자기네 일곱 사람까지 한꺼번에 도로 갇혀서 어른 꼬마 할 것 없이 도합 '여덟 돌팔이'가 곤륜파 장문 어르신의 애첩 무덤에 파묻혀 도매금으로 순장을 당할까 봐 겁이 났던 것이다.

일곱 의원이 떠나간 후, 장무기는 다시 하태충에게 부탁했다.

"몸종들을 시켜서 부인의 침대를 옮겨놓게 하십시오. 침대 밑에 구멍이 뚫렸으면 그게 바로 금은혈사가 드나드는 통로입니다."

"그거야 쉬운 노릇이지!"

하태충은 한마디로 시원스레 응낙하더니 몸종을 시킬 것도 없이 자기 오른손으로 침대 다리를 번쩍 치켜들어 그 위에 누운 사람째 한꺼번에 떠메다 옮겨놓았다. 침대가 놓였던 방바닥을 보니 과연 조그만 구멍 하나가 뺑 뚫려 있었다. 그는 기쁨 속에서도 슬그머니 화가 났다. 별것 아닌 독사 한두 마리 때문에 온 집안이 소란을 피우고 애첩이 죽을까 봐 애를 태운 게 새삼 속이 상했던 것이다.

"얘들아, 어서 빨리 유황硫黃 염초焰硝를 가져오너라. 이 빌어먹을 놈의 독사한테 연기를 쐬어 끌어내다 토막토막 썰어 죽이고야 말 테다!"

이때 장무기가 손을 내저었다.

"안 됩니다, 안 돼요! 부인이 물린 뱀독은 그 독사 두 마리가 있어야 치료됩니다. 독사를 죽이시면 부인의 병은 고칠 수 없습니다."

"흐흠, 그랬군. 어째서 그런지 가르침을 청해도 되겠소?"

'가르침을 청하다'니! 그 한마디는 스승이 세상을 떠난 후, 엄처시하嚴妻侍下인 그가 자기 정실부인 한 사람만 빼놓고 아무에게도 해본 적이 없는 겸사의 말이었다.

장무기는 손가락으로 창밖의 화원을 가리켰다.

"하 선생, 존부인의 질병은 순전히 저 꽃밭에 심어놓은 영지란靈脂蘭 여덟 그루에서 비롯된 것입니다."

"저게 영지란이었는가? 난 이름조차 모르고 있었군. 내가 화초를 좋아하는 줄 알고 어떤 친구가 서역에서 여덟 분을 가져와 선사한 것일세. 꽃이 필 때는 단향목 향내가 솔솔 풍기고 꽃송이의 빛깔도 아주 요염할 정도로 아리따웠는데, 저게 화근 덩어리일 줄이야 꿈에도 생각 못 했네."

"의서에 따르면, 저 난초 뿌리는 공처럼 둥글둥글한 데다 빛깔이 불덩어리처럼 붉고 바로 그 구근球根에 맹독이 들었다고 했습니다. 사실이 그런지 아닌지 한번 캐내보기로 하지요."

이 무렵 곤륜파 남녀 제자들도 이 꼬마 의원이 다섯째 사모님의 괴질을 치료할 수 있다는 것을 알고 모두 기뻐 어쩔 바를 몰랐다. 그동안 부인의 괴질 때문에 신경이 날카로울 대로 날카로워진 장문 어른의 화풀이에 까닭 없이 들볶이고 시달림을 받아왔으니 지금 생각만 해도 오금이 저릴 판이었던 것이다.

제자들 가운데 사내들은 부인의 침실에 얼씬도 못 하고 섬춘을 비롯한 여제자 여섯만 방 안에 있었다. 장무기의 설명이 끝나자 그 가운데 둘이 조용히 바깥으로 나가더니 삽을 가지고 꽃밭으로 들어가 문제의 난초 한 그루를 파내기 시작했다. 과연 그 말대로 흙 속에서 캐낸 구근의 빛깔이 불덩어리처럼 붉은 데다 손길이 저절로 가서 만져보고 싶을 정도로 아름다웠다. 그러나 이 둥근 뿌리에 사람 잡는 맹독이 들어 있다니 감히 건드릴 엄두조차 내지 못했다.

장무기의 지시가 또 떨어졌다.

"뿌리를 여덟 그루 모조리 캐내어 질그릇에 담고 거기에 달걀 여덟 개를 깨뜨려 넣은 다음, 닭 피 한 대접을 쏟아붓고 짓찧어서 풀떡을 만드십시오. 독성이 맹렬하니까 찧을 때 살갗에 튀지 않도록 조심하셔야 합니다."

"알았네."

섬춘이 한마디로 응답하더니 사매 두 사람을 데리고 나가서 시킨 대로 그 일을 해냈다. 장무기는 영지란 잎사귀를 몇 장 잘라서 사람을 시켜 문밖에서 불로 구워 바싹 말리게 했다. 그러고는 또 한 자 남짓한 길이의 죽통竹筒 두 개와 기다란 대지팡이를 한 개 준비시켜 한 곁에 놓아두었다.

얼마 안 있어 섬춘이 영지란 구근을 찧어 만든 풀떡 그릇을 조심스럽게 들고 들어왔다. 장무기는 그 약풀을 방바닥에 쏟아놓고 대지팡이 끝으로 이리저리 흩어 둥그렇게 원둘레를 만들었다. 그런 뒤 원둘레 한 귀퉁이에 두 치 너비의 공백을 한 군데 터놓았다.

"이상한 것이 보이더라도 절대로 소리를 내면 안 됩니다. 독사가 놀라 도망쳤다가는 그림자도 없이 종적을 감출 테니까요. 그리고 여러분 모두 감초와 솜으로 콧구멍을 막으세요."

'명의'께서 분부하셨으니 모두 그대로 따를밖에. 장무기 자신도 콧구멍을 틀어막고 나서 불씨를 꺼내더니 바싹 마른 난초 잎사귀를 뱀 구멍 앞에 놓고 태우기 시작했다.

뜨거운 차 한 잔 다 마실 때쯤 되었을까, 구멍에서 작달막한 뱀 대가리가 불쑥 나타나더니 핏빛처럼 붉은 몸뚱이가 슬금슬금 기어나왔다. 보통 뱀들과는 다르게 정수리에 황금색 볏이 번쩍이는데, 놀랍게도 슬금슬금 기어나오는 몸뚱이에 앞뒤 다리 넷이 번갈아 움직였다. 몸길이는 어림잡아 여덟 치가량이었다. 뒤이어 구멍에서 또 한 마리가 나오는데 몸뚱이 길이는 그보다 조금 짧은 대신, 정수리의 볏은 하얀 은빛 일색이었다.

하태충은 이런 괴상한 독사를 그것도 두 마리씩이나 보자, 그 즉시 숨을 딱 멈추고 아무 소리도 내지 못했다. 이렇듯 기이하게 생긴 독사라면 필경 극독을 품고 있을 것은 두말할 나위도 없으리라. 무공이 뛰어나게 높고 강한 사람들이니만치 두려울 바는 없겠지만, 일단 놓쳤다 하는 날이면 다섯째 소첩의 몹쓸 괴질을 영영 고칠 도리가 없을 터이니 그게 겁이 났던 것이다.

괴이하게 생긴 독사 두 마리가 기다란 혓바닥을 날름거리면서 서로 등줄기와 어깨를 핥아주는 게 정말 친숙해 보였다. 독사 한 쌍은 영지란 구근으로 찧어 만든 풀떡 원둘레를 한 바퀴 빙 돌아가더니 일부러 터놓은 출입구를 거쳐 슬금슬금 그 안으로 기어 들어갔다.

독사들이 원둘레 안으로 다 들어간 것을 확인하자, 장무기는 재빨리 죽통 한 개를 꺼내더니 아가리를 안쪽으로 향한 채 터놓은 빈틈 바깥쪽에 놓았다. 그리고 기다란 대지팡이 끄트머리를 조심스럽게 내밀어 볏이 은색으로 빛나는 은관혈사銀冠血蛇의 꼬리를 툭 건드렸다. 뱀의 동작은 번갯불보다 더 빨랐다. 그저 눈앞에서 은빛이 번뜩이는가 싶더니 어느새 죽통 안으로 사라진 것이다. 황금색 볏을 지닌 금관혈사金冠血蛇란 놈도 뒤따라 들어가려 했으나 대롱 속이 워낙 좁아 한 마리밖에는 용납하지 않았다.

짝을 찾아 들어가지 못해 다급해진 금관혈사는 "후루루, 후루루!" 이상한 소리를 내며 죽통 주변을 맴돌기 시작했다. 장무기가 한 개 남은 죽통마저 대쪽 끄트머리로 주심스레 밀어다 금관혈사 앞에 놓았더니 그놈 역시 벼락같이 대롱 속으로 들어갔다. 장무기는 재빨리 마개를 꺼내 죽통 두 개의 아가리를 틀어막았다.

맹독을 지녔다는 독사 두 마리가 구멍에서 나타났을 때부터 전전긍긍 가슴을 죄고 있던 사람들은 장무기가 죽통 아가리를 마개로 틀어막자, 그제야 안도의 한숨을 내쉬었다.

장무기는 침착한 어조로 다시 한번 지시를 내렸다.

"뜨거운 물 몇 통 가져다 방바닥을 말끔히 닦아내세요. 영지란의 독성을 남겨두어서는 안 됩니다."

여제자 여섯이 물을 끓이러 부리나케 주방으로 달려가랴, 방바닥에 달라붙은 약풀을 긁어내랴, 끓는 물을 끼얹고 빗자루로 쓸어내랴, 한바탕 법석을 떨고 나서야 다섯째 마님의 침실 바닥은 먼지 한 톨 남아 있지 않을 정도로 말끔해졌다.

이윽고 장무기가 분부를 내려 창문을 단단히 닫아걸게 하고 사람들에게 웅황雄黃, 명반明礬, 대황大黃, 감초 따위의 약재 몇 가지를 가져오게 해서 가루로 곱게 빻고 거기에 다시 생석회 가루를 섞어 반죽한 뒤 손가락 굵기만 한 약봉藥棒을 한 개씩 빚어냈다. 그러고는 우선 약봉 한 개를 은관혈사가 들어앉은 대롱에 쑤셔 넣었다. 약봉을 넣자마자 은관혈사는 "후루루, 후루루!" 다급한 소리로 우짖기 시작했다. 곧이어 또 다른 죽통 속에서도 "후루루, 후루루!" 다급하게 호응하는 소리가 났다. 장무기가 금관혈사의 죽통 마개를 뽑아놓자, 황금 볏을 가진 독사는 잽싼 동작으로 기어나오더니 무척이나 초조한 기색으로 은관혈사가 들어앉은 죽통 둘레를 몇 차례나 맴돌다가, 별안간 침대 위로 펄쩍 뛰어 올라갔다. 그런 뒤 다섯째 마님이 덮고 있던 솜이불 속으로 기어들었다.

"어이쿠, 저런!"

깜짝 놀란 하태충이 외마디 소리를 지르자 장무기는 손을 내저었다. 그리고 가만가만 솜이불 한 자락을 들쳐보니 놀랍게도 금관혈사란 놈은 이제 한창 다섯째 마님의 왼쪽 가운뎃발가락을 물고 있는 게 아닌가! 그것을 본 장무기의 얼굴에 희색이 드러났다. 그는 목소리를 낮춰 하태충에게 귀띔해주었다.

"부인의 몸은 역시 이 금은혈사 두 마리에게 물려 중독되셨군요. 이제부터 이들 뱀 한 쌍이 체내의 독질을 빨아낼 겁니다."

굵다란 향 한 대가 절반쯤 타들어갈 무렵, 금관혈사의 몸뚱이가 거의 두 배나 부풀어 오르면서 정수리의 황금색 볏이 더욱 찬란하게 빛나기 시작했다.

장무기가 은관혈사의 죽통 마개마저 뽑아놓자, 금관혈사는 그 즉시 침대 아래로 뛰어내려 대롱 가까이까지 기어가더니 입에 머금고 있던 독혈을 토해내어 은관혈사에게 먹였다.

"잘됐습니다! 날마다 이렇게 두 번씩 독을 뽑아내고 제가 다시 부종을 내리고 허기를 보하는 약방문을 쓰기만 하면 열흘 안에 완치될 수 있습니다."

하태충의 기쁨은 이루 말할 수 없이 컸다. 그는 장무기를 서재로 데리고 가면서 사뭇 은근하게 물었다.

"소형제의 솜씨가 실로 신기에 가깝군! 도대체 어떻게 된 까닭인지 설명해주실 수 있겠는가?"

"의서에 기록된 바에 따르면, 이 금빛 은빛 혈사 힌 쌍은 천하이 독

14. 길에 오르니 가는 곳마다 배은망덕한 이리 떼뿐일세

물 가운데 서열이 마흔아홉 번째라, 전혀 손쓰지 못할 만큼 무서운 독물은 아닙니다. 하지만 유별난 특성을 지니고 있어 주로 독이 든 것만 즐겨 먹지요. 이를테면 비상砒霜이라든가 학정홍鶴頂紅, 공작담孔雀膽, 짐독鴆毒*으로 담근 짐주鴆酒 등 맹독에 속한 것이라면 동물이든 식물이든 사람이 먹고 마시는 음식물에 이르기까지 좋아하지 않는 게 없을 정도입니다. 독성이 강할수록 더 좋아하거든요."

"한데 그런 독사가 어째서 우리 집 근처에 나타났을꼬?"

"부인의 침실 창밖 화원에 심어놓은 영지란이 문제였습니다. 그 난초의 무서운 독성이 결국 이 금은혈사 한 쌍을 여기까지 끌어들인 셈이지요."

"흐음, 그랬군!"

하태충이 알았다는 듯이 고개를 주억거렸다.

"금은혈사는 반드시 수컷과 암컷이 함께 살고, 함께 다닙니다. 방금 제가 웅황 같은 약재로 은색 볏을 지닌 암컷을 뜯떴더니 황금색 볏을 가진 수컷이 제 동료를 구하려고 부인의 발가락에서 독혈을 뽑아다 먹였습니다. 앞으로 제가 다시 약물로 수컷을 다치게 하면 암컷도 그런 방법으로 독을 뽑아다 먹일 테고, 이렇게 거듭해서 치료하면 부인의 몸속에 든 독성을 모조리 제거할 수 있습니다."

---

* 모두 극독을 지닌 물체. 비상은 비소砒素와 유황, 철분이 포함된 광물 비석砒石을 태워 만든 결정체의 독약. 한의학에서는 극히 적은 분량으로 오래 묵은 체증과 담증痰症을 치료하는 데 쓴다. 학정홍은 두루미의 붉은 볏에 들어 있다는 맹독. 공작담은 공작의 쓸개에 들어 있다는 맹독. 짐독은 전설상에 나오는 독조毒鳥의 일종인데, 수컷의 이름은 운일運日, 암컷의 이름은 음해陰諧라고 한다. 모두가 독사를 즐겨 잡아먹어 그 보랏빛 깃털을 술에 담갔다 꺼내기만 해도 사람을 죽일 수 있는 맹독이 우러나온다고 한다.

자신 있게 여기까지 설명하던 장무기는 갑자기 한 가지 의문이 떠올랐다. 금은혈사 한 쌍은 분명 다섯째 부인의 발가락을 깨물었다. 어째서일까? 처음에 무슨 일이 있었기에 독사들이 침대 위까지 올라갔던 것일까? 여기에는 필시 무슨 까닭이 있을 터인데, 아무리 생각해봐도 당장은 머리에 떠오르지 않았다. 그래서 이 문제는 덮어두고 얘기하지 않았다.

그날 하태충은 뒤채 대청에 푸짐한 잔치 자리를 마련해놓고 장무기와 양불회를 환대했다. 모처럼 잘 얻어먹는 자리에서 하태충이 양불회의 출신 내력을 물었으나, 장무기는 그녀가 기효부의 사생아라는 점을 생각해 아미파의 명성에 누를 끼칠까 봐 그저 애매하게 얼버무리고 바른말을 하지 않았다.

며칠이 지나자, 다섯째 마님의 얼굴에 부기가 차츰 가라앉기 시작했다. 장무기가 정성 들여 달인 탕약을 마시면서부터 용모도 점차 옛날처럼 빼어난 모습을 되찾아가고 흐트러진 정신도 회복해 제 손으로 조금씩이나마 음식을 들 수 있게 되었다.

환자에게 차도가 생기자 장무기는 곧바로 작별을 고하려 했다. 그러나 애첩의 병세가 도로 악화될까 봐 하태충이 극구 만류하는 바람에 도로 주저앉고 말았다.

장무기가 약조한 대로 열흘이 지났을 때, 다섯째 마님의 부종은 언제 그랬느냐 싶게 말끔히 사라졌다.

다섯째 마님은 온갖 정성을 다 기울여 술잔치를 풍성하게 베풀어놓고 몸소 이 어린 소년 의원에게 감사의 뜻을 보였다. 그 자리에는 섬춤

331

도 참석해 시중을 들었다. 다섯째 마님의 용색은 병 끝이라 비록 초췌하기는 했어도 옛날 고운 탯거리는 여전해 하태충의 싱글벙글 벌어진 입을 다물지 못하게 만들었다.

섬춘은 스승의 기분이 한껏 좋아진 틈을 타서 소습지를 문하에 받아들여달라고 간청했다. 하태충은 껄껄대고 웃으며 이 영리한 제자에게 한마디 건넸다.

"춘아야, 눈치껏 청탁하는 솜씨가 정말 대단하구나! 하하! 내가 그 소가란 놈을 제자로 받아들이면 장차 곤륜양의검법을 가르쳐줄 테고, 그럼 앞서 그놈이 훔쳐본 죄도 흐지부지 불문에 부치게 될 것이다, 그런 말이지?"

그러자 앙큼한 섬춘이 생글생글 아양을 떨며 변명을 늘어놓았다.

"사부님, 이걸 생각해보셔야죠. 만약 그 소가 성을 가진 사람이 어르신의 검술 장면을 훔쳐보지 않았더라면 저도 그 사람을 잡으러 나서지 않았을 테고, 그럼 장 세형張世兄과 만나지도 못했을 게 아닌가요? 사부님과 다섯째 마님의 복이 하늘에 닿을 만치 크셔서 장 세형같이 고명한 의원을 만나게 되신 것도 알고 보면 그 소가란 자의 공로가 아주 없다고는 할 수 없죠."

이 말에 다섯째 마님이 까르르 웃어대더니 하태충에게 한마디 건넸다.

"나리가 그토록 많은 제자를 받아들이셨으면서도 오직 섬 낭자만이 큰 공을 세웠을 뿐이지, 누구 하나 제대로 나리를 도와드렸나요? 섬 낭자가 저렇듯 역성을 들어주는 걸 보니, 아무래도 그 녀석이 마음에 들어 좋아하는 모양이네요. 제자 하나 더 받아들인다고 해서 탈이 날

것도 아니니 소원대로 해주세요. 어쩌면 나리의 문하에서 가장 뛰어난 제자가 될지 누가 알겠어요?"

하태충은 애첩이 부탁하는 말이라면 무조건 절대 복종했다. 그러니 말끝이 떨어지기가 무섭게 고개를 끄덕였다.

"좋다, 좋아! 제자로 받아들여주지. 하지만 조건이 하나 있어!"

"무슨 조건요?"

다섯째 마님이 묻는 말에 그는 정색을 하고 대꾸했다.

"내 문하 제자로 들어온 이후에는 모름지기 마음 굳게 다져먹고 무학에만 열중할 것이며, 춘아에 대해서 터무니없는 생각을 품는 짓은 천부당만부당한 일이다. 더구나 이 아이를 제 아내로 삼겠다는 꿈을 꾸면 내 절대로 허락할 수 없으니, 그 조건 하나만큼은 반드시 지켜야 할 것이야!"

섬춘의 얼굴빛이 부끄러움에 못 이겨 온통 새빨개지더니 고개를 푹 수그리고 쳐들지 못했다. 그것을 보고 다섯째 마님이 깔깔대며 웃음보를 터뜨렸다.

"애고 맙소사! 사부님께서 솔선수범해서 모범을 보이셔야지! 당신은 삼처 사첩三妻四妾을 거느리고 계시면서 제자들이 겨우 배필 하나 맞아들여 혼인하겠다는 것을 막으실 작정인가요?"

하태충이 정색하던 얼굴빛을 허물어뜨리고 빙글빙글 웃다가 끝내 "푸웃!" 하고 웃음보를 터뜨렸다. 방금 조건을 내세워 던진 말은 섬춘을 놀리느라 한 농담이었던 것이다.

"하하! 하하하! 술이나 마시자, 마셔!"

어린 몸종 하나가 나무 쟁반을 떠받늘고 산지 방에 들어섰다. 쟁반

14. 길에 오르니 가는 곳마다 배은망덕한 이리 떼뿐일세

에는 술 주전자가 얌전히 놓여 있었다. 몸종은 아무 말 없이 자리에 앉은 사람들에게 술 한 잔씩 따라 올렸다. 농도가 얼마나 짙은지 끈적끈적한 맛을 띠고 빛깔은 황금색으로 노리끼리한 것이 달콤한 향내가 코를 찔렀다.

"장씨 형제, 이 술맛 좀 보게나. 이 술은 우리 곤륜산에 이름난 특산품인데 바로 눈 덮인 설산 꼭대기에 자라는 배나무에서 딴 꿀 배로 빚었다고 해서 호박밀리주琥珀蜜梨酒라고 이름을 붙였다네. 바깥세상에서는 구경도 못 하는 명주이니 몇 잔이고 마셔보게나."

장무기가 술잔을 들고 가만히 들여다보니 과연 호박처럼 투명하고 노리끼리하니 맑은 빛깔이 보기만 해도 먹음직스러웠다.

그가 군침을 삼키는 동안 하태충은 딴생각을 하고 있었다. 어떻게 하면 요 녀석을 감쪽같이 속여서 금모사왕 사손의 행방을 토설하게 할 수 있을까? 하지만 그 일은 천천히 도모할 것이지 조급하게 서둘러서 될 일은 절대로 아니었다.

술은 먹음직스러웠으나 장무기는 애당초 술을 마시지 못했다. 아무튼 호박 빛깔의 꿀 배 향내가 코에 스며들어 가슴속까지 시원하게 와닿으니 구미가 당겼다. 그런데 술잔을 들어 입술에 갖다 대려 할 때였다. 갑자기 품에 간직한 죽통 속에서 금은혈사 두 마리가 한꺼번에 "후루루, 후루루!" 우짖는 것이 아닌가? 독사의 울음소리를 듣는 순간, 장무기는 정신이 번쩍 들어 소리쳤다.

"그 술을 마시면 안 됩니다!"

버럭 고함치는 소리에 한창 흥겹던 사람들이 얼떨결에 술잔을 내려놓았다. 그러고는 어리둥절한 기색으로 장무기를 바라보았다.

장무기는 아무 말 없이 품속에서 죽통을 꺼낸 다음 마개를 뽑아 금관혈사를 내놓았다. 그러자 독사는 슬금슬금 술잔 곁으로 기어가더니 잔 속에 머리통을 파묻고 한 방울도 남김없이 술을 모조리 빨아들여 비우는 게 아닌가! 장무기는 그놈을 도로 죽통 속에 가둬놓고 이번에는 암컷 은관혈사를 풀어놓았다. 그놈 역시 곁에 놓인 다섯째 마님의 잔을 말끔히 비웠다. 이 혈사 한 쌍은 서로 떨어져서는 살지 못하는 짐승이라 수컷이나 암컷이나 한 마리만 풀어놓으면 절대로 멀리 달아나는 법이 없었다. 그만큼 길이 잘 들여졌기는 해도 일단 두 마리를 한꺼번에 풀어놓는 날이면 다시 잡아서 죽통에 가두기도 어려울 뿐 아니라 한번 성질이 났다 하면 사람을 물어 해칠 위험마저 있었다.

다섯째 마님은 그가 희한한 구경거리를 보여주는 줄 알고 깔깔대며 웃었다.

"호호, 그것참 재미있군, 재미있어! 여보게, 자네 뱀한테까지 술을 먹이다니 정말 기막힌 재주꾼이야!"

하나 장무기는 심각한 표정으로 하태충을 돌아보았다.

"누구 시켜서 개나 고양이를 한 마리 끌어오게 하십시오."

하태충이 아랫것들에게 분부를 내리기도 전에 앞서 술 쟁반을 떠받들고 들어온 몸종이 얼른 대답했다.

"예, 제가 다녀오죠!"

그러고는 막 돌아서려는데 장무기가 손을 들어 제지했다.

"잠깐! 저 누님은 여기서 떠나지 말고 딴사람이 끌어오도록 해주십시오!"

잠시 후, 머슴 하나가 누렁이 한 마리를 끌고 들어왔다.

14. 길에 오르니 가는 곳마다 배은망덕한 이리 떼뿐일세

장무기는 하태충 앞에 놓인 술잔을 받쳐 들고 누렁이의 입에 쏟아 부었다.

"깨갱, 깨갱! 우워어!"

술 한 잔을 다 들이켠 누렁이는 애처로운 비명을 지르면서 버둥거리다가 이내 콧구멍과 입, 두 눈과 두 귀 일곱 구멍으로 피를 쏟으며 죽어 나자빠졌다.

눈앞에서 황소만 한 개 한 마리가 죽어 넘어지자, 다섯째 마님은 기급하도록 놀란 나머지 온 몸뚱이가 오들오들 떨렸다.

"술에 독이 있어! 누가…… 누가 우리를 죽이려고 했어! 장씨 형제, 자넨 또 이걸 어찌 알아챘나?"

장무기는 차분하게 대답했다.

"금은혈사는 독물을 좋아합니다. 방금 이놈들이 술잔의 약 냄새를 맡고 기뻐서 우짖었던 겁니다."

하태충의 얼굴빛이 노염에 들떠 시퍼렇게 바뀌더니, 단번에 몸종의 손목을 움켜잡고 나지막이 물었다.

"이 독주를 누가 너한테 시켜 보냈느냐?"

장문 어른께 느닷없이 손목을 잡히자, 혼비백산한 종이 오들오들 떨며 대답했다.

"저는…… 저는 독이 들었는지 몰랐습니다. 안채 부엌에서 가져왔는데……."

"안채 부엌에서 여기까지 오는 동안 누굴 만났지?"

"복도에서 행방杏芳이란 년을 만났어요. 저를 한쪽으로 끌고 가서 수다를 떨었는데, 그때 주전자 뚜껑을 열고 냄새 한번 맡아보았을 뿐이에요."

이 말을 듣자마자 하태충과 다섯째 마님, 그리고 섬춘이 서로 마주 바라보았다. 하나같이 얼굴에 두려운 기색이 피어올랐다. 행방은 딴사람이 아니라 바로 하태충의 정실부인이 가장 신임하는 몸종이었다.

물정 모르는 장무기가 생각난 김에 한마디 의문을 던졌다.

"하 선생, 저도 말씀드리기가 어려워 줄곧 남모르게 살펴보기만 하고 마음속으로 이상하게 여기고 있던 게 하나 있습니다. 생각해보십시오. 이 금은혈사 한 쌍이 어떻게 해서 다섯째 부인의 발가락을 깨물어 뱀독이 체내에 번져 들어갔을까요? 이제 그 진상이 분명하게 드러났습니다. 그건 틀림없이 다섯째 부인이 만성 독약에 먼저 중독되어 있었기 때문입니다. 핏속에 들어 있는 독이 금은혈사를 끌어들인 것입니다. 앞서 다섯째 부인께 독을 쓴 사람이 오늘 이 술에 독을 탄 장본인이기도 할 것입니다."

하태충이 미처 대꾸하기도 전에 돌연 대청 문 앞에 걸쳐놓은 휘장이 활짝 들쳐지더니 사람 그림자 하나가 번뜩 들어섰다. 장무기는 그저 앞가슴 두 젖꼭지 밑에 극심한 통증을 느꼈을 뿐 누가 혈도를 찍었는지 알아볼 겨를조차 없었다.

뒤미처 비단 폭이 찢어지는 듯한 날카로운 목소리가 울렸다.

"그 말, 한마디도 틀림없지. 내가 독을 탔으니까!"

잔치 자리에 들어선 불청객은 키가 훤칠하게 큰 껑다리 여인이었다. 중년의 나이에 머리가 희끗희끗 세기 시작했는데, 매섭게 번뜩이는 두 눈에는 위엄이 서려 있고 잔뜩 찌푸린 양미간에는 살기가 한데 모여 있었다.

중년 여인이 대뜸 하태충에게 물었다.

"내가 술 주전자에 극독을 탔소. 독지네 침에서 뽑아낸 맹독이지! 그래, 독을 탔으니 날 어쩔 테요?"

다섯째 마님의 얼굴에 당장 공포에 질린 기색이 떠올랐다. 허둥지둥 몸을 일으키기가 무섭게 공손히 문안 인사를 올렸다.

"큰마님, 어서 오십시오!"

꺽다리 여인은 다름 아닌 하태충의 정실부인 반숙한班淑嫻으로 곤륜파 장문 어른의 사저 되는 사람이었다. 사문의 항렬로 따지면 누님뻘이 되는 셈이었다.

느닷없이 아내가 뛰어드는 것을 보고도 하태충은 묵묵부답, 말 한마디 없이 그저 "흥!" 하고 콧방귀만 뀔 따름이었다.

반숙한이 또 한 번 다그쳐 물었다.

"내가 물었잖아요! 내 손으로 독을 탔는데, 날 어쩔 셈이죠?"

그제야 하태충도 마지못해 대꾸했다.

"당신이 정 이 젊은이가 한 일이 못마땅해서 그랬다면 그렇다고 칩시다. 하나 어쩌자고 착한 놈 나쁜 놈 가리지도 않고 이렇듯 제멋대로 일을 저지르는 거요? 그러다 나까지 독주를 마셨으면 어쩔 뻔했소?"

남편의 항의에 반숙한이 버럭 노성을 질렀다.

"여기 있는 연놈들은 모조리 나쁜 것들이야! 내 속이 후련해지도록 몽땅 죽어 없어져야 해!"

그러고는 독주가 담긴 주전자를 흔들었다. 주전자에서 찰랑대는 소리가 나는 걸 보니 아직도 절반 남짓 남아 있었다. 그녀는 더 말할 것도 없이 독주를 한 잔 가득 따라서 남편 하태충의 면전에 떡 밀어놓았다.

"당초 내 마음 같아서는 여기 앉은 다섯 연놈을 모조리 독살해버릴 생각이었지만, 요 도깨비 같은 놈이 알아차렸으니 하는 수 없지! 네 사람의 목숨만은 살려주기로 하죠. 이 독배를 누가 마시고 죽든 살든 내 상관하지 않을 테니까. 영감! 당신이 다섯 가운데 한 사람만 골라서 마시게 하세요!"

반숙한은 곤륜파에서 배출한 사람들 가운데 가장 뛰어난 여걸이었다. 나이도 철금선생 하태충보다 두 살이나 위인 데다 입문한 시기가 빨라서 무공 실력도 한 수 높은 편이었다. 하태충은 한창 젊었을 때 생김새가 영준하고 인품 또한 소탈했기 때문에 두 살 많은 이 사저의 환심을 살 수 있었다. 이들의 스승이던 백록자白鹿子는 명교 출신의 어느 고수와 결투하던 끝에 유언을 남기지 못하고 죽었다. 이리하여 곤륜파 제자들 간에 장문의 지위를 놓고 쟁탈전이 벌어졌는데, 반숙한이 전심전력으로 하태충을 도와주고 둘이서 힘을 합친 덕택에 세력이 크게 늘어났다.

나머지 사형 사제들은 제각기 딴마음을 품고 사분오열 흩어져 있었으므로 이들의 세력에 맞설 도리가 없었고, 결국 천신만고 끝에 하태충이 장문의 자리를 이어받았다.

그는 반숙한이 도와준 은혜에 감사하는 마음으로 이 연상의 사저를 맞아들여 아내로 삼았다. 그런데 젊었을 때는 별로 느끼지 못했으나 나이를 먹어가면서 두 살 연상이던 반숙한은 남편 하태충보다 열몇 살이나 더 늙어 보였다. 이때부터 하태충은 가문의 대를 이을 자식을 두지 못했다는 핑계로 측실을 받아들이기 시작했다.

오늘날까지 수십 년 세월이 지나는 동안 반숙한은 하태충에게 장문의 자리를 얻게 해주었다는 공로를 내세우고, 또 어엿한 정실부인으로서 막강한 위엄을 쌓아왔다.

이와는 반대로 하태충은 도둑이 제 발 저리는 격으로 늙어버린 아내를 뒷전에 남겨두고 첩을 얻은 자신의 행위에 항상 부끄러움과 미안스러운 마음을 떨쳐버리지 못했다. 이렇듯 경외심이 쌓이다 보니 어느덧 그는 엄처시하의 못난 남편으로 변모하기에 이르렀다. 비록 공처가가 되어버리기는 했지만 유별나게 여색을 즐기는 만큼 여전히 첩을 하나둘씩 받아들이고, 측실이 늘어갈 때마다 아내에 대한 두려움도 그만큼 늘어났다.

이제 아내가 독주 한 잔을 자기 눈앞에 놓고 마실 사람을 하나 골라잡으라고 요구하자, 그는 아예 거역할 엄두조차 내지 않았다. 그리고 속으로 잔머리를 굴리기 시작했다. '나 자신이야 물론 이 독배를 마실 수 없는 노릇이고, 다섯째 애첩과 섬춘 또한 마셔선 안 될 사람이다. 장무기는 우리 목숨을 구해준 은인이다. 그렇다면 나머지 하나, 저 계집아이는 우리와 아무 상관도 없지 않은가?'

생각이 여기에 미치자 그는 벌떡 일어서서 독배를 양불회 앞에 내밀었다.

"얘야, 너 이 술 한 잔 마셔야겠다."

양불회는 대경실색, 얼굴빛이 당장 하얗게 질렸다. 아무리 철부지라곤 하지만 자기가 보는 앞에서 황소만큼씩이나 커다란 누렁이가 독주 한 잔에 비명횡사를 당하지 않았던가? 그런데 이 무시무시한 술잔을 어찌 받을 수 있단 말인가? 그녀는 울음보를 터뜨리면서 앙탈했다.

"난 싫어! 안 마셔! 안 마실 테야!"

하태충이 그녀의 멱살을 덥석 움켜잡더니 울음보가 터진 입에 강제로 쏟아부으려 했다.

이때 냉랭한 눈초리로 이들의 꼬락서니를 지켜보던 장무기가 불쑥 한마디 던졌다.

"내가 마시죠!"

구명의 은인이 죽음을 자청하고 나섰으니 이를 어쩌랴. 하태충은 면구스러움을 이기지 못하고 뭐라 대꾸할 말을 찾지 못했다.

남편보다 연상인 반숙한은 성격이 억센 만큼 시샘과 질투심도 강했다. 그래서 남편이 가장 아끼고 사랑하는 다섯째 첩을 독살하려고 마음먹고 일을 꾸몄는데, 일이 잘되어가는 판에 장무기가 불쑥 끼어들어 그녀의 목숨을 구해주었으니 결국 만 리 바깥에서 나타난 훼방꾼 탓으로 산통이 다 깨져버린 셈이었다. 그렇기에 모든 증오의 화살이 장무기 한 사람에게 쏠리고 말았다.

장무기가 어린 소녀 대신 독배를 마시겠다고 나서자, 그녀는 차갑게 대꾸했다.

"어린 나이에 하는 짓거리가 괴상야릇하니 어쩌면 해독약을 지니고 있을지도 모르겠구나. 네놈이 정 마시겠다면, 그 한 잔 가지고는 모자랄 테고 이 주전자 술을 통째로 마셔 비워야겠다."

장무기는 물끄러미 하태충을 바라보았다. 곁에서 좋은 말로 몇 마디 거들어주기를 바라는 눈치였다. 그러나 하태충은 파리 잡아먹은 두꺼비처럼 두 눈만 껌벅거릴 뿐 시침 뚝 뗀 채 일언반구도 없었다. 섬춘과 다섯째 마님 역시 갑자기 벙어리나 된 것처럼 입을 꾹 다물고 있었다. 주둥이 한번 잘못 놀렸다가 정실부인 마님의 불벼락이 자기들 머리 위에 떨어질까 봐 겁이 났기 때문이리라.

주전자에 아직도 절반 남짓이나 남은 독주가 이제 곧 자신의 입에 몽땅 쏟아 들어갈 것을 상상하니, 장무기의 마음은 얼음보다 더 차갑게 식어버렸다. '이 사람들의 목숨을 내 손으로 구해주었다. 그런데도 내가 지금 위태로운 지경에 빠지니 소매 떨치고 돌아앉아 구경만 하는구나. 섬 낭자, 철금선생, 다섯째 부인. 당신들이 날 위해서 대신 용서를 빌어주지 않고 말 한마디나마 통사정해줄 기미조차 보이지 않다니…… 참으로 몰인정하고 야박한 인심 아닌가?'

그는 조용히 입을 열었다.

"섬 낭자, 부탁이 하나 있소. 내가 죽은 뒤에 이 어린 동생을 좌망봉으로 데려가 제 아빠한테 보내주실 수 있겠소?"

섬춘이 대답 대신 자기 스승을 쳐다보았다. 하태충이 고개를 끄덕이자, 그녀는 비로소 다 기어들어가는 목소리로 응낙했다.

"그래요, 내가 데려다줄게."

말은 그렇게 하면서도 표정은 시큰둥했다. 곤륜산이 천 리에 가로 걸쳐 있는데 좌망봉이 어디 솟았는지 내 알 게 뭐냐는 투였다.

장무기도 그녀가 입에서 나오는 대로 주절대기만 했을 뿐 성의가 전혀 없음을 깨달았다. 하지만 이들이 죄다 각박한 무리라는 것을 아는 만큼 더 말해봤자 입만 아플 뿐 아무 소용이 없음을 깨달았다. 그는 차갑게 웃으며 마지막으로 좌중을 돌아보고 한마디 던졌다.

"곤륜파가 무림계의 명문 정파로 자처해왔는데 원래 이런 사람들이었군요! 좋소, 하 선생! 내가 다 마실 테니 그 술 주전자를 이리 주시오!"

그야말로 방귀 뀐 사람이 성낸다더니, 하태충은 이 말을 듣고 속에서 화가 불끈 치밀었다. '오냐, 이 고얀 놈! 우리 곤륜파를 비웃다니 도 저히 용서 못 할 놈이로구나. 소원대로 이 독주를 퍼 먹여 빨리 죽게 해주마. 그러면 아내의 노염도 일찌감치 풀릴 테고 또 다른 독계를 꾸 며 내가 아끼는 다섯째를 죽이지 못할 게 아닌가?' 발등에 불이 떨어 졌으니 금모사왕 사손의 행방 따위는 생각해볼 겨를도 없었다. 장무기 가 입을 딱 벌리자, 그는 즉시 주전자에 찰랑대는 독주를 한 방울도 남 김없이 모조리 쏟아부었다.

"안 돼! 안 돼! 오빠, 그 술 마시면 안 된단 말이야!"

양불회는 장무기의 몸뚱이를 부여잡고 흔들면서 목을 놓아 대성통 곡했다.

두 아이가 하는 양을 지켜보면서 반숙한이 차갑게 웃었다.

"네놈의 의술이 제아무리 정통하다고 해도 스스로 제 목숨을 구하 지 못하게 해주마!"

그러고는 손을 뻗쳐 장무기의 어깨와 등줄기, 겨드랑이, 옆구리의 혈도를 여러 군데 겹쳐 찍어놓더니, 이번에는 칼자루를 돌려 잡고 하 태충과 섬춘, 다섯째 측실, 양불회, 네 사람의 대혈大穴 두 군데씩을 차 례차례 찍었다.

"두 시진 뒤에 와서 혈도를 모두 풀어줄 터이니 얌전히 기다리고들 있게!"

그녀가 혈도를 찍었을 때 하태충과 섬춘, 다섯째 마님은 몸을 피하 기는커녕 잔뜩 주눅이 들어 손가락 하나 까딱 하지 못했다.

반숙한은 아직도 방에 남아 엉거주춤 서 있던 몸종들과 하인들마저 호통쳐 쫓아냈다.

14. 길에 오르니 가는 곳마다 배은망덕한 이리 떼뿐일세

"썩 나가지 않고 뭣들 하고 서 있는 거냐!"

마지막으로 방문턱을 넘어서던 그녀는 뒷손질로 문고리를 철꺼덕 잠가버렸다. 그리고 기나긴 복도를 걸어가는 동안 코웃음 치는 소리가 그치지 않았다.

독주 반 주전자가 배 속에 들어갔으니 성할 리가 없었다. 장무기는 삽시간에 복통을 느꼈다. 그러나 반숙한이 방문을 닫아걸고 사라지자 이내 안도의 한숨을 쉬었다. 감시꾼이 없어진 바에야 죽지 않을 수도 있다는 희망이 생긴 것이다.

그는 배 속의 오장육부가 마디마디 끊어져 나갈 듯 아팠다. 극심한 통증을 억누르면서 그는 암암리에 운기 조식을 해서 사손이 가르쳐준 방법대로 먼저 여러 군데 찍힌 혈도부터 충격을 가해 풀었다. 그러고 는 머리카락 몇 가닥을 뽑아 목구멍에 쑤셔넣고 간지럽혀 배 속에 들어간 독주를 토해냈다.

"우왁!"

울컥 쏟아진 음식물에 방금 강제로 들이켠 독주가 십중팔구 섞여 나왔다. 그것을 본 하태충과 섬춘의 얼굴에 놀랍고 의아한 기색이 피어올랐다. 그도 그럴 것이 반숙한과 같은 고수의 손에 혈도를 여러 군데나 찍혔는데도 아무렇지 않게 손발을 마음대로 움직이고 있으니 어찌 놀라지 않을 리 있겠는가?

아내 반숙한을 호랑이보다 더 무서워하는 공처가 하태충은 속으로 초조감에 몸부림을 쳤다. 마음 같아서는 얼른 손을 뻗쳐 장무기의 행동을 제지하고 싶었으나 하필이면 아내에게 혈도를 찍혀 꼼짝달싹 못하는 신세가 되었으니 이 노릇을 어쩌면 좋으랴. 하태충이 제아무리 뛰어난 무공의 소유자라 해도 한낱 소용없는 노릇이요, 그저 마음만 다급할 뿐 어떻게 해볼 도리가 없었다.

장무기는 여전히 복통에 시달렸다. 오장육부가 홀러덩 뒤집히도록 구역질을 했으나 더 이상 나머지 독주를 토해낼 재간이 없었다. 그는 결단을 내렸다. 배 속의 아픔도 아픔이려니와 무엇보다 먼저 이 위험한 지경에서 벗어나는 일이 더 급했다. 이곳을 탈출하고 나서 다시 적절한 방도를 강구해 남은 독을 풀어버리면 될 테니까. 그는 양불회의 막힌 혈도를 풀어주려 손을 쓰기 시작했다. 그러나 반숙한이 구사한 곤륜파의 점혈 수법 역시 나름대로 독특한 것이어서 짧은 시각 안에 좀처럼 풀어낼 길이 없었다. 이제 사태는 긴박해졌다. 다른 해혈 수법을 시도해볼 여유가 없었다. 즉석에서 결단을 내린 그는 재빨리 양불회를 안아들고 미닫이 창문을 벌컥 열어젖혔다. 그런 뒤 사람이 없는 것을 확인하고 그 애를 창문 밖에 내려놓았다.

하태충은 막힌 혈도에 진기를 부딪는 방법을 쓴다 해도 반 시진 남짓이 지나야만 겨우 혈도를 풀 수 있었다. 이제 장무기가 이대로 도망쳐버린다면 아내가 돌아와 따져 물을 테고 또 한바탕 평지풍파가 일 것은 불을 보듯 뻔한 노릇이었다. 더구나 무당파의 보잘것없는 꼬마 녀석이 맨손으로 곤륜파 삼성당三聖堂에서 빠져나가는 날이면, 곤륜파의 중지重地가 한낱 어린 녀석에게 손쉽게 돌파당했다는 오명도 씻을 수 없으려니와 자신의 배은망덕한 행적이 강호에 파다하게 소문나는 날이면 일대종사의 체통을 무슨 수로 지켜내겠는가? 무슨 방법을 쓰더라도 그를 죽여 입막음을 하지 않으면 안 되었다.

그리하여 하태충은 안간힘을 다 쓴 끝에 기끼스로 맏문이 트이자

14. 길에 오르니 가는 곳마다 배은망덕한 이리 때뿐일세

곧바로 숨 한 모금 깊숙이 들이마신 다음 목청껏 고함쳐서 아내에게 경고를 발하려 했다.

하지만 장무기도 눈치가 빨랐다. 하태충이 고함지르려는 낌새를 채자 그는 재빨리 품속에서 시꺼먼 알약을 하나 꺼내 다섯째 마님의 입속에 틀어넣었다.

"하 선생, 이 알약은 비짐환砒煝丸이란 독약입니다. 글자 그대로 비상에 짐독을 섞어 조제한 약이지요. 이걸 삼키셨으니 앞으로 열두 시진 후에 다섯째 마님의 창자가 토막토막 끊어지고 심장이 터져 돌아가시게 될 겁니다. 내가 여기서 30리 바깥 커다란 나무 아래 해독약을 놓아두고 표시해놓을 테니, 세 시진이 지나거든 하 선생께서 사람을 보내 찾아내도록 하십시오. 그 해독약을 드시면 비짐환의 맹독을 풀어낼 수 있을 겁니다. 만에 하나, 제가 이곳을 빠져나가다 실수해서 남의 손에 걸려 죽게 된다면, 이나저나 어차피 죽기는 마찬가지이니, 한 분 더 모시고 저승길에 오르는 것도 나쁘지는 않겠지요."

말투는 점잖으나 보통 으름장이 섞인 게 아니었다.

이 술수는 그야말로 하태충의 예상을 크게 벗어난 것이었다. 그는 잠시 생각에 잠기더니 낮은 목소리로 이렇게 귀띔했다.

"여보게, 우리 이 삼성당은 비록 용담호혈龍潭虎穴은 아니더라도 자네 같은 어린것 둘이서 빠져나가지는 못할 걸세."

장무기도 그 얘기가 거짓말이 아님을 알았다. 그러나 짐짓 냉정한 기색으로 재차 으름장을 놓았다.

"하지만 다섯째 마님께서 삼키신 비짐환의 독성도 지금 형편으로선 저 말고 아무도 풀지 못한다는 걸 아셔야 합니다."

"좋아! 그럼 얘기는 됐네. 자네가 내 혈도를 풀어주면, 내 몸소 자넬 여기서 내보내줌세."

사실 하태충이 찍힌 혈도는 풍지風池, 경문京門 두 군데였다. 그런데 장무기는 그의 천주天柱, 환도環跳, 대추大椎, 상곡商曲 같은 혈도들만 죽어라고 추나술법推拿術法으로 밀고 있으니 아무 효과도 보지 못했다.

이렇게 되자 두 사람 모두 말은 하지 않았으나 서로 상대방에게 탄복을 금치 못했다. 장무기의 생각은 이러했다.

'곤륜파의 점혈 수법이 확실히 대단하구나. 호 선생이 가르쳐준 일곱 가지 절묘한 해법도 이 철금선생이 찍힌 혈도에는 아무짝에 소용이 없으니 말이다.'

반면 하태충은 또 그 나름대로 속으로 놀라고 있었다.

'요 꼬마 녀석이 어린 나이에도 이토록 괴상야릇한 추나해혈수법推拿解穴手法을 여러모로 숱하게 익히고 있다니, 정말 대단하구나. 아내가 분명 이 녀석의 몸뚱이에 일고여덟 군데 혈도를 찍었는데 손톱만큼도 어쩌지 못할 줄이야. 근년에 들어 무당파의 명성이 강호 무림계를 들었다 놓을 정도가 된 것을 보면, 장삼봉 그 늙다리 도사의 재간이야말로 과연 다른 사람이 따라잡지 못할 경지에 이른 게 분명하다. 그날 무당산에서 사손의 행방을 추궁했을 때 무당파 측과 싸움을 벌이지 않았던 게 천만다행이다. 그랬다면 큰 망신을 당했을 것이 아닌가? 요런 꼬마조차 솜씨가 이 정도이니, 그쪽 늙은이나 어른들은 아마 못해도 열 곱절은 더 지독할 것이다.'

그는 막힌 혈도를 스스로 푸는 장무기의 솜씨가 금모사왕 사손에게서, 그리고 해혈 수법은 접곡의선 호청우에게서 배웠다는 사실을 까맣

14. 길에 오르니 가는 곳마다 배은망덕한 이리 떼뿐일세

게 모르고 있었다. 또 무당파의 참된 실력이 강호 무림계를 진동시키고는 있지만 그것이 장무기가 드러내 보인 그 두 가지 솜씨와는 전혀 상관이 없다는 것도 물론 알지 못했다.

아무튼 하태충은 그의 해혈 수법이 아무 효력도 없는 것을 보자, 머리에 퍼뜩 떠오르는 게 있어 장무기에게 부탁을 했다.

"자네, 찻주전자를 가져다 내게 몇 모금 먹여주게."

이런 긴박한 때에 느닷없이 차를 마시겠다니, 장무기는 영문을 모른 채 어리둥절했다. 하지만 애첩을 제 목숨보다 사랑하는 터라 자기한테 무슨 수작을 부리지는 못하리라 생각하고 찻주전자를 들어다 입에 대주었다.

하태충은 찻물을 한 모금 가득 들이켜더니 삼키지 않고 자신의 팔꿈치 안쪽 청냉연清冷淵 혈도를 겨냥해 있는 힘껏 뿜어냈다. 공력이 담긴 찻물 줄기는 화살처럼 곧게 뻗어나가더니 "치익, 치익!" 소리와 함께 눈 깜짝할 사이에 팔뚝의 혈도를 풀어버렸다.

곤륜산 삼성요 분지에 들어선 이래, 장무기는 하태충이 다섯째 시첩의 질병 하나 때문에 번민하고 또 정실부인을 호랑이보다 더 두려워하는 등 나약한 모습만 보이자, 그가 패기 한 점 없는 공처가 꽁생원인 줄로만 알았다. 그런데 그가 드러내 보인 무공을 보는 순간, 철금선생 하태충에 대한 인식이 싹 바뀌면서 속으로 감탄을 금치 못했다. 과연 이 곤륜파 장문 어른의 무공도 깊고 두터웠던 것이다. 이제 보니 무당산 둘째 사백 유연주나 아미파의 멸절사태, 아니 열다섯 고수에게 단번에 치명적인 상처를 입혔던 금화파파의 무공 실력에 결코 뒤떨어지지 않는 듯했다. 이제껏 용렬하고 치사한 겁쟁이로만 알았으나, 과연 일개 문파를 다스리는 장문인으로서 남이 따르지 못할 뛰어난 무공 실력을 지니고 있는 것만큼은 분명했다. 방금 그 찻물 줄기를 자신의 얼굴이나 가슴에 뿜어 보냈더라면 꼼짝 못 하고 즉사했을 게 아닌가?

장무기가 무슨 생각을 하든 말든, 하태충은 혈도가 풀린 팔뚝을 두세 차례 휘둘러보더니 흡족한 기색으로 자기 넓적다리에 찍힌 혈도마저 손쉽게 풀었다. 그러고는 장무기를 향해 요구했다.

"자네, 먼저 해독약부터 넘겨주게. 그럼 내가 앞장서서 이 삼성요 골짜기를 무사히 내보내주겠네."

그러나 장무기는 말없이 절레절레 고개를 흔들었다. 마음이 다급해진 하태충이 다그쳤다.

"나는 곤륜파 장문 어른이야! 이런 내가 자네같이 어린것한테 거짓말을 하겠나? 만약 때가 늦어 독성이라도 발작하면 어쩔 텐가?"

"독성은 금방 발작하지 않을 겁니다."

하태충은 어쩔 수 없이 고개를 끄덕이며 한숨을 내리쉬었다.

"좋아, 그럼 여기서 조용히 나가세."

이윽고 두 사람은 창문을 뛰어넘었다. 하태충이 손가락 끝으로 양불회의 등줄기를 가볍게 쓸어주자, 막혔던 혈도가 거짓말처럼 거뜬히 풀렸다. 날렵하면서도 재빠른 수법에 장무기는 내색하진 않았으나 속으로 탄복해마지않았다.

하태충은 장무기의 눈빛에서 흠모하는 기색을 읽어냈다. 의기양양해진 그는 싱긋 웃으면서 한 손에 한 사람씩 손목을 부여잡고 삼성당 후원 꽃밭을 빙 돌아 곁문으로 빠져나갔다.

장무기는 몰랐으나, 삼성딩의 규모는 앞뒤 좌우로 건물이 네 채씩 있

14. 길에 오르니 가는 곳마다 배은망덕한 이리 떼뿐일세

고 아홉 군데가 담장과 곁문으로 나뉘어 있었다. 뒤채 화원 옆문을 빠져나오는데도 굽이굽이 펼쳐진 꽃길을 감돌고 숱하게 많은 대청 앞을 지나야 했다. 30~40채나 되는 건물이 줄지어 들어앉고 문이 중첩되어 있어 이 대저택의 주인 하태충이 길잡이 노릇을 하지 않았다면 곤륜파 제자들이 가로막지 않는다 해도 도저히 이곳을 탈출하지 못했을 것이다.

삼성당을 빠져나오자 하태충은 아예 오른팔로 양불회를 껴안고 나머지 한 손으로 장무기를 잡아끌면서 경공신법으로 서북쪽을 향해 질풍같이 달려갔다. 그 손길에 끌려가면서 장무기는 단 한 번 도약에 10여 척 거리나 뛰어야 했다. 칼바람 소리가 귓전을 "윙윙!" 스치더니 마치 허공을 타고 날아가는 듯한 착각마저 들었다. 이 희한한 경공술의 절기를 몸소 체험하고 보니 하태충과 곤륜파가 한층 더 대단해 보였다.

복통은 아직도 말끔히 가시지 않았다. 장무기는 한 손으로 품속을 뒤져 해독약 두 알을 꺼내 삼키고 나서야 마음이 놓였다.

얼마쯤 치달렸을까, 난데없이 등 뒤에서 고래고래 악을 쓰는 여인의 목소리가 들려왔다.

"하태충…… 하태충……! 거기 서지 못해!"

바람결에 들려오는 목소리는 무척 멀리서 들려오는 듯했는데, 어떻게 들어보면 바로 곁에서 부르는 소리 같기도 했다. 정신없이 질주하던 하태충의 발걸음이 한순간 멈칫했으나 속력은 떨어지지 않았다. 목소리의 주인공은 바로 정실부인 반숙한이었다.

"하태충! 정말 그 자리에 안 설 거야?"

아내의 두 번째 고함 소리가 물귀신처럼 따라붙자, 하태충의 발걸음이 흠칫하다가 결국 그 자리에 우뚝 멈춰 서고 말았다. 그러고는 땅이 꺼져라 긴 한숨을 내쉬었다.

"여보게, 자네 둘이서 빨리 달아나게. 아내가 쫓아오고 있어 난 더 데리고 갈 수가 없네."

장무기가 고개를 끄덕였다. 배은망덕한 줄 알았더니, 그렇게 몹쓸 사람은 아닌 듯했다. 그렇다면 나도 호의적으로 대해줘야 도리겠지.

"하 선생, 이만 돌아가시지요. 제가 다섯째 부인께 먹인 것은 독약이 아니었습니다. 비상이니 짐독이니 한 것은 전부 거짓말이고, 그저 기침약으로 쓰는 상패환桑貝丸을 먹인 것뿐입니다. 며칠 전에 불회 동생이 기침을 하기에 조제해서 먹이고 몇 알 남겨두었던 것이지요. 공연히 선생을 놀라게 해드렸습니다."

솔직히 털어놓고 사과하는 말에 깜짝 놀란 하태충은 마음이 푹 놓이면서도 한편으론 슬그머니 부아가 치밀었다.

"진짜 독약이 아니란 말인가?"

"제 손으로 살려드린 분의 목숨을 제가 또 해칠 리가 있겠습니까?"

등 뒤에서는 반숙한의 외쳐대는 소리가 끊이지 않았다.

"하태충……! 하태충……! 당신 정말 도망갈 거야? 거기 서지 못해……!"

목소리는 점점 가까워졌다.

아내의 외침을 들으면서 하태충은 갑자기 허탈해졌다. 그가 장무기와 양불회를 데리고 허위단심 도망쳐 나온 목적은 오로지 애첩의 목숨을 살리기 위해서였다. 비상이니 짐독이니 하는 극독이 발작해 제때에 치료하지 못할까 봐 이 꼬마 녀석에게 해독제를 얻으려고 아내의 뜻마저 거역하고 이런 짓을 저지른 것인데 독약이 아니라니! 이게 무

14. 길에 오르니 가는 곳마다 배은망덕한 이리 떼뿐일세

슨 뚱딴지같은 놀음이란 말인가? 어린것한테 감쪽같이 속았다고 생각하니 허탈감은 이내 분노로 바뀌었다.

"철썩, 철썩! 철썩! 철썩!"

걷잡을 수 없는 분노에 휘말린 하태충은 손바닥과 손등으로 장무기의 양쪽 뺨을 번갈아 후려갈겼다. 공력이 얹힌 것은 아니었으나 힘껏 후려친 따귀 넉 대에 장무기의 두 뺨은 당장 시뻘겋게 부풀어 오르고 입안이 온통 피투성이로 변했다.

정신없이 몰아치는 따귀를 얻어맞으면서 장무기는 곧 후회했다. '이 못난 것, 어쩌자고 사실대로 일러줬단 말인가? 이번에야말로 꼼짝없이 불회 동생과 내 목숨이 날아갈 판이로구나.'

분노에 미쳐버린 하태충의 다섯 번째 손바닥이 날아들자, 그는 황급히 무당장권 중 일초인 도기룡倒騎龍으로 맞받아쳤다. '승천하는 용의 잔등에 거꾸로 올라탄다'는 이름 그대로 엉겁결에 상대방을 외면한 상태에서 반격하는 이 초식을 만약 유연주 같은 무당칠협이 펼쳐냈다면 그 위력이 무궁무진했을 터이나, 장무기는 어릴 적 아버지한테 비좁은 뗏목 위에서 수박 겉 핥기 식으로 배운 것이라 곤륜파 장문인 같은 어른의 공격 초식을 막아내기에는 역부족이었다.

하태충이 슬쩍 몸을 틀어 피하는 순간, 장무기의 오른쪽 뺨따귀에서 "철썩!" 하는 소리와 함께 불똥이 튀었다. 얼마나 호되게 얻어맞았는지 눈두덩이가 삽시간에 부풀어 올랐다. 그는 자신의 수단이 곤륜파 장문에 비해 너무나 보잘것없다는 사실을 진작 알고 있었기에 더는 항거하지 않고 아예 두 손을 축 늘어뜨린 채 꼿꼿이 서 있기만 했다.

그렇다고 하태충의 손찌검이 멈춘 것은 아니었다.

"철썩, 철썩! 철썩, 철썩!"

왼쪽과 오른쪽 뺨에 후려치는 따귀가 그칠 줄 몰랐다. 비록 손바닥에 내력을 쏟지 않았으나 꼼짝없이 서서 얻어맞는 장무기의 머리통은 좌우로 쉴 새 없이 돌아갔다. 얼마 안 있어 감당하지 못할 고통과 현기증에 정신마저 잃어버릴 지경에 이르렀다.

괘씸하기 짝이 없는 꼬마 녀석을 한참 때리고 있는데, 어느 틈에 뒤쫓아왔는지 반숙한이 두 명의 제자를 거느리고 한 곁에 서서 냉랭한 기색으로 지켜보고 있었다. 그녀는 장무기가 저항 한 번 하지 않고 꼿꼿이 선 채 고스란히 매를 맞고 있는 걸 보자, 슬그머니 재미가 없어져 남편에게 한마디 던졌다.

"저 계집아이를 때려봐요!"

"음, 그러지!"

엄처시하 하태충이 아내의 분부를 거역할 리 있으랴. 한마디로 응낙한 그의 손바닥이 양불회의 보들보들한 뺨따귀를 "철썩!" 후려갈겼다.

"으와아!"

어른의 호된 손바닥에 얻어맞은 양불회가 당장 울음보를 터뜨렸다.

"날 때리면 됐지, 철없는 어린애까지 왜 못살게 구는 거요?"

장무기가 노성을 질렀으나 소용없었다. 하태충은 들은 척도 않고 또 한 차례 양불회에게 손바닥을 날렸다. 보다 못한 장무기는 몸뚱이를 내던져 이마로 그의 앞가슴을 들이받았다.

반숙한이 그 꼴을 보고 차갑게 웃었다.

"저렇게 어린 꼬마 녀석에게도 의리는 있군! 당신처럼 매정하고 의리부동한 사내가 세상천지에 또 있을라고?"

14. 길에 오르니 가는 곳마다 배은망덕한 이리 떼뿐일세

아내가 비비 꼬아 던진 말 한마디가 그대로 가시가 되어 하태충의 가슴에 박혔다. 무안에 들떠 얼굴빛마저 홍당무가 되어버린 그는 미치광이처럼 장무기의 뒷덜미를 덥석 움켜잡아 있는 힘껏 바깥쪽으로 내던졌다.

"요 잡놈의 새끼, 네 어미 아비한테나 가봐라!"

앞서와 달리 분노와 수치심에 미칠 대로 미쳐버린 그의 손아귀에는 진짜 내공력이 실려 있었다. 장무기의 두개골은 바야흐로 산비탈 아래 화강석 바위 더미를 향해 날아갔다.

"이젠 꼼짝없이 죽는구나!"

제 몸 하나 가누지 못한 채 남의 힘에 의해 질풍같이 날아가면서 장무기는 탄식을 금치 못했다. '이제 바위 더미와 충돌하는 날이면 그야말로 두개골이 순식간에 박살 나면서 뇌수를 흩뿌리게 되겠지.'

생각이 여기에 미치자 그는 아예 두 눈을 질끈 감아버렸다.

그때 갑자기 한 곁에서 세찬 바람이 들이닥쳐 장무기의 몸뚱이를 끌어당겼다. 막 정수리가 바위 더미를 들이받기 직전이었다. 바람결은 가로 뉘였던 몸뚱이를 수직으로 번쩍 곧추세워 한 곁으로 끌어갔다.

장무기는 놀란 넋이 미처 가라앉기도 전에 땅바닥을 딛고 서 있었다. 퉁퉁 부어오른 두 눈을 가까스로 뜨고 옆을 바라보니 5척도 못 되는 거리에 웬 사내 하나가 있었다. 온몸에 흰색 무명천으로 거칠게 짠 장포 자락을 치렁치렁 늘어뜨린 서생 차림의 중년 사내였다.

반숙한과 하태충 부부가 아연실색한 기색으로 서로 마주 보았다. 이 선비 차림의 사내가 언제 어디서 어떻게 나타났는지 전혀 낌새를 채지 못했던 것이다. 설령 바위 뒤에 숨어 있었다 한들 자기네 부부의 예민한 감각으로 어찌 알아내지 못했단 말인가?

하태충은 방금 장무기를 번쩍 들어 바위 더미에 내동댕이쳤다. 공력이 실린 그 투척력은 줄잡아 300~400근이 넘을 터인데, 이 선비는 그저 장포 자락을 가볍게 휘둘러 그 엄청난 힘줄기를 봄눈 녹이듯 해소시켰고, 장무기의 몸뚱이마저 곧추세워 한 곁으로 밀어놓았으니, 실로 불가사의한 무공이 아닐 수 없었다.

선비의 나이는 쉰 살가량 들었을까. 얼른 보기에도 사뭇 준수한 생김새였다. 단지 양 눈썹이 좌우 아래로 처지고 입술 언저리에 두세 가닥 깊은 주름살이 잡혀 어딘가 모르게 노쇠하고 처량한 인상을 주는 것이 눈에 거슬릴 따름이었다. 말 한마디 없이 그 자리에 서서 꼼짝도 않는 기색이 마치 아득히 머나먼 곳으로 마음을 치달리듯 깊은 생각에 잠겨 망연자실한 느낌마저 띠고 있었다.

"어흠!"

하태충이 헛기침으로 답답한 분위기를 깨뜨렸다.

"귀하는 뉘시오? 어째서 남의 일에 함부로 끼어드는 거요? 우리 곤륜파에게 무슨 유감이라도 있소?"

세 마디 힐문이 잇따라 날아가자, 그제야 서생이 무덤덤하게 응수했다.

"두 내외분께선 철금선생과 하 부인이 아니신지? 소생은 양소라 하오."

"앗……!"

상대방에게서 '양소'란 이름 한마디가 나오기 무섭게 하태충과 반숙한, 정무기 셋은 약속이나 한 듯 일제히 외마디 경악성을 터뜨렸다.

외마디였을 뿐이지만 장무기의 경악성에는 놀라움과 기쁨이 뒤섞여 있었다. 그러나 하태충과 반숙한 부부의 외침 속에는 놀라움과 더불어 분노가 엇갈려 있었다.

뒤미처 "쏴악, 쏵!" 칼집에서 장검을 뽑아내는 소리가 들렸다. 곤륜파의 여제자 두 사람이 장검의 칼자루를 돌려 스승과 사모님에게 공손히 넘겨주었다.

하태충이 칼날을 아랫배 앞에 가로누여 설옹남교雪擁藍橋˙1초를 전개하는 동안, 그 아내 반숙한은 칼끝으로 비스듬히 땅바닥을 가리켜 목엽소소木葉蕭蕭 1초를 구사했다. 한 사람은 눈 내린 날 남전의 냇물 다리 앞을 가로막은 장군의 위세요, 한 사람은 늦가을 찬 바람에 나뭇잎을 쓸어내는 자세였다. 이 두 초식은 얼른 보면 서투른 칼잡이가 아무렇게나 대충대충 취한 자세 같지만 실상 곤륜파 검법 중에서도 정화로 손꼽히는 비전절기로서, 초식마다에 하나같이 7~8종류의 매섭기 짝이 없는 묘수가 숨겨진 무시무시한 검초였다.

이윽고 두 사람은 때를 같이해서 오른 팔뚝에 공력을 쏟아부었다. 칼 잡은 손목이 한 차례 부르르 떨리는가 싶을 때 벌써 검광이 번갯불처럼 번뜩였다. 그 쌍검의 기세가 일단 공격을 개시하는 날이면 적의 7~8군데나 되는 치명 요혈을 한꺼번에 다치게 할 수 있었다. 결국 이들 부부는 강적을 눈앞에 둔 만큼 평생토록 배우고 익힌 검초의 정화

˙ 남교는 섬서성 상현商縣 서북방의 관문 효관嶢關 앞에 흐르는 남수藍水에 놓인 다리로 관중關中 평원에서 남양南陽 분지로 통하는 요충지이다. 기원전 207년 유방劉邦 군이 여기서 진격로가 막혀 멀리 궤산嶢山으로 우회했다는 고사와 881년 황소黃巢의 반란군이 남교 아래 방어선을 치고 관군의 추격을 막아냈다는 고사가 전해온다.

를 전개한 것이다.

　그러나 양소는 전혀 그런 낌새를 채지 못했는지, 그저 장무기가 외친 목소리 가운데 희열이 담긴 것을 듣고 이상한 녀석이라는 듯이 장무기를 흘끗 한 번 보았을 뿐이었다. 하지만 아무리 기억을 더듬어봐도 온통 피투성이 얼굴에 콧매는 퉁퉁 붓고 눈두덩이마저 시퍼렇게 멍든 몰골만 눈길을 사로잡을 뿐 전혀 본 적이 없는 소년이었다. 그런데 목소리뿐 아니라 흉측하게 일그러진 상처투성이 얼굴에마저 온통 기쁨과 반가운 기색이 서려 있으니 정말 이상한 노릇이 아닌가?

　이윽고 장무기가 버럭 고함쳐 물었다.

　"아저씨! 아저씨가 바로 명교의 광명좌사자 양소, 그분이신가요?"

　양소는 의아한 기색으로 천천히 고개를 끄덕였다.

　"네가 어떻게 내 이름을 알지?"

　장무기는 대뜸 곁에 선 소녀를 가리켰다.

　"얘가 바로 아저씨의 딸입니다."

　그러고는 양불회를 잡아당겨 앞에 내세웠다.

　"불회야! 어서 '아빠' 하고 불러봐. 어서 불러보라니까! 우리가 네 아빠를 찾았어!"

　양불회는 부리부리한 눈동자를 떼굴떼굴 굴려가며 양소를 바라보았다. 그러나 아무래도 믿지 못하겠다는 눈치였다. 이 사람이 아빠든 아니든 전혀 관심도 없다는 듯 그저 장무기에게 따져 물을 따름이었다.

　"엄마는? 엄마는 왜 아직도 하늘나라에서 안 내려오는 거야?"

　다음 순간 양소는 무엇을 연상했는지 가슴속 심장이 덜컥 떨어져 내리듯 심한 충격에 휩싸였다. 그는 장무기의 팔뚝을 사납게 움켜잡으

14. 길에 오르니 가는 곳마다 배은망덕한 이리 떼뿐일세

며 물었다.

"너 똑바로 말해라! 저 애가…… 저 애가 누구 딸이냐? 저 애의 엄마가 누구냐?"

얼마나 거세게 움켜쥐었는지 어깨뼈 마디에서 "우두둑, 우두둑!" 소리가 나고 뼛속을 쑤셔대는 아픔이 가슴 밑바닥까지 찌르르하니 울렸다. 장무기는 약한 꼴을 보이고 싶지 않아 신음을 참으려 애썼으나, 끝내 입에서 외마디 비명이 터져 나왔다.

"아악!"

입이 열린 김에 바른 소리가 흘러나왔다.

"쟤는 아저씨 딸이에요! 쟤 엄마가 바로 아미파의 여협 기효부 아주머니예요!"

그 말을 듣는 순간, 애당초 종잇장처럼 하얗던 양소의 얼굴빛이 핏기라곤 한 점도 없이 더욱 창백하게 질리더니, 떨리는 목소리로 다시 물었다.

"그녀…… 그녀가…… 딸아이를 낳았단 말인가? 그녀는…… 그녀는 지금 어디 있느냐?"

양소는 황급히 허리를 굽혀 양불회를 안아들었다. 하태충에게 따귀 두 대를 얻어맞고 나서 두 뺨이 퉁퉁 부어오르긴 했어도 눈매와 이마에는 어딘가 모르게 기효부의 곱디고운 맵시가 판에 박은 듯 완연하게 서려 있었다. 그는 다시 한번 확인해보려고 입을 열려다 문득 그 애의 목덜미에 걸린 검은빛 실끈을 발견했다. 살그머니 당겨보았더니 실끈 끄트머리에 철패 한 개가 매듭져 있고 거무튀튀한 철패 앞면에는 놀랍게도 금실로 불꽃 형태의 조각이 새겨져 있는 게 아닌가! 이것은 양소가 기효부에게 선사한 명교 광명좌사자의 신분을 상징하는 영패牌 '철염령鐵焰令'이었다. 그렇다면 이제 더 의심할 것도, 물어볼 것도 없었다. 그는 양불회를 와락 끌어안으면서 물었다.

"엄마는……? 네 엄마는……? 네 엄마는 어디 있느냐?"

"엄마는 하늘나라에 올라갔어. 나도 지금 엄마를 찾고 있는데, 어디 있는지 아저씨가 봤어?"

양불회는 나이가 너무 어렸다. 그래서 말하는 소리가 또렷하지 못했다. 양소의 눈길이 장무기에게 옮아갔다. 어떻게 된 일이냐고 묻는 것이다.

장무기는 한숨을 내리쉰 끝에 힘없이 대답했다.

"아저씨, 제가 말씀드릴 테니 너무 서운하게 여기지 마세요. 기씨 아주머니는 스승인 멸절사태의 손에 맞아 돌아가셨습니다. 그분이 임종하실 때……."

"거짓말이야! 거짓말! 네놈이 누굴 속이려고, 에잇!"

설명을 다 듣기도 전에 양소가 대갈일성으로 호통을 쳤다. 그다음 순간, 장무기의 왼 팔뚝에서 "우지직!" 하는 소리가 들리더니 힘껏 비틀린 뼈마디가 기어코 뚝 부러져 나갔다.

"아얏!"

처절한 외마디 비명 소리. 그와 때를 같이해서 정신적 충격을 받은 양소와 육신에 끔찍한 타격을 받은 장무기가 뒤로 털썩털썩 나자빠졌다. 양소의 오른손에는 여전히 딸아이가 꽉 안겨 있었다.

바로 그 순간, 하태충과 반숙한이 눈짓을 주고받았다. 부부는 일심동체, 이심전심으로 쌍섬을 한꺼번에 쭉 내뻗더니 한 자루는 양소의 목젖을, 또 한 자루는 양소의 미간을 겨냥했다.

양소가 누구인가? 명교의 광명좌사자로서 강호 무림계에 그 위엄과 명성이 파다하게 소문난 대고수였다. 반숙한, 하태충의 스승이던 백록자는 명교에 속한 어떤 고수의 손에 죽임을 당했다. 그 범인이 누구인지 명확히 밝혀지지는 않았으나, 곤륜파 동문 제자들은 지금까지 양소를 진범으로 추측하고 있었다.

이런 무서운 고수와 뜻하지 않은 장소에서 갑작스레 맞닥뜨리게 된 하씨 부부는 진작부터 우물에 두레박통 열다섯 개가 오르락내리락하는 듯 가슴속이 두근거리고 간이 콩알만 하게 오그라들어 전전긍긍 떨고 있던 참이었다. 그런데 이 무시무시한 원수가 별안간 기절해서 쓰러졌으니, 이야말로 하늘이 내린 기회가 아니고 무엇이랴! 그래서 당장 손을 써서 치명적인 요해要害를 단번에 제압한 것이다.

반숙한이 남편에게 말했다.

"우선 이놈의 양 팔뚝을 끊어놓고 봅시다!"

남편도 한마디로 응낙했다.

"그러지, 뭐……!"

절체절명의 순간을 맞이했어도 양소는 여전히 깨어날 줄 몰랐다. 장무기는 부러진 팔뚝에서 오는 극심한 통증에 머리통과 얼굴이 온통 굵다란 땀방울로 범벅이 되었으나 그래도 정신 하나만큼은 말짱했다. 그는 사태가 위급함을 깨닫고 잽싸게 발끝을 내뻗어 양소의 정수리 백회혈百會穴을 툭툭 건드렸다.

백회혈은 두뇌 중추부와 직결된 곳이다. 툭툭 건드리는 발끝 충격에 양소는 즉각 정신이 번쩍 들었다. 두 눈을 뜨자마자 제일 먼저 느껴진 것은 가슴속까지 섬뜩하도록 차가운 한기였다. 어느덧 서슬 퍼런 장검의 칼끝이 자신의 미간에 와닿아 있는 게 아닌가? 어디 그뿐이랴. 뒤미처 또 한 자루의 청강검靑鋼劍이 푸른빛을 번뜩이는가 싶더니 곧바로 왼 팔뚝을 후려쳐오고 있었다. 손을 써서 막아내려 해봤자 이미 늦었다. 하물며 첫 번째 장검 끝이 미간에서 요지부동이라 아예 꼼짝달싹할 여지가 없었다.

그는 순간적으로 결단을 내렸다. 한 가닥 진기를 왼 팔뚝에 옮겨놓자 그 팔뚝을 그어 내리던 장검의 칼끝이 돌연 바깥쪽으로 비스듬히 미끄러져 나갔다. 칼이 마치 어떤 매끄럽기 짝이 없고 질겨빠진 물체를 벤 것처럼 도무지 힘을 받지 못한 것이다. 하태충의 일격은 실패했으나, 양소가 걸친 장포 소맷자락에서도 선혈이 뭉클 솟구쳤다. 피는 곧 양소의 흰 무명천을 붉게 물들이며 천천히 번지기 시작했다. 결국 하태충의 장검은 치명상은 아니더라도 상처를 입히는 데 성공한 것이다.

바로 그때, 양소의 몸뚱이가 지면에 찰싹 달라붙은 채 뒤쪽으로 10여 척 남짓 미끄러져 나갔다. 그 맹렬한 동작은 마치 누군가가 목에 밧줄을 얽어매고 뒤에서 힘껏 잡아당긴 것처럼 순식간에 이루어졌다. 반숙한의 칼끝은 벌써부터 양미간 한복판에 닿아 있었으나 미처 찔러들기도 전에 양소의 몸뚱이가 급박하게 뒤로 미끄러지자 미심眉心에서부터 콧잔등, 입술, 가슴팍에 이르기까지 두세 푼 깊이로 기다랗게 핏자국을 그어놓았다. 실로 위험천만하기 이를 데 없는 방어 초식이었다. 만일 반숙한의 칼끝이 반 치 정도 더 깊숙이 찔렀다면 양소는 면상부터 가슴팍이 좌우로 쪼개지고, 아랫배마저 갈라지는 참담한 화를 당했으리라.

14. 길에 오르니 가는 곳마다 배은망덕한 이리 떼뿐일세

뒤로 주르르 미끄러져 나간 몸뚱이의 기세가 우뚝 멎더니 양소는 그 자리에서 곧바로 몸을 일으켰다. 그 두 동작을 잇대어 하기란 절대 불가능한 것이었다. 하지만 그는 분명히 무릎을 굽히지도 허리를 구부리지도 않은 채 느닷없이 미끄러져 나갔고 느닷없이 널판 쪽을 곧추세우듯 불쑥 일어서기까지 했다. 온몸에 장착한 용수철을 한꺼번에 팅겼다 해도 그렇게 매끄러운 동작을 연출할 수는 없었을 것이다. 어쩌면 그 뻣뻣하고도 기괴한 몸놀림은 한마디로 비명에 죽어 원귀가 된 강시殭尸의 그것과 같았다.

벌떡 몸을 일으킨 양소의 두 다리가 번개 벼락 치듯 움직이더니 하씨 부부의 쌍검을 덥석 내디뎠다.

"철꺼덕! 쟁, 쟁!"

좌우 양 발바닥 밑에 짓밟힌 강철 장검 두 자루가 야무진 쇳소리를 내면서 칼날 중턱부터 뚝 부러져 두 동강이 나고 말았다. 물론 내디딘 양 발길질은 앞뒤 차례가 있었지만 번갯불보다 더 빨라 동시에 짓밟은 것처럼 보였다.

하태충과 반숙한 부부의 검법 조예로 말하자면 양소가 제아무리 뛰어난 무공을 지녔다 하더라도 단 일초만으로 두 사람의 병기를 짓밟아 부러뜨리기는 절대로 불가능했다. 다만 그의 초수招數가 워낙 해괴한 데다 중상을 입은 몸이면서도 위기일발의 찰나에 빠져나가 돌발적으로 역습을 가했기 때문에 하씨 부부는 순간적으로 공포를 느낀 나머지 엉겁결에 장검을 거둬들일 기회마저 잃어버렸던 것이다.

반격은 거기서 끝나지 않았다. 칼날을 부러뜨린 두 발길질이 다시 한 번 부러진 칼날을 걷어차 화살을 쏘듯 각각 그 주인들에게 날려 보낸 것이다. 하씨 부부는 칼끝이 자기들 쪽으로 쏜살같이 날아들자, 부러진 반 토막짜리 장검을 익숙하게 놀려 그것을 중도에서 가로막아 튕겨냈다.

"쩡! 쩡!"

강철과 강철이 맞부딪는 쇳소리가 상큼하게 울리는 순간, 하태충과 반숙한 부부는 저마다 칼자루를 쥐고 있던 엄지와 검지 사이 손아귀에 극심한 충격을 느꼈다. 뒤미처 손목, 팔뚝을 거쳐 오른 타격력에 상반신까지 얼얼해졌다. 비록 칼끝을 되받아쳐서 보기 좋게 날려 보내기는 했어도 그 놀라움이야말로 적은 것이 아니었다. 하씨 부부는 본능적으로 급히 뒷걸음질해 가까스로 그 충격파에서 몸을 빼냈다.

일단 적의 공격권 바깥으로 벗어나자, 그들은 약속이나 한 것처럼 두 방위를 차지하고 버텨 섰다. 하나는 서북방, 또 하나는 동남방이었다. 수중에 남은 것은 반 토막짜리 부러진 칼이었으나, 어느덧 하태충의 양검陽劍은 하늘을 가리키고 반숙한의 음검陰劍은 땅을 가리키고 있었다. 이른바 '쌍검합벽雙劍合璧'을 형성한 이들은 곤륜파의 절기인 양의검법兩儀劍法을 펼쳤다. 비록 경황없이 펼치긴 했지만 정精, 기氣, 신神을 안정시켜 딱 버티고 선 자세가 태산처럼 무거워 보였다.

곤륜파 양의검법이 유명해진 것은 벌써 수백 년 전의 일로, 오늘날에 이르러서도 천하에 으뜸가는 검법 가운데 하나로 손꼽혔다. 하씨 부부는 동문수학한 사저 사제 간으로 어릴 적부터 이 나이가 되도록 수십 년 동안 이 검법을 익히고 또 익혀 곤륜파 문하의 역대 제자들 중에서도 따를 자가 없을 만큼 숙련된 검법을 자랑해왔다. 어떻게 보면 이들 부부는 한마디로 곤륜양의검법을 위해 태어난 화신이라고 해도 시나친 밀이 아니었디.

14. 길에 오르니 가는 곳마다 배은망덕한 이리 떼뿐일세

양소 역시 일찍이 곤륜파 제자들과 몇 차례나 큰 싸움을 벌여봤기 때문에 이 검법의 무서운 점을 깊이 알고 있었다. 비록 두려움 같은 것은 없다 해도 이들 두 사람을 이기려면 적어도 수백 초를 넘기지 않고선 불가능하다는 점도 알고 있었다. 그러나 지금 양소의 머릿속에는 오로지 한 가지 생각뿐이었다. 즉 기효부의 생사 여부만 생각하고 있을 뿐이라 남과 싸울 의사가 전혀 없었다. 이렇듯 심경이 어수선하게 흩어진 데다 팔뚝과 얼굴의 상처도 가볍지 않았다. 비록 기선을 제압했다고는 하나 적들이 전열을 가다듬은 이상 자신도 이 절체절명의 위험에서 쉽게 빠져나가지는 못할 터였다.

이것저것 상황을 저울질해본 끝에 양소는 하씨 부부를 향해 차가운 말투로 쏘아붙였다.

"곤륜파가 세월이 흐를수록 하류 잡배로 전락하다니 실로 안타깝구려. 오늘만큼은 이 정도에서 그치기로 하고, 훗날 내 몸소 두 내외분을 다시 찾아뵙기로 하겠소. 우리 그때 가서 피차 빚진 것을 갚기로 합시다!"

엄포 섞어 도전을 예약해놓은 양소가 한 손으로 양불회를 껴안은 채 슬며시 장무기의 손목을 잡아끌었다. 그러더니 돌연 강시처럼 뻣뻣이 선 채 뒤로 10여 척 남짓 도약해 물러났다. 두 발을 옮겨 떼지도, 양다리를 움직이지도 않은 채 보이지 않는 손길에 가슴을 떠밀리듯 단숨에 후퇴해버린 것이다. 하씨 부부가 아연실색한 기색으로 멀뚱멀뚱 바라보는 동안 그는 후딱 돌아서기가 무섭게 어느덧 20~30척 바깥으로 물러나 있었다.

하태충과 반숙한은 마치 유령에게 홀리기라도 한 것처럼 놀라운 표정을 지은 채 서로 마주 바라볼 따름이었다. 스승의 목숨을 해친 범인, 천하에 용납 못 할 대마두가 눈앞에서 사라지는 모습을 빤히 지켜보면서도 뒤쫓아갈 엄두가 나지 않았던 것이다.

양소는 두 어린것을 데리고 단숨에 2~3리를 치달리더니 갑자기 무슨 생각이 났는지 그 자리에 우뚝 멈춰 섰다.

"애야, 도대체 기효부 낭자가 어찌 됐다는 거냐?"

급박하게 치닫던 걸음을 멈추려면 관성慣性의 여세에 떠밀려 몇 발짝이라도 더 가서 멈추게 되는데, 그 자리에 못 박히듯 우뚝 멈춰 서서 꼼짝달싹하지 않을 수 있다니 이거야말로 상상을 초월한 무공이라 할 만했다.

장무기는 양소에게 손목을 붙잡힌 채 죽을힘을 다 써가며 정신없이 달음박질하다가, 끌고 가던 사람이 우뚝 멈추는 바람에 달리던 기세를 거두지 못하고 멧돼지처럼 앞으로 나아가고만 있었다. 만일 양소가 도로 잡아당기지 않았다면 에누리 없이 앞으로 고꾸라져 몇 바퀴 호되게 나뒹굴었을 것이다.

가까스로 양소 곁으로 되돌아온 장무기는 가쁜 숨을 몇 모금 돌리고 나서야 입을 열었다.

"기효부 아주머니는…… 벌써 돌아가셨습니다. 믿어주셔도 좋고 안 믿으셔도 좋지만, 부탁이니 제 팔뚝만은 비틀어 꺾지 마세요!"

그 말을 듣고 양소의 얼굴에 겸연쩍은 기색이 스쳤다. 그러고는 이내 또 질문을 던졌다.

"그녀…… 그녀가 어떻게 죽었지?"

14. 길에 오르니 가는 곳마다 배은망덕한 이리 떼뿐일세

목소리에는 이미 오열이 섞여 있었다.

장무기는 대답 대신 얼굴을 찡그리며 아랫배를 부여안았다. 반숙한 이 강제로 내민 독주를 들이켜고 난 뒤, 구역질을 해서 거반 토해내고 또 오는 도중에 해독약을 먹긴 했어도 독성이 아직 말끔히 가시지 않았던 것이다. 그는 품속에 간직하고 있던 금관혈사를 꺼내 왼손 가운뎃손가락을 물려 독성을 빨아내게 하면서 비로소 천천히 입을 열어 양소가 궁금해하던 것을 얘기해주었다. 사연은 듣고 본 그대로였다. 기효부를 어떻게 알게 되었으며 또 그녀의 상처를 어떻게 치료해주었는지, 그리고 멸절사태가 그녀를 때려 죽인 경위에 이르기까지 하나도 빼놓지 않고 차근차근 들려주었다. 얘기가 끝났을 무렵에는 금관혈사도 장무기의 몸속에 남아 있던 독성을 말끔히 빨아냈다.

양소는 기효부가 임종할 때 남긴 유언을 다시 한번 세세하게 묻고 나서 굵다란 눈물방울을 뚝뚝 떨어뜨렸다.

"멸절사태…… 그 몹쓸 비구니가 그녀를 협박해서 날 죽이려 했다니…… 그녀가 시키는 대로 응낙했다면 아미파를 위해 큰 공을 세웠으련만…… 그리고 장문인의 지위를 이어받았을 게 아닌가? 아아, 효부야, 효부야! 그대는 죽을지언정 스승의 분부를 받아들이지 않았구나. 거짓으로라도 응낙했더라면 우리가 금방 만나지는 못했더라도…… 그 늙은 년의 모진 손에 목숨을 잃지는 않았을 게 아니냐!"

"기씨 아주머님은 성품이 올곧으신 분입니다. 그 때문에 아주머니는 거짓말을 하지 않은 겁니다. 그분은 아저씨에게 독수를 쓰려고도 하지 않았고, 그렇다고 헛된 거짓말로 스승을 속이려 들지도 않았습니다."

장무기의 말을 들으면서 양소는 처연한 기색으로 쓰디쓰게 웃었다.

"그러고 보니 네가 기효부에게는 훌륭한 지기지우였구나. 스승이 그렇듯 독한 손찌검으로 제자의 목숨을 빼앗을 줄이야……!"

"전 아주머님께 약속했습니다. 불회 동생을 반드시 아저씨한테 보내주겠다고."

뒷마디 말에 양소의 몸뚱이가 흠칫하더니 떨리는 목소리로 그것을 되뇌었다.

"불회 동생?"

후딱 고개를 돌린 그가 제 딸에게 물었다.

"얘야, 요 귀여운 것. 네 성이 뭐지? 그리고 이름은?"

"내 성은 양씨예요. 이름은 불회고."

야무지게 대답하는 양불회. 그 말을 듣자, 양소는 갑자기 하늘을 우러르며 목청이 터져라 길게 부르짖었다. 비통에 잠겨 울부짖는 소리인지 기쁨에 겨워 터뜨리는 환호성인지 모를 야수 같은 울부짖음이 사면팔방에 쩌렁쩌렁 울리면서 나뭇잎을 우수수 떨어뜨렸다. 그러고는 한참이 지나서야 메아리가 사라졌다. 입술을 악문 채 하늘로 치켜든 얼굴에서 또다시 소리 없는 눈물이 빗발처럼 줄줄 흘러내리기 시작했다.

"네 성이 과연…… 양씨였구나. 하하, 불회…… 불회! 후회하지 않는다니…… 좋다, 효부야! 이 몹쓸 놈은 너를 강제로 핍박하고 네 담장을 넘었건만, 너는 결코 후회하지 않았구나!"

장무기는 말없이 그가 하는 양을 지켜보았다. 기효부가 하는 말을 들은 적이 있는 터라, 이들 두 남녀 사이에 맺어진 악연이 대략 어떤 것이었는지 이해할 만했다. 그리고 깊은 상념에 잠겨들었다. 양소란 인물은

14. 길에 오르니 가는 곳마다 배은망덕한 이리 떼뿐일세

생김새도 영걸스럽거니와 성격 또한 소탈했다. 비록 나이가 조금 많기는 해도 멋스러운 풍류 미남자의 기품을 잃지 않은 풍채야말로 아직도 치기가 남아 있는 여섯째 사숙 은리정과 비교가 되었다. 그 기품 있는 풍채가 여자의 마음을 쉽사리 기울게 한 것 같았다. 기효부가 강제로 몸을 잃었으면서도 끝내 이 사람에게 마음이 기울고 멀리 떨어져 있으면서 항상 그리워한 것도 어찌 보면 그녀의 잘못만은 아닌 것 같았다. 물론 지금 장무기의 나이로 보아 그 미묘한 남녀지간의 사연을 온전히 이해할 수는 없었지만, 그래도 어렴풋이나마 납득할 수는 있었다.

장무기는 부러진 팔뚝이 아파 견딜 수가 없었다. 뼈를 맞추고 진통 효과가 있는 약초를 당장 찾아내기가 어려워, 하는 수 없이 급한 대로 부러진 뼈를 맞춘 다음 부기를 가라앉히는 약초를 캐서 붙여놓았다. 그리고 나뭇가지를 꺾어다 상처 위아래에 갖다 대고 나무껍질을 찢어 부목 대용으로 팔뚝에 동여맸다.

양소는 그가 하는 양을 물끄러미 지켜만 보았다. 어린 나이에도 한 손만으로 부러진 뼈끝을 맞추고 상처를 치료하는 솜씨가 무척 숙련된 것을 보니 대견스럽기도 하고 놀라운 생각마저 들었다.

나무껍질로 붕대까지 감고 난 장무기가 양소에게 작별을 고했다.

"아저씨, 제가 기씨 아주머니의 기대에 어긋나지 않아 다행입니다. 불회 동생도 아빠를 찾았으니 우린 이제 여기서 헤어져야겠습니다."

"그 만 리 길을 마다 않고 내 딸아이를 데려오느라 고생이 막심했을 텐데, 내 어찌 보답을 하지 않을 수 있겠니? 무엇이든 소원을 말해보려무나. 이 양소가 해내지 못할 일, 손에 넣지 못할 것은 아마도 이 세상천지에 그리 많지 않을 거야."

"하하하……!"

장무기가 그 말에 껄껄대고 웃었다.

"아저씨, 제가 알고 있는 기씨 아주머니를 너무 얕잡아보셨군요. 이런 분인 줄도 모르고 아저씨 때문에 목숨을 버리셨다니 너무 억울하지 않을까 모르겠습니다."

이 말을 듣자, 양소의 얼굴빛이 싹 변했다.

"무슨 뜻으로 하는 말이냐?"

"기씨 아주머니는 저를 얕보지 않으셨습니다. 그러니까 저더러 당신 따님을 아빠한테 데려다주라고 부탁하셨지요. 만약 제가 무얼 바라는 게 있어서 여기까지 왔다면, 저 같은 사람이 남의 부탁을 받아들일 값어치나 있었겠습니까?"

말은 이렇듯 천연덕스레 하면서도 속으로는 착잡한 생각이 들었다. '과연 내가 이런 소리를 떳떳이 늘어놓을 만한 값어치가 있을까? 물론 나는 내 할 일을 다했다. 여기까지 오는 도중 불회가 얼마나 많은 위험과 곤란에 부닥쳤으며 또 나는 몇 차례나 내 목숨을 걸고 구해주었던가? 만약 내가 의리 없이 명리만 탐하는 못난 녀석이었다면, 과연 오늘날 이들 부녀가 원만하게 상봉할 수 있었을까?'

자부심은 대단하지만, 그는 타고난 천성이 자신의 공로를 제 입으로 내세우기 싫어하는 소년이었다. 그렇기 때문에 여기까지 양불회를 데리고 오는 동안 겪었던 온갖 고난과 위험했던 과정은 입 밖에 내지 않았다. 그는 그저 몇 마디 인사말을 남기고 넙죽 허리 굽혀 작별의 예를 올린 다음, 곧바로 돌아서서 걷기 시작했다.

"잠깐만!"

양소가 소리쳐 불러세웠다.

"내 막중한 대사에 도움을 주었는데, 이대로 떠나보낼 수야 있나? 이 양소란 사람은 원수를 맺으면 반드시 갚고 은혜를 입으면 기필코 보답해야 직성이 풀리는 위인이야. 더 딴소리 말고 날 따라와. 내가 1년 안에 자네한테 천하에 적수가 드물 정도로 막강한 무공을 가르쳐줄 테니까."

그러나 장무기는 씁쓰레하니 웃으면서 고개를 내저었다.

물론 장무기는 방금 양소가 하태충 부부의 손에 들린 쌍검을 단번에 짓밟아 부러뜨리는 광경을 두 눈으로 직접 목격했다. 그 무공 실력이야말로 강호 무림계에 필적할 상대가 드물 정도로 높고 뛰어난 것은 사실이었다. 또 양소에게 일초 반식이라도 배워두면 좋은 일에 크게 쓸 수도 있을 것이다. 하지만 태사부가 뭐라고 했던가? 마교의 무리와는 절대 상종하지 말라고 신신당부했다. 하물며 이 사람의 무공이 제아무리 높다 한들 어찌 그분의 실력에 미칠 수 있으랴? 게다가 장무기의 수명은 기껏 길어봐야 반년밖에 남지 않았는데 천하무적의 무공을 배워봤자 무슨 소용이 있겠는가?

"저를 아껴주시는 아저씨의 마음, 고맙기 이를 데 없습니다. 하지만 이 후배는 무당파 제자 된 몸으로 감히 다른 문파의 고명하신 무공을 배우지 못하겠습니다."

"호오, 그런가?"

양소는 고개를 끄덕끄덕했다.

"이제 보니 무당파 제자였군. 그렇다면 은리정…… 은 육협은?"

"은 육협께선 제게 여섯째 사숙 되시는 분이지요. 선친께서 세상을 뜨신 후 여섯째 사숙님은 저를 친조카나 다름없이 대해주셨습니다. 기효부 아주머니의 부탁으로 불회 동생을 이 곤륜산까지 데려오기는 했지만, 사실 여섯째 사숙님께는 미안한 생각을 금치 못하겠습니다."

고개를 들어 바라보는 장무기의 눈길과 마주치자, 양소는 내색하지 않았으나 마음속으로 부끄러움이 솟구쳤다. 그래서 겸연쩍은 기색을 감추려고 가볍게 손을 흔들어 보였다.

"네가 베풀어준 그 큰 은덕에 보답할 것이 없어 그저 부끄러울 따름이다. 기왕 이렇게 되었으니 훗날 다시 만날 때를 기약하세. 그럼 잘 가게!"

몸놀림이 번뜩 움직였다 싶었을 때, 그는 벌써 20~30척 바깥으로 날아가고 있었다.

"무기 오빠! 무기 오빠!"

양불회가 큰 소리로 외쳐 불렀다. 그러나 양소는 딸을 껴안은 채 경공신법을 펼쳐 순식간에 까마득히 멀어져갔다.

"무기 오빠……!"

양불회의 애잔한 목소리가 산울림이 되어 골짜기 안에 메아리치더니, 얼마 안 있어 끝내 사람의 뒷모습과 함께 아련히 사라졌다.

얼룩덜룩한 호랑이 가죽을 씌운 의자에 순백색의 하얀 여우
가죽옷을 걸친 소녀가 손에 가죽 채찍을 들고 앉아서 야무
진 목소리로 연신 명령을 내렸다.

"전장군前將軍, 목덜미!"

명령이 떨어지기가 무섭게 맹견들 가운데 한 마리가 벌떡
일어나더니 벽에 세워놓은 사람에게 달려들어 목젖을 덥석
물어뜯었다.

너무나 끔찍스럽고도 잔혹한 광경에 가뜩이나 사나운 개들
을 보고 움츠러든 장무기는 마치 자기 목젖이라도 물린 것
처럼 저도 모르게 외마디 소리를 질렀다.

15

기막힌 모략, 감쪽같은 비책도 일장춘몽이려니

어린 소녀 양불회를 동무 삼아 서쪽 만 리 길을 오는 동안 장무기는 그 애와 그림자처럼 서로 의지하며 살아왔다. 그런데 이제 헤어지고 나니 외롭고 쓸쓸한 생각에 마음마저 울적해졌다. 그러나 죽음을 앞둔 기효부의 유언을 끝내 지켰으니 가슴속에 보람과 자부심이 들끓었다.

사람이 떠나가고 텅 비어버린 하늘 쪽을 한참 동안 멍하니 바라보던 그는 하태충 부부를 비롯한 곤륜파 제자들과 또 마주칠까 두려워 큰길을 버리고 일부러 깊은 산중으로 들어갔다.

이렇듯 10여 일을 갔을 때는 부러진 팔뚝 상처도 아물어들기 시작했다. 그러나 사람들의 눈을 피해 너르디너른 곤륜산 일대를 이리저리 헤매다 보니 어느새 깊은 산중에서 방향을 잃고 빠져나갈 길을 찾을 수가 없었다. 이날도 반나절을 걸었지만 산속에서 벗어났는가 하면 또 다른 산더미가 앞을 가로막았다. 길을 찾다 지쳐버린 그는 바윗돌이 어지럽게 쌓인 곳에 걸터앉아 잠시 숨을 가다듬었다.

그때 갑자기 서북방에서 개 짖는 소리가 들려왔다. 여기저기서 요란히 짖어대는 것으로 보아 한 마리가 아니라 적어도 10여 마리는 될 듯싶었다. 시간이 지날수록 가까워지는 기척에 귀를 기울여보니 그것은 들개 떼가 아니라 훈련을 받고 길들여진 사냥개들이 짐승을 뒤쫓는 소리였다.

개들이 사납게 짖어대는 소리가 점점 가까워지는데, 돌연 작은 짐 승이 죽을힘을 다해 달려오고 있었다. 자세히 바라보니 새끼 원숭이 한 마리가 뒷다리에 짤막한 화살을 맞은 채 사냥개들에게 쫓겨 도망 쳐 오는 게 아닌가.

새끼 원숭이는 장무기가 앉아 있던 바위 더미에서 20~30척 떨어 진 거리까지 달려오더니 기력이 다했는지 두 다리가 툭 꺾이면서 앞 으로 넘어졌다. 화살을 맞아 나무 위로 오르지도 못하고 사나운 개들 에게 쫓기다 기진맥진해 쓰러진 것이었다.

장무기가 궁둥이를 툭툭 털고 일어나 그리로 다가갔다. 새끼 원숭 이의 눈망울 속에는 고통과 절망, 두려움, 그리고 살려달라고 애원하 는 빛이 가득 서려 있었다. 그 눈빛을 보는 순간, 장무기는 동병상련의 아픔을 느끼고 가슴이 저려왔다. '그래, 나도 지금 곤륜파 사람들에게 쫓겨 오갈 데 없이 헤매는 처지가 너만큼이나 절박하지 않은가.'

그는 원숭이를 안았다. 그러고는 뒷다리에 박힌 화살을 조심스럽게 뽑은 다음, 품속에서 약초를 꺼내 상처 난 곳에 발라주었다.

"왈왈왈! 컹컹!"

시끄럽게 짖어대는 개 소리가 벌써 주변 앞뒤 산골짜기에 쩌렁쩌렁 울려 퍼졌다. 사냥개들이 바로 지척지간까지 들이닥친 것이다.

장무기가 옷자락을 벌리고 새끼 원숭이를 품 안에 넣었을 때, 사나 운 짐승의 으르렁대는 소리가 촉박하게 나더니 몸뚱이가 송아지만 한 사냥개 10여 마리가 여기저기서 달려와 순식간에 장무기를 에워쌌다.

사냥개들은 장무기의 몸에서 자기들이 쫓던 새끼 원숭이의 냄새를 맡고 날카로운 이빨을 드러낸 채 으르렁대기는 했으나, 어쩐 일인지

15. 기막힌 모략, 감쪽같은 비책도 일장춘몽이려니

금방 달려들지는 않았다. 그러나 당장에라도 물어뜯을 듯 허연 송곳니를 드러내고 으르렁대며 위협했다. 사냥개들에게 둘러싸인 채 장무기는 그 흉악한 몰골에 겁이 나 어찌할 바를 몰랐다. 물론 품속에 감춘 새끼 원숭이를 던져주기만 하면 이놈들은 원숭이에게 달려들 테고 자신에게는 아무런 해를 끼치지 않을 터였다.

하지만 장무기는 어려서부터 아버지 장취산에게 크든 작든 무슨 일에나 자기 혼자만 살기 위해서 의리를 저버려선 안 된다고 배웠다. 그렇기 때문에 지금도 자신이 다치지 않으려고 사나운 개들에게 이 새끼 원숭이의 목숨을 던져줄 수가 없었다. 첫 대면했을 때 살려달라고 애원하는 듯한 원숭이의 그 애처로운 눈망울을 어찌 외면할 수 있단 말인가?

장무기는 새끼 원숭이의 목숨을 살리기로 굳게 마음먹고 사냥개들의 머리 위로 훌쩍 뛰어넘어 무작정 앞만 바라보면서 달려갔다. 목표물이 달아나자, 사냥개들도 사납게 짖어대며 벌 떼처럼 우르르 뒤쫓았다.

뜻하지 않게 원숭이 한 마리 때문에 쫓기는 신세가 된 장무기는 안간힘을 다 쏟아 도망쳤다. 그러나 질주하는 사냥개들의 네 다리를 무슨 수로 떨쳐버릴 수 있으랴. 그는 불과 100여 척도 못 가서 사냥개들에게 따라잡혔다.

"아얏!"

장무기는 허벅지에 통증을 느끼면서 저도 모르게 외마디 소리를 질렀다. 제일 먼저 따라잡은 맹견 한 마리가 와락 달려들더니 넓적다리를 꽉 문 채 죽어라고 놓아주지 않았던 것이다. 그는 엉겁결에 몸을 획 돌이키며 사냥개의 머리통에 일장을 후려갈겼다. 젖 빨던 힘까지

다 쏟아부은 일장에 정수리를 얻어맞은 사냥개는 "컹!" 하고 한 번 짖고 나서 그 자리에 벌렁 나가떨어졌다. 그러더니 정신을 잃고 다시는 일어나지 못했다.

그러자 뒤따라붙은 나머지 사냥개들이 한꺼번에 덤벼들어 물어뜯기 시작했다. 장무기는 정신없이 두 주먹과 발길질로 후려 때리고 걷어차고 전력을 다 쏟아 저항했다. 그러나 부러진 팔뚝이 아직 다 낫지 않은 탓에 왼팔을 마음대로 쓰지 못하니 어쩌겠는가. 얼마 안 있어 사나운 개 한 마리에게 다친 왼손부터 물리고 말았다.

손목을 물려 멈칫하자, 사면팔방에서 개들이 한꺼번에 덮쳐들더니 닥치는 대로 물어뜯고 할퀴기 시작했다. 짐승들의 날카로운 송곳니가 머리와 얼굴, 어깨와 등판을 가리지 않고 물어뜯었고, 짐승의 예리한 앞발톱이 양팔과 다리를 사정없이 할퀴어댔다.

사냥개들의 무차별 공격에 장무기는 어쩔 바를 모른 채 허둥거리기만 했다. 눈앞에 짐승들이 닥칠 때마다 손발을 마구잡이로 휘둘렀으나 소용없는 짓이었다. 어느덧 눈앞이 가물가물 어두워졌다. 그 무렵 어디선가 날카롭게 짐승들을 외쳐 꾸짖는 여자의 목소리가 들려왔다. 마치 꿈결처럼 아련히. 그러나 눈앞엔 아무것도 보이지 않았고 귓결에 어렴풋하던 고함 소리마저 들리지 않았다. 마침내 그는 정신을 잃고 쓰러지고 말았다.

흐리멍덩한 혼수상태 속에서 그는 수많은 이리와 늑대, 호랑이, 표범과 같은 맹수들에게 그칠 새 없이 몸을 물어뜯기고 있었다. 입을 벌려 큰 소리로 비명을 시트러 헀으니 어찌 된 노릇인지 목소리는 한마디도 나오지 않았다. 그 대신 누군가가 혼잣말로 중얼거리는 소리가 귓결에 들려왔다.

"열이 내렸군. 어쩌면 안 죽을지도 모르겠네."

장무기는 안간힘을 다해 감긴 두 눈을 번쩍 떴다. 제일 먼저 눈길에 잡힌 것은 희부연 등잔불의 누리끼리한 빛줄기였다. 그리고 곧 자신이 작은 골방에 누워 있다는 사실을 알아차렸다.

곁에 앉아 있던 중년 사내가 일어서서 다가왔다.

장무기는 마침내 목청이 터져 말을 할 수가 있었다.

"아, 아저씨…… 내가…… 어떻게……?"

겨우 이 말을 토해냈을 뿐인데, 갑자기 온 몸뚱이가 불에 덴 것처럼 격심한 통증이 한꺼번에 밀어닥쳤다. 그제야 사나운 맹견들에게 둘러싸여 이곳저곳 물어뜯기던 광경이 기억났다.

중년 사내가 물었다.

"요 녀석, 그래도 목숨이 질겨 죽지 않고 살아났구나. 그래 좀 어떠냐? 배는 고프지 않아?"

"여기…… 여기가 어딥니까?"

가까스로 한마디 내뱉자 또 한 차례 극심한 통증이 온몸을 구석구석 쑤셔댔다. 그는 견디지 못하고 또다시 정신을 잃었다.

두 번째로 깨어났을 때, 중년 사내는 그새 어디로 갔는지 보이지 않았다. 썰렁한 골방에 혼자 누운 채 장무기는 갑자기 서글픈 생각이 들었다. 목숨도 얼마 남지 않았는데, 웬 시련을 이토록 많이 겪어야 한단 말인가?

머리를 숙여보니 앞가슴과 목덜미, 손과 팔뚝, 발과 다리 할 것 없이 눈길 닿는 곳마다 온통 무명 헝겊으로 친친 동여매어졌고 몸뚱이 여기저기서 짙은 약초 냄새가 코를 찔렀다. 누군가 친절하게 상처에 약을 붙여준 모양이었다. 약초 냄새를 맡아본 그는 상처를 치료해준 사람의 의학 지식이 무척 얕다는 것을 깨달았다. 상처에 바른 약물 가운데 행인杏仁, 마전자馬前子, 방풍防風, 남성南星 같은 것이 섞여 있었는데, 그런 약재라면 미친개한테 물렸을 때 독을 뽑아내기에는 효험을 보겠지만, 자기는 미친개한테 물려 광견병에 걸린 것도 아니고 근육과 뼈마디 살갖에 입은 상처 역시 독상이 아닌 만큼 이런 약들은 증세에 맞지도 않을뿐더러 오히려 환자의 통증만 더해줄 뿐이었다. 그는 가까스로 몸을 일으켜 앉은 채 날이 밝을 때까지 기다렸다.

새벽녘이 되자, 중년 사내가 또 환자를 살펴보러 왔다.

"아저씨, 절 구해주셔서 고맙습니다."

장무기의 인사말에 중년 사내는 시큰둥한 기색으로 쌀쌀맞게 대꾸했다.

"여기는 주가장朱家莊이란 데야. 우리 댁 아가씨가 네 목숨을 구해주셨지. 배는 고프지 않느냐?"

묻기는 하면서도 딴에는 배고플 것이라 생각했는지 다시 나가서 따끈한 죽 그릇을 쟁반에 떠받쳐서 들어왔다.

장무기는 죽을 몇 모금 마셔보았으나 가슴이 울렁거리고 구역질이 나는 데다 머리가 어지럽고 눈앞이 가물거려 더는 마시지 못하고 내려놓았다.

이렇듯 그는 꼬박 여드레 동안 누워 있고 나서야 가까스로 일어날 수 있었다. 바닥에 내려섰을 때는 두 다리가 마치 구름장을 내딛듯 휘

15. 기막힌 모략, 감쪽같은 비책도 일장춘몽이려니

청거리고 후들후들 떨려서 도무지 바로 설 수가 없었다. 출혈이 너무 심한 탓에 짧은 시일 안에 원상대로 회복할 수 없었던 것이다.

중년 사내는 날마다 밥을 가져다 먹이고 상처에 약을 붙여주었다. 얼굴에는 번거롭고 귀찮아하는 기색이 역력했으나, 장무기는 그저 감지덕지 고마운 마음뿐이었다. 또 그가 말하기 싫어하는 것을 알기 때문에 궁금한 것을 꼬치꼬치 캐묻지 못하고 그저 꾹 참고만 있었다.

이날 그 사내가 또 약을 바꿔 붙이러 들어왔다. 약그릇엔 여전히 방풍, 남성 따위의 광견병 치료 약풀뿐이라 더는 참을 수가 없어 조심스레 한마디 건넸다.

"아저씨, 그 약은 증상에 맞지 않는 것 같아요. 번거로우시겠지만 다른 약재로 몇 가지 바꿔주시면 안 되겠습니까?"

이 말에 중년 사내는 두 눈을 허옇게 까집고 한참 동안 흘겨보더니 호통을 쳤다.

"요런 발칙한 놈 봤나! 주인어른께서 처방하신 약이 잘못되었다니! 증세에 맞지 않는 약을 썼다면 너처럼 다 죽었던 놈이 어떻게 살아났겠느냐? 고놈의 주둥아리를 또 함부로 놀렸단 봐라. 우리 주인님께서야 대범한 분이시니 들으셔도 뭐라고 나무라지는 않겠지만, 너무 철딱서니가 없는 놈이라고 서운하게 여기시면 어쩔 테냐? 참말로 뭐가 옳고 그른지 분별도 못 하는 고얀 놈이로구나!"

말하기 싫어하던 사내가 말문을 열고 보니 마치 연주포連珠炮 터뜨리듯 잔소리가 줄줄이 쏟아져 나왔다. 꾸중을 하면서도 그 손은 부지런히 환자가 증상에 맞지 않는다던 약풀을 상처 여기저기에 처덕처덕 이겨 바르고 있었다. 이러니 장무기는 그저 쓴웃음이나 지을 수밖에 없었다.

상처에 약을 다 바르고 나서 사내가 한마디 덧붙였다.

"보아하니 상처도 거의 다 나은 모양인데, 주인어른과 마님, 아가씨께 가서 절이라도 몇 번 올리고 목숨을 살려주신 은혜에 고맙단 인사를 해야 하지 않겠느냐."

"그야 물론 당연한 일이지요. 아저씨께서 절 좀 데려가주지 않으시겠습니까?"

중년 사내는 더 할 말이 없다는 듯 장무기를 데리고 골방에서 나왔다. 그러곤 기다란 복도를 거쳐 널찍한 대청을 두 군데나 가로지르더니 아담하게 꾸민 누각 안으로 들어갔다. 누각이라지만 사방이 탁 트인 게 아니라 네 벽으로 둘러싸이고 난방장치를 해놓은 이른바 '난각暖閣'이란 데였다. 때가 초겨울이라 곤륜산맥 일대에는 벌써 강추위가 몰아쳤으나 이 누각 안은 봄날처럼 따뜻했다. 하지만 숯불을 어디다 피워놓았는지 보이지 않았다.

누각 안은 온갖 호사스러운 장식품과 가구들이 진열되어 있어 휘황찬란하게 빛났다. 비스듬히 기대어 눕는 와탑臥榻과 의자에도 푹신푹신한 비단 보료가 두툼하게 깔려 있었다. 장무기는 평생 이렇게 풍요롭고 부유한 장식물과 편안한 자리를 본 적이 없었다. 군데군데 찢겨나간 더러운 옷가지를 걸치고 거지꼴을 한 자신의 처지와 견주어보니 이곳에 서 있는 것이 부끄러웠다.

누각 안에는 아무도 보이지 않았으나, 중년 사내는 한쪽 벽면을 향해 아주 공손한 태도로 허리 굽혀 아뢰었다.

"개한테 물렸던 녀석의 상처가 갈 아물어, 주인어른과 마님께 인사를 드리겠다기에 데려왔습니다."

이 몇 마디를 마치고 나서 그는 두 손을 모은 채 숨 한 모금 크게 내쉬지도 못하고 서 있었다.

한참이 지나 병풍 뒤에서 열대여섯 살쯤 들어 보이는 소녀가 걸어 나오다가 곁눈질로 장무기를 흘끗 보더니 중년 사내에게 야단을 쳤다.

"교복喬福, 자네도 참 딱한 사람일세. 어쩌자고 저런 거지 녀석을 여기 데려왔어? 저 애 몸에서 빈대나 서캐, 이가 툭툭 떨어지면 어쩌려고 그래?"

"어이구, 예! 예! 옳은 말씀입니다요!"

교복이라 불린 중년 사내는 송구스러워 연신 허리를 굽실거렸다.

가뜩이나 주눅이 들어 불안한 판에 이런 말까지 들었으니, 장무기는 부끄러움을 견디지 못하고 얼굴이 벌겋게 달아올랐다. 하긴 이 아가씨의 말이 하나도 틀리지 않았다. 옷이라곤 몸에 걸친 단벌밖에 없으니 몸뚱이에 이와 서캐, 벼룩이 득실거리고 있을 게 분명하니까.

무안에 겨운 장무기는 몸을 어디다 둬야 좋을지 몰라 쩔쩔맸다. 흘끗 닿은 눈결에 아가씨의 모습이 들어왔다. 거위알처럼 둥글둥글하면서도 갸름한 얼굴 윤곽에 치렁치렁 늘어뜨린 검정 머리채가 양어깨를 덮고 있었다. 몸에 걸친 옷은 무슨 능라주단綾羅綢緞으로 지은 것인지 반짝반짝 빛이 났고, 손목에 낀 금팔찌도 번쩍거렸다. 이렇듯 화려하고도 호사스러운 옷차림새와 노리개는 평생 본 적이 없는 터라 장무기의 두 눈은 금세 휘둥그레졌다. 그는 얼른 눈을 내리깔면서 속으로 생각했다. '내가 그 사나운 사냥개들한테 에워싸여 공격받았을 때, 귓결에 어렴풋이 개들을 꾸짖어 그치게 하던 여자의 목소리가 들렸지.

또 교복 아저씨의 말로는 이 댁 소저가 날 구해주었다고 했으니, 바로 이 아가씨가 그 소저인 게 틀림없다. 그렇다면 내 마땅히 목숨을 구해받은 인사를 올려야겠지!'

장무기는 그 자리에 넙죽 무릎 꿇고 엎드려 이마를 조아렸다.

"고맙습니다, 아가씨. 제 목숨을 구해주신 그 은혜는 평생토록 잊지 않겠습니다."

처녀가 뜨악한 기색을 짓더니 별안간 까르르하고 웃음보를 터뜨렸다.

"교복, 이게 어찌 된 거지? 상처를 치료해주라고 했더니 바보 멍텅구리로 만든 거 아냐?"

교복도 우스웠는지 껄껄대며 변명했다.

"소봉 누님, 이런 멍청이 녀석한테 큰절 한 번 못 받을 것도 아닌데, 뭘 그리 부끄러워하시는 거예요? 바보 녀석이 세상 물정 모르는 촌뜨기라 소봉 누님을 우리 댁 소저로 잘못 알아 뵌 모양이군요. 하긴 바른 말이지, 우리 댁 하녀들 가운데 소봉 누님이야말로 다른 집의 천금 같은 따님들보다야 훨씬 존귀한 분 아닙니까?"

장무기는 깜짝 놀라 황급히 일어섰다. '맙소사, 이런 창피한 노릇이 다 있단 말인가? 그러고 보니 미천한 하녀를 이 댁 소저로 착각하고 말았구나! 하나 큰절은 이미 올렸으니 어쩌면 좋단 말인가?' 놀림을 당했다고 생각한 장무기의 얼굴이 수치스러움에 겨워 사뭇 언짢은 기색으로 일그러졌다.

소봉이라 불린 하녀가 터져 나오려는 웃음을 억누르면서 장무기의 위아래를 요모조모 뜯어보았다. 머리통하며 얼굴, 온 몸뚱이 발밑에 이르기까지 온통 핏자국으로 더럽혀지고 개한테 물린 상처에는 무명 헝겊 조각이 아직도 너덜너덜 감겨 있었다. 보기만 해도 몸뚱이에서 냄새가 지독하게 날 것 같았다. 하녀의 따가운 눈총을 받으면서 장무기는 쥐구멍이라도 있으면 들어가고 싶은 심정이었다.

아니나 다를까, 소봉도 냄새를 맡았는지 소맷자락으로 코를 가리고 슬금슬금 뒷걸음질 치면서 분부를 내렸다.

"주인어르신과 마님은 지금 일이 계셔서 바쁘시니 인사드릴 것 없고, 아가씨한테나 가서 뵙도록 해요."

그러고는 자기 몸에 이나 빈대라도 옮을까 봐 겁나는지, 장무기에게서 멀찌감치 거리를 두고 빙 돌아가더니 앞장서서 길 안내를 했다.

소봉과 교복 두 사람을 뒤따라가면서 장무기는 이 집 머슴이나 하녀들과 마주칠 때마다 하나같이 그들의 옷차림과 꾸밈새가 화려하다는 사실을 비로소 알았다. 게다가 지나쳐가는 누각과 건물마다 어느 것 하나 정교하고 으리으리하지 않은 것이 없었다. 그는 열 살이 되기 전까지 북극의 빙화도에서 태어나 살았다. 또 그 후 4~5년 동안의 절반은 무당산에서, 절반은 나비의 골짜기에서 괴팍한 의원과 함께 지냈다. 그곳들은 음식에서부터 기거하는 장소에 이르기까지 하나같이 간결하고 소박했다. 그렇기 때문에 하늘 아래 이처럼 부유한 집이 있을 줄은 꿈에도 생각해본 적이 없었다. 곤륜산 삼성요 하태충의 저택에서 열흘 남짓 묵어본 적도 있으나 이곳의 화려한 규모와 호사스러운 꾸밈새에 비하면 실로 하늘과 땅 차이라는 느낌이 들었다.

얼빠진 기색으로 이리저리 둘러보며 정신없이 가다 보니 또 한 채의 커다란 대청 문밖에 다다랐다. 대청 문 위에 가로걸린 편액에는

'영오궁靈獒宮'이란 세 글자가 큼지막하게 쓰여 있었다. '영오'라면 신통한 재주를 지닌 개이니 이곳은 시쳇말로 명견名犬의 조련장이란 뜻이었다.

소봉이 먼저 들어갔다 나오더니 두 사람을 손짓해 불러들였다. 교복은 장무기를 데리고 대청 안으로 들어섰다.

대청 안에 발을 들여놓던 장무기는 깜짝 놀랐다. 송아지보다 더 큰 맹견 30여 마리가 돌바닥에 석 줄로 나란히 배를 깔고 엎드려 있었던 것이다. 사냥개들에게 물려 죽다 살아난 그는 이들 개만 봐도 가슴이 덜컥 내려앉고, 앞서 물렸던 전신의 상처 자국이 도로 지끈지끈 쑤시는 것만 같았다.

얼룩덜룩한 호랑이 가죽을 씌운 의자에 순백색의 하얀 여우 가죽옷을 걸친 소녀가 손에 가죽 채찍을 들고 앉아서 야무진 목소리로 연신 명령을 내렸다.

"전장군前將軍, 목덜미!"

명령이 떨어지기가 무섭게 맹견들 가운데 한 마리가 벌떡 일어나더니 벽에 세워놓은 사람에게 달려들어 목젖을 덥석 물어뜯었다.

너무나 끔찍스럽고도 잔혹한 광경에 가뜩이나 사나운 개들을 보고 움츠러든 장무기는 마치 자기 목젖이라도 물린 것처럼 저도 모르게 외마디 소리를 질렀다.

"아얏!"

사람의 목젖을 물어뜯은 맹견이 고깃점을 씹어 먹었다. 정신을 가다듬고 자세히 바라보았더니, 벽에 서 있는 것은 진짜 사람이 아니라 가죽을 씌워 만든 등신대等身大 인형이고, 인형의 전신 요혈마다 고깃

15. 기막힌 모략, 감쪽같은 비책도 일장춘몽이려니

덩어리가 주렁주렁 매달려 있는 게 아닌가?

소녀의 입에서 또다시 명령이 떨어졌다.

"거기장군車騎將軍, 아랫배!"

두 번째 명령을 받은 맹견이 급히 달려들어 인형의 아랫배를 물어 뜯었다. 이 사나운 개들은 평소 훈련을 잘 받았는지 한 치의 실수도 없었다.

영문을 모르고 움츠러든 장무기는 그제야 정신이 번쩍 들었다. 이 사나운 맹견들이 바로 그날 산속에서 마주친 놈들이었던 것이다. 좀 더 기억을 더듬어보니 그때 어렴풋하게나마 들렸던 목소리의 주인공이 바로 이 소녀가 분명했다. 그랬다. 자기를 정신없이 물어뜯는 사냥개들에게 호통쳐 그치게 했던 목소리의 억양이 방금 들린 것과 똑같이 야무졌었다.

장무기는 지금 자기 목숨을 구해주었다는 이 댁 소저에게 감사드리려고 여기까지 왔다. 그런데 이제 가만 생각해보니 그동안 자신이 받은 모든 고초가 순전히 이 소녀 때문에 저질러진 일이 아닌가? 비로소 내막을 알게 된 그는 고맙기는커녕 오히려 가슴 그득히 치밀어 오르는 분노를 참을 길이 없었다. 하지만 그렇다고 당장 대들어 분풀이할 형편도 아니었다. 지금 이 계집아이 앞에는 자기를 물어뜯던 그 사나운 맹견이 30여 마리씩이나 버티고 있으니 어쩔 도리가 없었다. 그는 속으로 다짐했다. '에잇, 그만두자! 다 그만둬! 진작 이런 줄 알았더라면 그 황막한 산중에서 피 흘리다 죽었을망정 구차스럽게 이 몹쓸 계집아이의 집에 들어와 상처를 치료받지는 않았을 거다. 오냐, 좋다! 내 지금 당장 여기서 나가버리면 그만 아닌가?'

장무기는 이를 악물고 제 몸뚱이 상처에 너덜너덜 감겨 있던 헝겊 붕대를 모조리 뜯어 땅바닥에 팽개치고 말없이 발길을 되돌려 걸어가기 시작했다.

"이봐, 어딜 가는 거야?"

교복이 깜짝 놀라 외쳤다.

"저분이 바로 이 댁 아가씬데, 빨리 '고맙습니다' 하고 큰절을 드리지 않고 뭘 하는 거야?"

성난 장무기가 홱 돌아서더니 거칠게 쏘아붙였다.

"피이! 내가 왜 저 아가씨한테 고맙다고 절을 한단 말이오? 나를 물어 이 지경으로 다치게 한 그 못된 개들을 누가 길렀습니까? 바로 저 아가씨가 기른 게 아닙니까?"

그제야 소녀가 고개를 돌려 바라보았다. 화가 머리끝까지 치밀어 올라 씨근벌떡 거칠게 숨을 몰아쉬는 장무기를 발견하고 방그레 미소 짓더니 앉은자리에서 까딱까딱 손짓해 보였다.

"여봐, 이리 가까이 와."

그녀와 정면으로 눈길이 마주치는 순간, 첫마디 던진 말이 무례하게도 아랫것들에게 하는 반말지거리였으나, 장무기는 이상하게도 화가 나기는커녕 갑작스레 가슴이 두방망이질 쳐 주체할 수가 없었다. 이게 도대체 무슨 조화란 말인가? 그는 자신에게 다그쳐 물었으나 어찌 된 노릇인지 눈길이 자꾸만 소녀에게 쏠려갔다.

활짝 핀 꽃송이처럼 화사한 미소로 가득 찬 얼굴 모습, 손짓해 부르느라 소맷자락 바깥으로 비어져 나온 팔뚝의 뽀얗고도 부드러운 살결이 눈실에 와서 닿는 순간, 장무기는 갑작스레 귓속에서 "위잉!" 하는 이

명이 울리고 등골에 식은땀이 돋아나는가 하면 손발이 떨려 견딜 수가 없었다. 고개를 툭 떨어뜨린 그는 두 번 다시 쳐다볼 엄두가 나지 않았다. 온몸에 상처를 입고 피를 많이 쏟아 가뜩이나 핏기 한 점 없이 창백해진 얼굴빛이 지금은 귓불까지 화끈 달아올라 벌겋게 상기되었다.

"이리 가까이 오라니까!"

소녀가 웃으면서 또 반말로 불렀다.

장무기는 그 목소리에 홀린 듯 고개를 들고 다시 그녀를 바라보았다. 서글서글한 눈매, 가을 호수처럼 물기가 촉촉하게 서린 눈망울과 마주치는 순간, 그의 가슴속은 온통 미망으로 가득 차 자신이 무엇을 하는지도 모르고 넋이 빠진 채 슬금슬금 그녀 앞으로 한 걸음 두 걸음 끌려가기 시작했다.

"이것 봐, 나 때문에 화가 났지. 안 그래?"

그녀는 여전히 상글상글 미소 짓는 얼굴이었다. 장무기는 차마 그 얼굴과 마주칠 수 없어 잠깐 눈을 감았다. '나더러 화가 나지 않느냐고?' 무시무시한 사냥개들의 앞발톱과 이빨에 할퀴고 물어뜯겨 그 숱한 고초를 다 겪은 몸인데 어떻게 화가 나지 않을 수 있으랴? 그런데 이상한 노릇이었다. 손길을 뻗치면 마주 닿을 만큼 가까운 거리까지 다가서고 보니, 그녀의 숨결마저 난초의 향내처럼 그윽하게 밀려와 현기증이 일어날 만큼 심신을 어지럽혔다. 그러니 '화가 난다'는 말이 감히 나오겠는가? 그는 딱 부러지게 고개를 흔들었다.

"아뇨!"

소녀는 그럴 줄 알았다는 듯이 배시시 웃으면서 또 한마디 건넸다.

"내 성은 주씨朱氏야. 이름은 구진九眞이고. 한데 너는?"

"난 장무기라고 부르오."

"무기, 무기라…… '거리낄 게 없다'니, 그것참 고상한 이름이네. 아마도 명문세가의 자제분이신 모양이지? 아 참! 내 깜빡 잊었군. 이리 와서 앉아요."

그제야 말투가 겨우 예의 바르게 바뀌었고, 가냘픈 손가락이 곁에 놓인 자그만 걸상을 가리켰다.

장무기는 세상에 태어난 이래 가슴 설레도록 아리따운 여자의 매력을 처음 느껴보았다. 만약 지금 이 시각에 주구진이 그더러 불구덩이 속으로 뛰어들라 하면 아마 추호도 망설임 없이 몸을 날렸을 것이다. 그런데 자기 곁에 앉으라고 청하니 그 기쁨을 무슨 말로 표현하랴? 넋이 빠질 대로 빠진 그는 비굴할 정도로 공손한 자세를 취하고, 즉시 권하는 자리에 앉았다.

소봉과 교복 두 하인은 두 눈을 휘둥그레 뜨고 입만 딱 벌린 채 한쪽에 서 있었다. 존귀한 아가씨가 이렇듯 냄새나고 더러운 녀석에게 각별한 호의를 베풀 줄은 정말 상상도 못 했던 것이다.

주구진이 또다시 야무진 목소리로 사냥개들에게 호통을 쳤다.

"절충장군折衝將軍! 심장!"

송아지만 한 개 한 마리가 엎드린 자세에서 훌쩍 뛰어오르더니 인형을 덥석 물어갔다. 그러나 인형의 심장부에 매달려 있던 고깃덩어리는 앞서 다른 녀석이 차지한 뒤라 그놈은 겨드랑이 아래 매달린 고깃덩이를 꽉 물고 앉은자리에서 뜯어먹었다. 그것을 본 주구진이 노성을 질렀다.

"물고 있는 걸 버려!"

15. 기막힌 모략, 감쪽같은 비책도 일장춘몽이려니

그러나 한번 고기 맛을 본 짐승이 입안에 든 먹이를 도로 뱉어낼 리가 없었다.

"내 말 안 들을 테냐? 에잇, 고얀 놈!"

주인의 손에 번쩍 들린 가죽 채찍이 "위잉!" 소리를 내더니 절충장군이란 놈의 등줄기를 두 차례 "철썩, 철썩!" 후려갈겼다. 채찍은 가죽으로 만든 것이긴 하지만 그 줄기에 작은 가시가 수없이 돋아 있어 한번 훑고 지나가는 즉시 짐승의 등줄기에 기다란 핏자국 두 가닥이 생겨났다. 그래도 이 미련한 짐승은 고깃덩어리를 뱉어내기는커녕 오히려 주인에게 으르렁댔다.

"이놈이, 말을 안 들어?"

주구진은 날카롭게 호통치며 벌떡 일어났다. 그 손에 든 기다란 가죽 채찍이 허공에서 연거푸 바람을 가르기 시작했다. 주인에게 으르렁대던 욕심꾸러기 절충장군은 땅바닥에 떼굴떼굴 구르면서 요리조리 피해보았으나, 온 몸뚱이는 삽시간에 피투성이로 변했다. 채찍 쓰는 솜씨가 얼마나 민첩하고 정확한지 절충장군이 아무리 피하려 해도 채찍질에서 벗어날 도리가 없었다. 결국 짐승은 물고 있던 고깃덩어리를 뱉어내고 땅바닥에 납죽 엎드려 애처로운 신음 소리를 내기 시작했다. 그러나 주구진의 손길은 멈추지 않았다.

그녀가 채찍질을 멈춘 것은 절충장군의 숨이 넘어가기 일보 직전에 다다랐을 때였다. 주구진은 가쁜 숨을 몰아쉬면서 하인에게 분부했다.

"교복, 그놈을 안아 내다가 약을 발라주어라!"

"예, 주인 아가씨!"

한마디로 응답한 교복은 다 죽어가는 절충장군을 안고 개 사육을 전문으로 맡은 시중꾼에게 넘겨주러 나갔다.

다른 맹견들은 이 끔찍한 광경을 보고 하나같이 겁을 먹은 듯 그 자리에서 꼼짝달싹도 않고 엎드려 있었다.

호랑이 가죽 의자에 돌아와 앉은 주구진이 또다시 호통을 쳐 명령했다.

"평구장군平寇將軍, 왼쪽 넓적다리!"

"위원장군威遠將軍, 오른쪽 팔뚝!"

"정동장군征東將軍, 눈알이다!"

숨 돌릴 겨를도 없이 잇따라 떨어지는 명령에, 그 사나운 맹견들이 한 마리 한 마리씩 차례로 달려나가 지명받은 부위를 덥석덥석 물어뜯는데, 신통하게도 단 한 군데 어긋남이 없었다.

그녀는 이 수십 마리나 되는 맹견에게 모두 한 나라의 제왕이 전쟁터에 나갈 무관들에게 내리듯 용맹무쌍한 장군의 호칭을 붙여주었다. 그러고 보면 이 짐승들을 부리는 자신이야말로 어엿한 대원수大元帥가 되는 셈이었다.

이윽고 주구진도 마음이 흡족한 듯 장무기를 돌아보고 웃음 지었다.

"저 짐승들 좀 봐요. 얼마나 천한 것들인지 알죠? 채찍으로 호되게 다스리지 않으면 주인의 말도 안 듣거든요."

방금 장면을 목격하고 나서, 장무기는 마음이 착잡해졌다. 앞서 이 사나운 짐승들한테 할퀴고 물려 엄청난 고통을 당한 그였지만, 지금이 자리에서 그 짐승 가운데 한 마리가 채찍질당하는 참상을 눈으로보고 있으려니 마음 한구석에서 측은한 생각이 들었던 것이다.

주구진은 그의 입에서 대꾸가 나오지 않는 걸 보자, 또 한 번 화사한

15. 기막힌 모략, 감쪽같은 비책도 일장춘몽이려니

미소를 지으며 물었다.

"내게 화내지 않는다고 했으면서 왜 한마디 대꾸도 없어요? 아, 참! 당신은 어떻게 이 서역 땅에 왔죠? 또 부모님은 어디 계시죠?"

장무기는 대답을 못 하고 망설였다. 이렇듯 영락零落한 처지에 자신이 보기에도 초라하기 짝이 없는 몰골을 해가지고 태사부나 부모의 이름자를 남한테 알린다면 정말 그분들의 명성에 치욕스러운 일이 될 것만 같았다. 그래서 한두 마디로 간단히 얼버무렸다.

"저의 부모님은 다 돌아가셨습니다. 중원 땅에서 살기 힘들어 발길 닿는 대로 이곳저곳 정처 없이 떠돌아다니다가 여기까지 왔군요."

"그 원숭이는 내가 활로 쏘았는데, 누가 당신더러 나 모르게 품속에 감추라고 했어요? 너무 배가 고파서 원숭이 고기라도 먹고 싶어 그랬군요. 아닌가요? 한데 오히려 자기 자신이 하마터면 우리 '장군'들에게 뜯어먹힐 뻔했지 뭐예요."

그때 장면을 떠올린 장무기는 얼굴이 벌겋게 달아오른 채 연신 도리질을 했다.

"원숭이 고길 먹고 싶어서 그런 건 아니었습니다."

"호호호! 괜히 내 앞에서 딴청 부리지 않는 게 좋을 거예요."

웃음 속에 비아냥대던 주구진이 퍼뜩 무슨 생각이 났는지 다시 물었다.

"그런데 당신, 어떤 무공을 배웠죠? 단 일장에 우리 좌장군左將軍의 두개골을 박살내 죽였으니 말이에요. 장력이 정말 대단하더군요."

장무기는 자기 손으로 그녀의 애견을 때려죽였다는 말을 듣고 마음속으로 적지 않게 미안한 생각이 들었다.

"그때는 너무 당황한 나머지 저도 모르게 손찌검이 심하게 되었나 봅니다. 어릴 적에 아버님을 따라다니며 한 2~3년쯤 되는대로 주먹질, 발길질을 몇 수 배웠을 뿐 무공이라고 할 것까지는 없습니다."

주구진이 고개를 끄덕이더니 하려 소봉을 돌아보고 분부했다.

"이분을 데리고 나가서 목욕시키고 그럴듯한 옷으로 갈아입혀라. 알았지?"

"예, 아가씨."

소봉이 무슨 말씀인지 알아들었다는 듯 입을 비죽거리면서 응답했다. 그러고는 장무기를 데리고 대청 문을 나섰다.

장무기는 이대로 그녀 곁을 떠나고 싶지 않았다. 그래서 문턱을 넘어서기 전에 더는 참지 못하고 다시 한번 고개를 돌려 그녀 쪽을 바라보았다.

뜻밖에도 주구진 역시 그를 바라보고 있었다. 장무기의 눈길과 마주치는 순간, 그녀의 방긋 미소 짓는 얼굴과 서글서글한 눈망울에 추파가 일렁거렸다. 장무기는 마치 도둑질하다 들킨 사람처럼 부끄러움에 못 이겨 얼굴과 목덜미는 물론 하다못해 머리카락까지 빨개지는 느낌이 들었다. 넋이 빠져 엉거주춤 뒤돌아보며 걷는다는 것이 그만 문턱에 걸려 앞으로 털썩 넘어졌다. 그는 아닌 말로 뭣 핥아먹는 똥강아지처럼 아리따운 아가씨가 보는 앞에서 몰골사나운 꼴을 보이고 말았다. 가뜩이나 온 몸뚱이가 상처투성이인데 이렇듯 넘어지고 보니 구석구석 안 쑤시는 데가 없었다. 그래도 신음 소리 한마디 내지 못하고 엉금엉금 기어서 일어났다. 곁에 서서 지켜보고 있던 하려 소봉이 낄낄대며 미웃었다.

15. 기막힌 모략, 감쪽같은 비책도 일장춘몽이려니

"우리 댁 아가씨만 보면 누구나 얼이 빠져서 제정신을 못 차리는데, 너같이 어린 꼬마 녀석도 점잖지 못하기는 마찬가지로구나."

민망하기 짝이 없는 꼬락서니를 남에게 보여 군색해진 장무기는 허둥지둥 하녀를 앞질러 걷기 시작했다. 한참 정신없이 복도를 걸어가는데 소봉이 또 낄낄대며 말을 건넸다.

"너, 우리 주인마님 방에 가서 목욕하고 옷 갈아입을 작정이냐?"

깜짝 놀란 장무기가 그 자리에 우뚝 멈춰 서서 둘러보니, 눈앞에 트인 문전에는 비단과 금실로 짠 보드라운 휘장이 드리워진 것이, 앞서 지나쳐 온 곳이 아니었다. 당황한 끝에 허겁지겁 돌아나오다 보니 길을 잘못 찾아들었던 것이다. 그는 자기가 잘못은 했어도 소봉이란 하녀의 하는 짓이 얄미웠다. 이 교활한 계집종은 미리 귀띔해주지 않고 길을 잘못 찾아들 때까지 마냥 뒤따라오다가 막바지에 가서야 비비 꼬아가며 바른대로 일러주었던 것이다.

이렇듯 골탕 먹고 놀림을 당하면서도 어수룩한 장무기는 아직껏 이들 주종主從이 무슨 꿍꿍이속을 차리는지 알아채지 못하고 그저 당황해서 어쩔 바를 모른 채 엉거주춤 서 있기만 할 따름이었다.

얄밉게도 소봉이 귓속말로 또 한마디 속삭였다.

"너, 나한테 '소봉 누님!' 하고 불러봐. 그리고 '도와주세요!' 하고 부탁하면 내가 널 여기서 데리고 나가줄게. 어때?"

비천한 몸종더러 '누님'이라고 부르라니, 장무기는 자존심이 적지 않게 상했다. 하지만 막다른 골목에 처했으니 어쩌겠는가. 그는 더듬거리면서 소봉이란 계집종에게 부탁할 수밖에 없었다.

"소봉…… 누님……."

그러자 소봉은 오른 손가락으로 자기 뺨을 꼭 찌르면서 점잖게 물었다.

"응, 그래 뭐 부탁할 게 있니?"

"제발 부탁이니, 절 여기서 데리고 나가주세요."

"암, 그래야지!"

그제야 소봉은 낄낄대면서 장무기를 데리고 널따란 집 안 구석구석을 요리조리 돌아나간 끝에 상처를 치료하던 골방으로 되돌아왔다. 그러고는 아까부터 기다리고 있던 하인 교복에게 그를 넘겨주었다.

"아가씨 분부야. 요 녀석을 깨끗이 목욕시키고 깔끔한 옷으로 갈아입혀주게."

"네, 네! 그러고말굽쇼!"

교복이 중년의 나이에도 불구하고 응답하는 태도가 무척 공손한 것으로 보건대, 소봉은 비록 하녀이면서 여느 몸종이나 머슴들보다 신분이 높은 게 분명했다. 아니나 다를까, 무슨 일이라도 생겼는지 곧이어 대여섯 명의 하인이 한꺼번에 골방으로 몰려들더니, 너도나도 앞다퉈 "소봉 누님!"이라 불러가며 비위를 맞춰주었다.

한데 소봉은 그러거나 말거나 들은 척도 않고 느닷없이 장무기 앞에 한 손으로 치맛자락을 여미고 살짝 허리를 틀어 읍례를 건넸다.

난데없이 여인의 절을 받은 장무기가 뜨악한 기색으로 물었다.

"왜…… 왜 이러는 거죠?"

그러자 소봉이 까르르 웃음보를 터뜨리면서 대꾸했다.

"아까 네가 먼저 나한테 무릎 꿇고 큰절했으니 지금 나도 답례한 거야!"

15. 기막힌 모략, 감쪽같은 비책도 일장춘몽이려니

말을 마치자, 그녀는 나풀나풀 춤추듯이 가볍게 걸어 안채로 들어가버렸다.

교복은 앞서 장무기가 하녀 소봉을 주인댁 아가씨로 잘못 알고 엎드려 큰절했다는 얘기를 동료 하인들 앞에서 없는 말 있는 말 다 섞어 부풀려서 아주 그럴듯하게 엮어내어 온 집 안이 떠나가도록 웃게 만들었다.

그러나 당사자인 장무기는 성을 내지도 않고 그저 고개만 툭 떨어뜨린 채 골방으로 들어갔다. 그러고는 좀 전에 보았던 주구진 소저의 웃는 얼굴 모습, 뾰로통하니 토라진 자태, 말 한마디 한마디와 일거수일투족을 가슴속 깊숙이 담아놓고 조금씩 아껴가며 음미했다.

얼마 후, 목욕을 끝마치자 교복이 갈아입을 옷을 가져왔다. 쪽빛으로 물들인 무명옷이었다. 거칠게 통짜로 지은 간편복인 그것은 집 안에서 허드렛일이나 잔심부름을 하는 머슴들이 입는 옷가지였다. 옷을 펼쳐놓고 내려다보던 장무기는 슬그머니 부아가 치밀었다. 내가 이 집에 기거하고는 있다만 신분이 그렇게 낮은 미천한 노예도 아닌데, 어떻게 이런 옷을 걸치게 한단 말인가?

그는 옷 뭉치를 한구석에 툭 던져놓고 원래 입고 있던 헌옷을 찾아 입었다. 그러나 몸뚱이에 옷을 걸치고 보니 가뜩이나 낡아빠진 누더기에다 개 발톱과 이빨에 할퀴고 물어뜯긴 자국에 구멍이 숭숭 뚫려 민망스럽게 살갗마저 드러나 보였다. 제 몰골을 굽어보고 있으려니 한숨이 절로 나왔다.

'어떻게 해야 좋을까? 조금 있다가 주 소저가 얘기를 나누자고 또 불러들일지도 모르는데 이런 누더기를 걸치고 지저분한 꼬락서니로 만나면 그 깔끔한 성미에 눈살을 찌푸릴 게 분명하다. 아니, 아니다. 내가 정말 그녀의 노예가 되어 언제나 그녀 곁에 있으면서 시키는 대로 뭐든지 할 수만 있다면 또 안 될 게 뭐냐?'

생각을 바꾸니 마음이 홀가분해졌다. 마침내 그는 누더기 옷을 벗어버리고 심부름꾼 머슴 녀석이나 걸치는 옷으로 주섬주섬 갈아입었다.

뜻밖에도 이날 주씨 댁 아가씨는 끝내 그를 부르지 않았다. 그로부터 열흘 남짓이 지나도록 하녀 '소봉 누님'조차 코빼기도 보이지 않았다. 그러니 주인댁 아가씨야 더 말할 나위도 없었다.

그날부터 장무기는 바보 멍청이가 되어버린 듯 하루하루를 넋 빠지게 마냥 기다렸다. 눈만 감으면 쟁반에 옥구슬 굴리듯 또랑또랑한 아가씨의 목소리가 귀에 들려오고, 화사하게 미소 짓는 얼굴 모습이 떠올랐다. 하다못해 맹견을 모질게 채찍질하던 그 성난 자태마저 뭐라 형언하기 어려울 만큼 아리땁고 사랑스럽기까지 했다.

그는 제 발로 걸어서 후원으로 들어가보고 싶었다. 먼발치에서나마 그녀의 모습을 한 번 바라볼 수만 있다면, 다른 사람과 얘기하는 목소리나마 들을 수 있다면 얼마나 좋을까. 하지만 교복은 이런 그에게 벌써 몇 차례나 단단히 엄포를 놓아두었다. 주인어른께서 부르지 않는 한 절대로 중문 안에 발을 들여놓아서는 안 된다고. 그러지 않았다가는 맹견한테 물려서 죽고 싶어도 죽지 못하고 살고 싶어도 살지 못하게 될 것이라고. 장무기는 그저 목이 타도록 그리움에 사무쳐 있으면서도 그 사납고 흉악한 맹견들의 모습이 떠올라 끝내 후원 쪽으로 발걸음을 옮길 수가 없었다.

이렇듯 달포가 지났다. 양소에게 비틀려 꺾였던 팔뚝 뼈도 옛날처럼

15. 기막힌 모략, 감쪽같은 비책도 일장춘몽이려니

붙었고, 사나운 맹견들에게 만신창이로 물렸던 상처도 완전히 아물었다. 다만 팔뚝과 허벅지에 도저히 지워지지 않는 이빨 자국만이 몇 군데 남아 있을 뿐이었다. 상처 자국을 어루만질 때마다 그 상처가 주씨 댁 소저의 애견에게 물려서 다친 것임을 생각할 때, 저릿저릿하게 쑤시고 아팠던 기억보다는 오히려 어딘지 모르게 간지러운 느낌마저 들었다.

주씨 댁에서 머무는 동안에도 몸속에 퍼져 있던 무서운 한독은 여전히 며칠 간격으로 한 차례씩 발작을 일으켰다. 발작이 일어날 때마다 그만큼 고통도 심해졌다.

이날도 한독이 또 발작을 일으켜 골방 침상에 누운 채 솜이불을 뒤집어쓰고 온몸을 덜덜 떨고 있었다. 교복이 방 안에 들어왔지만 늘 그런 모습을 보아온 터라 이상하게 여기지도 않았다.

"발작 증세가 좀 낫거든 동지팥죽이나 한 그릇 마시지그래? 그리고 이건 주인마님께서 정월 초하루 설빔으로 내리신 새 옷이니 고맙게 받아 입게!"

그러고는 탁자 위에 옷 보따리를 툭 던져놓고 휑하니 나가버렸다.

장무기는 반나절 밤을 끙끙 앓고 나서야 한독의 고통이 점차 줄어들기 시작했다. 한바탕 진땀을 흘린 끝에 겨우 일어나 보따리를 끌러보니, 눈처럼 하얀 양털로 두툼하게 안감을 댄 가죽옷 한 벌이 놓여 있었다. 엄동설한 추운 겨울철에 보드라운 양털 옷을 입게 되었으니 마음이야 물론 기쁘기 한량없지만, 여전히 심부름꾼 머슴 녀석이나 입는 통짜 옷이었다. 아무래도 이 댁 사람들은 자기를 아예 노복奴僕으로 삼을 작정인 모양이었다. 그러나 장무기는 타고난 천성이 온화하고 낙천적인 데다 또 자신의 처지를 생각할 줄 아는 소년이라 그것을 굳이 모욕으로 받아들이지 않았다. 그저 자신이 앞으로 얼마나 더 살아갈 수 있을지 궁금할 뿐이었다. '생각지도 않게 여기 머무른 지도 벌써 달포가 지났구나. 이제 곧 설날이 닥쳐오겠지. 호 선생님 말대로라면 내 수명은 고작 1년도 남지 않았다. 이 한 해를 보내고 나면 내년 설날은 다시 보지 못하겠구나.'

부호의 대저택은 세밑이 닥쳐오면서 흥청거리는 분위기가 곱절이나 늘었다. 하인들은 어른 아이 할 것 없이 담장을 청소하랴, 대문에 새로 옻칠을 입히랴, 돼지와 양을 잡고 방앗간에 쌀가루와 밀가루를 빻아서 떡 반죽하랴, 울긋불긋한 색종이를 오려서 장식하랴, 하루 온종일 바쁘게 뛰어다녔다.

장무기도 교복의 허드렛일을 도와주면서 그저 새해 설날이 언제 오나 목이 빠지게 기다렸다. '이제 설날이 오면 주인어른과 마님, 도련님과 아가씨들한테 세배를 드리게 되리라. 그럼 주구진 소저도 한 번 만나볼 수 있겠지. 그저 딱 한 번만 더 보고 난 다음에는 아무도 모르게 조용히 이곳을 떠날 것이다. 그리고 아주 깊은 산골짜기로 나 혼자 죽을 곳을 찾아 들어가야지. 그럼 지금같이 온종일 교복처럼 하릴없이 빈둥거리는 하인 녀석들한테까지 굽실거리며 한데 어울리지 않아도 좋으리라.'

묵은 귀신을 쫓기 위한 폭죽이 연거푸 터지는 소리와 함께 기다리던 새해 설날이 드디어 왔다.

장무기는 교복을 따라 대청으로 나가 주인어른께 세배를 드렸다.

오늘에야 그는 처음으로 주인어른을 뵈게 되었다. 대청 한가운데 의자 한 쌍에 용모가 단정하고 빼어나게 맑은 중년 부부가 앉아 있고, 70~80명이나 되는 남녀 종복이 땅바닥에 무릎 꿇고 엎드려 큰절을 올렸다.

주인어른 부부는 너그럽게 웃으면서 덕담을 내렸다.

"지난 한 해 모두 수고 많았구나. 올해도 몸 건강하게 잘 지내거라."

양 곁에 서 있던 집사 두 명이 세뱃돈을 나누어주기 시작했다. 고맙게도 장무기 역시 두 냥 무게의 은 덩어리를 받았다.

세배받는 자리에 주구진 소저는 보이지 않았다. 무척 실망한 장무기가 손에 세뱃돈을 들고 멍하니 서 있을 때였다. 갑자기 바깥에서 재잘재잘 떠드는 아가씨의 목소리가 들려왔다.

"사촌 오라버니, 올해에는 더 일찍 오셨네요!"

바로 주구진 소저의 목소리였다.

그토록 애타게 듣고 싶어 안달하던 목소리가 들려오는 순간, 장무기는 가슴속 심장이 쿵쿵 뛰다 못해 통째로 튀어나올 것만 같은 충격에 휩싸였다. 어느새 두 손바닥마저 식은땀으로 축축하게 젖어들었다. 꼬박 두 달을 목이 빠지도록 기다려서야 겨우 듣게 된 목소리였으니 황홀경에 빠져 정신을 차리지 못하는 것도 무리는 아니었다.

이어서 젊은 남자의 웃음 섞인 목소리가 쾌활하게 들려왔다.

"하하하! 외삼촌, 외숙모님께 세배드려야 하는데 늦게 올 수가 있나?"

또 다른 여자의 웃는 목소리도 들렸다.

"우리 사형이 이렇게 아침 일찍부터 허겁지겁 달려오신 게 진짜 두 어른께 세배를 드리기 위해서인지, 아니면 사촌 누이와 새해 인사를 나눈다는 핑계로 만나러 온 것인지 그걸 누가 아나요?"

남자와 여자 목소리가 뒤섞인 가운데 세 사람이 대청 안으로 들어왔다. 신분이 낮은 아랫것들이 분분히 양편으로 갈라져 길을 양보했으나, 장무기는 넋 빠진 듯 그 자리에 우두커니 선 채 움직일 줄 몰랐다. 교복이 얼른 그를 잡아당겨 한쪽 곁으로 비켜서게 했다.

이윽고 대청 안에 세 남녀가 들어섰다. 젊은 청년을 중심으로 그 왼편에 선 주구진의 모습은 과연 장무기의 넋을 뽑아놓을 만큼 아름다웠다. 진홍색 담비 가죽 저고리를 걸치고 갸름한 달걀 모양의 얼굴에 피어나는 아리땁고도 애교스러운 표정이 화가의 붓끝으로 묘사하기 어려울 만치 요염해 보였다.

젊은 청년의 반대편에도 낯선 아가씨 하나가 팔뚝에 찰싹 달라붙을 만큼 가까이 서 있었으나, 장무기의 눈빛은 오로지 그녀에게서 단 한순간도 떨어지지 않았다. 그는 두 젊은 남녀가 어떻게 생겼는지 무슨 빛깔의 옷을 걸쳤는지, 주인어른 부부에게 어떻게 세배를 드렸으며, 주인과 손님들 간에 무슨 덕담을 주고받았는지 전혀 알지 못했다. 그의 눈길에는 오로지 주구진 소저만이 들어 있을 따름이었다.

그는 아직 나이가 어린 탓으로 남녀 간의 사랑에 대해서는 그저 수박 겉 핥기 식으로만 알 뿐 깊이가 없었다. 하지만 한평생을 살아오는 동안 처음 이성에게 사로잡혀 미칠 듯이 그리워하고 넋이 빠지도록 사모한 풋사랑의 경험은 세상 사람이라면 누구나 한 번씩은 겪어보았을 것이다. 더구나 장무기는 자신의 수명이 오래 남지 않은 데다 영락한 신세로 떠돌아다니며 온갖 좌절과 시련을 맛보고 더할 나위 없는 곤경에 빠져 있었다. 그런 때 주구진처럼 아리따운 용모의 처녀와 마주쳤으니, 자제력을 잃고 몸과 마음이 쏠려 의지하고 싶게 된 것은 어

15. 기막힌 모략, 감쪽같은 비책도 일장춘몽이려니

쩌면 당연한 일인지도 모른다. 아무튼 그는 지금 그녀를 한 번이라도 더 보고 한마디라도 그 목소리를 더 들을 수만 있다면 이 세상에 그보다 더 기쁘고 즐거운 일은 다시없을 것이라 생각하고 있었다.

장무기의 귀에는 주인 부부와 세 젊은이가 주고받는 대화가 한마디도 들리지 않았다. 그러나 주구진의 입에서 첫마디가 나올 때는 두 귀가 쫑긋 솟구치고 순간적으로 긴장이 되었다.

"아빠 엄마, 무슨 하실 얘기가 그렇게 많으세요? 전 사촌 오라버니와 청매靑妹하고 같이 놀러 나갈래요."

투정 부리듯 몸을 흔들며 던지는 말씨에 소녀다운 어리광이 배어나왔다. 주인 내외가 웃음 지으면서 허락한다는 뜻으로 점잖게 고개를 주억거렸다.

주인마님이 여기에 한마디 보탰다.

"진아야, 무씨武氏 댁 동생하고 잘 겨뤄보려무나. 그렇다고 너희 셋이 새해 초하룻날부터 무공 대련이 아니라 말다툼을 벌이면 못 써."

"호호, 엄마는. 왜 사촌 오라버니더러 날 골탕 먹이지 말라고 당부는 안 하시는 거죠?"

이윽고 세 청춘 남녀가 시시덕대며 후원 쪽으로 걸어갔다. 얼빠진 장무기도 이끌리는 발걸음을 주체하지 못하고 멀찌감치 떨어진 채 뒤따라 나섰다. 이날만큼은 설 명절이라, 하인 하녀들도 놀고 싶으면 놀고 노름하고 싶으면 노름판을 벌이는 데만 정신이 팔려 아무도 그를 거들떠보지 않았다.

세 청춘 남녀를 뒤따라 나섰을 때에야 장무기는 비로소 이 젊은 청년의 용모가 영특하고 준수하다는 사실을 확연히 알아보았다. 훤칠하게 큰 키에 의젓한 몸놀림, 강추위가 몰아치는 엄동설한의 날씨에도 얇은 담황색 비단 장포만 걸친 것으로 보건대 내공이 대단한 실력자가 분명했다.

'무씨 댁 동생' 청매라 불린 처녀는 검은빛 담비 가죽옷을 걸치고 있었다. 호리호리한 몸매에 말씨나 행동거지가 무척 점잖고 얼굴 모습도 빼어나게 맑아, 주구진의 요염할 정도로 고운 모습과는 또 다른 아리따움을 지니고 있었다. 그러나 장무기의 눈에 비친 그녀는 마음속 깊이 사모하는 주인댁 소저의 발치 밑에도 따라가지 못했다. 그저 하늘과 땅 차이로 보일 따름이었다. 한마디로 말하자면 주구진의 미모야말로 그의 심중에는 하늘에서 내려온 선녀와 다를 바 없었다.

두 처녀는 모두 나이가 17~18세 정도로 보였고, 젊은 남자는 그녀들보다 조금 많은 듯싶었다.

가는 길 내내 시시덕거리며 얘기를 주고받다 보니 어느새 후원에 당도했다.

후원 마당에 들어서자, '무씨 댁 처녀'가 먼저 주구진에게 물었다.

"언니, 한 해 동안 일양지一陽指를 열심히 수련했으니 두어 단계쯤 더 깊이 들어갔겠죠? 어때요, 한 수 시범을 보여서 이 동생의 안목을 좀 넓혀주지 않겠어요?"

이 말에 주구진이 짐짓 놀라는 척하면서 엄살을 떨었다.

"아이고, 이게 날 잘 봐줘서 하는 소리야? 내가 10년을 더 수련해봐라. 너희 무씨 가문의 난화불혈수蘭花拂穴手 일초 반식에도 미치지 못할 텐데."

15. 기막힌 모략, 감쪽같은 비책도 일장춘몽이려니

그러자 젊은 사내가 끌끌대고 웃었다.

"하하! 두 사람 모두 겸손이 지나치시군. 그러잖아도 명성이 쟁쟁하신 설령쌍매雪嶺雙妹의 위엄이나 풍격이 보통이 아니라는 걸 강호 사람들치고 모르는 이가 없을 텐데 말이야."

"나 혼자 집에 틀어박혀 되는 둥 마는 둥 수련해온 솜씨 따위로 두 분 사형 사매끼리 사이좋게 의논해가면서 연구하고 발전시킨 그 빠른 진도를 따라갈 수야 있나? 가슴에 손을 얹고 생각해봐요. 오늘 의좋게 마주 서서 대련하고, 내일은 마주 앉아 연구해서 보완하고. 이러니 하루에 천 리 달리는 두 필의 준마를 나 같은 멍텅구리 둔마鈍馬가 무슨 수로 따라잡을 수 있겠어?"

대꾸하는 주구진의 목소리에 어딘가 모르게 짜증이 섞여 있었다. 무씨 댁 동생이란 처녀는 그 말투 속에 은연중 질투가 배어 있는 걸 보고 그저 입술만 비죽거리며 피식 웃었다. 그러나 반박하지 않는 걸 보니 결국 그 말을 인정한 셈이었다.

젊은이는 주구진이 발끈할까 봐 두려웠는지 얼른 변명을 하고 나섰다.

"꼭 그렇다고만 할 수 없지. 너한테는 스승이 두 분씩이나 계시잖아? 외삼촌과 외숙모님이 함께 가르쳐주실 텐데 우리보다 무공이 훨씬 강하지 않겠어?"

시샘에 속이 상한 주구진이 재빨리 말꼬투리를 잡고 늘어졌다.

"오라버니, 말씀 한번 잘하셨네요! '우리'라니, '우리'가 누구누구죠? 흥! 물론 당신 사매가 이 사촌 누이보다 친하시겠지! 난 지금 청매를 놀려주느라고 해본 소린데, 오라버니는 기를 쓰고 사매 역성만 들어주시는군요. 참 별꼴이야!"

토라진 말투로 쏘아붙이고 나서 그녀는 고개를 외로 꼰 채 그를 거들떠보지도 않았다.

젊은이가 미안했는지 겸연쩍게 웃었다.

"사촌 누이하고도 친하고 사매하고도 친하지. 나한텐 두 사람 모두 똑같은 누이동생이야. 내가 언제 이쪽저쪽 가리는 거 봤어? 그건 그렇고, 진매眞妹, 네가 기르는 수문대장군守門大將軍들 좀 보여주지 않을래? 네가 열심히 조련해서 그 사나운 장군들도 전보다 더 길이 잘 들었을 듯싶은데 말이야."

자기가 기르는 맹견들을 보고 싶다고 청하자, 주구진은 기분이 좋아져서 얼른 응답했다.

"좋아요, 그러죠!"

장무기는 멀찌감치 뒤처져서 그들 세 남녀가 웃고 떠드는 모습을 하염없이 지켜보고 있었다. 무슨 얘기인지 알아들을 수는 없어도 발걸음은 어느덧 그들을 뒤따라 맹견 조련장 쪽으로 옮겨가고 있었다.

장무기야 물론 알 턱이 없었으나, 주구진은 100여 년 전인 남송南宋 말엽 중원 남방 한구석을 차지하고 있던 대리국大理國 황실의 '사대호위四大護衛'* 가운데 한 사람이던 주자류朱子柳의 후손이었다. 무씨 댁 동

• 대리국 황실의 사대호위는 저자 김용의 또 다른 장편 대하소설 《천룡팔부天龍八部》에 등장한다. 북송 말엽 대리국의 제11대 황제 단정명段正明과 제13대 단정순段正淳을 경호하던 고수들로 '어漁(어부)' '초樵(나무꾼)' '경耕(농부)' '독讀(선비)' 네 호위를 말한다. 그중 '독'에 해당하는 선비 차림의 주단신朱丹臣의 후예가 주자류朱子柳이다. 그는 대리국이 원나라 쿠빌라이에게 멸망하자, 중원으로 망명했다가 양양성 공방전에서 곽정 대협 부부와 함께 순절했다. 이에 대해서는 《사조영웅전》과 《신조협려》를 참조할 것.

15. 기막힌 모략, 감쪽같은 비책도 일장춘몽이려니

생이라 불린 처녀는 이름이 무청영武靑嬰으로, 역시 대리국 사대호위 가운데 하나이던 무삼통武三通의 후손이요, 무수문武修文의 가계家系에 속했다.

여담이긴 하지만, 무삼통과 주자류는 모두 대리국 황족이던 일등 대사一燈大師의 문하 제자로 그들이 익힌 무공도 원래 한 갈래에 속했으나, 그로부터 100여 년 이후 몇 대를 전해 내려오는 동안 두 가문은 스승에게서 전수받은 무공을 제각기 변화 발전시켜 차츰 다른 길을 걷기에 이르렀다. 무수문과 무돈유武敦儒 형제는 남송 말엽 몽골군의 침입 아래 양양성을 사수하다 순절한 곽정 대협을 스승으로 모셨다. 그렇기 때문에 가문의 비전절기인 일양지를 배웠으면서도 그 무공은 구지신개 홍칠공 일파의 매섭고 사나운 강경 일변도에 가까웠다.

두 처녀 사이에 끼여 거북살스러운 입장이 된 그 청년은 이름이 위벽衛璧으로 주구진에게는 사촌 오빠가 되고, 무청영의 부친을 스승으로 삼아 그 문하 제자가 된 청년이었다. 생김새도 영특하고 준수할뿐더러 타고난 성품이 온화하고 유순한 젊은이라 공교롭게도 사촌 동생 되는 주구진과 사문의 동생뻘 되는 무청영이 모두 이 멋지고 훌륭한 청년에게 마음을 빼앗겨 남몰래 연정을 품고 서로 경쟁하는 사이가 되었던 것이다.

주구진과 무청영은 나이도 엇비슷할뿐더러 용모 또한 하나같이 아름다워 시쳇말로 춘란春蘭과 추국秋菊에 비유할 만했다. 저마다 미모에 자신이 있고 가문의 비전절기로 익힌 무공 역시 막상막하여서 곤륜산 일대 무림계 사람들은 이들 두 처녀를 '설령쌍매'라고 불렀다. 미모나 무공 면에서 승부욕이 강한 이들 두 처녀는 벌써 오래전부터 어떻게 해서든지 위벽이란 젊은이의 사랑을 먼저 차지하기 위해 사사건건 부딪치며 암투를 벌여왔다. 문제는 위벽에게 있었다. 이 마음 약한 청년은 본의 아니게 양손에 떡을 쥔 셈이 되어 누구를 버리고 누구의 사랑을 받아들여야 좋을지 결단을 내리지 못했다.

일이 이쯤 되고 보니 세 남녀가 자리를 함께할 때마다 겉으로는 서로 양보하고 겸손한 척하면서도 두 처녀의 입씨름은 순창설검脣槍舌劍, 글자 그대로 창칼보다 더 날카로운 변론으로 바뀌어 그 어느 쪽도 상대방에게 양보하려 들지 않았다. 단지 무청영은 주구진보다 수양이 깊어 속내를 감추고 좀처럼 드러내지 않았으나, 어떤 점에서 그녀는 위벽 청년과 동문수학하는 사이라 아침저녁으로 마주 대하기 때문에 주구진보다는 사랑싸움에서 우위를 차지하고 있다고 보아도 좋았다.

이윽고 주구진이 개 사육을 맡은 종복더러 맹견들을 모조리 풀어놓게 했다. 우릿간에서 풀려 나온 사냥개들은 주인 아가씨가 명령하는 대로 한 마리도 어긋남 없이 척척 재간을 부렸다. 그것을 본 위벽은 박수갈채를 보내며 입에 침이 마르도록 칭찬했다. 주구진은 의기양양해서 뽐냈지만, 무청영은 입술을 비죽거리며 위벽을 보고 웃었다.

"사형, 무척 재미있죠? 그럼 사형은 앞으로 '관군'이 되실 거예요, 아니면 '표기'가 되실 거예요?"

느닷없이 묻는 말에 위벽은 영문을 모르고 뜨악한 기색으로 되물었다.

"관군, 표기라니, 그게 무슨 말이야?"

"사형이 언니 말을 이렇게 고분고분 잘 들으니까, 언니도 사형한테 상으로 관군장군冠軍將軍이나 표기장군驃騎將軍 같은 칭호 하나쯤은 내려

15. 기막힌 모략, 감쪽같은 비책도 일장춘몽이려니

줄 게 아니겠어요? 그저 언니 채찍질에만 얻어맞지 않도록 조심하면 되죠."

그 말을 듣는 순간, 위벽의 준수하던 얼굴빛이 당장 시뻘겋게 바뀌더니 이마에 힘줄이 불끈 돋아났다.

"당치도 않은 소리! 지금 나더러 사냥개가 되라고 욕하는 거야?"

무청영은 손가락으로 맹견들을 가리키면서 까르르 웃었다.

"호호호! 저걸 보세요. 저 많은 장군이 미녀 주인님을 앞에 모시고 꼬리치며 아양 떠는 게 재미있잖아요? 개들도 염복艶福이 터졌는데, 사형이라고 못 할 것이 뭐 있겠어요?"

주구진이 발끈 성을 내며 무청영에게 쏘아붙였다.

"사형더러 개라면, 그 사매는 또 뭐가 되는지 모르겠네!"

멀찌감치 서서 엿보고 있던 장무기는 이 말을 듣자 그만 저도 모르게 "푸웃!" 하고 웃음소리를 내고 말았다. 자신이 볼썽사납게 추태를 보인 것을 깨닫고 재빨리 손으로 입을 막고 돌아섰으나, 이미 때는 늦었다.

무청영의 눈길이 그쪽으로 흘끗 돌아갔다. 배 속 그득 노기가 들어찼으나, 주구진에게 정면으로 맞서는 대신 장무기가 서 있는 쪽을 손가락질했다.

"언니, 이 댁에선 하인 녀석들의 버르장머리 한번 잘 가르쳐놓으셨네요. 우리는 그저 우스갯소리로 하는 말이었는데, 저런 하찮은 아랫것들이 여봐란듯이 곁에 숨어서 엿듣고 키득키득 웃음소리까지 내다니! 사형, 나 먼저 집에 돌아갈래요."

주구진의 눈길도 덩달아 그쪽으로 쏠렸다. 하나 다음 순간, 장무기가 처음 나타났던 그날 자신이 애지중지 키우던 좌장군을 일장에 때려죽인 일이 퍼뜩 생각났다. 그때 뚝심이 적지 않게 강했다는 사실이 떠오르자, 그녀는 무청영을 향해 웃으면서 한마디 제안을 했다.

"이것 봐, 청매. 그렇게까지 화낼 것 없잖아? 사실 말이지 저 꼬마 녀석을 얕잡아보면 안 돼. 동생네 무씨 가문의 무공이 비록 높다고 해도 3초 안에 저 하찮은 하인 녀석을 쓰러뜨리지는 못할 거야. 만약 그렇게 할 수 있다면 내가 동생 앞에 무릎 꿇고 항복하지!"

"흥! 저따위 아랫것이 나하고 겨룰 자격이나 있어? 언니, 정말 이렇게 날 무시할 거야?"

이때 장무기가 듣다 못해 버럭 고함을 질렀다.

"무씨 댁 낭자! 무슨 말씀을 그리하시오? 당신네 하는 얘기에 끼어들지 않으면 그만이지, 설마 나더러 말 한마디 듣고 웃음 한 번 웃는데도 일일이 당신 허락을 받아야 한다는 거요?"

무청영은 그쪽에 눈길 한 번 던지지 않고 위벽에게 말했다.

"사형, 내가 저런 녀석한테 수모를 당했는데 거들어주지도 않는군요!"

위벽은 당최 이런 일에 휘말려들고 싶지 않았다. 하나 사매가 천한 종 녀석에게 면박을 당하고 애처롭게 투정 부리는 모양을 보니 마음이 여려졌다. 사실 그의 마음속에서 이들 설령쌍매의 위상은 우열을 가릴 수 없을 만큼 엇비슷했다. 하지만 스승의 무공 실력이 헤아릴 수 없을 만큼 깊은데 자신은 이 스승에게서 기껏해야 10분의 1도 제대로 전수받지 못한 상태였다. 따라서 스승이 지닌 절세무공을 배우기 위해서는 어떻게 해서든지 사매의 환심을 사두지 않으면 안 되었다. 생각이 여기에 미치자, 그는 주구진을 향해 겸연쩍게 웃어 보이면서 물었다.

"진매, 저 꼬마 녀석의 무공이 참말 대단하단 말이지? 어디 그럼 내

15. 기막힌 모략, 감쪽같은 비책도 일장춘몽이려니

가 시험해봐도 괜찮겠지?"

주구진은 입술을 꼭 깨물었다. 그가 사매의 역성을 들어주려고 하자 분한 마음이 들었던 것이다. 하지만 그녀는 이내 생각을 바꾸었다. '이 장가 성을 가진 꼬마가 어떤 내력을 지니고 있는지는 아직 나도 모른다. 그렇다면 이 오라버니를 시켜 우격다짐으로나마 근본 내력을 알아내는 것도 그리 나쁜 일은 아닐 거다.'

"좋아요! 오라버니가 저 녀석한테 무씨 가문의 비전절학을 한 수 가르쳐주신다면 더할 나위 없이 좋은 일이죠. 사실 나도 저 녀석이 도대체 어떤 문파에서 나온 제자인지 모르고 있거든요."

이 말을 듣자 위벽이 뜨악한 기색으로 되물었다.

"하면 요 녀석이 주씨 댁 무공을 배운 게 아니란 말인가?"

주구진은 대답 대신 장무기 쪽으로 돌아서서 물었다.

"너, 우리 사촌 도련님 앞에 말씀드려! 네 스승이 누구이며 어느 문파에서 나왔는지 분명히 말씀드려야 해!"

장무기는 입을 꾹 다문 채 대꾸하지 않았다. '날 이렇듯 멸시하면서 따져 묻는데야 내가 어찌 부모님의 문파를 입 밖에 내어 태사부님과 돌아가신 아버지 어머니를 욕되게 할 수 있으랴? 게다가 나는 무당파 무공을 제대로 배우지도 못했지 않은가?' 그는 사문 내력을 일절 감추기로 작정하고 앞서 얘기한 대로 두루뭉수리하게 대답했다.

"나는 어려서 부모님을 다 잃고 강호를 떠돌아다니기만 했을 뿐 무공이란 게 뭔지 배워본 적도 없습니다. 단지 어릴 적 아버님이 살아 계실 때 조금 가르쳐주신 게 전부였으니까요."

"그런 소리 말고 바른대로 대! 네 아버지 이름이 뭐야? 문파가 뭐냐고!"

주구진이 들은 척도 않고 다그쳐 묻자 장무기는 절레절레 고개를 저었다.

"말 못 해요."

이때 위벽이 피식 웃으며 한마디 던졌다.

"그런다고 우리 세 사람의 눈썰미로 알아보지 못할 듯싶으냐?"

그러고는 싱글싱글 웃으면서 마당 한가운데로 나섰다.

"요 녀석, 내 3초만 받아봐라!"

말 한마디 툭 던져놓은 위벽이 뒤로 고개를 돌려 무청영에게 눈짓을 보냈다. 입으로 말은 하지 않았으나, 얘기는 뻔했다. '사매, 속상해하지 마. 내가 요 녀석을 흠씬 두들겨패서 분풀이해줄 테니까.' 그런 뜻이 아니겠는가.

남자든 여자든 사랑의 그물에 걸려들면 애인의 말 한마디 몸놀림 하나 일거수일투족 어느 것 하나 주의 깊게 눈여겨보지 않는 것이 없다. 방금 위벽이 던진 눈짓에 담긴 의미도 주구진의 예리한 시선에 모조리 간파당하고 말았다. 그녀는 재빨리 연적에게 상처를 줄 수 있는 방법을 하나 생각해냈다.

"무기, 잠깐 이리 와봐!"

좀처럼 대결장에 나서려 하지 않는 장무기를 그녀는 손짓해 가까이 불러놓고 귓속말로 소곤소곤 당부했다.

"우리 사촌 오빠는 무공이 아주 강하니까 꼭 이기려고 할 것 없이 그저 3초만 막아내줘. 그럼 내 체면이 서게 되는 거야."

말을 마치고 격려하는 뜻에서 보드라운 손길로 어깨를 툭 쳤다.

411

장무기도 자신이 위벽의 적수가 못 된다는 사실을 잘 알았다. 대결장에 나서서 그와 맞서보았자 한낱 치욕만 자초할 따름이요, 상대방의 속만 후련하게 해줄 뿐이라는 것을 모를 리 없었다. 하지만 이제 마음속으로 사모하는 주인 아가씨의 면전에 바짝 다가서고 보니 저도 모르게 황홀감에 사로잡혀 정신이 아찔해진 데다 부드러운 목소리로 소곤소곤 건네는 당부 말을 듣는 동안 향기로운 숨결에 체취마저 느껴졌으니 딴생각이 날 턱이 있으랴? 그는 속으로 오직 하나만 생각했다. 주 소저의 분부가 떨어진 바에야 세상에 다시없을 험악한 일이라도 목숨 걸고 해내야 한다. 그까짓 주먹질 발길질에 몇 차례쯤 얻어터지기로서니 대수로울 게 뭐 있으랴? 아직도 코끝에 맴도는 그녀의 숨결, 장무기는 흡사 술에 취한 사람처럼 흐느적흐느적 위벽 앞으로 걸어가더니 엉거주춤 마주 섰다.

위벽이 빙그레 웃었다.

"요 녀석, 일초를 받아봐라!"

뒤이어 "철썩, 철썩!" 따귀를 후려 때리는 소리가 요란하게 울렸다. 연거푸 좌우 양쪽으로 후려치는 손바닥 놀림이 너무나 재빨라 장무기가 손을 들어 막아내려 했을 때 손바닥은 벌써 지나가버린 뒤였고, 삽시간에 부어오른 두 뺨에는 각각 다섯 손가락 자국이 벌겋게 찍혀 있었다.

위벽의 입장으로서는 거리낄 게 하나도 없었다. 이 꼬마 녀석이 주씨 가문의 무공을 전수받지 않은 바에야 주구진이나 외삼촌, 외숙모의 체면을 깎아내릴까 봐 걱정할 필요도 없었다. 그래서 마음 푹 놓고 손찌검에 인정사정을 두지 않았던 것이다. 다만 이런 미천한 하인 녀석에게 내공까지 쓸 필요는 느끼지 못했다. 그렇지 않았던들 장무기는 벌써 이빨이 부러지고 뺨따귀가 터져나갔을 터였다.

곁에서 지켜보던 주구진이 바락 악을 썼다.

"무기, 반격해!"

두 눈에서 번쩍번쩍 별똥별이 튀도록 얻어맞아 눈앞이 캄캄해진 장무기는 귓결에 아가씨의 목소리가 들리자마자, 저도 모르게 정신이 번쩍 들어 엉겁결에 "훅!" 하고 일권을 내질렀다.

위벽이 맵시 좋게 몸을 옆으로 슬쩍 틀어 피하면서 비웃음 섞인 찬사를 던졌다.

"요놈 봐라? 그래도 진짜 한가락 솜씨는 지녔구나!"

번뜩 뒤챈 몸뚱이가 도약 자세를 취하는가 싶더니 어느새 위벽이 상대방의 배후로 돌아갔다. 장무기도 다급하게 돌아섰으나 뜻밖에도 위벽의 솜씨가 번갯불처럼 빨라 벌써 뒷덜미를 거머잡히고 머리 위로 번쩍 치켜 들렸다.

"하하! 저기 가서 개똥이나 핥아라."

장무기는 "앗" 소리도 지르지 못했다. 오래전 양아버지 사손에게 몇 년 동안 무공을 배웠다고는 하지만 그 당시는 나이도 어린 데다 사손은 무공구결과 초식만을 죽어라고 암기시켰을 뿐 실전에 써먹을 만한 수법은 전혀 가르쳐주지 않았다. 그렇기 때문에 이제 위벽 같은 명문 자제와 맞닥뜨리고 보니 그야말로 속수무책, 양손 두 발 다 묶고 싸우는 격이라 머릿속에 가득 찬 그 숱한 상승 무공의 비전절기를 일초는 커녕 반 초식도 구사할 수가 없었다.

"이얍!"

위벽이 외마디 기합 소리와 힘께 머리 위에 번쩍 쳐든 장무기의 몸뚱이를 냅다 땅바닥에 태질쳤다. 장무기는 본능적으로 손발을 내뻗어 지탱해보려 했으나 이미 때는 늦었다. "쫘당!" 하는 소리가 둔탁하게 울리더니 개구리처럼 납죽한 자세로 이마와 코빼기가 한꺼번에 땅바닥을 호되게 들이받고 피가 터져 나왔다.

"좋아요, 좋아! 호호호!"

무청영이 손뼉까지 쳐가며 까르르 웃어대더니, 주구진 쪽을 돌아보고 한마디 던졌다.

"언니, 우리 무씨 가문의 무공이 어때요? 그런대로 쓸 만해요?"

연적의 비아냥거리는 물음에 주구진은 얼굴을 잔뜩 찌푸리고는 대꾸하지 않았다. 그저 부끄러움과 분노에 파르르 몸을 떨 뿐이었다. 사실 그녀는 어떻게 응수해야 좋을지 몰랐다. 무씨 가문의 무공이 쓸모없다고 했다가는 위벽에게 미움을 살 테고, 쓸 만하다고 인정했다가는 무청영이 기고만장해질 텐데, 그 꼬락서니가 눈꼴사나워 어떻게 본단 말인가?

장무기는 엉금엉금 기어서 일어났다. 전전긍긍 두려움에 질린 눈빛으로 주구진을 쳐다보니, 이맛살을 잔뜩 찌푸린 채 자기를 노려보고 있었다. 그는 생각을 다시 다져먹었다. '그래, 이 한목숨 버리는 한이 있더라도 아가씨의 체면을 떨어뜨려서는 안 되지!'

눈앞에서 위벽의 웃음소리가 들려왔다.

"하하, 진매! 이제 보니 요 녀석은 생쥐 잡는 고양이 솜씨조차 없군. 그런데 무슨 문파 따위가 있겠어?"

두 눈에서 불이 난 장무기가 벼락같이 달려들더니 발길질로 위벽의 아랫배를 냅다 걷어찼다.

"어이쿠!"

위벽은 짐짓 엄살 떨면서 몸뚱이를 뒤로 슬쩍 제쳐 발길질부터 피해냈다. 이어서 왼손을 쭉 내뻗어 미처 발길질을 거두어들이지 못한 장무기의 오른발을 덥석 움켜잡고는 바깥쪽으로 냅다 뿌리쳤다. 3할의 공력을 얹었을 뿐이지만, 장무기의 몸뚱이는 마치 활시위를 벗어난 화살처럼 수평으로 곧장 담벼락을 향해 쏜살같이 날아갔다.

"아앗!"

장무기는 속으로 비명을 지르면서 위급한 가운데 있는 힘껏 몸뚱이를 뒤틀어서야 가까스로 등짝부터 먼저 담벼락에 부딪칠 수 있었다. 이렇게 해서 두개골이 박살 나는 재앙만큼은 모면했으나 등골의 척추뼈 마디마디가 모조리 끊겨 으스러지듯 저릿저릿한 고통에 눈앞이 캄캄해졌다. 엄청난 타격을 받은 몸뚱이는 진흙 덩어리로 뭉쳐진 것처럼 담벼락을 타고 맥없이 스르르 주저앉은 채 두 번 다시 일어날 줄 몰랐다.

몸뚱이가 으스러지는 듯한 고통에 시달리면서도 마음은 주구진의 얼굴빛이 어떻게 바뀌었는지 걱정스러웠다. 흐리멍덩해진 머릿속에 그녀의 목소리가 어렴풋이 들려왔다.

"저 녀석은 반 톨도 쓸모가 없어! 우리 화원으로 가서 놀아요."

가늘게 떨려 나오는 목소리에 심상치 않은 분노가 서려 있었다. 그녀가 연적 앞에서 얼굴을 들지 못하게 만든 자기를 나무라고 있는 게 분명했다. 그 책망이 효과를 보았을까? 어디서 그런 힘이 솟구쳤는지 장무기의 몸뚱이가 홀쩍 뒤채면서 벌떡 일어나더니 질풍같이 앞으로 달려들어 위벽에게 일장을 후려갈겼다.

"하하! 아직도 매를 덜 맞았군!"

위벽이 껄껄대고 웃으면서 여유만만하게 일장을 휘둘러 맞받아쳤다.

"철썩!"

두 손바닥이 맞부딪는 순간, 뜻밖에도 위벽의 몸뚱이가 휘청하고 흔들리더니 한 발짝 뒷걸음질을 쳤다.

위벽은 꿈에도 몰랐으리라. 방금 장무기가 쳐낸 일장은 그의 아버지 장취산이 뗏목 위에서 가르쳐준 무당장권 가운데 일초인 칠성수七星手였다. 무당장권으로 말하자면 무당파의 기초 입문 무공으로서 권법 초식에 특별히 오묘한 점은 없었다. 그러나 무당파의 무공 원리는 무학상으로 보아 다른 문파의 그것과는 전혀 다른 길로 발전해왔다. 이유극강以柔克剛, 이약승강以弱勝强. 다시 말해 부드러움으로 굳셈을 극복하고 약한 힘으로 강한 힘을 이겨내는 원리를 추구해 제승방략制勝方略으로 삼은 것이다.

장삼봉은 제자들에게 누누이 강조해왔다. 적을 다치게 하는 힘은 자신의 힘에 의해서가 아니라, 상대방이 발출한 힘줄기를 반대로 튕겨서 역이용하는 데 있다고. 적이 한 근 무게의 힘줄기로 공격해오면 그 한 근의 힘줄기를 도로 튕겨 보내 상대방에게 타격을 입히고, 100근의 힘으로 공격해왔을 때는 그 100근의 힘을 역이용해서 타격을 가한다면, 상대방은 마치 주먹으로 굳은 담벼락을 내지르듯 주먹질에 쏟은 힘만큼 그 반탄력으로 자신이 손해를 보게 된다는 것이다. 따라서 상대방의 주먹질이 무거우면 무거울수록 결과적으로 상대방이 받는 충격도 그만큼 무거워질 수밖에 없다는 것이 무당권법의 요체였다.

100여 년 전, 각원대사가 임종을 앞두고 무의식중에 읊었던 〈구양

진경〉 가운데 이런 구절이 있다.

상대방의 뜻을 따르되 내 뜻을 따르지 않게 되고 나서야 몸이 마음을 따를 수 있게 된다. 자신의 뜻에서 비롯하되 상대방의 움직임에 따를 것이다. 상대방의 움직임에 따를 수 있게 되면, 손가락 한 푼 한 치의 힘만으로도 상대방 힘의 크기를 저울질할 수 있다.

굳셈과 부드러움을 아울러서 중시한다. 음과 양이 서로 돕고 보완하도록 한다. 상대방의 낌새에 따라 공격과 수비를 전개한다. 상대방보다 뒤늦게 움직여 상대방을 제압한다.

장삼봉은 훗날 이 원리들을 무당파 권법에 융화시켰다. 그리고 또 한 가지, 송원교나 유연주 같은 고수였다면 물론 상대방의 힘줄기에 자신의 힘줄기까지 보탰을 수도 있었으리라. 장무기 역시 나이가 어린 데다 실전 경험이 전혀 없을뿐더러 배운 바도 얕고 조잡하기 짝이 없었지만, 부지불식간에 구사한 이 무당장권 중 칠성수 일권에는 그야말로 상대방의 힘을 도로 튕겨내어 그만큼 타격을 가하는 상승 무학의 묘리가 함축되어 있었다.

장무기의 손바닥과 마주치는 순간, 위벽은 그저 손목에서 팔뚝에 이르기까지 찌릿한 충격감과 더불어 마비되어오는 증세를 느꼈다. 그뿐 아니라 가슴속의 기혈이 한꺼번에 홀러덩 뒤집히더니 걷잡을 수 없이 울렁거리는 느낌을 받았다. 그래도 침착하게 재빨리 몸을 비스듬히 틀어 충격을 완화시키는 한편, 주먹을 번쩍 휘둘러 장무기의 등 쪽 심장부에 타격을 가했다. 위벽이 몸을 뒤트는 바람에 쌍방의 자세는 정면에서 어설픈 측후방側後方으로 바뀌었다. 그러나 장무기는 손바닥을 뒤쪽으로 휘둘러 쳤다. 본능적으로 응수한 일초 역시 무당장권 가운데 일조편一條鞭으로 한 줄기 길게 뻗어내는 채찍질 자세였다.

상대방의 장세掌勢가 급작스레 기묘하게 펼쳐지는 것을 보고 위벽이 황급히 몸을 뒤로 뺐을 때, 그 어깻죽지에는 벌써 장무기의 손가락 셋이 휩쓸고 지나간 뒤였다. 아프다고까지 할 것은 없었으나, 한 곁에 나란히 서 있던 주구진과 무청영의 눈길에 자신이 한 수 꺾이고 만 꼬락서니가 여지없이 잡히고 말았다.

마음속으로나마 점찍어둔 처녀들 앞에서 낭패스러운 꼴을 당했으니 어찌 이대로 물러날 수 있으랴. 위벽은 속에서 분노의 불길이 확 솟구쳐 올랐다. 당초 이 장무기란 꼬마 녀석과 맞설 때만 하더라도 그는 상대방의 나이가 어린 데다 신분이 미천하기 때문에 실상 이겨봤자 생색도 나지 않으리라 여기고 그저 몇 번 손찌검이나 해가며 데리고 놀 작정이었다. 그렇게 함으로써 스승의 따님인 무청영에게 호감을 사둘 요량으로 주먹질 발길질에 고작 2~3할 정도의 힘만 얹었는데, 뜻하지 않게 하찮은 꼬마 녀석의 꼼수에 연거푸 두 차례나 골탕을 먹었으니 울화통이 터졌다.

"요런 도깨비 녀석, 죽지 못해 환장했구나!"

위벽이 대갈일성으로 호통을 치면서 "훅!" 하고 일권을 내질렀다. 목표는 장무기의 앞가슴이었다. 이 일초의 장강삼첩랑長江三疊浪에는 글자 그대로 장강대하 너른 강물 위에 거친 파도가 세 겹으로 잇따라 밀어닥치듯 도합 세 가닥의 힘줄기가 담겨 있었다. 상대방이 만약 전력을 다 쏟아 첫 번째 힘줄기를 막아낼 경우, 전혀 예상치 못한 두 번째 힘줄기가 발꿈치를 물어뜯는 맹수처럼 밀어닥치고 그 뒤를 이어 상대방에게 숨 돌릴 틈도 주지 않고 다시 세 번째 힘줄기가 흉흉한 파도처럼 밀려드는 수법이었다. 따라서 무학의 고수가 아닌 사람이 멋모르고 그 앞에 맞섰다가는 비록 죽을 정도는 아니더라도 중상만큼은 면치 못하게 되는 것이다.

상대방의 공격 초식이 매서워지자 장무기는 겁이 더럭 났다. 하지만 지금은 이것저것 생각해볼 여유가 없었다. 그는 오래전 망망대해를 표류하던 뗏목 위에서 아버지가 가르쳐준 무당장권 수법에 따라 양팔로 우물 난간처럼 둥그렇게 고리를 만들어 정란井欄 일초로 맞받아쳤다. 이 초식은 쓰임새도 다양할 뿐 아니라 구조도 정교하고 심오한 의도가 담긴 것이었으나, 어릴 적 배운 장무기로서는 그 요체를 미처 깨우치지 못했다. 그저 상황이 위급해진 순간 머릿속에 떠오른 것을 엉겁결에 손길 나가는 대로 펼쳤을 따름이었다.

이윽고 위벽이 휘둘러 친 오른 주먹이 정면을 비스듬히 가로질러 장무기의 오른 팔뚝에 명중했다. 장강삼첩랑의 제일파가 들이닥친 것이다. 주먹 끝에 타격 감촉이 느껴지자 위벽은 두 번째 힘줄기를 쏟아냈다. 그러나 다음 순간, 그는 앞서 들이친 제일파의 힘줄기가 상대방의 몸속으로 파고들지 못하고 갑자기 어디로 사라졌는지 흔적도 없이 사라졌음을 깨달았다. 그것은 마치 망망대해에 돌멩이 한 개를 던져넣은 것처럼 허망한 느낌이었다. 속으로 깜짝 놀란 위벽이 두 번째 힘줄기를 거둬들이려 했으나 이미 때는 늦었다. 도로 튕겨나온 힘줄기는 벌써 자신의 팔뚝을 강타하고 있었다.

"으직!"

그는 자신의 뼈마디가 부러지는 소리를 들었다. 세 번째 힘줄기를 쏟아내지 못했기에 망정이지, 그렇지 않았던들 정란의 오묘한 쓰임새를 모르는 장무기까지 포함해서 두 사람이 동시에 그 세 번째 힘줄기에 중상을 입고 쓰러졌을 것이다.

"아이고머니!"

주구진과 무청영이 목소리도 가지런하게 경악성을 터뜨렸다. 그러고는 단걸음에 위벽에게 달려가 좌우에서 상처를 살펴보았다.

위벽이 떨떠름하게 웃으며 변명했다.

"괜찮아. 내가 방심했군."

두 처녀는 사랑하는 남자가 부상당한 것이 가슴 아픈 나머지, 모든 원한을 장무기에게 쏟았다. 두 처녀는 약속이나 한 것처럼 한꺼번에 주먹을 휘둘러 인정사정없이 장무기를 두들겨패기 시작했다.

단 일초에 위벽의 팔뼈를 부러뜨린 장무기는 자신도 상대방의 공세에 떠밀려 하마터면 사지 팔다리를 활짝 벌린 채 나가떨어질 뻔했으나, 가까스로 중심을 잡고 서는 데 성공했다. 그러나 미처 발밑이 안정되기도 전에 두 처녀의 독살스러운 쌍권이 한꺼번에 들이닥쳤다. 그는 선뜻 피할 엄두도 내지 못한 채 한 주먹을 앞가슴에, 또 한 주먹을 어깨뼈에 고스란히 얻어맞았다.

"우와악!"

가슴을 강타당하면서 목구멍 따라 치밀어 오른 선지피가 입 밖으로 왈칵 쏟아져 나왔다. 하지만 그는 분한 마음과 서글픈 생각이 몸뚱이에 얻어맞은 상처의 아픔보다 더 컸다. '내가 목숨 걸고 싸워 네 체면을 지켜주었는데 나를 때리다니, 세상에 이렇게 몰인정한 경우가 어디

있단 말인가?'

이때 위벽이 고함을 질렀다.

"잠깐 그 손 멈추고 내게 맡겨!"

두 처녀는 즉각 손찌검을 그쳤다. 흘끗 쳐다보니 위벽은 얼굴빛이 시퍼렇게 질린 채 왼 손바닥을 번쩍 치켜들고 장무기에게 벼락같이 달려들고 있었다.

일장이 날아들자, 장무기는 황급히 옆으로 뛰어 피했다.

뒤미처 주구진이 애절한 목소리로 외쳐댔다.

"오라버니, 다친 몸으로 그따위 녀석과 맞설 것까지는 없잖아요! 저런 놈이 오라버니하고 어울릴 상대나 된단 말인가요? 내가 잘못했어요. 애당초 저놈을 오라버니와 싸우게 하지 말았어야 하는 건데……."

평소 콧대 높고 오만하기 짝이 없는 성격을 지닌 그녀가 남 앞에 머리 숙이고 자기 잘못을 인정하다니 그야말로 천만의 말씀이요, 어림 반 푼어치도 없는 일이었다. 마음속으로 사모하는 이가 만약 뼈가 부러지는 상처를 입지 않았던들, 또 그래서 당황하고 안타까운 마음이 없었던들 이렇듯 비굴하게 자신을 낮추고 풀이 죽은 목소리로 애원할 그녀가 아니었다.

하지만 사랑하는 이를 위안하느라 한 말이 오히려 타는 불에 기름을 끼얹는 결과를 빚어낼 줄 누가 알았으랴. 주구진에게서 사과의 말을 듣는 순간, 위벽은 더욱 분노가 치밀어 싸느랗게 코웃음을 쳐 응수했다.

"진매, 네가 요 발칙한 녀석의 무공이 뛰어나다는 사실을 진작부터 알고 나와 싸움을 붙인 거 아냐? 그런데 뭐가 잘못했다는 거야? 흐흠,

난 그저 승복하지 못하겠다, 그뿐이야."

그는 팔뚝에 매달린 주구진을 홱 뿌리쳐 한 곁으로 밀어놓고 또다시 주먹을 번쩍 쳐들기가 무섭게 장무기를 후려쳐갔다.

달려드는 상대방의 기세가 사나운 것을 보자, 장무기는 황급히 뒷걸음질 쳐 피하려 했다. 그러나 무청영이 슬그머니 쌍장을 내뻗어 그의 등판을 가볍게 밀었다. 물러설 퇴로를 차단해버린 것이다. 이윽고 "휙!" 하는 소리가 들렸다. 위벽이 내지른 일권이 그의 콧마루에 정확히 들어맞으면서 삽시간에 코피가 툭 터지더니 그칠 새 없이 줄줄 흘러내리기 시작했다.

무청영은 천성이 불같이 사나운 연적 주구진보다 심지가 훨씬 깊고 침착했다. 그렇기 때문에 사형을 돕는 데도 그가 무안하지 않게 암암리에 손을 쓰고 흔적을 드러내지 않았다. 그래야만 사형의 체면에 광을 내줄 수 있고 결과적으로 자신에게 고마움을 느끼게 할 수 있다고 생각했다.

하나 그런 행동이 눈치 빠른 주구진에게 들키지 않을 턱이 없었다. '오냐! 네가 사형을 돕겠다는데, 나라고 내 사촌 오라버니를 도와주지 못할 듯싶으냐?' 생각이 여기에 미쳤을 때 그녀의 몸뚱이는 벌써 앞으로 달려들면서 위벽과 나란히 장무기에게 협공을 퍼붓기 시작했다.

삽시간에 장무기는 정면과 배후, 측방 세 방면에서 공격을 받는 처지가 되었다. 무공 실력이 애당초 위벽에게는 상대가 되지 못하는 데다 주구진과 무청영 두 처녀까지 끼어들어 하나는 대놓고, 하나는 암암리에 거들어주고 있으니 셋이서 걷잡을 수 없이 퍼붓는 주먹질 발길질에 7~8초나 얻어맞고 걷어차여 또 한 차례 선지피를 몇 모금 토해냈다. 이러다 뭇매질에 꼼짝없이 맞아 죽겠다는 생각이 들자, 분노에 들뜬 마음은 이판사판 끝장날 때까지 맞서 싸우기로 결단을 내렸다. 그는 아버지에게서 배운 32세勢의 무당장권을 모조리 펼쳐내기 시작했다. 비록 공력이 모자라 주먹질 발길질에 위력은 없었으나 실제로 배운 것이 상승 무학이라 뜨거운 차 한 잔 마셔 비울 시간까지는 꿋꿋이 버티고 서서 쓰러지지 않았다.

하찮은 꼬마 녀석 하나 거꾸러뜨리지 못해 조바심이 난 주구진이 불같은 성미에 바락 악을 썼다.

"어디서 굴러먹던 거지 새끼가 주씨, 무씨네 연환장連環莊에 기어들어와서 날뛰는 거냐? 정말 살기가 싫은 모양이구나!"

곁눈질로 흘낏 우군을 보니, 위벽이 번쩍 들린 왼 손바닥을 모로 세워 장작이라도 뻐개듯 힘차게 내리찍을 태세였다. 그녀는 재빨리 어깨머리로 장무기를 들이받아 위벽의 손바닥 칼날 아래 밀어 넣었다. 이 무렵 위벽은 시간이 갈수록 부러진 팔뼈 상처 부위가 쑤셔대고 아파 견디기 어려운 처지라 더는 이 꼬마 녀석과 뒤얽혀 싸우고 싶지 않았다. 그래서 쪼개내는 일장에 이미 공력을 최대한으로 쏟아부어 단번에 결딴을 내기로 작심한 터였다.

주구진의 어깨치기에 떠밀린 장무기는 몸뚱이가 주인의 말을 듣지 않고 저절로 앞을 향해 달려 나가는 순간, 정수리 위쪽으로부터 심상치 않은 바람결이 얼굴에 확 끼쳐오는 것을 느꼈다. '아뿔사! 내공이 얹힌 장력이로구나.' 이 일장에 머리통이나 얼굴 부위의 요혈을 찍히면 목숨을 보전할 생각은 아예 말아야 한다. 그는 황급히 양 팔뚝을 머리 위로 번쩍 치켜늘고 가로 겹쳐 억지로 꼬마 차단 동작을 취했다. 그

치명적인 일격을 막아내지 못하리라는 것을 뻔히 알면서도 멀쩡하게 서서 맞아 죽을 수야 없지 않은가.

바로 그때였다.

"잠깐…… 멈춰라!"

어디선가 느닷없이 위엄 있게 호통치는 소리가 들려오더니 사람의 쪽빛 그림자가 번뜩 비치면서 그들 곁에 들이닥쳤다. 어느새 쳐들었는지 손길 하나가 쭉 뻗어나와 이제 막 장무기의 머리통을 쪼개 내리던 위벽의 일장을 떠밀듯이 가로막았다. 얼른 보기에는 목표를 겨냥하지도 않고 대충대충 내뻗은 것 같았지만, 정확하게 가로막는 것이 깔끔하고도 맵시 있는 솜씨였다. 그 여세에 밀린 위벽이 털썩털썩 뒷걸음질 치고도 두 다리를 안정시키지 못한 채 뒤로 벌렁 나자빠져 엉덩방아를 찧으려 했다. 그러나 쪽빛 장포를 걸친 그림자의 신법이 얼마나 빠른지 눈 깜짝할 사이에 그 뒤로 감돌아 나가더니 어깻죽지를 부추겨 쓰러지지 않게 바로 세워놓았다.

"아빠!"

주구진의 입에서 놀라움에 찬 목소리가 터져 나왔다.

"주 백부님!"

뒤미처 무청영도 기겁을 했다.

"외삼촌!"

한숨 돌린 위벽도 그제야 헐떡거리며 외숙부를 불렀다.

그렇다. 이 사람은 바로 주구진의 아버지 주장령朱長齡이었다. 위벽이 뜻하지 않게 팔뼈가 부러지는 상처를 입고 사태가 커지자, 영오궁에서 개 사육을 맡은 종복이 큰일 났구나 싶어 부리나케 주인어른께 달려가 급보를 전하고, 주장령은 무슨 일인가 싶어 총총걸음으로 달려온 것인데 자기 딸을 포함한 셋이서 어린 소년을 에워싼 채 인정사정없이 협공하고 있는 게 아닌가. 그는 얼른 달려들어 뜯어말리려다 무슨 생각이 들었는지 멀찌감치 한 곁에 서서 한참 동안 유심히 지켜보았다. 그리고 위벽이 돌연 살수를 쓰자 그제야 끼어들어 장무기를 구해주었던 것이다.

주장령은 불길이라도 뿜어낼 듯이 노기등등한 얼굴에 사나운 눈초리로 딸 주구진과 위벽, 무청영을 돌아가며 말없이 흘겨보았다. 그러더니 갑자기 손등으로 딸의 뺨을 "철썩!" 소리가 나도록 호되게 후려쳤다.

"잘하는 짓이다, 잘하는 짓이야! 우리 주씨 가문의 자손이 점점 갈수록 철딱서니가 없어지는구나. 내가 이런 불초한 딸년을 낳아놓고 장차 무슨 면목으로 지하에 계신 조상님들을 뵙는단 말이냐?"

큰 소리로 호통쳐 꾸짖는 소리에 세 젊은이는 저절로 목이 움츠러들었다. 그중에서도 주구진의 머릿속은 온통 혼란으로 뒤죽박죽이 되어버렸다. 그도 그럴 것이 세상에 태어나서 이날 이때껏 자라오는 동안 그저 응석받이로 부모에게 총애만 받아오고 꾸중 한마디 심하게 들어본 적이 없던 금지옥엽의 몸이었다. 그런데 오늘 여러 사람이 보는 앞에서 호되게 따귀를 얻어맞았으니 그야말로 하늘과 땅이 빙글빙글 돌아갈 정도로 큰 충격을 받을 수밖에 더 있으랴. 그녀는 한참이 지나서야 분하고 서러운 마음에 못 이겨 "와아!" 하고 울음보를 터뜨렸다.

주장령이 다시 한번 호통쳤다.

"뚝 그치지 못할까! 어디서 우는 거냐!"

위엄으로 가득 찬 녹소리가 얼마나 쩌렁쩌렁 울리는지, 들보 위에 쌓인 흙먼지가 푸수수 떨어져 내렸다. 주구진의 울음소리가 뚝 그쳤다. 이렇듯 무서운 아버지의 모습을 난생처음 본 것이다.

"우리 주씨 가문은 대대로 의협을 목숨처럼 중히 여긴다고 자부해 왔다. 네 고조부 자류공子柳公께선 대리국 선종황제宣宗皇帝를 보필하시면서 벼슬이 재상까지 오르신 분이었다. 그리고 훗날 몽골군의 침입 아래 곽정 대협과 더불어 양양성을 지키고 그 명예를 천하에 떨치셨으니 이 얼마나 훌륭한 영웅이셨더냐! 그런데 후손들이 불초하여 나 주장령 대에 이르러서 이런 못난 딸자식까지 생겨날 줄이야 어찌 알았겠느냐? 다 큰 어른 셋이서 어린 소년 하나를 에워싸고 죽도록 두들겨패다니 그 목숨이라도 다쳤으면 어쩔 뻔했느냐? 어디 말 좀 해봐라! 이런 짓을 하고도 부끄럽지 않더냐? 부끄럽지도 않단 말이냐?"

비록 딸아이를 맞대놓고 책망하고는 있으나, 그것은 나머지 두 사람에게도 똑똑히 들으라고 하는 소리였다. 그 한마디 한마디가 날카로운 칼이 되어 가슴을 찔러들고 있으니, 위벽과 무청영은 하나같이 부끄러움을 견디지 못하고 쥐구멍이라도 있으면 기어 들어가고 싶은 심정이었다.

장무기는 온 몸뚱이가 극심한 통증에 거의 까무러칠 지경이었으면서도 한사코 이를 악물고 가까스로 버텨 서 있었다. 몸은 비록 부서져나갈 듯이 아팠으나, 주장령이 꾸짖는 말만큼은 두 귀로 똑똑히 들으면서 속으로 탄복을 금치 못했다. '과연 시비를 명백히 가리는 사람이구나. 이분이야말로 진정 의리 있는 협사다!'

주장령은 아직도 얼굴빛이 벌겋게 달아오를 정도로 노기등등해서 전신을 부들부들 떨어가며 씨근벌떡 거친 숨을 내쉬었다. 위벽을 비롯한 세 남녀는 땅바닥에 눈을 내리깐 채 감히 그 눈빛을 마주 대하지 못했다.

한동안 그 자리에는 무거운 침묵만 흐를 뿐 입을 여는 이가 없었다. 장무기 역시 엉거주춤 서 있을 뿐 뭐라 할 말이 없었다. 슬그머니 눈길을 돌려 주구진의 기색을 살펴보니 아버지에게 얼마나 호되게 얻어맞았는지 뺨이 시뻘겋게 부어오른 채 아랫입술을 깨물고 있는데, 수치심과 겁에 질려 울고 싶어도 울지 못하는 모습이 그렇게 애처로워 보일수가 없었다.

장무기는 용기를 내어 주인어른께 한마디 여쭈었다.

"어르신, 이 일은 아가씨와는 아무 상관이 없습니다."

첫 마디가 입에서 나오는 순간, 그는 펄쩍 뛰다시피 놀랐다. 갑작스레 목이 쉬어버렸는지 소리가 제대로 나오지 않았던 것이다. 앞서 위벽에게 목젖 부위를 호되게 얻어맞은 결과였다.

주장령이 그쪽을 흘낏 보더니 다시 딸과 조카들을 향해 꾸짖었다.

"이 어린 형제는 주먹질이나 발길질이 모두 법도에 어긋난 것을 보니 스승을 모시고 정식으로 무예를 배우지 않은 게 분명하다. 그럼에도 오로지 굳센 용기 하나만 믿고 한사코 저항했으니, 이 얼마나 가상하고 존경스러운 일이냐! 너희 셋은 다 큰 어른이면서도 무공 한 수제대로 쓸 줄 모르는 어린 사람을 이토록 능멸하고 모욕하다니, 평소 너희 스승이나 부모님의 가르침을 반 마디라도 가슴속에 담아두고 있기나 한 거냐?"

얼굴빛이 잔뜩 굳은 채 그는 딸 주구진은 물론이요, 위벽이나 무청영까지 싸잡아 눈물이 쏟아지도록 만들었다. 손님이라고 체면을 보아주는 기색이 털끝만큼도 없었다. 오히려 곁에서 가만 듣고 있는 장무기가 송구스러워 불안할 지경이었다.

주장령은 다시 장무기가 어떻게 해서 장원에 오게 되었으며, 왜 종복의 옷을 걸치고 있는지 그 사유를 하나하나 따져 물었다. 그리고 한편으로는 사람을 시켜 외상약과 접골약을 가져다 장무기와 위벽의 상처를 치료해주게 했다.

부친이 이렇듯 엄한 기색으로 물어오자, 주구진은 책망을 들을 줄 뻔히 알면서도 숨기지 못하고 장무기가 어떻게 화살 맞은 새끼 원숭이를 거두어 숨기고 사냥개들에게 물려 다쳤으며, 또 자기가 어떻게 그를 구해서 장원으로 데려왔는지 그 사연을 낱낱이 다 털어놓았다.

얘기를 듣는 동안 주장령의 이마에는 갈수록 주름살이 굵다랗게 잡혀갔다. 딸의 진술이 끝나자, 그는 다시 한번 매섭게 호통쳐 꾸짖었다.

"성이 장씨라고 했는가? 그래, 이 장 소년은 의협심을 발휘해 새끼 원숭이의 목숨을 구해주었으니 이 얼마나 인자한 협사의 마음씨냐? 그런데 너는 이런 착한 소년을 종살이나 하게 만들다니! 훗날 이 소문이 퍼져 나가게 되면 강호의 호걸들이 나 경천일필驚天一筆 주장령을 의롭지 못하고 인자하지 못한 소인배라고 비웃을 게 아닌가! 네가 그 사나운 개들을 기르기 시작했을 때, 난 그저 네가 심심해서 장난삼아 기르는 줄만 알고 허락했으니 그렇다고 치자. 그런데 네가 겁도 없이 함부로 사나운 개를 풀어놓아 사람까지 다치게 할 줄이야 어찌 알았겠느냐? 아아, 참으로 한탄할 노릇이다! 오늘 내 요년을 때려죽이지 않는다면 나 주장령이 무슨 낯으로 강호 무림계에 몸담을 수 있겠는가!"

주구진은 부친이 정말 진노한 것을 보자 두 무릎을 꿇고 땅바닥에 엎드렸다.

"아빠, 다시는 안 그러겠습니다. 두 번 다시 안 그러겠어요!"

"닥쳐라! 내 요년을……."

주장령의 손바닥이 딸을 당장 때려죽일 듯이 머리 위로 번쩍 처들렸다. 사태가 험악해지니 위벽과 무청영은 큰일 나겠다 싶어 그 앞에 나란히 무릎 꿇고 애걸복걸 빌기 시작했다.

"외삼촌, 저희가 잘못했습니다!"

"주 백부님, 제발 한 번만 용서해주세요!"

그래도 주장령의 불같은 노염은 조금도 풀릴 기미를 보이지 않았다. 보다 못한 장무기가 입을 열었다.

"주인 어르신……."

그러자 주장령이 얼른 말끝을 가로챘다.

"아냐, 아냐! 이보게, 어린 친구. 자네가 어찌 나더러 '주인 어르신'이라고 부를 수가 있나? 내가 자네보다 헛된 나이 몇 살 더 먹은 것밖에 없으니 굳이 부르려거든 '선배'라고나 불러주면 되네."

"예, 예, 그럼 주 선배님이라 부르겠습니다. 선배님, 이 사건은 아가씨를 나무라실 일이 아닙니다. 처음부터 마음먹고 저지른 일이 아니었으니 모두 용서해주십시오."

"호오, 자네 마음씨가 참으로 갸륵하이!"

주장령은 한마디 찬탄을 하더니, 다시 세 사람을 돌아보고 엄하게 호통쳤다.

"너희들 봐라! 아주 어린 나이에도 남을 포용하는 마음씨가 이렇듯 너르고 큰데, 너희 어른 셋이 어찌 이 소녀의 도량에 미칠 수 있겠느

15. 기막힌 모략, 감쪽같은 비책도 일장춘몽이려니

냐? 오늘은 새해 초하루요, 또 무씨 댁 처녀도 우리 집에 온 손님이니만큼 내가 본래 성을 내서는 안 될 것이지만 이 일은 정말 너무도 잘못됐구나. 이런 행위야말로 흑도에 몸을 담은 비열한 소인배나 할 짓이지, 어찌 우리처럼 의협의 길을 걷는 사람들이 할 짓이라 하겠느냐? 벽아, 너도 오늘만큼은 잘못했다! 기왕 이 어린 친구가 너희를 대신해서 간청했으니 좋다, 모두 그만 일어나거라!"

위벽을 비롯한 세 남녀가 부끄러운 표정을 하고 쭈뼛쭈뼛 일어섰다.

하나 일은 그 정도로 끝나지 않았다. 주장령은 개 사육을 맡은 종복에게 또다시 호통쳐 분부했다.

"그 못된 사냥개들은 어디 있느냐? 여기 모조리 풀어놓아라!"

"예, 주인어른!"

종복이 한마디로 응답하더니 사육장에 가둬놓았던 개들을 모조리 풀어놓았다. 우르르 쏟아져 나온 30여 마리의 사냥개가 훈련을 받을 때처럼 땅바닥에 나란히 쭈그려 앉더니 입을 쩍 벌리고 날카로운 송곳니를 드러낸 채 침을 줄줄 흘리고 있는 자세가 당장 누구라도 덥석 물어뜯을 것처럼 사납고 흉악스럽기만 했다.

주구진이 아버지의 눈치를 살폈다. 아직도 노염이 풀리지 않았는지 잔뜩 찌푸린 얼굴 표정으로 사냥개들을 노려보는 눈초리가 무슨 일을 하려는지 알 길이 없었다.

"아빠……!"

낮은 목소리로 조심스레 묻는 딸에게 주장령은 코웃음을 쳤다.

"네가 이 못된 개들을 길러 사람을 다치게 했으렷다? 좋아, 그럼 어디 저 사냥개들더러 이 아비도 한번 물어뜯으라고 시켜봐라!"

그제야 아버지의 속셈을 알아차린 주구진이 울음보를 터뜨렸다.

"아빠! 제가 잘못했어요!"

"흥!"

주장령은 코웃음 한 번 치더니 휘적휘적 사냥개들이 줄지어 늘어앉은 한복판으로 걸어갔다.

"팍! 철썩, 철썩, 팍!"

짐승들을 후려 때리는 소리가 연거푸 네 차례나 둔탁하게 울리더니 송아지만큼씩이나 커다란 사냥개 네 마리가 당장 머리통이 바스러져 땅바닥에 널브러졌다.

곁에서 지켜보던 사람들은 너무나 놀란 나머지 입만 딱 벌린 채 아무 소리도 내지 못하고 멍청하니 그 자리에 서 있을 따름이었다.

이윽고 주장령의 양팔 두 다리가 사나운 짐승들 한복판에서 춤을 추기 시작했다. 불끈 움켜쥔 주먹질이 후려치는가 하면 어느새 불쑥 내뻗은 발길질이 날아가고, 모로 곧추세운 손바닥 칼날이 쪼개 치는가 하면 또 한 손의 다섯 손가락이 지법指法으로 후려 찍고 있었다. 목표는 하나같이 앞뒤 좌우에 늘어앉은 사냥개들의 몸뚱이였다. 뭇사람들의 눈에는 그저 주장령의 몸뚱이가 한낮의 유령처럼 이리저리 번뜩이면서 그 널찍한 마당을 한 바퀴 돌아가는 것만 보았을 뿐 동작이 어떻게 취해졌는지 알아볼 길이 없었다. 다만 쪽빛 외투의 그림자가 지나쳐간 뒤 짐승의 애처로운 비명 소리가 터져 나온 곳에는 어김없이 맹견들의 주검이 질펀하게 널브러져 있었다.

결국 주구진이 그토록 애지중지 기르던 사나운 맹견 30여 마리는 아버지 주장령이 손에 모조리 죽고 말았다 공격하는 사람을 물어뜯

15. 기막힌 모략, 감쪽같은 비책도 일장춘몽이려니

거나 저항하기는커녕 겁에 질려 꼬리를 도사리고 도망치려 해도 미처 몇 발짝 내뛰지 못한 채 고스란히 걸려 죽어나갔다. 그가 일거에 숱한 맹견들을 때려죽일 수 있었던 것은 사냥개들이 주인 아가씨의 명령을 받지 못한 채 전혀 예상치 않았던 공격을 받은 데도 원인이 있겠지만, 질풍같이 빠르게 움직이고 전광석화처럼 들이치는 공격자의 솜씨를 도저히 당해낼 수 없었기 때문일 것이다.

이리보다 더 사나운 사냥개 30여 마리를 맨손과 두 발로 단숨에 거뜬히 도살해버리고도 주장령은 가쁜 숨 한 모금 내쉬지 않았다. 주구진은 물론 위벽과 무청영, 하다못해 장무기조차 놀라움을 금치 못하고 혀가 굳어진 채 그저 두 눈만 멀뚱멀뚱 뜨고 지켜 서 있을 따름이었다.

주장령은 아무 말 없이 장무기의 몸뚱이를 번쩍 들어 양 팔뚝으로 껴안더니 자기 방으로 데리고 들어가 침상에 누였다. 그러고는 조심스레 다친 데를 살펴가며 치료해주었다. 얼마 안 있어 송구스럽게도 주씨 부인과 주구진마저 한꺼번에 들어와 환자의 상처를 돌봐주랴, 탕약을 달여다 먹이랴 한바탕 부산을 떨었다.

긴장이 풀린 장무기는 그대로 정신을 잃고 인사불성이 되었다. 앞서 맹견들에게 물려 피를 너무 많이 흘렸고 가뜩이나 몸이 쇠약해진 데다 오늘 또다시 뭇매를 얻어맞은 상처 또한 가볍지 않아 혼수상태에 빠져든 것이다.

사나흘이 지나서 겨우 정신을 차린 그는 제 손으로 약방문을 지어 내놓았다. 그리고 이 댁 사람들을 시켜 그 처방대로 약을 조제하고 탕약을 달게 해 스스로 상처를 치료하고 허약해진 몸을 보양했다. 약효는 빠르게 나타났다. 주장령은 그가 귀신같이 약을 쓰는 것을 보고 더욱 놀라움과 기쁨이 엇갈렸다.

스무 날이 넘도록 상처를 치료하고 요양하는 동안 어떻게 마음이 바뀌었는지 주구진은 틈만 나면 찾아와 장무기의 병상 곁에 걸터앉은 채 노래도 불러주고 수수께끼도 내고 재미있는 옛날애기와 우스갯소리까지 늘어놓으면서 정겨운 벗이 되어주었다. 마치 누나가 병든 어린 동생을 시중들 듯 요모조모 빠뜨리는 곳 하나 없이 꼼꼼히 보살펴주었다.

상처가 아물어 환자가 병상에서 일어난 뒤에도, 주구진은 여전히 날마다 찾아와서 반나절씩 그와 함께 지냈다. 그녀는 아버지에게 무예를 배울 때에도 거리낌 없이 장무기를 곁에 불러다놓고 구경까지 시켜주었다.

주장령은 장무기더러 자신의 문하 제자로 들어오면 평생 배운 무공을 송두리째 가르쳐주겠노라고 벌써 두 차례나 언질을 주었다. 그러나 장무기가 스승을 모실 뜻이 없음을 은연중에 내비치자 다시는 거론하지 않았다. 그럼에도 주장령은 여전히 그를 자기네 친자식이나 다를 바 없이 극진히 대우해주었다.

주씨 가문의 무공은 고조부 주자류 때처럼 서법과 깊은 관계가 있었다. 따라서 주장령은 딸 주구진에게 날마다 글자 쓰기를 시켰다. 딸 혼자에게만 시키는 게 아니라, 장무기와 짝지어 함께 공부하도록 배려했다.

장무기는 북극 빙화도에서 중원 땅으로 돌아와 졸지에 부모를 잃고 천애 고아가 된 후부터 온갖 좌절과 곤경에 시달리며 줄곧 떠돌이로 살아오는 동안 던 하루도 근심 거정에서 벗어나본 적이 없었다. 그러

15. 기막힌 모략, 감쪽같은 비책도 일장춘몽이려니

던 자신이 갑작스레 이렇듯 편안하고 즐거운 나날을 보내게 되었으니 실로 꿈만 같았다.

눈 깜짝할 사이에 2월 중순이 되었다. 그날도 장무기는 주구진과 함께 작은 서재에서 마주 앉아 옛사람의 서첩을 본떠 글씨 공부를 하고 있었는데, 몸종 소봉이 들어와 여쭈었다.

"아가씨, 둘째 나리 요 선생姚先生이 중원에서 돌아오셨습니다."

이 말을 듣고 주구진은 좋아서 어쩔 줄 모르며 들고 있는 붓까지 내던졌다.

"아이고, 좋아라! 그 아저씨를 반년 동안이나 기다렸는데 이제야 돌아오셨네."

그러고는 장무기의 손을 잡아끌었다.

"무기 동생, 우리 함께 가서 봐. 둘째 숙부님이 나한테 무얼 사다 주셨는지 궁금해 죽겠어."

"둘째 숙부 요 선생이 누굽니까?"

둘이 손을 맞잡고 대청으로 나가면서 장무기가 물었다.

"우리 아버님과 의형제를 맺은 분이야. 강호에서 별호가 천리추풍千里追風이고 이름은 요청천姚淸泉이지. 작년에 아버님 부탁을 받고 중원 땅에 예물을 가져가셨는데, 내가 항주杭州에 가시거든 연지臙脂와 물분水粉 같은 화장품, 소주蘇州에 이름난 꽃수 바늘과 수본繡本, 그리고 또 호주濠州 특산 붓과 휘주徽州의 먹墨, 유명한 비문의 탁본첩拓本牒과 좋은 책을 사다 달랬는데, 그걸 다 사 오셨는지 몰라."

그러고는 주씨네 장원은 서역 곤륜산 궁벽한 곳에 자리 잡고 있어

수천 리 안에서는 그런 고급품을 살 데가 없다는 둥 종알종알 덧붙였다. 얘기를 듣고 보니 과연 그럴듯했다. 곤륜산이 중원 땅과 아득히 만리나 떨어져 있으니 한 번 오가는 데만도 2~3년이 걸렸다. 그러니 중원에 가는 사람이 있을 때마다 일용품을 대량으로 사다 달라고 부탁하는 길밖에 없는 것이다.

그런데 두 사람이 대청 문에 가까이 다다랐을 때였다. 대청 안에서 난데없는 울음소리가 진동해 둘은 깜짝 놀랐다. 어디 그뿐이랴, 대청 안에 들어섰을 때는 더욱 놀라운 일이 벌어졌다. 이 댁 주인어른 주장령이 어떤 깡마른 키다리 중년 사내와 함께 땅바닥에 무릎 꿇고 서로 얼싸안은 채 꺼이꺼이 울고 있었다.

꺽다리 중년 사내는 하얀 상복을 몸에 걸치고 허리에도 무명이나 비단으로 만든 허리띠 대신에 새끼줄을 동여매고 있었다.

"둘째 아저씨!"

주구진이 다가서면서 외쳐 부르자, 아버지가 먼저 딸을 발견하고 목 놓아 대성통곡했다.

"진아! 진아……! 이걸 어쩌면 좋으냐? 우리 집의 대은인이신 장씨 어른께서…… 장 오협 어른께서…… 그분이…… 세상을 떠나셨다는구나!"

울음이 섞여 끊길 듯 말 듯한 이 몇 마디에 주구진도 아연실색 믿을 수 없다는 듯 다시 물었다.

"그럴 리가…… 그럴 리가 있나요? 우리 집 은인이신 장 상공께선…… 실종된 지 10년 만에 무사히 돌아오셨다고 하지 않았나요?"

이때서야 요청천이 흐느껴 울며 해명을 했다.

"우리가 이렇게 궁벽한 곳에 사니까 소식을 제대로 듣지 못한 거다. 내가 이번에 중원에 가서 알아보았더니 장 상공께선…… 4년여 전에 부인과 함께 스스로 목숨을 끊어 돌아가셨다지 뭐냐. 무당산으로 가는 도중 섬서 지방에 당도했을 때부터 그 소문이 파다하게 떠돌고 있더구나. 그래서 허겁지겁 무당산에 올라가서 송 대협, 유 이협을 만나보고 나서야 실정을 알게 되었는데…… 아아, 참말 이 노릇을 어쩌면 좋을지……."

요청천은 목이 메어 말끝을 맺지 못하고 또다시 꺼이꺼이 울음을 터뜨렸다.

장무기는 곁에서 들을수록 놀랍기만 했다. 처음 주장령이 말했을 때만 하더라도 혹시나 했는데, 이제 요청천의 말을 듣고 보니 더는 의심할 여지가 없었다. 이들이 말하는 '대은인 장씨 어른, 장 오협'은 바로 자신을 낳아준 생부 장취산을 두고 하는 말이 아닌가?

눈앞에서 주장령과 요청천이 얼싸안은 채 비통하게 울고, 주구진 역시 그 고운 얼굴에 눈물을 뚝뚝 떨어뜨리고 서 있었다. 그 처량한 모습을 보고 있으려니 장무기는 당장 앞으로 나서서 자기 신분을 속 시원하게 밝히고 싶은 충동이 일었다. 그러나 다음 순간 격한 감정을 억누르고 생각을 바꿔먹었다. '이날 이때껏 내 신세를 입 밖에 낸 적이 없었다. 그런데 이제 갑작스레 진상을 털어놓으면 주장령 아저씨나 주구진 누님이 믿어줄 턱이 있으랴? 오히려 내가 터무니없이 은인의 자식이라고 말하면 무슨 득을 보려 하는 사기꾼으로 의심이나 살 게 아닌가? 그렇다. 공연히 이 댁 사람들에게 오해를 받아 멸시받을 일은 하지 않는 게 좋겠다.'

얼마 안 있어 이번에는 또 안채 쪽에서 통곡하는 소리가 요란하게 들리더니, 이 댁 마님 주씨 부인이 몸종의 부축을 받으면서 대청으로 걸어 나왔다. 마님은 하늘이 당장 무너질 것처럼 서럽게 울면서 요청천에게 숨 돌릴 틈도 주지 않고 연거푸 따져 물었다. 요청천은 너무나 비통한 나머지 형수를 보고도 인사하는 것마저 잊은 채 질문을 받은 그 자리에서, 장취산이 칼을 물고 자결한 경위를 자기 눈으로 목격한 것처럼 실감 있게 낱낱이 설명해주었다.

장무기는 비록 감정을 억눌러 소리내어 통곡하지는 못했으나, 두 뺨을 타고 방울방울 떨어져 내리는 눈물만큼은 억제할 길이 없었다. 대청 안 사람들은 비통에 잠긴 채 눈물을 흘리느라 어느 누구도 그에게 신경 쓰지 않았다.

얼마쯤 지났을까, 울음에 지친 사람들이 조용히 눈물만 흘리고 있을 때 갑자기 주장령이 손바닥을 번쩍 들더니 앞의 탁자를 힘껏 내리쳤다. 그러자 "우지끈!" 나무토막이 부러지는 소리가 나며 배나무로 깎아 만든 육중한 팔선탁자八仙卓子 한 귀퉁이가 절반이나 무너져 내렸다.

"여보게, 둘째 아우! 자네 분명히 말해주게. 무당산에서 우리 은인 장 상공 내외분을 핍박해 돌아가시게 한 자가 도대체 누군가?"

요청천은 기억을 더듬으려는 듯 두 눈을 감고 잠시 생각에 잠기더니, 여전히 침통한 기색으로 무겁게 입을 열었다.

"저는 그 소식을 듣자마자 되돌아와 형님께 급보를 전하려 했습니다만, 아무래도 원수의 성이 뭔지 이름이 뭔지 알아보는 일이 더 긴요하다고 생각했습니다. 무당산에서 은인 장 상공을 핍박해 돌아가시게 한 자들은 소림파의 삼대 신승 이하 그 인원수가 적지 않았습니다. 그

437

래서 이곳저곳 구석구석 다 돌아다니며 암암리에 알아본다는 것이 결국 이렇게 돌아올 날짜를 지체하고 말았습니다."

"그래, 소림파의 삼대 신승 말고 그 나머지 원수들이 누군지 알아내기는 했는가? 어서 말해보게."

"소림파와 공동파, 아미파와 같은 명문 정파, 그리고 해사파, 거경방, 신권문, 무산방과 같은 군소 방회의 무리들이 무당산에 올라가 그분을 윽박질러 돌아가시게 했답니다."

그리고 소림사 방장 공문 스님, 공지대사, 곤륜파의 하태충, 아미파의 정현사태, 공동파의 관능 등 당시 그 자리에 있었다는 사람들의 성명을 하나도 빠뜨리지 않고 낱낱이 말했다.

애기를 다 듣고 나자, 주장령은 기가 막혔는지 장탄식을 터뜨렸다.

"여보게, 그자들이야말로 모두 당세 무림계에서도 손꼽히는 고수들이 아닌가? 그런 무서운 사람들을 우리가 어떻게 건드릴 수 있겠는가?"

그는 잠시 뜸을 들이더니 딱 부러지게 말했다.

"하지만 장 오협께서 우리한테 베풀어주신 은혜는 태산보다 더 무겁네. 우리 몸이 으깨지고 뼈가 부서져 가루가 되는 한이 있더라도 반드시 그분의 원수는 갚아드려야 할 것일세!"

요청천이 눈물을 닦아내며 맞장구를 쳤다.

"형님 말씀이 옳습니다. 우리 두 형제의 목숨은 모두가 장 오협께서 구해주신 것이고, 또 어차피 10여 년을 덤으로 살아왔으니 그분께 얻은 목숨을 다시 돌려드리는 것이 마땅하지요. 제일 유감스러운 일은 장 오협의 아드님을 뵙지 못하고 이렇게 빈손으로 돌아온 겁니다. 그렇지 않았던들 형님의 갸륵하신 뜻을 전해드리고 또 이곳에 모셔와서 우리가 평생토록 편안히 살게 해드렸을 텐데 말입니다."

"뭐라고? 장 상공 어른께 아드님이 계시다니. 그래, 지금 어디서 뭘 하고 계시다는 말인가? 아는 대로 말씀해보게."

깜짝 놀란 주씨 부인이 호들갑스레 요청천을 붙잡고 미주알고주알 캐묻기 시작했다.

"그 아드님이 중상을 입었다는 소식만 들었을 뿐 어디서 치료받고 계신지 그건 모르겠습니다."

"나이는? 용모는?"

"아마 올해 열 살 가량밖에 안 된 듯싶은데, 용모는 저도 보지 못해서 모르지요. 제 생각으로는 장삼봉 진인이 절세무공을 가르쳐주셔서 장차 무당파의 장문인으로 내세울 기미가 보이더군요."

"아이고, 천지신령님, 고맙습니다! 은인 장 상공에게 후사가 있다니……."

주장령 부부는 감격스러운 나머지 무릎을 꿇고 앉아서 꾸벅꾸벅 절해가며 천지신명께 사례했다.

요청천이 다시 주장령에게 말했다.

"형님이 저더러 장 상공께 전해드리라는 예물 말입니다. 천년 인삼, 천산天山의 설련雪蓮, 옥사진지玉獅鎭紙, 오금비수烏金匕首 같은 귀중한 물건들은 제가 무당산에 맡겨두고 왔습니다. 송 대협에게 장 공자가 돌아오거든 전해달라고 부탁해놓았지요."

"잘했네, 잘했어! 암, 그래야지."

주장령이 고개를 끄덕이다가 흘끗 딸을 돌아보고 분부했다.

"얘야, 우리 집안이 그분께 얼마나 큰 은혜를 입었는지, 장씨 동생한

15. 기막힌 모략, 감쪽같은 비책도 일장춘몽이려니

테 얘기를 좀 해주려무나."

눈짓을 받은 주구진이 살며시 장무기의 손을 잡고 그 자리에서 나오더니 다른 채에 자리 잡은 부친의 서재로 건너갔다. 그러고는 서재 정면 벽 한복판에 걸린 큼지막한 그림 족자 한 폭을 가리켰다. 장무기의 눈길이 영문을 모른 채 그녀의 손가락이 가리키는 대로 그림 폭을 이리저리 두리번거리다 한 귀퉁이에 가서 딱 멈췄다. 족자 오른편 끄트머리에는 일곱 자가 쓰여 있었다.

장취산 공 은덕도張翠山公 恩德圖

장무기는 주인어른의 서재에 감히 발도 들여놓아본 적이 없었다. 그런데 이제 뜻밖에 여기서 아버지의 이름 석 자를 발견하는 순간, 저도 모르게 눈시울이 뜨거워졌다.

"저 그림 좀 봐. 무슨 내용인지 알아?"

주구진이 종알대는 소리를 귓결에 들으면서, 눈길은 이미 눈물에 가려 뿌옇게 흐려진 그림 폭 위를 헤매고 있었다.

널따란 화폭에 그려진 것은 어딘지 모를 허허벌판 광야, 영준하게 생긴 모습의 청년 무사 하나가 왼손에는 은빛 찬란한 갈고리를 쥐고, 오른손에는 곧게 뻗은 철필 한 자루를 휘두르면서 바야흐로 사납고 흉악스러운 적 다섯과 악전고투를 전개하는 장면이었다. 청년 무사를 보는 순간, 장무기는 그것이 바로 자신의 부친임을 금방 알아보았다. 비록 얼굴 윤곽이나 입매는 그리 닮지 않았어도 그 눈매와 이마 눈썹에서 어딘가 모르게 거울에 비친 자기 얼굴을 보는 듯싶었던 것이다.

땅바닥에는 두 사람이 누워 있었다. 한 사람은 이 댁 주인 주장령의 모습이고, 다른 한 사람은 요청천이었다. 그 밖에 다른 두 사람은 몸뚱이에서 목이 떨어진 채 널브러져 있었다. 그림 왼쪽 아래 귀퉁이에는 젊은 아낙 한 사람이 얼굴 가득 공포에 질린 기색을 띠고 서 있었는데, 바로 이 댁 주인마님 주씨 부인의 모습이었다. 그 팔에는 갓난애가 안겨 있었다. 얼굴이 너무 작게 그려졌으나 눈에 신경을 모아 자세히 살펴보니 계집아이의 입술 언저리에 까만 점이 한 개 찍힌 것이 영락없는 주구진의 어릴 적 모습이었다.

족자의 그림 바탕이 된 종잇장 빛깔은 이미 누리끼리하게 변질되어 있었다. 적어도 그림을 그린 지 10년 이상 된 것이 분명했다.

주구진은 그림을 이곳저곳 짚어가며 설명해주었다.

당시 주구진이 갓 태어난 지 얼마 안 되었을 무렵, 주장령은 원수를 피해 일가족을 데리고 서쪽 지방으로 도망쳐왔다고 했다. 그런데 뒤쫓아온 적들에게 따라잡히고 부득이 맞서 싸우게 되었는데, 두 사제가 먼저 적의 손에 죽임을 당하고, 주장령 자신과 의형제 요청천 두 사람마저 역부족으로 중상을 입고 쓰러져 죽기만을 기다렸다고 했다. 적들이 막 치명타를 가하려는 순간, 때마침 그곳 산길을 지나가던 장취산이 의분에 못 이겨 싸움판에 끼어들게 되었고, 끝내 적을 격퇴시켜 주씨네 일가족의 목숨을 구해주었다는 것이다.

장무기가 속셈으로 햇수를 헤아려보니, 아버지 장취산이 북극 빙화도에 가기 전의 일이었다.

그림에 그려진 사연을 다 얘기해주고 나서 주구진은 사뭇 암울한 기색으로 이렇게 덧붙였다.

"우리는 이 궁벽한 곳에 사느라, 은인 되시는 장 상공이 해외에서 돌아오셨다는 소식을 작년에야 비로소 알게 되었어. 아빠는 두 번 다시 중원 땅에 한 발도 들여놓지 않겠다고 다짐하셨기 때문에 부랴부랴 둘째 요 숙부님을 오시게 해서 귀중한 예물을 가지고 무당산에 가서 뵙도록 떠나보내셨던 거야. 그런데 벌써 그분이 세상을 떠나셨을 줄이야……."

여기까지 말했을 때 서동書童 하나가 들어와 여쭈었다.

"상청喪廳에서 제사를 올리신다고 빨리 건너오시랍니다."

주구진은 부리나케 자기 방으로 돌아가 깨끗한 소복으로 갈아입고 장무기와 함께 뒤채에 있는 별당으로 나갔다.

별당에 차려진 상청 제단에는 흰 촛대가 불을 높이 밝힌 채 좌우로 늘어 세워지고, 그 중간에 위패 두 개가 나란히 안치되어 있었다. 위패에는 각각 지방紙榜을 한 장씩 붙여놓았다.

은인 장 대협 취산의 신위
부인 은씨의 신위

주장령과 요청천은 벌써 제단 앞 땅바닥에 무릎 꿇고 엎드려 애달프게 곡을 하고 있었다. 장무기는 주구진을 따라서 그 곁에 무릎 꿇고 함께 큰절을 드렸다.

두 아이가 꿇어앉은 것을 발견한 주장령은 갸륵하다는 듯이 장무기의 머리를 쓰다듬으며 찬탄을 아끼지 않았다.

"그래그래! 어린 친구도 큰절 한번 잘했네! 여기 모신 장 대협 어른이야말로 정기가 늠름하여 사심 없이 남을 도와주시는 열혈 대장부요, 당세에 둘도 없는 기남아셨네. 자네는 비록 이분을 만나 뵌 적이 없을 테고 일가친척도 아니요 연고가 있는 것도 아니지만, 후배가 이렇게 존경의 뜻으로 절 한번 올린다고 해서 안 될 것은 없다고 보네."

처지가 이렇게 되니 장무기는 자신이 바로 '주씨 댁 은인 장 대협'의 아들이라고 나서기가 더욱 어려워졌다. 게다가 요청천 아저씨가 앞서 "올해 열 살가량밖에 안 된 듯싶은데"라고 단정해놓은 마당에 "그건 잘못이다, 나는 열다섯 살"이라고 해명해보았자 믿어줄 사람은 더더욱 없을 것이 분명했다.

갑자기 요청천이 무슨 생각을 했는지 한마디 건넸다.

"형님, 그분 사 대협……."

입을 열기가 무섭게 주장령이 "어흠!" 하고 헛기침을 하더니 그에게 눈짓을 보냈다. 요청천도 재빨리 눈치채고 말꼬리를 돌렸다.

"그분 사…… 대현을 어떻게 할까요? 우리 은인 어른의 초상을 치르는데 오시라고 부고장을 보낼까요, 말까요?"

"자네가 좋을 대로 하게."

주장령이 대꾸하는 소리를 들으면서, 장무기는 어딘가 모르게 곤혹스러워졌다. '분명히 사 대협謝大俠이라 말해놓고 어째서 금방 사 대현謝大賢으로 말을 바꾸는 것일까? 사 대협이라, 사 대협…… 설마 내 양아버지 사손을 두고 한 말은 아닐까?'

이날 밤, 그는 세상을 떠난 아버지 어머니, 그리고 아직도 북극 한대지방 무인도에서 홀로 고통스럽게 여생을 보내고 계실 양아버지를 생각하느라 거의 날이 새도록 잠을 이루지 못했다.

15. 기막힌 모략, 감쪽같은 비책도 일장춘몽이려니

다음 날 아침 눈을 뜨고 일어났을 때, 침실 문밖에서 자박자박 가벼운 발걸음 소리가 들리더니 코끝에 담담한 향내가 풍기면서 누군가 문을 열고 들어섰다.

장무기는 세숫대야를 손수 받쳐들고 나타난 주구진의 모습에 소스라치게 놀랐다.

"아니, 이게 어찌 된 일입니까? 누님이 손수 저한테 세숫물을 가져오시다니."

"하인과 몸종들이 다 떠나버렸어. 내가 동생 시중 한 번 들어준다고 해서 안 될 게 뭐 있나?"

"다…… 떠나버리다니요? 어디로 말입니까?"

"아버님이 간밤에 다 흩어 보내셨지. 한 사람당 은화를 두둑이 줘서 각자 집으로 돌려보내신 거야. 지금 여기가 위험해졌거든."

그녀는 잠시 뜸을 들이더니 장무기를 재촉했다.

"어서 세수나 해. 아빠가 동생한테 하실 말씀이 있대."

장무기는 되는 둥 마는 둥 서둘러 세수하고 양치질을 끝냈다. 얼굴의 물기를 닦는데 주구진이 뒤로 돌아와 머리를 빗겨주었다.

이윽고 두 사람은 주장령의 서재로 갔다. 가는 도중 이리저리 둘러보았더니 과연 이 으리으리한 대저택에 70~80여 명이나 득시글대던 하인과 하녀 몸종 머슴들이 하룻밤 새 다 어디로 사라졌는지 하나도 보이지 않고 그저 도깨비 집처럼 썰렁한 분위기만 감돌았다.

두 사람이 들어오는 것을 보자, 주장령은 가까이 손짓해 부르면서 침통한 기색으로 입을 열었다.

"장씨 아우, 난 자네의 의협심과 영웅다운 기개를 존경해서 우리 집에 10년이고 20년이고 함께 살 생각이었네만, 갑작스레 돌발적인 변고가 생겨 어쩔 수 없이 자네와 헤어져야겠네. 아무쪼록 언짢게 여기지 말아주게."

말이 끝나자 그는 쟁반을 하나 떠받들어 내놓았다. 쟁반에는 황금 열두 덩어리와 은 덩어리 열두 개, 그리고 호신용 단검 한 자루가 얹혀 있었다.

"이건 약소하나마 우리 늙은 부부와 딸년이 성의로 주는 것이니 받아두게. 이 늙은 목숨이 살아남게 되거든 훗날 다시 만날 때가 있겠지."

여기까지 말하고 났을 때 그 목소리에는 울음이 섞여 나오고 끝내 목이 메어 말을 잇지 못했다.

장무기는 사양하는 뜻으로 얼른 한 곁에 물러선 다음, 의젓하게 목청을 드높여 대꾸했다.

"주 선배님, 제가 비록 나이가 어려 쓸모는 없어도 구차스레 목숨을 탐내고 죽기를 겁내지는 않습니다. 이 댁에 위급한 환난이 닥친 마당에 저 혼자 살겠다고 피해 달아날 수는 없습니다. 설령 제 힘으로 선배님과 누님께 아무런 도움을 드릴 수 없다 하더라도 이 댁 어르신들과 함께 살고 같이 죽겠습니다."

"자네야 우리 집과는 아무런 관련이 없지 않은가? 공연히 객기 부리지 말고 어서 떠나기나 하게."

주장령이 두 번 세 번 거듭 권유했으나, 장무기는 그저 고개만 내저을 뿐 끝끝내 듣지 않았다.

마침내 그 고집을 꺾지 못한 주장령의 입에서 한탄이 흘러나왔다.

"허어, 참으로! 어린것이 위험하다는 게 뭔지도 모르고 고집을 부리는구면. 하는 수 없지. 내가 진상을 다 털어놓는 수밖에. 하지만 우선 굳게 맹세하게. 지금부터 내가 하는 비밀을 남한테 절대로 누설하지 않겠다고, 또 내게 한마디라도 더 묻지 않겠다고 다짐해야 하네. 알겠는가?"

장무기는 그 자리에서 무릎 꿇고 낭랑한 목소리로 외쳤다.

"천지신명이시여! 주 선배님이 말씀하시는 일을 제가 만약 남에게 누설하거나 선배님께 따져 묻거든, 제 몸을 천참만륙千斬萬戮하여 죽이시고 지위도 명예도 모두 잃게 하소서!"

"됐네, 어서 일어나게."

주장령은 손으로 그를 부축해 일으켜놓더니, 그래도 마음이 안 놓이는지 창밖으로 머리를 내밀고 두리번거리다가 훌쩍 몸을 날려 지붕 위에까지 올라가 사면팔방에 아무도 없다는 것을 확인하고서야 다시 서재로 들어왔다. 그러고는 장무기의 귀에 입을 갖다 대고 낮은 목소리로 속삭였다.

"지금부터 내가 하는 말은 마음속에만 담아두고 내게는 단 한마디도 물어서도 안 되네. 벽에도 귀가 달렸다고 하지 않던가."

장무기는 말없이 고개를 끄덕끄덕해 보였다.

"어제 내 둘째 아우 요청천이 장 오협의 비보를 전해왔을 때, 다른 사람을 하나 데리고 왔네. 그 이름은 사손, 강호에서 부르는 별호가 금모사왕이지."

주장령의 목소리는 거의 들리지 않을 정도로 낮았으나, 장무기는 그 한마디에 깜짝 놀라 저도 모르게 펄쩍 뛰고 말았다. 얼마나 충격이 컸는지 어느새 몸뚱이가 부들부들 떨렸다.

"그분 사 대협은 우리 큰 은인이신 장 오협과 팔배지례八拜之禮를 나누고 의형제가 된 분이지만, 중원 천하 여러 문파의 강호强豪들과 깊은 원한 관계를 맺고 있다네. 장 오협 내외분이 자결하신 까닭도 바로 의형인 사 대협의 소재를 털어놓으려 하지 않았기 때문일세. 그분이 어떻게 해서 중원 땅에 돌아왔는지는 모르겠으나, 장 오협의 원수를 갚겠다고 숱한 인명을 살상했다더군. 그러나 혼자 힘으로 그 많은 강적을 당해낼 수가 없어 중상을 입었다네. 때마침 내 둘째 아우 요청천이 기지가 많은 사람이라 천신만고 끝에 그분을 구출해서 여기까지 데리고 도망쳐왔지. 하지만 적수들도 만만치 않아 여기까지 추격해와서 얼마 안 있으면 이곳에 들이닥치게 됐네. 상대방은 인원수가 워낙 많아서 우리 힘으로 당해낸다는 것은 천부당만부당한 노릇일세. 나는 내 한목숨 던져 은혜를 갚기로 한 이상 사 대협을 위해 싸우다 죽기로 결심했네. 자네는 이 일과 아무런 상관이 없는데 구태여 우리와 함께 목숨을 버릴 필요가 없지 않은가? 내 얘기는 이것으로 끝일세. 그러니 자네는 어서 빨리 떠나게. 적들이 밀어닥치는 날이면 옥석구분玉石俱焚[•]으로 당사자든 방관자든 가리지 않고 죽여 없애려 들 것이니, 더 지체했다가는 때가 늦고 말걸세."

　얘기를 듣는 동안 장무기의 가슴속에서 불덩어리 같은 감정이 용솟음쳤다. 그것은 놀라움과 기쁨이 뒤엉킨 착잡한 감정이었다. 양아버지 사손이 여기에 와 있으리라고는 꿈에도 생각지 못했다.

•　《서경書經》〈윤정편胤征篇〉의 "곤강에 불이 붙으니 귀한 옥돌과 보잘것없는 돌까지 모두 불타버린다火炎崑岡 玉石俱焚"에서 따온 말. 곤강은 옛날부터 귀한 옥돌이 많이 나오는 산이다. 전쟁이 나면 그 참화에 선한 사람과 악한 사람 가릴 것 없이 모두 죽고 만다는 뜻이다.

15. 기막힌 모략, 감쪽같은 비책도 일장춘몽이려니

"그분은 지금……?"

첫마디를 꺼내기도 전에 주장령의 오른손이 불쑥 뻗어나와 입막음을 하더니 또 한 번 귓속말로 엄히 꾸짖었다.

"쉿, 아무것도 묻지 말게! 방금 맹세한 걸 잊었는가? 적들의 이목이 귀신같이 예민해서 말 한마디라도 잘못 냈다가는 사 대협의 목숨이 위태로워지네!"

장무기는 열려던 입을 도로 다물고 고개만 끄덕끄덕했다.

"이제 난 자네가 알아듣도록 충분히 다 얘기했네. 자넨 비록 나이가 어리긴 해도 난 자넬 좋은 벗으로 여기고 비밀까지 숨김없이 다 털어놓았네. 그러니 어서 속히 이곳을 떠나도록 하게."

"해주시는 말씀을 다 듣고 나서는 더더욱 떠날 수가 없겠습니다."

장무기가 딱 부러지게 고개를 흔들자, 주장령은 한동안 깊은 생각에 잠겨 있더니 길게 한숨을 내리쉬면서 결연히 말했다.

"좋네! 그럼 우리 이제부터 함께 살고 함께 죽기로 하세. 딴소리는 할 필요 없겠지. 자 늦으면 안 되니 얼른 움직이도록 하세!"

주장령은 결단을 내린 바에야 망설이지 않았다. 그는 딸과 장무기를 데리고 대문 바깥으로 뛰쳐나갔다. 그곳에는 벌써 주씨 부인과 요청천이 기다리고 있었다. 발치 밑에는 먼 여행길이라도 떠나는 듯 보따리 몇 개가 놓여 있었다.

장무기의 눈길이 안타깝게 이리저리 두리번거렸으나, 이상하게도 양아버지 사손의 모습은 어디에도 보이지 않았다.

주장령은 화접자를 꺼내 흔들어서 횃불 한 개 밝히더니, 대문 앞으로 들고 가서 불을 지폈다. 문짝에 옮겨 붙은 불길이 삽시간에 하늘 높이 치솟으면서 사면팔방으로 번져 나갔다. 그러고 보니 이 거대한 장원 수백 칸이나 되는 건물 구석구석마다 어느새 끼었었는지 화유火油(석유) 냄새가 났고, 거기에 불길이 옮겨 붙기가 무섭게 검은 연기를 토해내며 걷잡을 수 없이 타오르기 시작했다. 서역 지방 천산산맥, 곤륜산 일대에는 옛날부터 불붙는 기름이 많이 나오고 있어 언제나 지하에서 검은 기름이 샘솟듯 분출되기 때문에 그 지역 사람들은 그것을 가져다 불을 붙여서 음식을 끓여 먹는 데 쓰곤 했다. 결국 주씨 댁의 으리으리한 대저택, 1리 남짓에 걸쳐 줄줄이 세워진 수백 칸이나 되는 건물들이 삽시간에 불구덩이로 변하고 말았다.

온갖 장식으로 화려하게 꾸민 대들보와 거대한 건물 기둥이 모조리 활활 타오르는 불길 속에 휘말려 드는 광경을 지켜보면서 장무기는 그저 감격스러운 마음을 금치 못했다. '주 선배가 평생토록 온갖 심혈을 다 기울여 쌓아놓았던 재산이 하루아침에 잿더미가 되다니, 이게 모두 내 아버님과 양아버지를 위해서가 아니고 무엇이랴? 이렇듯 의롭고 기백 있는 열혈 대장부야말로 세상에 두 번 다시 보기 드물 것이다.'

그날 밤, 주장령 부부와 주구진, 그리고 장무기 네 사람은 산골짜기 으슥한 동굴 속에서 하룻밤을 쉬었다. 주장령의 심복 제자 다섯은 손에 병기를 잡고 요청천의 지시에 따라 동굴 밖을 경계했다.

주인의 손으로 불을 지른 대화재는 꼬박 사흘 낮밤을 타고서야 꺼졌다. 다행이랄까 적들이 도착했다는 소식은 아직 없었다.

사흘째 되던 날 밤, 주장령은 아내와 딸, 제자들, 그리고 요청천과 장무기를 데리고 동굴 깊숙이 들어갔다. 한 가닥 길게 뚫린 어두컴컴

한 지하 통로를 거쳐서 하염없이 걷다 보니 마침내 사방이 바위로 이루어진 지하 석실 몇 칸에 다다랐다. 그리고 지하실에는 언제 마련해두었는지 식량과 마실 물 등 필요한 일용품이 골고루 갖춰져 있었다. 그런데 무척 덥고 답답한 것이 흠이었다.

장무기가 쉴 새 없이 소맷자락으로 땀을 훔쳐내는 모습을 보고 주구진이 빙긋 웃으며 물었다.

"무기 동생, 한번 알아맞혀봐. 이 안이 왜 이렇게 덥지? 우리가 지금 어디 있는지 알겠어?"

장무기는 코끝에 단내가 나는 걸 맡고서 이내 깨달았다.

"아하, 지금 우리가 장원 밑에 와 있군요!"

"호호, 참 똑똑하네!"

주장령의 용의주도한 준비 태세에 장무기는 더욱 탄복을 금할 길이 없었다. 적들이 대거 습격해왔을 때 주씨네 장원은 말끔히 불타 기왓장 한 조각 성하게 남은 것이 없을 터였다. 그러니 그저 멀찌감치 에워싸고 수색이나 할 것이고 불구덩이 밑에 사손이 숨어 있으리라고는 짐작도 못 할 게 분명했다.

그는 지하 석실 맞은편 구석에 철문이 굳게 닫혀 있는 것을 발견하고 양아버지가 그 안에 숨어 있을 것이라 추측했다. 욕심 같아서는 당장 들어가 만나보고 싶은 생각이 간절했으나, 눈앞에 위기가 한 발 한 발 다가들고 있어 주장령조차 감히 입을 열지 못하고 있는 형편이니 경거망동할 수가 없었다. 자칫 잘못해서 막중한 대사를 그르치는 날이면 자기 한목숨 날려 보내는 것은 둘째로 치고 양아버지와 주씨 댁 일가족의 목숨에까지 누를 끼치게 될 것 아닌가?

지하실에서 반나절을 보내고 났을 때 뜨거운 열기가 점차 줄어들기 시작했다. 그제야 사람들은 저마다 두툼한 털 담요를 바닥에 깔고 누워 밀린 잠을 청하려 했다. 그런데 바로 그때 멀리서 급박하게 치닫는 말발굽 소리가 들려오더니 얼마 안 가서 머리 위까지 들이닥쳤다.

이어서 거칠게 외쳐대는 사내의 목소리가 들렸다.

"주장령, 이 죽일 놈! 그놈의 늙은이가 사손을 빼돌려 달아났구나. 어서 빨리 쫓아라, 쫓아!"

땅속에 숨어 있으면서도 위쪽에서 외쳐대는 소리가 또렷하게 들렸다. 지하실에 철관으로 만든 통풍구가 지면으로 뚫고 나가 있기 때문에 적들의 목소리까지 전해오는 것이다. 이윽고 말발굽 소리, 고함치는 소리가 요란하게 뒤섞여 들리더니 점차 멀리 사라져갔다.

이날 밤, 머리 위 지상을 지나쳐간 추격대들의 수는 도합 다섯 패거리였다. 곤륜파와 공동파, 거경방의 무리 외에도 내력을 알 수 없는 두 패거리가 있었다. 한 패거리마다 적어도 일고여덟 명 많으면 10여 명, 하나같이 병기를 철꺼덕철꺼덕 휘둘러가며 입만 열었다 하면 온갖 욕지거리를 퍼붓고 사납게 날뛰는 말발굽 소리에 투레질하는 소리까지 뒤죽박죽 섞인 것이 듣기만 해도 여간 흉흉한 분위기가 아니었다.

머리 위에서 기세등등하게 날뛰다 사라지는 추격대들의 모습을 상상하면서, 장무기는 속으로 코웃음을 쳤다. '정말 가소로운 작자들이다. 내 양아버지가 두 눈을 실명하지 않았던들, 또 중상을 입은 몸이 아니었던들 너희같이 형편없는 조무래기 따위들이야 어디 마음에나 두었을 줄 아느냐?'

다섯 번째 패거리가 멀리 사라지자, 요청천이 나무로 만든 마개로 철제 통풍구를 틀어막았다. 지하실에 있는 사람들이 얘기하는 소리를 혹시라도 지상에 지나쳐갈지 모르는 적들의 귀에 들리지 않게 하기 위해서였다. 그러고도 목소리를 잔뜩 억눌러 들릴 듯 말 듯 속삭여 말했다.

"제가 가서 사 대협의 상세가 어떤지 좀 살펴봐야겠습니다."

주장령은 말없이 고개만 끄덕였다. 요청천이 철문 앞으로 걸어가더니 문짝 옆에 있는 기관 장치 손잡이를 비틀었다. 그러자 육중한 철문이 슬금슬금 열리기 시작했다. 그는 기름 등잔불을 하나 들고 철문 안으로 들어섰다.

이때껏 양아버지를 만나보고 싶은 마음을 억누르고 있던 장무기도 더는 참지 못하고 벌떡 일어나 요청천의 어깨너머로 철문 안쪽을 넘겨다보았다. 캄캄절벽 어둠 속, 희부연 등잔 불빛 아래 키가 훤칠하게 크고 몸집이 우람한 사내가 벽을 향한 채 누워 있었다. 양아버지의 헌걸찬 뒷모습을 보는 순간, 장무기의 눈에서 뜨거운 눈물이 왈칵 쏟아져 나왔다.

요청천의 속삭여 묻는 소리가 작은 공간에 울렸다.

"사 대협, 기분이 좋아지셨습니까? 물을 좀 드시지요."

이때 돌연 바람 소리가 세차게 울리더니, 요청천의 손에 들려 있던 등잔불이 바람결에 훅 꺼졌다. 뒤미처 "쫘당!" 하는 소리와 함께 요청천의 몸뚱이가 철문 바깥으로 튕겨나와 마치 씨름꾼이 메다꽂은 듯 땅바닥에 호되게 나뒹굴었다. 느닷없이 내지른 사손의 장력에 정통으로 얻어맞은 것이다.

이어서 사손이 큰 소리로 호통치는 소리가 쩌렁쩌렁 울렸다.

"소림파, 곤륜파, 공동파 이 개 같은 놈들! 어서 올 테면 와봐라. 나 금모사왕 사손이 네놈들 따위를 무서워할 줄 알았더냐?"

"아차! 사 대협의 정신이 또 흐려졌구나!"

주장령이 소리치면서 철문 곁으로 다가섰다.

"사 대협, 우리는 적이 아니라 친굽니다."

"흐흐흐! 친구라니 무슨 친구? 감언이설로 얼렁뚱땅 속인다고 내가 넘어갈 듯싶으냐?"

어느새 일어났는지 사손이 코웃음 치며 휘적휘적 철문 바깥으로 걸어 나오기가 무섭게 주장령의 앞가슴에 일장을 후려쳤다. 매섭기 이를 데 없는 장력에 지하실 구석구석마다 밝혀놓은 기름등잔 불꽃이 금방에라도 꺼질 것처럼 쉴 새 없이 깜박거렸다. 주장령은 섣불리 맞설 엄두를 내지 못하고 훌쩍 몸을 뒤틀어 피했으나, 그와 때를 같이해서 사손의 왼손 주먹이 면상을 곧바로 들이쳐왔다. 주장령은 어쩔 수 없이 팔꿈치를 들어 막아냈다. 주먹질과 팔꿈치가 맞부딪는 순간, 그의 몸뚱이가 연거푸 휘청거리면서 두 발짝이나 뒷걸음질 쳤다.

너무도 급작스레 벌어진 변고에 깜짝 놀란 장무기는 어떻게 해야 좋을지 모르고 그저 멍하니 바라보기만 할 따름이었다.

사손이 내지르는 주먹질, 후려 때리는 장력은 바람처럼 빠르고 사나웠다. 주장령은 감히 저항할 엄두를 내지 못한 채 그저 잠시도 쉴 틈 없이 뒷걸음질 쳐 피하기만 했다. 상대방에게 명중하지 못한 일격이 단단한 석벽을 휩쓸 때마다 돌 부스러기가 푸수수 흩날려 떨어지고 있으니, 만약 그것을 얻어맞았다가는 사람의 몸뚱이가 성할 턱이 있겠는가?

미쳐 날뛰는 사손의 동작이 좌우 상하로 정신없이 돌아가는 동안 어깨까지 기다랗게 늘어뜨린 장발이 부챗살처럼 퍼지는가 하면 딱 부릅뜬 두 눈초리는 번갯불처럼 날카롭게 번뜩이고, 온통 핏물로 얼룩진 얼굴에 사나운 들짐승처럼 으르렁대는 입에선 거친 숨결이 "확확!" 뿜어져 나왔다. 그리고 쌍수로 번갈아 들이치는 장세는 갈수록 치열해졌다.

겁에 질린 주씨 부인과 주구진 모녀는 벽 한 귀퉁이에 몸을 찰싹 붙이고 오들오들 떨고 있었다.

뒷걸음질 치다 궁지에 몰린 주장령은 그래도 상대방의 주먹질, 손바닥 공세가 들이닥치자 할 수 없이 곁에 놓인 탁자를 손길 닿는 대로 힘껏 떠밀어 막았다.

"꽈당, 꽈당!"

사손의 쌍권이 연거푸 들이닥쳐 나무 탁자를 산산조각으로 바스러뜨렸다.

장무기는 입만 딱 벌린 채 망연자실한 기색으로 한 곁에 멍청하니 서 있었다. 그러나 속으로는 연신 고함을 질렀다. '아니다, 아니야! 이 사손이란 괴한은 절대로 내 양아버지 금모사왕 사손이 아니다. 그분은 벌써 오래전에 두 눈이 멀어 앞 못 보는 장님이 되셨는데, 이 사람을 봐라! 두 눈초리가 번쩍번쩍 빛나고 있지 않은가!'

바야흐로 '사손'을 자칭한 사내는 일장을 정면으로 후려치고, 주장령은 돌벽에 등이 닿아 더는 물러나고 싶어도 물러날 데가 없었다. 그렇다고 손을 내밀어 막아낼 생각도 않은 채 그저 고함만 버럭버럭 지르고 있을 따름이었다.

"사 대협! 난 당신의 적이 아니란 말이오! 보시오. 난 이렇게 반격도 안 하고 있지 않소?"

"개 같은 놈! 잔소리 말고 내 주먹이나 한 대 더 먹어봐라!"

또 한 차례 번뜩 내지른 주먹이 앞가슴을 강타했다.

"우워억!"

주장령은 선지피를 왈칵 뿜어내면서 덜덜 떨리는 목소리로 말했다.

"당신은 내 은인과 의형제를 맺은 분, 날 때려죽인다 해도 나는 반격하지 않을 거요!"

사내가 미치광이처럼 웃어가며 비아냥거렸다.

"반격하지 않겠다니 잘됐군! 내 네놈을 때려죽이고야 말 테다!"

좌우 연속으로 내지르는 맹렬한 쌍권이 가슴과 아랫배에 고스란히 들어맞았다.

"아악!"

주장령의 입에서 처절한 비명이 꼬리를 물고 길게 터져 나왔다. 그러고는 물먹은 소금 자루처럼 맥없이 스르르 주저앉았다.

그러나 사내의 주먹질은 더욱 매서워질 뿐 인정사정을 봐주지 않았다. 또 한 차례 훅 뻗어나가는 일권이 상대방에게 닿기 직전, 보다 못한 장무기가 중간에 뛰쳐나가 양 팔뚝을 겹쳐 한사코 가로막았다. "탁!" 하는 소리. 팔뚝을 격타한 주먹 힘이 얼마나 센지, 장무기는 한순간 몸뚱이 전체가 부르르 떨리고 숨결마저 거의 토해내지 못할 정도로 큰 충격을 받았다. 그래도 생사를 돌보지 않고 버럭 고함쳐 상대방을 꾸짖었다.

"당신은 사손이 아니! 당신은 ……."

사내가 으르렁대며 달려들었다.

"요런 도깨비 같은 녀석, 네가 뭘 안다고?"

상반신을 가로누인 채 번쩍 들린 발길질이 날아왔다. 장무기는 선뜻 몸을 틀어 피하면서 다시 한번 고함을 질렀다.

"금모사왕을 사칭하다니, 당신은 못된 심보를 품고 여기 왔어! 당신은 가짜야, 가짜!"

땅바닥에 나른하게 축 늘어져 있던 주장령의 몸뚱이가 그 외침을 듣고 버둥버둥 기어 일어나더니 사내를 손가락질하며 부르짖었다.

"당신…… 당신, 사손이 아니라니……. 그렇다면 내가 속았단 말인가……?"

말끝을 채 맺기도 전에 딱 벌어진 입으로 선지피가 다시 한 차례 왈칵 뿜어져 나오더니 사내의 얼굴에 확 끼얹었다.

"푸웃!"

사내가 엉겁결에 고개를 돌려 피하려는 찰나, 주장령의 몸뚱이가 앞으로 고꾸라질 듯 휘청거리면서 그 기세를 몰아 손길 나가는 대로 사내의 오른편 젖꼭지 아래 신봉혈神封穴을 찍었다. 중상을 입은 뒤끝이라 애당초 사내의 적수가 되지 못했으나, 피를 뿜어내느라 몸뚱이가 앞으로 기울어지는 틈에 상대방의 의표를 찔러 주씨 가문의 비전절기 일양지 수법으로 대혈을 제압하는 데 성공한 것이다. 주장령의 손가락은 내친김에 그의 옆구리 혈도 두 군데를 더 찍어 보완하더니, 자신도 더는 버틸 수 없었는지 정신을 잃고 그 자리에 쓰러졌다.

"아빠!"

"주 선배님!"

때를 같이해서 주구진과 장무기가 황급히 달려들어 부축해 일으켰다.

한참이 지난 뒤에야 주장령은 서서히 피어났다. 눈앞에 걱정스러운 기색으로 서 있는 장무기를 발견하자, 그는 대뜸 영문을 물었다.

"저 사람…… 저 사람은……?"

장무기도 이제는 결단을 내릴 때가 왔다고 생각했다.

"주 선배님, 저도 더는 감출 수가 없습니다. 선배님이 말씀하신 그 은인은 바로 제 부친이십니다. 또 금모사왕은 저한테 양부가 되시는 분인데, 제가 어찌 잘못 알아볼 리 있겠습니까?"

그러나 주장령은 절레절레 고개만 흔들 뿐이었다. 보일 듯 말 듯 쌉쓰레하니 웃는 얼굴에 믿어줄 기색이라곤 반 톨도 내비치지 않았다.

"제 양부님은 벌써 오래전에 두 눈이 머셨습니다. 그런데 저 사람은 멀쩡하게 눈을 뜨고 있지 않습니까? 그게 바로 가장 큰 허점입니다. 제 양부님은 해외에서 실명하셨기 때문에 다른 데 살던 사람은 그 일을 전혀 알지 못합니다. 이 사람도 제 양부님을 사칭하면서도 그분이 장님이라는 사실을 모르고 있었던 겁니다."

가만히 듣고 있던 주구진이 기뻐서 팔짝팔짝 뛰었다.

"무기 동생! 동생이 진짜 우리 집안의 대은인의 아드님이란 말이야? 아이고, 좋아라! 정말 너무 좋구나!"

하지만 주장령 자신은 좀처럼 미덥지 못한 기색이었다. 장무기는 할 수 없이 자기가 어떻게 곤륜산까지 오게 되었는지 그 사연을 간략하게나마 설명했다.

그 말에 신빙성을 느꼈는지, 곁에 서 있던 ㅇ청처이 슬금슬금 에둘

15. 기막힌 모략, 감쪽같은 비책도 일장춘몽이려니

러서 무당산의 여러 가지 형편을 묻기 시작했다. 그리고 또 장취산 부부가 자결하던 그날의 경위도 착실히 따져 묻고 나서야 그의 말이 조금도 틀리지 않다는 것을 믿어주기에 이르렀다. 그는 주장령을 향해 고개를 끄덕끄덕해 보였다.

"틀림없소, 형님."

그래도 주장령은 여전히 난감한 기색을 거둬들이지 않았다.

"만에 하나, 이 아이의 말이 거짓이라면? 그래서 우리가 사 대협에게 죄를 짓게 되면 어쩔 텐가?"

요청천은 대답 대신 허리에 차고 있던 비수를 쓱 뽑아 들었다. 그러고는 사내의 오른쪽 눈알을 겨눈 채 물었다.

"이것 봐, 친구! 금모사왕은 두 눈이 멀었다는데, 흉내를 내려면 진짜 그럴듯하게 내야 할 게 아닌가? 그러니 내가 자네의 그 두 눈을 멀게 해줌세. 요씨 성을 가진 내가 자네한테 이렇듯 크게 골탕을 먹다니 정말 기막힌 노릇이로군! 만약 저 어린 형제가 꿰뚫어보지 않았더라면 우리 형님은 무슨 영문인지도 모른 채 목숨을 날려 보낼 뻔했지 않나?"

이죽이죽 능글맞게 말을 걸면서 겨누고 있던 비수의 칼끝이 눈꺼풀에 닿도록 불쑥 내밀었다.

"도대체 자넨 누군가? 어째서 금모사왕을 사칭했는지 말 좀 해보게."

사내가 버럭 노성을 질렀다.

"배짱 있거든 단칼에 날 푹 찔러 죽여보시지! 이 개비수開碑手 호표胡豹가 어떤 사람인데 그따위 협박에 자백하겠나?"

"호오!"

그제야 주장령이 탄성을 지르며 일어섰다.

"개비수 호표라! 진짜 손바닥으로 비석을 쪼개는 표범 나리쯤 되신다니, 으음…… 그렇다면 공동파 친구분이셨는가?"

신분이 들통나자 호표는 버럭 고함쳐 발악을 했다.

"주장령이 무당파 장취산을 위해 복수한다는 사실을 강호 천하의 문파들치고 알 사람은 다 알고 있어. 속담에 말 한번 잘했지! '선수 치면 강자요, 뒷북치면 재앙을 입는다先下手爲强 後下手遭殃'* 했는데, 그런 소리도 못 들어봤는가?"

"이런 지독한 놈!"

요청천이 고함을 지르더니, 들고 있던 비수로 호표의 심장을 푹 찔러들었다.

"여보게, 잠깐만!"

주장령이 왼손을 내뻗어 단숨에 그 팔목을 부여잡았다.

"잠깐만 고정하고 내 말 좀 듣게. 만약 이 사람이 진짜 사 대협이라면 우리 두 형제는 골백번 죽어도 죄를 다 씻지 못하게 되네."

"장씨 아우의 말이 분명하지 않습니까. 형님이 결단을 내리지 못하고 우유부단하게 망설이시면 눈앞에 닥칠 엄청난 재앙을 피하기 어려

---

* 《수서隋書》〈원주전元胄傳〉에 "병력과 전마는 송두리째 적의 소유가 되었으니, 일단 선수를 쳤다 하는 날이면 대사는 끝장나고 말 것이니兵馬悉他家物 一先下手 大事便去矣"에서 비롯된 말인데, 《고금잡극古今雜劇》〈관한경 단도회關漢卿單刀會〉에서 "내 생각으로는 선수를 치는 사람이 강자요, 뒤에 손을 쓰는 자는 재앙을 만난다고 봅니다我想來先下手爲强 後下手遭殃"라고 바뀌었다. 상대보다 먼저 손을 쓰면 우세를 차지할 수 있지만, 뒤늦게 손을 쓰면 손해를 볼 수 있나는 격인으로 쓰인다. 우리 시쳇말로, "선수 치는 자가 장땡"이란 말과 비슷하다.

울 겁니다."

"아닐세. 차라리 우리 몸뚱이가 적의 칼날에 갈가리 찢겨 죽을지언정 우리 은인이신 장 대협과 의형제를 맺은 분을 털끝 하나 다치게 해선 절대로 안 되네."

주장령이 여전히 망설이자, 보다 못한 장무기가 또 한 가지 증거를 내세웠다.

"주 선배님, 저 사람은 절대로 제 양아버지가 아닙니다. 그분은 금모사왕이란 별명 그대로 머리카락이 금빛처럼 노랗습니다. 그런데 저 사람은 머리카락 빛깔이 검지 않습니까?"

"흐음…… 머리카락 빛깔이라……?"

주장령은 한참 동안이나 깊이 생각에 잠기더니, 마침내 고개를 끄덕이면서 장무기의 손을 잡아끌었다.

"자네, 날 따라오게."

이윽고 지하 석실에서 나온 두 사람은 다시 동굴 바깥으로 나와 곧바로 산등성이 뒤편 낭떠러지 아래 다다랐다. 그러고는 커다란 바위 더미 위에 나란히 자리 잡고 앉았다.

"여보게, 분명히 말해둘 것이 있네. 만약 저 사람이 진짜 사 대협이 아니라면 우리는 반드시 죽여 없애야만 하네. 그러나 손을 쓰기 전에 나는 내 마음속에 단 한 점이라도 의심이 있어선 안 되네. 어떤가, 내 말이 틀렸나?"

"만에 하나라도 잘못이 있을까 봐 걱정하시는 그 말씀, 물론 당연하시지요. 하지만 저 사람은 절대로 제 양부가 아니니 마음 놓으셔도 됩니다."

주장령이 한숨 끝에 말투를 바꾸었다.

"애야, 내 젊은 시절에 얼마나 많은 사람한테 속았는지 넌 모를 거다. 오늘 내가 중상을 입으면서도 끝내 반격하지 않은 이유는 또 사람을 잘못 보았을까 봐 두려워서 그랬던 거란다. 실수는 한 번이면 족하지 두 번 저지를 수야 없는 법 아니냐? 이 일은 너무나 중대하다. 내 한목숨 죽는 것은 아깝지 않다만, 무슨 일이 있더라도 너와 사 대협만큼은 평안무사하게 지켜주고 싶구나. 사실 나는 애당초 사 대협이 도대체 어디에 계신지 너한테 묻고 싶었다. 그래서 그분의 행방을 분명히 알아야 진정 마음이 놓이겠다만…… 내 입으로 차마 묻기가 어렵구나."

실로 감동적인 말에, 장무기의 마음이 격하게 흔들렸다.

"주 선배님, 선배님은 제 부친과 양아버지를 위해 백만금의 가산家産을 초개처럼 버리셨습니다. 그리고 지금 이렇듯 중상까지 입으셨는데, 설마 제가 선배님을 믿지 못할 리 있겠습니까. 선배님이 제 양아버지의 형편을 묻지 않으시더라도 저는 꼭 말씀드려야겠습니다."

이리하여 그는 부모님과 사손이 어떻게 해서 빙화도까지 표류해갔으며, 또 그곳에서 10년을 사는 동안 자신이 태어나고 또 부모와 함께 뗏목을 엮어 중원 땅으로 돌아오게 되었는지 그 사연을 주장령에게 낱낱이 들려주었다. 물론 그 얘기의 절반가량은 부모님에게서 전해 들은 것이었지만 설명만큼은 상대방을 납득시키기에 아주 충분한 것이었다.

사연을 다 듣고 나서도 주장령은 좀 더 자세한 대목까지 시시콜콜하게 거듭 물었다. 이를테면 장무기가 빙화도에서 배운 무공이 어떤

15. 기막힌 모략, 감쪽같은 비책도 일장춘몽이려니

것이냐, 또 양불회란 소녀는 어떻게 해서 이 머나먼 서역 땅까지 데려왔으며, 혈혈단신 외톨이가 된 몸으로 어떻게 곤륜파 삼성요에 들어갔다가 조난을 당했느냐는 등 중원에서 이 머나먼 서역 땅으로 들어오게 된 경위를 미주알고주알 하나도 빼놓지 않고 모조리 따져 물었다. 그러고 나서 장무기가 털어놓은 얘기 중에 허점이 하나도 없음을 확인하고 비로소 믿음이 가는지 안도의 한숨을 길게 내리쉬면서 하늘을 우러르고 큰 소리로 외쳤다.

"은인이시여! 하늘에 계신 은인의 영령이시여, 부디 굽어 살피소서! 불초 주장령은 당신의 영령 앞에 맹세하노니, 온 힘과 마음을 다 바쳐 무기 형제가 장성해 어른이 될 때까지 보살펴 양육하리다. 하오나 강적이 호시탐탐 기회를 엿보고 제 무공은 미약해 과연 이 중책을 감당할 수 있을지 자신이 없사오니, 바라옵건대 은인께서는 시시때때로 저희를 보우하여주소서!"

말을 마치자, 그는 자리에 꿇어 엎드려 하늘을 향해 경건히 머리를 조아렸다. 장무기 역시 서글픈 마음, 격한 감동에 못 이겨 덩달아 그 곁에 무릎을 꿇고 엎드렸다.

주장령이 벌떡 일어섰다.

"지금 내 마음속에는 의심이라곤 한 점도 없네. 아아…… 소림파, 아미파, 곤륜파, 공동파, 그 어느 문파든 인원수가 많고 세력이 강하며 무공 또한 높지 않은 곳이 어디 있겠나? 하지만 나는 앞서 결심한 대로 이 늙은 목숨을 바치는 한이 있더라도 원수들이 눈앞에 하나 닥치면 한 놈을, 둘이 닥치면 두 놈을 죽여서라도 자네 선친의 크나크신 은혜에 보답할 작정이네. 그러나 이제 외로운 고아가 된 자네를 양육하는 일이 우선 큰일이요, 복수는 그다음의 일일세. 다만 당면한 문제는 망망한 대지 어디로 가야 이 엄청난 화란을 피할 수 있을 것인지 그게 걱정이네. 이처럼 궁벽하기 짝이 없는 곳에 숨어 살아도 저들이 알고 찾아왔으니, 도대체 여기보다 더 외지고 궁벽한 터전이 어디 또 있단 말인가?"

그는 잠시 뜸을 들인 다음, 장무기의 눈치를 살피면서 말을 이었다.

"사 대협은 지금도 그 황량한 무인도에서 홀로 쓸쓸하게 살아가고 계시겠지? 그 몇 해 동안 불구의 몸으로 고독을 삼키며 살아오셨을 테니 생각만 해도 처량한 느낌이 드네. 아아…… 내 집안의 대은인 장 오협 내외분께 그토록 의리를 지켜오신 그분을 내가 얼굴이나마 한 번 뵐 수 있다면 죽어도 여한이 없으련만……."

주장령은 목이 메어 말끝을 흐렸다. 묵묵히 그 푸념을 듣고만 있던 장무기도 '황량한 무인도에서 홀로 쓸쓸하게 살아가며 온갖 고초를 겪고 계실' 양부를 생각하니 마음이 몹시 괴로웠다. 그러다 다음 순간, 가슴속에 한 가지 생각이 불쑥 떠올라 입에서 나오는 대로 한마디 던졌다.

"주 선배님, 우리 함께 빙화도에 가서 살면 안 될까요? 무인도이긴 하지만 그곳에서 살 때는 정말 좋았습니다. 하지만 이 중원 땅에 발을 들여놓은 이래로 제가 보고 듣고 겪어온 것은 그저 서로 잔인하게 죽이고 피 흘리는 유혈극뿐이었습니다. 아니면 누가 나를 해치지나 않을까 가슴을 죄고 하루 한시나마 전전긍긍 떨면서 살아가지 않았던 날이 없었습니다."

부심결에 충동적으로 던진 한마디였으나, 그 말을 듣는 순간 주장령의 눈빛이 번쩍했다.

"여보게, 자네 지금 빙화도에 돌아가고 싶은 거지? 안 그런가?"

그러나 장무기는 즉각 대답하지 않고 망설였다. 이제 자기 목숨은 얼마 남지 않았다. 하물며 빙화도까지 가는 바닷길은 험난하기 짝이 없어 과연 그곳까지 무사히 도달할 수 있을지 확신이 서지 않았다. 망망대해 물결은 비정하기 짝이 없어 조금이라도 예측 못 할 재난이 닥치는 날이면 큰 파도 깊은 물속에 꼼짝 못 하고 장사 지내야 할 판인데, 주씨 댁 일가족에게 그런 위험을 무릅쓰게 한대서야 말이나 되는 소리인가?

주장령이 그의 양손을 덥석 부여잡고 얼굴을 똑바로 바라보았다.

"여보게, 우리는 이제 남남이 아닐세. 소원이 있거든 탁 터놓고 솔직히 얘기해주게. 자네, 빙화도에 돌아가고 싶은 생각이 있는가, 없는가?"

묻는 말투가 성실할 뿐 아니라 간절하기 그지없었다.

지금 장무기의 심중에는 오로지 한 사람밖에 생각나지 않았다. 강호의 험악한 인심에 시달려 이제는 지칠 대로 지쳐 넌덜머리가 났던 것이다. 그저 남은 소원이 있다면, 이 한 몸 죽기 전에 한 번만이라도 양아버지의 얼굴을 뵙고 싶을 뿐, 그리고 그분의 품속에 안겨 죽을 수만 있다면 더 바랄 것이 없을 것 같았다. 그는 주장령의 눈길을 똑바로 마주 바라보았다. 그렇다. 이 지극정성으로 가득 찬 눈길 앞에서 더 이상 자기 속마음을 감추거나 거짓으로 꾸밀 필요는 없었다. 마침내 그는 고개를 천천히 끄덕였다.

주장령은 더 얘기할 것도 없다는 듯이 장무기의 손을 이끌고 동굴 석실로 돌아갔다. 그러고는 요청천에게 지시를 내렸다.

"저놈은 간적일세. 더 의심할 여지가 없네."

요청천이 고갯짓 한 번 끄덕이더니 손아귀에 비수를 잡고 밀실로 들어갔다.

"아악!"

곧이어 밀실 안에서 개비수 호표가 지르는 외마디 비명이 처절하게 들렸다. 요청천은 말없이 밀실에서 나오더니 철문을 닫아걸었다. 비수의 칼날에는 선지피가 질편하게 묻어 있었다. 그는 손길 가는 대로 아무렇게나 가죽 장화에 핏자국을 쓰윽쓱 문질러 닦아냈다.

"저놈이 여기까지 잠입해왔으니 아무래도 우리 행적이 노출되었을 걸세. 여기 오래 머물러선 안 되겠네."

주장령이 의형제에게 한마디 던지더니, 일행을 데리고 서둘러 동굴 바깥으로 나섰다. 그리고 제자들을 시켜 수레에 일용품을 실어 떠밀고 20여 리 길을 간 끝에 높은 산봉우리를 감돌아 어느 골짜기로 들어갔다. 그곳에는 커다란 나무 아래 네댓 칸짜리 오두막과 초가집이 들어앉아 있었다.

때는 바야흐로 동틀 무렵, 일행이 오두막에 들어서고 나서 짐을 풀어놓는 동안, 장무기는 집 안을 두리번거리며 살펴보았다. 여기저기 늘어놓은 것은 하나같이 쟁기, 쇠스랑, 낫 따위의 농기구뿐이었으나 부뚜막에 아궁이, 솥과 냄비, 양식거리가 빠짐없이 고루 갖추어져 있었다. 그러고 보면 주장령은 강적과 원수들의 습격을 방비하느라 저택 인근에 피난처를 적지 않게 마련해두었음이 분명했다.

주장령은 중상을 입은 몸으로 침상에 누운 채 일어나지 못했다. 주씨 부인은 투박한 무명 옷가지와 짚신, 머릿수건 따위를 일행들에게 각각 나눠주어 갈아입혔다. 이래서 부호 댁 마님과 따님은 삽시간에 촌뜨기 농사꾼 아낙네들로 변했다. 말투나 행동거지는 바뀌지 않았지만 가까이 다가서서 유심히 들여다보지 않는 한 들통이 날 염려는 없었다.

농가에서 며칠 머무는 동안 주장령은 조상 대대로 전해 내리는 운남雲南 지방 특유의 외상 약을 복용하면서 아주 빠른 속도로 회복했다. 천만다행히도 적들도 더는 추격해오지 않았다.

하릴없어진 장무기는 조용히 사람들의 하는 일만 지켜볼 따름이었다. 요청천이 날마다 외부로 나가 소식을 염탐해오는 동안 주씨 부인은 제자들을 데리고 이것저것 짐 보따리를 꾸렸다. 행장을 꾸리는 규모로 보건대 어디론가 멀리 여행길을 떠날 채비가 분명했다. 그는 주장령이 은인의 뜻에 보답하고 원수들의 추적을 피하기 위해 일가족을 통틀어 해외 멀리 있는 빙화도로 옮겨갈 뜻을 굳혔음을 알고 속으로 기뻐 어쩔 바를 몰랐다.

이날 밤, 그는 침상에 누운 채 이런저런 상념에 잠겨 좀처럼 잠을 이루지 못하고 뒤척거렸다. 이제 천행으로 죽지 않고 빙화도에 갈 수만 있다면 하늘의 선녀처럼 아리따운 주구진 누님과 그 무인도에서 종신토록 함께 살게 되리라 생각하니, 저도 모르게 얼굴에서 귓불까지 화끈 달아오르고 기대감에 벅찬 가슴이 두방망이질 쳤다. 또 주 선배와 요청천 아저씨도 큰아버지와 만나면 셋이서 의형제를 맺고 좋은 친구가 되어 비록 무인도이긴 하지만 어느 누구에게도 구속받지 않고 걱정 근심 없이 자유롭게 세월을 보낼 수 있으리라. 그렇게 되면 포악하고 잔인한 오랑캐 몽골족에게 도륙당하거나 압제에 시달리는 일도 없을 것이고, 무림의 강적이나 원수들에게 음으로 양으로 공격받거나 습격당하는 일도 없을 테니, 사람이 한평생 그렇게만 살아갈 수 있다면 더 바랄 것이 무엇이랴? 혼자 생각하고 좋아하다 보니 자신의 몸뚱이에 한독이 퍼져 이제 살아갈 날이 얼마 남지 않았다는 사실마저 깡그리 잊은 채 그 밤이 이슥하도록 잠을 이루지 못했다.

어렴풋이 잠이 들까 말까 하는 사이에 불현듯 널판으로 짠 방문이 스르르 열리면서 사람 그림자 하나가 안으로 번뜩 들어섰다. '누굴까?' 의아한 느낌에 막 일어나려는데 코끝에 옅디옅은 향내가 그윽하게 스며들었다. 바로 주구진이 늘 입는 옷에 뿌리곤 하던 소형화素馨花 향기였다. '그녀가 왔구나!' 조금 전까지만 해도 빙화도에서 주구진과 종신토록 함께 사는 장면을 상상하고 있던 그는 갑작스레 뭐라고 말 못 할 부끄러움에 못 이겨 얼굴이 벌겋게 상기되었다.

주구진이 살금살금 침대 앞으로 다가왔다.

"무기 동생, 잠든 거야?"

나지막하게 묻는 소리에 장무기는 대답할 엄두를 내지 못하고 두 눈을 질끈 감은 채 곤히 잠든 척했다.

잠시 후, 따사롭고도 보드라운 손가락 서너 개가 그의 눈꺼풀을 더듬었다. 장무기는 놀라움과 기쁨, 수줍음과 두려움에 몸뚱이가 하늘 위로 둥실둥실 떠오를 것만 같은 황홀경에 빠져들었다. 면구스러운 마음에 제발 어서 빨리 이 방에서 나가주었으면 오죽이나 좋으련만, 그녀는 좀처럼 떠날 기미를 보이지 않았다.

15. 기막힌 모략, 감쪽같은 비책도 일장춘몽이려니

그의 마음속에 주구진은 비할 데 없이 존경스러운 대상이었다. 그저 날마다 몇 번씩이라도 바라볼 수만 있으면 그것으로 마음이 흡족할 따름이지 애당초 외설스러운 상념이라곤 단 한 점도 품어본 적이 없었다. 장래에 그녀를 아내로 맞아들이고 싶은 바람은 더더구나 지녀본 적이 없었다. 그런데 이제 그녀가 한밤중에 홀연히 자기 발로 침실까지 걸어 들어왔으니 도대체 손발을 어디다 두어야 좋을지 모를 지경으로 당황하게 된 것이다. 그는 재빨리 생각을 바꾸어보았다. '누님이 왜 이 늦은 밤에 내 방에까지 찾아왔을까? 혹시 무슨 급한 일이 생겨서 나하고 상의하려고 온 것은 아닐까? 그렇다면 잠든 척하지 말고 일어나야지!'

바로 그때였다.

돌연 앞가슴 한복판 전중혈이 뜨끔해지더니 삽시간에 마비되기 시작했다. 그뿐만 아니라 이어서 어깨관절 뒤쪽의 견정혈肩貞穴, 두 번째 갈비뼈 사이의 신장혈神藏穴, 팔꿈치 바깥쪽의 곡지혈曲池穴, 엉덩이뼈 바깥쪽의 환도혈環跳穴마저 차례차례 찍혀 내려가는 것이 아닌가!

얼떨결에 혈도를 찍히면서 장무기는 깜짝 놀랐다. 주구진이 깊은 밤중에 찾아와서 한다는 짓이 자기 혈도를 찍는 일이라니 누가 상상이나 해보았으랴! 정말 뜻밖의 일이었다. 마음 한구석에 은근히 바랐던 기대감은 이내 절망 낙담으로 바뀌었다. '아아, 내가 헛꿈을 꾸는구나. 누님은 필경 내가 잠자리에 들고 나서 얼마나 경각심이 높은지 시험해보려고 이런 짓을 한 거야. 내일 아침에 혈도를 풀어주면서 돼지처럼 쿨쿨 잠만 잤다고 나를 놀려대겠지? 진작 이럴 줄 알았으면 방에 들어왔을 때 벌떡 일어나서 반대로 놀라게 해주었을걸. 그럼 아침에

누님이 잘난 척하는 소리는 듣지 않을 게 아닌가?'

뻣뻣이 누운 채로 시무룩하게 혼자 생각에 잠겨 있는데, 창문이 사르르 열리더니 그녀가 훌쩍 몸을 날려 뛰어나가는 기척이 들렸다. 장무기는 불쑥 장난을 치고 싶은 충동이 일었다. '오냐, 좋다! 누님이 그렇게 나온다면 나도 얼른 혈도를 풀고 뒤쫓아가야지. 가서 도깨비 얼굴 시늉을 해보여 깜짝 놀라게 해주는 것도 재미있겠는걸.'

그는 즉시 사손에게서 배운 해혈 수법으로 막힌 혈도에 충격을 가했다. 그러나 주구진이 구사한 가전의 비법 일양지는 정말 지독한 것이어서 장무기는 반 시진 남짓이나 끙끙대며 애를 쓰고 나서야 겨우 막힌 혈도를 모조리 풀 수 있었다. 그것도 주구진의 공력이 한참 모자란 데다 그가 알아차리지 못하게 공력을 아주 가볍게 썼으니 망정이지, 그러지 않았던들 제아무리 절묘한 해혈 수법을 지녔더라도 한두 시진 이내에 풀기는 불가능했을 것이다.

자리를 박차고 벌떡 일어나 허둥지둥 옷가지를 찾아 걸치고 아직도 휑하니 열린 창문 바깥으로 뛰쳐나갔을 때는 사방이 그저 고요한 정적에 잠겨 있을 뿐, 주구진의 종적은 벌써 어디로 사라졌는지 찾아볼 길이 없었다.

목표를 잃은 그는 적잖이 실망한 채로 어둠 속에 우두커니 서 있다가 불현듯 생각을 바꿔먹었다. '내일 아침에 누님이 날 놀려봤자 소용없어. 놀리고 싶거든 놀려보라지 뭐. 구태여 누님과 겨뤄 이길 필요가 어디 있겠나? 내가 일부러라도 어수룩한 척하고 전혀 모르는 것처럼 보여야 그녀도 자기가 똑똑한 줄 알고 으스댈 게 아닌가? 평소 그녀를 즐겁게 해주기도 쉬운 일이 아닌데, 이제 내가 뒤쫓아가서 따라잡으면

15. 기막힌 모략, 감쪽같은 비책도 일장춘몽이려니

오히려 기분 나빠할지도 모른다.'

생각이 여기에 이르자 이내 마음이 느긋해졌다. 때마침 늦봄이어서 산골짜기에는 들꽃이 활짝 피어 맑은 향기로 가득했다. 어차피 잠도 오지 않을 듯싶어 발길 닿는 대로 작은 시냇가를 따라 걷기 시작했다. 비탈진 산등성이에 쌓였던 눈이 녹아내리면서 차가운 물이 실개천을 타고 어디론가 흘러가는데, 이따금 미처 녹지 못한 작은 얼음덩어리들끼리 부딪쳐 "잘그랑, 잘그랑" 상큼한 소리를 냈다.

한참을 정신없이 걷다 보니 갑자기 왼편 나무숲 속에서 까르르하는 여자의 애교스러운 웃음소리가 들려왔다. 귀에 익은 주구진의 목소리에 장무기는 속으로 흠칫 놀랐다. '누님이 어디에 숨어 있다 나를 발견했나?' 그런데 또 야무지게 호통치는 소리가 들려왔다.

"오빠, 함부로 장난치면 못써! 이 동생 어르신한테 따귀 한 대 맞아볼래?"

이어서 남자의 맑고도 시원시원한 웃음소리가 들려왔다.

"하하, 하하하하!"

더 들으나마나 위벽의 목소리였다.

가슴이 덜컥 내려앉은 장무기는 저도 모르게 울고 싶어졌다. 한밤중 반나절 동안 꾸었던 아름다운 꿈이 삽시간에 산산조각으로 부서져버린 것이다. 이때가 되어서야 그는 모든 일을 확연히 깨달았다. '누님이 어째서 내 혈도를 찍었을까? 나하고 장난쳐볼 생각으로 그랬다고? 천만에! 한밤중에 자기 사촌 오빠와 만나서 밀회하는 장면을 나한테 들킬까봐 미리 선수를 친 것이다.' 갑자기 손발에 맥이 탁 풀리고 나른해져 그 자리에 주저앉고 싶기만 했다. '하긴 그렇다. 나는 돌아갈 집도 없는 가난뱅이 녀석이다. 나이도 어릴 뿐 아니라 학문과 무공, 인품이나 용모, 그 어느 면에서 보나 위씨 댁 도련님과는 견줄 상대도 되지 못한다. 게다가 주구진 누님과 위씨 댁 도련님은 사촌 오누이 친척지간에 남자는 유능한 대장부요, 여자는 아리따운 숙녀이니 그야말로 하늘이 짝지어 준 한 쌍의 천생연분이 아닌가. 나처럼 바보 멍텅구리 녀석이야말로 아무런 자격도 없는데 공연히 시샘을 부릴 게 뭐 있단 말인가?'

혼자서 아픈 마음을 누그러뜨리며 하염없이 탄식하고 있는데, 갑자기 또 다른 발걸음 소리가 들리더니 누군가 저편에서 걸어왔다. 때마침 주구진과 위벽 두 사람 역시 낮은 목소리로 시시덕거리면서 정겹게 손을 맞잡고 나란히 걸어오는 중이었다. 장무기는 그들과 마주치기가 면구스러워 황급히 큰 나무 뒤쪽으로 몸을 숨겼다.

양편에서 걸어오는 소리가 점점 가까워지더니, 주구진이 갑자기 무엇에 놀랐는지 실성을 터뜨렸다.

"아빠……!"

얼마나 무서운지 내처 외마디 소리로 묻는 목소리가 떨려 나왔다.

다른 한 곁에서 느닷없이 나타난 사람은 다름 아닌 주장령이었다.

"흐흥!"

주장령이 코웃음을 쳤다. 한밤중에 딸년이 어딜 나가는가 싶더니 몰래 외사촌 조카 녀석과 밀회를 즐기고 있다니. 그 장면을 목격한 그는 적지 않게 노여운 기색이었다.

"이런 데서 무슨 짓을 하고 있는 거냐?"

아버지의 추궁에 주구진은 아무 일도 아니라는 듯이 능청스레 웃어 보였다.

15. 기막힌 모략, 감쪽같은 비책도 일장춘몽이려니

"아빠, 사촌 오라버니하고 만난 지 얼마나 오래되었어요? 그래서 모처럼 온 김에 이런저런 얘기 좀 나누고 있었죠, 뭐."

"요년의 계집아이가 담보 한번 크구나! 이러다 무기한테 발각되는 날이면……."

아버지의 말이 미처 끝나기도 전에 주구진이 냉큼 끊어 받았다.

"그런 염려 마세요. 제가 대혈을 다섯 군데나 슬쩍 찍어놓았으니까 지금쯤 돼지처럼 쿨쿨 곯아떨어졌을 거예요. 조금 이따 돌아가서 혈도를 풀어주어도 까맣게 모를걸요?"

몰래 숨어서 엿듣고 있던 장무기는 기쁨과 부끄러움이 솟구쳤다. '그렇구나. 주 선배님은 진작 내가 속으로 누님을 좋아하고 있는 줄 눈치채고 계셨구나. 아버님이 베풀어주신 은혜 때문에 내가 실망하고 가슴 아파하는 걸 원치 않고 있었던 거야. 사실 내가 누님을 좋아한다 해도 딴 뜻은 전혀 없는데. 주 선배님이 정말 나를 너무 잘 대해주는구나.'

주장령의 목소리가 들렸다.

"그렇다 해도 일체 조심해야 한다. 자칫 잘못하는 날이면 애써 쌓은 공이 무너질 게 아니냐? 그 아이한테 파탄이 드러나지 않도록 조심해야지!"

"제가 잘 알아서 하겠어요, 아빠."

주구진이 응석 부리듯 웃으면서 대꾸하는데, 곁에서 위벽이 한마디 여쭈었다.

"외숙부님, 전 이만 돌아가겠습니다. 사부님이 기다리실지 모르니까요."

472

"내가 배웅해드릴게요."

주구진이 무척 아쉬운지 미련을 못 버리고 따라나섰다. 그러자 주장령도 덩달아 발걸음을 옮겨 뗐다.

"그래, 나도 너희 스승과 좀 더 상의할 일이 있으니 함께 가보기로 하자. 우리가 이번에 북해 빙화도에 가는 일은 무척 중요하니, 만사를 단단히 준비해서 절대로 손톱만큼의 차질도 없어야 한다."

이윽고 셋이 함께 두런두런 대화를 나누며 서쪽으로 걸어갔다.

장무기는 사뭇 이상한 느낌이 들었다. 그도 알다시피 위벽의 스승은 이름이 무열武烈, 곧 무청영의 아버지 되는 사람이었다. 한데 방금 주장령이 하는 말투를 들어보면 무씨 댁 부녀와 위벽까지 모두 빙화도에 같이 갈 모양이었다. 그렇다면 왜 자기한테 미리 귀띔해주지 않았을까? 이런 일은 아는 사람이 많아질수록 소문이 나는 법이다. 그렇게 되면 양부 사손에게 누를 끼치게 될 것이 아닌가?

그는 한참 동안 곰곰이 생각하던 끝에 돌연 주장령의 말 한마디가 퍼뜩 떠올랐다. "자칫 잘못하는 날이면 애써 쌓은 공이 무너질 게 아니냐? 그 아이한테 파탄이 드러나지 않도록 조심해야지!" '파탄이라, 파탄……. 도대체 나한테 들켜선 안 될 그 허점이 무엇일까?'

'파탄'이란 한마디가 상기되는 순간, 그동안 줄곧 그의 머릿속에서 어렴풋이 맴돌던 의문 덩어리가 급작스레 비상할 정도로 선명하게 떠올랐다. 주장령의 서재 정면 한복판에 걸려 있던 족자 한 폭이 바로 그것이었다.

'장취산 공 은덕도.'

족자에 그려진 모든 사람의 얼굴 모습이 쏙 빼어 박은 듯 똑같았다.

그런데 아버지 장취산의 얼굴만이 다르게 그려져 있었다. 네모 번듯한 아버지의 얼굴 윤곽이 어째서 달걀처럼 갸름하게 그려졌을까? 두 눈썹과 양미간, 그리고 서글서글한 눈매만큼은 제법 비슷했다. 그렇다, 그것은 아버지와 자신이 눈매와 이마가 닮았으니 당연한 일일 것이다. 하지만 부친의 얼굴 윤곽은 분명히 네모 번듯한 장방형이지 결코 갸름한 달걀형이 아니었다.

주장령의 말을 들어보면 그 족자 그림은 10여 년 전에 그가 친필로 그린 것이라고 했다. 그의 단청丹靑 솜씨가 아무리 변변치 못하다 하더라도 자신을 비롯해서 일가족의 목숨을 구해준 대은인의 얼굴 생김새를 어떻게 전혀 다르게, 잘못 그릴 수 있단 말인가? 그림 속의 장취산은 오히려 성장한 장무기의 미래 모습을 상상해서 그려낸 것처럼 닮아 있었다.

뒤미처 또 한 가지 의문이 꼬리를 물고 떠올랐다. '빙화도에서 함께 사는 동안 아버지에게는 은빛 찬란한 갈고리 하나만 있었을 뿐 판관필이란 병기가 없었다. 예전에 쓰던 판관필은 자루가 붓대처럼 곧게 뻗어내린 철필이었는데, 바다에 빠뜨려 잃어버리셨다고 했다. 그리고 중원 대륙에 갓 돌아왔을 당시 병기포兵器鋪에서 판관필이란 걸 한 자루 사서 쓰기 시작하면서 "무게나 길이가 급한 대로 쓸 만한데, 자루 끄트머리에 쇠로 만든 주먹 형태의 장식이 하나 더 달려 있어 눈에 거슬린다"고 한탄하신 적이 있다. 어머니는 거처할 데가 정해지면 예전에 쓰던 것과 똑같은 것을 따로 주조해드리겠다고 약속하셨는데, 미처 만들어 써보지도 못한 채 비명에 돌아가셨던 것이다. 그러나 족자 그림 폭에 아버지가 쓰시는 철필은 일반 병기포에서 두드려 만든 싸구려 판관필로, 으레 그렇듯이 자루에 무쇠로 만든 주먹 장식이 붙어 있는 철필이었다. 주 선배처럼 판관필의 전문가로 자처하는 분이 딴 것은 잘못 그린다 치더라도 10년 전에 아버님이 쓰시던 판관필을 어떻게 잘못 그릴 수 있단 말인가?'

생각이 여기에 미치는 순간, 어렴풋하게나마 무엇인가 모를 공포감이 엄습했다. 마음속에는 이미 그 해답이 나와 있었다. 그러나 이 답안은 너무도 두려운 것이어서 그 분명한 진상을 드러내놓고 추적해볼 엄두가 나지 않았다. 그저 자꾸 두려워하는 자신만을 달래는 길밖에 딴 도리가 없었다. '그렇다, 터무니없는 상상일랑 하지 말자. 주 선배님이 이렇듯 날 잘 대해주시는데, 어찌 근거 없이 의심할 수 있겠는가? 이대로 돌아가서 잠이나 자자꾸나. 한밤중에 이렇게 나돌아 다니는 꼴을 저 사람들의 눈에 들켰다가는 내 목숨이 위태로워질지도 모른다.'

'목숨이 위태로워진다.' 이 한마디를 떠올리는 순간, 그는 자기도 모르게 온 몸뚱이가 부르르 떨려왔다. 밑도 끝도 없이 어째서 누굴 이렇게 두려워하는지 도대체 자기도 알 수가 없었다.

한참 동안 멍하니 서 있던 그는 저도 모르게 발길이 주장령 부녀가 사라진 쪽을 따라서 옮겨가기 시작했다.

그곳은 그리 멀지 않았다. 나무숲 가장귀 사이로 한 점 불빛이 비쳐오는데, 자세히 바라보니 우거진 숲속에 또 다른 오두막 한 채가 있었다. 주장령에게 들어보지 못한 집채를 발견하자, 가슴의 고동이 쿵쿵 울리도록 마구 두방망이질 치기 시작했다. 발소리를 죽인 채 불빛이 비쳐오는 쪽을 향해 살금살금 다가가서 오두막 뒤편으로 돌아간 다음, 그는 창틈으로 두 눈을 바싹 갖다 붙이고 안쪽을 엿보았다.

15. 기막힌 모략, 감쪽같은 비책도 일장춘몽이려니

주장령 부녀와 위벽이 이쪽 창문을 마주하고 서서 누군가와 얘기를 나누고 있었다. 누군지 모를 그 두 사람은 장무기를 등졌기 때문에 얼굴은 볼 수 없었으나, 그중 한 명은 설령쌍매 가운데 하나인 무청영이 분명했다. 그 밖의 한 사람은 키가 훤칠하게 크고 몸집이 우람한 사내인데, 주장령이 하는 말을 귀담아들으면서 쉴 새 없이 고개를 끄덕이기만 할 뿐 자신은 단 한마디도 말하지 않았다. 화제는 일행이 어떻게 객상客商으로 변장해서 산동 지방 해안까지 갈 것인지, 또 어떻게 원양 선박을 구해서 바다로 나갈 것인지 그 구체적인 계획과 방법에 관한 것들이었다.

장무기는 마음이 또 흔들리기 시작했다. '내가 혹시 긁어 부스럼을 만드는 건 아닐까? 내게 등진 분은 무씨 댁 장주 무열일 가능성이 다분하다. 주 선배가 교분이 두터운 이분더러 빙화도에 같이 가자고 청하는 거야 인지상정일 터인데, 내가 별것도 아닌 문제를 놓고 너무 호들갑을 떠는 건 아닌지 모르겠다.'

아니나 다를까, 무청영의 목소리가 들려왔다.

"아버지, 우리가 그 너른 바다에 나가서 그 작은 섬을 찾지 못하고, 돌아올 길마저 잃어버리게 되면 어쩌죠?"

과연 장무기의 짐작이 들어맞았다. 등지고 앉은 무 장주武莊主가 대꾸했다.

"그렇게 무섭거든 가지 말려무나. 세상만사 간난고초를 겪지 않고서 편안하게 태평세월을 누릴 수 있을 듯싶으냐?"

아버지 무열의 핀잔에 무청영은 토라진 듯 종알거렸다.

"한번 여쭤본 말을 가지고 그렇게 핀잔을 주시면 어떡해요?"

무열이 껄껄대며 호탕하게 웃었다.

"하하! 이거야말로 노름판에 밑천 다 걸어놓고 던진 주사위나 마찬가지야. 운수가 좋으면 빙화도에 다다를 수 있는 거 아니냐? 사손이란 자가 제아무리 무공이 뛰어나다 하더라도 고작 한 사람뿐이요, 게다가 눈까지 멀어버린 장님인데 우리 적수가 될 턱이 없지."

여기까지 듣고 났을 때, 장무기는 썰늘한 기운이 등골을 타고 주르르 쏟아져 내리면서 저절로 몸서리가 쳐졌다.

창밖에서 엿듣는 귀가 있는 줄 모르고 무열의 목소리가 계속 들려나왔다.

"그렇게 되면 도룡도가 우리 손아귀에 들어오지 않고 배기겠느냐? 이제 두고 봐라. 도룡도를 손에 넣는 날 '천하를 호령하니 감히 따르지 않는 자 없도다!' 하하! 이 아비하고 너희 주 백부가 어깨 나란히 무림 지존이 되신다, 그 말씀이야. 물론 사람이 세운 계획은 천운天運만 못하다 했으니, 혹시 운수가 사나우면 우리 모두 망망대해에 빠져 죽을 수도 있겠지. 그러나 세상에 태어난 사람치고 죽지 않는 자가 어디 있다더냐? 흐흐흐."

이때 위벽이 조심스레 한마디 끼어들었다.

"소문에 듣자면 금모사왕 사손은 무공이 탁월한 인물이라 왕반산도에서 사자후를 터뜨려 단번에 수십 명이나 되는 강호 고수를 백치로 만들어버렸다고 합니다. 불초 제자의 생각으로는 우리가 그 무인도에 도착하면 공개적으로 정면 승부를 낼 것이 아니라, 그가 먹는 음식물에 독을 타는 것이 좋겠습니다. 설령 그가 장님이 아니라 두 눈이 멀쩡해서 무엇이든 똑똑히 볼 수 있다고 해도 자기 양아들이 데리고 온 손

477

15. 기막힌 모략, 감쪽같은 비책도 일장춘몽이려니

님들이 자신을 해치리라고 의심하진 않을 겁니다."

주장령이 고개를 끄덕끄덕했다.

"벽아의 계략이 참 묘하구나. 하지만 우리 주씨나 무씨 두 집안 사람들은 대대로 명문 정파의 협사들이라 독약 같은 걸 다뤄본 적이 없거니와, 비열하게 암기에 독을 발라 쓴 일도 없었다. 그러니 무슨 독약을 쓸 것이며, 또 그가 음식을 들 때 어떻게 감쪽같이 독약을 탈 것인지, 그런 점에 대해서 난 아예 먹통이다."

"둘째 사숙님이 중원 땅을 자주 드나드셔서 잘 아실 테니, 그분더러 적당한 것을 사들여 준비하시도록 하면 되지 않겠습니까."

둘째 사숙이라면 요청천을 두고 하는 말이었다. 위벽의 제안에 주장령은 빙긋 웃으며 고개를 끄덕였다.

"딴은 일리가 있구나. 그 방법도 한번 생각해보자."

이때 무열이 돌아서서 주구진의 어깨를 토닥거렸다.

"하하! 진아야……."

몸이 돌아섰으니 얼굴마저 이쪽으로 돌려졌다. 그 사람의 옆모습을 바라보는 순간, 장무기는 소스라치게 놀랐다. 그는 바로 자신의 양부로 가장했던 개비수 호표였던 것이다. 그렇다면 주장령이 개비수 호표에게 얻어맞아 피를 토하고 중상을 입었다느니, 요청천이 단칼에 그를 찔러 죽였다느니 한 것은 모조리 거짓으로 꾸며낸 연극이 아닌가? 삽시간에 장무기는 모든 진상을 확연히 깨달았다. 저들이 어째서 무열을 개비수 호표라는 가공의 인물로 그럴듯하게 등장시켜놓고 이 터무니없는 희극을 연출했던가? 저들은 장무기의 눈을 실감 있게, 그리고 박진감 넘치게 속여 넘기기 위해 무시무시한 장력으로 돌 부스러기가 흩날릴 만큼 석벽을 후려쳤고, 목질이 단단한 탁자와 걸상을 산산조각으로 부서뜨리기까지 했다. 그러기 위해서는 무공이 유별나게 뛰어나고, 임기응변에 능수능란한 무열을 등장시킬 필요가 있었던 것이다.

무열이 여전히 껄껄대며 주구진에게 당부의 말을 건넸다.

"그러니까 이 연극은 계속해야 한다는 거다. 넌 지금까지 해온 것처럼 고 녀석을 아주 친숙하게 대해줘서 넋이 홀딱 빠지도록 만들어놓기만 해라. 물론 네가 힘든 줄 안다만, 사손을 찾아서 죽여 없앨 때까지만 계속 연극을 해야겠지. 고 녀석의 눈에 털끝만치라도 낌새를 드러내서는 절대로 안 되는 거야. 알겠니?"

주구진이 주장령을 향해 돌아섰다.

"아빠, 저 아빠한테 약속 하나 받을 게 있어요."

"뭔데?"

"저한테 그 꼬마 녀석을 시중들라고 하셨죠? 그날부터 지금껏 그놈의 비위를 맞추느라 제가 얼마나 진절머리가 나고 역겨웠는지 아빠는 모르실 거예요. 빙화도에 가서 사손을 죽여 없앨 때까지 앞으로 시간이 장장 남았는데, 얼마나 더 그 지겨운 고생을 해야 하는지 정말 생각만 해도 치가 떨려요."

"그래서?"

"아빠가 도룡도를 얻게 되시거든 당장 제 손으로 고 밉살맞은 놈을 단칼에 죽여버리게 허락해주세요."

아리따운 얼굴, 앵두 같은 입술에서 종알종알 쏟아져 나오는 말이 독사 전갈보다 더 모질고 잔인했다. 그 소리를 듣는 순간 장무기는 눈앞이 캄캄해지고 머릿속이 팅 비어 하마터면 까무러칠 뻔했다. 뒤미처 대꾸하는 주장령의 목소리가 마치 먼 하늘 끝에서처럼 아련히 들려왔다.

"우리가 금모사왕의 소재를 알아내느라 이렇듯 교묘한 계략으로 그 녀석을 속여 넘기고 있다만, 사실 해서는 안 되는 짓이다. 또 그 아이도 꼭 나쁜 녀석은 아니지 않으냐? 사손을 죽이고 도룡도를 손에 넣게 되거든 그 녀석을 죽일 게 아니라, 두 눈을 멀게 만들어 빙화도에 남겨 두는 것이 좋겠다."

그러자 무열이 찬탄을 했다.

"하하…… 우리 주형은 역시 마음씨가 어질고 착해서 의로운 협사의 가풍을 잃지 않으시는군요!"

주장령은 도리질을 하면서 한숨을 내리쉬었다.

"솔직히 말해서 우리가 이런 팻감을 쓰게 된 것도 부득이한 일이 아닌가. 여보게 무씨 아우님, 바다에·나간 이후 자네들 배는 우리 뒤에 멀찌감치 떨어져서 따라와야 하네. 너무 가깝게 따라붙으면 그 녀석의 의심을 사게 될 테고, 또 그렇다고 지나치게 멀리 떨어졌다가는 연락이 끊길지도 모르니 적당히 거리를 조절하란 말일세. 수부들이나 선박도 물색을 잘해야 하네."

"그렇게 하지요. 형님은 역시 생각이 치밀하십니다."

무열이 한마디로 응답했다.

한편에서, 장무기의 머릿속은 온통 혼란으로 뒤죽박죽이 되어버렸다. '나는 이곳에 온 이후로 내 신분을 입 밖에 낸 적이 한 번도 없었다. 그런데 어떻게 저들의 눈에 간파당했을까? 으음, 가만있자. 그날 위벽과 주씨 무씨 댁 두 처녀의 뭇매질에 항거하느라 내가 무당파 무당심법을 썼을 때, 식견이 너르고 상상력이 풍부한 주장령은 거기서 내 신세 내력을 금방 알아보았을 것이다. 주장령이란 사람은 내 부모님이 차라리 스스로 목숨을 끊을지언정 내 양부의 소재를 토로하지 않으신 사실을 알고 있었던 만치, 폭력을 써가지고는 내게서 진상을 자백받지 못하리라는 것을 알았으리라. 그래서 가짜 그림을 그려서 보여주고, 그 으리으리한 대저택을 깡그리 불태워 잿더미로 만들었다. 그러고도 모자라 고육지책을 써서 내 마음을 감동시키는 데 성공했다. 결국 저 사람은 나한테 일언반구 물어볼 필요도 없이 오히려 내 쪽에서 빙화도로 데려가달라고 간청하게 만들었다. 주장령, 주장령! 당신의 간악한 계략이야말로 지독하고 악랄하기 그지없구나!'

이 무렵 오두막 안에서는 주장령과 무열이 동쪽 여행길에 필요한 여러 가지 계획을 짜느라 여념이 없었다. 장무기는 더는 엿볼 엄두가 나지 않아 숨을 죽인 채 슬그머니 물러나왔다. 발꿈치를 들고 도둑고양이처럼 살금살금 한 발짝 옮겨 뗄 때마다 귀를 기울여 오두막 안의 동정을 살펴보고 아무런 이상이 없으면 다음 한 발짝을 조심스럽게 내디뎠다. 주장령이나 무열 같은 사람은 무공이 극도로 강한 고수들이라, 자칫 잘못해서 반 토막짜리 마른 나뭇가지라도 밟아 부러뜨리기만 해도 그 즉시 저들에게 발각당하고 말 것이다. 한 걸음, 두 걸음, 세 걸음…… 아주 느릿느릿 30여 보를 옮겨 떼는 동안 그에게는 그 거리가 마치 천만 리나 되는 것처럼 아득히 멀게만 느껴졌다. 줄곧 그렇듯이 오두막에서 100여 척 바깥으로 벗어나고 나서야 비로소 잰걸음으로 속도를 높였다.

당황한 마음에 이섯저깃 길을 골라잡아 도망칠 여유가 없었다. 그

15. 기막힌 모략, 감쪽같은 비책도 일장춘몽이려니

저 가파른 산비탈, 나무숲이 우거진 데만 찾아서 허둥지둥 깊숙이 들어갔다. 산비탈은 오를수록 높아지고 발걸음도 갈수록 빨라지더니 나중에 가서는 두 다리의 움직임이 보이지 않을 정도로 미친 듯이 치닫기 시작했다. 한 시진 남짓 달음박질치는 동안에도 한순간이나마 멈춰서서 숨 한 모금 돌릴 엄두조차 내지 못했다.

한밤중을 정신없이 치달린 끝에 동녘 하늘빛이 훤히 밝아올 무렵에야 그는 자신이 눈 덮인 어느 고갯마루, 빽빽하게 우거진 수풀 속에 들어서 있는 것을 깨달았다. 혹시나 주장령 패거리가 쫓아오지나 않을까 싶어 고개를 되돌려 내려다보던 그는 저도 모르게 실성을 터뜨렸다.

"아이코……!"

그도 그럴 것이 일망무제一望無際로 탁 트인 설원, 휑하니 너르디너른 눈밭에 한 사람의 발자국이 길게 찍힌 채 여기까지 따라온 것이다. 서역 땅은 혹한 지대라 절기는 이미 봄철에 접어들었으나 산등성이 고개 마루턱에 내린 눈은 아직도 녹지 않은 채 그대로 쌓여 있었다. 창황중에 목숨 하나 건져보려고 허둥지둥 도망쳐 오느라 뒤 한 번 돌아보지 않은 채 죽을힘을 다해 산등성이 고개 마루턱에 기어오를 줄만 알았지, 그 발자국이 오히려 자신의 행적을 드러나게 만들 줄이야 누가 꿈에나 생각했으랴!

바로 이때였다. 앞쪽 어디선가 처절하도록 날카로운 이리 떼의 울부짖음이 바람결을 타고 스산하게 들려왔다. 더럭 겁을 집어먹은 장무기는 절벽 끄트머리까지 올라가 사방을 둘러보았다. 아니나 다를까, 맞은편 비탈진 산등성이에 일고여덟 마리나 되는 잿빛 이리 떼가 머리통을 바짝 쳐들고 자기를 향해 송곳니를 드러낸 채 앞발톱으로 눈밭을 할퀴어대며 으르렁대고 있는 게 아닌가. 기세를 보아서는 당장 그를 잡아먹어 굶주린 배를 채우고 싶은 모양이나, 그가 서 있는 중간에 밑바닥이 보이지 않을 정도로 까마득히 깊은 협곡이 가로막혀 도무지 건너올 재주가 없는 것이다. 그야말로 만 길 깊은 낭떠러지가 있다더니, 바로 지금 그의 발치 밑에 아가리를 쩍 벌린 것이 그런 협곡이었다.

한결 마음이 놓인 장무기는 무심결에 뒤를 돌아보다가 그만 가슴이 덜컥 내려앉았다. 눈 덮인 산비탈에 검은 그림자 다섯이 구물구물 부지런히 움직이며 오고 있었다. 보나마나 주장령과 무열 두 집안 패거리가 분명했다. 아직은 거리가 멀리 떨어진 데다 추격자들의 걸음걸이도 별로 빠른 것 같지 않았다. 하지만 평소 질풍같이 치닫는 고수의 신법을 생각하면, 기껏해야 한 시진도 못 걸려 이곳까지 너끈히 추격해 올 게 분명했다.

장무기는 정신을 가다듬고 이내 결단을 내렸다. '오냐, 좋다! 내 차라리 굶주린 이리 떼의 이빨에 갈기갈기 찢겨 먹이가 되는 한이 있더라도 당신네 같은 악당들의 손아귀에 붙잡혀 시달림을 받지는 않겠다.' 결단을 내리고 보니 불현듯 주구진의 아리따운 모습이 떠올랐다. 그 아름답기 짝이 없는 얼굴 뒷면에 독사 전갈처럼 악독한 심보를 감추고 있을 줄은 까맣게 모른 채 온갖 정성을 다 쏟아가며 외곬으로 존경하고 사랑해온 자신이 그렇게 부끄럽고 가슴 아플 수가 없었다. 그는 주구진에 대한 상념을 뒤로 훨훨 날려 보내면서 이리 떼가 으르렁대는 맞은편 산등성이로 건너갈 길을 찾으려고 허둥지둥 밀림 속으로 뛰어 들어갔다.

나무숲 속에는 허리까지 차도록 웃자란 수풀이 우거져 비록 눈이

15. 기막힌 모략, 감쪽같은 비책도 일장춘몽이려니

쌓이기는 했어도 발자국을 또렷하게 찾아보기란 그리 쉽지 않았다. 한바탕 정신없이 달음박질치다 보니 마음도 힘도 지쳐버린 상태에서 체내에 잠복해 있던 한독이 급작스레 발작했다. 두 다리의 맥이 나른하게 풀려 더는 움직일 수가 없게 되자, 그는 우거진 수풀 속으로 뛰어들어 땅바닥에 납죽 엎드린 채 모서리가 날카로운 돌멩이를 한 개 주워 들었다. 주장령 일당에게 은신처가 발각되면 그 즉시 모난 돌멩이로 자신의 태양혈을 찍어 자결할 작정이었다.

지난 두 달 동안 주씨 댁 장원에서 지내며 겪은 일을 돌이켜볼 때, 그는 생각할수록 가슴이 아파왔다. 공동파, 화산파, 곤륜파 사람들이 은혜를 원수로 갚던 행위는 사실 마음에 담아두지도 않았다. 하지만 주구진을 그토록 일편단심으로 존경해왔는데 이런 결과가 나타날 줄이야 누가 생각이나 해보았으랴? '아아, 정말 가슴 아픈 일이다. 어머니가 세상을 떠나기 직전에 내게 뭐라고 당부하셨던가? 내가 왜 그 말씀을 마음에 담아두지 않았단 말인가?'

어머니 은소소가 죽음을 앞두고 마지막으로 남긴 유언이 지금에 와서야 새록새록 귓가에 울렸다.

"얘야, 네가 자라서 어른이 되거든 여자한테 속지 않도록 조심해라. 예쁘게 생긴 여자일수록 남을 더 잘 속인단다."

또렷이 들려오는 어머니의 목소리. 장무기는 두 눈에서 뜨거운 눈물이 왈칵 쏟아졌다. '그렇다, 어머니가 내게 이 유언을 남기셨을 때 비수는 어머니의 가슴으로 찔러 들어가고 있었다. 그 극심한 아픔을 견뎌가며 당부하신 말씀, 피눈물 어린 그 몇 마디 말씀을 나는 전혀 마음속에 새겨두지 않았다. 내가 혈도에 충격을 가해 푸는 수법을 배우지 못했더라면 귀신이 곡할 정도로 교묘한 주장령의 음모를 알아채지 못하고 저들이 주도면밀하게 안배해놓은 올가미에 걸려든 채 멋도 모르고 저들을 빙화도에 데려가 양부님의 목숨까지 해치게 만들었을 것이 아닌가?'

마음의 결단을 내리니 머릿속까지 금방 맑아져 주장령 부녀가 저질러온 모든 행위 진위를 명명백백히 깨달을 수 있었다. 위벽을 비롯한 세 남녀가 뭇매질을 퍼붓던 날, 얼떨결에 방어 수단으로 쓴 무당장권의 심법에서 주장령은 내가 장취산의 아들임을 이내 알아보았고, 즉시 딸 주구진의 뺨을 후려치고 숱하게 많은 사냥개를 모조리 때려죽여가면서까지 자신이 시비 흑백을 분명히 가리고 의롭고 인자로운 협사임을 의심치 못하게 만들었다. 으리으리한 대장원을 횃불 한 자루에 불태워 잿더미로 만들었을 때 어찌 아쉬운 마음이 없었으랴만, 도룡도를 손에 넣어 무림의 지존이 되는 것에 비하면 장원은 일고의 값어치도 없는 것이었으리라. 치밀하게 짜놓은 계교와 음모, 신속하고도 과감하게 결단을 내리는 그 대담성이야말로 놀라움의 경지를 뛰어넘어 공포감마저 들게 만들었다.

북극 빙화도에 있을 때 양부 사손은 날이면 날마다 그 칼을 껴안은 채 넋 빠진 사람처럼 멍하니 생각에 잠겨 있었다. 그러나 10년 세월이 다 지나도록 시종 그 칼에 숨겨진 비밀을 꿰뚫어보지 못했다. 양부는 비록 총명하기는 해도 천성이 고지식한 사람이었다. 하지만 주장령은 어떤가? 기지와 재치가 뛰어나고 계략과 음모를 꾸며내는 깊이가 양부에 비하면 한참이나 윗길에 속하는 인물이다. 따라서 만약 도룡도가 주장령의 손아귀에 들어가는 날이면 양부가 생각해내지 못한 비밀을 손쉽게 알아낼 수 있을지도 모른다.

과거지사와 앞날의 일을 이것저것 꿰맞춰 생각하다 보니 온갖 상념이 차례차례 꼬리를 물고 잇따라 밀려드는데, 갑자기 발걸음 소리가 요란하게 들리면서 주장령과 무열 두 사람이 한꺼번에 숲속으로 뛰어들었다.

두 사람 가운데 무열의 목소리가 먼저 들렸다.

"그 꼬마 녀석이 분명 이 숲속에 숨어 있을 거요. 더는 멀리 도망칠 데가 없으니까."

"쉬잇!"

주장령이 얼른 그 말꼬리를 끊더니, 일부러 목청을 높여 한탄하기 시작했다.

"허어, 이것 참 야단났군! 진아란 년이 무슨 말을 잘못했기에 장씨 아우가 오해를 했는지 모르겠네. 그 어린것이 눈얼음 천지에 산등성이를 헤매고 다니다 실족이라도 하지 않을까 정말 걱정스러워 죽을 지경일세. 만약 장씨 아우한테 무슨 불상사가 생기면 내 몸이 부서져 가루가 된다 해도 은인 장 오협을 뵈올 면목이 없지 않겠는가!"

그야말로 걱정 근심에 애가 마르고 가슴이 미어지는 듯한 말투였다. 그러나 장무기는 그 자책하는 말투가 그저 등골에 소름이 오싹 끼치고, 솜털이 곤두서도록 끔찍스럽게 들리기만 했다. 아직도 야심을 버리지 못하고 입에 발린 말로 그럴듯하게 속여서 자기를 끌어내려는 속셈이 분명했다.

이윽고 두 사람이 몽둥이를 하나씩 들고 허리까지 차오르는 수풀을 이리저리 두드리면서 다가왔다. 장무기는 온몸을 잔뜩 오그라뜨린 채 꼼짝달싹도 하지 않았다. 천만다행히도 나무숲이 차지한 면적이 무척 넓어 한두 군데 두드려봤자 별 효과가 없었다.

얼마 안 있어 위벽과 설령쌍매 역시 헐레벌떡 뒤따라 올라왔다. 그러나 다섯 사람이 숲속을 반나절이나 헤매고 뒤졌어도 끝내 장무기를 찾아낼 수 없었다. 수색 끝에 지쳐버린 그들은 저마다 피로감을 느끼고 바위에 걸터앉아 휴식을 취했다. 사실 그들이 앉아 쉬는 곳에서 장무기가 숨은 곳은 겨우 50~60척 거리밖에 되지 않았다. 나무숲이 워낙 우거지고 웃자라 있어 수풀이 그의 몸뚱이를 통째로 가려주었다.

주장령이 무엇인가 곰곰이 생각하더니 갑작스레 큰 소리로 호통을 쳤다.

"진아야, 너 도대체 장씨 동생한테 무슨 잘못을 저질렀기에 그 아이가 작별 인사 한마디 없이 야반삼경에 떠나버린 거냐?"

깜짝 놀란 주구진이 영문을 모르고 아버지를 빤히 쳐다보자 주장령은 얼른 딸에게 눈짓을 해보였다.

주구진 역시 금방 알아채고 큰 소리로 변명을 했다.

"저는 그저 장난삼아 혈도를 찍었을 뿐이에요. 그런데 무기 동생이 정말인 줄 오해하고 떠나버릴 줄이야 누가 알았겠어요?"

그러고는 목청을 드높여 사방에다 대고 소리치기 시작했다.

"무기 동생! 무기 동생! 빨리 나와. 이 누나가 잘못했어! 사과할 테니 어서 이리 나와요!"

쩌렁쩌렁 크게 울리는 목소리에 끈적끈적한 애교가 뚝뚝 묻어났다. 한참 동안 외쳐 불러도 나타날 기미가 보이지 않자 그녀는 느닷없이 울음보를 터뜨렸다.

"아빠, 아빠! 절 때리지 마세요. 제발 때리지는 말아요! 제가 일부러 무기 동생한테 잘못한 게 아니잖아요!"

"철썩, 철썩!"

어느 구석인가 사람의 몸뚱이를 후려치는 소리가 연달아 들려왔다. 이어서 노기등등한 주장령의 호통 소리가 뒤따라 울렸다.

"이 못된 것! 은인의 아드님한테 장난질로 혈도를 찍었어? 너, 어디 이 아비 손에 맞아 죽어봐라!"

"철썩, 철썩!"

그러나 장무기는 수풀 사이로 이 광경을 똑바로 내다보고 있었다. 주장령은 제 손바닥으로 자기 허벅지를 세차게 후려치고, 주구진은 정말 아버지에게 얻어맞는 것처럼 애처롭게 비명을 지르며 호들갑을 떨고 있었다. 무열과 위벽, 무청영은 곁에서 싱글싱글 소리 죽여 웃으며 구경하느라 정신이 없었다.

이 기막힌 한 판의 연극을 보면서 장무기는 착잡하다 못해 자신이 측은하다는 생각마저 들었다. 천만다행히도 자기 눈으로 저들의 사기극을 목격했으니 망정이지, 저토록 처참하게 울부짖는 비명 소리를 귀로만 들었던들 아마 진짜 때려죽이는 줄 알고 당장 뛰쳐나갔을지도 모른다.

주씨 부녀도 장무기가 이 숲속 어딘가에 숨어 있으리라 짐작하고 여전히 한 판 연극을 계속하고 있었다. 하나는 노기등등해서 꾸짖어대고 하나는 애처롭게 울부짖는데, 두 사람의 목소리는 갈수록 매서워지고 높아져만 갔다. 장무기는 두 손으로 귀를 틀어막았으나, 저들의 목소리는 여전히 들려왔다. 견디다 못한 그는 무심결에 한 모금 장탄식을 토해내고 말았다.

우거진 수풀 속, 미약하게나마 울려나온 한숨 소리는 주장령과 무열 같은 고수들의 예민한 귀에 즉시 발각되었다.

"저기 있다!"

일제히 환호성을 지른 두 사람의 손가락이 대뜸 장무기가 숨어 있는 장소를 가리켰다. 장무기는 깜짝 놀라 나무숲을 뚫고 미친 듯이 달아나기 시작했다. 뒤미처 주장령과 무열이 도약 자세로 몸뚱이를 솟구치기가 무섭게 그를 덮쳐왔다.

"어딜 도망치려고!"

벌써부터 죽기로 뜻을 굳힌 장무기는 더 머뭇거릴 여지도 없이 곧바로 만 길 아득한 절벽을 향해 달려갔다. 뒤쫓는 두 사람 가운데 주장령의 경공신법이 무열에 비해 높을 뿐 아니라 장무기보다 월등하게 빨랐다. 장무기가 절벽 끄트머리에 도달했을 때 주장령의 손길이 길게 그의 등줄기를 덥석 움켜잡았다.

장무기는 등 쪽 심장 부위에 뼛속까지 쑤셔대는 기막힌 통증을 느꼈다. 주장령의 오른쪽 다섯 손가락은 이미 그의 등뼈를 단단히 움켜잡은 채 놓을 줄 몰랐다. 그러나 바로 이 순간, 장무기의 발바닥은 이미 허공을 내딛고 상반신마저 아찔한 만장 협곡, 밑바닥도 보이지 않는 심연深淵 위에 둥실 떠 있었다. 이윽고 왼쪽 발마저 성큼 내딛자 온몸뚱이가 앞으로 급박하게 쏠렸다.

그가 절벽 아래 몸을 던져 자결하리라고는 꿈에도 상상치 못한 주장령의 몸뚱이도 텅 빈 허공으로 이끌려나갔다. 수십 년간 쌓아 올린 무공 실력으로 즉각 손을 놓고 뒷걸음질 쳐 도약하면 목숨은 틀림없

15. 기막힌 모략, 감쪽같은 비책도 일장춘몽이려니

이 보전할 수 있었다. 하지만 지금 다섯 손가락을 풀면 그 순간 무림지존 도룡도는 영원히 들어오지 않을 터였다. 그리고 대저택을 잿더미로 만들면서까지 지난 두 달 동안 고심참담하게 짜놓은 계획이 물거품이 되어버린다는 사실을 잘 알고 있었다.

그가 한순간 멈칫하는 사이에도 장무기의 몸뚱이는 곧 아래로 떨어질 태세였다.

"아뿔사!"

외마디 실성을 터뜨린 주장령이 왼손을 뒤집어 이제 막 뒤따라붙은 무열의 손을 잡으려 했으나, 한 자 남짓한 간격 차이로 빗나가고 말았다. 하지만 장무기의 등줄기를 잡은 오른손 다섯 손가락은 떨어질 줄 몰랐다.

깎아지른 절벽 바깥 허공으로 한꺼번에 내던져진 두 사람의 몸뚱이가 발치 아래 만 길이나 되는 까마득한 심연 속으로 무서운 속도로 추락하기 시작했다.

"아앗, 아빠!"

피를 토하듯 경악에 찬 주구진의 외침이 들리는가 싶더니 삽시간에 아득히 멀어지고 이내 귓결에서 사라졌다. 두 사람의 몸뚱이는 자욱하게 뒤덮인 안개구름 속을 들이받듯 헤쳐가면서 수직으로 떨어져 내렸다.

주장령은 일평생 아슬아슬한 고비를 적지 않게 겪어본 경험자라 위태로운 순간에도 전혀 흐트러짐이 없었다. 신변에서 칼바람 소리가 "휙휙!" 세차게 휘몰아치며 몸뚱이가 끝도 모를 아래쪽으로 쉼 없이 떨어지는데도 어쩌다 절벽 위에 가로 뻗어나온 나뭇가지를 발견할 때마다 왼손을 뻗쳐 붙잡으려고 애를 썼다. 번번이 2~3척 간격으로 몇 차례나 놓쳤지만, 결국 천행으로 한 가지를 붙잡는 데 성공했다. 하지만 두 몸뚱이의 추락 속도가 너무 강한 탓에 소나무 가장귀가 그 힘을 당해내지 못하고 뚝 부러지고 말았다. 그래도 주장령은 단념하지 않았다. 추락하는 기세가 주춤해지는 순간 그는 한두 번 휘청하는 나뭇가지의 탄력을 빌려 두 발로 석벽을 향해 가로 뻗더니 오룡교주烏龍絞柱 일초로 소나무 줄기를 두 다리 사이에 단단히 껴잡았다. 실로 놀라울 정도로 신속하기 짝이 없는 몸놀림이었다. 두 다리로 나무줄기를 휘감는 것과 동시에 상반신이 아래로 처지자 그는 장무기의 몸뚱이를 위로 번쩍 휘둘러 나뭇가지에 털썩 걸쳐놓았다. 그러고도 만에 하나 장무기가 다시 뛰어내릴까 봐 움켜쥔 팔뚝만큼은 한사코 놓아주지 않았다.

장무기는 그의 손아귀에서 끝내 빠져나가지 못하게 되자 의기소침한 기색으로 원망스럽게 한마디 던졌다.

"주 선배님이 아무리 절 괴롭히더라도 절대로 당신을 양부님께 데려갈 수는 없어요."

주장령이 축 늘어진 몸뚱이를 휙 뒤채더니 보기 좋게 나뭇가지에 올라앉았다. 고개를 쳐들고 위를 올려다보니 주구진을 비롯한 일행들의 모습은 그림자도 보이지 않고 외쳐대던 목소리마저 들리지 않았다. 재주가 뛰어나고 배짱이 두둑한 그였으나 방금 구사일생으로 죽다 살아났는지라 저도 모르게 가슴이 두근거리고 이마에 식은땀이 줄줄 흘러내렸다. 잠시 후 정신을 가다듬고 나자, 비로소 장무기의 말에 대꾸할 여유가 생겼다.

15. 기막힌 모략, 감쪽같은 비책도 일장춘몽이려니

"뭐라고 했지? 무슨 소린지 하나도 못 알아듣겠군. 공연히 허튼 생각일랑 말게. 내 호의를 이렇게 무시해서야 쓰나."

너털웃음을 섞어 능청맞게 딴전을 피우는 그에게 장무기가 또 한 번 쏘아붙였다.

"당신네가 꾸민 간계를 내가 모를 줄 알고? 흥, 전부 소용없는 짓이에요! 그 섬에 데려가달라고 어디 윽박질러보시죠. 난 동서남북 되는 대로 가리켜서 모두 망망대해를 헤매다가 너 나 할 것 없이 바닷물 속에 빠져 죽게 만들 테니까요! 내 못 할 것 같죠? 어디 두고 보시죠!"

주장령이 듣고 보니 장무기의 의지가 굳건한 듯했다. 그렇다고 이제 어린 녀석과 얼굴 붉혀가며 다툴 수야 없는 노릇이라, 그저 모든 책임을 딸년 탓으로 밀어붙이고 천천히 딴 묘책을 강구하는 수밖에 없었다. 이제 자신이 처한 형편을 보아하니 사면팔방 어느 구석에도 빠져나갈 길이 만만치 않았다. 위로 기어서 올라간다는 것은 아예 불가능한 일이고, 발밑은 바다도 보이지 않을 만큼 깊어 내려갈 엄두가 나지 않았다. 유일한 방법이 있다면 암벽의 결을 따라 비스듬히 갈라진 틈바귀로 천천히 기어나갈 수밖에 없었다. 생각을 굳힌 그는 장무기를 향해 변명 겸해서 다짐을 두었다.

"여보게, 절대로 근거 없이 날 의심해서는 안 되네. 누가 뭐래도 난 자네를 윽박질러 사 대협이 계신 곳으로 가자고는 안 할 테니까. 만약 그런 일이 생긴다면 나 주씨 성을 가진 사람은 온 몸뚱이에 화살 만 대가 꽂혀 고슴도치가 될 테고, 죽어서도 묻힐 땅조차 없을 것일세."

입에서 나오는 대로 독한 맹세를 했지만, 사실 따져보면 꼭 거짓말도 아니었다. 왜냐? 이 어린 친구가 스스로 목숨까지 끊기로 작심한 마당에 아무리 협박하고 윽박지른다 해도 소용이 없음을 잘 알기 때문이다. 그저 어떻게 해서든지 살살 달래고 꾀어서 이 녀석이 기꺼운 마음으로 자청해서 데려가도록 유도하는 수밖에 없다는 생각이 들었다.

상대방이 그처럼 독하게 다짐하는 것을 보니, 장무기 역시 마음이 다소 누그러졌다. 그래도 주장령은 못 미더웠는지 다시 한번 다짐을 받아냈다.

"우리 여기서 천천히 기어나가세. 이제부터 손을 놓아야 할 테니까 절대로 뛰어내리면 안 되네. 알겠지?"

"절 못 살게 윽박지르지 않으신다면야 저라고 뛰어내리고 싶겠습니까?"

장무기의 대꾸에 주장령은 고개를 끄덕끄덕했다. 그러고는 단도를 꺼내 소나무 껍질을 벗겨서 굵다란 밧줄을 하나 길게 꼬아 만든 다음, 양끝을 한 가닥씩 자신과 장무기의 허리에 비끄러맸다.

이윽고 두 사람은 눈 덮인 경사면의 절벽 틈서리를 양손과 두 발로 조심스레 붙잡고 디뎌가면서 한 걸음 한 걸음씩 햇볕이 비쳐드는 양지 쪽을 바라고 기어가기 시작했다.

절벽은 워낙 가파른 데다 눈얼음까지 얼어붙어 있어 미끄럽기 짝이 없었다. 장무기는 벌써 두 차례나 미끄러졌지만, 그럴 때마다 주장령이 밧줄을 힘껏 당겨 버텨준 덕분에 까마득히 깊은 절벽 아래로 추락하는 것을 겨우 모면할 수 있었다. 그래도 장무기는 고마운 생각이 들지 않았다. 오로지 도룡도를 얻겠다는 욕심에서 그런 것이지, 정말 호의적으로 구해줄 마음이 있어서 살려주었으랴 싶었던 것이다.

반나절을 기어나가다 보니 두 사람의 팔꿈치와 무릎은 온통 날카로운 바위 모서리와 얼음 조각에 베이고 찢겨 피투성이가 되었다. 그러나 곧 이 가파르기 짝이 없는 절벽 한 귀퉁이에서 일어설 곳을 찾아냈다. 이리하여 두 사람은 몸뚱이를 절벽에 찰싹 붙인 채로 한 걸음씩 걸어나가기 시작했다.

병풍을 늘어세운 듯 깎아지른 암벽을 겨우 감돌아 나갔을 때였다.

"어이쿠!"

앞쪽을 내다보던 주장령이 돌연 실성을 터뜨렸다. 도대체 위로 뻗어 오른 절벽의 높이가 얼마인지, 발밑으로 뻗어 내린 절벽의 밑바닥은 또 얼마나 깊은지 알 도리가 없는데, 눈앞은 온통 구름바다로 가로막혔을 뿐 나아갈 길이 어느 구석에도 보이지 않았다. 현재 그들이 두 발을 딛고 서 있는 곳은 삼면이 공중에 붕 뜬 채로 절벽에서 둥그스름하게 돌출한 바위 더미 위였다. 그나마 다행인 것은 절벽에서 돌출한 바위 더미의 면이 전망대처럼 평탄하고 둘레만도 100여 척 남짓 널찍해 당장 운신하기에는 별 어려움이 없다는 점이었다. 그러나 반공중에 떠 있는 형국이라 더는 위로 올라갈 수도, 밑으로 내려갈 수도 없는 막다른 곳이어서 그야말로 죽을 데를 찾아든 격이나 다름없었다.

평퍼짐한 바위 면에는 눈얼음만이 하얗게 쌓였을 뿐 나무도 없거니와 들짐승의 발자국마저 찾아볼 길이 없었다.

오도 가도 못 하는 막다른 궁지에 몰렸으나 장무기는 오히려 마음이 느긋해졌다.

"주 선배님, 그토록 모진 애를 쓰시고도 반공중에 덜렁 매달린 바위 더미 평지밖에 찾지 못하셨으니, 이런 데서 도룡도를 손에 넣고 천하를 호령하신들 복종할 사람은 저 하나밖에 없겠군요."

싱글싱글 웃으며 비아냥대는 소리에 주장령이 발끈 성을 냈다.

"쓸데없는 소리 집어치우지 못해!"

한마디 쏘아붙인 그는 그 자리에 털썩 주저앉아 똬리를 틀더니 눈을 한두어 줌 먹고 나서 한참 동안 운기 조식에 들어갔다. 피로에 지친 몸을 추스르고 정신을 가다듬고 났더니 그저 앞일이 아득하기만 했다. 지금은 비록 피곤하기는 해도 아직 여력은 남아 있다. 하지만 이런 상태로 하루 이틀 더 굶었다간 이 곤경에서 빠져나갈 생각일랑 아예 말아야 할 것이다.

이윽고 궁리를 마친 주장령이 궁둥이를 툭툭 털고 일어났다.

"앞쪽은 길이 끊겼으니 우리 온 길로 되돌아가서 빠져나갈 길을 찾아보세."

"전 여기가 좋은데, 돌아가서 뭘 합니까?"

장무기가 여전히 싱글싱글 비웃자 주장령은 버럭 호통을 쳤다.

"여긴 먹을 게 하나도 없어! 이런 데 멍청히 앉아서 뭘 어쩌겠다는 거야?"

"속세 인간들처럼 익힌 음식을 먹지 않으면 더 좋죠. 신선의 도를 닦을 수 있을 테니까요."

주장령은 속에서 울화통이 부글부글 끓어올라 견딜 수가 없었다. 하지만 이 어린 녀석의 비위를 잘못 건드렸다가는 또 절벽 아래로 몸을 날려 죽어버릴지도 모르니 거친 말 한마디 건네지 못했다.

"좋아, 예서 좀 더 쉬고 있게나. 내가 혼자 나갈 길을 찾아놓고 다시 데리러 돌아옴세. 미끄러지지 않도록 조심하고, 절벽 끝에 너무 가까이 다가시지 말게."

15. 기막힌 모략, 감쪽같은 비책도 일장춘몽이려니

"내가 죽든 살든 웬 걱정이 그리 많으십니까? 지금도 내가 선배님을 빙화도에 모시고 갈 줄 알고 계시는군요. 그런 망상일랑 걷어치우시고 선배님 마음씨나 고쳐 잡수세요."

여전히 빙글빙글 웃으면서 던지는 말에 주장령은 대꾸하지 않고 왔던 걸로 되돌아가기 시작했다. 앞서 자기네 두 목숨을 건져준 소나무 곁에 도달해 왼쪽으로 길을 더듬더듬 찾아 나가보았더니 그쪽 벼랑은 지세가 더욱 위태로웠다. 그러나 장무기를 신경 쓰지 않고 혼자 몸으로 가는 길이라 속도가 무척 빨랐다. 엉금엉금 기거나 두 발로 걸어서 나가기를 반 시진 남짓, 또 한 군데 암벽 위에 허위단심 올라서고 보니 실망스럽게도 눈앞에 더 나갈 길이 없었다. 절벽에 등을 기댄 채 한숨만 토해내면서 멍하니 서 있던 그는 아무 소득도 없이 맥 풀린 기색으로 발길을 되돌려 평지 바위로 되돌아왔다.

장무기는 물어볼 필요도 없었다. 시무룩한 기색만 보아도 나갈 길을 찾지 못했다는 것을 알 수 있었다. 그는 아무 말 없이 한 곁에 털썩 주저앉는 주장령을 측은한 눈빛으로 바라보았다. '내 몸은 아직도 현명신장의 음독을 풀지 못한 상태다. 손가락을 꼽아보나 마나 이제 내 수명은 거의 다 끝나갈 때가 되었으니 어디서 어떻게 죽든 마찬가지다. 하지만 이 사람은 하늘이 내리신 복을 곱게 누리지 않고 무림지존이 되겠다는 망상에 사로잡혀 끝내 이 눈얼음 천지에서 나와 함께 고스란히 굶어 죽는 신세가 되다니, 참으로 한탄스럽고 가련한 노릇이 아닌가!'

장무기는 애당초 이 모질고도 음험하기 짝이 없는 간계를 꾸며낸 주장령의 심보를 증오한 나머지 까마득한 절벽 아래 떨어지는 위험을 겪고 나서도 몇 마디 비웃음을 던져가며 조롱했다. 하지만 살아나갈 길이 완전히 끊긴 지금에 와서 낙심천만으로 고개를 떨어뜨린 채 의기소침한 모습을 보고 있노라니 어딘지 모르게 연민의 정이 움터 나왔다. 그래서 부드러운 말씨로 위안해주었다.

"주 선배님은 연세도 그만큼 높으시고 세상에 누릴 부귀영화는 다 누려보셨을 터인데, 이제 죽는다 한들 유감스러울 게 뭐 있겠습니까? 너무 슬퍼하지 마십시오."

주장령이 그에게서 온갖 비웃음과 조롱을 받으면서도 지금껏 참아온 까닭은 언젠가는 반드시 요 어린 녀석을 속여서 감동시켜 자기를 빙화도까지 데려다주리라는 희망을 끝까지 포기하지 않았기 때문이었다. 그런데 이제 목숨을 부지해 살아나갈 길이 완전히 끊기고 말았으니 어쩌랴. 자신이 이런 절대절명의 궁지에 빠져든 결과가 순전히 요 꼬마 녀석 탓이라고 생각하니, 한순간에 모든 원망이 장무기에게 쏠렸다. 어린 녀석에게 주제넘은 위안의 말까지 듣는 순간, 그는 위안을 받기는커녕 오히려 불길이라도 뿜어낼 듯 이글거리는 두 눈초리로 그를 사납고 모질게 노려보았다.

그 눈초리와 마주치는 순간, 장무기는 저도 모르게 흠칫 놀라 자리를 박차고 일어섰다. 조금 전까지만 해도 그렇듯 자상하게 자기를 대해주던 관후장자寬厚長者의 너그러운 모습은 어디로 가고, 삽시간에 흉악스럽기 짝이 없는 야수로 돌변해 당장에라도 잡아먹을 듯이 노려보고 있으니 제아무리 생사를 도외시한 그로서도 당장 겁이 났던 것이다.

"이크!"

외마디 경악성을 지르고 벌떡 일어나기가 무섭게 도망치는 장무기

15. 기막힌 모략, 감쪽같은 비책도 일장춘몽이려니

의 등 뒤에서 으르렁대는 소리가 따라붙었다.

"여기 어디 도망칠 데가 더 있을 줄 아느냐? 어림 반 푼어치도 없는 수작이지!"

뒤미처 불쑥 뻗어나온 손아귀가 등줄기를 움켜잡아왔다. 어차피 죽는 마당에 이 얄미운 꼬마 녀석을 붙잡아놓고 속이 후련해질 때까지 들들 볶아서 온갖 고초를 다 겪어보게 한 다음 죽여버리기로 작심한 것이다.

다급해진 장무기는 엉겁결에 발을 내딛는다는 것이 그만 앞으로 쭉 미끄러졌다. 몸뚱이의 중심을 잡으려는 순간, 무심코 스쳐가던 눈길이 한쪽에 가서 딱 멎었다. 왼편 깎아지른 암벽 아래에 동굴처럼 보이는 구멍 하나가 눈에 띈 것이다. 그는 두 번 생각해볼 것도 없이 그 속으로 파고 들어갔다.

"찌익!"

주장령의 다섯 손가락에 바지 천을 한 움큼이나 뜯기면서 넓적다리마저 할퀴어 생채기가 났다. 장무기는 아픔도 잊은 채 허겁지겁 동굴 속으로 들어갔다. 고꾸라지고 자빠지고 정신없이 들어가는데 갑자기 이마에서 "따악!" 하는 소리가 나더니 눈앞이 캄캄해졌다. 단단한 바위 모서리에 이마를 부딪친 것이다. 그러나 장무기의 발걸음은 도무지 멈출 줄 몰랐다. 자신에게 큰 골탕을 먹고 절망에 미쳐버린 주장령이 무슨 수단 방법을 다 써서라도 잡아 죽이려 들 터인데, 감히 발길을 멈출 엄두가 나겠는가. 장무기는 그저 당황하고 다급한 마음에 한사코 동굴 속으로 파고 들어가는 수밖에 없었다. 캄캄절벽 동굴 속에서 그는 자신이 죽을 자리에 빠져든 것은 아닌지 걱정되지도 않았고, 더구나 무서운 적의 독수에서 벗어날 수 있을 것인지 따져볼 겨를도 없었다.

천만다행이랄까, 동굴 속은 들어갈수록 좁아져서 양손과 두 발로 엉금엉금 100여 척 거리를 기어 들어갔을 때는 겨우 한 몸뚱이를 용납할 면적밖에 없어 우람한 체구를 지닌 주장령이 더 이상 뒤따라붙을 염려는 하지 않아도 되었다.

20~30척 가까이 더 기어갔을 때 갑자기 앞쪽에 빛줄기 하나가 번쩍하고 비쳐들었다. 장무기는 너무나 기쁜 나머지 아예 짐승처럼 두 손 두 다리를 한꺼번에 놀려 엉금엉금 기어가며 속도를 높였다.

뒤편에서 다급한 주장령의 고함 소리가 쩌렁쩌렁 울려왔다.

"해치지 않을 테니 어서 이리 나오렴. 도망치지 말고 이제 나오라니까!"

하나 그 말을 믿을 수가 없었다. 그는 들은 척도 않고 계속 앞으로 기어갔다.

캄캄한 어둠 속에서 아무런 반응이 나오지 않으니 주장령은 다급해졌다. 그는 분김에 내력을 잔뜩 끌어올려 암벽에 일장을 후려쳤다. "텅!" 하는 메아리가 허망하게 울렸다. 단단하기 짝이 없는 암벽을 후려친 까닭에 손바닥이 아프기만 할 뿐 바윗돌에는 금 한 줄 가지 않았다.

그는 단도를 뽑아 들었다. 구멍을 파서 넓혀놓고 뒤쫓아 들어갈 심산이었다. 그러나 다급한 마음에 너무 힘을 주었더니 몇 번 후벼 파지도 못한 채 "딱!" 소리와 함께 청강靑鋼으로 벼린 칼날이 부러져 두 동강 나고 말았다. 미칠 듯이 성난 주장령은 양어깨에 내력을 쏟아붓고 우격다짐으로 밀어붙이기 시작했다. 과연 공력을 쏟아부은 효과가 있는지 몸뚱이가 1척 남짓 밀고 들어갔다. 그러나 그뿐, 거기서부터

15. 기막힌 모략, 감쪽같은 비책도 일장춘몽이려니

공간 면적이 급작스레 오므라들어 1척은커녕 반 척도 밀고 나가지 못했다. 그러나 장무기란 놈은 분명 쥐새끼처럼 그 속으로 파고 들어가지 않았던가? 그는 다시 한번 용을 써서 몸통을 바싹 들이밀었다.

어느새 앞가슴과 등골은 위아래로 단단한 암벽 틈에 끼여 짓눌린 채 숨 한 모금 내쉴 수가 없었다. 견디지 못할 정도로 숨통이 막혀오니 뒤로 물러나올밖에. 그런데 이건 또 웬일인가? 암벽 틈바구니에 꽉 끼인 몸뚱이가 얼마나 조여드는지 앞으로 나갈 수도 뒤로 물러날 수도 없게 되었다. 질식 상태에서 혼비백산한 주장령은 이것 큰일 났구나 싶어 두 팔에 평생토록 젖 빨던 힘까지 다 쥐어짜내 필사적으로 바위 더미를 떠밀었다.

가슴과 등골이 터져나갈 지경으로 혼신의 기력을 다 쏟은 덕분에 몸뚱이는 한 자가량 뒤로 밀려나왔다. 그런데 갑자기 가슴 한복판에서 "으직!" 하는 소리가 나더니 극심한 통증이 가슴속에서 정수리 끝까지 찌르르하니 치밀어 올랐다. 갈비뼈 한 대가 속절없이 부러진 것이다.

〈4권에서 계속〉